ADÈLE GERAS
Sommerlicht

Das Buch

Leonora Walsh, Tochter eines berühmten Malers, feiert ihren 75. Geburtstag. Und alle kommen ins herrschaftliche Haus am See. Doch jeder Gast – Töchter, Enkel, Freunde – bringt mehr als nur Geschenke. Die schmerzhafte Vergangenheit hat bei allen Generationen Spuren hinterlassen. Dann taucht ein Fernsehteam auf, das eine Dokumentation über Leonoras Vater, den geheimnisumwitterten Künstler Ethan Walsh, drehen will. Der hat im Testament verfügt, dass seine Bilder niemals das Familienanwesen verlassen dürfen. Doch manche Dinge lassen sich nicht für immer verstecken und drängen irgendwann an die Oberfläche …

Die Autorin

Adèle Geras ist eine der renommiertesten Autorinnen Englands. Ihre Bestseller »Sommerlicht« und »Die Windtänzerin« eroberten im Sturm die Herzen ihrer Leserinnen. Geboren 1944 in Jerusalem, wuchs Adèle Geras unter anderem in Nigeria, Borneo und Gambia auf. Sie studierte Französisch und Spanisch in Oxford und arbeitete als Sängerin und Französischlehrerin. Heute lebt sie mit ihrer Familie in Manchester.

Adèle Geras

Sommerlicht

Roman

Aus dem Englischen
von Theda Krohm-Linke

blanvalet

Die englische Originalausgabe erschien unter dem Titel
»Facing the Light« bei Orion, Orion Publishing Group Ltd, London.

MIX
Papier aus verantwortungsvollen Quellen
FSC® C014496

Verlagsgruppe Random House FSC® N001967

1. Auflage
Taschenbuchausgabe 2019 bei Blanvalet,
einem Unternehmen der Verlagsgruppe Random House GmbH,
Neumarkter Straße 28, 81673 München

Umschlaggestaltung: © Johannes Wiebel | punchdesign,
unter Verwendung von Motiven von Shutterstock.com (tommaso lizzul;
Luba V Nel; tapilipa; Peter Turner Photography; Marbury)
JB · Herstellung: wag
Druck und Einband: GGP Media GmbH, Pößneck
Printed in Germany
ISBN 978-3-7341-0702-3

www.blanvalet.de

Für die großartigen
Sieben –
Jane Gregory und Jane Wood
Laura Cecil und Laura Watson
Linda Newbery und Linda Sargent
und Broo Doherty

Mein Dank gilt den Freunden, die mich beim Schreiben dieses Buches unterstützt haben: Jon Appleton, Eileen Armstrong, Jane Barlow, Annie Dalton, Anna Dalton-Knott, Anne Fine, David Fickling, Mary Hooper, Dan Jones, Alison Leonard, Helena Pielichaty, Celia Rees, Rosie Rushton, Ann Turnbull, Jean Ure, Frances Wilson und Jacqueline Wilson.

Wie immer danke ich meiner Familie: Norm, Jenny und vor allem Sophie für ihre guten Ratschläge. Dieses Buch wäre ohne ihren Glauben an mich und ihre Begeisterung nie geschrieben worden.

Was du nicht weißt, das kann dir nichts anhaben. Aber sie weiß es doch, und sie muss vergessen, was sie weiß. Sie muss so tun, als wisse sie nichts, als hätte sie nie etwas gewusst, sonst wird es kommen und sie verletzen. Das Haus … dort wohnt das Geheimnis, und sie will am liebsten gar nichts wissen und ganz weit weg sein.

Sie steht am Fenster. Kein Windhauch bewegt die weißen Vorhänge, und das Gras liegt trocken und braun unter den letzten Sonnenstrahlen. Es ist Sommer, früher Abend, und sie ist noch nicht im Bett. Sie ist schon fast acht Jahre alt, und es ist noch viel zu früh zum Schlafen. Alle machen irgendetwas, und niemand achtet auf sie. Die Bäume werfen schwarze Schatten auf den Rasen, und die späten Rosen sind von einem Goldschimmer überzogen. Durch das Laub der Trauerweide glitzert silbrig das Wasser; das ist der See. Schwäne schwimmen dort, und sie könnte ans Ufer gehen, um den weißen Vögeln zuzuschauen. Niemand würde es wissen, und was du nicht weißt, das kann dir nichts anhaben.

Sie muss über den Teppich mit dem Muster aus Blumen und verschlungenen Bäumen laufen, und dann geht die Tür auf, und sie ist im Flur, und dort ist es immer dunkel, selbst wenn draußen die Sonne scheint, und alles ist in dichtes Schweigen gehüllt, das sich bis zur Treppe ausbreitet, und sie muss auf Zehenspitzen hinuntergehen, um die Ruhe nicht zu stören. Die Gemälde an den Wänden starren sie an. Stillleben und Landschaften ergießen seltsame Farben und ihr eigenes Licht in die Stille, und die Porträts rufen hinter ihr her, aber sie kann sie nicht hören. Der Marmorboden in der Halle ist wie ein schwarzweißes Schachbrettmuster, und sie hüpft über die schwarzen Quadrate hinweg, weil sonst bestimmt etwas Schlimmes passiert. Vielleicht hat sie ja auch auf dem Weg in den Garten ein schwarzes Quadrat berührt, aber das zählt doch nicht, oder?

Dann ist sie auf dem Rasen, und die Luft ist weich, und sie läuft, so schnell sie kann, die Terrassenstufen hinunter, vorbei an all den Blumen und an den zu Kegeln, Bällen und Spiralen gestutzten hohen Hecken vorbei, bis sie den Wilden Garten erreicht, wo die Pflanzen ihren Rock streifen, und sie läuft und läuft bis zu der Stelle, wo immer die Schwäne waren, aber jetzt sind sie fort. Sie sind zum anderen Ufer geschwommen. Sie kann sie sehen. Es ist nicht so weit, also läuft sie dorthin.

Etwas erregt ihre Aufmerksamkeit. Im Schilf ist ein dunkler Fleck im Wasser, und als sie genauer hinschaut, sieht es aus wie ein Laken oder ein Tuch, unter Wasserpflanzen und graugrünen Weidenästen mit ihren fingerdünnen Blättern halb verborgen. Wenn sie näher heran könnte, dorthin, wo das Wasser ans Ufer schlägt, könnte sie danach greifen, es zu sich heranziehen und nachsehen, was es ist. Das Wasser ist kühl auf ihrer Hand, und aus dem Stoff ragt etwas hervor, das aussieht wie ein Fuß. Ob da jemand schwimmt? Niemand schwimmt, ohne sich zu bewegen.

Plötzlich ist ihr ganz kalt, und was sie nicht weiß, das kann ihr nichts anhaben, aber sie weiß, dass hier etwas nicht stimmt. Das hier ist schlimm. Sie sollte besser weglaufen und jemanden holen, aber sie muss doch die Hand nach dem dunklen Tuch ausstrecken, das auf der Oberfläche des Sees liegt. Sie zieht daran, und etwas Schweres gleitet auf sie zu, und die Zeit wird zu einer Ewigkeit, und da ist ein Gesicht mit glasigen, offenen Augen und blasser, grünlicher Haut, und die Haare ganz lose, wie Tang schweben sie um den offenen Mund, und sie spürt, dass sie anfängt zu schreien, aber es ist kein Laut zu hören, und sie dreht sich um und rennt zurück zum Haus. Jemand muss kommen. Jemand muss ihr helfen, und sie rennt, um sie zu rufen, und sie schreit, aber niemand kann sie hören. Nasse Finger steigen aus dem See auf und strecken sich über das Gras bis zum Haus, um sie zu berühren. Sie kann sie spüren, auch dann noch, als sie schon ganz alt ist; sie kennt diese Finger, und sie kennt jede Falte des nassen Kleides und die blicklosen Augen, aus denen das Silberwasser strömt, und auch das aufgelöste Haar.

Alles weiß sie jetzt, und sie kann nie mehr aufhören, davon zu wissen.

Mittwoch,
21. August
2002

Ich bin allergisch gegen meine Mutter, dachte Rilla. Sie lehnte sich in der Wanne zurück, schloss die Augen und ließ sich vom heißen Wasser und dem Vanilleduft des Schaums einhüllen. Es passierte jedesmal. Die Schlange kam zurück. Sie konnte spüren, wie sie sich in ihrem Versteck aufrollte, so tief in ihrem Kopf, dass sie sie die meiste Zeit vergaß. Eine weiße Schlange, so stellte Rilla sie sich vor, die sich zuckend entrollte und durch ihre Gehirnwindungen glitt, um ihr Kopfschmerzen zu bescheren. Spannungskopfschmerzen, hatte der Arzt gesagt, als Rilla das Problem einmal zur Sprache brachte, aber sie hatte ihm natürlich nicht erzählt, was die Schmerzen wirklich verursachte. Sie wusste es ganz genau. Es war Leonora, ihre Mutter, aber nicht nur sie allein. Ich bin allergisch gegen alles dort, sagte sie sich. Willow Court, Gwen, das ganze Drum und Dran. Es ist immer dasselbe, wenn ich dorthin muss: Die weiße Schlange gleitet durch meinen Kopf, und mein Herz schlägt seltsam. Sie lächelte. Nach ein paar Stunden in Gesellschaft ihrer Mutter erholte Rilla sich für gewöhnlich so weit, dass sie mehr oder weniger normal funktionierte, aber sie konnte der Tatsache nicht entrinnen: Die Aussicht, Leonora besuchen zu müssen, erfüllte sie mit Angst.

Wovor hatte sie bloß Angst? Sie blickte sich in ihrem Badezimmer, ihrem Hafen, ihrer Zuflucht, um. Diesen Raum liebte sie am meisten auf der ganzen Welt. Ihr kleines Haus (*Wie klug von dir, Liebling, dir so ein hübsches, kleines Haus zu kaufen. Und dann noch in Chelsea!*, hatte Leonora damals gesagt) war, je nach Standpunkt des Betrachters, entweder von oben bis unten renovierungsbedürftig oder der Gipfel künstlerischer Lebensart. Rilla fand, sie und ihr Haus passten gut zusammen. Wir haben die beste Zeit hinter uns, dachte sie oft, aber wir haben doch einiges erreicht. Zumindest war es ihr gelungen, sich ein eigenes Haus zu kaufen, was ihre ältere Schwester Gwen nicht von sich behaupten konnte. Sie hatte immer nur, unter Leonoras Aufsicht, auf Willow Court gewohnt. Rilla konnte beim besten Willen nicht verstehen, wie ihre Schwester das aushielt. Sie wirkte zwar ganz glücklich, aber bei Gwen konnte man das nie so genau sagen. Vielleicht sehnte sie sich schon seit Jahren danach, wegzukommen, und hatte nur nie ein Wort gesagt. Diese Art von Märtyrerverhalten wäre typisch für sie, aber wahrscheinlich hatte Gwen sich einfach nur daran gewöhnt, eine Gefangene zu sein. Wenn jemand sie gefragt hätte, warum sie und ihr Mann ihre Tage in den Tiefen Wiltshires verbrachten, murmelte sie wahrscheinlich irgendwas von dem Privileg, mit der Pflege der Gemälde ihres Großvaters Ethan Walsh (sie nannte sie die Walsh-Sammlung) betraut zu sein, und ähnlich langweiliges Zeug. Sie würde ganz sicher nicht erwähnen, dass ihr ständiges Zusammensein mit Leonora und ihre lebenslange Verpflichtung Haus und Besitz gegenüber es zur natürlichsten Sache der Welt machten, nach Leonoras Tod Willow Court einmal zu erben. Nun, das konnte Gwen gerne tun. Rilla hätte es als Strafe empfunden, dort für immer wohnen zu müssen, aber sie war sich durchaus im Klaren darüber, dass die meisten ihre Ansicht nicht teilten.

Für die meisten Menschen, dachte sie, zählten ihre Schwester und ihre Mutter. Aber warum soll ich mir Gedanken darüber machen, was sie denken? Ich bin achtundvierzig, und mein Badezimmer geht nur mich und niemanden sonst etwas an. Sie betrachtete die Kerzen auf dem langen Regal neben dem Spiegel. Sie hatte sechs Stück aufgestellt, und jedesmal, wenn sie badete, morgens oder abends, zündete sie sie an. Die kleinen, einfachen Kerzenhalter waren aus mattem Glas: blau, rosa und ein schimmerndes Perlweiß, das Rilla am besten gefiel. Niemand verstand, was ihr daran lag, und wie sollte sie jemandem erklären, dass ihr das Herz aufging, wenn sie in die flackernden Flammen schaute, oder wie sehr ihr die bizarren Formen gefielen, die das herabgetropfte Wachs annahm, oder dass der schwache Duft ihr Frieden, Schönheit und Beruhigung vermittelte? Und die Pflanzen! Über dem Becken und auf der Fensterbank wucherte ein richtiger Dschungel, und die Blattpflanzen (deren Laub sämtliche Grünschattierungen aufwies: manche bläulich, manche gelb oder braun angehaucht, manche gestreift oder mit Flecken und Punkten geschmückt) stellten ihren Garten dar, der zudem noch wenig Pflege brauchte, weil sie ihn einfach gedeihen ließ und sich an den Trieben, die über die Fliesen bis zur Wanne herabhingen, erfreute.

Nach dem Umbau des Badezimmers hatte Gwen es als Erste besichtigt, und sie hatte gar nichts sagen müssen. Das liegt an mir, dachte Rilla. Irgendetwas stimmt wohl mit mir nicht, wenn ich mich noch nach so vielen Jahren so deutlich an alles erinnern kann. Wie Gwen Becken und Badewanne stumm gemustert, sich dann umgedreht und gesagt hatte: »Bist du sicher, dass es nicht ein bisschen *zu viel* ist?«

Damals war Rilla heftig in Jon verliebt gewesen. Sie standen kurz vor der Hochzeit, und alles, was sie tat, tat sie strahlend, glücklich, voller Leidenschaft. Jon Frederick war ein Popstar, und obwohl er selbst auf der Höhe seines Ruhms nie wirklich zu den ganz Großen gezählt hatte, gehörten sie beide doch zu den prominenten jungen Paaren Londons in jener Zeit. Sie hatte gerade in einem Film, *Geschöpfe der Nacht*, mitgespielt, eine alberne Rolle, die aber zumindest gut bezahlt gewesen war, und auf Jons Drängen hatte sie den Künstler Curtis Manstrum beauftragt, Wanne und Becken zu bemalen. Er war berühmt für seine Brunnendekore und hatte eine Technik entwickelt, dank der er Waschbecken mit Bildern versehen konnte, deren Farben auch nach vielen Jahren noch dem Wasser standhielten. Rillas Badezimmer hatte er so wunderschön gestaltet, dass ein Magazin Fotos machte und eine Zeit lang ganz London von nichts anderem sprach – jedenfalls die Kreise, die über solche Dinge klatschten.

»Was ist denn damit?«, hatte Rilla Gwen gefragt und zum ersten Mal alles mit den Augen ihrer Schwester gesehen: Blau, Grün und Rosa in einer von Matisse inspirierten Pinselführung, die einen schwindlig machte, bedeckten jeden Quadratzentimeter Porzellan.

»Nun …« Gwen zögerte. Ihr fehlen die Worte, dachte Rilla. Sie ist die Enkelin eines berühmten Künstlers, und sie hat trotzdem keine Ahnung. Sie hat all diese Gemälde jeden Tag um sich, und ihr fällt kein einziger intelligenter Satz dazu ein. Schließlich murmelte Gwen, und das auch nur, weil sie direkt gefragt worden war: »Die Farben sind ziemlich kräftig, nicht wahr? Und all diese Muster finde ich etwas verwirrend. Übertrieben. Sieh mich nicht so beleidigt an, Rilla! Du hast mich gefragt. Und ich muss ja schließlich nicht hier baden.«

»Nein, das stimmt«, erwiderte Rilla. »Ich habe gesehen, was du mit dem Badezimmer neben eurem Schlafzimmer angestellt hast. Rosa, wohin das Auge blickt. Rosa Becken, rosa Wanne und rosa Handtücher für Sie und Ihn, sorgfältig über die geheizte Handtuchstange drapiert.«

»Du brauchst gar nicht so gehässig zu werden«, sagte Gwen.

Rilla hatte ein »Du kannst mich mal« heruntergeschluckt und sie rasch aus dem Badezimmer geführt, um den exquisiten Geschmack ihrer Schwester nicht länger zu beleidigen. Bis auf den heutigen Tag konnte sie sich genau daran erinnern, was sie bei Gwens Worten empfunden hatte: Sie hatte sich im Unrecht gefühlt, missbilligt, wie jemand, der viel zu lautstark nach Aufmerksamkeit verlangt.

Warum besuchte sie sie überhaupt noch? Warum hatte sie sich nicht von der ganzen blöden Geschichte distanziert? Die Antwort war, wie immer, Liebe. Verwoben mit all den anderen Gefühlen, die sie erfüllten, wenn sie an ihre Familie dachte; so fest damit verknüpft, dass sie sich selbst zerstören würde bei dem Versuch, sie herauszuschneiden. Sie empfand einfach Liebe für ihre Mutter und ihre Schwester. Sie konnte nichts dagegen tun. Anscheinend stimmte dieser ganze Blödsinn, dass Blut dicker war als Wasser, eben doch. Es war so, als seien Leonora und Gwen Teile ihrer selbst, Teile, die sie zwar die meiste Zeit schwierig und irritierend fand, aber eben doch Teile des Ganzen. Außerdem gab es immer noch schöne Kindheitserinnerungen, und Erinnerungen warf man nicht so einfach weg. Man hielt sie wie eine Art Talisman fest, als Schutz gegen die Dinge, an die man nicht gern zurückdachte.

Rilla setzte sich auf und drückte den Schwamm über ihrer Schulter aus. Gwen und Mutter lieben mich auch, dachte sie, obwohl sie mein Leben nicht gutheißen. Wenn wir nicht blutsverwandt wären, würden sie sich zwar nicht unbedingt mit mir anfreunden, aber auch sie brauchen mich in ihrem Leben. Sie fragte sich, ob sich Gwen wohl noch an den Badezimmerzwischenfall aus ihrer Kindheit erinnerte. Rilla hatte ihn jedenfalls nicht vergessen. Sie hatte mit ihren Filzstiften einmal die weißen Wände bemalt. Es war kein Unfall gewesen. Sie konnte sich noch gut daran erinnern, dass sie gedacht hatte, wie viel hübscher die Wände aussähen, wenn sie Fische darauf malte. Sie hatte ihre Stifte aus dem Kinderzimmer geholt und sie alle neben das Waschbecken gelegt, und dann hatte sie sich darangemacht, die Umrisse von Fischen zu zeichnen, die sie dann sorgfältig in Türkis, Rot und Orange ausmalte. Sie sahen wunderschön aus. Mummy würde sich bestimmt freuen, wenn sie sah, wie sie über die Wand schwammen! Rilla war damals erst sieben, und sie reichte nicht besonders hoch, selbst wenn sie sich auf einen Stuhl stellte, aber es waren ganz viele Fische, und sie malte auch noch ein paar Algen dazu, weil es ja sonst kein richtiges Meer war. Als sie fertig war, rief sie Gwen, damit sie es sich ansah. Gwen wurde ganz blass. Die Farbe wich aus ihrem Gesicht, doch anschließend wurde sie dann wieder so rot, als ob sie sich schämte.

»Sie wird bestimmt wütend, Rilla. Du hast die ganze Wand schmutzig gemacht.«

»Nein, das habe ich nicht.« Rilla lachte. »Ich habe sie *hübsch* gemacht. Schau dir doch die Fische an. Gefallen sie dir nicht?«

»Es ist schrecklich, und ich werde es Mummy erzählen. Du wirst solchen Ärger bekommen! Wart's nur ab.«

Rilla stieg aus der Badewanne und wickelte sich in eines der riesigen flauschigen Badetücher, die sie von Kopf bis Fuß einhüllten. Sie lächelte. Ja, ich *habe* Ärger bekommen, dachte sie. Kein Abendessen an jenem Abend, und dann durfte ich nicht mit in den Zirkus und musste vom Fenster aus zusehen, wie Mutter mit Gwen ins Auto stieg, um mit ihr zu den Clowns und den Elefanten zu fahren. Wie ich damals geweint und geschluchzt und gebettelt habe, aber Mutter berührte das nicht. *Rilla, Liebes,* hatte sie gesagt, *das musst du lernen: Du musst richtig nachdenken, bevor du in etwas hineintrampelst und ungezogen bist.*

Selbst nach all den Jahren noch schmerzte die Ungerechtigkeit. Leonora hatte oft Dinge missverstanden, mit denen Rilla ihr eine Freude machen wollte. Sie fragte sich manchmal, ob sie nach so langer Zeit durch ihr ausgefallenes Badezimmer wieder zu sich selbst hatte finden und es allen hatte beweisen wollen. Aber wirklich wehgetan hatte das Wort *trampeln.* Das war ihr unter die Haut gegangen und hatte sich mehr als vierzig Jahre dort gehalten. Trampeln, das bedeutete Dicksein, Übergewicht und Ungeschicklichkeit.

Rilla trat ins Schlafzimmer. Ivan war wach und summte leise vor sich hin, während er die Zeitung las. Sie musste sich fertig machen. Sie wollte so früh wie möglich in Willow Court sein, auf jeden Fall vor dem Abendessen.

Rilla setzte sich an ihren Schminktisch und blickte in den dreigeteilten Spiegel, der das Bild ihres Liebhabers, bereits angekleidet auf dem Bett, leider dreifach wiedergab. Sie konnte sich kaum entscheiden, was deprimierender war: ihn anzusehen oder das Wrack zu betrachten, in das sie sich mit einem Mal verwandelt hatte. Im Badezimmer fiel es ihr leicht, so zu tun, als sei sie noch immer das großartige, zarthäutige Geschöpf von der Fotografie, die sie von ihrem Platz hinter den zahlreichen Parfümflakons aus verspottete. Ich mache doch einen Narren aus mir, dachte sie, wenn ich einen Film anhalte, der vor mehr als zwanzig Jahren gelaufen ist. Ich muss eine Masochistin sein. Diese Haare auf dem spitzengesäumten Kissen, diese perfekten Schultern im Satinneglige – kein Wunder, dass ich das Monster in »Geschöpfe der Nacht« verführt habe. Die Ringe, die sie auf dem Foto trug, lagen auch noch irgendwo herum: verzierte Silberfassungen mit Mondsteinen und Opalen. Sie hatte sie behalten dürfen. Flüchtig durchzuckte Rilla der Gedanke, ob es sich wohl lohnte, die Wohnung auf den Kopf zu stellen, um sie zu finden. Wahrscheinlich nicht. Die Hälfte des Fotos bestand aus weißen Rosen, die das Bett bedeckten und fast aus dem Rahmen quollen. David, der Regisseur, hatte eine Ewigkeit gebraucht, um sie aufzuhäufen, ihr die Pelzdecke über die Füße zu drapieren und dafür zu sorgen, dass sie sich genau im richtigen Winkel gegen die Kissen lehnte. Ich sollte es wegnehmen, dachte sie. Es ist lächerlich, dieses Erinnerungsstück da stehen zu lassen. Vielleicht sollte ich einfach einen Schal darüber legen. Sie betrachtete sich und seufzte. Dann lächelte sie. Das musste ein Irrtum sein. Konnten all diese Falten, die dunklen Ringe und die schlaffe Hals- und Kinnpartie über Nacht entstanden sein? Ich bin doch erst achtundvierzig, dachte sie. Das Gesetz der Schwerkraft, daran lag es. Aber da war Gwen, zwei Jahre älter als sie, mit einer Haut wie Milch und Rosen, ohne dass sie jemals, außer bei besonderen Gelegenheiten, mehr als einen Hauch Puder und Lippenstift auftrug. Es gab keine Gerechtigkeit auf der Welt. Sie hörte förmlich, wie ihre Mutter sagte: *Fairness hat damit nichts zu tun, Cyrilla, Liebes. Deine Schwester ist eine Person, und du bist eine andere, und ihr seid mir beide lieb und teuer.* Leonora war die Einzige, die jemals den albernen Namen aussprechen durfte, mit dem sie ihre Tochter bei der Geburt bedacht hatte. Ihre Schwester hatte sich mit Gwendolen zufrieden geben müssen. Auch das kein toller Name, aber die Leute hatten ihn wenigstens schon mal gehört. Als Rilla in die Schule kam, fragten alle: Ist Cyrilla ein Nachname? Die anderen Kinder hatten immer gelacht, wenn sie mit Namen angesprochen wurde, also hatte sie ihn ganz schnell abgekürzt, und dabei war es dann geblieben.

Natürlich, wenn ihr Vater noch gelebt hätte, hätte er sicher etwas Vernünftigeres vorgeschlagen, aber Rilla hätte wetten können, dass ihre Mutter doch Siegerin geblieben wäre. Peter Simmonds, ihr Vater, war sechs Monate vor ihrer Geburt bei einem Autounfall ums Leben gekommen. Rilla wusste genau, dass es irrational war, aber sie fühlte sich immer ein wenig schuldig, so als ob sie den Unfall verursacht hätte. Laut Leonora war es indirekt dazu gekommen, weil sie Peter gesagt hatte, sie sei wieder schwanger. Rilla sprach nicht mit Leonora über das Thema, aber die Geschichten über die Beziehung ihrer Eltern hatten ihre und Gwens Kindheit stets begleitet. Allem Anschein nach war es eine Liebe wie aus einem Märchen gewesen: überirdisch, schicksalhaft und weitaus tiefer als die ziemlich gewöhnlichen Leidenschaften anderer Leute. Leonora brauchte Jahre, um sich vom Tod ihres Mannes zu erholen. Rilla erinnerte sich immer noch an das Schweigen im Haus und an ihre in Schwarz gekleidete Mutter, die am Frühstückstisch weinte, aber sie wusste nicht mehr genau, ob die Stille und Traurigkeit in ihrem Kopf wirklich Erinnerungen waren oder nur Geschichten, die Leonora ihr später erzählt hatte. Es gab zahlreiche Fotografien ihres Vaters in den verschiedenen Bilderalben, die sie sich damals kaum je ansahen: ein großer, recht militärisch aussehender Mann mit rötlichen Haaren und ernstem Blick.

»Warum guckst du so finster, geliebte Rilla?«, fragte Ivan träge mit seiner heiseren Stimme, die zum Teil von den zahlreichen Zigaretten des vorherigen Abends herrührte, hauptsächlich aber einstudierte Affektiertheit war.

»Es ist nichts«, erwiderte Rilla. »Es wird nur eine Höllenarbeit werden, etwas zu rekonstruieren, das meinem Gesicht wenigstens ähnlich sieht.« Sie bemühte sich, beiläufig zu klingen, um Ivan ihre wahren Gefühle nicht zu verraten. Sie hatte nicht die Absicht, ihm ihre Ängste wegen der Tage, die vor ihr lagen, offen zu legen.

»Du bist schön, mein Liebling«, sagte Ivan. »Du bist eben eine Blüte des Zwielichts.«

»Und du redest Scheiße«, erwiderte Rilla, wobei sie mehr Grundierung auf Wangen und Stirn auftrug, als Monsieur (oder Madame) Lancôme empfohlen hätten. Sorgfältig verwischte sie das Make-up zum Hals hin.

Es war ein Vorteil, wenn man beim Film oder im Theater arbeitete (oder wie in Rillas Fall, die meiste Zeit *nicht* arbeitete). Man lernte alles über die Möglichkeiten, die Magie und die Verwandlungskraft von Make-up. Alle waren eifrig damit beschäftigt, Personen aus sich zu machen, die anderen gefielen. Ivan zum Beispiel hatte bemerkenswerte Ähnlichkeit mit einem Vampir und pflegte diesen Stil hingebungsvoll. Er war Ausländer, groß und mager, er hatte viele Zähne, eine blasse Haut und Augen, die er selbst als »hypnotisch« bezeichnete. Seine Wohnungseinrichtung huldigte dem *Gothic Style*, weswegen Rilla sie auch die meiste Zeit mied. Meistens gelang es ihr, ihn in ihr Haus zu locken. Wieder lächelte sie ihrem Spiegelbild zu. Ihr Haus mochte ja nicht das ideale Heim sein und auf seine Art ebenso überdreht wie Ivans Wohnung, aber dennoch war es gemütlich und hatte so gar nichts Gruftiges an sich.

»Jetzt bist du glücklich«, sagte er. »Du denkst an letzte Nacht.«

»Bild dir bloß nichts ein, Süßer«, entgegnete Rilla scharf, bedauerte es jedoch sofort. Er war zwar nicht der beste Liebhaber der Welt, aber er war immer noch besser als gar keiner. »Entschuldige, Ivan. Ich bin ein Nervenbündel, weil ich zu meiner Mutter muss. Ich kann es nicht ändern.«

»Du lächelst«, fuhr Ivan fort, »während ich weine. Was soll ich nur ohne dich tun? Wie soll ich das ertragen? Wie soll ich weiterleben?«

»Oh, werd endlich erwachsen, Schätzchen, also ehrlich! Es sind doch nur ein paar Tage. Und sei bitte nicht so melodramatisch.«

»Du liebst mich eben nicht. Du könntest nicht so reden, wenn Liebe in deinem Herzen wäre.«

Das konnte sie nicht leugnen. Sie liebte ihn nicht, natürlich nicht, aber wie scharfsinnig von ihm, es zu merken. Rilla fand, sie zeigte genügend Zuneigung, und zumindest beim Sex war sie voll bei der Sache, aber ihr Herz, nun, das war Sperrgebiet, das sie schon seit Jahren nicht mehr betrat.

Manchmal fiel es ihr schwer, die Person, die sie heute war, mit jener Rilla in Einklang zu bringen, die sich damals in Hugh Kenworthy verliebt hatte, ihre erste große Liebe. Manchmal vergingen Monate, ohne dass sie an Hugh dachte, aber wenn er ihr in den Sinn kam (und sie selbst damals, mit sechzehn, glühend vor Leidenschaft, als habe man ihr die Haut abgezogen), spülte es wie eine Flut durch sie hindurch: eine Mischung aus altem Verlangen, bei dem ihr der Atem stockte, und der Wut auf Leonora angesichts dessen, was sie getan hatte. Rilla richtete ihre Gedanken entschlossen auf das Jetzt.

»Es hat nichts mit mangelnder Liebe zu tun«, erklärte sie geduldig. »Ich habe es dir doch schon erklärt. Mutters Fünfundsiebzigster ist eine reine Familienangelegenheit, sonst hätte ich dich selbstverständlich mitgenommen. Das weißt du doch.«

Rilla malte ihre Lippen mit einer Farbe namens *Sepia Rose* aus und tupfte Lipgloss darüber, weil sie fand, man könne gar nicht genug glitzern und glänzen. Sie hatte keine Zeit für dezentes Make-up und diese ganze Weniger-ist-mehr-Philosophie. Sie sehnte sich nach Sahnekuchen, Rotwein und Langusten. Mit der Familienangelegenheit hatte sie ein bisschen geschwindelt. Partner, Ehemänner, Freunde, Freundinnen, alle waren eingeladen, aber Rilla hatte nicht eine Minute erwogen, Ivan mitzunehmen. Sie wusste genau, wie ihre Mutter auf ihn reagieren würde. Sie wäre höflich, o ja, sie würde ein Lächeln lächeln, das Mona Lisa in den Schatten stellte, und in etwa sagen: *Willkommen auf Willow Court, Mr. Posnikov*, aber ihren grünlichen Augen entgingen gewiss nicht die Trauerränder unter Ivans Fingernägeln, und ihre Nasenflügel würden sich kaum wahrnehmbar blähen, während sie sämtliche grässlichen Wahrheiten über den armen alten Ivan auf den ersten Blick entlarvte. Und ohne ein einziges Wort zu verlieren, würde ihm schonungslos klar gemacht werden, dass er – eine weitere von Leonoras Phrasen – *keiner von uns* war.

»Steh bitte auf, Ivan«, sagte Rilla. »Ich muss mich entscheiden, was ich mitnehme. Ich möchte wirklich so schnell wie möglich aufbrechen.«

Sie begann, Kleidungsstücke aus dem Schrank aufs Bett zu werfen. Warum war bloß alles, was sie besaß, aus Seide oder Satin, mit Federn besetzt oder mit Perlen bestickt und sah aus wie aus einem Theaterstück? Immer wenn sie nach Willow Court fuhr, hatte sie das Bedürfnis, eine Verkleidung zu finden, irgendeinen Aufzug, bei dem Leonora nicht augenblicklich die Lippen kräuselte. Warum trug sie auch keine ordentlichen Röcke und gestärkten Blusen? Vermutlich, weil sie sich doch nur bekleckern würde.

»Ich suche für dich aus!«, verkündete Ivan. »Ich weiß, was du brauchst. Schließlich entwerfe ich Kleider!«

»Okay«, erwiderte Rilla. »Stell dir vor, du ziehst mich für einen Dreiakter in einem Landhaus an. Flügeltüren, Drinks auf der Terrasse … du weißt schon, solche Sachen.«

Sie setzte sich auf den Stuhl am Fenster und seufzte: »Schlechter als ich kannst du es auch nicht machen!«

Mit erstaunlicher Sorgfalt ergriff Ivan ein Kleidungsstück nach dem anderen, legte die meisten jedoch mit einem Seufzer wieder beiseite. Schließlich sagte er: »So, das müsste reichen.«

Rilla sah sich an, was er ausgesucht hatte, und ja, tatsächlich, das grüne Chiffonkleid war ganz nett für eine Sommerparty; der naturfarbene Zigeunerrock würde mit der weißen Leinenbluse ohne weiteres bestehen; die schwarze Hose und mehrere seidene Jersey-T-Shirts waren nicht zu scheußlich für Morgenspaziergänge im Park. Ivan ergänzte noch ein paar elegante Schals (»Georgina von Etzdorf …«, hauchte er bewundernd, als er sie vorsichtig aufs Kissen legte) und wandte sich dann den Halsketten zu, die über einer Ecke des Spiegels hingen.

»Diese hier, glaube ich«, sagte er und ergriff eine lange Schnur offensichtlich falscher Perlen. »Perlen, die nicht rund sind, habe ich noch nie gesehen.« Er gestattete sich einen Laut, der bei ihm einem Lachen am nächsten kam.

»Ja, die liebe ich«, erwiderte Rilla. »Sie sind aus Amerika. Viereckige Perlen! Die passen ganz gut.«

Sie schloss die Augen und ließ Ivan in ihrer Schachtel mit den Ohrringen wühlen. Was spielte es denn schon für eine Rolle? Ganz egal, was sie trug, der Besuch würde ohnehin grässlich werden. Das Einzige, was sie in jeder Minute ihres Lebens zu verdrängen versuchte – in den dunkelsten, geheimsten Winkel ihres Herzens –, war jedem, der kam, bekannt. Und wenn sie nun darüber redete? Wie sollte sie es ertragen? Erneut schloss Rilla die Augen und holte tief Luft. Willow Court. So viele Gespenster, so viel Schmerz, und ihre Mutter, Leonora Simmonds, Wächterin über alles, vor allem die Gemälde. O mein Gott, dachte Rilla. Was haben wir nur getan, dass wir diese Bilder in der Familie haben müssen?

Billie Holidays Stimme erfüllte das Auto: schwermütig, samten und durchdrungen von Schmerz. Süß, aber doch mit einer Spur von Dunkelheit, wie eine Grenzlinie. Von Zeit zu Zeit sang Rilla den Text mit und füllte die Leere in ihrem Kopf mit eigenen Klängen. Sie wusste, dass die Landschaft draußen vorbeizog, würdigte sie aber keines Blickes. Sie hatte sie auf ihrem Weg nach Willow Court schon viel zu oft gesehen. Jetzt ging Gwen bestimmt von Zimmer zu Zimmer, dachte sie, und überprüfte, ob überall die richtigen Handtücher hingen. Sie hatte sich sicher auch schon vergewissert, dass die Gemälde abgestaubt worden waren. Und ich werde im Blauen Zimmer übernachten, in das Mutter mich immer steckt, weil es nach hinten liegt. Kein Blick zum See. Rilla erschauerte trotz der Hitze. Sie war seit Jahren nicht mehr am See gewesen, aber in ihrer Erinnerung sah sie immer noch das Wasser glitzern. Nein, denk an Gwen. Das ist sicherer. Die ordentliche, gut organisierte Gwen, die perfekt sitzende Hosen aus dem richtigen Stoff trug, für die sie ein kleines Vermögen ausgab, die aber trotzdem aussahen wie ganz gewöhnliche Hosen. Auch ihre Blusen waren nur vom Feinsten, und Rilla wusste genau, dass jede einzelne eine Menge Geld kostete, aber wozu, wenn sie so unauffällig waren? Ein blasses Rosa, Wischiwaschi-Blau und Crème: die Lieblingsfarbtöne des Minimalismus, die Gwen überhaupt nicht standen, aber das kümmerte sie offenbar nicht.

Nicht dass ihre Schwester nicht attraktiv gewesen wäre. Das war sie durchaus. Sie hatte die Figur eines jungen Mädchens. Graue Strähnchen durchzogen ihre dunklen Haare, für die andere in Friseursalons ein Vermögen ausgaben, und sie hatte eine Haut wie Elfenbein. Rilla hätte sie gern in Burgunder, leuchtendem Blau und altem Gold gesehen, aber Gwen würde davon nichts wissen wollen. Vielleicht hatte ihr armer Schwager, als er in den ersten Jahren seiner Ehe ständig fremdging, ja nur nach ein bisschen Farbe Ausschau gehalten? Rilla schämte sich ein wenig wegen dieses unloyalen Gedankens, aber möglicherweise hatte sie Recht. James Rivera, der früher wahrscheinlich Jaime geheißen hatte, war an ihre Schwester verschwendet. Er sah gut aus, und nur sein exotischer Nachname wies auf seine spanische Herkunft hin. Er war in diesem Land aufgewachsen und hatte hier die Schule besucht, also machte er nicht die Pferde scheu. *Was wäre, wenn* war natürlich immer ein idiotisches Spiel, aber manchmal überlegte Rilla doch, was gewesen wäre, wenn Hugh Kenworthy sie damals nicht zu jeder Tages- und Nachtzeit beschäftigt hätte. Hätte James sich in sie verliebt? Hätte sie es auch gewollt?

Mittlerweile dachte Rilla kaum noch daran, doch damals hatte ganz Willow Court darüber geklatscht: Weiß Gwen Bescheid? Fast vom ersten Tag ihrer Ehe an wusste Rilla, dass James Gwen betrog. Ständig war er »in London« oder »über Nacht weg«, und einmal hatte Rilla ihn und jene Frau – Wie war noch mal ihr Name? Milly? Molly? So etwas in der Art – zusammen gesehen. Sie hatte nie jemandem etwas davon erzählt. Es war eines der jungen Mädchen gewesen, das auf die Kinder aufpasste. Sie sah erhitzt und zerzaust aus, und die beiden waren Händchen haltend gemeinsam aus dem Pavillon gekommen. Und James hatte bemerkt, dass Rilla ihn sah. Milly oder Molly verschwand kurz darauf.

Sie *muss* es wissen, dachte Rilla. Es kann gar nicht anders sein! Es war jedoch typisch für Gwen, nichts zu sagen. Szenen lagen ihr nicht, und ihr Stoizismus schien sich ausgezahlt zu haben. Mittlerweile war James wohl treu wie Gold, wenn er auch etwas zu viel trank. Rilla waren Gwens besorgter Gesichtsausdruck und die missbilligend zusammengepressten Lippen nicht entgangen, wenn sich ihr Ehemann noch ein weiteres Glas einschenkte. Ihre Schwester war vor allem an Ordnung interessiert. An Ordnung und an der Walsh-Sammlung. Gott sei Dank würde wenigstens eine der Töchter Leonoras Lebenswerk weiterführen, wenn sie einmal nicht mehr war. Für Rilla wäre es die Hölle gewesen, von Unmengen gespenstischer Bilder umgeben zu sein.

Und dann war sie angekommen, in Willow Court. Die schmiedeeisernen Tore standen offen. Die Blätter der Roteichen entlang der Auffahrt zum Haus waren immer noch grün. Ihr Mund wurde plötzlich trocken. Rilla fuhr langsamer. Sie wusste, dass Leonora und Gwen bereits auf der Vordertreppe warteten – und genau da standen sie, wie Figuren auf einem Bild. Sie konnte sie schon von weitem sehen: Leonora, aufrecht und beherrscht. Sie stand eine Stufe über Gwen. Rilla hielt an und stieg aus, so elegant sie konnte, weil sie wusste, dass der Blick ihrer Mutter auf ihr ruhte. Sie lief die Treppe hinauf, um ihre Schwester zu küssen.

»Liebes«, sagte sie und schlang, von plötzlicher Zuneigung erfüllt, die Arme um Gwen. Vielleicht hätte sie sich früher bemühen müssen, sich mit Gwen allein zu treffen. Vielleicht sollte sie sie zu sich nach London einladen? »Wie schön, dich zu sehen. Ich bin ziemlich früh dran, was? Erstaunlicherweise war nicht viel Verkehr.«

Dann stieg sie eine weitere Stufe hinauf, um ihre Mutter zu umarmen.

»Rilla!« Ihre Mutter lächelte zwar, stand aber ganz still, als ihre jüngere Tochter sie küsste. Ihr Puder riecht wie Puderzucker, dachte Rilla. Sie hat so weiche Haut, aber im Innersten will sie sich nicht entspannen. Als ob in ihr etwas erstarrt ist.

»Mutter, du siehst wundervoll aus. Wie immer.« Und das stimmte. Leonora hatte kaum Falten, und ihre grünen Augen strahlten wie eh und je. Ivan erklärte fortwährend, dass es für die Schönheit nichts Besseres gebe als eine gute Knochenstruktur. Rilla wusste nur zu gut, dass ihre eigenen Knochen viel zu gepolstert waren, und sie wartete förmlich auf eine Anspielung ihrer Mutter, weil sie in der letzten Zeit zugenommen hatte, aber heute sagte Leonora lediglich:

»Du siehst reizend aus, Rilla, Liebes. Wir haben dich so lange nicht gesehen. Ich habe dich so vermisst, es ist wirklich schön, dass du so früh kommst.« Sie schwieg und musterte ihre Tochter gründlicher. »Und du siehst auch ein bisschen müde aus. Na, egal. Du kannst dich hier richtig ausruhen.«

Rilla schluckte die Erwiderung gerade noch herunter. Leonora liebte sie *wirklich*, stellte sie schuldbewusst fest. Es fiel ihr nur schwer, ihre Zuneigung auf normale Art und Weise zu zeigen. Rilla murmelte, sie müsse ihre Koffer aus dem Auto holen und sie nach oben bringen.

»Du bist im Blauen Zimmer, Liebling«, sagte Leonora. »Ich

weiß, dass du dich dort wohl fühlst. Gwen hilft dir, dich einzurichten. Du hast noch viel Zeit, um dich vor dem Abendessen umzuziehen. Ich schreibe Briefe im Wintergarten, aber wenn du fertig bist, kannst du gerne herunterkommen. Ich würde schrecklich gerne ein wenig mit dir plaudern, falls du nach der langen Fahrt nicht zu müde bist.« Sie lächelte Rilla an, dann drehte sie sich um und ging ins Haus. Sie bewegte sich wie immer: langsam und als ob ihr jemand zuschaute. Was oft der Fall war, dachte Rilla.

Sie trat mit Gwen an den Wagen, und gemeinsam holten sie das Gepäck aus dem Kofferraum. Jede mit einer Reisetasche, gingen sie ins Haus. Auf den schwarzweißen Fliesen der Halle lagen verschlungene Kabel.

»Sind die Fernsehleute schon da?«, fragte Rilla, während sie Gwen nach oben folgte.

»Sean Everard, der Regisseur … er kommt erst morgen«, erwiderte Gwen über die Schulter. »Aber die anderen sind schon da. Sie machen Probeaufnahmen. Sie sind wirklich sehr professionell, die meiste Zeit merken wir gar nicht, dass sie da sind. Sie wohnen alle im ›Fox and Goose‹ und essen auch da.«

Sie stieß fast mit einem Mann zusammen, der mit einer Kamera auf der Schulter auf dem Treppenabsatz hockte.

»Ach, du meine Güte, Ken!«, sagte Gwen. »Ich habe Sie gar nicht bemerkt. Es tut mir sehr Leid, aber ich meine, ich hätte deutlich zum Ausdruck gebracht, dass dieser Teil der Treppe tabu ist. Ich habe das alles mit Sean besprochen, und er hat es doch sicherlich erwähnt.«

»Entschuldigung«, erwiderte Ken. »Ich habe nach Mrs. Simmonds' Schlafzimmer gesucht. Dort hängt wohl ein Bild mit Schwänen …«

»Oh!« Gwen entspannte sich ein wenig. Wenn Leonora erlaubt hatte, dass er hier herauf kam, dann war es wohl etwas anderes, dachte Rilla. »Dann ist es in Ordnung. Sie müssen allerdings den anderen Flur entlang. Sie sind oben an der Treppe nach rechts statt nach links gegangen. Es ist ganz leicht zu finden.«

»Gut!«, erwiderte Ken und verschwand. Rilla stellte fest, dass sie vor dem ehemaligen Kindertrakt standen.

»Das Puppenhaus ist doch noch da, oder?«, fragte sie.

»O ja. Aber Mutter will auf keinen Fall, dass sie es filmen.« Sie gingen den Flur entlang zum Blauen Zimmer. Seit ihrem letzten Besuch hatte sich nichts verändert, aber Gwen hatte hübsche, blassgelbe Rosen in eine Vase am Fenster gestellt.

»Wie hübsch. Vielen Dank, Gwennie.«

Gwen errötete, als sie sie mit ihrem albernen Kindheitsnamen ansprach. »Du magst doch die, die den ganzen Sommer über blühen, so gerne ...«, murmelte sie und stellte die Reisetasche ab. Sie wandte sich zum Gehen und wollte gerade sagen: »Bis später dann«, als Rilla sie unterbrach.

»Ich will mir das Puppenhaus mal ansehen. Komm doch mit, Gwen, na los. Wir haben doch bestimmt noch genug Zeit, oder hast du jetzt etwas anderes zu tun?«

Gwen zögerte einen Moment, aber dann erwiderte sie: »Na gut. Aber nur für einen Augenblick, ja?«

»Gut ...« Rilla trat aus dem Zimmer und blickte den Flur entlang. »Ich passe auf, dass uns niemand erwischt.«

»Hör auf damit!« Gwen lachte und klang auf einmal viel jünger. »Wir dürfen jederzeit ins Kinderzimmer. Mutter will nur die Fernsehleute nicht dort haben.«

»Ich kann mir gar nicht vorstellen, warum ... Hat sie irgendwas gesagt? Das Puppenhaus war Ethan Walshs Meisterwerk, wenn du mich fragst.«

»Das möchte sie aus irgendeinem Grund lieber für sich behalten«, erwiderte Gwen. »Sie hängt sehr daran, und natürlich birgt es auch Erinnerungen für sie. Ich kann leider nicht lange bleiben. James kommt gleich vom Weinhändler zurück, und du solltest auspacken.«

Rilla hatte den Kindertrakt immer geliebt. Früher war es Nanny Mouses Reich gewesen, aber in den letzten Jahren wohnte die alte Dame in einem Cottage am Ende der Auffahrt und wurde von einer Gesellschafterin gepflegt. Es hätte sie traurig gemacht, die Räume so leer und hallend zu sehen, ohne Spielzeug oder Bücher in den Regalen. Das Zimmer hatte nichts mehr gemein mit dem Raum, den Rilla jahrelang als Mittelpunkt ihrer

Welt erlebt hatte. Gwens Enkel Douggie, Efes und Fionas Sohn, konnte hier jederzeit schlafen, wenn sie zu Besuch waren, aber Fiona hatte ihn lieber bei sich. Er war erst zweieinhalb. Vielleicht erwachte der Raum ja wieder zum Leben, wenn er älter wurde.

Gwen öffnete die Tür, und da stand das Puppenhaus, an seinem alten Platz an der Wand. Rilla lächelte. Mutter war nicht sentimental, aber wenn es um das Puppenhaus ging, das sie häufig als *meine beinahe einzige Verbindung zu meiner Mutter* bezeichnete, dann benahm sie sich fast schon exzentrisch. Okay, Gwen hatte Recht, ihr Vater hatte es für sie gebaut, und ihre Mutter hatte jedes Zimmer eingerichtet. Vielleicht wollte sie ja einfach nicht, dass alle es anschauten und anfassten, aber dem Filmteam jegliche Aufnahme zu verbieten, ging trotzdem ein wenig zu weit. Es durften auch nur ältere Kinder damit spielen. Leonora würde nie Kleinkindern erlauben, mit ihren schmutzigen Fingern die Tapete zu berühren oder die winzigen Möbelstücke zu malträtieren. Alle in der Familie wussten, dass es ganz allein Leonora gehörte, und falls jemand es merkwürdig fand, dass eine Frau von über siebzig derart an einem Kinderspielzeug hing, so sagte doch keiner etwas.

Das Haus zu bauen war Liebesmühe gewesen. Rilla fiel es schwer, sich ihren künstlerischen Großvater vorzustellen, der allen Erzählungen zufolge etwas von einem Tataren gehabt hatte, wie er sich auf das Niveau eines Kindes begab, um diese wunderschöne Miniatur-Residenz zu schaffen. Großmutter Maude, die selten in irgendwelchen Artikeln über Ethan Walsh erwähnt wurde, hatte es mit der gleichen Sorgfalt eingerichtet, die sie auf Willow Court verwendet hatte. Sie hatte auch drei kleine Puppen geschneidert, die darin wohnten: exakte Kopien von ihr, ihrem Mann und ihrer Tochter; winzige Stoffpuppen, doch die Gesichtszüge klar erkennbar. Ethan war die größte, mit einem dunklen Schnurrbart und schweren Augenbrauen über blauen Augen. Maude hatte nussbraunes Haar, im Nacken zu einem Knoten geschlungen, und trug eine Bluse mit hohem Spitzenkragen. Die Leonora-Puppe trug ein Kleid aus dem gleichen fliederfarbenen Stoff wie auf einem ihrer Porträts: das berühmte Bild, das sie auf der Kante ihres Bettes sitzend zeigte. Ihr Kleid war mit der gleichen Spitze gesäumt wie der Blusenkragen der Mutter. Jeder Puppe hatte Maude aus rosafarbener Seide einen lächelnden Mund aufgestickt. Als kleines Mädchen hatte Rilla immer gesagt, man könne sehen, dass sie eine glückliche Familie seien.

»Wir durften es uns an Weihnachten immer anschauen«, sagte Gwen. »Weißt du noch?«

Rilla nickte. »Ja, das stimmt. Hatten wir nicht Miniaturefeu oder so, mit dem wir die Zimmer dekoriert haben?«

»Girlanden«, sagte Gwen. »Sie sind in einer Kiste auf dem Speicher, glaube ich. Mit all dem anderen Weihnachtsschmuck.«

»Sie hat uns nie mit den Puppen spielen lassen, oder?« Rilla konnte sich noch gut daran erinnern, dass Leonora gesagt hatte: *Ich kann euch die Puppen nicht zum Spielen geben, meine Lieblinge. Sie sind so zerbrechlich. Aber die neue Familie, die ich euch für das Haus gekauft habe, gefällt euch doch auch, oder?* »Sie hat uns die neuen Puppen sicher gekauft, um uns abzulenken, aber wir haben sie trotzdem geliebt, oder?«

»Natürlich«, erwiderte Gwen. »Es hat uns nie gestört, dass wir mit Großmutters Puppen nicht spielen durften. Ich weiß nicht einmal, wo Mutter sie inzwischen aufbewahrt.«

Weil kaum jemand je das Kinderzimmer betrat, erfüllte eisige Stille den Raum. Rilla erinnerte das Bettlaken auf dem Puppenhaus ein bisschen an ein Leichentuch. Gott, schalt sie sich, meine Fantasie geht mit mir durch.

Gwen wies mit dem Kinn darauf und lächelte ihre Schwester an. »Na komm«, sagte sie. »Schauen wir es uns an.«

Rilla blickte auf den Umriss des Hauses unter dem weißen Laken. Das Dach reichte ihr bis zur Taille. Sie schlug den Staubschutz zurück, und das Puppenhaus lag frei.

»Ich habe es immer Paradise Mansions genannt«, sagte sie. »Weißt du noch?«

»Darüber habe ich mich immer geärgert.« Gwen lachte. »Ich habe schon damit gespielt, als du noch ein Baby warst. Ich nannte es Delacourt House. Und die Familie hieß Delacourt. Das war ihr richtiger Name.«

Rilla sagte nichts, aber sie sah sich noch, wie sie vor dem Esszimmer kniete, die Mutterpuppe ergriff, ihren Schal zu Boden warf und sie auf eines der Betten im oberen Stockwerk legte. Wie wütend Gwen dann immer geworden war! Sie wusste, dass Gwen selbst heute noch eine Spur dieses Zorns empfand, der sie damals gepackt hatte, wenn jemand sich an *ihren* Dingen, *ihren* Puppen vergriff.

»Du hättest mich am liebsten umgebracht, wenn ich irgendwas in deiner Anordnung verändert habe, nicht wahr?«

»Ach, Unsinn«, erwiderte Gwen. »Wir waren doch Kinder. Kinder sind kleine Wilde.« Gwen kniete neben ihr auf dem Fußboden. Ihre Stimme klang beiläufig, aber Rilla wusste, dass sie Recht hatte, dass all der Streit um das Puppenhaus keineswegs vergeben und vergessen war. Manches aus der Vergangenheit steckte wie ein Holzsplitter dicht unter der Haut.

Rilla beugte sich vor, um alles genau anzusehen. Es gab drei Stockwerke, wobei die Zimmer auf jeder Seite eines breiten Treppenhauses angeordnet waren. Küche und Esszimmer im Parterre, Wohnzimmer und Arbeitszimmer im zweiten Stock, und zwei Schlafzimmer und ein Badezimmer im dritten Stock. In den Dachboden hatte Ethan ein winziges Zimmer für das Dienstmädchen gequetscht. Er hatte alle Möbel selber gebaut: Betten für alle und Kommoden. Die Anrichten, Tische und Stühle unten waren komplizierte Meisterwerke der Schreinerkunst. Die Wände bedeckten Reste der Tapeten, die Maude ursprünglich für Willow Court ausgesucht hatte. Sie waren jetzt verblichen, aber man konnte die Muster immer noch erkennen: das Weidenmotiv von William Morris natürlich und ein Granatapfelbaum mit weißen Vögeln von Walter Crane. Auch das geschwungene Dach stellte ein kleines Kunstwerk dar – überraschenderweise von Maude. Sie hatte dickes Papier ausgeschnitten, es mit Dachziegeln in Wasserfarben bemalt und es kunstvoll auf das Holzgerüst geklebt. Leonora hatte ihnen die Geschichte oft erzählt: Das neue Dach war eine Überraschung ihrer Mutter zu ihrem achten Geburtstag gewesen, kurz vor ihrem tragischen Tod. Mit den Jahren waren das Grau, Braun und Blassgelb so verblichen, dass das

Dach jetzt völlig echt wirkte: so verwittert, wie Dachziegel mit der Zeit eben aussahen.

Rilla dachte plötzlich: Das Haus wäre eine Sensation für Kunstkritiker, wenn sie es zu Gesicht bekämen. Es musste ein kleines Vermögen wert sein. Warum redete Beth eigentlich nie über diese Zeit? Warum war Gwens Kindern, vor allem dem geschäftstüchtigen Efe, nie aufgefallen, was für ein Schatz hier stand?

Auch die Puppen waren alle noch vorhanden. Königin Margarita (die Gwen Mrs. Delacourt genannt hatte), ihr Mann und die zwei Kinder Lucinda und Lucas (Dora und Dominic für Gwen) und das Dienstmädchen, das sie beide Philpott genannt hatten. Und welches Leben sie diesen unbeweglichen Holzpuppen mit den bemalten Gesichtern eingehaucht hatten! Rilla hatte immer genau gewusst, was sie dachten, fühlten und wollten. Sie putzte das Haus und richtete ihnen Mahlzeiten auf dem kleinen Tisch an, aber Gwen behauptete immer, sie mache alles falsch, und mehr als einmal schubste sie Rilla so grob zur Seite, dass sie sich den Kopf am Schaukelpferd anstieß und stundenlang weinte. *Geschieht dir recht.* Rilla konnte sich immer noch an das erinnern, was Gwen damals geschrien hatte: *Du hättest sie gar nicht bewegen dürfen. Ich setze sie dahin, wo sie sein sollen, und du hast sie bewegt. Das darfst du nicht.*

»Wir hatten viel Spaß mit ihnen, nicht wahr?«, sagte sie zu Gwen.

»Ja, natürlich.« Gwen stand auf. »Allerdings meine ich, mich erinnern zu können, dass ich ständig dachte, du machst alles falsch. Vermutlich wollte ich nur alles für mich, wollte nicht mit dir teilen … sind Kinder nicht oft fürchterlich?«

»Ich nicht! Ich war ganz liebenswert!«

»Das glaubst du!« Gwen musste lachen. »Ich habe zwar gerade abgestritten, dass ich dich umbringen wollte, aber du bist auf jeden Fall die reinste Pest gewesen. Vermutlich war ich aber auch ein bisschen dominant, oder?«

»Ein Geständnis! Es geschehen doch immer wieder Wunder, Gwen!«

Rilla erhob sich und deckte das Haus wieder zu. Der Umriss des Daches hob sich scharf gegen die dunkle Tapete ab, und die Puppen lagen still unter der weißen Lawine, die sich über sie senkte. Für den Bruchteil einer Sekunde fragte sich Rilla, was sie angesichts der weißen Wand vor ihren Fenstern wohl denken mochten. Sie lachte laut auf. Ob solche Gedanken wohl den Beginn der Menopause einleiteten? *Es entgleitet dir, Mum!*, sagte ihre Stieftochter Beth manchmal liebevoll zu ihr.

»Komm herunter, wenn du ausgepackt hast«, sagte Gwen. »Ich kümmere mich in der Zwischenzeit um die Getränke. Die Party wird toll werden, Rilla, nicht wahr?«

»Ja, großartig«, erwiderte Rilla und registrierte erstaunt, dass sie nur die Wahrheit sagte.

»Und wo«, wandte sich Leonora an Gwen, »willst du Chloë und ihren jungen Mann unterbringen? Wie heißt er noch mal? Philip irgendwas. Ein kluger Junge. Hat er nicht irgend so einen faszinierenden Beruf?« Sie trank einen Schluck Wein und strich Butter auf einen Bath Oliver, auf dem sie krümeligen Stilton verteilte.

»Er restauriert Gemälde, bei V&A, glaube ich. Allerdings ist er noch sehr jung und steckt erst in den Anfängen. Chloë sagt, er freut sich so auf die Gemälde in Willow Court.«

Die letzten Strahlen der Abendsonne drangen ins Esszimmer, brachten die gelben Samtvorhänge zum Leuchten und glitten über den Fensterplatz, wo Gus, eine von Leonoras zwei Katzen, wie ein zusammengerolltes, marmeladefarbenes Pelzkissen lag. Sein Bruder, Bertie, zog weiche Steppdecken vor und kam nur herunter, wenn der Hunger ihn in die Küche trieb.

»In meinem alten Zimmer«, erwiderte Gwen. »Chloë hat es immer gemocht.«

Rilla konzentrierte sich darauf, einen Apfel zu schälen. Beim Abendessen waren nur sie, Gwen und Leonora da gewesen. Von James war nirgendwo etwas zu sehen. Als ob sie Rillas Gedanken lesen könne, fragte Leonora: »James ist vermutlich noch in der Stadt?«

Gwen nickte. »Ja, er hat kurz vor dem Abendessen angerufen. Er plaudert mit den Weinhändlern und so weiter und kümmert sich um das große Zelt, glaube ich. Verbindungen knüpfen, so nennt er das. Jedenfalls wollte er sich auf dem Heimweg ein Sandwich kaufen.«

Rilla lachte. »James würde nie einfach mit jemandem plaudern, wenn er nicht *Verbindungen knüpfen* könnte.«

Gwen lächelte, ein wenig halbherzig, wie es Rilla schien. Plötzlich durchzuckte sie ein schrecklicher Gedanke. Ob Gwen wohl denkt, dass James vor Jahren mal mit mir geschlafen hat? Kann sie ernsthaft annehmen, ich würde so tief sinken, mich mit meinem eigenen Schwager einzulassen? Doch bestimmt nicht! Entschlossen verdrängte Rilla den Gedanken und schenkte sich eine weitere Tasse Kaffee ein. Möglicherweise hatte James wieder eine Geliebte in der Stadt, aber vielleicht auch nicht. Sie warf ihrer Schwester einen Blick zu. Die beiden mussten in den langen Jahren ihrer Ehe einen Weg gefunden haben, mit seinen früheren Affären zurechtzukommen. Gwen wirkte zwar ein wenig angespannt, wenn er spät nach Hause kam, aber sie schien entschlossen, gute Miene zum bösen Spiel machen zu wollen. Und dennoch.

»So ist mein Vater gestorben!« Rilla fiel ein, wie Gwen James einmal diesen Satz entgegengeschleudert hatte, als die beiden heftig miteinander stritten. Sie war bleich vor Wut gewesen und ihre Stimme kippte über. »Ich habe keine Lust, dass dir das Gleiche passiert.«

Warum hielt Gwen das nur alles aus? Vermutlich liebte sie ihn. Rilla überlegte, ob sie wohl das Leben mit James ertragen könnte, aber im Grunde wusste sie, dass es nicht so war. Sie hätte die anderen Frauen nicht toleriert. Bei ihr bedurfte es nur eines winzigen Seitensprungs, eines Kusses, und sie war weg. Oder sie würde den Mann zum Teufel schicken. Treue war schließlich nicht zu viel verlangt, oder? Galt das heutzutage überhaupt noch was? Sie hatte keine Ahnung, und so, wie sie zur Zeit aussah, würde sie es wohl auch kaum herausfinden. Wer zum Teufel fand schon wahre Liebe in ihrem Alter?

Sie biss in den Apfel und wandte ihre Aufmerksamkeit dem zu, was Leonora sagte. Irgendetwas über ihre Arbeit. Rilla seufzte innerlich und rüstete sich, zwei kurze Sätze in nachmittäglichen Soap-Operas wie Hauptrollen bei der Royal Shakespeare Company klingen zu lassen. Sich selbst aufwerten, so nannte man das, und sie war mit den Jahren ziemlich gut darin geworden. Sie versuchte, nicht zu defensiv zu klingen. Schließlich war ja nichts Schlimmes daran, wenn eine Mutter Interesse an dem zeigte, was ihre Tochter tat. Werd erwachsen, Rilla, sagte sie zu sich und begann, von dem letzten Werbefilm, bei dem sie mitgewirkt hatte, zu erzählen.

In manchen Schränken machten die Drahtbügel ein Geräusch wie Windspiele, wenn man seine Kleider aufhängte, aber nicht in Willow Court. Leonora hielt nichts von Drahtbügeln. Dann kannst du ebensogut deine besten Kleider gleich an den Schultern zerreißen, sagte sie mit ihrem üblichen Hang zur Übertreibung immer. Rilla musste zugeben, dass die mit einem seidigen Stoff überzogenen Kleiderbügel angenehm und seltsam tröstlich waren. Wenn schon nicht ich, dann sind wenigstens meine Kleider in guter Verfassung, dachte sie.

Sie war jetzt schon ein paar Stunden hier, und alles war in Ordnung. Vor einer Weile hatte sie sogar aus dem Fenster geschaut, und da lag der Küchengarten in der Nachmittagssonne, wirkte hübsch und friedlich und kein bisschen bedrohlich. Natürlich musste sie sich vor bestimmten Stellen hüten. Wenn sie nicht aufpasste, stand er auf einmal vor ihr, und den Schmerz könnte sie nicht ertragen.

Ein totes Kind konnte man nie vergessen, und Mark war immer bei ihr, war Bestandteil ihres Körpers und mehr in ihr, als in den Monaten vor seiner Geburt. Er war immer da, aber nur hier in Willow Court hörte sie manchmal seine Stimme und *sah* ihn sogar, hinter dem Vorhang im Wohnzimmer, wo er sich gerne versteckt hatte, oder auf der Bank im Stillen Garten, mit einer Katze auf dem Schoß. Das, dachte sie schläfrig, ist ein Geisterhaus. Ich sollte mittlerweile daran gewöhnt sein, und doch fürchte ich es. Ich fürchte seinen Anblick, die Möglichkeit, dass er es wirklich *ist.* Und natürlich konnte sie nicht in ihrem alten Zimmer schlafen.

Rilla fragte sich, wer dort wohl schlief. Sie würde Gwen fragen. Das Essen heute Abend war ruhig und friedlich gewesen, aber von morgen an würde sich das ändern. Gwens jüngerer Sohn Alex kam mit Beth zusammen. Efe, der Älteste, würde mit Frau und Kind am Nachmittag eintreffen, und Sean Everard, der Regisseur, wurde vor dem Abendessen erwartet. Sie hätte kaum noch Zeit, sich umzudrehen, geschweige denn, vertrauliche Gespräche zu führen. Aber es gäbe auch keine Gelegenheit mehr für Leonora, ihr weitere Fragen über die Arbeit zu stellen (*Wie lange ist es her, seit du in einem Film mitgespielt hast, Liebling?*) oder über den aktuellen Zustand ihres Liebeslebens oder über ihr Gewicht (*Efe geht jeden Tag ins Studio, weißt du. Selbst wenn er viel um die Ohren hat …*).

Nun, toll für Efe, dachte Rilla und suchte in ihrer Reisetasche nach dem geheimen Vorrat an Schokoriegeln. Bis zum Frühstück war es noch lange hin. Sie packte ein Crunchie aus und legte sich aufs Bett. Ihre Stimmung hob sich, als die Mischung aus Schokolade und Karamel in ihrem Mund schmolz. Das Abendessen war viel besser gelaufen, als sie gedacht hatte. Es war kein schwieriges Thema angesprochen worden. Vielleicht würde die Zeit mit der Familie hier ja gar nicht so schlimm werden. Leonora würde so nett wie möglich sein und sich bemühen, ihr Zuneigung zu zeigen, und sie wiederum würde sich bemühen, sie zu erwidern. Vielleicht ging ja alles gut oder sogar besser als gut.

Vielleicht.

Donnerstag,
22. August
2002

Beth Frederick spürte, wie ihr bei dem Gedanken an ein Wiedersehen mit Efe der Atem stockte. *Efe.* Sie hatte ihn so genannt, als sie beide zwei Jahre alt waren und sie »Ethan« noch nicht aussprechen konnte. Er war Gwens Ältester. Sie waren praktisch gemeinsam aufgewachsen. Damals hatten Rilla und Dad die meiste Zeit auf Willow Court verbracht, obwohl sie eigentlich in London lebten. Das hatte sich nach Marks Unfall plötzlich geändert. An ihren kleinen Halbbruder zu denken tat selbst nach all dieser Zeit noch weh, deshalb konzentrierte sich Beth auf Efe. Sie wollte das Glück, ihn wiederzusehen, nicht mit furchtbaren Erinnerungen aus der Vergangenheit überschatten.

Es war jetzt fast Zeit aufzubrechen. Sie sah sich noch einmal in ihrer Wohnung um und dachte an das Seidenpapier, das sie zwischen jedes Kleidungsstück in ihrem Koffer gelegt hatte. Sie fand es unmöglich, wenn sie ihre Blusen nicht sorgfältig in ihrer Kommode stapeln und die Bettwäsche im Wäscheschrank einräumen konnte. Wahrscheinlich war es gut, dass sie alleine lebte. Sie hätte es gehasst, ihre Wohnung mit jemandem teilen zu müssen. Außer mit Efe.

Beth wusste, dass sie manchen Familienmitgliedern Leid tat. *Achtundzwanzig und lebt immer noch allein* … Leonora dachte das und sagte es auch manchmal. Beth war das egal. Sie liebte ihre Arbeit, und sie konnte sich nichts Schlimmeres vorstellen, als den Falschen zu heiraten, wie das so viele ihrer Freundinnen anscheinend getan hatten.

Bevor sie gestern Abend das Büro verlassen hatte, hatte sie Efes letzte E-Mail ausgedruckt. Sie war interessant und hinreißend zugleich, da sie auf die bestmögliche Art geendet hatte: mit einem liebevollen Satz vor seinem Namen. Sie kannte den Text auswendig und würde ihn nie vergessen. Sie hatte das Blatt Papier zusammengefaltet und in ihrer Handtasche in ein selten benutztes Seitenfach gesteckt.

Hey, Beth! Was für fantastische Tage uns bevorstehen! Ich muss etwas äußerst Dringendes mit dir besprechen. Ich kann jetzt noch nichts davon sagen, aber wir sehen uns ja in Willow Court. Die Angelegenheit ist ziemlich wichtig und dürfte für einige Erschütterung sorgen. Ich freue mich darauf, dich dort zu sehen, Mädel. Alles Liebe und Küsse, Efe.

Das war die längste Nachricht, die sie je von ihm bekommen hatte: für Efe die reinste Doktorarbeit. Und *Alles Liebe und Küsse* hatte er noch nie geschrieben. Sie wünschte, sich vorstellen zu können, es bedeutete etwas Romantisches, musste sich jedoch eingestehen, dass dem wohl nicht so war. *Mädel* war ein bisschen deprimierend, es klang so nach großem Bruder, aber man konnte nicht alles haben. Und was meinte er mit *Erschütterungen*? Was um alles in der Welt hatte er vor? Sie war natürlich neugierig, aber viel mehr brannte sie darauf, ihn endlich zu sehen.

Ihre ganze Kindheit über hatte Efe den Ton angegeben, und Beth war ihm sklavisch ergeben gefolgt. Sie liebte ihn mehr als irgendjemanden sonst auf der Welt. *Obwohl sie nur Stiefcousins und nicht blutsverwandt sind, lieben Beth und Efe sich abgöttisch,* hatte Leonora allen erzählt. Alle in der Familie wussten es. Er vertraute sich ihr immer noch an. Wann immer es Probleme gab, kam er zu ihr, obwohl er mittlerweile verheiratet war und eine eigene kleine Familie hatte.

Für gewöhnlich verdrängte Beth ihre Gefühle für ihn und versuchte, sie zu ignorieren. Sie schämte sich ein wenig, weil sie sich bei allem, was ihn betraf, so kindisch aufführte. Sie druckte jede Winzigkeit von ihm aus und bewahrte sie auf; das konnte man nur für unreif halten. Schließlich stand selten etwas wirklich Interessantes in seinen Mails. Mehr als *Hi, Beth! Wie läuft's? Efe*, schrieb er normalerweise nicht, es sei denn, es ging um eine Verabredung wie: *Vergiss das Abendessen am Freitag chez nous nicht. Ciao.* Seine Schwester machte sich lustig über sein wahlloses Einstreuen fremdsprachiger Redewendungen, aber Beth fand es süß. Es gab auch eine einzelne E-Mail, die mit *Alles Liebe, Efe* endete, und sie hütete sie wie einen Schatz, was wirklich jämmerlich war.

Beths Sehnsucht nach Efe verursachte ihr physische Schmerzen, und das gestand sie sich das erste Mal an dem Tag ein, an dem er ihr eröffnete, dass er Fiona McVie heiraten würde. Zuerst empfand sie Schuldbewusstsein, als seien ihre Gefühle inzestuös, aber letztendlich war sie nicht mit ihm verwandt. Sie durfte ihn lieben. Und er liebte sie doch auch, oder nicht? Einen wilden Augenblick lang hätte sie es fast gesagt. Beinahe hätte sie die Worte herausgesprudelt, die alles verdorben hätten. *Heirate Fiona nicht. Sieh doch, wie sehr ich dich liebe. Sieh doch, wie gut wir miteinander auskommen.*

Aber »gut miteinander auszukommen« hatte nichts mit Liebe zu tun, oder? Das war Beth klar. Efe stand eben nicht auf sie. Fiona war so hübsch, wie eine blonde Puppe, mit langen Beinen und noch längeren Wimpern und einer Stimme wie Silberglöckchen, wunderschön, wenn auch etwas befremdlich. Metallisch. Ein wenig zu hoch. Eigentlich jedoch gab es nichts, was einem an ihr missfallen konnte, außer der Tatsache, dass sie Efe anbetete und ihm stets alles recht machen wollte, wobei sie ihre eigenen Wünsche und Meinungen zurückstellte. Beth empfand ihr gegenüber ein saures Gefühl, das beinahe an Hass grenzte. Allein der Gedanke an Fiona und Efe reichte aus, um sie wütend zu machen. In ihrer Brieftasche bewahrte sie ein Foto auf, das Alex, Efes Bruder, bei der Hochzeit aufgenommen hatte. Es tröstete und quälte sie gleichermaßen, und sie zog es nur selten hervor, aber sie wusste, dass es da war. Es zeigte sie und Efe auf dem Empfang. Efe sah prachtvoll aus, fast zu gut: groß, dunkel, mit lang bewimperten Augen, die je nach seiner Kleidung die Farbe von grün über grau fast bis blau wechselten. Auf dem Foto hätte er für Ralph Lauren werben können, und sie sah lächerlich aus. All dieser Rüschenquatsch, den sie als Brautjungfer tragen musste ... das hatte sie beinahe umgebracht, ganz abgesehen von ihren Empfindungen Fiona gegenüber. Ihre Haare waren streng aus dem Gesicht frisiert. Sie lehnte an einer Wand, und Efe schaute mit so etwas wie Liebe im Blick auf sie herab. Jedenfalls stellte sie sich das gerne vor. Wenn sie jedoch genau hinsah, konnte sie die Wahrheit deutlich erkennen. Er sah sie ganz normal an: liebevoll und freundlich, aber nicht mehr. Die Liebe stand nur in ihren Augen. Liebe und so etwas wie Verzweiflung. Manchmal hätte sie das Foto am liebsten zerrissen, aber irgendetwas hielt sie immer davon ab: eine vergebliche Hoffnung, dass sich, wenn sie es das nächste Mal betrachtete, wie durch Magie etwas geändert hätte, dass Efe sie dann voller Leidenschaft anschmachtete und sie ansähe, als wolle er mit ihr den Rest seines Lebens verbringen.

Manchmal schalt sie sich für ihre albernen Fantasien. Es gab überhaupt keinen Grund, warum Efe sie in Erfüllung gehen lassen und sich von Fiona trennen sollte, um sie zu heiraten. Er mochte schöne Frauen, und Beth wusste, dass man sie keinesfalls als schön bezeichnen konnte.

Sie war schlank, und ihr Haar fiel in einem Bob bis fast auf ihre Schultern. Sie trug nur wenig Make-up und sehr teure Kleidung. *Du bist doch ein gut aussehendes Mädchen. Du machst nur nicht genug aus dir. Ich könnte es dir zeigen,* sagte Rilla ständig. Gerne hätte sie das Aussehen ihrer Tochter in die Hand genommen. Arme alte Rilla! Beth sah ein, wie frustrierend es für sie sein musste, eine Tochter mit eher unterkühltem, elegantem Stil zu haben. Niemand wäre darauf gekommen, dass sie der Sprössling eines Rockstars war. Beth war weder schüchtern noch unauffällig, aber sie hasste Kleider, die Aufmerksamkeit erregten. *Du siehst aus wie ein Trauerkloß,* hatte Chloë oft zu ihr gesagt, voller Verzweiflung über ihre gedämpften Farben, und vermutlich hatte sie sogar Recht. Mit ihrer Kleidung ging sie auf Nummer sicher. Sie zog sie einfach an und vergaß sie dann, und dadurch konnte sie ihre Energien auf wichtigere Dinge lenken.

Beth war die persönliche Assistentin von Jack Elridge, dem Seniorpartner in einem Architekturbüro, und dort stellten dunkle Kostüme und Ohrringe so etwas wie eine Uniform dar. Als sie vor acht Jahren bei Elridge angefangen hatte, hatte sich Jack von der Tatsache beeindrucken lassen, dass sie mit den Walshs von Willow Court verwandt war.

»Das ist ein prachtvolles Haus, nicht wahr?«, sagte er. »Sie können sich glücklich schätzen, dort aufgewachsen zu sein.«

Beth stimmte ihm zu. Sie liebte jeden Quadratzentimeter des Hauses. Es war Anfang des neunzehnten Jahrhunderts in klassischem Stil gebaut worden. Das E-förmige Gebäude umgab ein Park. Die Frontseite entlang erstreckten sich terrassierte Beete, eingerahmt von niedrigen Lavendelbüschen, in denen das ganze Jahr über Blumen wuchsen: Winterstiefmütterchen vor den Tulpen im Frühling und den Fleißigen Lieschen in Weiß und Blassrosa; dann die einjährigen Sommerstauden und natürlich zahlreiche Rosen. Wenn man die Stufen dazwischen herabstieg, knirschten die Schuhe auf den winzigen Kieselsteinen. Der formelle Garten (weißer, schmiedeeiserner Pavillon und sorgfältig gestutzte Hecken) ging in eine Rasenfläche über, an deren Ende der Wilde Garten lag, wo Mohn und Kornblumen neben Wildblumen blühten, deren Namen Beth nicht kannte. Das hohe Gras dort, in dem man Felsblöcke verteilt hatte, bildete einen organisierten Dschungel, bei Sonnenschein voller Schmetterlinge und Libellen und vom Summen der Bienen erfüllt. Und hinter dieser Wildnis lag der See. Dort tauchten die Weiden, die dem Haus seinen Namen gegeben hatten, ihre Äste ins Wasser, und dort brüteten Schwäne. Hinter dem See wuchsen hohe Bäume an dem Hügel, auf dem die Dorfkirche stand, deren Turm über dem Meer von grünen Wipfeln, die abends und an wolkenverhangenen Tagen fast schwarz wirkten, kaum noch zu sehen war.

Am besten jedoch gefiel Beth der Teil hinter dem Haus. Im Küchengarten gab es ordentliche Gemüsereihen »wie in Peter Rabbit«. Das hatte sie als Kleinkind einmal gesagt, und der Name war geblieben. Alle nannten ihn jetzt nur noch den Peter-Rabbit-Garten. Von dort gelangte man zum Stillen Garten, in dem eine riesige Magnolie mitten auf dem Rasen stand, um die herum eine Bank lief, auf der man beim Picknick sitzen konnte. Hier wuchsen keine bunten Blumen. Nach einer Familienlegende war dies auf Ethan Walshs Frau Maude zurückzuführen, die das leuchtende Gelb der Narzissen oder das ziemlich vulgäre Rot mancher Rosen nicht ertragen konnte. Hier blühten Rittersporn, Lupinen, Phlox, Fingerhut und Malven in Blassrosa, Blau und Mauve. Die Rhododendren, Azaleen und Kamelien waren weiß. An fast jedem Baumstamm rankten pfirsich- und cremefarbene Rosen hinauf oder solche von blassem Rosa, und an der Ziegelmauer am Ende des Gartens wuchs Spalierobst. Obstbäume wurden mit Spalieren in bestimmte Formen gebracht, hatte Rilla ihr erklärt, und die kleine Beth hatte das Wort auf der Zunge gerollt und sich in den Klang verliebt.

Die erwachsene Beth lächelte darüber. Sie sollte jetzt wirklich aufbrechen und Alex abholen. Efes jüngerer Bruder hatte kein Auto, und wenn sie konnte, nahm sie ihn immer mit. Er würde schon vor seiner Wohnung mit seinem Rucksack und seinen diversen Reisetaschen auf sie warten und aussehen wie ein Student. Seine welligen dunklen Haare fielen ihm in die Stirn, und er war bestimmt wieder auf seine übliche, nachlässige Weise gekleidet, weil er sich nicht darum scherte, was die Leute dachten. Efe nannte seinen Stil wüst, aber Beth fand ihn rührend. Bevor sie ging, musste sie jedoch noch ein Ritual durchführen. Sie setzte sich mit im Schoß gefalteten Händen hin, wobei sie sich ein wenig albern vorkam. Das war immer so, wenn sie diesem lächerlichen Aberglauben nachgab. Laut Rilla setzten sich die Russen immer ein paar Minuten lang hin, bevor sie eine Reise antraten. Das sollte Glück bringen. Beth wusste nicht genau, ob es wirklich eine russische Tradition war, oder ob Rilla es aus irgendeiner Produktion vom »Kirschgarten« übernommen hatte, in der sie vor tausend Jahren einmal mitgespielt hatte. Aber es war eigentlich auch egal, weil Beth nie auf den Gedanken gekommen wäre, für ein paar Tage irgendwohin zu fahren, ohne sich vorher still auf den harten Stuhl am Küchentisch gesetzt zu haben. Ein Sessel erfüllte nämlich aus Gründen, die nicht näher erläutert wurden, nicht denselben Zweck.

Beth lächelte, als sie an Rilla dachte. Sie ist ein bisschen durchgeknallt, dachte sie, aber lustig, und das ist mehr, als die meisten Leute von ihren Eltern sagen können. Und wir kommen gut miteinander aus, was ja auch ein Vorteil ist. Sie fragte sich oft, ob das daran lag, dass Rilla nicht ihre leibliche Mutter war, sondern nur jemand, den ihr Vater geheiratet hatte, bevor sie etwas über böse Stiefmütter gehört hatte. Vielleicht hatte sie deshalb nie Probleme gehabt, Rilla zu lieben. Chloë behauptete, ihre Mutter zu hassen, und Beth machte ihr manchmal deswegen leise Vorwürfe. Es war schwer vorstellbar, wie man jemanden wie die sanfte, freundliche Gwen hassen konnte, aber Chloë, die in der letzten Zeit stachelig, aggressiv und manchmal schrecklich grob auftrat, schien ein ausgeprägtes Talent dafür zu haben, Leute nicht zu mögen. Beth fand jedenfalls, sie hatte Glück gehabt, dass ihr Vater von all seinen Freundinnen letztendlich Rilla geheiratet hatte. Sie war warmherzig, liebevoll und lustig und kochte unkonventionell, wobei sie wunderbare Gerüche – und eine schreckliche Unordnung – in der Küche produzierte. Außerdem war sie ziemlich ich-bezogen, was Beth nie etwas ausgemacht hatte, weil sie dadurch mehr oder weniger immer hatte tun können, was ihr beliebte. Beth hatte bereits früh festgestellt, dass man sich um Rilla kümmern und sie organisieren musste. Sie war unordentlich, nicht nur in ihren Schränken und Kommoden, sondern auch im Kopf. Sie war bereits gestern nach Willow Court gefahren, und Beth stellte sich vor, wie ihr Gepäck wohl aussah: Sie hatte bestimmt irgendwelche Kleidungsstücke in irgendeine Tasche gestopft, die schon bessere Tage gesehen hatte. Lächelnd erhob sie sich und ergriff ihren Koffer. Dann schloss sie die Wohnung ab und ging hinunter.

Auf dem Weg zu Alex' Wohnung dachte sie über Familiengeheimnisse nach. Niemand wusste von ihren Gefühlen für Efe. Die meisten hatten es aufgegeben, sich Gedanken darüber zu machen, dass sie immer noch allein war. Ich könnte wetten, dass sie mich für eine Jungfrau halten, dachte sie. Na ja, sollen sie doch! Beth redete nie über ihr Sexleben. Leonora, Gwen und selbst ihre geliebte Rilla dachten, sie sei eine *alte Jungfer*. Lächelnd stellte Beth sich vor, wie sie wohl reagieren würden, wenn sie wüssten. Nur weil man an unerfüllter Liebe litt, musste man ja noch lange nicht ohne Sex leben. Man verpflichtete sich nur nie und ließ sich auf niemanden ein. Sie war genau so wie viele Männer, die sie kannte.

Diese Tage in Efes Gesellschaft würden ein Test werden. Sie konnte es kaum erwarten. Ganz abgesehen davon, dass sie neugierig auf seine Neuigkeiten war, sehnte sie sich danach, ihn zu sehen, mit ihm zu reden, ihm nahe zu sein, ihn zu riechen, wenn sie sich zur Begrüßung küssten, und gleichzeitig fürchtete sie sich davor. Es würde sicher eine Qual werden. Fiona wäre bei ihm und auch Douggie, und jedesmal, wenn sie sie sah, käme sie sich vor wie die kleine Meerjungfrau im Märchen: als ob sie auf Messern liefe.

»Du fährst, Alex, na los«, sagte Beth. »Ich weiß doch, dass du darauf brennst.«

»Und es macht dir nichts aus?« Alex grinste sie an. Sie hatten seine Habseligkeiten auf dem Rücksitz verstaut, wobei Beth dafür gesorgt hatte, dass alles sicher eingekeilt war.

»Nein, mach schon. Ich bin erschöpft. Wahrscheinlich schlafe ich sowieso ein.«

»Daran bin ich gewöhnt«, erwiderte Alex. »Schlaf du ruhig. Ich höre mir dann deine komischen Kassetten an.«

Beth schlug mit der Zeitung nach ihm, die er mitgebracht hatte. Dann drehte sie sich um und steckte sie in eine der Reisetaschen.

»Die rührst du jetzt nicht mehr an, bis wir da sind«, sagte sie. »Ich vertraue darauf, dass du nicht zur gleichen Zeit fährst und liest. Und glaub ja nicht, ich würde deine Bemerkung über meine Musik ignorieren. Es ist der Buena Vista Social Club. Hör's dir an oder lass es.«

»Nein, das ist schon okay. Für deine Verhältnisse sogar ziemlich zivilisiert. Du hast deinen Horizont erweitert, was?«

»Halt den Mund und fahr, Alex. Ich schlafe jetzt.«

»Gut«, erwiderte Alex und drückte ein paar Knöpfe. Musik erfüllte den Wagen, und Beth entspannte sich auf ihrem Sitz und schloss die Augen.

Es gab nur sehr wenige Menschen auf der Welt, in deren Gegenwart Alex sich wohl fühlte; Beth war einer davon. Er war zwei Jahre jünger als sie, und er hatte immer gewusst, wie gerne sie sich um ihn kümmerte. Eigentlich hätte sie verheiratet sein und einen Haufen Kinder haben sollen, aber da dem nicht so war, beobachtete Alex vergnügt, wie ihre Mutter jeden Mann in ihrem Dunstkreis genau musterte. Beth ihrerseits nahm großen Anteil an seinem Liebesleben, trotz all seiner Versuche, ihr auszuweichen. Sie hatte die Gabe, ihn zum Reden zu bewegen, und er vertraute ihr Dinge an, die er nie im Leben jemand anderem erzählt hätte, nicht einmal Efe. Sorgen wie: Warum empfand er bei den zahlreichen Frauen, mit denen er kurze, unbefriedigende Beziehungen einging, nicht das, was er empfinden sollte? Beth hatte Geduld, und es machte ihr nichts aus, seinem Gestammel und Gemurmel zuzuhören. Außerdem fütterte sie ihn dabei überaus tröstlich mit köstlichen Mahlzeiten, weil sie fand, dass er nicht richtig aß.

Alex war bei einer großen Zeitung angestellt und fotografierte hauptsächlich schöne Frauen. Er kam viel herum, nahm Starlets, Pop-Sänger und Society-Größen auf, und manchmal hatte er sogar Glück und lernte jemanden kennen, aber mehr als One-Night-Stands kamen dabei selten heraus. Liebe schien für ihn einfach nicht im Bereich des Möglichen zu liegen.

Er war jedoch nicht der Einzige, der Geständnisse machte. Alex war sich ziemlich sicher, der Einzige zu sein, der wusste, dass Beth jemanden liebte. Er hatte ihr schwören müssen, es keiner Menschenseele zu erzählen, und das hatte er auch nie getan. Sie hatte ihm an Efes Hochzeit davon erzählt, ein wenig angetrunken, aber als betrunken hatte man sie nicht bezeichnen können. Sie wusste, was sie sagte. Es war kein sehr langes Gespräch gewesen, aber er erinnerte sich noch gut daran.

»Ich bin unglücklich verliebt, Alex. Habe ich dir das schon erzählt?«

»Nein, Beth, aber du kannst mir alles erzählen.«

»Das weiß ich doch. Aber darüber kann ich nicht sprechen. Es ist geheim.«

»Selbst für mich?«

»Für jeden. Es ist geheim und hoffnungslos, und ich werde erwachsen werden und nicht mehr an ihn denken.«

Alex hätte ihr am liebsten alle möglichen Fragen gestellt: Wer ist es, und warum liebt er dich nicht, und bist du sicher, dass er dich nicht liebt, aber letztendlich sagte er wie immer gar nichts. Später dachte er, dass Beths geheime Liebe vielleicht verheiratet war. Es gab nichts Geheimeres und Schrecklicheres als das. Er war bestimmt verheiratet und wollte seine Frau nicht verlassen. Eines Tages, dachte er, frage ich sie noch einmal danach.

Er schaltete und richtete seine Gedanken auf Willow Court. Es würde großartig sein, Efe endlich wiederzusehen. Sie trafen sich nicht besonders häufig in London. Heute morgen hatte er ihm eine kurze SMS geschickt, in der stand, dass sie irgendwas besprechen müssten. Dringend. Das war typisch für Efe. Bei ihm war alles dringend. Höchste Priorität, usw. usw. Für Alex war sein großer Bruder immer ein Idol gewesen. Sie waren zwar nur zwei Jahre auseinander, aber als Kind war er Efe auf Schritt und Tritt gefolgt, und Efe hatte nichts dagegen gehabt, weil ein Bruder, der nicht viel redete und auch keine Geheimnisse weitererzählte, sich als ganz nützlich erwies. Alex erinnerte sich noch an ein Cowboy-Spiel, bei dem er stundenlang an eine der Weiden am See gefesselt gewesen war, nachdem Efes Viehtreiber, die hauptsächlich aus ihm selbst und Beth bestanden, ihn gefangen genommen hatten. Sie hatten ihm angedroht, ihn zu erschießen, wenn sie zurückkämen, und dann waren sie zum Nachmittagstee ins Haus gegangen und hatten ihn über irgendeiner anderen Aufregung völlig vergessen. Erst als es Zeit zu baden war, fiel Gwen auf, dass er fehlte, und sie schickte Efe zum See, um ihn loszubinden. Efes Version der Geschichte sah so aus, dass die Erwachsenen sie daran gehindert hatten, wieder zum See zu kommen, aber Alex glaubte den Entschuldigungen seines Bruders nie. Er hatte sich lediglich die Handgelenke gerieben und war durch den Wilden Garten zum Haus gelaufen.

Es wäre ihm niemals eingefallen, sich bei irgendjemandem zu beklagen. Seine Liebe zu Efe war so groß und bedingungslos, dass er damals alles klaglos ertragen hätte, nur um zu der Welt des größeren Jungen zu gehören. Er war damals ungefähr sechs gewesen, aber er hatte schon immer eine verschwommene Vorstellung von Zeit gehabt, und das hatte sich nicht geändert.

Was sich auch nicht geändert hatte, war seine Unfähigkeit, sich mitzuteilen. Es war lächerlich, dass er in seinem Alter Probleme damit hatte, aber Worte kamen ihm manchmal vor wie kleine schwarze Insekten, die durch die Luft schwirrten, sobald man sie aussprach. Sie verursachten nichts als Ärger und Missverständnisse. Leonora hatte ihm von den Dingen erzählt, die man nicht wieder zurücknehmen konnte: *den abgeschossenen Pfeil, das gesprochene Wort*, und sein ganzes Leben lang hatte Alex zugesehen, wie Worte durch die Luft surrten und Schaden anrichteten. Er sah, wie seine Mutter zusammenzuckte, wenn Chloë mal wieder besonders gemein zu ihr war; er bemerkte, wie schwer es Leonora fiel, mit Rilla richtig zu reden, als ob ihre Liebe irgendwo zwischen ihrem Herzen und ihrem Mund feststeckte; er wusste, dass sein Vater es für einen Witz hielt, wenn er seine Mutter als dumm oder als Idiotin bezeichnete, aber das täuschte. Es war so gemeint. Wörter waren immer auf irgendeine Art so gemeint, und Alex wollte einfach nicht das Risiko eingehen, zu viele auszusprechen, um niemanden zu verletzen.

Er freute sich darauf, seine Großmutter zu sehen. Efe behauptete immer, er sei Leonoras Liebling, aber Alex fragte sich manchmal, ob das wirklich stimmte. Da war etwas… eine besondere Beziehung zwischen ihr und Efe, die man nicht genau definieren konnte, aber ja, sie liebte ihn auch, auf eine andere Art. Bei Alex war sie anders als bei anderen. Mit ihm verhielt sie sich, schon seit seiner frühesten Kindheit, mädchenhaft. Sie hatte Stunden mit ihm verbracht. Sie spielten mit Puppen, und wenn sie alleine waren, ließ sie ihre Stimme albern klingen. Sie las ihm jeden Abend vor, und Alex hatte nie ergründet, ob das seiner Mutter eigentlich recht war oder nicht. Sie hatte nie etwas gesagt. Auch heute als Erwachsener war er derjenige, der immer neben Leonora saß, und auf Willow Court fiel ihm die Aufgabe zu, bestimmte Dinge für Leonora zu holen oder für sie herumzutragen, wenn sie durchs Haus ging.

»Mach dir keine Gedanken, Liebes«, pflegte sie zu Mum zu sagen. »Ich habe ja jetzt meinen Alex hier.«

Gelegentlich nannte sie ihn so. »Mein Alex«. Er lächelte. Die anderen brachten ihr teure Geschenke zum Geburtstag, aber seines würde ihr am besten gefallen: ein Fotoalbum mit allen möglichen Bildern, Hausecken, Tiere, Blumen im Garten, Einzelporträts, Gruppenaufnahmen. Das ganze Leben auf Willow Court zwischen zwei Lederdeckeln. An ihrem Geburtstag wäre das Album noch leer, aber sobald sie es aufschlug, würde er ihr von seiner Überraschung erzählen. Die Geschichte des Festes in Bildern. Es würde ihr gefallen. Ihr gefiel alles, was Willow Court und die Gemälde in ein gutes Licht rückte.

Ethan Walshs Gemälde. Sie redeten alle häufig darüber und verbrachten viel Zeit damit, Termine mit diesem oder jenem Kunstexperten zu vereinbaren, der sich die Bilder ansehen wollte. Jeden Sommer zogen Scharen von Menschen daran vorüber, aber Alex fragte sich, ob überhaupt jemand außer Leonora und ihm sie jemals wirklich betrachtete. Das war ein weiteres Band zwischen ihnen. Sie verstanden die Bilder. Sie merkten, dass sie viel mehr waren als nur Farbe auf Leinwand oder Pastellkreide auf dickem Papier oder Aquarelle.

Zum einen waren sie uncharakteristisch modern. Die meisten entstanden zu Beginn des zwanzigsten Jahrhunderts, und man konnte deutlich den Einfluss der Impressionisten und des Surrealismus erkennen, aber die Perspektive war oft noch viel moderner. Manche erinnerten dagegen an das Werk der Präraffaeliten. Sie vermittelten dieses Gefühl für Drama – Dinge, die um des Effektes willen auf bestimmte Weise angeordnet waren. Und dann das Licht! Manche der Gemälde (zum Beispiel die Porträts von Leonora als Mädchen) leuchteten förmlich über den Rahmen hinaus. Nachtszenen in imaginären Landschaften (Berge, Küsten, Wälder) wurden von Mondlicht überflutet, das über die Flächen schien, die Ränder anstrahlte und Schatten bildete, die mehr enthielten, als man vermuten konnte. Walsh verbarg Dinge in seinen Bildern. Fiel das niemandem auf? Bemerkten sie nicht die Augen im Schilf hinter den Schwänen? Die Finger, die die

Äste umklammerten? Die dunkleren Dinge unter der glatten Oberfläche der Welt, die er malte? Und sah denn keiner von ihnen, dass die Farbe immer so seltsam leuchtete? In den Stilleben ergaben sich unerwartete Kombinationen, die nichts mit der Wirklichkeit zu tun hatten. Die Darstellung einer blauen Teekanne zum Beispiel war eines von Alex' Lieblingsbildern. Die echte Kanne hatten Mary, die Haushälterin auf Willow Court, und seine Mutter immer noch in Gebrauch, aber das Bild war unvergleichlich. Die blaue Farbe leuchtete und strahlte und erfüllte das Herz mit Freude. Die echte Teekanne war nichts Besonderes. Eben eine Kanne. Darin bestand Ethan Walshs eigentliche Gabe, dachte Alex. Er machte mehr aus den Dingen, als sie tatsächlich darstellten. Sie wurden besser, heller, von Licht erfüllt. Und das will ich auch. Das tun meine Fotos, oder zumindest versuche ich das. Sie sollen lebensecht sein, aber noch mehr als das. Sie sollen genauso von innen heraus leuchten wie die Bilder von Ethan Walsh.

»Wach auf, Beth«, sagte er. »Wir sind da.«

Sie öffnete die Augen und lächelte ihn an.

»Ich möchte dich gerne mal fotografieren, wenn du so aussiehst«, sagte er.

»Du spinnst«, erwiderte Beth. »Ich sehe bestimmt entsetzlich aus... zerknittert und verschlafen. Du hättest mich früher wecken sollen, Alex. Ich hätte dich ablösen können.«

»Nein, das ist schon okay. Ich mag dein Auto.« Er lächelte Beth an. »Und außerdem kannst du nicht fahren, wenn du fest schläfst, oder?«

Beth stand im Flur. Sie hörte Fiona und Douggie in ihrem Zimmer kichern. Sie sind bestimmt auch erst angekommen, dachte sie. Sie lauschte eine Weile, hörte aber Efes Stimme nicht. Ich sollte sie wenigstens begrüßen, dachte sie seufzend. Sie hatte schon ausgepackt und alles in die Schubladen eingeräumt. Sie war in ihrem altem Zimmer, in dem sie immer schlief, wenn sie nach Willow Court kam. Die Fenster gingen auf die Auffahrt und die weite Rasenfläche vor dem Haus. Von dort hatte sie auch gesehen, dass das Zelt für das Fest schon aufgeschlagen wurde. Männer mit schlanken Stahlrohren liefen über den Rasen und hämmerten ein silbriges Gerüst für die riesige grüne Zeltplane, die noch auf dem Gras lag. Leonora schlief im Zimmer neben ihr und Chloë auf der anderen Seite. Ich will Fiona und Douggie eigentlich noch nicht sehen, dachte sie, noch nicht, aber sie wissen bestimmt, wo Efe ist. Sie lauschte auf Douggies kindliches Geplapper, dann klopfte sie leise an die Tür.

»Ich bin es, Fiona«, sagte sie. »Hallo.«

»Oh, Beth, wie reizend! Douggie und ich wollten noch ein bisschen Lego spielen vor dem Abendessen. Willst du mitmachen?«

Fiona sah perfekt aus in Designer-Jeans und einer weißen Bluse, die praktisch herausschrie: *Bitte verwechseln Sie mich nicht mit einer gewöhnlichen weißen Bluse. Ich bin teurer als alles, was Sie je in Ihrem Leben besessen haben.* Sie war groß, und ihre Haare sahen immer aus, als käme sie geradewegs vom Friseur. Wie machte sie das bloß? Wie immer, wenn sie Fiona sah, glitt Beths Blick zu ihrem Ehering. Einen Moment lang verdunkelte Wut ihren Blick, und sie blinzelte. Es ist nicht Fionas Schuld, sagte ein Teil von ihr. Sie weiß ja nicht, was ich für ihren Mann empfinde. Mit ihr hat es doch nichts zu tun. Es ist seine Schuld ... er müsste wissen, wie es mir ergeht. Nicht sie. Sie lächelte mühsam.

»Ich kann leider nicht«, sagte sie und hockte sich hin, um dem kleinen Jungen, der seinem Vater so ähnlich sah, einen Kuss zu geben. »Ich muss meine Mutter suchen und Chloë hallo sagen ... ist sie schon hier?«

»O ja, es sind jetzt alle da, glaube ich. Es wird ein wunderbares Fest werden, meinst du nicht auch? Ich bin ja so neugierig auf diesen Regisseur, du auch? Efe sagt, er sei richtig berühmt.«

»Wo ist Efe überhaupt?«

»Er ist mit James weggegangen. Ins Dorf, glaube ich. Du weißt ja, wie er immer ist, wenn er herkommt ...«

Beth nickte. Ja, das wusste sie. Er lief gerne überall hin, um sich zu vergewissern, dass alles noch so war, wie er es in Erinnerung hatte, dass sich nichts geändert hatte. Sie wusste, was er empfand, weil auch sie es mochte, wenn die Dinge so blieben, wie sie es gewohnt war.

»Bis später dann, Fiona«, sagte sie und wandte sich zur Tür. »Ich sage rasch Chloë guten Tag.«

»Gut«, erwiderte Fiona. »Super, dass du da bist.«

Beth hatte eigentlich gar nicht vorgehabt, zu Chloë zu gehen. Das war nur das Erstbeste gewesen, das ihr einfiel, aber jetzt konnte sie wirklich bei ihr vorbeigehen. Sie klopfte an die Tür.

»Herein!«, rief Chloë mit ihrer unverwechselbaren Mischung aus Frechheit und Mädchenhaftigkeit. Beth trat ein. Das Zimmer sah bereits so sehr nach Chloë aus, dass sie lachen musste.

»Chloë, ehrlich! Dieses Zimmer ist typisch für dich!«

»Verpiss dich, wenn du dich aufführen willst wie meine Mum, Beth!«, erwiderte Chloë, grinste aber dabei. Sie rührte sich nicht von ihrem Bett, das nichts mehr gemein hatte mit einem Bett auf Willow Court, sondern aussah wie das Lager in einer billigen Absteige. Die Decke verschwand unter Bergen von schmutziger Unterwäsche und zerknüllten Papierfetzen, und zu allem Überfluss hatte Chloë auch noch ihr Schminktäschchen auf dem Kopfkissen ausgeleert. Lippenstifte ohne Kappe, verklebte Eyeliner, Puderquasten, so abstoßend schmutzig, dass Beth sich fragte, wie Chloë sie noch benutzen konnte, flogen herum. Kleider bedeckten den gesamten Fußboden, und dazwischen lagen die klobigen Schuhe, die sie immer trug. Ihre Lippen waren schwarz umrandet. Ihre weiße Haut und ihre stachelig geschnittenen blonden Haaren sollten ihr wohl ein verwegenes Aussehen verleihen, dachte Beth, trugen aber lediglich dazu bei, sie noch verletzlicher wirken zu lassen. Sie trug ein geblümtes Kleid mit einem Rugbyhemd darüber.

»Ich bin Kunststudentin«, sagte sie und zündete sich eine Zigarette an. »Kunststudenten benehmen sich so, wusstest du das nicht? Das ist keine Unordnung, sondern eine Installation.«

»Leonora bekommt einen Anfall, wenn sie dich beim Rauchen erwischt. Du weißt doch, was sie davon hält.«

»Ehrlich gesagt, ist mir das egal. Ich sprühe einfach ein bisschen mehr Parfüm auf. Oder ich lehne mich aus dem Fenster.

Hier, den Blechdeckel nehme ich als Aschenbecher. Sie sollte froh sein, dass ich meine Kippen nicht in ihrem Papierkorb ausdrücke oder so.«

»Hast du Efe und Fiona schon gesehen?«, fuhr Chloë fort. »Sie müssen irgendwo sein... O Gott, diese Party wird grauenhaft werden. Tage um Tage mit Fiona. Ich kann es nicht ertragen, Beth. Sie gehört zu den Menschen, die nie schwitzen. Weißt du, was ich meine? Und sie kommt in meine Wohnung und sieht sich um, als sei sie in Hundescheiße getreten.«

»So wie ich deine Wohnung kenne, ist das nicht ausgeschlossen... bei dir auf dem Fußboden liegt so viel klebriges Zeug, dass die meisten Leute nicht durchs Zimmer kommen.«

»Quatsch! Ich habe nur einmal ein bisschen Limonade verschüttet und nicht richtig aufgewischt. Du bist wirklich wie ein Elefant. Du vergisst und verzeihst nie etwas.«

Beth trat ans offene Fenster und blickte hinaus. Hinter ihr schnatterte Chloë weiter.

»Fiona hat wirklich Nerven! Kommt einfach in meine Wohnung, packt sich an den Fuß und sagt keinen Ton, bis sie es nicht mehr länger aushält und dann stammelt sie: *Warum nimmst du dir eigentlich keine Putzfrau?* Wie findest du das, Beth?«

»Was hast du gesagt?«

»Ach, nichts. Ich wollte ja keinen Streit vom Zaun brechen, aber mir ist alles Mögliche eingefallen, was ich hätte sagen können, wie zum Beispiel, weil ich nicht so ein verwöhntes Balg wie du bin, oder, weil ich nicht jeden in meine Wohnung lasse, oder vor allem, weil ich nicht so eine Langweilerin werden möchte, die auf Dinner Partys sagt, *oh, meine Putzfrau ist ein absolutes Gottesgeschenk*. Und weil ich es mir nicht leisten kann. Warum hält sie sich nicht aus meinem Leben raus? Mir gefällt es so, wie es ist, und wenigstens besteht es nicht nur aus Plastik und Zeitschriften wie bei ihr und meinem Bruder!«

Gerade noch rechtzeitig verbiss sich Beth ihre Einwände gegen die Bemerkungen über Efe. Sie erwiderte lediglich: »Mach dir nichts draus, Chloë. Eines Tages hast du bestimmt noch mal die Chance, Fiona zu sagen, was du von ihr hältst.«

»Besser nicht, wenn ich weiter mit meinem Bruder reden will.«

Beth schaute in den Garten vor dem Haus, und da sah sie ihn, als ob Chloë ihn durch ihre Äußerungen herbeigerufen hätte. Er kam mit James immer näher. Selbst aus dieser Entfernung, dachte sie, kann man sehen, wie elegant er ist. Sie schluckte, und um sich von Efes langen Beinen abzulenken, sagte sie zu Chloë: »Was für ein Geschenk hast du für Leonora?«

Chloë sprang vom Bett.

»Ich zeige es dir! Es ist brillant. Ich bin ganz stolz auf mich ... Sieh mal!«

Sie hüpfte zu einem der Koffer auf dem Boden und wühlte darin. »Hier!«, sagte sie. »Sieh dir das an! Ist die nicht wunderschön? Finde ich jedenfalls. Ich habe sie in einer Mülltonne gefunden. War schrecklich angemalt, glänzendes Rosa, ganz grauenhaft.«

Beth betrachtete die kleine Kommode. Sie war ungefähr fünfundzwanzig Zentimeter hoch, offensichtlich ein altes Kinderspielzeug. Von der rosa Farbe war nichts mehr zu sehen. Chloë hatte sie blau-grün gestrichen, sodass das Holz einfach nur wunderschön verwittert aussah. Sie hatte sieben Schubladen: vier kleine oben und darunter drei größere.

»Ich habe in jede Schublade etwas hineingelegt ... etwas für jedes Jahrzehnt von Leonoras Leben«, sagte Chloë. »Sieh mal!«

Beth betrachtete die getrockneten Blumen, ein Medaillon, einen Ehering in einem Spitzentuch, einen Miniaturblumentopf, kleine Kreuzstichbilder von Bertie und Gus, den Katzen ... Etwas Schönes und Winziges in jeder einzelnen Schublade. Es war exquisit.

»Sie ist wunderbar, Chloë. Du bist brillant, und Leonora wird begeistert sein.« Beth lächelte. »Ich gehe jetzt mal auf die Suche nach Rilla«, sagte sie. »Wo ist eigentlich Philip?«

»In den Ort gegangen, um etwas zu besorgen. Er kommt später zurück.«

Die Treppe zur Halle hinunter rannte sie beinahe. Efe lief draußen herum. Gleich würde sie ihn sehen. Sie würde Fiona ignorieren und sich auf Efe konzentrieren. Tagelang mit ihm zusammen sein. Über der untersten Stufe lag ein Dreieck aus Sonnenstrahlen und überflutete sie mit Licht.

Anscheinend stimmte, was alle sagten: Ältere Menschen (Leonora weigerte sich, sich selbst als »alt« zu bezeichnen) brauchten immer weniger Schlaf. In der letzten Zeit war sie oft schon wach, wenn es gerade hell wurde, weswegen sie fast jeden Tag ein Mittagsschläfchen halten musste. Sie wusste nicht genau, wie spät es war, aber sie hatte eine ganze Weile geschlafen. Das Mittagessen war anstrengend gewesen. Douggie beanspruchte viel Aufmerksamkeit, und Efes Frau … Fiona … machte immer einen solchen Aufstand um alles. Zeit aufzustehen. Mr. Everard … Sean … würde gleich da sein, und sie hatte versprochen, mit ihm zu reden. Und vorher musste sie noch Nanny Mouse besuchen.

Der Himmel draußen wirkte wie vier Uhr. Sie schob die Decke weg, stellte ihre Füße auf den Boden und tastete nach ihren Hausschuhen. Langsam stand sie auf. Immer wenn sie sich hingelegt hatte, prüfte sie anschließend ihre Gliedmaßen, hob die Arme über den Kopf und deutete Kniebeugen an, um sich zu vergewissern, dass sie nicht steif geworden waren. Sie lächelte zufrieden, als für einen weiteren Abend alles in Ordnung war. Der Tag war bisher schon sehr geschäftig gewesen. Gwen – die liebe, verlässliche Gwen – wirbelte bereits seit Wochen herum und organisierte alles.

Das Fest würde sicherlich wundervoll werden. Und wie ein Reflex kam auch dieses Gefühl, das immer kam, irgendwoher tief aus ihr, wenn sie wirklich glücklich war. Eine Mischung aus Bedauern darüber, dass Peter nicht bei ihr sein und die Freude mit ihr teilen konnte, und aus dem Schmerz, den sie immer noch empfand, wenn sie an ihn dachte. Sie hatte andere oft sagen hören, das Schlimmste daran, jemanden zu verlieren, den man liebte, sei das Verblassen der Erinnerung an seine physische Präsenz, aber in ihrem Fall traf genau das Gegenteil zu. Sie konnte sich nur zu gut an Peters Lächeln, die Berührung seiner Hände, an seinen Mund auf ihrem erinnern. Sie seufzte. Und noch etwas beunruhigte sie. Wenn die Mädchen zusammen waren, stritten sie sich häufig. Das war schon früher so gewesen. Von frühester Kindheit an waren sie trotz all ihrer Bemühungen immer wieder aneinander geraten, aber mit fünfzig und achtundvierzig konnten sie sich doch wohl kontrollieren? Sie wusste, dass sie einander liebten, aber sie wetteiferten ständig miteinander. Beide kämpften sie um ihre Liebe und Zustimmung, und schon immer hatte sie sich aufrichtig bemüht, sie gleich und gerecht zu behandeln. Wenn sie jedoch ehrlich mit sich war, so musste sie zugeben, dass Rilla sie eben manchmal auf dem falschen Fuß erwischte, was Gwen nie passierte. Wie schwer es doch war, Mutter zu sein! Wie schwer es doch war, zuzugeben, dass selbst erwachsene Kinder auch nur Menschen waren und man mit einigen eben besser zurecht kam als mit anderen. Mit der Liebe, die man empfand, hatte das natürlich nichts zu tun. Die Liebe wurde davon nicht berührt, aber es wäre viel einfacher, wenn Liebe allein ausreichen würde. Und das tat sie nicht, das wusste sie sehr wohl. Nun ja, gestern Abend war immerhin alles gut gegangen.

Und natürlich waren ja auch nicht, wie früher, nur Gwen und Rilla da. Auch die Enkel, mit ihren … wie war noch mal der moderne Ausdruck? Partnern. Wie albern das klang! Was war an »Liebsten« auszusetzen? Sie hatte noch gar keine Gelegenheit gehabt, richtig mit Efe zu reden. Er war sofort mit James im Garten verschwunden, kaum dass sie ihn begrüßt hatte. Leonora wusste um ihre außergewöhnlichen Gefühle für ihren ältesten Enkel: natürlich Liebe, aber auch noch etwas anderes. Eine Seelenverwandtschaft, weil sie sich in vieler Hinsicht ähnelten und weil Efe sie an seinen Namensvetter, ihren Vater, erinnerte. Sie wusste mehr über ihn als jeder andere, allerdings wünschte sie manchmal, dem wäre nicht so. Sie presste die Lippen zusammen und beschloss, jetzt nicht über all das nachzudenken. Entschlossen öffnete sie eine Schublade ihrer Kommode.

Ohne nachzudenken, zog sie unter einem sorgfältig gefalteten Stapel von Schals ein viereckiges Täschchen aus dicker Baumwolle hervor. Der Anblick der groben, ungeschickt aufgestickten Buchstaben (MUMMY) ließ ihr Tränen in die Augen treten. Rilla hatte das Täschchen in der Schule genäht, und sie war noch nie besonders gut in Handarbeit gewesen, aber sie hatte sie so geliebt, dass sie ihr dieses Geschenk gemacht hatte. Leonora bewahrte ihre kostbaren Puppen darin auf. Jetzt öffnete sie es und nahm die Puppe heraus, die so aussah wie sie einst: hübsch, sehr jung, in einem bezaubernden Kleid. Oh, sie wünschte sich so sehr, wieder so sein zu können. Nicht eine alte Frau mit zu vielen Sorgen.

Sie merkte, dass ihr schwindlig wurde, und legte die Puppen hastig wieder zurück. Beruhige dich, Leonora, sagte sie sich. Sie schloss die Augen und atmete tief durch. Gleich ging es ihr besser. Manchmal stellte sie sich ihren Kopf wie eine Schmuckschatulle vor, die in mehrere, mit rotem Samt ausgeschlagene Fächer unterteilt und die meiste Zeit fest verschlossen war. So soll es auch bleiben, dachte sie. Ich schließe jetzt diese Schublade und denke an die Tage, die vor mir liegen. Ihr fiel die Aufgabe zu, Unstimmigkeiten zwischen den Familienmitgliedern abzufangen. Aber sie war doch bestimmt noch in der Lage, dafür zu sorgen, dass sich alle gut benahmen? Das konnte ihr nicht wirklich Sorgen bereiten. Was war es dann?

Sie setzte sich an ihren Frisiertisch und griff zu den mit Silber beschlagenen Bürsten, die ihrer Mutter gehört hatten. Die arme Maude, dachte Leonora. Was würde sie wohl denken, wenn sie wüsste, dass man sie nur noch als Frau von Ethan Walsh kannte? Ein Schatten glitt über den Spiegel, und sie drehte sich um. Ihr Herz klopfte viel zu heftig. Nichts. Nur ein Lichtreflex. Vielleicht das Spiegelbild des Gemäldes, das an der Wand über ihrem Bett hing. Das musste es gewesen sein: die weißen Schwäne, die auf dem Wasser zu gleiten schienen, sich jedoch tatsächlich nicht bewegten.

Sie beruhigte sich, indem sie die Fotografie auf ihrem Schminktisch betrachtete. Alex hatte sie vor ein paar Jahren aufgenommen. Sie lächelte bei dem Gedanken an ihren jüngeren Enkel. Er war erst sechs gewesen, als er das erste Mal eine Kamera in die Hände bekam, aber seitdem hatte er sie kaum jemals wieder losgelassen. Bei jeder Gelegenheit fotografierte er, oft anstatt sich mit den Leuten zu unterhalten. Sie würde niemals zugeben, dass sie einen Lieblingsenkel hatte, aber zwischen ihr und dem stillen kleinen Jungen, der sich immer so gerne bei ihr aufhielt und nie etwas verlangte, was sie ihm nicht geben konnte, existierte ein ganz besonderes Band. Selbst als Erwachsener war er noch ihr Liebling, und sie glaubte fest, dass außer ihr niemand wusste, wie begabt er wirklich war. Er hat das Talent, dachte Leonora, den richtigen Augenblick einzufangen, und seine Bilder verraten weit mehr über die Menschen darauf, als sie selber ahnen. Auf dem Foto saß sie mit Gwen und Rilla auf der Bank unter der Magnolie. Ich sehe gut aus in dieser Bluse, dachte sie, mit Mummys Perlenkette. Gwen hatte Gus auf dem Schoß, und das Blau ihrer Strickjacke schmeichelte ihr. Rilla sah ausnahmsweise einmal glücklich aus. Sie lächelte nicht oft auf Fotografien, und Leonora wusste auch, warum: Sie dachte, es mache sie zu dick. Sie trug ein langes, goldfarbenes Kleid. Es war ziemlich ungeeignet für das Landleben, und in Leonora stieg plötzlicher Zorn auf, vermischt mit der Sorge, die sie immer für Rilla empfand. Sie war ja schließlich keine Fremde auf Willow Court. Sie wusste doch, dass man hier keine langen Kleider trug. Außerdem hatte sie mal wieder viel zu viele Ketten um, typisch für sie. Leonora betrachtete Gwen, die auf die Katze schaute, und Rilla, die Gwen ansah. Ich nicht, dachte sie. Ich sehe direkt in die Kamera. Die Magnolie war hübsch, über und über mit rosafarbenen und weißen Blüten bedeckt. Wir wirken glücklich, dachte Leonora. Seufzend wandte sie ihre Aufmerksamkeit ihrem Spiegelbild zu.

Für fast fünfundsiebzig sah sie ganz passabel aus, dachte sie, aber diese weißen Haare. Woher kamen sie bloß? Wenn sie sich selber nicht im Spiegel sah und ihr an guten Tagen Arme und Beine gehorchten, dann fiel es ihr leicht, Leonora Simmonds, die Schönheit, die junge Mutter zweier kleiner Töchter zu sein, die ihr ganzer Stolz und ihre Freude waren. Konzentriere dich auf die guten Dinge. Lass die Schatten nicht herein. Verdränge die Probleme. Das war immer schon ihre Art gewesen. Dadurch wurde sie *zu einer Macht, mit der man rechnen musste*. Sie lächelte. Sean hatte das über sie gesagt. Ihr hatten seine Worte gefallen, und sie halfen ihr durchzuhalten, bis sie ihn sah. Eine

Macht, mit der man rechnen musste. Langsam ging sie ins Badezimmer. Es war schon spät. Sie würde nicht lange bei Nanny Mouse bleiben können.

Nanny Mouse war uralt. Sie war zuerst Leonoras Kinderfrau und dann Gwens und Rillas gewesen, und sie hatten sie schon immer so genannt. Jeder, der sie kennen lernte, fragte natürlich, woher sie ihren Namen habe, und dann wurde ihm erzählt, dass Leonora sie als kleines Kind so genannt hätte, weil sie »Miss Mussington« nicht aussprechen konnte. So war Mouse aus ihr geworden, und Mouse blieb sie auch, denn der Name passte zu ihr. Selbst in ihrer Jugend hatte sie etwas von einem kleinen Nagetier an sich gehabt, mit ihren winzigen Händen und der schmalen Taille und ihren leicht vorstehenden Zähnen. Fast ein Jahrhundert lang hatte sie ihre Haare zu einem Knoten im Nacken geschlungen; ihre Kleidung war so vorherbestimmbar wie die Jahreszeiten: schwarzer Rock und Strickjacke mit einer hochgeschlossenen weißen Bluse im Winter und ein marineblaues Baumwollkleid (mit langen Ärmeln trotz der Hitze) im Sommer. Ihre Kamee, die vorne an ihrer Kleidung steckte, nahm sie nie ab. Die Kinder kicherten darüber und mutmaßten, dass sie sie sogar an ihrem Nachthemd trug.

Sie wohnte in Lodge Cottage, dem weißen, quadratischen kleinen Haus unten an der Auffahrt, neben dem Haupttor. Vor zehn Jahren hatte Leonora beschlossen, dass sie zu alt war, um alleine zu leben, und seitdem war Miss Lardner Nanny Mouses Gesellschafterin und kümmerte sich Tag und Nacht hingebungsvoll um sie. Dies war umso außergewöhnlicher, als Miss L., wie James zu sagen pflegte, selbst auch kein junger Hüpfer mehr war mit ihren mindestens fünfundsechzig Jahren. Miss Lardner war eine ruhige, ein wenig rätselhafte und sehr zurückhaltende Person. Sie war groß und kräftig, und niemand nannte sie je bei ihrem Vornamen, Doreen. Sie redete mit Nanny, kochte für sie, passte auf, dass sie im Badezimmer nicht ausrutschte, und wurde gut bezahlt. Nanny allerdings, die länger, als die meisten Menschen überhaupt leben, für andere gesorgt hatte, nahm ihr ihre schwindende Macht übel und nörgelte beständig an der armen Miss Lardner herum, was diese jedoch mit Gleichmut ertrug. »Ich bin daran gewöhnt«, sagte sie immer. »Sie ist schließlich eine alte Dame. Mir macht es nichts aus.«

Miss Lardner wartete schon, als Leonora eintraf.

»Sie ist heute in guter Stimmung, Mrs. Simmonds«, sagte sie, als sie die Tür öffnete. Leonoras Vorname kam Miss Lardner nicht über die Lippen, und nach all diesen Jahren wäre es auch peinlich gewesen, sie dazu aufzufordern. Sonnenlicht überflutete das vordere Zimmer des Cottage, und Leonora lächelte. Nanny Mouse saß schlafend im Sessel am Kamin. Der Tisch unter dem Fenster war gerade erst poliert worden, und eine Vase stand bereit.

»Ich wusste, dass Sie Blumen mitbringen«, sagte Miss Lardner. »Geben Sie sie mir. Ich stelle sie in die Vase und bringe sie mit dem Tee.«

»Danke«, erwiderte Leonora und reichte ihr den Rosenstrauß, den Gwen heute morgen geschnitten hatte. Nanny liebte Rosen über alles, jedenfalls hatte sie das früher getan, und Leonora gab sich alle erdenkliche Mühe, die schönsten Sorten zu schneiden, wann immer sie zu Besuch kam. Allerdings fragte sie sich, ob die alte Dame das überhaupt zur Kenntnis nahm. Manchmal war sie, wie Efe es ausdrückte, auf Draht, die meiste Zeit jedoch wirkte sie, als stünde sie neben sich, auch eine von Efes Redewendungen. Im Moment jedenfalls saß sie mit geschlossenen Augen im Sessel, sah allerdings aus wie immer.

»Nanny Mouse ist gefriergetrocknet, wie eine grüne Bohne«, hatte Alex einmal gesagt, und das stimmte. Sie wirkte *aufrecht*, und dafür konnten sie alle dankbar sein. Leonora befürchtete jedoch, dass der Körper der alten Dame trotzdem älter und schwächer wurde und sie bald nicht mehr bei ihnen wäre.

»Ich schlafe nicht, Maude, Liebes«, sagte Nanny Mouse leise. »Du kannst dich zu mir setzen und mir etwas erzählen.«

»Du hast mich erschreckt, Nanny«, sagte Leonora und küsste der alten Dame die Wange, die wie immer nach Lavendelpuder duftete. »Und ich bin nicht Maude. Ich bin Leonora.« Sie setzte sich in den Sessel gegenüber und begann zu sprechen. Nanny Mouse wollte auf dem Laufenden gehalten werden über die Dinge, die auf Willow Court geschahen. Die Filmaufnahmen interessierten sie besonders.

»Die Fernsehleute … kommen sie auch zu mir?«

»Natürlich, Nanny. Du kommst in dem Film auch vor. Du bist außer mir die einzige Person in der ganzen Familie, die Ethan Walsh kannte.«

Nanny Mouse nickte. »Ja. Er war gut zu mir. Auf seine Art natürlich, du verstehst schon. Er hat sich nicht besonders für Frauen interessiert. Arme Maude!«

Die alte Frau schwieg. Sie zerknüllte ein Taschentuch in der Hand. Die Stille begann sich im Zimmer auszubreiten, drang in die dunklen Ecken, in die kein Sonnenstrahl fiel. Um sie aufzulösen und Nanny abzulenken, redete Leonora weiter. Die ganze Familie wusste, wie schwer es ihr fiel, von der Zeit zu reden, als sie noch klein war.

»Die Kinder sind hier, Nanny. Ich bringe dir den kleinen Douggie vorbei. Du erinnerst dich doch noch an ihn, oder? Efes Sohn. Mein Urenkel. Aber natürlich tust du das. Er ist so ein reizender kleiner Junge.«

»Aber er darf nicht herumlaufen«, sagte Nanny. Sie beugte sich vor und zupfte an Leonoras Knie. »Es ist schrecklich, wenn sie herumlaufen. Warst du hier, als er weggelaufen ist?«

»Douggie ist noch nie weggelaufen«, erwiderte Leonora. Ihr schlug das Herz bis zum Hals. Nanny meinte nicht Douggie. Sie musste das Thema wechseln, also sagte sie: »Du solltest sehen, was wir oben im Haus alles zu essen haben. Berge von Erdbeeren, genug für eine ganze Armee. Ich lasse dir morgen welche bringen, wenn du möchtest.«

»Erdbeeren«, wiederholte Nanny Mouse. »O ja, die mag ich gerne! Auf der Hochzeit gab es auch welche, nicht wahr?«

»Auf meiner Hochzeit, ja«, erwiderte Leonora geduldig.

»Damals war er natürlich schon tot, oder ist er kurz danach gestorben?«

»Daddy? Ja, er starb kurz vor meiner Hochzeit. Ich fand es so schrecklich, dass ich an meinem Hochzeitstag nicht wirklich glücklich sein konnte, weil mein Vater gerade gestorben war.«

»Gott sei Dank waren wir ihn los!«, sagte Nanny Mouse fest. In diesem Augenblick trat Miss Lardner mit den Rosen ins Zimmer.

»Schau sie dir an, Nanny!«, sagte sie. »Leonora hat uns wunderschöne Rosen mitgebracht.« Nanny Mouse starrte auf die rosa- und cremefarbenen Blüten und die dunkelgrünen Blätter, ohne sie wahrzunehmen.

»Niemand weiß etwas«, sagte sie zu Leonora, und ihre Hände zitterten in ihrem Schoß. »Niemand hört mehr auf mich, wenn ich etwas sage, und ich sage: Gott sei Dank sind wir ihn los. Ich bin froh, dass er tot ist.«

Erschöpft lehnte sie sich in ihrem Sessel zurück. Tränen standen ihr in den Augen. Leonora seufzte. Sie wusste, dass man das Thema Ethan Walsh am besten vermied. Die arme alte Nanny kann nicht mehr klar denken, wenn es um Daddy geht, dachte Leonora. Wahrscheinlich ist sie nicht mehr ganz bei Verstand. Nun ja, sie ist furchtbar alt. Sie wechselte wieder das Thema.

»Alex will dich auch besuchen, Nanny. Alle sind zu meinem Geburtstag gekommen.«

»Hat Leonora schon wieder Geburtstag? Kommt ein Zauberer?« Nanny Mouses Augen funkelten. Leonora lief ein Schauer über den Rücken. Bitte, Gott, lass mich nicht so werden, dachte sie. Wie schrecklich es sein musste, eine solche Wildnis im Kopf zu haben und darin herumirren zu müssen, ohne genau zu wissen, wo etwas war oder wann Dinge geschahen. Wie unerträglich, so hilflos zu sein. Sie schloss die Augen. Ich bete, dass mir so etwas nie geschieht. Ich könnte es nicht ertragen. Ich könnte es nicht ertragen, mich in meinem eigenen Kopf zu verirren.

Sean Everard stellte fest, dass er in letzter Zeit häufig lächelte, ohne es zu merken. Jedenfalls sagten die Leute ihm das ständig. Sein persönlicher Assistent, Jacy (dass ihm ein »k« im Namen fehlte, störte ihn schon lange nicht mehr) behauptete, er sähe aus, als habe er einen Penny verloren und ein Pfund gefunden. Rein vom Karrierestandpunkt aus gesehen, konnte er auf die ganze Angelegenheit stolz sein. Als er den Film plante, hatte er sich nicht allzu viele Hoffnungen gemacht. Wer sollte schon eine einstündige Dokumentation über Leben und Werk Ethan Walshs finanzieren? Okay, er war bekannt und hatte einen exzellenten Ruf, aber ein englischer Maler, der sein ganzes Leben lang an einem einzigen Ort gelebt und außer erstaunlichen Bildern weiter nichts Sensationelles geleistet hatte, zog nicht gerade die Massen an. Daher konnte Sean es kaum fassen, als seine Vorgesetzten ihre Zustimmung zu dem Projekt gaben und Leonora Simmonds, die Tochter des Künstlers, einwilligte, ihn zu empfangen. Er war aufgeregt wie ein Kind.

Er hatte recherchiert und festgestellt, dass sie eine großartige Frau war. Vermutlich fiel es ihr leichter als anderen, stark und charismatisch zu sein, weil sie von den Großeltern viel Geld geerbt hatte. Sie hatte nie arbeiten müssen, und selbst ihre frühe Witwenschaft hatte ihr nichts anhaben können. Ihr Mann war bestimmt versichert gewesen, was zwar nicht zu ihrem Glück, aber immerhin zu ihrer Sicherheit beigetragen hatte. Sie müssen sich sehr geliebt haben, dachte Sean, sonst hätte eine so attraktive Frau wie Leonora doch sicher wieder geheiratet. Statt dessen hatte sie nach dem Tod ihres Mannes zahlreiche wohltätige Verpflichtungen übernommen und den Besitz und die Bilder verwaltet. Später hatte sie in allen möglichen Komitees gesessen. Jetzt gehörte Leonora dem Vorstand dreier kleiner Museen an und stand ein paar Schulen vor. Keine Frau, dachte Sean, die zu Hause sitzt und seufzend aus dem Fenster blickt.

Und jetzt fuhr er dorthin, weil er zu dem Fest anlässlich ihres fünfundsiebzigsten Geburtstags eingeladen war. Das war ihre Idee gewesen: Die Festivitäten zu ihren Ehren in den Film über ihren Vater zu integrieren. Sie mochte ja klein und altmodisch sein, aber wenn es um Öffentlichkeitsarbeit ging, war sie ganz schön clever.

»Ich bin ein Goldstück, nicht wahr?«, hatte sie mit ihm geflirtet. Ob auch Fünfundsiebzigjährige sich noch verliebten? Leonora war nicht der Typ Frau, die man geradeheraus danach fragen konnte, aber es machte ja keinen Unterschied. Sie mochte ihn, und das war toll, denn immerhin fuhr er jetzt in seinem Cabrio mit offenem Dach über die M4 nach Wiltshire, die Nase im Sommerwind. Okay, vielleicht lag auch ein Hauch von Benzin und Düngemitteln in der Luft, aber darauf achtete Sean nicht. Er zog es vor, das Positive im Leben zu betonen, und für ihn roch es nach Blumen, Gras, blauem Himmel und weißen Schäfchenwolken, obwohl die ja nicht wirklich dufteten.

Ethan Walsh. Willow Court. Diese Bilder. Sean war seit mehr als dreißig Jahren besessen davon. Mit achtzehn, 1970, hatte ihn eine Tante mit einem gierigen Interesse für die Gärten anderer Leute einmal dorthin mitgenommen. So etwas wie die Roteichenallee, die zum Haus führte, hatte er noch nie zuvor gesehen, das stimmte, und er fand alles sehr eindrucksvoll, aber was den übrigen Park anging, nun ja, Sean hatte nichts gegen Blumen, Sträucher und Grünzeug, aber Häuser interessierten ihn mehr, und so war er eben hineinspaziert. Er hatte niemanden um Erlaubnis gefragt, sondern war einfach über die Treppe auf eine Art Terrasse gegangen. Die Terrassentüren standen offen, und so trat er in ein leeres Zimmer. Wahrscheinlich waren alle Möbelstücke vorhanden, die in einen solchen Raum gehörten: Stühle, Tische, Sofas und so weiter, aber Sean hatte sie nicht gesehen. An der Wand über dem Kamin hingen drei Gemälde, so angeordnet, dass das Auge harmonisch darüberglitt. Die Farben des untersten Bildes führten nahtlos zu den Farben des Bildes darüber und dann weiter zu dem daneben. Er starrte sie mit offenem Mund an. Er sah zum ersten Mal in seinem Leben echte Gemälde. Das Blau … man konnte förmlich die Hand ausstrecken und es berühren, es fühlte sich garantiert kühl und schimmernd an. Das war Magie. Ein Bild war ein Stilleben: Aprikosen in einer weißen Porzellanschale auf einem Tisch. Die Aprikosen schimmerten rosa-golden in der Schale; über einer Ecke des Tisches lag ein blauweiß kariertes Tischtuch. Sean betrachtete das Bild und hatte das Gefühl, alles Sorgenvolle und Schwierige fiele von ihm ab, wenn er nur dort an diesem Tisch säße. Es wäre das vollkommene Glück. Diese Aprikosen wären alles, was er jemals bräuchte. Über dem

Stilleben hing eine Landschaft, in der Sean die Auffahrt zum Haus erkannte. Sie war im Herbst gemalt, und das Rot der Bäume leuchtete. In der Ferne sah man die Umrisse eines kleinen, rechteckigen Gebäudes. Er und seine Tante waren vor kaum einer Stunde dieselbe Allee entlanggefahren, aber auf diesem Bild kam es ihm vor, als stecke sie voller Geheimnisse. Jedes Fenster war wie ein geschlossenes Auge, und die Bäume mit ihren blutroten Blättern bogen sich dem Haus entgegen. Sean erschauerte, als er auf die tausend Farben der Leinwand blickte, die anscheinend nötig gewesen waren, das kleine Stück stürmischen Himmels am äußersten Bildrand zu malen. Das dritte Bild war das beste von allen. Es zeigte ein Mädchen von ungefähr sechs Jahren, das auf einem Bett saß. Es war in Lila oder Fliederfarben... irgendeine blasse, purpurne Farbe... gekleidet. Das Licht fiel vermutlich durch ein Fenster. Die Bettwäsche, die Decken und das Kopfkissen wirkten wie eine Gebirgslandschaft: weiße Hügel und dunkle Stofftäler erstreckten sich bis an den oberen Bildrand. Auf einer Messingplatte unter diesem Bild stand: *Leonora Walsh, 1934*. Damals wusste er es noch nicht, aber das war die Frau, die er jetzt insgeheim als *seine Leonora* bezeichnete.

Er kam genau zum vereinbarten Zeitpunkt auf Willow Court an, und da war er wieder, der Anblick, der ihm vor vielen Jahren den Atem geraubt hatte: eine lange Reihe von Bäumen, deren Laub, obwohl jetzt tiefgrün, eine Spur von Rot enthielt. Es war seltsam, wunderschön und irgendwie passend.

Leonora hatte ihn persönlich an der Haustür empfangen, und Sean fühlte sich privilegiert. Er blickte sich in dem schönen Zimmer um, das man ihm gegeben hatte, und rückte seine Krawatte zurecht. Dann ergriff er sein tragbares Aufnahmegerät und ging zum Wintergarten.

»Kommen Sie herein, Sean, kommen Sie herein«, sagte Leonora und wies einladend auf den Stuhl neben sich. »Sie können das Gerät auf diesen Tisch hier stellen... ist das in Ordnung?«

»Perfekt! Sind Sie ganz sicher, dass Sie noch nie interviewt worden sind?«

Leonora lächelte. »Ich betrachte dies als Gespräch unter Freunden. Ich hoffe, Sie sind nicht zu sehr beschäftigt mit Ihrer Ausrüstung, um einen Keks zu Ihrem Tee zu nehmen? Mary hat sie extra gebacken. Sie ist unsere Haushälterin ... ach, wie dumm von mir. Sie haben sie letztes Mal kennen gelernt, nicht wahr?«

»Ja«, erwiderte Sean. »Und einen Keks lehne ich nie ab. Das ist ein wunderschöner Raum hier.«

Es war eigentlich kein Wintergarten, sondern eher ein verglastes Wohnzimmer; wundervoll ruhig, abgesehen von Gus' leisem Schnarchen, der mit seinem langhaarigen, rötlichen Fell einen hübschen Kontrast zum Rosenmuster des Sofas bot. Sean wusste, dass Gus einen Bruder hatte, Bertie, der die Schlafzimmer den öffentlichen Räumen des Hauses vorzog. Die Katzen hießen eigentlich Albert und Augustus, hatte man ihm erzählt, aber niemand nannte sie so.

An den Glaswänden wucherten Pflanzen, manche bereits bis zur Decke, wo sie sich gegen die Balken drückten, als wollten sie fliehen. Alle Kissen hatten Gobelinbezüge (Gwens Werk, wie man ihm sagte). Den Tisch bedeckten Samenkataloge, Bücher und Leonoras Korrespondenz.

»Sollen wir anfangen?«, fragte Sean.

»Ja, ich bin bereit.« Leonora legte die Hände zusammen.

»Dann lassen Sie uns mit Ihrer frühen Kindheit beginnen. Erzählen Sie mir davon.«

»Meine Mutter starb, als ich acht war.« Leonora stellte ihre Tasse ab und hüstelte nervös. »Mein Vater hatte immer zu tun. Vermutlich hat er gemalt. Ich wurde hauptsächlich von Nanny Mouse erzogen. Sie war damals noch sehr jung, meine Eltern haben sie bei meiner Geburt eingestellt. Ich glaube, meine Mutter war sehr zart. Sie werden Nanny Mouse natürlich kennen lernen. Sie lebt noch, allerdings ist sie mittlerweile ziemlich hinfällig. Sie ist weit über neunzig. Sie lebt in dem kleinen Cottage an der Auffahrt. Sie sind daran vorbeigekommen.«

»Ist das Anwesen schon seit vielen Generationen im Besitz der Familie Walsh?«

»Oh, du meine Güte, nein!« Leonora lachte. In Romanen wird

dieses Lachen immer als »perlend« beschrieben, dachte Sean. »Mein Großvater hat das Land gekauft, nachdem er ein Vermögen in irgendeinem langweiligen Industriezweig gemacht hatte. Ich weiß bis heute nicht genau, womit eigentlich. Irgendwelche Maschinenteile, glaube ich. Schrecklich wichtig, ohne dass man sie eigentlich *sieht*, wenn Sie wissen, was ich meine. Und als Daddy ... Ich würde ihn besser Ethan Walsh nennen, nicht wahr? ... seinem Vater sagte, er wolle in London Kunst studieren, gab es einen riesengroßen Streit. Nun, damals erwartete man von einem jungen Mann, in die Fußstapfen seines Vaters zu treten und nicht, dass er zu den Bohemiens ging und seine Zeit mit ›*Kleckserereien*‹ vergeudete. Das ist heutzutage für euch junge Leute sicher schwer zu verstehen.«

»Nein.« Sean lächelte sie an. »Ich glaube, auch heute noch halten viele Eltern Kunst für einen recht unsicheren Berufsweg.« Gott, dachte er, wie pompös ich mich anhöre. Ich muss ein bisschen aufpassen. »Darf ich nach Ihrer Mutter fragen?«

»Sie war sehr still. Unauffällig. Er war die ... wie sagt man heute? ... charismatische Persönlichkeit. Sie schien nie da zu sein, jedenfalls soweit ich mich erinnere. Immer, wenn ich Nanny Mouse fragte, wo sie wäre, hieß es, sie ruhe sich aus oder schriebe Briefe. So etwas in der Art. Über ihren Tod weiß ich nichts Genaues, weil ich damals sehr krank war. Daran erinnere ich mich noch. Aber als sie nicht mehr da war, änderte sich alles. Ihr Tod traf Daddy entsetzlich. Er war zutiefst verwundet und angeschlagen. Ich kann mich allerdings nicht erinnern, dass er zu ihren Lebzeiten besonders zärtlich zu ihr gewesen wäre, aber Kinder sehen ja natürlich auch nicht alles.«

»Wo haben sie sich kennen gelernt?«

»In London, auf der Kunstschule. Sie war eine ganz begabte Aquarellistin, glaube ich, aber als sie verheiratet waren, hatte sie dafür natürlich keine Zeit mehr.«

»Also hat sie ihre Kunst aufgegeben, um mit ihm zusammenzuleben?«

»Ja. Nanny Mouse hat mir einmal erzählt, dass es einen ziemlichen Skandal verursacht hat, als sie nach Paris gefahren sind und dort geheiratet haben. Maude Cotteridge war eine mittellose Waise, und mein Großvater war bestimmt nicht erfreut über die Wahl seines Sohnes. Es ging das Gerücht …« Leonora beugte sich vor und senkte die Stimme, »… dass sie zusammenlebten, bevor sie verheiratet waren. Offensichtlich hat die ganze Kunstszene in London darüber geredet. Man hätte annehmen können, dass sie hier auf dem Land unglücklich war, wo sie doch bis zu ihrer Ehe in London gelebt hat, aber sie liebte den Garten. Sie hat alle möglichen Dinge hier veranlasst: der Pavillon und der Stille Garten im hinteren Teil sind allein ihr Werk. Die Beete dort. Haben Sie sie schon gesehen? Nun, sie werden Ihnen bestimmt auffallen, wenn Sie dort filmen. Der Garten ist so schön wie ein Gemälde. Und die Spalierbäume an der Mauer … die waren auch ihre Idee. Damals, als Ethan und Maude jung verheiratet waren, gab es auf Willow Court vier Gärtner. Heute müssen wir mit zweien auskommen, aber ich habe einen grünen Daumen; der Garten ist eine Art Hobby für mich. Ein Glück für den Besitz, finden Sie nicht auch?«

Schon wieder flirtete sie mit ihm. Er lächelte sie an.

»Das ist großartig«, sagte er. »Für den Anfang war es schon wunderbar, aber für heute hören wir besser auf. Ich muss mich zum Abendessen umziehen.«

»Ich habe es genossen. Morgen gehe ich mit Ihnen ins Atelier meines Vaters.«

»Ja, darauf freue ich mich schon. Und ich bin Ihnen sehr dankbar, dass Sie mich bei dem Film so unterstützen. Ich hoffe, das Ergebnis entspricht Ihren Erwartungen.«

Leonora blickte ihn an. »Ich bin sicher, er wird wunderbar«, erwiderte sie. »Wenn es Ihnen nichts ausmacht, bleibe ich noch ein Weilchen hier sitzen. Drinks um sechs Uhr auf der Terrasse?«

»Sehr schön. Bis später dann«, sagte Sean und schloss leise die Tür hinter sich.

Leonora schloss die Augen. Einen Moment lang hatte sie das Gefühl, nicht allein im Wintergarten zu sein. Vielleicht war Gwen hereingekommen, um nach ihr zu schauen. Sie atmete ein, und ein Duft, den sie kannte, drang ihr in die Nase: Maiglöckchen. Wer benutzte ihn? Woher kannte sie ihn? Vielleicht hatte James Gwen von einer seiner Auslandsreisen Parfüm mitgebracht. Vielleicht war es ja auch Rilla oder sogar Chloë. Aber warum war ihr der Duft so vertraut? Sie öffnete die Augen, um zu sehen, welche der Frauen auf Willow Court hereingeschlichen war. Sie war ganz allein. Der Duft hing in der Luft, aber niemand war da. Nur Gus, der leise schnarchend seine Katzenträume träumte. Ich habe es mir eingebildet, dachte Leonora. Es ist nur in meinem Kopf. Ein Schauer lief ihr über den Rücken, und sie schloss die Augen wieder. Gleich stehe ich auf, dachte sie, ich bleibe nur einen kleinen Moment lang hier sitzen.

September 1935

Leonora öffnete halb die Augen. Jemand stand am Fenster und schaute hinaus in den Garten. Regen prasselte gegen die Scheiben, und das Stück Himmel, das sie vom Bett aus sehen konnte, war grau und grässlich statt blau und voller Sonnenschein, wie Himmel im Sommer sein sollte. Der dunkle Schatten zwischen ihren Vorhängen war nicht Nanny. Dazu war er zu groß und zu dick. Nanny war klein und dünn. War es Daddy? Konnte das sein? Er war bisher nur ein oder zwei Mal im Kinderzimmer gewesen, abends noch nie. Ihr wurde plötzlich kalt, und sie zog die Decke über die Schultern. Als sie sich auf einen Ellbogen stützte, tat ihr der Kopf weh. Sie versuchte zu sprechen, doch aus ihrem Mund drang nur ein schwacher Laut. Sie musste husten, um den Hals freizubekommen.

Plötzlich drehte sich der Schatten am Fenster um; es war tatsächlich Daddy. Rasch trat er ans Bett, setzte sich neben sie und ergriff ihre Hand. Leonora war so überrascht, dass sie wieder in die Kissen sank. Er trug einen schwarzen Anzug und ein weißes Hemd. Seine Augen waren rot gerändert. Leonora blickte auf die glänzende goldene Uhr, deren Kette sich über seine Weste spannte. Er sagte: »Mein geliebtes Kind, ich wollte dich nicht aufwecken. Du hast so fest geschlafen. Und du brauchst deinen Schlaf. Du warst ziemlich krank. Weißt du das noch?«

»Hatte ich schon Geburtstag?«, fragte Leonora. »Waren es die Masern?«

»Nein, nein, nicht so etwas. Ein Fieber, hat der Arzt gesagt, aber wir waren ein wenig in Sorge. Und, ja, du bist jetzt acht Jahre alt. Herzlichen Glückwunsch, Liebling. Wir feiern deinen Geburtstag richtig, wenn es dir wieder besser geht.«

Leonora hätte am liebsten geweint. Wie konnte sie nur ihren

Geburtstag verpassen und noch nicht einmal etwas davon merken? Wie konnte sie nur? Aber sie verstand so vieles nicht. Wo war Mummy? Und Nanny? Und warum war er ganz in Schwarz gekleidet? Irgendetwas war bei ihnen im Zimmer. Es war etwas Trauriges, und sie wusste nicht, wie sie danach fragen sollte. Sie sagte: »Wo ist Mummy?« und hoffte, wenn er ihr darauf eine Antwort gab, wäre alles gleich viel klarer.

»Weißt du nicht mehr, wie krank sie war, Liebling?«

»Geht es ihr jetzt besser?«, fragte Leonora. »Ich kann mich nicht mehr erinnern.«

Ihre Mutter blieb oft in ihrem Zimmer. Sie lag gerne stundenlang auf der Chaiselongue im Wohnzimmer. Manchmal verschwand sie ganz von der Bildfläche, und niemand sah sie mehr. Nanny sagte dann, sie sei »indisponiert«. Das war so etwas wie krank sein, das wusste Leonora, allerdings keine Krankheit, die einen Namen hatte, so wie Masern, Mumps oder Influenza. Plötzlich sagte Daddy:

»Bist du ein tapferes Mädchen, Leonora?«

Sie nickte. Jetzt, wo sie wirklich acht war, obwohl es sich nicht anders anfühlte, als sieben zu sein, musste sie *sehr* erwachsen sein, und dazu gehörte auch, tapfer zu sein.

»Es tut mir Leid, dass ich dir das sagen muss, Leonora. So Leid.« Daddy begann zu husten, aber es war kein richtiger Husten. Er zog sein Taschentuch hervor und wischte sich über Nase und Augen, bevor er fortfuhr:

»Sie ist tot. Mein Liebling, meine geliebte Maude …« Und dann weinte er. Leonora starrte ihn an, zu erschreckt von seinem Kummer und seinem Schmerz, um wirklich zu begreifen, was er gesagt hatte. Daddy weinte nie. Er war stark. Er war der stärkste, größte, mächtigste und strengste Mensch auf der ganzen Welt und nicht dieses … dieses schluchzende, niedergeschlagene Geschöpf, dessen Schultern bebten und dessen Stimme brach, als er sagte:

»Ich hatte ja keine Ahnung. Ich wusste überhaupt nicht, dass sie so … so krank war. Sie hat mir natürlich nichts davon gesagt, weil sie mich nicht beunruhigen wollte. Sie war so uneigennützig. Ja, zweifellos, die uneigennützigste Person auf der Welt. Und dann war sie tot, und jetzt habe ich sie beerdigt, und wir müssen tapfer sein, Leonora. Wir müssen aufeinander aufpassen. Es ist so grausam. So ein grausamer Verlust für dich, mein armes Kind. Ich werde … du weißt es … ich werde mein Bestes tun, aber es wird nicht das Gleiche sein. Nein, überhaupt nichts mehr wird wie früher sein. Wie soll ich es nur ertragen?«

Er stand auf und straffte die Schultern. Leonora blickte zu ihm hoch, sagte aber nichts, weil sie nicht wusste, was. Dann fuhr er mit ruhigerer Stimme fort:

»Nanny kommt gleich, um zu sehen, ob du heute aufstehen möchtest. Vielleicht trinken wir später zusammen Tee. Möchtest du das gerne?«

Leonora nickte. Worüber sollte sie mit ihm reden, wenn sie sich Sandwiches und Hörnchen vom Kuchentablett nahmen? Daddy trat an die Tür. Dort drehte er sich noch einmal um und lächelte sie an.

»Wir werden es überleben, Leonora, nicht wahr?«, sagte er.

»Ja, Daddy«, sagte Leonora und fragte sich, was er meinte. Würde er am Ende auch krank werden und sterben?

Als er weg war, schob sie die Decke zurück und stand auf. Sie fühlte sich wackelig. Sie wusste noch, dass Nanny gesagt hatte, *nur noch zwei Tage bis zu deinem Geburtstag, Liebes*. Und das war am dreiundzwanzigsten August gewesen. Jetzt war der fünfundzwanzigste schon vorbei. Sie war offenbar tagelang krank gewesen. Wie konnte das geschehen, ohne dass sie es bemerkt hatte? Tränen traten ihr in die Augen, als sie an alles dachte, weswegen sie traurig sein musste. Mummy ist tot, sagte sie sich. Unter der Erde, steif und kalt. Etwas Dunkles, Schweres zog sich in ihrem Kopf zusammen, und sie erschauerte. Angestrengt bemühte sie sich, sich zu erinnern, wann sie ihre Mutter das letzte Mal gesehen hatte, aber sie konnte nicht richtig denken. War es beim Gutenachtsagen gewesen? Oder vielleicht im Garten? Leonora wusste, was tot bedeutete. Tyler, der Gärtner, hatte einmal ein Kaninchen in der Hand gehabt, das der Fuchs getötet hatte. Es war ganz steif und voller Blut gewesen. Sie hätte es eigentlich nicht sehen dürfen, aber sie hatte es doch gesehen, und dann hatte sie lange Zeit hinterher noch davon geträumt. Mummy war natürlich nicht voller Blut gewesen. Sie war bestimmt in ihrem Bett gestorben, dort starben die Leute normalerweise. Sie waren ja keine Kaninchen. Sie stellte sich vor, wie die Leiche in den dicken Kissen lag, gekleidet in eins von Maudes spitzengesäumten Nachthemden, und es war ihre Mutter und zugleich auch nicht.

An der Wand hinter Leonoras Bett hing ein Porträt von ihr, das Daddy gemalt hatte, und Leonora drehte sich um, um es zu betrachten. Es war einfach nicht gerecht. Andere Leute hatten Mütter und Väter und Geschwister. Auf dem Bild war sie ein kleines Mädchen und saß auf dem Boden neben dem Puppenhaus, das im Kinderzimmer stand und mit dem sie jeden Tag spielte. Es war ein großes Haus. Daddy hatte es selber gebaut, und Mummy hatte es so eingerichtet wie ein richtiges Haus. Jeder, der es sah, bewunderte es und sagte, wie viel Liebe doch darin steckte, und wie glücklich sich Leonora schätzen könne, es zu haben. Leonora konnte jedes Detail auf der Tapete erkennen, auch die kleinen Lampen und Möbelstücke, die in den Zimmern standen, und sogar die winzigen Puppen, die Mummy gemacht hatte und die sie darstellen sollten: sie und Daddy und Leonora. Das Licht auf dem Bild schien aus dem Puppenhaus herauszuströmen und fiel auf die Wange des Kindes … Leonoras Wange … und bildete einen goldenen Fleck auf dem dunklen Teppich. Ich sehe es mir jetzt an, dachte sie. Mein Puppenhaus, das Daddy und Mummy für mich gemacht haben.

Sie ging ins Spielzimmer, wo es an der Wand stand. Alle Türen und Fenster waren geschlossen. Sie blickte auf das Dach, bemalt mit Dachziegeln. Wie ein Schmetterlingsflügel flatterte eine Erinnerung durch ihre Gedanken. Für den Bruchteil einer Sekunde sah sie ihre Mutter in einem langen weißen Nachthemd neben dem Puppenhaus stehen – dann war sie weg. Blinzelnd versuchte Leonora, die Erinnerung zurückzuholen, aber sie kam nicht wieder. Stattdessen war ihr, als sei irgendwo tief in ihr ein Licht erloschen. Aus dem Puppenhaus drang kein Licht. Es sah aus, als habe seit einer Ewigkeit niemand mehr damit gespielt. Plötzlich erfüllte sie Traurigkeit, stieg wie eine kalte Flut in ihr auf, und sie begann zu weinen.

Leonora wurde langsam ungeduldig. Nanny Mouse ließ sie Tage um Tage im Bett liegen, damit sie sich ausruhte. Vielleicht währte die Zeit ja gar nicht so lang, doch ihr schienen es Jahre zu sein. Weil sie so krank gewesen war, ließ Nanny den dicken, roten Kater Mr. Nibs in ihr Zimmer. Normalerweise durfte er nicht nach oben. Wenn er am Fußende des Bettes saß oder sich hinter den Vorhängen zusammenrollte, bis nur noch sein Schwanz unter dem geblümten Stoff hervorragte, musste sie lächeln. Er schnurrte, wenn sie ihn streichelte, und sie fühlte sich dann glücklicher. Aber manchmal fielen ihr die Worte *Meine Mummy ist tot* ein, und dann füllten sich ihre Augen mit Tränen, und der Kopf tat ihr weh. Doch sie konnte nicht die ganze Zeit an ihre Mummy denken; nach und nach kreisten ihre Gedanken um gewöhnlichere Dinge. Wenn ich doch nur aufstehen könnte, dachte sie und musterte den Kringel aus Sonnenstrahlen auf dem Teppich. Dann könnte ich zu den Schwänen gehen. Ich wünschte, Nanny Mouse hätte mich ins Dorf mitgenommen. Dort hätte ich mir im Laden Süßigkeiten kaufen können. Lakritze oder Brausepulver. Nanny Mouse kaufte immer gedrehte Zuckerstangen, aber davon hatte Leonora schon so viele gehabt, dass sie sie nicht mehr besonders aufregend fand.

Wo war Daddy? Er kam jeden Nachmittag und setzte sich eine Zeit lang zu ihr, aber er war immer noch traurig und wollte nicht viel reden. Vielleicht war er im Atelier und malte. Das Atelier war ihr verboten. Eigentlich war es ein Speicher, der große Speicher neben den Zimmern der Hausmädchen. Die Tür zum Atelier war immer verschlossen, wenn Daddy dort arbeitete, aber jetzt würde er bestimmt nicht arbeiten. Sie hatte gehört, wie Nanny Mouse und Mrs. Page, die Köchin, sich darüber unterhielten, als Mrs. Page ihr Essen hinaufbrachte.

»Der arme Mann«, sagte Mrs. Page. »Er isst nicht richtig. Und er läuft durch das Haus wie ein Tier im Käfig.«

»Er arbeitet nicht. Ich weiß das«, erwiderte Nanny Mouse.

»Er steht am Atelierfenster und starrt hinaus. Ich habe ihn gesehen, als ich gestern in die Kirche ging, und als ich wiederkam, stand er immer noch da. Ich schwöre dir, er hat sich nicht einen Zentimeter von der Stelle bewegt.«

Leonora dachte, dass er jetzt vielleicht auch oben war. Ich gehe zu ihm, rede mit ihm, das wird ihn sicher aufheitern. Es macht ihm nichts aus, er arbeitet ja nicht. Sie schob die Decke zurück, streifte ihren Bademantel über und zog die Hausschuhe an.

Im Haus war es so still, dass Leonora fast ihre eigenen Schritte hörte, als sie auf Zehenspitzen die Treppe hochschlich. Sie sah auf ihre Füße, nicht an die Wände. Der Teppich hier war ein wenig fadenscheinig, aber das machte nichts, weil sowieso niemand ins Atelier durfte. Im Flur hingen ein paar Gemälde; Bilder, die Daddy eigentlich nicht gefielen, sonst hätte er sie unten aufgehängt, wo jeder sie sehen konnte. Leonora blieb nicht stehen, um sie zu betrachten, sondern ging rasch auf den Vorhang zu, der die Ateliertür verdeckte.

Sie zog ihn ein wenig beiseite, drehte den Messingtürknopf und blieb einen Moment auf der Schwelle stehen, um sich umzuschauen. In einem ihrer Bücher war eine Geschichte über ein Zauberland, das der Fluch einer Hexe gefroren hatte, sodass sich niemand bewegen und niemand mehr sprechen konnte. Daran erinnerte sie das Atelier. Leonora hatte auf einmal das Gefühl, die Dinge würden zerbrechen oder verschwinden, wenn sie einen Fuß hineinsetzte.

Sei nicht albern, sagte sie sich. Das ist doch bloß eine Geschichte. Das hier ist ein wirkliches Zimmer in einem wirklichen Haus. Ich wohne doch hier. Es gibt keine Zauberei. In meinem eigenen Haus kann mir nichts Schlimmes passieren.

Ein langer, schmaler Raum. Die Leinwände standen mit dem Gesicht zur Wand. Die Staffelei war leer; die Farben auf der Palette verkrustet und angetrocknet. Leonora lief zu einem der Fenster. Hier oben gab es viele davon; vom größten sah man auf den Garten und den See. Sie blickte hinaus und fragte, ob sie wohl die Schwäne sehen könnte. Ihr Kopf tat schon wieder weh, und sie lehnte die Stirn gegen die kühle Scheibe. Tränen traten ihr in die Augen. Warum geht es mir denn noch nicht besser? dachte sie. Nanny hat doch gesagt, es ginge schon wieder, aber jetzt fühle ich mich wieder krank. Hinter meinen Augen tut es so weh. Vielleicht sollte ich mich setzen …

Sie taumelte zu der Chaiselongue, die mitten im Atelier stand, und legte sich hin. Sie war mit blassgrünem Samt bezogen, eine Farbe, die Mummy immer »eau-de-Nil« nannte. Es war Mummys Lieblingsfarbe, doch Daddy sagte immer, sie sei wischi-waschi. Leonora fragte sich, warum er denn nicht seine Lieblingsfarbe für etwas ausgesucht hatte, auf dem nur er saß.

Sie schloss die Augen, und der Schmerzklumpen in ihrem Kopf wurde kleiner und schwächer. Sie schob ihre Hand in den Zwischenraum zwischen Sitzfläche und Holzrahmen und ertastete etwas Weiches. Sofort setzte sie sich auf, um es genauer zu untersuchen. Ein kleines Stück Stoff … eine Ecke ragte heraus: ein weißes Dreieck aus Spitze. Als sie daran zog, erkannte sie es sofort. Mummy musste hier oben gewesen sein, um mit Daddy zu sprechen, denn es war eines ihrer Taschentücher. Leonora schnüffelte daran, und Tränen schossen ihr in die Augen. Mummys Geruch. Maiglöckchen. Mummys Kleider dufteten alle danach. Hatten immer danach geduftet. Die Tränen rannen ihr über die Wangen, aber sie konnte nicht das Taschentuch benutzen, um sie wegzuwischen. Es würde schmutzig und zerknittern … sie steckte das kostbare Stück Stoff in ihre Tasche und fuhr sich mit dem Ärmel ihres Morgenmantels über die Augen. Immer wenn sie an Mummy dachte, war etwas Nebliges und Dunkles in ihr. Sie konnte sie sich nicht mehr richtig in Erinnerung rufen, konnte sich nicht mehr vorstellen, wie sie wirklich war.

»Was tust du hier oben, Leonora?«, sagte eine Stimme, und Daddy stand in der Tür. Es war auf einmal kalt. Leonora wäre am liebsten davongerannt und hätte sich in Luft aufgelöst, weil seine Stimme so zornig klang. Daddy war immer ruhig, sehr ruhig, wenn er wütend war, und sein besonderer Tonfall in solchen Situationen brachte sie zum Zittern.

»Ich habe nach dir gesucht, Daddy. Ich bin nur hier heraufgekommen, weil ich dich gesucht habe.«

»Und warum dachtest du, du findest mich gerade hier?«

Weil du hier immer malst, wollte sie sagen, brachte aber keinen Ton heraus.

»Ich weiß nicht«, flüsterte sie und senkte den Kopf.

Ethan Walsh trat zu der Chaiselongue, zerrte Leonora, die wie erstarrt dasaß, unsanft hoch und führte sie zur Tür. Dabei kniff er sie in den Oberarm und sprach leise, mit unterdrückter Wut.

»Niemals. Du darfst niemals wieder hier heraufkommen, hast du mich verstanden, Leonora? Niemals. Es ist dir streng verboten, dieses Zimmer zu betreten. Habe ich mich klar ausgedrückt?« *Verboten ...* was für ein schreckliches Wort, dachte Leonora. Ich hasse es. Es klingt wie eine Mauer aus schwarzem Eis. *Verboten.*

Sie sah ihren Vater an. Er kniete neben ihr, sein Blick bohrte sich in ihren. Er legte ihr die Hände auf die Schultern und schüttelte sie leicht. In seinen Augen stand ein Ausdruck, den Leonora nicht kannte. Etwas, das sie noch nie zuvor gesehen hatte und nicht benennen konnte. Sie wusste nur: Die Liebe, mit der er sie normalerweise ansah, war gewichen, und diese Person, die sie schüttelte und deren knochige Finger sich in ihre Schultern krallten, mochte sie kein bisschen. Er hasste sie vielleicht sogar. Und es lag auch noch etwas anderes auf seinem Gesicht. Daddy sah erschreckt aus. Weiß, mit fest zusammengepressten Lippen und von Angst erfüllt.

»Ja, Daddy«, erwiderte sie. »Ich verstehe. Ich komme nie wieder hier herauf. Nie mehr. Ich verspreche es. Eher sterbe ich.«

»Sag das nicht!«, schrie er sie fast an. »Geh wieder in dein Zimmer und bleib bitte da. Warte auf Nanny. Ich muss nachdenken.«

Er wandte sich ab und trat zurück, schlug die Tür hinter sich zu. Es grollte wie Donner in dem leeren Haus, erfüllte den Flur und rollte über die Treppe, als ob das ganze Gebäude bebte. Leonora blickte auf die geschlossene Tür und stellte sich vor, wie ihr Vater jetzt am Fenster stand. Sie rannte die Treppe hinunter in ihr Zimmer und warf sich bäuchlings auf ihr Bett. Hinter ihren geschlossenen Lidern explodierten Sternchen und rote Feuerbälle. Niemals. Sie würde niemals wieder dorthin gehen. Es war ein grässliches Zimmer, kalt und abweisend und viel zu hell.

Das Taschentuch in ihrer Tasche … als es ihr einfiel, wusste Leonora sofort, dass sie es verstecken musste. Wenn Daddy es bei ihr fand, würde er wieder wütend werden. Sie wusste nicht, woher sie diese Gewissheit nahm, aber sie spürte mit jeder Faser ihres Körpers, dass es stimmte. Wohin sollte sie es legen? Nanny Mouse räumte ihre Schubladen immer auf, und wenn sie es in der Tasche ließ, würde es in der Wäsche landen, und der Maiglöckchenduft wäre auf immer verloren. Plötzlich glitt ein Lächeln über Leonoras Gesicht. Sie wusste, wo es in Sicherheit war.

Sie stand auf, trat zum Puppenhaus und hockte sich davor. Dann faltete sie das Taschentuch ihrer Mutter zweimal. Jetzt sah man nur noch an zwei Seiten des Stoffes Spitze. Daran kann ich nichts ändern, dachte sie. Es muss ja passen … so. Sie steckte das feine Baumwolltuch ordentlich über der Puppe fest, die sie, Leonora, darstellen sollte, und einen Moment lang schien es ihr, als sei der leblose, ausgestopfte Körper wirklich *sie*, und *sie* läge dort sicher unter einer spitzengesäumten Decke, die wie ihre Mutter roch. Sie hockte sich auf die Fersen und betrachtete das Puppenbett. Das werden sie nie merken, dachte sie, weil Erwachsene gar nicht richtig hinsehen. Aber ich werde es wissen, und ich kann, wann immer ich will, hierher kommen und daran riechen. Und wenn meine Puppen tanzen gehen, dann kann ich es wie ein Kleid feststecken, und die Puppe sieht mit ihrem Spitzenkleid wunderschön aus, sodass jeder mit ihr tanzen will. Sie wird aussehen wie eine Prinzessin.

Sowohl Freud als auch Leonora könnten etwas über meine Liebe zu Küchen sagen, dachte Rilla. Sie hatte das ganze Haus zur Verfügung und konnte mit allen Familienmitgliedern plaudern. Und was tat sie? Sie saß am Buchentisch und sah Mary zu, die Karotten für das Abendessen schälte. Ihre Zubereitung dieses unauffälligen Gemüses galt als legendär. Am Ende verwandelten sie sich in goldene Kreise, glänzend süß und köstlich duftend, mit frischen Kräutern bestreut.

»Deine Hörnchen, Mary«, sagte sie und strich sich Himbeergelee auf die dicke Butterschicht, »sind das achte Weltwunder.«

Mary schniefte nur und arbeitete weiter. Ihr Schweigen war nicht unfreundlich. Sie war einfach nur eine ruhige Person, die nichts von Klatsch hielt. Rilla machte das nichts aus. Wenn sie in der Küche auf Willow Court sitzen konnte, kam sie sich immer vor wie auf einer Bühne. Dass die Küche so klischeehaft gemütlich wirkte, war Gwens Werk. An einer Wand stand eine Waliser Anrichte, erwartungsgemäß voller Teller mit Weidenmuster, runder Teekannen und geblümter Becher. Die Wände waren buttergelb gestrichen, und in eine Ecke schmiegte sich ein kleines Sofa. Die Vorhänge passten farblich zum rosafarbenen Bezug des Sofas ... typisch für Gwen. In den Arbeitsteil der Küche gelangte man durch einen Bogen über zwei Stufen. Als kleines Mädchen hatte Rilla immer gerne dort gesessen und der Köchin zugeschaut. Inzwischen gab es einen modernen Herd, aber damals war er alt und rußgeschwärzt gewesen, wie bei Hänsel und Gretel. Sie war einmal eine ganze Woche lang nicht in die Küche gegangen, weil Gwen ihr eingeredet hatte, er stamme wirklich aus dem Märchen, direkt aus dem Hexenhäuschen, und sei auf magische Weise nach Wiltshire gelangt.

»Ich hätte mir denken können, dass du hier bist, Rilla«, sagte Efes Stimme, und sie drehte sich lächelnd um.

»Du solltest nicht so ungezogen zu deiner Tante sein, Efe«, sagte sie. »Komm her und gib mir einen dicken Kuss. Du meine Güte, du siehst toll aus! Ich könnte dich auffressen!«

»Das sagen sie alle«, erwiderte Efe und umarmte Rilla. Er setzte sich ihr gegenüber und lächelte Mary an. »Hast du noch ein Hörnchen für mich, Mary?«

»Du verdirbst dir den Appetit aufs Abendessen«, antwortete Mary lächelnd, legte jedoch zwei Hörnchen für Efe auf einen Teller und stellte ihn vor ihn hin. Sogar Mary erliegt seinem Charme, dachte Rilla. Erstaunlich, seine Wirkung auf Frauen.

Gefährlich, wahrscheinlich. Er schnitt das Gebäck sorgfältig durch und sagte: »Du kannst dir nicht vorstellen, was für eine Erleichterung es ist, jemanden anständig essen zu sehen. Fiona ist ständig auf Diät. Aber vielleicht lässt sie es ja jetzt, wo sie wieder schwanger ist. Das hoffe ich jedenfalls. Ich habe es aufgegeben, mich zu fragen, warum Frauen so albern sind.«

Rilla schluckte eine scharfe Erwiderung herunter. Efe fand Frauen nur deshalb albern, weil ihn die vernünftigen nicht anzogen. Sie betete ihren Neffen an, aber er stand definitiv auf genau die Püppchen, die sich für ein freundliches Wort gleich hinlegten und die Beine breit machten.

»Ich werde mich jetzt mal fürs Abendessen umziehen«, sagte Rilla. Efe sah hoch.

»Du bist doch schon richtig angezogen«, meinte er. »Eigentlich wollte ich dich fragen, ob ich rasch mit dir reden kann. Ich wollte dich etwas fragen, weil ich Leonora um etwas bitten möchte. Hast du einen Moment Zeit?«

Die Hörnchen lagen in einer Schüssel auf der Anrichte. Rilla holte sich noch eins. Dann setzte sie sich wieder an den Tisch.

»Na los«, sagte sie und bestrich es mit Butter. »Red schon.«

In diesem Moment ging die Hintertür auf, und James kam in die Küche. Efe verzog das Gesicht und stand auf.

»Hallo, Dad… ich muss leider los. Tut mir Leid, Rilla. Vielleicht reden wir ja später.«

»Worum ging es?«, fragte James, als Efe die Küche verließ. Rilla sah ihren Schwager an.

»Ich habe keine Ahnung. Ich glaube, Efe wollte mir etwas erzählen. Vielleicht wollte er ja ein Geständnis machen. Ob es wohl etwas zu beichten gibt, James?«

»Das würde mich nicht wundern…. der Apfel fällt nicht weit vom Stamm, oder?«

Für Rillas Geschmack übertrieb James die Rolle des Charmeurs. Sicher sah er gut aus, aber er plusterte sich ein bisschen zu sehr auf. Sie unterdrückte ein Kichern.

»Worüber lachst du?«, erkundigte sich James.

»Ach, nichts«, erwiderte Rilla. »Nichts Wichtiges.«

»Es ist schön, jemanden lachen zu sehen. Das kann ich dir sagen. In der letzten Zeit war die Atmosphäre hier ziemlich gespannt. Gwen ist so mit den Vorbereitungen beschäftigt, dass wir kaum zwei Worte miteinander gewechselt haben. Aber nach Sonntag wird ja hoffentlich alles wieder normal.«

»Du bist doch nie hier, James«, sagte Rilla. »Ich bin gestern kurz nach dem Mittagessen angekommen, und heute beim Frühstück habe ich dich das erste Mal gesehen. Du kannst nicht immer alles auf Gwen schieben, weißt du.«

»Nun, ich habe mich mit Leuten in der Stadt getroffen. Das musste sein.« Er zupfte sich am Ohrläppchen. Rilla hatte einmal einen Artikel über Körpersprache in einer Zeitschrift gelesen, und demnach bedeutete Zupfen am Ohrläppchen, dass einem die Person frech ins Gesicht log. Er hatte sich wahrscheinlich in irgendeiner Bar betrunken.

»Du siehst sehr gut aus, James«, sagte sie, und er schenkte ihr sein strahlendes Lächeln. Auch das stimmte. Er sah ganz sicher nicht aus wie jemand, der zu viel trank. Er hatte zwar mehr Falten, und sein Haar war grauer als Efes, aber sie hatten die gleiche Statur und die gleichen schmelzenden dunklen Augen. Es ist eine Schande, dachte Rilla, dass er das weiß. Wenn er sich seiner Wirkung nicht bewusst wäre, wäre er gänzlich unwiderstehlich. Aber so ist er einfach zu eitel. Er konnte wie so viele Frauen und Männer nicht an einem Spiegel vorbeigehen, ohne sein Aussehen zu kontrollieren.

»Und du bist reizend wie immer, meine liebe Rilla«, erwiderte er automatisch. Rilla lächelte. Das sagte er schon, solange er sie kannte, und früher hatte er es vielleicht sogar gemeint. Aber es war trotzdem nett von ihm, so zu tun, als habe sie sich nicht verändert, und sie war ihm dankbar für die galante Bemerkung.

Fiona fühlte sich ein wenig unwohl. Schwangerschaft war unangenehm, und es ärgerte sie, dass sie schon wieder ein Kind erwartete. Douggie war doch erst zweieinhalb, um Himmels willen. Aber er war so süß. Ihr Sohn spielte auf dem Boden zu ihren Füßen und baute ein Fort oder so aus Legosteinen. Sie hatte einen

Erben zur Welt gebracht, jemanden, der die Walsh-Sammlung erben konnte und alles andere, was dazu gehörte, ebenfalls. Jetzt hatte sie doch eigentlich das Recht, ihre Taille wiederzugewinnen und ein bisschen Spaß zu haben, oder?

Sie fragte sich, ob sie das Abendessen überstehen würde, ohne sich übergeben zu müssen. Es war einfach nicht fair. Manchen Frauen war nur morgens übel, aber ihr wurde zu jeder Tages- und Nachtzeit schlecht, und dabei hätte es mittlerweile eigentlich schon besser sein müssen. Sie lauschte auf Efe, wartete darauf, dass er im Badezimmer anfing zu summen, was er oft tat, aber er war seltsam still heute. Er war sowieso in den letzten Tagen in einer komischen Stimmung gewesen, und hier auf Willow Court verhielt er sich eigentlich immer seltsam. Ach egal, dachte sie, er weiß ja, dass ich für ihn da bin. Sie fragte sich, warum manche Frauen ihre Männer ständig so fertig machten. Sie unterstützte Efe immer. Einige ihrer Freundinnen hielten sie für verrückt, so unterwürfig zu sein, und sie wusste, dass Chloë ganz bestimmt und vermutlich auch Beth sie für den reinsten Fußabtreter hielten, aber das war Fiona egal. Sie betrachtete Gehorsam als Pflicht einer Ehefrau. Das mochte keine besonders moderne Ansicht sein, aber insgeheim glaubte sie, dass gerade deswegen so viele Ehen geschieden wurden. Die meisten Frauen hatten ja keine Ahnung. Männer brauchten die lange Leine, genau wie Kinder, und es überraschte sie überhaupt nicht, dass sie häufiger als ihre Freundinnen genau das bekam, was sie wollte.

Sie wusste sehr gut, dass niemand sie für besonders intelligent hielt, und es gab auch sicher viele Dinge, von denen sie nichts verstand. Aber sie konnte mehr, als alle annahmen. Sie mochte zwar nicht besonders viele Bücher gelesen haben, aber wie man einem Mann gefiel, das wusste sie.

Er machte es ihr allerdings auch nicht allzu schwer. Efe war einfach anbetungswürdig. Manchmal wünschte sie sich nur, er hätte einen anderen Namen. Aus Ethan war Efe geworden. Eefe ausgesprochen. Es klang wirklich blöd, wie alle Spitznamen, und die meiste Zeit vermied Fiona das Kürzel, indem sie »mein Mann« sagte, wenn sie mit anderen redete, und »Liebling« oder, peinlicher noch, »Pie«, wenn sie ihn direkt ansprach. »Pie« war auch ein alberner Kosename, und er sah immer ganz finster drein, wenn sie ihn außerhalb des Schlafzimmers so anredete, also bemühte sie sich sehr, das nicht mehr zu tun, sobald er erst einmal angezogen war.

Er tauchte aus dem Badezimmer auf, das Handy am Ohr. Sie war daran gewöhnt, aber so kurz vor den Drinks fand sie es doch ein wenig übertrieben. Seine gesamte Familie war hier, also musste es etwas Geschäftliches sein. Fiona blickte ihn an und versuchte zu erraten, mit wem er redete und worum es ging. Es hatte etwas mit der Sammlung zu tun, das wusste sie, aber genauere Details kannte sie nicht. Sie wusste nur, ihr Mann hatte Sorgen, und sie wünschte sich, er wäre wieder so wie immer. Sie brauchte ihn als Wache, als Schutz vor seiner Familie.

Sie hatte sich erst an die anderen gewöhnen müssen. Efe war der Einzige, der auf James und Gwen kam, soweit Fiona sehen konnte. Ihr Herz machte immer noch einen Satz, wenn sie ihn ansah: gut aussehend, gut angezogen, erfolgreich – wie ein Mann eben sein sollte. Sein Vater war genauso. Natürlich war er jetzt schon älter, aber als junger Mann hatte er bestimmt sämtliche Herzen gebrochen. Gwen war ebenfalls immer teuer gekleidet, auch wenn sie keinen besonders guten Geschmack hatte, was stimmte also mit Alex und Chloë nicht? Keiner von beiden hätte in irgendeinem Hauseingang, fehl am Platz gewirkt, einen mageren Hund neben sich.

Fiona seufzte. Efe machte sich Sorgen, und es hatte etwas mit diesen blöden Gemälden zu tun, die hier überall im Haus hingen. Sie verstand nicht genau, worum es eigentlich ging, und das ganze Thema langweilte sie auch ziemlich, aber Efe machte sich darüber Gedanken. *Letztendlich bin ich dafür verantwortlich*, sagte er oft. *Leonora wird nicht ewig leben, und dann gehören sie mir.*

Obwohl sie jetzt seit mehr als drei Jahren verheiratet waren und ein Kind und alles hatten, kam sie sich in Gegenwart der alten Dame immer wie eine Sechsjährige vor, dumm und linkisch. Es lag nicht an dem, was Leonora sagte, sondern an der Art, wie sie sie anschaute. Es machte Fiona wahnsinnig, aber das durfte sie nicht sagen. Leonora hatte irgendeinen Zauber über der Familie ausgesprochen, der jegliche Kritik streng verbot. Mehr als einmal hatte sie Efe darauf hingewiesen, dass Gwen, seine Mutter, Willow Court erben würde, wenn seine Großmutter nicht mehr lebte. Aber Efe hatte immer nur gelacht und gesagt: »Ja, natürlich, aber damit bin ich eigentlich der Erbe, oder? Ma tut genau das, was ich sage, weil sie weiß, dass ich Recht habe.«

Das sagte er voller Überzeugung, und irgendwie klang es sogar einleuchtend.

Fiona hielt Leonoras Testament für ziemlich ungerecht, und einmal hatte sie sogar gewagt einzuwenden: »Und was ist mit deiner Tante Rilla? Bekommt sie denn gar nichts? Sie ist doch schließlich auch Leonoras Tochter.«

Efe hatte lächelnd erwidert: »Sie wird einen Batzen Geld bekommen, mach dir keine Sorgen. Ihr liegt sowieso nichts an den Gemälden. Willow Court ist nicht ihr Lieblingsplatz, und außerdem frönt sie einem ausschweifenden Lebenswandel. Wenn sie den Besitz erben würde, wäre er innerhalb kürzester Zeit zu einer Kommune mutiert. Und sie mag zwar aussehen wie eine Zigeunerin, aber arm ist sie nicht. Sie arbeitet schließlich immer noch im Fernsehen, und manchmal hat sie sogar Filmrollen.«

Ethan Walshs Gemälde hingen an fast jeder verfügbaren Wand auf Willow Court. Fiona schien es, als sei ständig die gesamte Kunstwelt bei Leonora zu Gast, schriebe ihr Briefe, riefe an und erbitte ihre Erlaubnis, die Bilder an einem Platz aufzuhängen, der für die Öffentlichkeit zugänglicher war als die Abgeschiedenheit von Wiltshire. Leonora wollte davon nichts hören. Die Bilder blieben dort, wo der erste Ethan sie hatte haben wollen. Fiona enthielt sich jeglicher Bemerkung, aber sie verstand eigentlich nicht, warum ein solcher Aufstand darum gemacht wurde. Alle in der Familie und Scharen anderer vertraten die Meinung, die Bilder seien Meisterwerke. Sie redeten von der Walsh-Methode, die Farben auf die Leinwand aufzutragen; von seiner Methode, das Licht einzufangen; von seiner seltsamen Vorstellungskraft, die aus gewöhnlichen Objekten ein anderes, surrealeres Universum erschuf, aber Fiona konnte sich für das Thema wirklich nicht erwärmen. Sie fand die Bilder beunruhigend, und wenn sie sich im Haus aufhielt, bemühte sie sich immer, sie nicht direkt anzuschauen.

Efe telefonierte immer noch. Nach seinen Worten zu urteilen, führte er eine langweilige Diskussion über Geld. Sie wusste, dass er finanzielle Schwierigkeiten hatte. Deshalb war er ja auch so dahinter her, Leonoras Zustimmung zu seinem Plan zu sichern: Er bekäme eine riesige Provision, wenn das Geschäft zu Stande kam. Fiona hätte ihm nur zu gerne so viel Geld gegeben, wie er brauchte, schließlich hatte sie mehr als genug, aber als sie gewagt hatte, ihm das vorzuschlagen, hatte Efe sie angefunkelt und war so wütend geworden wie nie zuvor.

»Ich wäre ein feiner Ehemann, wenn ich jedes Mal zu meiner Frau gerannt käme, wenn ich nicht flüssig bin«, hatte er scharf gesagt. Sie war rot geworden und hatte geschwiegen, was dumm von ihr war. Sie hätte sich wehren sollen. Schließlich war ihr Geld doch auch seins, jetzt wo sie Mann und Frau waren, aber sie hatte sich nicht getraut, etwas zu erwidern.

Sie ließ davon ab, Efes Gespräch zu verfolgen, und wandte ihre Gedanken der Fernsehdokumentation zu. Leonora war wirklich ein eitles Geschöpf. Sie konnte der Vorstellung, ins Fernsehen zu kommen, nicht widerstehen, und es war typisch für sie, die Dreharbeiten auf ihr Geburtstagsfest zu legen. Haus und Garten würden mega-schön aussehen, und auch sie würde sich von ihrer besten Seite zeigen: jeder Zoll eine große Dame. Efe würde sicher auch dafür sorgen, dass er in vielen Einstellungen zu sehen war, und das war ja auch in Ordnung so. Sie blickte ihren Mann an und dankte ihrem Glücksstern, dass er unter allen Frauen gerade sie gewählt hatte, seine Frau zu werden.

Efe bemerkte Fionas Blick und machte ihr ein Zeichen, dass er gleich fertig wäre. Und er lächelte sie an. Sie schmolz dahin. Manchmal lächelte er sie tagelang nicht an, und jedes Mal hatte sie das Gefühl, die Sonne wäre hinter einer Wolke verschwunden. Er war manchmal auch unfreundlich zu ihr, aber nur, wenn sie ihn verärgert hatte, und immer, wenn das geschah, nahm sich

Fiona fest vor, dass es nie wieder passieren sollte. Sie merkte sich die Dinge, die er nicht an ihr mochte, und sobald er die Stirn runzelte oder seine Missbilligung zeigte, merkte sie sich alles, was ihn gegen sie aufbrachte, und gab sich jede erdenkliche Mühe, es künftig zu vermeiden. Sie liebte ihn zu sehr, das war das Problem. Sie kannte alle seine Fehler und liebte ihn trotzdem.

Manchmal fragte sie sich, was ihn eigentlich zu ihr hinzog. Sie wusste, dass sie hübsch war, aber sie fürchtete, Schönheit allein werde letztendlich nicht ausreichen, ihn dauerhaft zu halten. Wie so oft wanderten ihre Gedanken zum besten Tag ihres Lebens zurück. Ihrem Hochzeitstag.

Sie hatten im Dezember geheiratet, und als sie aus der Kirche traten, fiel Schnee wie Konfetti vom Himmel. Ihr Kleid war aus cremefarbenem Satin, die Schleppe juwelenbesetzt, und ihr Schleier bauschte sich wie eine Wolke um ihren Kopf. Sie trug einen Hochzeitsstrauß aus weißen und blassrosa Rosen, und auf den Fotos sah man, wie sich die Bänder des Straußes schimmernd vom kostbaren Stoff ihres Kleides abhoben. Oh, damals war sie wunderschön gewesen, und Efe hatte sie fast anbetend angeblickt. Jetzt allerdings, mit ihrem dicken Bauch und wo ihr ständig übel war, fühlte sie sich überhaupt nicht schön. Zu Hause hatten sie ein ganzes Album voller Bilder, die Alex aufgenommen hatte und auf denen sie vorteilhaft aussah. Sie hätte es mit hierherbringen sollen, um sich damit zu trösten. Zu dem Fest am Sonntag kamen so viele Gäste. So viele elegant gekleidete Frauen. Und wenn eine davon nun Efe ins Auge fiel?

Kalte Furcht stieg in ihr auf, als sie daran dachte. Sie machte sich auch immer Sorgen, wenn er ins Büro ging. War das nicht eine gute Gelegenheit für ihn, jemand anderen kennen zu lernen? Jemanden, der klüger als sie war? Fiona bemühte sich, nicht daran zu denken. Sie war fest entschlossen, mit Efe verheiratet zu bleiben. Sie würde in jeder Hinsicht genau das tun, was er wollte. Er sollte nie einen Grund haben, sich über sie zu beklagen. Und wenn ihm so viel daran lag, dass sie schwanger wurde, dann würde sie eben ein Kind nach dem anderen bekommen, wenn er sie nur nie verließe. An diese Möglichkeit wollte sie nicht einmal denken. Ihr Leben, ihr Haus, alles war ganz genau so, wie sie es haben wollte, und das musste so bleiben.

»Komm, Fiona«, sagte Efe und legte das Handy weg. »Lass uns hinuntergehen. Komm, Douggie. Wir gehen in den Garten zu den anderen.«

»Huckepack!«, sagte der kleine Junge, und Efe erwiderte: »Morgen, mein Junge. Okay?«

Fiona wusste, dass er sein Hemd nicht verknittern wollte. Na ja, und wenn schon? Schließlich war ja nichts dagegen einzuwenden, dass er gut aussehen wollte. Sie folgte ihrem Mann und ihrem Sohn nach unten.

Sean trat ins Wohnzimmer und blickte sich zögernd um. Leonora erwartete ihn bereits.

»Ah, Sean«, sagte sie. »Genau zum richtigen Zeitpunkt. Wir haben mit den Drinks bereits begonnen, aber Sie werden uns sicher bald einholen.«

Gwen lächelte ihn an.

»Hallo, Sean. Soll ich Sie allen vorstellen?«

»Das mache ich schon, Liebling«, sagte Leonora. Sie hakte ihn unter und führte ihn zu den Terrassentüren, die an diesem goldenen Abend weit offen standen und den warmen Duft der Sommerblumen hereinließen. James Rivera, den er bei seinem letzten Besuch nur kurz kennen gelernt hatte, stand lässig elegant neben dem Getränkewagen. Er wirkt wie ein Blender, dachte Sean, mit seinen grauen Schläfen und seinem Gehabe wie ein Filmstar aus den vierziger Jahren. Nicht so ganz vertrauenswürdig, aber vielleicht bin ich ja auch unfair. James rief:

»Sean, was trinken Sie?«

»Trockenen Sherry, wenn Sie welchen haben, bitte.«

»Selbstverständlich!« Er drehte die Flaschen vor ihm, und Leonora wies auf das Sofa.

»Sie haben meine jüngere Tochter Cyrilla noch nicht kennen gelernt«, sagte sie. »Cyrilla, das ist Sean Everard vom Fernsehsender.«

»Oh, ist das nicht aufregend? Der Film, meine ich. Und nennen Sie mich bitte nur Rilla«, sagte die ziemlich korpulente, rothaarige Frau, die eine lange rote Seidenbluse und eine schwarze Seidenhose trug. Sie wies auf die jüngere Frau neben sich und sagte: »Das ist meine Tochter, Beth Frederick.«

»Stieftochter«, warf Gwen ein und setzte sich dazu. »Ihr Vater ist Jon Frederick, kennen Sie ihn?«

»Der Sänger? Sind Sie wirklich seine Tochter? Du meine Güte, ja, ich erinnere mich gut an ihn. Er war in den siebziger Jahren ziemlich berühmt. Nun!«

Sean redete einfach drauflos. Er hatte gemerkt, dass Rilla ihrer Schwester einen wütenden Blick zuwarf, als Gwen darauf hinwies, dass Beth keine Blutsverwandte war. Selbst jetzt, als sie sich über die Musik der Siebziger unterhielten, hatte Rilla immer noch die Lippen zusammengepresst und aß eine Pistazie nach der anderen. Die Schalen warf sie in einen Aschenbecher auf dem Beistelltisch neben ihr.

»Liebling, lass für die anderen auch noch ein paar übrig«, sagte Leonora. »Sean, wir können es nicht zulassen, dass Sie nur von einer Person mit Beschlag belegt werden. Sie haben meine Enkel noch gar nicht kennen gelernt. Kommen Sie mit auf die Terrasse. Ich erlaube nicht, dass im Haus geraucht wird, deshalb tun sie es alle draußen.«

Sean folgte Leonora auf die Terrasse. Ein junger Mann und eine sehr hübsche Frau saßen auf weißen Stühlen an einem weißen Tisch, dessen Platte unter zahlreichen Gläsern, einem Aschenbecher, kleinen Porzellanschalen mit Nüssen, Käsestäbchen und einem Päckchen Zigaretten fast verschwand. Ein kleiner Junge von vielleicht drei Jahren, sicher ihr Sohn, rollte den kleinen Abhang auf dem Rasen an der Terrasse hinab, lief dann wieder nach oben und wiederholte das Spiel. Der junge Mann sprang auf und sagte: »Liebling, Leonora, du siehst super aus. Wie immer. Setz dich doch einen Moment.«

»Ja, bitte«, sagte seine Frau. Sie errötete und blickte sich nervös um, wie ein kleines Kind, das sich nicht sicher ist, ob es in der Gesellschaft Erwachsener das Richtige gesagt hat.

»Danke, Efe, mein Lieber.« Leonora setzte sich. Sie sagte zu

Sean: »Sie haben, glaube ich, mit Efe telefoniert. Beth, die Sie drinnen kennen gelernt haben, hat ihn so genannt, als sie noch sehr klein war, und Kindernamen bleiben irgendwie an einem kleben, nicht wahr? Efe, das ist Sean Everard. Setzen Sie sich, Sean. Wir haben genug Stühle für alle.«

»Schön, Sie endlich persönlich kennen zu lernen«, sagte Efe. »Wir sind alle ganz aufgeregt wegen des Films. Das ist übrigens meine Frau Fiona. Und das ist Douggie, mein Sohn.«

»Mein Sohn«, dachte Sean. Nicht »unser Sohn«. Er fragte sich, ob Fiona das Possessivpronomen wohl etwas ausmachte.

»Wie geht es Ihnen?« sagte die junge Frau und reichte Sean die Hand. Sie hatte keinen besonders festen Händedruck. Sie war wie eine Puppe, mit langen blonden Haaren und blauen Augen mit unglaublich langen Wimpern. Efe sah beinahe zu gut aus. Vielleicht lag es ja an seiner Kleidung. Seine Baumwollhosen waren zu sauber und zu gut gebügelt; sein Hemd fiel zwar lässig, stammte aber unzweifelhaft aus der Jermyn Street. Seine Mokassins waren bestimmt italienisches Design. Er sah aus, als sei er geradewegs einer Reklame entstiegen.

»Wo ist Chloë?« fragte Leonora. »Sollte sie nicht mittlerweile auch hier sein?«

»Oh, du kennst doch Chloë!«, erwiderte Efe. »Sie war noch nie in ihrem Leben pünktlich.« Zu Sean gewandt, erklärte er: »Chloë ist meine jüngere Schwester. Sie hat ihre eigenen Gesetze. Sie tut alles, um Probleme zu machen.«

»Ach, Efe«, hauchte Fiona. »Du bist gemein! Die arme Chloë!« Sie lächelte Sean an und fügte hinzu: »Sie ist Künstlerin.«

Leonora schüttelte den Kopf, und Efe sagte: »Sie bezeichnet sich als Künstlerin, aber ich weiß nicht so recht. Jeder kann irgendwas zusammenhämmern und das als Kunst bezeichnen, aber deshalb ist es noch lange keine, nicht wahr, Leonora?«

»Natürlich nicht. Sie werden verstehen, Sean, dass es mir ein Rätsel ist, wie eine Nachfahrin eines so großen Künstlers wie Ethan Walsh es wagen kann, ihre schülerhaften Schmierereien als ›Kunst‹ zu bezeichnen.«

Genau in diesem Moment kam eine seltsam gekleidete Gestalt

um die Hausecke, direkt auf den Tisch zu. Chloë. Das musste sie sein. Sean erhob sich halb aus seinem Stuhl, als sie rief:

»Soll ich wetten, dass du mich schon in Fetzen reißt, Efe? Wie geht es dir, Gran? Du siehst todschick aus, Fiona. Und umgekehrt.«

Fiona runzelte die Stirn und versuchte, Chloës Worte zu verstehen, aber Sean hatte gleich begriffen. Todschick und schick tot. Klug, aber grausam. Ob Efe es wohl verstanden hatte? Um einen Streit zwischen den Geschwistern zu verhindern, sagte Sean:

»Ich bin Sean Everard. Es freut mich, Sie kennen zu lernen. Ich drehe einen Film über Ethan Walsh, und dazu wollen wir auch das Geburtstagsfest Ihrer Großmutter aufnehmen.«

»Ach so, ja«, erwiderte Chloë. »Davon haben sie mir erzählt, aber ich hatte es vergessen. Kann ich mich hierhin setzen? Philip ist noch oben und zieht sich um. Er kommt gleich. Ich bin übrigens Chloë.« Sie warf sich auf den Stuhl neben Leonora und grinste sie an. »Dein Gesicht, Gran! Wirklich! Du solltest dich sehen.«

»Mein Gesicht, Liebes, spiegelt sicherlich meine Gefühle angesichts der Wahl deiner Kleidung wider. Und ich mag es nicht, wenn du Gran zu mir sagst, das weißt du doch.«

»Entschuldigung!«, sagte Chloë. »Und meine Aufmachung ist tabu, hast du das vergessen? Du hast es mir versprochen.« Sie wandte sich an Sean. »Meine Mutter und meine Großmutter billigen es nicht, wie ich mich kleide. Schon seit meiner Kindheit. Allerdings scheinen sie übersehen zu haben, dass ich mittlerweile erwachsen bin. Immer wenn ich zu Besuch bin, versprechen sie mir, sich herauszuhalten und kein Wort zu sagen, weil es sie, ehrlich gesagt, einen feuchten Kehricht angeht…«

»Chloë…«, tönten Efe und Fiona unisono.

»Ich dulde diese Ausdrucksweise nicht!« Leonora stand auf und ging verärgert ins Wohnzimmer. Sean warf Chloë einen unsicheren Blick zu.

»Geben Sie nichts darauf. Sie ist eingeschnappt. Mir ist es egal.«

»Das war schon immer dein Problem«, warf Efe stirnrunzelnd ein. »Du bist egoistisch.«

»Ich? Du nennst mich egoistisch? Du, der größte Egoist auf der Welt? Du hast vielleicht Nerven!« Sie beugte sich vor, nahm sich ein paar Erdnüsse und stopfte sie in den Mund. Dann grinste sie Sean an.

»Tennessee Williams könnte das Drehbuch für jeden Film schreiben, der über diese Familie gedreht wird, das können Sie mir glauben.«

Es gab nichts, was er darauf erwidern konnte, dachte Sean. Verlegen saß er einen Moment da und registrierte, wie Chloës Erscheinen die anderen aufgebracht hatte. Offensichtlich war sie zum schwarzen Schaf der Familie auserkoren worden, und anscheinend genoss sie die Rolle. Fiona war auf den Rasen getreten, um mit ihrem Sohn zu spielen. Efe war Leonora ins Haus gefolgt, und jetzt kam Cyrilla ... Rilla ... über die Terrasse auf sie zu.

»O Gott, gib mir eine Zigarette, Chloë!«, sagte sie und sank auf den Stuhl neben ihrer Nichte. »Ich bin da drinnen fast gestorben.« Sie lächelte Sean an. »Tut mir Leid, aber Sie wissen ja wohl, wie das ist. Theoretisch betet man seine Familie an ...«

»... aber in der Praxis hängen sie einem alle zum Hals heraus!« Chloë und Rilla brachen in schallendes Gelächter aus. Sean war erst seit einer knappen Stunde im Haus, aber ihm war bereits klar, dass dieses Lachen, die Nähe zwischen den beiden Frauen, Gwen irritieren sollte. Gwen war ganz in Ordnung, überlegte Sean, aber sie wirkte nicht gerade überströmend fröhlich. Rilla jedoch ... ihr Gesicht kam ihm irgendwie bekannt vor. Ob er ihr in den siebziger Jahren vielleicht irgendwann bei einem Auftritt von Jon Frederick begegnet war? »Hoffentlich halten Sie mich nicht für unhöflich«, sagte er, »aber ich habe Ihr Gesicht schon mal gesehen, weiß nur nicht genau, wo ...«

»Im Kino. Tante Rilla ist ein Filmstar«, sagte Chloë. »Sie haben doch bestimmt *Geschöpfe der Nacht* gesehen?«

»Oh, Chloë, muss das sein? Ich bin nicht besonders stolz auf meine Filmrollen, Mr. Everard. Es war alles ziemlicher Schund. Horror und so etwas. Sie haben sicher nicht ...«

»Ja! Ja, genau! *Geschöpfe der Nacht!* Und das waren Sie? Ja, natürlich. Sie haben sich kaum verändert, aber wegen des Kostüms und so … Und bitte nennen Sie mich Sean. Ich liebe *Geschöpfe der Nacht*. Es ist ein Kultfilm, und Sie waren großartig darin.«

Rilla streckte Sean ihre Hand entgegen, damit er einen Kuss darauf drücken konnte. »Sie haben mir den Tag gerettet«, sagte sie. »Niemand hier ist der Meinung, es sei eine besondere Leistung gewesen.«

»Meine Mum ist nur eifersüchtig«, warf Chloë ein. »Sie ist ja noch nicht mal von zu Hause weggekommen.«

Vermutlich, dachte Sean, ist sie auch nicht besonders begeistert darüber, dass ihre Tochter sich mit Rilla besser versteht als mit ihr. Das war nicht besonders überraschend, denn Rilla schien es wirklich egal zu sein, wie Chloë gekleidet war. Wahrscheinlich gefiel ihr der Stil ihrer Nichte sogar.

Chloë sagte: »Warte nur, bis du siehst, was ich Leonora zum Geburtstag schenke, Rilla. Es wird dir gefallen. Beth war ganz beeindruckt.«

»Chloë ist erstaunlich begabt«, erklärte Rilla. »Sie macht die tollsten Dinge.«

»Und Rilla ist die Einzige, die so denkt.« Chloë lachte. »Rilla und Beth. Und mein Dad auch ein bisschen. Aber der Rest der Willow-Court-Mafia würde eine anständige Skulptur oder ein Gemälde nicht erkennen, selbst wenn es sie anspränge. Ich glaube noch nicht einmal, dass sie mit Ethan Walshs Bildern etwas anfangen können. Leonora wird Ihnen sicher erzählen, sie sei eine Expertin, aber das ist Quatsch. Sie meint damit nur, dass sie den Künstler gekannt hat, und das verleiht ihr ihrer Meinung nach ein göttliches Recht, sich über die Gemälde auszulassen. Das stimmt aber nicht. Ich glaube, sie weiß gar nicht so viel darüber.«

Sean musterte sie, mit ihren gelben Haaren, die stachelig von ihrem Kopf abstanden, und den riesigen Turnschuhen, die seltsam unpassend am Ende ihrer langen, dünnen Beine saßen. Entweder hatte sie seit Monaten nicht mehr geschlafen, oder sie hatte dunklen Lidschatten aufgetragen. Ihre grünen Augen jedoch blickten ihn beunruhigend direkt an. Ihr Lippenstift war fast schwarz. Ob sie sich wohl immer so anzog, oder ob sie nur ihre Mutter ärgern wollte?

Er sah zu den Terrassentüren. Dort stand Efe, an den Rahmen gelehnt, und unterhielt sich mit Beth. Sean konnte nicht hören, was sie sagten, aber Efe gestikulierte heftig, und Beth sah ihn unverwandt an. Selbst aus dieser Entfernung konnte Sean erkennen, wie ihre Augen glänzten. Sie blickte ihn mit so unverhüllter Anbetung an, dass er peinlich berührt wegsah. Ob es sonst noch jemand bemerkt hatte? Fiona? Er drehte sich um und sah Fiona mit ihrem Sohn über den Rasen kommen. Es war schwer zu sagen, ob sie etwas bemerkt hatte. Sie trug das Kind auf der Hüfte, winkte ihrem Mann zu, und er winkte zurück. Sofort wandte sich Beth ab. Sie trat einen Schritt zurück und blickte einen Moment lang zu Boden, bevor sie auf ihre Sitzgruppe zukam.

»Hallo«, sagte sie, und Chloë lächelte.

»Hi, Beth!« erwiderte sie. »Beth ist meine Freundin«, erklärte sie Sean. »Sie würden es nicht annehmen, wenn Sie sie so sehen, aber wir denken in vieler Hinsicht genau gleich. Vor allem, was die Familie betrifft. Sie hat nur einen kleinen blinden Fleck, wenn es um meinen Bruder geht, nicht wahr, Beth?«

Beth errötete. »Sei still, Chloë! Das interessiert Mr. Everard ganz bestimmt nicht.«

»Aber natürlich. Und er heißt Sean, Beth, nicht Mr. Everard. Er ist objektiver Beobachter. Beth versteht einfach nicht, dass Efe immer nur auf seinen Vorteil bedacht ist. Mein geliebter Bruder ist sich selbst der Nächste.«

»Leonora möchte, dass wir jetzt alle hineingehen«, warf Beth ein. »Ich soll euch holen. Das Abendessen wird gleich serviert. Philip ist auch drinnen. Solltest du ihn nicht besser vor deinem Dad retten?«

Chloë stand auf. »Oh Gott, ja, das täte ich wohl besser. Der arme Kerl ... Mum ist bestimmt auch hinter ihm her. Sean, ich sehe Sie dann beim Essen.« Sie lief ins Wohnzimmer. Die Sonne stand schon tief, die Schatten der Sträucher lagen lang auf dem Rasen, und der Himmel glühte blau und rosig.

»Wir sollten auch reingehen«, sagte Rilla und erhob sich. »Mutter hasst es, wenn man sie warten lässt.«

Gemeinsam gingen sie ins Wohnzimmer. Das Licht war noch nicht eingeschaltet, und einen Moment lang hatte Sean das Gefühl, in die Dunkelheit zu treten.

Es war fast vorbei. Der Vorhang fällt gleich, dachte Rilla, und dann können wir alle aufstehen und uns in kleineren Gruppen und ungestört unterhalten. Sie trank einen Schluck Kaffee und widerstand dem Drang, sich noch ein Stück Schokolade zu nehmen. Sie saß neben James, weit weg von Leonora, aber sie hätte darauf wetten können, dass ihre Mutter genau registrierte, wie viele Pfefferminztäfelchen sie zu sich genommen hatte. Warum muss gerade meine Mutter mit fünfundsiebzig so auf Zack sein?, dachte sie. Warum kann sie keine tatterige Greisin sein, die die meiste Zeit nicht weiß, was los ist? Schuldbewusstsein stieg in Rilla auf, und sie ließ den Blick schweifen, um auf andere Gedanken zu kommen. Die Besetzung hatte das Potenzial für ein wunderbares Drama. Gott sei Dank jedoch war es heute Abend nicht dazu gekommen. Alles war friedlich verlaufen, und alle hatten Marys gebratene Hühnchen, ihre Karotten und das Erdbeersorbet genossen. Und jetzt herrschte für die nächsten vierundzwanzig Stunden wieder Ruhe.

Das sind wir, dachte sie. Leonora am Kopfende des Tisches, jeder Zoll eine Heroin in Blassblau. Rechts von ihr saß Sean und links Efe. Rilla fragte sich, warum Alex eigentlich nicht wie üblich neben seiner Großmutter saß, aber vielleicht hatte Leonora ja ihre Gründe. Efe sah hinreißend aus, wie immer. Seine Augen faszinierten einen, und er trug seine Kleider perfekt. Er lebte eigentlich in der falschen Zeit. In den zwanziger Jahren wäre er sicherlich ein Stummfilmstar geworden. Fiona ließ ihn nicht aus den Augen. Das hätte lustig sein können, wenn sie ihm nicht so schrecklich ergeben wäre. Sie ging sogar so weit, nur das zu essen, was er aß. Sie sah hübsch aus, in Butterblumengelb, aber sie hatte kein Gesicht, das man lange anschaute. Beth saß neben Efe. Sie hatte nicht viel geredet heute Abend und, soweit Rilla sehen konnte, auch nicht viel gegessen. Ob sie wohl krank war? Unter ihren Augen lagen dunkle Ringe. Rilla nahm sich vor, gleich morgen früh mit ihr zu sprechen. Sie hatten schon lange kein richtiges Gespräch mehr geführt. Sie seufzte. Beth war so eine tolle Frau. Warum machte sie sich bloß immer so unsichtbar? Sie trug eine weiße Bluse und eine schwarze Hose ... wenn sie ein paar Teller genommen und bedient hätte, wäre es niemandem aufgefallen. Und geschminkt war sie auch nicht.

Rilla lächelte Alex an, der mit dem Kaffeelöffel Muster in der Zuckerdose malte. Er passte nicht in diese Familie. Er war groß und schlaksig und hatte sich Mühe mit seiner Kleidung gegeben, indem er sein Khakihemd gegen ein marineblaues getauscht hatte, entweder aus edel knitterndem Leinen oder schlecht gebügelter Baumwolle. Rilla tippte auf Letzteres. Alex war kein bisschen eitel, aber mehr als jeder andere hatte er einen Blick dafür, wie etwas aussah.

Rilla bemerkte, dass Sean sie anschaute. Ob ihre Mutter wohl eine Bemerkung über ihren Schokoladenkonsum gemacht hatte? Er lächelte ihr zu. Er wirkte nicht glatt, was sie befürchtet hatte, als sie hörte, dass er Regisseur war, sondern eher kantig, mit dichten dunklen, grau melierten Haaren und einer äußerst hübschen Nase. Nach Rillas Meinung hatten nicht viele Leute hübsche Nasen, deshalb achtete sie besonders darauf, wenn sie eine sah. Gwen redete gerade mit Leonora, also riskierte sie es und streckte die Hand nach einem weiteren Stück Schokolade aus.

Chloë und Philip saßen nebeneinander. Philip war klein, rothaarig und lieb und schien gut mit Chloë auszukommen, die die meisten schwierig fanden. Er hörte ihr auch zu, was bestimmt dazu beitrug. Er war einer der ruhigsten und unauffälligsten Menschen, die Rilla jemals kennen gelernt hatte; neben ihm wirkte Alex beinahe geschwätzig. Gwen, in ihrer beige Seidenbluse, zuckte schon den ganzen Abend zusammen, wenn ihr Blick auf Chloë fiel. Für Gwen wäre eigentlich Fiona die Traumtochter gewesen, aber seltsamerweise kam sie gar nicht so gut mit ihr zurecht. Vermutlich lag das aber einfach daran, dass keine Frau je gut genug für Efe wäre.

Efe tippte mit einer Gabel an sein Weinglas. Es wurde still im Zimmer.

»Vielen Dank«, sagte er. »Ich wollte die Unterhaltung nicht stören, aber ich möchte euch etwas mitteilen.«

Ein Raunen ging um den Tisch. Viel später, als Rilla in ihrem Bett lag, an die Decke starrte und versuchte einzuschlafen, dachte sie an diese Sekunde, als alle noch einen Toast auf Leonora erwarteten oder einen Dank für das schöne Essen. Als alles noch ungetrübt war.

»Es gibt etwas, das ich euch allen sagen muss«, fuhr er fort, als wieder Ruhe eingekehrte. »Aber vor allem muss ich es Leonora sagen. Normalerweise würde ich dieses Thema bei einem Fest nicht zur Sprache bringen. Feste sollten Feste bleiben, habe ich immer gesagt, aber uns bleibt leider nicht mehr viel Zeit.« Er schwieg. »Es geht um die Sammlung, Leonora«, fuhr er dann fort und blickte seine Großmutter direkt an. Er hatte seine Stimme gesenkt, sprach sehr sanft. »Ich weiß, was sie dir bedeutet. Sie bedeutet uns allen viel, aber vor allem dir, das weiß ich. Es sind in jeder Hinsicht deine Bilder. Das Problem jedoch ist, dass sie hier nicht zur Geltung kommen. Sie hängen hier nicht ideal… das hast du selber oft gesagt. Und es gibt so viele Menschen, die sie gerne sehen würden, um sie besser zu verstehen. Nun, ich weiß, dass du bisher alle Angebote abgelehnt hast, aber Reuben Stronsky ist an mich herangetreten.«

Niemand sagte ein Wort. Alle saßen da wie erstarrt, wie festgefroren auf ihren Stühlen. Rilla hatte von Stronsky gehört, einem Multimillionär aus den Staaten, der großes Interesse an Kunst hatte. Efe sagte: »Stronsky möchte die Sammlung kaufen und ein Museum dafür bauen. Ich brauche nicht zu betonen, dass er sehr viel Geld bietet.«

Er ergriff sein Weinglas und trank einen Schluck. »Das war es. Über die Details können wir uns morgen unterhalten, aber ich möchte, dass du schon einmal darüber nachdenkst, Leonora, Liebe.«

Alle schwiegen. Rilla warf ihrer Mutter einen Blick zu. Sie war leichenblass geworden und hatte sich nicht gerührt. O bitte, lieber Gott, lass sie jetzt bloß keinen Schlaganfall oder Herzinfarkt bekommen. Nicht so kurz vor ihrem Fest! Leonora stand auf und stützte sich mit beiden Händen auf der Tischplatte ab. Sie lächelte allen zu, auch Efe.

»Nun«, sagte sie ruhig, »du hast uns etwas zum Nachdenken gegeben, Efe. Es war ein wunderschöner Tag, und ich möchte ihn mir nicht noch verderben lassen. Wir werden die Angelegenheit später besprechen, aber ich kann dir jetzt schon versichern, dass die Bilder meines Vaters Willow Court nur über meine Leiche verlassen.« Sie lächelte. »Ich bin sehr müde, und ihr verzeiht mir sicher, wenn ich mich jetzt zurückziehe. Ich wünsche euch allen eine gute Nacht.«

Sie drehte sich um und ging aus dem Zimmer. Wie immer folgten ihr sämtliche Blicke. Nach und nach erhoben sich alle und verließen den Raum. Ein paar würden zu Bett gehen, andere sich auf ein Bier in den Pub davonschleichen. Rilla seufzte. Das war's, dachte sie. Von jetzt an wird es keine friedlichen Abende mehr geben. Und auch kein gemütliches Beisammensein nach dem Essen mehr, mit Kaffee und Brandy im Wohnzimmer. Ein alter dramatischer Trick, dachte sie. Die Überraschung am Ende des ersten Akts. Verdammter Efe! Hätte er nicht wenigstens noch einen Tag warten können? Endlose Stunden dehnten sich vor ihr aus, eine dunkle Zeit, in der sie versuchen würde, Schlaf zu finden, aber er würde nicht kommen. Ob sie Ivan anrufen sollte? Aber eigentlich hatte sie keine Lust, mit ihm zu sprechen. Nein, ach was, dachte sie. Ich lasse es. Aber ich gehe auch nicht in mein Zimmer und liege da herum. Ich mache mir jetzt einen Kaffee, und wenn es nur löslicher, koffeinfreier ist.

Gwen stand in der Küche an der Spüle, und Rilla erkannte sofort, dass sie nur mit Mühe die Tränen zurückhielt. Mary war nirgendwo zu sehen.

»Gwen«, sagte sie und trat zu ihrer Schwester. »Was ist los?«

»Oh, Rilla, ehrlich! Als ob du das nicht wüsstest!« Gwen

drehte sich zu ihr um. »Ich könnte ihn erwürgen. Efe, meine ich. Wie konnte er nur? Nach allem …« Sie brach ab. »Ich habe Mary gesagt, ich würde abwaschen. Ich werde noch verrückt, wenn ich nichts tue.«

Rilla löffelte Kaffeepulver in einen Becher und setzte den Wasserkessel auf.

»Es kommt schon wieder in Ordnung«, tröstete sie. »Wir reden morgen mit Mutter und sagen ihr, dass die ganze Angelegenheit durchaus noch bis nächste Woche warten kann.«

»Aber darum geht es doch gerade.« Gwen trocknete sich die Hände an einem Geschirrtuch ab und setzte sich an den Küchentisch. »Efe besteht darauf, es jetzt zu entscheiden. Der Himmel weiß, warum. Es hat irgendwas mit dem Cashflow in seiner Firma zu tun. Und die ganze Arbeit, die ich in dieses Wochenende gesteckt habe, ist für die Katz, wenn alle nur darüber reden und Mutter schmollt. Du weißt doch, was sie für eine Stimmung verbreiten kann, wenn sie nicht glücklich ist. Aber vielleicht ja auch nicht, du bist ja immer in London.«

Rilla erwiderte nichts auf diesen Vorwurf. Gwen sah müde aus; ihr Haar war sehr grau geworden. Nervös drehte sie ihren Ehering um den Finger.

»Tut mir Leid, Rilla, Entschuldigung. Ich bin nur völlig erledigt. Du glaubst nicht, wie viel Arbeit es war, alles zu organisieren, die Zimmer vorzubereiten, sich um die Blumen, den Partyservice und die Einladungen zu kümmern und auch noch die Tischkarten für die Sitzordnung im Zelt zu schreiben, und jetzt lässt Efe einfach seine Bombe platzen und droht, alles zu zerstören.«

Sie schniefte. Rilla hörte förmlich, wie ein »Es ist nicht fair« in der Luft hing. Sie sagte: »Es wird schon gut gehen. Die Dreharbeiten lenken Mutter ab. Und sie hat sich doch immer so gut mit Efe verstanden. Sie werden morgen miteinander reden, und dann wäscht sie ihm schon den Kopf. Wahrscheinlich wird Efe derjenige sein, der schmollt, weil er seinen Willen nicht bekommt. Mutter tut nie etwas, was sie nicht will. Und sie freut sich sehr auf dieses Fest, das weißt du. Sie wird nicht zulassen, dass es verdorben wird.«

»Vielleicht hast du ja Recht. Ich hoffe es jedenfalls. Wenn Efe schmollt, ist das auch nicht gerade lustig, aber er wird sich schon zu benehmen wissen. Ich rede morgen früh mit ihm. Gott, bin ich erschöpft, Rilla. Ich habe schon seit Tagen nicht mehr richtig geschlafen. Ich lege mich jetzt einfach ins Bett und gehe in Gedanken noch mal meine Liste durch.«

»Es wird alles ganz wunderbar klappen, Gwen. Du bist so gut organisiert und effizient. Und sag bitte, wenn ich dir helfen kann. Du solltest jetzt auch ein bisschen entspannen und das Wochenende genießen. Trink einen Brandy oder rauch eine Zigarette. Ich habe welche dabei.«

Gwen warf einen sehnsüchtigen Blick auf Rillas Abendtasche.

»Nein, nein, das geht nicht. Ich habe vor fast zehn Jahren aufgehört. Das werde ich nicht wegen einer Laune aufs Spiel setzen.«

»Nun, ich brauche jetzt eine. Hast du einen Aschenbecher?«

»Du darfst hier nicht rauchen«, sagte Gwen. »Mutter bekäme einen Anfall. Wenn es um Zigaretten geht, hat sie eine Art Röntgennase.«

Rilla seufzte. »Okay, okay, ich setze mich auf die Terrasse. Es ist ein schöner Abend, und ich kann ein bisschen Ruhe brauchen. Geh jetzt schlafen, Gwen. Morgen früh sieht alles besser aus. Ich habe Erfahrung in solchen Dingen, und ich kann dir sagen, dass bei Tageslicht tatsächlich alles hoffnungsvoller aussieht.«

Lächelnd drückte Gwen Rillas Arm und wandte sich zum Gehen.

»Ich bin wirklich froh, dass du hier bist, Rilla«, sagte sie. »Schlaf gut.«

Rilla blickte ihr nach, erfreut und gerührt über die ungewohnte Geste der Zuneigung. Dann ergriff sie ihre Handtasche und verließ die Küche.

Zwischen Wintergarten und Esszimmer lag ein Alkoven, wie ein kleines Freiluftzimmer, auf drei Seiten von Wänden begrenzt, ohne Decke. Dort setzte sich Rilla auf eine Bank. Die schwarze Silhouette des Zeltes auf dem Rasen wirkte gegen den tief dunkelblauen Nachthimmel wie eine Illustration aus dem Märchen.

Links davon schimmerten dunkle Fenster im Mondlicht, immer wieder verhüllt von langsam ziehenden Wolken. Rechts an der Wand zum Esszimmer rankten üppige Spalierrosen, deren intensiver Duft den Geruch ihrer Zigarette überdeckte. Die Sorten, die hier wuchsen, hießen *Mrs. Herbert Stevens* und *Long John Silver*. Leonora kannte sowohl den englischen als auch den lateinischen Namen jeder einzelnen Pflanze auf Willow Court, und Gwen auch, aber Rilla wusste nur die Namen der Rosen, von denen einige sie an elegante französische Damen erinnerten, die in rauschenden langen Kleidern durch streng gestaltete Gärten spazierten. Die Blüten am Spalier waren weiß mit blassrosa Herzen, und sie schimmerten in der seltsamen Sommerdunkelheit, die nicht wirklich dunkel war.

Das Geräusch von Schritten auf der Terrasse ließ ihren Atem stocken. Verflixt und zugenäht! Selbst in guter Laune hätte Rilla jetzt Gesellschaft nicht willkommen geheißen. Sie wollte nachdenken: Sie wollte das Rätsel von Efes Ankündigung lösen und sich Gedanken darüber machen, welche Wirkung es auf sie alle in den nächsten Tagen hätte, ganz zu schweigen von der Zeit danach. Und jetzt kam tatsächlich jemand auf die Terrasse. Wahrscheinlich Chloë oder Philip oder sonst einer von den Jüngeren, der hier in Ruhe einen Joint rauchen wollte. Das wird die Luftverbesserungsqualität von *Mrs. Herbert Stevens* aber arg auf die Probe stellen, dachte Rilla lächelnd.

»Oh«, sagte sie, als sie Sean erkannte. »Ich dachte, es sei eins von den Kindern.« Reumütig schüttelte sie den Kopf. »Ich muss endlich aufhören, sie so zu nennen. Sie sind ja mittlerweile alle erwachsen, und Beth hasst es regelrecht, wenn ich ›Kinder‹ sage. Aber das sind sie eben für mich. Es ist schwer, alte Gewohnheiten abzulegen, finden Sie nicht auch?«

Ich quatsche dummes Zeug, dachte sie. Sie zog so fest an ihrer Zigarette, dass die Spitze hell aufleuchtete. Während sie den Rauch langsam ausstieß, fuhr sie fort:

»Setzen Sie sich doch, Sean. Ich wollte Ihnen kein Gespräch aufdrängen. Sie sind vermutlich auch hier herausgekommen, um ein wenig Ruhe zu haben, nicht wahr?«

»Nein, ist schon okay«, sagte er und setzte sich neben sie. Er blickte sie an. »Ich habe eigentlich nach Ihnen gesucht. Alle anderen sind verschwunden.« Er lachte. »Nein, das habe ich jetzt falsch ausgedrückt. Ich hatte nicht vor, mit jemand anderem zu reden. Ich war wirklich auf der Suche nach Ihnen.«

»Tatsächlich? Warum?« (Oh, mein Gott, ist das zu direkt? Warum kann ich eigentlich nicht nachdenken, statt genau das zu sagen, was mir in den Sinn kommt?)

Sean sah sie nicht an. Hatte sie ihn in Verlegenheit gebracht? Sie wollte gerade weiterreden, als er antwortete: »Ich glaube, ich möchte Sie gern näher kennen lernen.« Er lachte. »Gott, hört sich das nicht grässlich an? Wie aus einer Zeitschrift. Aber es stimmt. Ich gehöre zu Ihren Bewunderern. Ich fand Sie in *Geschöpfe der Nacht* wirklich toll.«

»Danke«, erwiderte Rilla. Er hätte das nicht sagen brauchen. *Ich fand Sie wirklich toll.* Sie war ihm richtig dankbar. Sie drückte die Zigarette mit der Schuhspitze aus, dann hob sie sie auf und presste sie in die Erde zwischen den Rosen.

»Leonora würde mich umbringen, wenn sie eine Kippe auf den Fliesen fände. Vermutlich bin *ich* für sie immer noch ein Kind. Wir wahrscheinlich alle.«

Sie wandte sich lächelnd zu ihm. »Es ist nett von Ihnen, das zu sagen. Ich bin nicht mehr so gut im Geschäft, dass ich einen Fan zurückweisen könnte.«

»Das kann ich mir gar nicht vorstellen. Die Besetzungsbüros müssen alle verrückt sein.«

»Lassen Sie uns von etwas anderem reden, okay?« Rilla rang sich ein Lächeln ab. »Wie läuft es mit dem Film?«

Sean seufzte. »Ihre Familie würde mindestens ein Dutzend füllen. Ich habe keine Ahnung, wie ich das alles in einer Stunde unterbringen soll. Das mit Ethan und den Bildern natürlich, aber auch die Familie, das Fest und vor allem Ihre Mutter. Sie ist erstaunlich, nicht wahr?«

»Erstaunlich ist nur die halbe Wahrheit.« Rilla bedauerte den Satz sofort. »Ich will jetzt wirklich nicht zänkisch klingen, aber manchmal ist sie eben einfach anstrengend. Sie legt sehr hohe

Maßstäbe an, und ich erfülle sie nicht immer. Jedenfalls habe ich oft das Gefühl. Aber jede Familie hat so ihre Probleme, nicht wahr? Es ist nicht so, dass wir uns nicht liebten, natürlich tun wir das, aber wenn wir alle zusammen sind, liegt immer Spannung in der Luft. All die Dinge, die Gwen beschäftigen, wie Termine und Einkaufslisten, bedeuten mir nichts. Sie hingegen hält mich für schlampig und unorganisiert. Also eigentlich nichts Besonderes.«

»Das stimmt«, erwiderte Sean. »Es gibt keine einzige Familie auf der Welt, die nicht irgendwelche Probleme oder Geheimnisse hat. Im Grunde kommen sie doch ganz gut miteinander aus.«

»Oh ja. Doch, das ist auch so. Ich bin vermutlich auch nicht die Richtige, um über Willow Court zu reden. Ich war seit … oh, seit mehr als zwanzig Jahren nur ab und zu hier, als Gast.«

Sean schwieg. Er wartet darauf, dass ich weiterspreche, dachte Rilla. Dass ich Erklärungen abgebe. Sie öffnete ihre Handtasche und suchte nach ihrer Zigarettenschachtel. »Haben Sie etwas dagegen, wenn ich noch eine rauche?«, fragte sie ihn. »Drinnen ist es so streng untersagt, dass ich an der frischen Luft meine, ich müsste eine nach der anderen qualmen.«

»Nur zu«, sagte er. »Ich rauche eigentlich höchstens zwei Mal im Jahr, aber jetzt würde ich nicht nein sagen, wenn Sie eine entbehren können.«

Rilla zog zwei Zigaretten aus dem Päckchen und reichte Sean eine. Sie riss ein Streichholz an und reichte es hinüber. Er umfasste ihr Handgelenk und hielt es einen Augenblick zu lange fest. Als sie ihre eigene Zigarette anzündete, dachte sie: Wie viele Jahre ist es her, seit ich dieses kleine Flattern gespürt habe? Darf ich so etwas überhaupt noch empfinden? Es liegt wahrscheinlich nur an der Nacht, an den Rosen, dem Mondschein und all den blöden Klischees. Sie sagte: »Ich sollte Ihnen erklären, warum ich nicht oft hierher komme, nicht wahr?«

»Das brauchen Sie nicht, wenn Sie nicht wollen.«

»Doch, es macht mir nichts aus.« Sie blickte ihn wieder an. »Es ist leicht, mit Ihnen zu reden. Sie sind ein guter Zuhörer.« Rilla schwieg und schaute einen Moment auf ihre Schuhe.

»Mein Sohn Mark ist in dem See hier ertrunken. Vor zwanzig Jahren. Wenn er noch leben würde, wäre er jetzt in Alex' Alter. Er war fünf, als er starb. So klein. Es war natürlich ein Unfall, aber es ist immer noch schwer, damit zu leben. Wenn ich in London bin, kann ich es verdrängen, jedenfalls die meiste Zeit, aber wenn ich hier bin, nun ja. Der Ort ist verflucht.«

»Ich weiß nicht, was ich sagen soll, Rilla«, erwiderte Sean leise. »Danke, dass Sie es mir erzählt haben. Es tut mir so Leid. Es ist sehr tapfer von Ihnen, überhaupt zu kommen. Sehr tapfer.«

»Eigentlich nicht«, sagte Rilla. Sie war dankbar dafür, dass er nicht versucht hatte, tröstend den Arm um sie zu legen und sie zu küssen (andere Männer hatten das bei dieser Gelegenheit getan). Als ob ihr das helfen würde. Als ob eine schnelle Nummer mit ihnen so toll wäre, dass sie ihr totes Kind vergessen könnte. Tränen traten ihr in die Augen, und sie blinzelte. O Gott, nein, dachte sie. Ich kann doch eigentlich mittlerweile gar keine Tränen mehr haben.

»Entschuldigung«, sagte sie rasch und suchte nach einem Taschentuch. »Ich kann nichts dagegen tun. Man sollte meinen, dass ich mich nach all diesen Jahren beherrschen könnte …«

Sean unterbrach sie. »Sie brauchen sich nicht zu entschuldigen, Rilla.«

Rilla lächelte und tupfte ihre Augen. »Es liegt wahrscheinlich an Ihnen. Ich bin an so mitfühlende Zuhörer nicht gewöhnt. Es geht schon wieder. Wirklich.«

»Jederzeit. Auch wenn Sie wieder in Tränen ausbrechen.«

Rilla lachte. »Danke. Es war nett, mit Ihnen zu plaudern, aber ich glaube, ich gehe jetzt besser.«

»Vermutlich haben Sie Recht. Es ist schon ziemlich spät, und morgen wird wahrscheinlich ein anstrengender Tag.«

Rilla stand auf. »Den ganzen Tag Feuerwerk, wenn Leonora Efe seinen Vorschlag um die Ohren haut. Aber Sie brauchen nicht mit hineinzukommen, wenn Sie lieber noch bleiben möchten.«

»Nein, das ist schon in Ordnung. Ich gehe jetzt auch schlafen.«

Zusammen gingen sie ins Wohnzimmer. Das ist schon das

zweite Mal, dachte Rilla, dass er mit mir zusammen ins Haus kommt. Es überraschte sie, wie angenehm seine Nähe war. Sie wollte ihn neben sich haben. Langsam gingen sie in die Halle und die Treppe hinauf, wie ein altes Ehepaar, das sich schlafen legt. Oh, werd endlich erwachsen, Rilla Frederick!, sagte sie sich. Auf welchem Planeten lebst du eigentlich?

Er hätte besser getan, was Rilla vorgeschlagen hatte, und draußen bleiben sollen. Es war noch nicht mal Mitternacht, und er ging schon in sein Schlafzimmer. Sean setzte sich auf die Bettkante und fuhr sich seufzend durch die Haare. Ihm war noch nie in seinem Leben weniger nach Schlaf zu Mute gewesen, und er überlegte, warum Rilla eigentlich diese Wirkung auf ihn hatte. In seinem Job traf er haufenweise schöne Frauen. Aber Rilla ist anders, Rilla ist warm, sagte er sich. Ihre Haut wäre warm und weich und tröstlich, und sie lachte bestimmt auch gerne, obwohl in ihren Augen eine Traurigkeit stand, die ihn nicht mehr überraschte.

Seine Bewunderung für ihr Werk war keine Schmeichelei gewesen. Sie war eine recht gute Schauspielerin, ihre Ausstrahlung sexy, ohne bedrohlich zu wirken. Er fragte sich, warum sie nicht mehr viel filmte. Natürlich wusste er, dass es für Frauen, deren erste Jugend vorbei war, zunehmend weniger Rollen gab, aber Rilla war nicht so wie andere. Sie hatte etwas.

Er blickte in den Spiegel. Wie kam er nur auf die Idee, jemand wie Rilla könnte an ihm interessiert sein? Seine Figur hatte sich seit seinem achtzehnten Lebensjahr kaum verändert, und bei gutem Licht sah er von hinten wie ein großer, dünner junger Mann aus, aber seine Haare ergrauten allmählich, und seine Haut hatte mehr Sonne gesehen, als ihr gut tat. Wettergegerbt, wenn man es nett ausdrücken wollte, und faltig, wenn man nicht nett sein wollte. Er sah aus wie ein Jeremy Irons für Arme.

Er hatte schon lange nichts mehr für eine Frau empfunden. Tanya, seine Ex-Frau, hatte ihm einmal vorgeworfen, er sei ein emotionaler Analphabet. Wie sie das allerdings herausfinden wollte, wo sie sich ständig in anderen Betten herumtrieb, leuchtete ihm nicht ein. Aber das gehörte ohnehin alles der Vergangenheit an. Hätte ihn jemand gefragt, dann hätte Sean sicher geantwortet, sein Leben sei reich und erfüllt, doch auf einmal merkte er, wie lange es schon einsam war.

Er legte sich aufs Bett und schalt sich selber einen Narren. Du hast hier einen Job, und es gehört nicht zu deinen Aufgaben, einer der Töchter des Hauses den Hof zu machen. Außerdem ist die Zeit viel zu knapp. Am Montag fährst du schon wieder zurück. Bei Frauen war er noch nie schnell gewesen. Er seufzte. Tu deine Arbeit, sagte er sich. Das lenkt ab.

Er trat an den Tisch, den Leonora ihm freundlicherweise bereitgestellt hatte. Sie hatte gelächelt und gesagt: »Er ist nützlicher für Sie als ein Frisiertisch. Außerdem ist in der Schranktür ein Spiegel.«

Und sie hatte natürlich Recht. Er hatte seine Papiere darauf ausgebreitet und suchte jetzt nach dem Zeitplan für morgen. Über dem Tisch hing ein sehr kleiner Walsh, der ihn immer wieder entzückte: eine Pastellzeichnung von Leonora mit ungefähr fünf, schätzte er. Sie spähte hinter den Röcken von … wer mochte es sein? Nanny Mouse? Nein, Nanny Mouse hätte sicher nie einen Rock aus so zartem Stoff getragen … Man konnte nur spekulieren, weil der Oberkörper nicht zu sehen war. Vielleicht war es ja ihre Mutter, Maude Walsh.

Sean setzte sich und betrachtete das Bild. Ein Gedanke durchzuckte ihn, und er wühlte so lange in seinen Unterlagen, bis er fand, was er suchte: eine Aufstellung aller Gemälde, die in Willow Court hingen. Er hatte Stunden dazu gebraucht, die Liste in Kategorien wie Landschaften, Stillleben, Porträts und so weiter einzuteilen. Auf der Seite mit den Porträts fuhr er mit dem Finger die Spalten entlang. Es konnte eigentlich nicht stimmen, und doch war es so. Unter den fünfzehn Porträts gab es nur zwei von Maude, und auf beiden war sie versteckt. Er kannte die Bilder so gut, hatte sie so lange studiert, dass er nur den Titel jedes einzelnen zu lesen brauchte, um das Bild bis ins kleinste Detail vor sich zu sehen. Eins war eine häusliche Szene, auf der Maude mit abgewandtem Gesicht über ihren Stickrahmen gebeugt saß. Die

Aufmerksamkeit des Künstlers hatte allein der Lampe auf dem Tisch gegolten.

Auf dem anderen ging sie einen Pfad entlang, gesäumt von Lavendelbüschen, deren Farbe sich in ihrem Sonnenschirm wiederholte. Das ergab eine wundervolle Komposition, als ob mitten auf der Leinwand noch eine Blume blühte, aber ihr Gesicht blieb vollkommen verborgen. Die Spitze am Handschuh ihrer sichtbaren Hand und die seidige Struktur des Rockes hingegen waren meisterhaft ausgeführt. Wie konnte das sein? Was für eine Beziehung mochte der Maler zu seiner Frau gehabt haben, dass er nie ihr Porträt gemalt hatte? Ethans Porträts seiner Tochter und von Nanny Mouse waren überwältigend und auch seine Selbstporträts erstaunlich gut. Auf einigen hatte er einen Ausdruck in den Augen, den Sean nicht deuten konnte. Unfreundlichkeit? Grausamkeit? Warum sollte sich jemand so wenig schmeichelhaft darstellen? Vielleicht interpretiere ich nur etwas hinein, dachte er. Vielleicht sehen alle anderen nur einen glücklichen, gut aussehenden Mann mit festem Charakter. Aber Sean fand, dass Ethans Augen kalt wirkten, abstoßend. Der junge Efe hatte den gleichen Blick, und sowohl er als auch Leonora hatten Ethans leuchtend blaue Augen geerbt.

Von Maude hatte Rilla wahrscheinlich ihre helle Haut, die rötlichen Haare und die haselnussbraunen Augen mit den goldenen Pünktchen darin. Ich werde Leonora morgen nach dem Aussehen ihrer Mutter fragen, nahm er sich vor. Er trat ans Fenster und blickte auf den schwarzen Rasen. Jemand huschte so schnell um die Hausecke, dass Sean nur einen Schatten erkennen konnte. Ein Schauer lief ihm über den Rücken. Er brauchte vor nichts Angst zu haben, aber wer schlich hier mitten in der Nacht herum? Er zog die Vorhänge zu, wandte sich vom Fenster ab und begann, sich auszuziehen.

Mark rief sie. Rilla fuhr mit einem Ruck aus dem Schlaf hoch. Ihr war eiskalt. Ich träume, dachte sie. Ich habe Alpträume, weil ich heute Abend zu viel Käse gegessen habe. Sie träumte immer noch häufig von ihm, aber normalerweise bewegte er sich stumm durch diese Landschaften, wie ein geliebtes kleines Gespenst. Wenn sie von Mark träumte, klammerte sie sich an den Schlaf, weil sie wusste, dass er weg wäre, wenn sie aufwachte. Manchmal lag sie danach wach im Bett und versuchte, die Bilder wieder heraufzubeschwören, wie ein Video in ihrem Kopf, das sie allein durch die Kraft ihrer Liebe an- und ausschalten konnte.

Angsterfüllt setzte sie sich auf. Da war es wieder, das Weinen und eine Stimme, die rief: *Mummy, Mummy*. Sie hatte es sich nicht eingebildet. Sie schob die Decke zurück, rannte zur Tür und öffnete sie. Vor ihr erstreckte sich stumm der blutrote Teppich im Flur. Sie blinzelte. Sie hatte den kleinen Douggie völlig vergessen. Natürlich, er weinte und rief nach Fiona. Nicht Mark. Noch nicht einmal Marks Geist. Rilla schloss die Tür und setzte sich auf die Bettkante. Wag es bloß nicht zu weinen, befahl sie sich. Morgen tun dir nur die Augen weh, und du siehst aus wie der Tod auf Urlaub. Sie wühlte in ihrer Handtasche nach der Notration Schokolade. Dem Himmel sei Dank für diese kleinen Tröstungen, dachte sie, schloss die Augen und legte sich wieder hin. Würde sie wieder einschlafen? Zwei Tränen drangen unter ihren Lidern hervor; sie wischte sie fort.

Freitag,
23. August
2002

Stimmen weckten Beth, laute Männerstimmen. Ein großes Fahrzeug knirschte auf dem Kies der Auffahrt. Hämmern. Zuerst konnte sie sich nicht erklären, was der Lärm sollte, aber dann fiel ihr ein, wie Gwen zu Efe gesagt hatte, heute früh werde die Beleuchtung im Zelt installiert.

Sie sprang aus dem Bett und lief ans Fenster, um nachzusehen. Es würde wieder ein heißer Tag werden, und sie war jetzt hellwach. Es lohnte sich nicht, noch einmal ins Bett zu gehen, also schlüpfte sie in ihren Morgenmantel und ging ins Bad.

Zurück in ihrem Schlafzimmer zog sie Blue Jeans, ein weißes T-Shirt und weiße Turnschuhe an. An der Wand hing eine Fotografie von ihr, Efe und Alex als Kinder, und während sie sich die Haare bürstete und sie zu einem Pferdeschwanz zusammenband, betrachtete sie das Bild. Warum mochten Leonora oder Gwen oder wer auch immer es gerahmt und aufgehängt haben? Sie fand es ziemlich langweilig: Efe und Alex in kurzen Hosen, die Augen wegen der Sonne zusammengekniffen, und eine Beth, die sie kaum wiedererkannte, ebenfalls in Shorts, aber in einer Bluse mit Puffärmeln und mit Rattenschwänzen. Wo standen sie da überhaupt, fragte sie sich. Sie suchte nach Hinweisen und fand die Ecke des Pavillons und den Klatschmohn, der ihre Schuhe verbarg. Anscheinend waren sie im wilden Teil des Gartens gewesen. Wahrscheinlich wollten wir gerade Dschungel oder Forscher spielen oder so etwas, dachte sie. Efe konnte wie durch Zauberei ganze Welten heraufbeschwören. Er sagte etwas zu Alex und mir, und wir glaubten ihm. Wir glaubten ihm jedes Wort. Sie fuhr mit dem Finger über das blasse Oval seines Gesichts. Die kleine Beth starrte ihn bewundernd an, und die große Beth lächelte. Nichts hatte sich geändert.

Früher war das Frühstück auf Willow Court immer eine formelle Mahlzeit gewesen. Eine von Beths ersten Erinnerungen an das Haus, an das Leben mit Rilla als ihrer neuen Mutter, war Leonora, die nicht Gran oder Granny genannt werden wollte und die ihr zeigte, wo sie sitzen sollte und wie sie ihrem gekochten Ei sauber die Spitze abschlug. Sie erinnerte sich sogar an den Eierbecher aus Porzellan, mit zwei rot-weiß gepunkteten Schuhen als Füße. Beth war fasziniert davon gewesen. Er gehörte zu dem Kinderservice, bei dem alle Eierbecher unterschiedliche Schuhe hatten. Efes waren braun mit Schnürsenkeln, und Alex' Becher hatte grüne Stiefel an.

Wenn heutzutage das Haus voller Gäste war, kam jeder herunter, wann er Lust hatte, nahm sich in der Küche, was er brauchte, und ging damit ins Esszimmer. Der einzige Fixpunkt war Leonora. Sie saß jeden Tag Punkt acht an ihrem Platz und aß ihre Grapefruit, geschält, in kleine Stücke zerschnitten und mit ein wenig Zucker bestreut, gefolgt von zwei kleinen Scheiben Vollkorntoast mit Butter und Marmelade. Margarine erinnere sie an den Krieg, hatte sie einmal zu Beth gesagt, und obwohl Gwen und James an die Werbung glaubten, die ihnen niedrigere Cholesterinwerte und zahlreiche andere Wohltaten versprachen, käme ihr dieses geschmacklose, schmierige Zeug nicht über die Lippen. Ihren Earl Grey trank sie immer aus einer durchscheinenden Porzellantasse mit Unterteller, bemalt mit blassrosa und blauen Blumen.

Beth ging mit ihrem Kaffeebecher und einer Banane ins Esszimmer. Es war Viertel nach acht und kein Mensch zu sehen. Gus, der faulste Kater der Welt, lag wie üblich auf dem Fensterbrett, und sie streichelte ihn, bevor sie sich setzte. Er blickte kurz auf, gab einen schnurrenden Laut von sich und schloss wieder die Augen. Beth schälte die Banane und aß sie langsam. Wo war Leonora? Ob sie schon zu Ende gefrühstückt hatte? Oder war sie mit ihrem Frühstück nach draußen gegangen? Gwen war wahrscheinlich schon vor Stunden aufgestanden und erledigte eins der tausend Dinge, die sie vor der Party noch zu tun hatte. James, das wusste sie, war draußen im Garten und beaufsichtigte die Elektriker.

Ganz alleine saß sie im Esszimmer und starrte auf die Bananenschale vor sich. Sie machte sich ein wenig Sorgen. Efes Ankündigung gestern Abend hatte Leonora offenbar geschockt. Vielleicht war sie krank. Vielleicht war sie… nein, natürlich nicht, Beth, jetzt sieh nicht so schwarz. Energisch schüttelte sie den Kopf, um jeden Gedanken daran zu vertreiben, dass Leonora möglicherweise einen tödlichen Herzanfall erlitten haben könnte.

Sie nahm ihr Geschirr, brachte es in die Küche und wusch es ab. Ich gehe in den Garten, beschloss sie, und sehe mal nach, was im Zelt passiert. Und vielleicht ist ja auch Efe da. Leonora geht es bestimmt gut.

Fast war sie schon nach draußen in den warmen Sonnenschein getreten, der jetzt den Morgendunst durchdrang, als sie es sich anders überlegte und doch ihre Schritte zur Treppe wandte. Ich schaue mal rasch nach ihr, dachte sie, und dann gehe ich raus. Sie kommt nie zu spät zum Frühstück. Nie.

Oben an der Treppe blieb sie stehen. Douggie stand im Schlafanzug vor der Tür zum Kinderzimmer und versuchte, den Türknauf umzudrehen. Weder Fiona noch Efe waren irgendwo zu sehen, und Beth wusste, dass Leonora wütend würde, wenn ein Kleinkind alleine ins Kinderzimmer ging. Wahrscheinlich wollte er mit dem Puppenhaus spielen, und sie musste ihm klarmachen, dass er das nicht durfte.

Beth zögerte. Sie wusste nicht so genau, was sie für Douggie empfand. Auf der einen Seite liebte sie ihn natürlich, weil er ein Teil von Efe war, aber er war auch eine ständige Erinnerung an Efes Frau, Fiona. Jetzt, da sie wieder schwanger war, stellte Beth sich die beiden noch häufiger als sonst zusammen vor. Sie konnte den Gedanken nur mit Mühe verdrängen. Der kleine Douggie sah Efe überhaupt nicht ähnlich, sondern war eher ein stilles, ernstes Kind, nicht besonders wild oder geräuschvoll. Als sie auf ihn zutrat, lächelte er sie schüchtern an und sagte: »Hineingehen.«

Beth kniete sich neben ihn und löste seine Hand vom Türknopf.

»Nein, Liebling«, sagte sie sanft. »Wir gehen nicht dort hinein.

Das ist nicht erlaubt. Komm, ich bringe dich zu deiner Mummy zurück.«

»Will nicht zu Mummy«, erwiderte er entschieden und verzog das Gesicht, als wollte er weinen. »Will Puppenhaus.«

»Ohne Leonora darf niemand hinein«, erklärte Beth und fragte sich gleichzeitig, ob Douggie überhaupt wusste, wen sie damit meinte. Vielleicht nannte Fiona seine Urgroßmutter ganz anders. *Leonora* war ein schwieriger Name für einen so kleinen Jungen, dachte sie, aber dann fiel ihr ein, dass sie, Efe und Alex niemals Schwierigkeiten damit gehabt hatten.

Sie überlegte gerade, ob sie an Efes und Fionas Tür klopfen sollte, als diese aufging und Fiona herauskam.

»Da bist du ja, Douggie!«, sagte sie. »Böser Junge! Ich habe dir doch gesagt, dass du nicht ohne mich durchs Haus laufen sollst. Es tut mir Leid, Beth. Hat er etwas angerichtet?«

»Überhaupt nicht«, erwiderte Beth. »Es ist alles in Ordnung. Ich wollte ihn gerade zurückbringen.«

»Vielen Dank.« Fiona rang sich ein Lächeln ab: Es überraschte Beth, wie erschöpft sie aussah. Sie ergriff Douggies Hand und zog ihn an sich. »Jetzt komm, Liebling. Es ist Zeit zum Frühstücken.«

Douggie fing an zu jammern, er wolle das Puppenhaus sehen, aber Fiona schloss die Tür, und im Flur wurde es wieder still. Beth fand, sie sah wirklich schlecht aus. Wahrscheinlich lag das an der morgendlichen Übelkeit. Wenn Beth an die Schwangerschaft dachte, wurde ihr das Herz schwer. Früher hatte sie sich einreden können, dass Efe Fiona verlassen würde, aber mittlerweile war so viel passiert (die Verlobung, die Hochzeit, Douggies Geburt und jetzt schon wieder eine Schwangerschaft), dass die beiden fest zusammengeschmiedet waren. Ach, ich will darüber jetzt nicht nachdenken, sagte sich Beth und ging zu Leonoras Zimmer.

Vor der Tür blieb sie einen Moment zögernd stehen. Das war eine weitere ungeschriebene Regel auf Willow Court: die Kinder durften Leonora nur im Notfall stören. Aber ich bin ja kein Kind mehr, dachte Beth, und außerdem ist es vielleicht ein Notfall. Sie klopfte an die Tür, und Leonora rief sie mit kräftiger Stimme hinein.

Beth wäre am liebsten davongelaufen, aber sie zwang sich einzutreten. Na los, dachte sie, sie wird dich schon nicht auffressen.

Leonora stand am Fenster. Sie war elegant gekleidet in eine hellgraue Hose und einen hyazinthblauen Kaschmirpullover. Selbst so früh am Morgen war sie schon untadelig geschminkt und hatte ihre Perlen angelegt. Rilla nannte sie immer *Mutters Arbeitsperlen*… die Kette und die Ohrringe, die Leonora jeden Tag trug. Das Bett war so ordentlich gemacht, sie hätte schwören mögen, dass niemand darin geschlafen hatte. Bertie, der Schlafzimmerkater, lag leise schnurrend mit geschlossenen Augen wie ein rotes Polster auf den Kopfkissen. Er liebte Leonora, und wenn sie sich in seinem Reich aufhielt, versuchte er, ihr immer so nahe wie möglich zu sein.

»Hallo Beth, Liebes«, sagte Leonora. »Was ist los? Du siehst besorgt aus.«

»Ich dachte, es sei etwas mit dir, weil du nicht beim Frühstück warst.«

»Das ist lieb von dir.« Leonora lächelte und setzte sich in den Sessel neben ihrem Schminktisch. »Ehrlich gesagt, war ich nicht in der Stimmung, mich mit jemandem zu unterhalten, und ich wollte Mary nicht extra bitten, mir das Frühstück heraufzubringen, weil doch alle so mit dem Fest beschäftigt sind.«

»Ich gehe und hole dir etwas«, erwiderte Beth. »Was möchtest du? Du hättest etwas sagen sollen, dann hätte ich es dir schon heraufgebracht. Oder Chloë hätte …«

»Ich würde verhungern, wenn ich auf sie angewiesen wäre. Das Frühstück käme sicher erst nachmittags. Du weißt doch, dass sie den gesamten Tag verschläft.«

Beth setzte sich aufs Fensterbrett. »Ich bin froh, dass alles in Ordnung ist. Ich dachte, du wärest schrecklich aufgebracht. Wütend. Ach, ich weiß nicht.«

»Um die Wahrheit zu sagen, bin ich nicht besonders gut auf Efe zu sprechen. Der junge Mann vergisst manchmal, was ich für ihn getan habe.« Leonora zuckte zusammen. »Ich hasse es, so etwas zu sagen oder auch nur zu denken, weil ich mir eigentlich gelobt habe, eine solche Äußerung nie über meine Lippen kommen zu lassen. Ich habe nie zu den Müttern gehört, die ihren Kindern vorhalten, was sie alles für sie aufgegeben haben.« Sie schüttelte den Kopf.

»Du meinst es sicher auch nicht so.« Beth lächelte ermunternd.

»Ja, du hast Recht, Beth. Natürlich meine ich es nicht so. Aber lass uns jetzt nicht darüber reden. Lass uns hinuntergehen und frühstücken, ich bin ziemlich hungrig.«

Beth stand auf und folgte Leonora aus dem Zimmer. Als sie langsam die Treppe heruntergingen, fragte sie:

»Wirst du mit Efe reden?«

»Letztendlich sicher«, erwiderte Leonora. »Er kennt schließlich meine Antwort auf seinen Vorschlag, und er hat bestimmt die Leute in Amerika, die er informieren muss, schon angerufen.«

In der Küche sagte Beth: »Setz dich hin, Leonora. Ich mache deinen Tee und deinen Toast fertig und bringe dir das Frühstück ins Esszimmer.«

»Nein, ich frühstücke hier. Es ist schon so spät.«

Beth spürte Leonoras Blicke, als sie den Kessel mit Wasser füllte und Tasse und Untertasse aus dem Geschirrschrank holte.

»Du siehst mich so an, Leonora. Mache ich irgendetwas falsch?«

»Nein, nein, Liebes. Du siehst nur so jung aus. Genau so wie du aussahst, wenn du in den Schulferien kamst.«

Beth lachte. »Lass dich nicht von Jeans und T-Shirt täuschen. In zwei Jahren werde ich dreißig. Ich bin eine alte Jungfer!«

»Was für ein Unsinn, Kind! Dreißig ist doch noch kein Alter! Und dass du noch nicht verheiratet bist, ist auch nicht schlimm. So ersparst du dir eine Menge Kummer.«

Beth wusste, dass Leonora sie trösten wollte. An einem anderen Tag hätte sie ihr vielleicht widersprochen, aber dazu war jetzt nicht der richtige Zeitpunkt. Sie steckte zwei Scheiben Brot in den Toaster und überlegte, was sie sagen sollte, um das Thema zu wechseln.

James stand mitten im Zelt. Ihm war klar, dass es nichts für ihn zu tun gab. Alles war unter Kontrolle, aber es gefiel ihm, so zu tun, als sei er der eigentlich Verantwortliche. Als er sich umdrehte, sah er Chloë mit einem Skizzenblock auf sich zukommen.

»Sehe ich Gespenster?«, lachte er. »Das kannst doch unmöglich du sein, meine Süße, um diese Uhrzeit? Ich dachte, der Morgen sei nicht deine Zeit?«

»Hallo, Dad. Das stimmt auch«, erwiderte Chloë. Sie klang recht liebenswürdig, zu James' Erleichterung. »Aber ich wollte mir mal die Weiden anschauen.«

»Ja, klar«, erwiderte er, als sei es völlig normal, das um diese Tageszeit zu tun. Er hätte es Gwen gegenüber nie zugegeben, aber zwischen ihm und Chloë existierte ein festes Band. Sie mochten einander. James machte keinen Hehl aus seiner Bewunderung für Chloës Arbeiten; er hatte sogar eine ihrer unverständlicheren Skulpturen auf dem Schreibtisch in seinem Büro stehen. Ihre Aufmachung kommentierte er nie, und deshalb gerieten die beiden auch nicht aneinander. Manchmal konnte er sich kaum ein Lächeln verkneifen, wenn Gwen es mal wieder nicht lassen konnte, an Chloës ausgefallenem Stil zu mäkeln. Er sprach nie mit seiner Tochter darüber, aber er hatte eine Ahnung, dass sie sich nur so kleidete, um ihre Mutter zu ärgern. Einmal, mit ungefähr zehn, hatte sie laut ausgesprochen, was James schon immer empfunden hatte, wenn auch mit leisem Schuldgefühl.

»Mummy ist immer auf Efes Seite, nicht wahr?«, hatte sie ihn gefragt, und als er mit der Antwort zögerte, hatte sie hinzugefügt: »Aber das ist egal, weil du auf meiner stehst.«

»Nun, ja«, hatte er geantwortet. »Das stimmt vermutlich, aber sag das bloß nicht deiner Mutter.«

»Ich bin ja nicht blöd, Dad.« Und sie hatte ihn mit dem Lächeln angelächelt, das sein Herz immer zum Schmelzen brachte. Seine Süße … genau das war sie, und es erfüllte James mit Stolz, dass sie sich von ihm so nennen ließ. Von jemand anderem so genannt zu werden, hätte sie nicht eine Sekunde geduldet. Warum wollte sie wohl auf einmal zu den Weiden?

»Wir sehen uns dann wahrscheinlich später«, sagte er.

»Vermutlich«, erwiderte sie fröhlich und winkte ihm, während sie auf den See zuging.

Alex hängte sich die Kamera über die Schulter und ging zurück zum Haus. Er war schon seit Stunden auf und gegen sieben hinausgegangen, um die Arbeiter zu fotografieren, die die Scheinwerfer an das Stahlgerüst des Zeltes montierten. Danach war er zum See gegangen, um Aufnahmen von den Wasserlilien zu machen. Doch die Schwäne waren am anderen Ufer, und ohne eine Tasse Kaffee hatte er nicht mehr die Energie, um den ganzen See herumzulaufen. Ich frühstücke jetzt erst und gehe später noch einmal zurück, dachte er. Auf seinem Weg zum Haus kam ihm der Gedanke, dass er seinem Vater eigentlich helfen müsste, und er legte sich eine Ausrede parat, als er die Terrasse überquerte. Ich sage ihm, dass ich an Leonoras Geschenk arbeite, und das ist noch nicht mal geschwindelt, sondern die Wahrheit.

Als er an den Terrassentüren des Wohnzimmers vorbeikam, hörte er Efes Stimme aus dem Wintergarten. Dem Klang nach zu urteilen, machte er jemanden fertig. Alex blieb einen Augenblick stehen, unschlüssig, ob er weitergehen oder kurz nachschauen sollte, was da los war. Vielleicht brüllte Efe ja ins Telefon, und es gab niemanden zu retten. Er warf einen Blick durchs Fenster.

Fiona kauerte – ein anderes Wort gab es dafür nicht – neben der Tür, die Arme fest um Douggie geschlungen. Sie drückte den kleinen Jungen an ihren Rock, um ihn vor der Wut seines Vaters zu schützen. Der Kleine war offensichtlich außer sich vor Angst.

»Ich kann nicht. Verstehst du eigentlich nicht, wie unmöglich das für mich ist, Fiona? Du bist doch die Erste, die das verdammte Geld ausgibt, das ich noch zu dem deines Vaters dazuverdiene, also hör doch auf mit deinem blöden Gerede über Vernachlässigung und so. Jesus, das Haus ist gerammelt voll mit liebevollen Verwandten… warum soll ich denn ausgerechnet heute den perfekten Mann spielen? Weißt du, was dein Problem ist, Fiona? Du bist dumm. Du kannst nichts dafür. Du warst es schon immer und wirst es immer sein, und es ist eben mein Pech, dass ich mit dir verheiratet bin, aber ehrlich… heute. Wie konntest du nur? Du weißt doch, wie viel es mir bedeutet. Du weißt doch, wie viel daran hängt, und dass Leonora mit ihrem verdammten Eigensinn meine Karriere für immer ruinieren kann!«

Langsam übertrieb er es. Alex brauchte seine ganze Selbstbeherrschung, um nicht hineinzustürzen und Efe ins Gesicht zu schlagen. Das käme ihm gerade recht. Seit zwanzig Jahren hatte es immer wieder Anlässe gegeben, bei denen Alex Efe am liebsten verprügelt hätte, aber immer, wenn er es versuchte, zog er den Kürzeren. Beschämt musste er sich eingestehen, dass ihn diese neuerliche Demonstration von Efes gelegentlicher Grausamkeit überraschte. Fiona verhielt sich so unauffällig in allem, was Efe betraf; sie war immer einer Meinung mit ihm, und es schockierte Alex geradezu, Zeuge dieser physischen Zurschaustellung von Disharmonie zu werden. Seine Schwägerin bemühte sich so sehr, Efe seinen Willen zu lassen, dass es ihr doppelt schwer gefallen sein musste, ihm einmal entgegenzutreten.

Die arme Fiona sah aus, als bräche sie gleich in Tränen aus. Um das zu verhindern, klopfte Alex an die Scheibe und lächelte, als käme er gerade erst vorbei.

»Was willst du?«, formte Efe mit den Lippen.

»Ich dachte, Douggie möchte sich vielleicht die Männer ansehen, die das Licht im Zelt montieren.«

Fiona kam zur Tür gelaufen.

»Oh, Alex, würdest du das machen? Das wäre doch toll, Douggie, oder? Willst du dir mit Alex die Männer anschauen, die in dem großen Zelt arbeiten?«

Douggie nickte ernst und schob seine Hand in Alex'.

»Danke, Alex«, sagte Fiona. »Das ist so nett von dir.«

Sie trug eine langärmelige Bluse, deren Manschette jedoch verrutschte, als sie sich die Haare aus dem Gesicht strich. Alex konnte blaue Flecken an ihrem Unterarm sehen, und wenn er sich nicht täuschte, auch die Abdrücke von Fingern. Trotz des warmen Tages fröstelte er plötzlich.

»Komm, Douggie. Wir holen uns in der Küche was zu essen, und dann machen wir uns auf den Weg. Ich wette, du magst ein Plätzchen, was?«

Beth ging wieder zum Haus zurück. Sie hatte im Zelt nach Efe Ausschau gehalten, aber er war nirgendwo zu sehen. Gerade als sie beschloss, lange genug so getan zu haben, als sei sie an der Montage der Scheinwerfer interessiert, tauchte Alex mit Douggie auf (Was machte Alex mit dem Kleinen hier? Wo war Fiona?), und obwohl sich Alex offensichtlich über Unterstützung beim Kinderhüten freute, überwog ihr Bedürfnis, Efe endlich zu sehen.

»Ich gehe zurück zum Haus, Alex«, sagte sie. Sie spürte seinen enttäuschten Blick, als sie wegging. Es wird immer schlimmer, dachte sie. Ich muss ihn unbedingt sehen. Und warum ist das in London nicht so ausgeprägt? Sie kannte die Antwort. Dort lenkten sie eine ganze Menge Dinge ab. Sie hatte ihre Arbeit und ihre Freunde. Es gab andere Männer, die mit ihr ausgingen, sie zum Essen einluden und manchmal auch das Bett mit ihr teilten.

Sie hatte sich nicht getraut, Alex zu fragen, wo Efe war. Sie wollte ihre Würde wahren, denn war es nicht albern und schulmädchenhaft, jemandem so hinterherzulaufen?

In der Diele war es kühl und still nach all dem Lärm im Zelt. Plötzlich wusste sie, wo Efe steckte. Wenn er arbeiten wollte, überließ Gwen ihm ihren Laptop; damit setzte er sich dann in den Wintergarten. Wahrscheinlich war er dort und schickte Reuben Stronsky eine E-Mail. Oder er stellte alle Fakten zusammen, um sie später Leonora präsentieren zu können. Beth empfand Mitleid mit ihm. Er realisierte einfach nicht, wie eigensinnig seine Großmutter war und wie unerbittlich, wenn es um die Gemälde ihres Vaters ging.

Sie konnte seine Stimme hören. War sonst noch jemand im Wintergarten? Sie spähte um die Ecke. Von ihrem Platz aus hörte sie alles, ohne selbst gesehen zu werden. Früher hatten sie und Efe oft hier gestanden und Gespräche zwischen Gwen und James oder Leonora und Rilla belauscht. Oft waren die Streitigkeiten so heftig ausgefallen, dass Beth am liebsten weggelaufen wäre, aber Efe hatte sie immer zurückgehalten. Manchmal war sie sogar in Tränen ausgebrochen, das hatte er ihr stundenlang übel genommen.

Sie sah, dass Efe in sein Handy sprach. Alles konnte sie nicht verstehen, doch seine Stimme klang verführerisch, und gelegentlich lachte er, wie man nur mit jemandem lacht, den man liebt. Beth stand ganz still und lauschte angestrengt.

»Nicht mehr lange, mein Liebling…«, hörte sie. »…zusammen…. ich auch…« Dann ein langes Schweigen und: »Jetzt nicht, um Himmels willen, Melanie. Das halte ich nicht aus… hör auf. Bitte, hör auf.«

Seine Stimme wurde ein wenig lauter, und Beth konnte sich vorstellen, was ›Melanie‹ gerade sagte. Die einzige Melanie, die sie kannte, war eine Freundin von Gwen, die im Dorf einen Antiquitätenladen besaß. Melanie Havering. Aber mit ihr redete Efe ja wohl kaum, Melanie war schließlich ein häufiger Name.

Eifersucht auf diese Melanie stieg in ihr auf. Fiona tat ihr plötzlich Leid. Das verstand sie nun aber überhaupt nicht. Und sie war ungeheuer enttäuscht. Sie hatte Efe nie als besonders moralisch oder zurückhaltend eingeschätzt, aber dieses Telefonat an einem Ort, wo jederzeit seine Frau oder sein Sohn dazukommen konnten, fand sie mehr als unangebracht.

Sie wartete, bis er das Handy wieder weggesteckt hatte, und trat in den Wintergarten.

»Hallo, Beth«, sagte er. »Du bist aber früh auf.«

»Es ist zehn, Efe. Ich bin schon vor Stunden aufgestanden. Was machst du? Ich dachte, du beaufsichtigst die Arbeiter.«

»Ich habe anderes zu tun. Ich habe gestern Abend noch mit Reuben gesprochen, und er hat sich gleich in den Flieger gesetzt.«

»In den Flieger?«

»Du meine Güte, hör endlich auf, alles zu wiederholen, was ich sage, Beth. Fiona macht das auch immer, und es treibt mich noch in den Wahnsinn. Ja, er kommt her und will Leonora zur Vernunft bringen. Erzähl bitte niemandem etwas davon. Ich will das Fest nicht verderben.«

Beth setzte sich in einen Korbstuhl.

»Habe ich dich richtig verstanden? Du willst das Fest nicht verderben, akzeptierst aber Leonoras Nein nicht und lässt diesen Stronsky hierher kommen, damit er Druck auf sie ausübt? Findest du nicht, dass du ein bisschen zu weit gehst?«

»Reuben Stronsky übt auf niemanden Druck aus, jedenfalls nicht so, wie du es dir vorstellst. Er ist sehr charmant und wird

Leonora gefallen. Ich dachte, wenigstens du wärst auf meiner Seite«, sagte Efe stirnrunzelnd. Er sah auf einmal so jungenhaft aus, dass Beth lachen musste.

»Nein, das bin ich keineswegs. Ich finde, die Bilder passen gut hierher. Sie gehören in diese Landschaft.«

»Du siehst sie dir doch kaum jemals an. Und Leonora redet zwar immer davon, das Haus für die Öffentlichkeit zu öffnen, tut aber bei weitem nicht genug dafür. Die Leute sind ganz wild darauf, sie zu sehen. Ethan Walsh ist einer der berühmtesten Künstler des letzten Jahrhunderts.«

»Du hörst dich an wie eine Werbeanzeige. Ist dir noch nie in den Sinn gekommen, dass die Bilder deshalb so begehrenswert sind, weil man so schwer an sie herankommt?«

»Ich habe jetzt keine Zeit, mit dir zu plaudern, Beth, wenn du genauso stur bist wie Leonora«, sagte Efe. »Ich dachte, ich könnte mich auf dich verlassen, aber jetzt bin ich wirklich enttäuscht.«

Ein Teil von ihr hätte liebend gern gefleht: *Bitte, Efe, lächle wieder, und ich tue alles, was du willst.* Doch sie hatte das Telefonat mit Melanie noch nicht verdaut und keine Lust mehr einzulenken.

»Ach, mein Lieber«, erwiderte sie lächelnd. »Es tut mir so Leid, Efe, wenn ich dich enttäusche. Du wirst bestimmt darüber hinwegkommen.«

Mit finsterem Gesicht rauschte er aus dem Zimmer, und Tränen stiegen in Beth hoch. Sie hatte es immer gehasst, sich mit Efe zu streiten, und dass sie schon fast dreißig war, änderte daran nichts. Ich muss mich mit irgendwas ablenken, dachte sie. Ich muss aufhören, so von ihm besessen zu sein.

Seufzend erhob sie sich. Ich gehe mal zu Rilla, dachte sie, und höre mir an, was sie von Efes Plänen hält. Und wenn Alex Douggie wieder abgegeben hat, rede ich auch mit ihm. Chloë schläft wahrscheinlich noch.

Alex fragte sich, warum er sich nicht konzentrieren konnte. Er hockte am Pavillon und machte Nahaufnahmen von den Pilzen, die um die Rhododendren herum wuchsen. Als er noch zu Hause wohnte, hatte Mary sie immer zum Frühstück gebraten, und er überlegte, ob er jetzt auch welche abschneiden sollte. Schließlich beschloss er, sie wachsen zu lassen. Als er genug Aufnahmen gemacht hatte, widmete er sich den Wurzeln der Sträucher und den trockenen Blättern. Wenn man nur sorgfältig genug hinsah, konnte man ganze Welten in der Natur entdecken.

Alex war es gewohnt, seine Gefühle zu analysieren. Er tat dies ausgiebiger als die meisten Menschen. Immer wieder überlegte er, was andere gesagt hatten und was sie damit meinten und wie er am besten reagieren sollte. Meistens kam er zu dem Schluss, sich überhaupt nicht zu äußern, da er seinem Beitrag sowieso nicht viel Wert beimaß.

Mit Beth jedoch musste er unbedingt reden, daran gab es keinen Zweifel. Ein Teil von ihm hatte immer schon geahnt, dass sie Efe liebte, aber erst gestern war aus diesem Eindruck Gewissheit geworden. Sie hatte Efe während des Abendessens ununterbrochen angesehen und sich noch nicht einmal ihren Tischnachbarn zugewandt. Und sie lief ihm hinterher. Auch heute hätte er schwören können, dass sie nach Efe suchte, um sich ihm wie in ihrer Kindheit an die Fersen zu heften.

Alex stellte sich zwei Fragen. Nützte es etwas, wenn er ihr von Efes Verhalten Frauen gegenüber erzählte, oder richtete er damit eher Schaden an? Wahrscheinlich leugnete sie dann schlichtweg, was sie für ihn empfand. Ihre Gefühle waren ihr vermutlich peinlich, schließlich waren sie Vetter und Kusine. Aber da meldete sich eine leise Stimme in Alex' Hinterkopf. *Sie ist nicht wirklich mit dir und Efe verwandt. Sie darf Efe durchaus lieben, und wenn Efe es wollte, dürfte er es auch.* Plötzlich erkannte er, dass sie auch nicht seine Kusine war.

Er stand auf, steckte die Kamera in ihr Etui und ging langsam auf das Haus zu. Warum wurde ihm heute zum ersten Mal bewusst, dass er mit Beth nicht verwandt war? Das wusste er doch schon sein Leben lang.

Fiona sah aus dem Fenster auf den Rasen. Sie hatte aufgehört zu weinen und fühlte sich wie ein ausgewrungenes Handtuch. Ihre

Augen brannten, und ihre Haut, ihre Porzellanhaut (so hatte Efe sie genannt, als sie sich kennen lernten) war voller roter Flecken, die auch das Make-up nicht verbarg. Ich sehe grässlich aus, dachte Fiona in einem Anfall von Selbstmitleid. Kein Wunder, dass Efe mich schlägt. Wieder stiegen ihr die Tränen in die Augen, aber sie riss sich zusammen.

Hör auf, so zu denken, befahl sie sich. Es klang, als ob Efe gewohnheitsmäßig Frauen verprügelte, und das stimmte nicht. Er stand nur unter diesem immensen Druck, und alles schlug über ihm zusammen. Er würde ihr nie wirklich wehtun. Er liebte sie, und sie war seine Frau. Sie stritten sich, im Gegensatz zu anderen Paaren in ihrem Bekanntenkreis, fast nie, sie brauchte sich wirklich nicht zu beklagen. Heute morgen war einfach sein Temperament mit ihm durchgegangen, aber das war ja auch kein Wunder, nachdem alle so ablehnend auf seinen Vorschlag mit den Bildern reagiert hatten.

Fiona seufzte. Sie hatte Stunden damit zugebracht, sich zu schminken und zurechtzumachen, und wenn die roten Flecken endlich verschwanden, sah sie fast normal aus. Natürlich würde sie sich wieder beruhigen, denn abgesehen von allem anderen tat es auch dem Kind, das sie erwartete, nicht gut, wenn sie sich zu sehr aufregte.

Es war jetzt fast Mittag, und sie musste endlich hinuntergehen, aber sie wollte sich auf keinen Fall anmerken lassen, dass sie den halben Vormittag geweint hatte. Am Zelt stand Alex, Douggie auf den Schultern. Selbst aus dieser Entfernung konnte sie hören, dass er vor Vergnügen quietschte. Chloë ging gerade auf die beiden zu. War sie tatsächlich schon aufgestanden? Sie sah allerdings aus, als trüge sie immer noch ihren Pyjama. Fiona krauste die Nase beim Anblick ihrer Schwägerin in königsblauen weiten Hosen, anscheinend aus Satin. Dazu trug sie ein kariertes Männerhemd mit aufgekrempelten Ärmeln. Das Mädchen hatte wirklich keine Ahnung, wie man sich anzog.

Dieser Fernsehmensch, Sean, kam gerade die Auffahrt hinauf. Vielleicht hatte er ja Nanny Mouse besucht. Efe hatte gesagt, dass sie auch in dem Film vorkommen sollte. Wer war denn da bei ihm? War das Rilla? Tatsächlich. Fiona schaute genauer hin. Hielten sie etwa Händchen? Nein. Aber sie gingen sehr dicht nebeneinander, und Rilla lächelte ihn an, und dann brachen sie beide in Gelächter aus.

Wo war Efe? Sie konnte ihn nirgendwo sehen. Beth kam gerade aus dem Haus und ging auf Alex und Douggie zu. Leonora war auch nicht auf dem Rasen, also redete Efe vielleicht mit ihr. Was sie wohl sagen würde? Verstand sie denn nicht, wie fantastisch es wäre, wenn die Bilder in einem weißen, prächtigen Gebäude in einer Stadt ausgestellt würden, wo alle Welt sie sehen könnte, und wo es Kaffee und Kuchen, Ansichtskarten und Reproduktionen zu kaufen gäbe? Sie sah sich selbst im Geiste, wie sie in einem eleganten Kleid ein solches Museum eröffnete und allen wichtigen Gästen die Hand schüttelte. Beinahe konnte sie sich die Fotos in irgendwelchen Magazinen vorstellen.

Fiona schüttelte den Kopf. Das war noch lange hin, und wenn sie nicht aufpassten, bekam Leonora am Ende doch ihren Willen, und Efe wäre nur noch wütend. Und dann war da noch das Problem mit dem Geld. Soviel sie auch hatten, es schien nie zu reichen. Efes Arbeit schluckte immer mehr, und Fiona verstand nicht, warum. Und wenn jetzt das zweite Kind kam, hatten sie noch mehr Ausgaben. Vielleicht konnte sie ja Leonora überzeugen? Na ja, das schien selbst ihr ziemlich unwahrscheinlich, aber sie würde doch Efe bei der nächsten Gelegenheit danach fragen. Wenn er sah, wie gerne sie ihm helfen wollte, wäre er bestimmt nicht mehr so wütend auf sie.

Sie warf einen Blick in den Spiegel, um sich zu vergewissern, dass ihre Haare gut saßen und kein Lippenstift an den Zähnen haftete. Ihre Bluse hatte genau den roséfarbenen Ton, der ihr schmeichelte und sie weniger erschöpft aussehen ließ. Du bekommst, was du bezahlst, hatte ihre Mutter immer gesagt, und sie hatte Recht. Diese Bluse hatte fast zweihundert Pfund gekostet, aber sie war jeden einzelnen Penny wert. Efe hatte einmal gesagt, sie sähe aus wie ein Pfirsich, wenn sie sie trüge, und der Gedanke daran machte sie glücklich. Sie öffnete die Tür und ging nach unten, bereit, sich allem und jedem zu stellen.

Beth saß am Kopfende des Tisches und lauschte der Unterhaltung von Leonora, Gwen und Rilla. Obwohl es Mittag war, waren alle auf geheimnisvolle Weise verschwunden, und Beth wäre lieber mit den anderen zusammen gewesen. Chloë hatte doch bestimmt auch Hunger? Efe und James waren in die Stadt gefahren. Sie hatten sich freiwillig erboten, mit Bridget vom Partyservice über die letzten Arrangements zu reden, was Gwen nett von ihnen fand. Beth jedoch dachte insgeheim, dass sie nur aus Leonoras Schussweite gelangen wollten. Fiona hatte ein wenig gegessen und darauf geachtet, dass Douggie nicht sein ganzes Mittagessen um sich verteilte, dann hatte sie sich entschuldigt, um ihren Sohn hinzulegen. Alex konnte überall sein. Er aß nie zu Mittag und war wahrscheinlich irgendwo im Garten, um Dinge zu fotografieren, die noch nie jemand registriert hatte. Sean war mit seinem Team zusammen, sie bauten gerade die Ausrüstung im Atelier auf. Dort wollte er Leonora interviewen, während sie ihnen den Raum zeigte, in dem die Bilder entstanden waren. Also brauchen wir nicht anwesend zu sein, dachte Beth und beschloss, sich davonzuschleichen, sobald sich eine Gelegenheit bot.

»Ich bin ganz froh, dass nur wir hier sind«, sagte Leonora, als ob sie Beths Gedanken gelesen hätte. »Ich möchte gerne eure Meinung hören, aber letztendlich ist es natürlich meine Entscheidung.«

»Ja, Mutter.« Gwen trank einen Schluck Mineralwasser und blickte Rilla, die eingehend das Stück Spargelquiche auf ihrem Teller musterte, Hilfe suchend an.

»Ich finde«, fuhr sie tapfer fort, »dass du Efe wenigstens anhören solltest, Mutter. Er hat es vielleicht gestern Abend nicht richtig dargestellt. Es war ungezogen von ihm, dich so zu überrumpeln, aber eigentlich ist es kein so schrecklicher Vorschlag. Denk doch nur an das Geld!«

Leonora verzog ungehalten das Gesicht. Das zeigt, dass sie sich noch nie Sorgen um Geld hatte machen müssen, dachte Beth.

»Mit Geld hat das nichts zu tun«, erwiderte Leonora. »Ich habe… wir alle haben genug Geld für unsere Bedürfnisse, und das meiste kommt nicht von den Bildern, wie du weißt, sondern ist das Ergebnis der klugen Investitionen meines Großvaters und meines verstorbenen Schwiegervaters. Dieses Haus, diese Gemälde, haben damit nichts zu tun. Besucher kommen gerne hierher, und es gefällt ihnen, alles zusammen zu sehen, den Ort, an dem sie gemalt wurden mit den Bildern selber. Wenn du nicht verstehst, was das wert ist, und dass es einer Betonscheußlichkeit irgendwo in Amerika bei weitem vorzuziehen ist, dann bist du dümmer, als ich dachte.«

Leonora warf Rilla, die sich immer noch auf ihr Essen konzentrierte, einen irritierten Blick zu.

»Liebling, heb mal eine Sekunde lang den Kopf von deinem Teller und sag uns, was du denkst.«

Beths Mutter schluckte rasch und betupfte sich den Mund mit einer Serviette. Sie ist verlegen, dachte Beth. Es war überraschend für sie, ihre Mutter in diese Rolle als Kind gedrängt zu erleben. Das war Leonoras Spezialität: In ihrer Gegenwart kam man sich jünger und irgendwie *weniger* vor. Sosehr sie ihre Großmutter verehrte, wusste Beth jedoch auch, dass es nicht ratsam war, sich mit ihr anzulegen.

Rilla sagte: »Ich denke, du hast Recht, Mutter, aber ich verstehe auch Gwens Standpunkt. Vielleicht täte es den Bildern gut, wenn... nun ja, wenn mehr Leute sie sehen könnten. Ich weiß nicht, woran es liegt, aber sie gehen offenbar bereitwilliger in ein Museum in den Staaten als in ein Landhaus in Wiltshire.«

»Ethan Walsh war ein englischer Maler, und sein Werk ist eng mit diesem Haus hier verbunden«, sagte Leonora. In Beths Ohren klang es deutlich wie das letzte Wort zu diesem Thema. Leonora erhob sich und sagte: »Es gibt nicht mehr als zwölf Bilder von ihm in anderen Sammlungen, und das sind ausschließlich sehr frühe Werke. Die übrigen sind hier, alle an einem Ort, und hier sollten sie auch bleiben. Ich werde im Atelier erwartet, aber wenn Efe zurückkommt, sagt ihm bitte, dass ich ihn sofort sprechen möchte.«

Leonora war kaum aus dem Zimmer gegangen, als sich Rilla auch schon ein weiteres Stück Quiche nahm.

»Puh!«, sagte sie. »Jetzt können wir alle wieder aus unseren

Mauselöchern hervorkommen. Das war gar nicht so schlimm, wie wir dachten, was, Gwennie?«

»Efe wird es abkriegen«, erwiderte Gwen. »Und eigentlich weiß ich gar nicht, warum du so blödsinnig glücklich aussiehst, Rilla.«

Gwen hat Recht, dachte Beth. Sie sieht tatsächlich glücklicher aus. Irgendetwas Gutes muss passiert sein. Sie wartete, bis Gwen ihr Mittagessen beendet hatte und das Zimmer verließ, dann sagte sie: »Na, komm schon, Rilla, du kannst es mir ruhig erzählen. Was ist los? Du strahlst wie ein Schneekönig.«

»In diesem Stadium werde ich noch kein Wort sagen.« Rilla errötete. Sie stand auf und lächelte ihre Tochter an. »Vielleicht wird gar nichts draus.«

»Es passt nicht zu dir, so rätselhaft zu tun, Rilla. Erzähl mir doch, was es ist.«

»Sobald es so weit ist, wirst du die Erste sein, die es erfährt, mein Liebling. Das Einzige, was ich dir sagen kann, ist, dass ich mich nicht über Gwen ärgere. Damit hatte ich nämlich eigentlich gerechnet. Ich dachte, es würde mich fertig machen, wie überarbeitet sie aussieht, mich aber trotzdem nicht auffordert, ihr zu helfen, aber es macht mir nichts aus.«

Verwirrt starrte Beth ihr nach, als sie aus dem Zimmer ging. Ob Ivan sie wohl angerufen hatte? Beth bezweifelte, dass er eine solche Wirkung auf Rilla ausübte. Gus schmiegte sich an ihre Beine. Sie nahm ihn hoch und vergrub ihr Gesicht in seinem Fell.

»Gus, wenn du auf der Suche nach einem Stück Schinken bist, dann hast du Pech gehabt. Sie haben alles bis auf den letzten Krümel aufgegessen.«

»Mein Vater«, sagte Leonora zu Sean, »hat sich Stunden um Stunden hier oben aufgehalten. »Ich durfte natürlich nie hier herein. Er hasste es, wenn man ihm bei der Arbeit zuschaute.«

»Aber was ist denn mit all den Porträts von Ihnen? Sie haben ihm doch bestimmt Modell gesessen?«

Leonora blickte eine Weile aus dem Fenster und erschauerte. Dann geht jemand über dein Grab, pflegte Nanny Mouse bei solchen Gelegenheiten zu sagen. Sie würde es Sean gegenüber nicht zugeben, aber im Atelier fröstelte sie immer. Von Anfang an. Sie hasste die Stille hier oben, das Gefühl, weit vom Haus weg zu sein. Trotz der Zentralheizung war es kalt. Ihr fiel der Wutausbruch ihres Vaters ein, als er sie auf der Chaiselongue gefunden hatte, auf der jetzt Sean saß und sich Notizen machte.

»Nein«, antwortete sie schließlich. »Soweit ich mich erinnern kann, habe ich ihm niemals Modell gesessen. Vermutlich hat er die Porträts nach Skizzen gemalt.«

»Können Sie sich denn daran erinnern, dass er sie skizziert hat?«

»Nein, eigentlich nicht. Meine Mutter machte das manchmal. Sie hat die Skizzen allerdings nie jemandem gezeigt. Ich habe keine Ahnung, was daraus geworden ist.«

»Könnte Ihr Vater vielleicht danach gearbeitet haben?«

»Ja, vermutlich schon«, erwiderte Leonora. »Aber das halte ich für unwahrscheinlich. Er… er hatte, glaube ich, keine besonders hohe Meinung von ihr.«

»Als Künstlerin, meinen Sie?«

Wieder dachte Leonora ein paar Sekunden nach, bevor sie antwortete.

»Weder als Künstlerin noch als Frau. Ich habe nie…« Sie senkte den Blick, »… ich hatte nie den Eindruck, dass er sie besonders liebte. Allerdings weiß ich kaum etwas über ihr gemeinsames Leben. Damals war ja alles anders als heutzutage. Ich kannte meine Eltern nicht so, wie das heute die jungen Leute tun oder so, wie Gwen und Rilla mich kennen. Das Leben war voller Regeln, alles sehr förmlich. Und obwohl nie jemand darüber geredet hat, sagte Nanny Mouse immer, dass Daddy nie wieder derselbe war, als er nach dem Krieg aus Frankreich heimgekehrt ist. Nach dem Ersten Weltkrieg, meine ich. Ich erinnere mich aber noch gut daran, wie niedergeschlagen Daddy nach Mummys Tod war. Er hat ihn völlig verändert.«

Das Filmteam war fertig. Sie standen an der Tür und sprachen über technische Details. Die Scheinwerfer, die viel zu hell strahlten, waren bereits eingeschaltet. Leonora fragte sich, warum sie

sie überhaupt brauchten, da doch die Sonne schien, aber sie wussten ja wohl, was sie taten.

»Gut, Leonora, wenn Sie sich bitte ein wenig zu mir wenden würden. Ich werde Ihnen jetzt ein paar Fragen stellen, und Sie antworten und tun so, als wären wir allein. Ich werde Sie nach dem tragischen Tod Ihrer Mutter fragen. Achten Sie weder auf die Kamera noch auf das Mikrofon.« Er nickte seinen Leuten zu und sagte dann: »Erzählen Sie mir von Ihrer Mutter. Hatten Sie ein gutes Verhältnis zu ihr?«

»Ich glaube, ich war oft ziemlich wütend auf sie.« Leonora lächelte ihn an. »Sie wissen ja, wie erbarmungslos Kinder sind. Ich glaubte, ihr ständiges Unwohlsein und die Tatsache, dass sie so oft im Bett liegen musste, hatten etwas damit zu tun, dass sie mir aus dem Weg gehen wollte. Das ist natürlich alles Unsinn, wie ihr früher Tod beweist. Sie war anscheinend die ganze Zeit über ernsthaft krank.«

»Erinnern Sie sich an ihre Beerdigung?«, fragte Sean sanft.

»Diese Zeit liegt für mich in einem Nebel. Ich war damals auch sehr krank. Deswegen bin ich auch nicht zur Beerdigung gegangen. Sie ist dort oben, auf dem Friedhof an der Dorfkirche, begraben. Natürlich gehe ich zu ihrem Grab, wenn ich zu …« Leonora schloss die Augen und schien Kraft zu sammeln. »Ich achte selbstverständlich darauf, sowohl ihr Grab als auch das von Peter in Ordnung zu halten.«

Gedankenverloren drehte sie den Ehering an ihrem Finger. Dann straffte sie die Schultern und wandte Sean wieder ihre volle Aufmerksamkeit zu.

»Entschuldigung, Sean. Ich habe gerade … ach, es ist egal. Wir sprachen von meiner Kindheit. Wenn ich heute daran zurückdenke, dann ist mir, als sähe ich alles durch einen Vorhang. Ich kann zwar ein paar Schatten ausmachen, aber nichts ist klar. Überhaupt nichts. Ich weiß noch, dass ich kurz nach dem Tod meiner Mutter zum ersten Mal hier herauf kam.«

»Und wie sah Ihr Leben danach aus? War es eine normale Kindheit?«

»Vermutlich. Es änderte sich ja nicht viel. Nanny Mouse kümmerte sich um mich, wie sie es immer getan hatte. Ich ging zur Schule, und wegen meiner Trauer waren meine Freundinnen eine Zeit lang besonders nett zu mir. Die Lehrer auch. Und mein Vater … nun, er wurde wie die Figur in dem Märchen von der Schneekönigin. So kalt, als habe er einen Eissplitter im Herzen.«

»Schnitt!«, rief Sean. Zu Leonora sagte er: »Das war wundervoll, Leonora. Vielen Dank. Ich glaube, wir haben von hier oben jetzt genug. Darf ich Sie nach unten begleiten?«

»Nein, nein, danke. Ich bleibe noch einen Moment hier sitzen, wenn Sie nichts dagegen haben.«

Sie hätte nicht sagen können, warum sie auf einmal das Verlangen danach hatte. Die Worte waren heraus, bevor sie darüber nachdenken konnte. Die Filmcrew packte die Ausrüstung zusammen, und dann war auch Sean weg, und sie war allein.

Während des Interviews war es recht warm gewesen, aber als sie sich jetzt auf die Chaiselongue setzte, kroch die Kälte wieder an ihr hoch. Der Raum ist eisig, weil nie jemand herkommt, und weil er leer ist, sagte sie sich. Daran ist nichts Seltsames. Weiße Wände, keine Vorhänge an den Fenstern, hohe Decken … die leere Staffelei stand in der Ecke, als wolle gleich jemand anfangen zu malen. Die Palette, Ethan Walshs Palette, lag auf dem Tisch; Besuchern gefiel es, die eingetrockneten Farben zu betrachten. Und es gefiel ihnen auch, sich die Pinsel anzuschauen, die in einem Topf daneben standen.

Bertie drängte sich durch die angelehnte Tür und sprang auf ihren Schoß. »Komm, Bertie«, sagte sie, »lass uns hier eine Minute sitzen bleiben.« Sie streichelte das rötliche Fell, und plötzlich fiel ihr Mr. Nibs ein, der schwarzweiße Kater, der während des Krieges und danach auf Willow Court gelebt hatte. Seinen Namen hatte Nanny Mouse ihm gegeben. Leonora schloss die Augen und lauschte der Stille. Niemand würde sie vermissen, wenn sie eine Weile hier bliebe. Wenn es nur nicht so kalt wäre.

Januar 1947

Das Feuer im Wohnzimmer wärmte überhaupt nicht. Die Flammen züngelten hoch und bemühten sich redlich, mehr als die direkte Umgebung des Kamins zu heizen, aber es war so kalt, dass der weiße Hauch ihres Atems vor Leonora aufstieg. Mr. Nibs, der Kater, lag bewegungslos auf dem Teppich direkt vor dem Kamin. Er war jetzt schon alt und schlief die meiste Zeit.

Leonora saß am Fenster und blickte in den verschneiten Garten. Die Scheiben bedeckten Eisblumen, und sie trug zwei Strickjacken und Wollsocken über ihren Strümpfen, was ihr das Gefühl gab, wieder ein Kind zu sein. Ihre Wollhandschuhe waren zwar fingerlos, behinderten sie aber doch beim Zeichnen. Mit einer Hand hielt sie das Blatt Papier auf ihrem Atlas fest, mit der anderen zeichnete sie.

Die Terrassenstufen, die Steinurnen und der eisbedeckte Rasen im Hintergrund wirkten irgendwie unzulänglich auf dem Papier. Überhaupt nicht so, wie sie sie haben wollte. Vielleicht fehlten nur Schatten an den richtigen Stellen, damit alles ein bisschen solider wirkte. Immer wieder fuhr sie mit dem Stift über das Papier.

Kurz vor dem Mittagessen war die beste Tageszeit zum Zeichnen. Heute kam ein dünnes, bleiches Licht von einer Sonne, die nichts von ihrer üblichen Wärme abstrahlte. Eis hatte jeden Grashalm überkrustet; die Bäume standen wie erstarrt, und ihre kahlen Äste ragten schwarz gegen den bleigrauen Himmel. Schon um die Teezeit wurde es dunkel, und es blieb einem nichts anderes übrig, als ins Bett zu gehen und sich unter der Decke zitternd vorzustellen, wie es im Frühling war.

Leonoras Vater saß dicht am Feuer, eingehüllt in eine Decke. Sie spürte seine Anwesenheit in ihrem Rücken, obwohl er nichts sagte. Er war schon in seinen besten Zeiten äußerst wortkarg gewesen, und die Zeiten jetzt waren sicherlich nicht die besten. Daddy war immer verdrossener und stiller geworden, und Leonora konnte ihn durch nichts aufheitern. Manchmal starrte er sie an, als wisse er nicht mehr, wer sie sei. Seine Augen waren noch so blau wie immer, aber sein Haar war weiß geworden. Wann war das geschehen? Leonora wusste es nicht genau. Sie sah ihren Vater immer noch dunkelhaarig und gut aussehend vor sich; ihn so gebeugt und gealtert zu erleben, tat ihr weh.

Wir sind wahrscheinlich die einzigen Leute im ganzen Land, denen der Krieg fehlt, dachte sie. Willow Court war ein Genesungsheim für Offiziere gewesen. Fünf Jahre lang hatte das Wohnzimmer als Schlafsaal gedient, und in den Fluren hatten Soldaten gelacht, geschrien und manchmal auch vor Schmerz gestöhnt. Auf jeden Fall aber hatten sie das Haus mit Leben erfüllt.

1942, als die eisernen Bettgestelle gebracht wurden, war Leonora vierzehn gewesen. Die Dienstboten hatten die Teppiche aufgerollt und alle Bilder von den Wänden genommen und sie nach oben ins Atelier gebracht. Niemand hatte sie nach dem Krieg wieder aufgehängt, und jetzt wirkte das Wohnzimmer mit den leeren Flecken an den Wänden und ohne jede Farbe seltsam leer und kalt. Die Teppiche lagen natürlich wieder auf dem Boden, und auch ein paar Sessel und das Sofa standen wieder an ihren Plätzen, aber zwischen den einzelnen Möbelstücken erstreckte sich gähnende Leere. Leonora redete oft von den Gemälden und bat darum, sie wieder aufzuhängen, aber Ethan Walsh wollte nichts davon wissen.

»Die Bilder sind doch nur Staubfänger«, sagte er immer. »Sie sind dort oben besser aufgehoben.«

»Aber Daddy, bist du denn nicht stolz auf sie? Willst du denn nicht, dass jeder sie sieht? Sie bewundert?«

Er warf ihr einen seltsamen Blick zu und sagte:

»Ich komme ohne sie besser zurecht. Und du auch.«

Leonora hätte ihm gern widersprochen, aber ihr fehlte der Mut, und so sagte sie nichts.

Sie war seit Jahren schon nicht mehr im Atelier gewesen. Nicht mehr, seit sie ein kleines Mädchen war. Diese Zeit schien unendlich weit weg, doch sie erinnerte sich noch daran, dass Ethan sie dort oben erwischt und ihr schreckliche Angst eingejagt hatte. Danach hatte sie allen Ernstes versucht, beides zu vergessen, den Raum und die Bilder darin. Als sie jetzt darüber nachdachte, stellte sie auf einmal entsetzt fest, dass er seitdem nie wieder gemalt hatte. Konnte das sein? Leonora zermarterte sich das Hirn, ob es nicht doch eine Zeichnung oder ein Gemälde gab… irgendetwas… einen Hinweis, dass ihr Vater noch arbeitete. Aber ihr fiel nichts ein. Natürlich hatte der Krieg viele Menschen von ihrer normalen Tätigkeit abgehalten, aber ihr Vater hatte doch bestimmt vor dem Krieg noch gemalt? Nein, sie konnte sich nicht entsinnen. Sie war fast sicher, dass er nicht mehr malte. *Fast*, denn es war natürlich möglich, dass er heimlich ins Atelier schlich, wenn sie schlief, und die Nächte durcharbeitete, aber das bezweifelte sie. Dann hätte sicher einer der Dienstboten etwas gesagt. Nein, die traurige Wahrheit war, dass der Tod seiner Frau und der Kriegsausbruch Ethan Walshs Karriere beendeten. Aus finanziellen Gründen hatte er noch nie malen müssen, weil ihm sein Vater genug hinterlassen hatte. Gelegentlich brüstete er sich damit, dass seine Bilder ein Vermögen wert seien, da er jedoch niemals Anstalten machte, eins zu verkaufen, hielt Leonora das für eine seiner Fantasien.

Der Krieg hatte den Hintergrund der Jahre gebildet, in denen sie herangewachsen war. Die Kämpfe, die Schlachten, das Feuer und die in Schutt und Asche gelegten Gebäude waren weit weg, so weit weg, dass Leonora sie sich nur mit Mühe hatte vorstellen können, obwohl sie jeden Abend mit Daddy und Nanny Mouse Nachrichten im Radio hörte.

Als die ersten verwundeten Soldaten eintrafen, konnte sie den Anblick ihrer Wunden kaum ertragen. Vor allem fehlende Arme und Beine verursachten ihr Alpträume, aus denen sie schweißgebadet und beschämt aufwachte, weil sie so zimperlich war, während die Soldaten so viel ertrugen. Sie lachten viel und schwatzten gerne mit ihr, wenn sie in den Krankensaal kam. So nannten die Krankenschwestern das Wohnzimmer jetzt, denn dort lagen die Männer, die zunächst noch gepflegt werden mussten. Später, auf dem Wege der Besserung, schliefen sie in einem der größeren Schlafzimmer.

Im Esszimmer stand ein Billardtisch, und bei schönem Wetter standen lauter Rollstühle auf der Terrasse und Krücken lehnten an den Wänden, während ihre Besitzer sich auf den Sonnenliegen aalten.

Leonora hatte das Haus geliebt, als es voller Soldaten war. Sie mochten sie alle und machten viel Aufhebens um sie.

»Du erinnerst sie wahrscheinlich an ihre eigenen Kinder«, sagte Nanny Mouse.

»Manche sind kaum älter als ich«, erwiderte Leonora.

»Komm mir bloß nicht auf Ideen, junge Dame.« Nanny Mouse runzelte die Stirn. »Sie sind weit weg von zu Hause und fühlen sich einsam. Spiel bloß nicht mit ihnen. Junge Männer sind leicht zu verführen.«

»Sei nicht albern«, erwiderte Leonora errötend. »Unter dem Gesichtspunkt sehen sie mich gar nicht. Lieutenant Gawsworth hat gesagt, ich erinnere ihn an seine kleine Schwester.«

Nanny schnaubte, und Leonora wechselte das Thema. Ihr gefiel die Bewunderung, die sie in den Augen der Männer entdeckte. Sie besuchte ein Mädcheninternat und hatte nicht viele Freundinnen, weil ihre Klassenkameradinnen ihre Schüchternheit für Arroganz hielten. Nur zwei wohnten in der Nähe: Bunny Forster und Grace Wendell. Sie beklagten sich ständig über ihr Aussehen (*Meine Haare sind zu lockig, meine Beine sind zu kurz, sieh dir nur meinen Teint an …)*, und Leonora hatte schnell begriffen, dass man so tun musste, als hielte man sich nicht für hübsch, selbst wenn man es war.

Und ich *war* hübsch, dachte sie. Ein Rotkehlchen hüpfte auf die Terrasse, und Leonora zeichnete es rasch. Ich *war* hübsch und bin es noch. Ich habe gute Haut, Daddys blaue Augen und meine Haare sind so dunkel und glänzend, wie seine früher. Vielleicht ist hübsch das falsche Wort. *Attraktiv*. Peter hat das immer gesagt. Lächerlich. Leonora blinzelte. Ich darf nicht an Peter denken, sagte sie sich. Nie mehr. Er kommt nicht wieder zurück. Den letzten Brief von ihm habe ich vor drei Jahren bekommen, und es ist schon fünf Jahre her, seit ich ihn zuletzt gesehen habe. Er will bestimmt nichts mehr mit mir zu tun haben, weil er jemand Interessanteren gefunden hat. Jemanden, den er mehr liebt als mich.

Es verursachte ihr Schuldgefühle, aber insgeheim zog Leonora die schreckliche Möglichkeit vor, dass Peter gefallen war. Wenn ihr das durch den Kopf ging, sagte sie sich jedoch immer rasch, oh Gott, hör besser gar nicht hin. Das meine ich doch nicht so. Bitte, lass ihn nicht tot sein.

Sie bewahrte seine Briefe – Dutzende von Briefen – in einer alten Keksdose auf, und jeden Abend vor dem Einschlafen öffnete sie die Dose, holte eine der kurzen Nachrichten heraus und las sie noch einmal. Sie hielt die Briefe natürlich geheim vor Daddy, sie waren in Umschlägen, adressiert an Nanny Mouse, gekommen. Nanny tat immer so, als missbillige sie das Ganze, aber Leonora wusste, dass sie den Briefwechsel tatsächlich ganz romantisch fand. Vielleicht wäre es Daddy ja egal gewesen, dass ein Soldat seiner Tochter schrieb, aber Leonora hatte das Risiko nicht eingehen wollen, seinen Zorn zu erregen. Wenn er ihr nun verboten hätte zu antworten? Sie hätte ihm nie die Stirn bieten können.

Sie lächelte. Peter konnte nicht besonders gut schreiben, aber sie zog seine Worte allen anderen in der Welt vor.

»Ich komme bald wieder zu dir zurück, Leonora, mein Liebling… manchmal schließe ich die Augen und stelle mir dein Gesicht vor. Dann geht es mir besser… Ich kann nicht viel sagen, aber du weißt, was ich schreiben möchte, nicht wahr?«

Zwei Briefe waren anders als die anderen. Leonora hatte keine Ahnung, warum , und fragte sich manchmal, ob Peter wohl betrunken gewesen war, als er sie geschrieben hatte, weil es schien, als hätte sich etwas in ihm gelöst. Sie kannte diese Briefe auswendig und überlegte manchmal, ob es wohl vernünftiger sei, sie zu zerreißen und zu verbrennen, aber sie brachte es nicht übers Herz, sie zu zerstören. Sie hatte sie im Puppenhaus unter dem Teppichboden versteckt. Auf die Idee, dort nachzuschauen, würde nie jemand kommen. Selbst Leonora musste mühsam mit der Nagelfeile eine Ecke des Teppichs anheben, um das klein gefaltete Papier herauszuziehen.

»*Ich möchte deine weiße Haut überall küssen. Ich möchte dich berühren, deine Brüste, deinen Hals, und deine Lippen auf meinen spüren. Ich denke daran, bis ich fast wahnsinnig vor Verlangen nach dir bin. Wir werden miteinander aufwachen, Leonora, und wir werden nicht sagen können, wo dein Körper endet und meiner beginnt … es gibt andere Frauen hier, mein Liebling, und ich kann es nicht ertragen, sie anzuschauen. Du bist es. Warte auf mich, Leonora. Wenn ich zurückkomme, werden wir uns den ganzen Tag lang lieben. Den ganzen Tag.*«

Hör auf, sagte sie erschauernd. Denk jetzt nicht daran. Denk an etwas anderes. Sie schloss die Augen und hörte Peters Stimme in ihrem Kopf. Das erste Mal hatte er sie in der Spülküche angesprochen, als sie die Kartoffeln schälte, die Tyler, der alte Gärtner, im Küchengarten ausgegraben hatte.

»Es tut mir schrecklich Leid, aber ich glaube, ich habe mich ein bisschen verlaufen. Ich suche Schwester Coleridge.«

»Ich bringe Sie zu ihr«, hatte Leonora ihm angeboten, als sie sah, dass der junge Mann in der Tür mit seiner Reisetasche kämpfte. Sein linker Arm steckte in einer Schlinge, und sein Kopf war bandagiert. »Ich kann die Tasche tragen, wenn Sie es nicht schaffen.«

Er hatte gelächelt, sie mit blitzenden Augen, deren Farbe irgendwo zwischen Blau und Grün lag, direkt angesehen, und sie spürte ein Flattern im Bauch. Sein Haar war rot. Leonora, Bunny und Grace hatten über rote Haare schon ausführlich diskutiert und waren zu dem Schluss gekommen, dass es bei Mädchen reizend aussah, bei Jungen aber eher seltsam. Ein Blick auf diesen Soldaten jedoch änderte ihre Meinung auf ewig. Er war groß und schlank und erinnerte sie an einen äußerst gut aussehenden Fuchs, der durch irgendeinen Zauber in ein menschliches Wesen verwandelt worden war. Wenn er lächelte, leuchteten seine Augen und seine Zähne in seinem gebräunten Gesicht. Seine kupferfarbenen Haare fielen ihm in die Stirn, und er warf den Kopf zurück, weil er die Hände nicht frei hatte.

»Nein, das schaffe ich schon, danke. So ein Krüppel bin ich ja nun auch nicht, dass ich mir von einer attraktiven jungen Dame die Tasche tragen lasse. Wie heißen Sie?«

»Ich bin Leonora Walsh.«

»Peter Simmonds. Entzückt, Ihre Bekanntschaft zu machen. Walsh. Ist das nicht der Name des Mannes, dem dieses Haus hier gehört? Anständig von ihm, es der Armee zur Verfügung zu stellen. Mächtig anständig. Ich wüsste nicht, ob es mir so gut gefiele, wenn Soldaten den Besitz meiner Vorfahren platt treten würden.«

»Die Männer sind alle sehr nett, und sie machen nichts kaputt. Es stimmt schon, dass sie das Grammophon ziemlich laut stellen, aber ich liebe Musik. Und manchmal machen sie auch viel Lärm während der Mahlzeiten, aber das macht mir nichts. Ethan Walsh ist mein Vater.«

»Er muss ein glücklicher Mann sein«, sagte Peter. Er lächelte sie an, bis Schwester Coleridge aus dem Wohnzimmer auf sie zukam.

»Ich hoffe, es geht Ihnen bald besser«, sagte Leonora und machte sich wieder daran, die Kartoffeln zu schälen.

»Tschüs!«, erwiderte Peter. »Danke für Ihre Hilfe.«

Von diesem Moment an wusste Leonora, dass sie ihn liebte. Es war nicht ganz Liebe auf den ersten Blick, weil sie ungefähr zwei Minuten gebraucht hatte, um sicher zu sein. Das darf ich niemandem erzählen, dachte sie, noch nicht einmal Bunny und Grace, weil sie mir sowieso nicht glauben. Sie werden sagen, ich wäre nur ein bisschen verknallt, oder so. Alle glauben, Kinder wüssten nicht, was wahre Liebe bedeutet, aber das stimmt nicht. Sie hoffte sehnsüchtig, dass Peter Simmonds monatelang auf Willow Court bliebe, fühlte sich aber gleichzeitig schuldig, weil sie sich so etwas Schreckliches wünschte, schließlich sollte er doch gesund werden! Wie egoistisch von ihr!

Ich kann nichts daran ändern, dachte sie, und überlegte, wie sie ihn dazu bringen könnte, sich auch in sie zu verlieben. Er war viel älter als sie. Vielleicht wäre es ja unmöglich, aber sie würde auf jeden Fall ihr Bestes tun.

Sie machte sich unerlässlich: Sie las Peter vor, wenn er niedergeschlagen war, spielte Karten mit ihm und seinen Freunden Georgie, Freddy und Mike, und hörte ihm lange Zeit zu, wenn er von den entsetzlichen Dingen erzählte, die er erlebt hatte. Sie gingen im Stillen Garten spazieren, wo die Rosen ihrer Mutter sich an einer sonnenbeschienenen Mauer hinaufrankten und in den Beeten rosafarbener und blassblauer Rittersporn, Lupinen, Malven und Löwenmäulchen, eingerahmt von weißem Steinkraut, wuchsen.

»Meine Mutter hasste bunte Farben«, erzählte Leonora ihm, und sie setzten sich auf die Bank um die Magnolie und genossen den Frieden, während er über die grässlichen Einzelheiten des Krieges sprach.

»Ich sollte dir gar nichts darüber berichten, Leonora, es ist nicht richtig. Du bist noch ein Kind, und du solltest nichts von dem wissen, was in der Welt vor sich geht.«

»Ich bin kein Kind mehr!«, erwiderte Leonora empört und brach fast in Tränen aus. Wie konnte er nach all diesen Wochen denn immer noch so von ihr denken? Hundertmal hatte sie ihm schon sagen wollen, was sie empfand, aber sie traute sich nie. Stattdessen wälzte sie sich jeden Abend unruhig in ihrem Bett und träumte davon, ihn zu küssen. Letztes Jahr Weihnachten hatte sie auf einer Party einen Jungen geküsst: Nigel Drake. Er war ganz nett, aber er brachte sie nicht zum Erbeben oder Erröten, wenn sie an ihn dachte. Auch der Kuss war in Ordnung gewesen, aber Nigel war offenbar nicht an Mädchen gewöhnt und hatte nicht gewusst, was er mit seinen Händen anfangen sollte. In Filmen hatte Leonora gesehen, dass er eigentlich die Arme um sie hätte legen müssen, aber sie war so beschäftigt mit der seltsamen Empfindung, seine feuchten, rauen Lippen auf ihren zu fühlen, dass sie nicht daran gedacht hatte, es zu erwähnen.

Peters Küsse wären ganz anders, das wusste sie. Wenn sie nicht mit ihm zusammen war, spielte Leonora endlose Stunden mit ihrem Puppenhaus. Sie hatte eigentlich schon vor Jahren damit aufgehört, aber seit seiner Ankunft auf Willow Court lebte sie darin ihre geheimsten Fantasien aus.

Sie tat so, als sei das Puppenhaus ihr Heim, ihres und Peters, nachdem sie verheiratet waren, und spielte mit den Puppen Eheleben, wie sie es sich erträumte. Eines Tages packte sie wagemutig den Mann und die Frau unter die Decke des Ehebetts. Dann schloss sie die Augen und stellte sich vor, sie und Peter lägen nackt unter der Decke und berührten sich. In ihr zerfloss etwas, ein noch nie erlebtes, fast schmerzhaftes Gefühl durchdrang sie.

»Ich würde sagen, du bist schon ein bisschen groß, um damit zu spielen«, sagte Nanny Mouse, die unerwartet ins Zimmer getreten war. Leonora riss erschreckt die Augen auf und setzte die weibliche Puppe verstohlen in ein anderes Zimmer, bevor Nanny sie sah.

»Ich spiele eigentlich auch nicht wirklich damit«, erwiderte Leonora und stand auf. »Ich habe nur nachgeschaut, ob alles in Ordnung ist.«

Nanny Mouse schaute sie forschend an und redete von etwas anderem.

»Dein Vater erwartet dich zum Mittagessen«, sagte sie. »Du weißt doch, dass er nicht gerne wartet.«

Und dann sagte Peter eines Tages, als sie im Wintergarten saßen: »Die Zeit mit dir wird mir fehlen, Leonora, wenn ich weg bin. Du hast mir das Leben gerettet.«

Sie blickte ihn an und wollte so vieles sagen, aber ihr Mund war plötzlich ganz trocken, und sie brachte keinen Ton heraus. Sie hätte erwidern müssen, *Wie schön, dass du jetzt endlich wieder gesund bist*, aber sie dachte nur, *Geh nicht. Bleib bei mir. Was ist denn, wenn du wieder in den Krieg musst und umkommst? Was soll dann aus mir werden? Oh, bleib … bitte, bitte bleib!*

Schließlich stieß sie hervor: »Wann? Wann musst du fort?«

»Heute Abend wahrscheinlich. Vielleicht auch erst morgen. Meine Mutter schickt einen Wagen, um mich abzuholen. Ich sollte den Rest der Genesungszeit wirklich zu Hause verbringen, schließlich hat sie nur noch mich, seit Dad tot ist, und es geht ihr nicht gut. Ich … Du wirst mir so fehlen, Leonora …« Er brach ab. Sie saßen nebeneinander auf dem alten Sofa, das aus dem Wohnzimmer in den Wintergarten geschafft worden war, um Platz für die Betten zu machen. Er wandte sich ihr zu. Leonora sah, dass er zögerte. Es wurde ganz still, und die Sonne, die durch die großen Fensterscheiben schien, malte goldene Muster auf die Fliesen. Von der Diele aus konnte man sie hier nicht sehen, das wusste Leonora. Die Pflanzen versperrten die Sicht. Sie waren ganz allein. Wenn sie es jetzt nicht tat... wenn sie nur noch einen Moment lang zögerte, dann wäre er fort, und sie sähe ihn nie wieder. Sie umfasste sein Gesicht mit beiden Händen und zog es zu sich heran.

»Ich wünschte, du könntest bleiben«, sagte sie, und dann: »Bitte küss mich, Peter. Bitte.«

Seine Augen weiteten sich. Sein Gesicht war so nahe vor ihr, dass sie fast seine Wimpern zählen konnte. Er küsste sie, und sie atmete seinen Geruch ein. Sie schmeckte seine Lippen auf ihren und spürte, wie seine starken Arme sie umfassten, und die Hitze, die er ausstrahlte. Wenn es nach ihr gegangen wäre, hätte dieser Kuss nie aufgehört, aber plötzlich löste sich Peter und sprang auf.

»Es tut mir Leid«, sagte er und schob sich die Haare aus der Stirn. »So Leid. Du bist ja noch ein Kind, Leonora. Ich hatte nicht das Recht dazu. Bitte verzeih mir. Ich weiß nicht, was über mich gekommen ist. Ich sage dir jetzt Lebwohl. Es tut mir Leid.«

Er war fort, bevor sie etwas erwidern konnte, und sie lief ihm nach.

»Peter... Bitte bleib stehen, Peter. Wohin gehst du?«

Sie waren in der Halle. Jeden Moment konnte sie jemand unterbrechen. Sie ergriff seine Hand. »Komm«, sagte sie, »lass uns in den Pavillon gehen.«

Er ließ sich beinahe widerstrebend von ihr zur Tür ziehen, dann gingen sie langsam über den Rasen.

»Man könnte uns sehen«, sagte Peter atemlos und lehnte sich gegen die Glaswand.

»Das ist mir egal«, erwiderte Leonora. »Du gehst fort, und ich sehe dich vielleicht nie wieder. Ich konnte dich einfach nicht so gehen lassen. Komm herein.«

Als sie im Pavillon standen, schlang sie Peter die Arme um den Hals und brach in Tränen aus.

»Oh, Peter, geh nicht weg. Was soll ich ohne dich tun? Ich

werde sterben. Kann ich nicht mit dir kommen? Ob, bitte, sag, dass du nicht gehst. Bitte …«

Er zog sie an sich, und schweigend standen sie eng umschlungen da, bis ihr Weinen nachließ.

»Es tut mir Leid«, flüsterte Leonora schließlich. »Du hältst mich wahrscheinlich für ein eigensüchtiges Kind. Ich weiß ja, dass du zu deinem Regiment zurückmusst. Es ist nur alles so schrecklich, weil ich dich so sehr liebe. Ich werde nie in meinem Leben jemand anderen lieben, deshalb könnte ich es nicht ertragen, wenn du nicht zurückkommst …«

Sie brach ab und sah zu Boden. »Das hätte ich nicht sagen sollen. Du musst mich für aufdringlich halten.«

»Ach, Leonora, wenn du wüsstest!« Er hob ihr Gesicht zu sich. »Wenn du wüsstest, wie sehr *ich dich* liebe. Wie schwer es mir gefallen ist, es dir die ganze Zeit nicht zu sagen.«

»Du hättest es mir sagen müssen. Warum hast du es denn nicht getan? Oh, Peter!« Schon wieder traten ihr die Tränen in die Augen.

»Ich dachte, wenn ich es dir sage, dann … ich wusste nicht, ob ich mich beherrschen könnte. Du bist noch so jung, Leonora, noch nicht einmal fünfzehn, und ich bin sieben Jahre älter als du.« Er lachte traurig. »Verstehst du denn nicht, dass ich mich zurückhalten musste? Du bist doch noch ein Kind!«

»Nein, das bin ich nicht. Ich bin kein Kind, und außerdem werde ich nicht immer eins bleiben. Bald bin ich erwachsen. Ich warte auf dich, Peter. Und ich möchte, dass du mir schreibst. Darf ich dir auch schreiben?«

»Willst du das denn? Wirklich? Und auch auf mich warten? Oh, mein Liebling, wenn ich das nur weiß, dann überlebe ich diesen verdammten Krieg. Ich schreibe dir jeden Tag. Ich schreibe dir von zu Hause und von überall, wo sie mich hinschicken, wenn ich wieder gesund bin. Oh, Leonora, küss mich noch einmal.«

Sie blieben im Pavillon, bis es Zeit für Peter war, zu packen und auf den Wagen zu warten. Leonoras Mund war geschwollen von seinen vielen Küssen. Sie ging direkt auf ihr Zimmer, und als Nanny Mouse sie zum Abendessen holen wollte, sagte sie, sie fühle sich nicht gut. Sie blieb im Bett, bis sie sicher sein konnte, dass Peter gefahren war. Nur mit halbem Ohr hörte sie die Musik, die unten gespielt wurde, aber sie erkannte doch, dass es wohl Duke Ellingtons *Mood Indigo* war, und endlich kamen die Tränen, die sie die ganze Zeit über zurückgehalten hatte. Sie vergrub das Gesicht im Kissen und weinte und weinte. Sie würde dieses Lied nie wieder hören können, ohne an ihn zu denken. Als sie schließlich wieder in der Lage war, hinunterzugehen, gab Georgie ihr einen Brief, den Peter dagelassen hatte. Das war der erste Brief, den sie auswendig lernte, und auch der erste, den sie im Puppenhaus versteckte. *Niemand weiß, was geschehen wird, Leonora, mein Liebling. Wenn ich diesen Krieg überlebe, komme ich zurück, und wir werden uns ewig lieben, das verspreche ich dir.*

Sie ertrug die Trennung nur dank seiner Briefe. Und dann, vor drei Jahren, hörten sie auf einmal auf. Leonora verdrängte den Gedanken an ihn und versuchte, ein normales Leben zu führen. Sie lernte andere junge Männer kennen, aber im Vergleich zu Peter kamen sie ihr alle langweilig und uninteressant vor. Sie ging auf Bälle und Tennispartys im Sommer und träumte von Peter, selbst wenn sie mit anderen redete. Nichts war gut: Sie würde nie wieder einen anderen Mann lieben können, und das sagte sie in einem unbedachten Moment auch einmal zu Bunny. Bunny wollte jedoch nichts davon hören.

»Unsinn«, erwiderte sie. »Eines Tages wirst du jemand anderen kennen lernen. Du hast schon seit einer Ewigkeit nichts mehr von Peter gehört, und du solltest dich jetzt langsam damit abfinden. Er kommt vielleicht nie mehr zurück. Bei dir dauert es wahrscheinlich länger, bis du jemand anderen findest, weil du anders bist als wir, aber ich bin ganz sicher, dass es eines Tages passiert.«

Leonora hatte geschwiegen, aber sie wusste, dass Bunny sich irrte. Wenn Peter nie zurückkam, dann würde sie eine verrunzelte alte Jungfer werden, die nie erfahren hatte, wie es war, mit einem Mann zu schlafen, Kinder zu bekommen und mit ihm gemeinsam zu leben.

Sie war so vertieft in ihre Erinnerungen, dass sie zusammenzuckte, als Ethan sie ansprach.

»Was tust du da gerade?«, fragte er.

»Es ist schrecklich schwierig, Daddy«, erwiderte sie. »Ich habe versucht, es so zu zeichnen, dass es echt aussieht, aber es gelingt mir nicht. Vielleicht könntest du es mir zeigen …«

Er wandte sich ab.

»Das hat keinen Zweck, Leonora.« Er zuckte mit den Schultern. »Du hast eben kein Talent, daran liegt es. Die Welt ist voller blöder Amateure, und es hat keinen Sinn, auch noch deinen Unsinn hinzuzufügen. Du lernst besser kochen und Socken stopfen. Vielleicht sollte ich ja diesem jungen Mann schreiben und ihm sagen, er soll dich endlich von mir erlösen. Das heißt, wenn er immer noch so wild darauf ist.«

»Welcher junge Mann?«, fragte Leonora. Er meinte doch nicht etwa Peter? Er wusste doch gar nicht, was sie für ihn empfand!

»Peter Simmonds. Tu nicht so, als wüsstest du nicht, von wem ich rede, Leonora. Ich habe ihm geschrieben und ihm gesagt, er solle sich von dir fern halten, bis du volljährig bist.«

Trotz der Kälte im Zimmer wurde es Leonora heiß. Sie fragte: »Wann hast du ihm geschrieben, Daddy?«

»Das muss vor ungefähr drei Jahren gewesen sein.«

»Warum hast du gedacht, ihm schreiben zu müssen?«

»Warum? Ach, spiel bloß nicht die Unschuldige, Leonora. Mir ist einer seiner Briefe in die Hände gefallen. Nanny Mouse hat ihn herumliegen lassen. Das war nicht die Art von Brief, die ein junger Mann einem Mädchen schreiben sollte, das noch nicht volljährig ist, und deshalb habe ich ihm jeden weiteren Kontakt untersagt. Das hätte jeder besorgte Vater getan.«

»Du hast mir kein Wort davon gesagt!«, schrie Leonora. »Wie konntest du nur etwas so Grausames tun? Oh, du bist ein Ungeheuer. Ein Tyrann. Wie konntest du es wagen? Wenn du einen seiner Briefe gelesen hast, dann wusstest du, wie sehr wir uns lieben.«

»Du warst noch zu jung, um etwas von Liebe zu verstehen«, erwiderte Ethan schulterzuckend.

»Ich hasse dich!«, schrie Leonora. »Das verzeihe ich dir nie. Niemals. Peter könnte tot sein. Er ist vielleicht gefallen. Wie konntest du nur deiner eigenen Tochter so etwas antun?«

»Du hast dich albern aufgeführt, Leonora, und ich habe nur deine Interessen wahrgenommen. Genau so, wie wenn ich dich davon abhalte, Künstlerin zu werden.«

»Es geht dich gar nichts an. Du kannst mir nicht vorschreiben, was ich kann und was ich nicht kann.«

Sie blickte auf ihre Zeichnung. Vielleicht hatte er ja Recht. Es war dumm von ihr, sich im Zeichnen zu versuchen, wo ihr Vater doch Ethan Walsh war, der so wundervolle Bilder geschaffen hatte, dass jeder voller Staunen davor stand und sich fragte, warum ihm jetzt erst auffiel, wie die Welt wirklich aussah. Sie ergriff das Blatt und zerriss es in kleine Fetzen.

»So«, sagte sie. »Ich hoffe, jetzt bist du zufrieden. Du hast mein Leben ruiniert, wie ein viktorianischer Tyrann. Alles ist kaputt.«

Durch einen Tränenschleier sah sie die Papierfetzen und zerriss sie immer weiter, bis nur noch Konfetti übrig war. Am liebsten hätte sie mit den Füßen darauf herumgetrampelt, doch ein solches Verhalten duldete ihr Vater nicht. Er ist die einzige Person auf Willow Court, dachte Leonora, die sich wie ein verwöhntes Kind aufführen darf. Sie trat zum Papierkorb und ließ die Fetzen wie Blütenblätter hineinrieseln.

»Ich gehe nach draußen. Ich muss jetzt allein sein.«

»Bei diesem Wetter? Du wirst dir den Tod holen. Was willst du denn draußen machen?«

»Der See ist zugefroren. Ich hole mir Mummys Schlittschuhe und gehe Schlittschuh laufen.«

Im Geiste fügte sie hinzu: *Und wag es bloß nicht, mich zurückzuhalten!* Fast sehnte sie sich danach, dass er es versuchte, damit sie ihn wieder anschreien konnte. Damit sie ihm sagen konnte, dass sie jetzt fast volljährig war und dass es ihn absolut gar nichts anginge, was sie tat. Und wenn er sie nicht besser behandelte, dann würde sie Willow Court verlassen, und dann sollte er mal sehen, wie er ohne sie zurechtkam. Aber er schwieg.

Manchmal fragte sich Leonora, ob er es überhaupt bemerken würde, wenn sie von der Erde verschwände.

»Er hat den Tod deiner Mutter noch immer nicht verwunden«, sagte Nanny Mouse immer, wenn sie sein schlechtes Benehmen entschuldigen wollte, und Leonora antwortete darauf nur: »Das sollte er aber mittlerweile. Es ist schon so viele Jahre her. Ich bin ja auch darüber hinweggekommen, und für mich war es schlimmer. Findest du nicht auch, Nanny, dass es schlimmer ist, eine Mutter zu verlieren?«

Aber jedesmal, wenn sie diese Frage stellte, wusste sie eigentlich, dass es in ihrem Fall nicht schlimmer war, weil ihre Mutter sich kaum je um sie gekümmert hatte. Nanny Mouse hatte sie großgezogen. An Maude Walsh konnte sich Leonora kaum erinnern. Sie hatten zusammen mit dem Puppenhaus gespielt; das waren die einzigen Erinnerungen an sie. Ihre ganze Kindheit hindurch hatte sie Nanny Mouse ständig gefragt, was ihre Mutter gesagt und getan hatte, und sie war zu dem Schluss gekommen, dass Maude Walsh anscheinend unscheinbar und ziemlich still gewesen war. Im Grunde vermisste Leonora sie nicht. Die Landschaft ihrer Kindheit war von ihrem Vater ausgefüllt, obwohl er sie wütend machte. Und Ethan Walsh ließ keinen Raum für eine Erinnerung an ihre Mutter. Wenn ich Kinder habe, dachte sie, dann kümmere ich mich selbst um sie und spiele und rede immer mit ihnen. Ich werde sie über alles in der Welt lieben, und ich werde mich nie, niemals einmischen, wenn sie sich verlieben. Ich werde ihnen nie so in ihr Leben pfuschen, wie Daddy es bei mir getan hat. Erneut traten ihr Tränen in die Augen, als sie in die Diele ging.

Sie zog ihren Mantel an, Gummistiefel, Handschuhe, eine Strickmütze und einen Schal und ging mit den Schlittschuhen ihrer Mutter hinaus. In der scharfen Kälte schmerzte das Atmen. Sobald sie an Ethan dachte, stieg frische Wut in ihr auf. Nach einer Weile wurde sie etwas ruhiger und überlegte, wie sie herausfinden konnte, wo Peter sich aufhielt. Sie konnte an seinen Kommandanten schreiben, um zu erfahren, ob er noch lebte. Die blasse Sonne ging bereits unter. Das gefrorene Gras unter ihren Schuhen knirschte; ein bleierner Himmel drückte auf die schwarzen Ästen der Bäume. Der See lag silbern im letzten Tageslicht, und die Schwäne am anderen Ufer kuschelten sich eng aneinander. Die Gärtnergehilfen mussten jeden Tag in der Nähe des Nestes das Eis aufhacken, um den Vögeln Zugang zu offenem Wasser zu verschaffen. Wahrscheinlich bin ich der einzige Mensch auf der Welt, dem der See so gefällt, dachte Leonora. Im Sommer kam sie nur selten hierher, und sie fragte sich, warum. Jetzt jedoch, unter der dicken Eisschicht, gefiel ihr der See, obwohl er aussah wie eine Mondlandschaft.

Leonora hockte sich auf einen Baumstumpf, um die Schlittschuhe anzuziehen. Es dauerte ungebührlich lange, aber sie traute sich nicht, ihre Handschuhe abzustreifen. Endlich jedoch hatte sie es geschafft und glitt auf die glatte Eisfläche. Das Knirschen der Stahlkufen und der gelegentliche Schrei eines Vogels waren die einzigen Geräusche.

Ich will jetzt nicht an Daddy denken, dachte sie. Die Kälte war so beißend, dass sowieso kein anderer Gedanke Raum hatte, als der, in Bewegung zu bleiben. Wenn sie lange genug ihre Runden auf dem Eis drehte, würde sich ihre Wut auflösen, hoffte sie.

Vielleicht hatte ja ihr Vater den Brief an Peter wirklich nur geschrieben, weil er meinte, sie beschützen zu müssen. Aber das ist mir egal, dachte Leonora. Ich werde es ihm nie verzeihen, ganz gleich aus welchem Grund er es getan hat. Er hat alles zerstört, was mir wichtig ist. Merkte er überhaupt, wie sehr er sie verletzt hatte, oder wusste er es am Ende gar nicht? Was sollte sie jetzt mit ihrem Leben anfangen? Sie hatte eigentlich nie Künstlerin werden wollen, aber jetzt, da er ihr die Möglichkeit genommen hatte, empfand sie eine Leere, die sie nicht erklären konnte.

Aus den Augenwinkeln sah sie jemanden auf sich zukommen. Wer war das? Zuerst erkannte sie die Person nicht. Es war ein Mann, aber niemand aus dem Haus. Oder doch Daddy, der sich entschuldigen wollte? Augenblicklich verwarf sie den Gedanken wieder. Er würde sich auf keinen Fall vom Feuer wegbewegen. Soweit sie wusste, hatte er das Haus schon seit Wochen nicht mehr verlassen, und sie hatte auch noch nie erlebt, dass er sich für etwas entschuldigte.

»Leonora!«, rief die Gestalt. »Leonora … ich bin es!«

Sie fuhr zum nächstgelegenen Baum und blieb dort stehen. Es dauerte eine Weile, bis sie die Stimme erkannte, seine Stimme, die sie durch Raum und Zeit fallen ließ. Auf einmal erfüllten sie Wärme, Liebe, Hoffnung: Das war Peter. Und dann erkannte sie ihn. Seine Schultern. Wie er ging. Er war es. *Er ist zurückgekommen, er ist nicht tot, er ist zurückgekommen …* Sie konnte nur noch das Eine denken und rannte auf ihn zu.

»Peter? Bist du es wirklich?« Ihr Atem stieg weiß vor ihrem Gesicht auf, und sie wischte ihn mit der Hand weg, um besser sehen zu können. Ja, er war es, und er hatte sich nicht verändert. Älter natürlich, mit blasserer Haut jetzt im Winter, sodass seine Sommersprossen deutlich hervortraten, aber seine blaugrünen Augen und die lange gerade Nase über den von der Kälte aufgesprungenen Lippen waren immer noch dieselben.

»Ich habe doch gesagt, ich komme zurück, oder nicht?« Jetzt, da er vor ihr stand, wusste Leonora nicht mehr, was sie tun oder sagen sollte, und so schoss sie wieder aufs Eis hinaus, um ihre Fassung zu gewinnen. Er rief ihr nach:

»Leonora! Lauf nicht weg! Komm zurück zu mir. Bitte, komm zurück. Leonora!«

Rutschend kam sie vor ihm zum Stehen, und er musste sie festhalten, damit sie nicht hinfiel.

»Du bist es. Du bist es wirklich, Peter«, flüsterte sie. »Ich kann es nicht glauben. Ich habe so oft von dir geträumt, ich glaube, dies hier ist auch ein Traum. Bist du wirklich?«

Peter streckte nur stumm seine behandschuhte Hand aus, und Leonora ergriff sie.

»Komm her«, sagte er. »Wir können später reden. Ich kann kaum glauben, dass ich endlich wieder bei dir bin. Und du bist so schön, mein Liebling.«

»Oh, Peter.« Leonora wollte so vieles sagen, doch sie konnte nur wieder und wieder seinen Namen stammeln. »Peter … Peter. Ich dachte, du seist tot.«

»Nein, ich wäre nicht … ich hätte nicht sterben können, ohne dich noch einmal gesehen zu haben. Ich habe nur gewartet. Gewartet, bis du fast volljährig bist. Dein Vater hat mir geschrieben und mir befohlen, mich so lange zurückzuhalten. Dir nicht mehr zu schreiben. Er hat es dir sicher gesagt.«

»Nein. Ich habe es gerade erst erfahren. Ich bin hier herausgelaufen, weil ich so wütend auf ihn war, dass ich ihn nicht mehr sehen konnte. Ich konnte es nicht ertragen, ihn dort so selbstzufrieden sitzen zu sehen, wo er dich daran gehindert hat, mir zu schreiben. Und ich habe noch Monate weiter Briefe geschrieben … wahrscheinlich hat er sie abgefangen und vernichtet. Oh, ich darf gar nicht daran denken. Du musst geglaubt haben, ich hätte dich vergessen. Aber das stimmt nicht. Ich habe jede Minute an dich gedacht.«

»Oh, mein armer Liebling. Das ist so schrecklich …«

»Es spielt jetzt keine Rolle mehr. Jetzt bist du ja da.«

Er zog sie an sich. »Küss mich, Leonora. Küss mich.«

»Ich bin ein bisschen wackelig auf den Schlittschuhen«, wandte sie ein.

»Ich halte dich schon fest«, erklärte Peter und schlang die Arme um sie. »Ich lasse dich nicht fallen.«

Sie küssten sich lange, dann löste er sich von ihr.

»Die Briefe sind nicht mehr wichtig. Du hast auf mich gewartet. Und du bist jetzt erwachsen.«

Leonora nickte. »Ja. Ziemlich erwachsen. Ich träume seit fünf Jahren davon, dass du zurückkommst. Ich bin so glücklich.«

»Schnall deine Schlittschuhe ab, Leonora. Wir sollten ins Haus gehen, sonst holen wir uns noch den Tod.«

Er reichte ihr die Hand, und als sie auf dem Baumstumpf saß, half er ihr, die Schuhe aufzuschnüren und wieder Gummistiefel anzuziehen. Er kniete vor ihr, sodass sie nur seinen Hut sah.

Er hob den Kopf, blickte sie an und sagte: »Da du jetzt erwachsen bist und ich schon einmal vor dir knie, kann ich dich ja auch fragen, was ich dich schon seit Jahren fragen will. Willst du mich heiraten, Leonora?«

»Ja!«, schrie sie. »Natürlich! So bald wie möglich! Oh, Peter, ich liebe dich so sehr. Willst du mich ewig lieben?«

»Ganz bestimmt!« Lachend stand er auf. »Ewig und noch länger. Wir werden glücklich bis an unser Lebensende zusammen leben, wie im Märchen.«

»Weiß mein Vater, dass du hier bist?«, fragte Leonora. »Bist du zuerst im Haus gewesen?«

»Nein, ich bin direkt zum See gekommen. Ich habe schon von der Auffahrt aus jemanden Schlittschuh laufen sehen und wusste sofort, dass du das bist. Wir gehen jetzt zu ihm, und ich werde förmlich um deine Hand anhalten. Das wird ihm bestimmt gefallen.«

»Ja, vermutlich«, erwiderte Leonora. »Aber ich bin immer noch wütend auf ihn, und ich heirate dich auf jeden Fall, ob er uns nun seinen Segen gibt oder nicht. Ich bin schließlich fast einundzwanzig.«

Zusammen gingen sie durch den Wilden Garten zum Haus. Ihre Schritte knirschten auf dem Schnee. Es gab so vieles, was sie Peter sagen wollte, doch sie war so atemlos vor Glück, es verschlug ihr die Sprache. Kurz bevor sie das Haus erreichten, küsste Peter sie noch einmal. Schnee und Eis verschwanden, und sie spürte die Kälte nicht mehr. Ich habe fünf Jahre lang nicht geatmet, dachte sie. Nicht richtig jedenfalls. Jetzt werde ich glücklich. Für immer. Für immer und ewig.

Als sie zum Mittagessen hinunterging, versuchte Leonora sich zu erinnern, wo sie vor all den Jahren das Foto aus den *Illustrated London News* hingetan hatte. Es muss unten in der Garderobe sein, dachte sie, zufrieden darüber, dass ihr Erinnerungsvermögen so gut funktionierte. Rasch eilte sie hinunter, darauf bedacht, niemandem zu begegnen, dem sie ihr Tun erklären musste. Die Garderobe unten war für die Gäste des Hauses reserviert, und Leonora ging kaum jemals hinein.

Sie trat in den kleinen Raum und verschloss die Tür hinter sich. Dort hing es: ein großes, vergilbtes Foto, auf dem lächelnde junge Männer in Rollstühlen, auf Krücken oder mit verbundenem Kopf zu sehen waren. Neben ihnen vier Krankenschwestern und zwei Ärzte. Im Hintergrund stand ernst Ethan Walsh. Die Soldaten sahen erstaunlich fröhlich aus. Das Bild war auf der Terrasse aufgenommen worden, im Hintergrund sah man die verdunkelten Fenster des Wohnzimmers. Mühsam entzifferte Leonora, was darunter stand: *Der Künstler Ethan Walsh mit einigen der Soldaten, denen er sein Landhaus Willow Court zur Verfügung gestellt hat.*

Einer von ihnen war Peter. Der Zweite von links. Bei seinem Anblick schossen Leonora die Tränen in die Augen. Peter … selbst auf diesem vergilbten Foto konnte man sehen, dass er die Fähigkeit gehabt hatte, einen Raum zum Strahlen zu bringen. Sie dachte daran, dass sogar Ethan sich, nachdem er kaum zwanzig Minuten mit Peter geredet hatte, aus dem mürrischen, alten Mann in die Person verwandelt hatte, die fast dem Vater ihrer Kindertage glich.

»Ich begreife durchaus, Sir«, hatte Peter schüchtern lächelnd gesagt und sich die Haare aus der Stirn gestrichen, »dass meine Briefe an Leonora, nun … vermutlich entsprachen sie nicht ganz dem, was ein Vater gerne lesen möchte, deshalb habe ich es auch verstanden, als Sie mir verboten haben, ihr weiter zu schreiben. Aber ich kann Ihnen versichern, dass ich während der Kämpfe, als ich nicht wusste, ob ich den nächsten Tag noch erleben würde, ständig nur daran gedacht habe, wie sehr ich sie liebe. Und für meine Gefühle, Sir, kann ich mich nicht entschuldigen. Allerdings muss ich Ihnen gestehen, es wäre mir lieber, Sie hätten die Briefe nicht gelesen.«

»Wo waren Sie während des Krieges?«, fragte Ethan, dem es offensichtlich gefiel, mit »Sir« angeredet zu werden. Er wirkte so lebhaft wie seit Jahren nicht mehr. Peter setzte sich in den anderen Sessel am Kamin und begann, Geschichten von der Front zu erzählen. Leonora hörte ihm zu und sah alles vor sich: die Dunkelheit und das blitzende Geschützfeuer. Und aus Peters nüchternen Worten konnte sie die Schreie der Sterbenden und Verwundeten hören.

»Einzig Leonora hat mich davor bewahrt, verrückt zu werden«, sagte er. »Die Gedanken an sie, an dieses Haus und die Freundlichkeit, die uns hier zuteil wurde, waren wie Sterne.«

Er lächelte Ethan an und fuhr fort: »Ich hoffe, Sie erlauben mir, Leonora zu heiraten und Willow Court zu meinem Heim zu machen.«

»Aber sicher, mein Junge«, erwiderte Ethan. »Natürlich. Es würde mir nicht im Traum einfallen, euch beiden im Wege zu stehen. Ich denke, dieser Anlass verlangt nach einer Flasche Champagner aus Vorkriegsbeständen.«

Natürlich wurde Ethan, nachdem der Reiz des Neuen vorbei war, wieder genauso schlecht gelaunt und grimmig wie zuvor, aber wenn ihn jemand zum Lächeln bringen konnte, dann Peter.

Sie küsste ihre Fingerspitzen und legte sie auf das Glas des Rahmens. Ihre Sentimentalität irritierte sie. Du bist eine alte Närrin, sagte sie sich, als sie die Garderobe verließ. Das ist alles lange her und für immer vorbei. Irgendwo pfiff jemand *»I can't give you anything but love«*. Das war Peters und ihr Lied gewesen. Wer sollte es heute pfeifen? Leonora erschauerte, aber dann schüttelte sie energisch den Kopf. Ich denke zu viel an alte Zeiten, sagte sie sich. Da pfeift überhaupt niemand, ich habe nur die Melodie im Kopf, weil ich an Peter denke. Sie wünschte auf einmal, sie hätte das Foto nicht angesehen, und überlegte, ob sie es nicht besser abhängen und wegpacken sollte. Nein, das würde auch nichts nützen. Wenn sie die Augen schloss, sah sie sein Gesicht stets vor sich. Immer, wenn sie sich gestattete, an all das zu denken, was sie verloren hatte.

Leonora beobachtete Efe, der über den Rasen auf sie zukam. Sie wusste sehr gut, dass er den ganzen Morgen nach ihr gesucht hatte. Sie war ihm absichtlich aus dem Weg gegangen. Sie hatte rasch etwas gegessen, bevor die anderen kamen, und dann hatte sie sich auf ihren Lieblingsplatz unter die Magnolie im Stillen Garten gesetzt und blicklos auf das Buch in ihrem Schoß gestarrt. Efe würde sie schon früh genug finden. Er hatte sich nicht verändert. Schon als Junge zeichnete ihn diese Mischung aus Tollkühnheit und Schüchternheit aus. Sein vorsichtiges Lächeln deutete ausgeprägtes Vertrauen in seinen Charme und seine Fähigkeit an, Probleme zu umgehen.

»Ich wusste, dass ich dich hier finde, Leonora«, sagte er, als er vor ihr stand. Leonora erwiderte sein Lächeln.

»Du magst diesen Teil des Gartens auch, nicht wahr? Möchtest du dich zu mir setzen? Das hast du schon als kleiner Junge gemacht, wenn du in Schwierigkeiten warst.«

»Ich stecke nicht in Schwierigkeiten«, erwiderte er. »Ich wollte ein wenig Überzeugungsarbeit leisten. Ich hätte dich gestern Abend nicht so unverhofft damit konfrontieren sollen, es tut mir Leid. Das liegt wohl an meinem Übereifer. Aber ich glaube, du hast nicht richtig über die Angelegenheit nachgedacht. Du hättest so viele Vorteile davon. Du würdest am meisten profitieren.«

»Finanziell sicher, aber das ist nicht das Entscheidende. Willow Court ist mein Zuhause. Wie kommst du nur auf die Idee, dass ich zu Lebzeiten bereit sein könnte, all die Gemälde abhängen zu lassen, die für mich ja nicht nur die Bilder von Ethan Walsh sind, sondern die Hinterlassenschaft meines Vaters? Sie erinnern mich an ihn. Findest du es sentimental, dass ich sie hier behalten möchte?«

»Nun, wenn du so fragst, ja, etwas schon.« Efe runzelte die Stirn. »Die Kunstwelt rennt dir nicht gerade die Tür ein, oder? Es hat zwar immer schon Interesse an Ethan Walshs Bildern gegeben, aber das Haus liegt einfach zu weit ab, und du bist an die Angelegenheit zu heimelig und häuslich herangegangen.«

Leonora erstarrte. »Wenn du unhöflich werden willst, Efe, brauchen wir nicht weiter zu reden. Heimelig und häuslich, wirklich! Nur weil ich nicht die aggressiven Marketingtechniken anwende, die du mir sicher empfehlen willst, bedeutet das noch lange nicht, dass ich nicht die besten Interessen der Sammlung vertrete. Du vergisst, wie lange ich Willow Court schon leite. Ich war in den Vorständen zahlreicher Museen und Kunstgalerien, und ich weiß, wovon ich rede. Wenn jemand wirklich an Ethan Walsh interessiert ist, dann findet er auch den Weg hier heraus. Dein Mr. Stronsky weiß genug, um hinter den Bildern her zu sein, nicht wahr? Und wer hat denn letztendlich dafür gesorgt, dass eine wirklich gute Dokumentation über meinen Vater und sein Werk geschrieben wurde?«

»Ja, das ist wohl wahr, aber ich spreche nicht von denen, die wirklich an Ethan Walsh interessiert sind. Ich rede von den Menschen, die ihn entdecken würden, wenn sie die Chance hätten. Es tut mir Leid, Leonora. Ich wollte nicht unhöflich sein. Du sollst doch nur versuchen, dir vorzustellen, wie großartig ein Museum wäre, das eigens für die Bilder gebaut würde. Du weißt doch selber, dass auf Willow Court nicht genug Platz ist, um sie alle aufzuhängen, und ein paar echte Schätze liegen ständig im Atelier und werden nur zu bestimmten Anlässen hervorgeholt. Selbst die Bilder, die hängen, kommen nicht richtig zur Geltung. Du könntest sicher einige der Gemälde hier behalten und sie dem neuen Museum nur vorübergehend und leihweise zur Verfügung stellen. Reuben Stronsky ist ein sehr vernünftiger Mann. Wirklich.«

Leonora blickte Efe an und brach in Lachen aus. »So ein Gesicht hast du schon als Achtjähriger gemacht, wenn du unbedingt etwas erreichen wolltest. Enthusiastisch. Nervös. Du beißt dir sogar genau wie damals auf die Unterlippe.« Sie schüttelte den Kopf. »Es tut mir Leid, Efe, mein Liebling. Ich weiß, dass dir das viel bedeutet, aber ich kann es nicht. Ich musste meinem Vater versprechen, die Bilder hier auf Willow Court zu behalten, und ich würde mein eigenes Haus nicht mehr erkennen, wenn jemand sie wegnähme. Und an einem anderen Ort kämen sie sich fremd und ungeliebt vor. Findest du das übertrieben? Ich bin keine sentimentale Person, Efe, aber diese Bilder sind für mich wie Lebewesen, und ich kann mir einfach nicht vorstellen, dass sie irgendwo in Amerika oder auch nur in London hängen, wo ich sie nicht jeden Tag sehen kann. Sag Reuben Stronsky bitte, es tue mir Leid, ihn enttäuschen zu müssen, aber ich werde meine Meinung nicht ändern.«

Efe ergriff Leonoras Hand und drückte sie. »Willst du nicht noch warten? Bitte, warte noch und gib mir deine endgültige Antwort erst nach dem Fest. Ich… ich wollte es dir nicht verderben. Es ist dein besonderer Tag, und du sollst dich immer voller Freude daran erinnern, aber erfüllst du mir diese eine Bitte? Wartest du bis nach dem Fest? Bitte?«

»Ich wüsste zwar nicht, was sich in so kurzer Zeit ändern

sollte, aber nun gut, wenn es dich glücklich macht, dann gebe ich dir am Sonntag noch einmal meine Antwort. Aber ich werde es mir bis dahin nicht anders überlegen.«

»Das weißt du nicht, Leonora. Es kann alles Mögliche passieren.«

»Alles, nur das nicht. Ich kann mir nicht vorstellen, dass ich auf einmal die Bilder in die Welt hinausschicken würde. Ich habe es meinem Vater versprochen, und solltest du im Sinn haben, etwas anderes zu tun, wenn ich erst einmal tot bin, dann schlag dir das aus dem Kopf. Mein Testament wird genauso eindeutig sein wie das meines Vaters. Die Bilder bleiben auf Willow Court.«

Efes Gesicht verfinsterte sich. Es war ihm schon immer gelungen, seine schlechte Laune auf andere Menschen zu übertragen. Als er ein Kind war, hatte sie solchen Stimmungen immer streng Einhalt geboten. Vielleicht half ihm das auch jetzt. Sie sagte: »Efe, nun schmoll nicht. Du hast keinen Grund dazu. Vergiss die Angelegenheit einfach bis nach dem Fest und versuch, dich ein bisschen zu amüsieren. Du weißt doch, dass ich immer alles getan habe, um dir zu helfen. Einmal habe ich dir sogar geholfen, als ich es besser gelassen hätte, und das hat mir viele schlaflose Nächte bereitet, das kannst du mir glauben, aber ich konnte es mir verzeihen, weil ich mir immer gesagt habe: *Ich habe es für Efe getan, und er hat es verdient.*«

Jener Tag stand ihr vor Augen. Sie konnte das Entsetzen und den Schmerz förmlich mit Händen greifen. Sie dachte an die Tränen, die sie vergossen hatte, und wie sie Efes Tränen getrocknet und ihm immer wieder gesagt hatte, sie sei für ihn da. Alles würde wieder in Ordnung kommen, und er solle sich keine Sorgen machen. Sie hatte ihm damals versprochen, nie wieder zu erwähnen, was er getan hatte. Weder mit ihm noch mit irgendjemand sonst würde sie jemals über diesen Tag sprechen, hatte sie ihm gesagt, und jetzt hatte sie ihr Versprechen gebrochen. Besorgt schaute sie ihn an. Sie hätte vorsichtiger sein sollen. Er antwortete zwar nicht, aber sie merkte ihm an, wie wütend und verletzt er war. Auch er durchlebte diesen Tag noch einmal, und die Erinnerung quälte ihn. Sie sagte: »Es tut mir Leid, Efe, ich weiß, dass ich es nie wieder erwähnen wollte, und ich hätte besser auch nichts gesagt. Ich wollte dich nicht… erinnern.«

Efe erhob sich. »Nun, das hast du aber verdammt noch mal getan.«

»Efe! Fluch bitte nicht! Das kann ich nicht ausstehen.« Leonoras Stimme zitterte ein wenig. »Ich weiß… du bist zu Recht wütend auf mich, Liebling.«

Efe unterbrach sie. »Ich kann hier nicht mehr bleiben. Ich… ich weiß nicht, wie ich darüber sprechen soll. Und ich will auch nicht. Niemals. Du hast mir versprochen, mich nicht mehr daran zu erinnern, aber genau das hast du getan, und ich weiß nicht, was ich sagen soll.«

»Es tut mir Leid, Efe. Wirklich«, sagte Leonora sanft. Auf Efes Stirn pochte eine Ader, er hatte die Hände zu Fäusten geballt. Wenn ich nicht seine Großmutter wäre, dachte sie, würde er mich schlagen.

»Ist dir eigentlich nicht klar, wie sehr ich mich bemühe, alles zu vergessen? Die meiste Zeit gelingt es mir auch, aber wenn ich hier bin, fällt es mir natürlich schwerer, und jetzt hast du auch noch daran gerührt.« Verzweifelt sank er neben Leonora auf die Bank und vergrub den Kopf in den Händen.

»Ich wollte dir immer dafür danken, weißt du. Ich habe nächtelang wach gelegen und mir ausgedacht, was ich für dich tun könnte.« Tränen erstickten seine Stimme.

Leonora legte den Arm um ihn, und er drehte sich zu ihr und barg den Kopf an ihrer Schulter, so wie er es als kleiner Junge getan hatte. Wenn er schlechte Träume hatte, hatte er bei ihr geweint und immer wieder gebeten: Erzähl es niemandem. Sag niemandem, dass ich geweint habe.

Jetzt sagte sie zu ihm: »Du brauchst nichts für mich zu tun, Efe. Ich habe es genauso für mich wie für dich getan. Wir lassen das Thema jetzt, ja? Sieh mal, da kommt deine Mutter mit Douggie.«

Der kleine Junge riss sich von Gwens Hand los, als er seinen Vater sah, und wackelte über den Rasen auf Efe zu.

»Dada!«, rief er. »Dada!«

Efe erhob sich, fing ihn auf und drückte ihm einen dicken Kuss auf die Wange. Douggie kuschelte sich in seine Arme und sagte: »Will Puppenhaus sehen, Dada. Will Puppenhaus. Dada geht mit Douggie. Jetzt.«

»Wir müssen Leonora fragen, Douggie«, erwiderte Efe. »Es ist ihr Puppenhaus.«

Douggie zappelte auf seinem Arm, und Efe setzte ihn vorsichtig ab. Sofort lief der Junge zu Leonora und zupfte sie am Rock.

»Puppenhaus, Nora! Bitte Puppenhaus! Jetzt!«

»Dein Sohn hat offenbar dein forderndes Wesen geerbt«, meinte Leonora zu Efe. Zu Douggie sagte sie: »Na komm, Douggie. Wir zwei besuchen jetzt das Puppenhaus, wenn es dich glücklich macht.«

»Glücklich«, stimmte Douggie zu und schob seine kleine Hand in Leonoras. »Wir gehen zum Puppenhaus. Jetzt.«

Leonora stand auf, und Douggie begann, sie zum Haus zu ziehen. Sie sagte: »Ich bin viel älter als du, Douggie, und ich laufe auch langsamer. Du musst auf mich warten. Und wenn wir beim Puppenhaus sind, musst du ein braver Junge sein und alles nur ganz vorsichtig anfassen. Das Puppenhaus ist etwas ganz Besonderes. Wir müssen gut darauf aufpassen.« Douggie nickte ernst und trippelte langsam neben Leonora her.

»Brauchst du Hilfe, Mum?«, fragte Efe Gwen, die durch den Stillen Garten ging. »Ich weiß zwar nicht, was du gerade machst, aber ich helfe dir gerne. Ich habe im Moment nichts zu tun.«

»Ich schaue nur nach meinen Blumen, um mich zu vergewissern, dass am Sonntag für die Sträuße alles in Ordnung ist.« Gwen lächelte ihren Sohn an. »Diese Dahlie hier heißt Bischof von Llandaff. Sie hält sich sehr gut, und ich finde ihre Farbe wunderschön. Ich liebe sie geradezu.«

»Bischof von Llandaff? Kein besonders toller Name, oder?«

»Nein, aber die Namen sind meistens so. Hör mir gar nicht zu, Lieber. Ich weiß doch, dass du dich für so etwas nicht interessierst.«

»Gott, nein.« Efe grinste. »Für mich sieht eine Blume aus wie die andere. Sie sind hübsch, riechen nett und so, aber interessant finde ich sie wirklich nicht. In der einen Minute blühen sie, und in der nächsten welken sie oder fallen ab. Du hast Recht, ich wollte eigentlich nicht über deine Blumen mit dir reden, sondern ich wollte dich bitten, bei Leonora ein gutes Wort für mich einzulegen. Es ist wirklich wichtig, Mum.«

»Glaubst du, ich bin nicht auf deiner Seite, Efe? Aber ein Museum weit weg von Willow Court ist eine schreckliche Idee.«

Efe trat ärgerlich nach den Kieselsteinen. »Du denkst nicht logisch, Mum, ehrlich. Willst du wirklich den Rest deines Lebens als bessere Haushälterin für einen Haufen Gemälde verbringen? Überleg dir doch mal, wie viel freier du wärst, wenn du nicht Leonoras Gesellschafterin sein müsstest?«

»Jetzt reicht es aber, Efe!« Gwen drehte sich zu ihm um. Die Befriedigung darüber, dass ihre Lilien genau im richtigen Moment aufblühen würden, erlosch bei seinen Worten. »Du denkst nur an dich. Ich weiß nicht, was für dich an der Angelegenheit so wichtig ist, aber es gibt dir auf keinen Fall das Recht...« Sie brach ab und rang nach Worten. »...das Recht, mein Leben herunterzumachen. Ich tue genau das, Efe: Ich kümmere mich um Willow Court, um meine Mutter und um die Bilder. Das ist eine Menge Arbeit, das kann ich dir versichern, und ich beklage mich nie, weil es mir Spaß macht. Ich liebe Willow Court, und ich liebe meine Mutter, obwohl ich zugeben muss, dass sie manchmal schwierig ist. Ich kann mich nicht erinnern, dass dir meine Freizeit jemals am Herzen gelegen hat, als du noch hier gewohnt hast. Damals war es offenbar ganz in Ordnung, wenn ich immer für euch Kinder da gewesen bin.«

»Mir hätte es nichts ausgemacht, wenn du nicht zu Hause gewesen wärest. Und es wäre mir auch egal gewesen, wenn wir nicht auf Willow Court gelebt hätten.« Efe klang unsicher, und kaum hatte er die Worte ausgesprochen, schüttelte er den Kopf. »Nein, Mum, das war jetzt nicht richtig. Es tut mir Leid. Natürlich habe ich gerne hier gewohnt, und ich hätte es dir wahrscheinlich schrecklich übel genommen, wenn du dich nicht um uns gekümmert hättest. Ich weiß, wie glücklich wir uns schätzen können, dass wir so eine wunderbare Kindheit hatten, aber sie ist eben jetzt vorbei, wir leben alle nicht mehr zu Hause, und du hast noch viele Jahre vor dir, in denen du alle möglichen aufregenden Dinge tun könntest, statt …«

»Statt so langweiliger, wie nach den Blumen zu schauen und zu überlegen, welche Kombination wohl am besten ins Wohnzimmer passt, und ob ich die Keramikvasen oder die Kristallvasen nehmen soll? Meinst du das?« Gwen war wütend geworden und spürte, wie ihr die Röte ins Gesicht stieg. »Statt mich um die Mahlzeiten meiner Familie zu kümmern? Oder mit Douggie Verstecken zu spielen, weil Fiona von ihrer Schwangerschaft erschöpft ist und du ständig am Telefon oder am Computer hängst, obwohl du eigentlich ein paar freie Tage auf dem Land genießen solltest?«

»Okay, okay. Es tut mir leid, Mum. Ich habe es nicht so gemeint. Ich weiß, was du für uns tust, und ich bin dir auch dankbar dafür, genauso wie Fiona; und Douggie ist schrecklich gern hier. Du hast Recht. Aber dieser Deal bedeutet mir wahnsinnig viel.«

Gwen ging weiter den Pfad entlang und versuchte, sich auf die Dahlien zu konzentrieren, darauf, wie viele der Rosen noch Blüten hatten, die ihnen einen Platz in den Vasen garantierten. Streit mit ihren Kindern regte sie immer sehr auf, und es dauerte einen Augenblick, bis ihr Herzschlag sich wieder beruhigte. Efe ging schweigend neben ihr her. Sie hatte nie ganz begriffen, womit ihr ältester Sohn seinen Lebensunterhalt verdiente. Er arbeitete für ein Marketingunternehmen, aber welche Rolle er in der Firma spielte, wusste sie nicht. Sein Arbeitstag schien sich zum größten Teil in Restaurants abzuspielen oder bei Telefonaten mit dem Handy. Sie sagte: »Ich wollte dich die ganze Zeit schon fragen. Was hast du denn eigentlich von diesem Deal? Warum interessiert dich auf einmal das Schicksal der Bilder so sehr?«

Efe runzelte die Stirn. »Ich möchte Geld verdienen, das ist alles. Und ich brauche es im Moment auch. Wir sind in der Firma zur Zeit ein wenig klamm, mit dem Deal wären wir aus allen Schwierigkeiten heraus. Sieh mich nicht so an, Mum. Es ist viel zu langweilig, dir das jetzt alles zu erklären. Vertrau mir, du brauchst dir keine Sorgen zu machen. Ich werde nicht plötzlich in der Klatschpresse auftauchen, aber ein bisschen Geld wäre schon verdammt nützlich, ganz zu schweigen von der Tatsache, dass Reuben Stronsky uns bestimmt für die Öffentlichkeitsarbeit engagieren würde, wenn es ein Ethan Walsh Museum *gäbe*.«

»Ich glaube, das ist eine vergebliche Hoffnung, Liebling«, erwiderte Gwen. »Wirklich. Du weißt ja, wie stur Leonora sein kann. Und dieses Mal stimme ich auch mit ihr überein. Du solltest besser deinen Vater um Hilfe bitten. Nach dem, was er gestern Abend zu mir gesagt hat, findet er die Idee gut. Ihm gefällt wahrscheinlich die Vorstellung, alle paar Monate über den Atlantik zu jetten. Du weißt ja, wie er ist.«

Efe lächelte. »Leonora würde doch nie auf Daddy hören.«

»Nein«, sagte Gwen. »Bestimmt nicht. In dieser Sache hört sie auf niemanden, das kann ich dir versichern.«

»Ich werde nicht aufhören, sie darum zu bitten«, erwiderte Efe. Gwen hakte ihn unter, während sie zum Haus zurückgingen. »Nein, Darling«, sagte sie, »das habe ich auch nicht erwartet.«

Man konnte aus der Übung kommen, sinnierte Leonora, und einfach vergessen, wie man mit kleinen Kindern sprach. Douggie kam nicht so oft nach Willow Court, dass er wirklich vertraut mit ihr war, und sie registrierte ihre Hilflosigkeit im Umgang mit ihm. Er war ein seltsames Kind mit leidenschaftlichen Forderungen. Efe war genauso gewesen: Er wollte alles immer gleich und auf der Stelle und machte einen Riesenaufstand, wenn ihm etwas abgeschlagen wurde. Aber Efe war ein Plappermaul gewesen, Douggie jedoch das genaue Gegenteil. Alex war auch immer still und nachdenklich gewesen, aber er hatte nie etwas gefordert. Um das Schweigen nicht so schwer werden zu lassen, plauderte sie die ganze Zeit mit dem Kind.

»Hier sind wir, Liebling«, sagte sie, als sie vor der Tür zum Kinderzimmer standen. »Lass uns hineingehen.«

Die Vorhänge waren teilweise zugezogen, und die Nachmittagssonne warf ihre Strahlen gedämpft auf die Staubhüllen der Möbel. Das Puppenhaus stand an der Wand. Für einen Moment glaubte Leonora, jemanden davorstehen zu sehen. Eine Frau in einem langen, weißen Nachthemd, die die Stelle berührte, an der das Dach unter der Schutzhülle verborgen lag.

Leonora blinzelte, und als sie wieder hinsah, war die Erscheinung verschwunden. Das Herz schlug ihr bis zum Hals; sie schloss die Augen und holte tief Luft, um sich zu beruhigen. Es war doch nur ein Schatten. Da ist niemand. Ich werde alt, und meine Augen sind auch nicht mehr so gut wie früher.

Douggie zerrte an ihrer Hand. »Puppenhaus? Wo ist es? Wo?«

»Hier«, erwiderte Leonora. Ihre Stimme bebte. »Wir ziehen die Vorhänge auf, es ist ja fast so dunkel wie in der Nacht hier drin. Dann nehmen wir die Hülle ab und sehen einmal nach, ob die Puppen zu Hause sind.«

Sie zog die Vorhänge auf, und Licht flutete in den Raum. Dann trat sie zum Puppenhaus, nahm vorsichtig die Hülle ab und legte sie auf einen Sessel. Douggie kniete sich auf den Fußboden und betrachtete aufmerksam die Zimmer.

»Das ist die Mutterpuppe«, sagte Leonora und bückte sich, um sie ihm zu zeigen. Sie überlegte, ob sie es wohl wagen sollte, sich neben ihn zu knien. Besser nicht, dachte sie, am Ende breche ich mir vor dem Fest noch etwas. Das fehlt gerade noch. »Und das ist der Vater, und hier sind die Kinder. Du kannst jetzt vorsichtig mit ihnen spielen.«

Douggie spielte jedoch kaum mit den kleinen Puppen, jedenfalls nicht so wie Gwen und Rilla als Kinder. Leonora konnte sich noch gut daran erinnern, wie sie jede einzelne Handlung und jede Emotion der Puppen besprochen hatten. Sie hatten sich alle möglichen Situationen ausgemalt, und jede hatte andere Namen benutzt. Efe, Alex und Chloë hatten sie entführt, sie an den Füßen ans Dach gehängt und waren im Allgemeinen viel rauer mit ihnen umgegangen, als Leonora lieb war. Sie hatte ständig aufpassen müssen, dass sie nichts kaputt machten. Beth hatte als einziges Enkelkind richtig mit den Puppen gespielt. Sie hatte sie und ihre Geschichte respektiert und Leonora ständig gedrängt, ihr zu erzählen, wie ihr Vater das Haus für sie gebaut hatte, und wie ihre Mutter es eingerichtet und die ursprüngliche Familie gestaltet hatte. Sie durfte sie nie anfassen, aber Leonora zeigte sie ihr manchmal, um ihr eine Freude zu machen.

Douggie betrachtete alles nur wie gebannt. Ab und zu rückte er mit plumpen Fingerchen an einem Stuhl oder streichelte eine der Puppen.

»Wir gehen jetzt besser wieder, Douggie«, sagte Leonora sanft. Insgeheim bereitete sie sich auf eine Auseinandersetzung vor und überlegte schon, ob sie ihn vielleicht aus dem Kinderzimmer herauslocken könnte, wenn sie ihm versprach, nach Bertie, dem Kater, zu schauen. »Es ist gleich Essenszeit.«

Zu ihrer Überraschung nickte Douggie und stand auf. Er blickte auf das Dach des Puppenhauses und sagte: »Dach.«

»Da hast du Recht, das ist das Dach. Kluger Junge!«

Vorsichtig fuhr er mit der Hand über die aufgemalten Ziegel. »Papierdach«, sagte er und lächelte Leonora an. In diesem Augenblick erinnerte er sie sehr an Efe. Er hatte dessen gewinnendes Lächeln. Wie seltsam, dass immer Teile von uns weitergeben werden, dachte sie. Nicht nur Efe hatte so gelächelt, sondern ihr Vater auch, und jetzt lag es hier auf dem Gesicht des Kindes. Leonora ergriff das Laken und legte es wieder über das Haus.

»Ich decke es zu, damit alles hübsch sauber und ordentlich bleibt«, erklärte sie Douggie, der ihr stumm zusah.

»Gute Nacht, Haus«, flüsterte er, als das Dach unter dem weißen Laken verschwand. »Gute Nacht.«

Rilla erwachte am Freitagmorgen erst spät nach einer unruhigen, von Träumen erfüllten Nacht. Eine halbe Stunde lang probierte sie vor dem Spiegel ein Kleidungsstück nach dem anderen an, wie ein Teenager bei seiner ersten Verabredung.

Die pinke Bluse war zu pink und sah billig aus. Schwarz war für einen warmen Sommermorgen viel zu ernst. Sollte sie einen Rock anziehen? Oder eine Hose? Vor allem musste sie großartig aussehen, ohne den Eindruck zu erwecken, sie habe sich Mühe gegeben; es sollte wirken, als sähe sie jeden Tag so aus.

Rilla betrachtete sich. Ihr war heiß, und sie kam sich dick vor. Was bildest du dir denn auch ein, sagte sie sich. Wer behauptet denn, dass Sean überhaupt Notiz von dir nimmt? Er ist mit Dreharbeiten beschäftigt, und mittelalte Frauen mit roten Gesichtern sind vermutlich das Letzte, wonach ihm der Sinn steht.

Alles ging viel zu schnell. Ich bin nicht daran gewöhnt, dachte Rilla. Ich bin bestimmt zu alt für diesen ganzen Liebe-auf-den-ersten-Blick-Unsinn. Ich sollte lieber meinen Verstand einsetzen und alles überdenken. Vielleicht hatte sie ja gestern Abend einfach ein bisschen zu viel getrunken und sich ihre Gefühle auf der Terrasse nur eingebildet. Aber im tiefsten Innern glaubte sie das nicht. Der Gedanke an Sean, daran, ihn wiederzusehen, ließ ihren Magen wieder flattern, und dazu gehörte eben auch, dieses Theater um ihre Kleider zu veranstalten.

Sie bekam auch langsam Hunger, und vom Frühstück wäre nichts mehr übrig, wenn sie sich nicht allmählich auf den Weg machte. Rasch zog sie die erstbeste Bluse über, die ihr in die Hände fiel, eine lose braune aus Crêpe. Dann schlüpfte sie in eine weit geschnittene Hose, die mit einem abstrakten Muster in Herbstfarben bedruckt war. Bernsteinohrringe. Die Haare ließ sie offen. Einigermaßen zufrieden mit sich ging Rilla die Treppe hinunter.

Nachdem sie etwas gegessen hatte, machte sie sich auf die Suche nach Sean. Sie wollte ihm wie durch Zufall begegnen, wusste aber zunächst nicht, wie sie das anstellen sollte. Dann jedoch hörte sie das Filmteam im Wohnzimmer. Sie verließ das Haus durch die Haustür und ging nonchalant um die Ecke zur Terrasse. Dort schaute sie durch die Fenster und tat überrascht, als Sean ihr winkte, sie solle hineinkommen.

»Es dauert nicht lange«, sagte er zu ihr, als sie sich auf einen Sessel setzte, der aus dem Weg geschoben worden war.

»Mir macht es nichts aus zu warten«, erwiderte Rilla, die sich darauf freute, Sean bei seiner Tätigkeit als Regisseur zuschauen zu können. Es erstaunte sie ein wenig, dass man nicht nur als junger Mensch Begeisterung für das entwickeln konnte, was der Freund tat.

Sie betrachtete die Gemälde an der Wand und stellte auf einmal fest, wie lange sie in diesem Haus gelebt hatte, ohne sie wirklich anzuschauen. In diesem Zimmer hingen praktisch nur Bilder vom See.

Es sind doch nur Bilder, sagte sie sich und starrte auf ihre Hände. Es ist nicht der echte See. Sieh dir einfach nur die Schwäne an. Rilla holte tief Luft und konzentrierte sich auf ein Gemälde direkt vor ihr. Zwei Schwäne, halb hinter Weidenästen verborgen, und im Vordergrund der Pfad, der sich am Ufer entlangwand und in der rechten oberen Ecke verschwand. Hinter dem grünen Vorhang aus Blättern schimmerten weiße Flügel. Es ist wunderschön, dachte Rilla. Und ich hasse es. Ich kann es nicht anschauen.

Sie suchte nach etwas anderem, auf das sie sich konzentrieren konnte. Ich lasse mich doch nicht von einem Bild vertreiben. Ich will bleiben. Auf einem kleinen Gemälde saß jemand – es musste Nanny Mouse sein – mit dem Rücken zum Künstler und stopfte im Schein einer Lampe. Das musste man Ethan Walsh lassen, dachte sie, Licht konnte niemand so malen wie er. Es war so golden und tröstlich, man hätte sich am liebsten die Hände daran gewärmt. Es schien aus dem Bild heraus zu leuchten. Die Schatten im Hintergrund wirkten fast bedrohlich, als würde die Stille der Szene jeden Moment durchbrochen.

Meine Fantasie geht mit mir durch, sagte sie sich. Das kommt davon, wenn ich unbedingt ernst sein will. Sie wandte ihre Gedanken Sean zu. Es war ja ganz schön, hier zu sitzen, aber wie lange sollte sie noch warten? Sie überlegte noch, was sie tun sollte, als er zu ihrem Sessel trat und sich neben sie hockte.

»Es ist lieb von Ihnen zu warten«, sagte er. »Ich wollte Sie fragen, ob Sie heute Nachmittag mit mir zu Nanny Mouse kommen. Haben Sie Zeit?«

»Ja, natürlich. Schrecklich gerne. Ich war schon seit Ewigkeiten nicht mehr bei ihr und wollte sie sowieso besuchen.«

»Großartig.« Er erhob sich und warf die Haare aus der Stirn. Auf einmal wirkte er viel jünger. Er lächelte Rilla an. »Ich habe jetzt draußen zu tun, aber wir sehen uns bestimmt beim Mittagessen.«

»Ja«, erwiderte Rilla. Sie sah ihm nach, als er mit seiner Crew nach draußen ging, und auf einmal erfüllte sie eine hallende Stille. Sie trat ans Fenster. Die Männer gingen in Richtung See. Abrupt wandte sie sich ab. Plötzlich traten ihr Tränen in die Augen, und sie fröstelte. Ich will nicht an den See denken. Ich will überhaupt nicht an die Vergangenheit denken, sagte sie sich. Ich weigere mich. Ich werde glücklich sein. Entschlossen verließ sie das Zimmer und überlegte, wie sie die Zeit bis zum Mittagessen totschlagen sollte.

Die Lehnsessel in Nanny Mouses Cottage wirkten kleiner, als sie eigentlich waren. Rilla rutschte unbehaglich auf dem grünen Dralonbezug herum. Der Sessel war nicht besonders bequem. Die Erfrischungen, die Miss Lardner für Sean und sie vorbereitet hatte, eigneten sich eher für eine Teegesellschaft unter Puppen oder ein Teddybärenpicknick: pastellfarbene Petit Fours und dünner Tee. Selbst die hübschen Tassen muteten wie Miniaturen an, mit ihren zarten Henkeln und dem verblassten Rosenmuster.

Ist doch egal, dachte Rilla und biss in einen entsetzlich süßen Biskuitwürfel. Sie freute sich einfach nur, mit Sean zusammen hier zu sein, freute sich, dass er sie gebeten hatte, sie zu begleiten, und freute sich über das, was Chloë ihr beim Mittagessen zugeflüstert hatte (*»Er hat sich wirklich in dich verliebt, Rilla. Das sehe ich …«*). Vielleicht stimmte es ja. Noch zögerte sie, sich einzugestehen, wie sehr sie sich von ihm angezogen fühlte, aber eigentlich lag es auf der Hand, überlegte sie jetzt, während Sean mit Nanny Mouse redete.

Wenn er dicht neben ihr stand, stockte ihr Atem. Wenn er nicht zu sehen war, suchte sie nach ihm. Wenn sie alleine war, schwelgte sie in Fantasien, wie es eigentlich nur Zwanzigjährige tun. Wenn sie mit anderen zusammen war, schweiften ihre Gedanken ab. Wenn sie mit ihm zusammen war, kam es ihr vor, als zerschmelze sie, und wenn sie neben ihm ging, hätte sie stundenlang weitergehen können, nur um in seiner Nähe zu sein.

Oh, Mann, mich hat es schwer erwischt, dachte Rilla. Und wenn nichts dabei herauskommt? Kann ich das ertragen? Der

Gedanke ernüchterte sie, erschreckt stellte sie ihre Tasse ab. Sie nahm sich ein weiteres Petit Four und dachte über die furchtbare Möglichkeit nach, dass Chloë sich irrte und auch sie gestern Abend die Signale falsch gedeutet hatte. Sean war vielleicht nur charmant und wollte gar nichts von ihr. Und wenn er sich bei jeder Frau, die er kennen lernte, so verhielt? Schließlich kannte sie ihn kaum und benahm sich wie ein Teenager. Und außerdem, dachte sie, was mache ich mit Ivan? Sie konnte nur mit Mühe die Gedanken auf ihn richten, er war so weit weg. Im Moment war ihr schleierhaft, was ihr jemals an ihm gefallen hatte, und sie vergaß ihn sofort wieder. Ach was, dachte sie, ich springe, wenn die Pfütze kommt. Und vielleicht kommt sie ja nie.

Rilla betrachtete Nanny Mouses Fotos. Auf dem Kaminsims standen hauptsächlich Bilder von Taufen. Da bin ich, dachte sie, in Leonoras Armen, und das da muss Leonora mit Maude und Ethan Walsh sein. Ein gerahmtes Foto an der Wand erregte ihre Aufmerksamkeit. Das ist Daddy, dachte sie, mit Gwen bei ihrer Taufe. In einem weißen Spitzenkleid lag sie im Arm ihres Vaters. Daddy sah so gut aus. Rilla hatte ihren Vater nie gesehen, sie wusste nur von Bildern, wie charmant er gewesen sein musste. Es gab natürlich nur schwarzweiße Fotografien, die seine Haarfarbe nicht erkennen ließen, aber er hatte rötliche Haare gehabt, weil sie sie geerbt hatte und ihr von frühester Kindheit an erklärt worden war, wie sehr sie ihm gleiche. Sie hatte Gwen immer um ihre dunklen Haare und ihre unkomplizierte Haut beneidet. Mittlerweile hatte sie sich an ihre rotbraunen Locken gewöhnt, doch in jüngeren Jahren hatten sie ihr einige Probleme bereitet.

Sean lächelte ihr zu und sagte etwas zu Nanny Mouse. Oh, benimm dich deinem Alter entsprechend, sagte sie sich und wandte ihre Aufmerksamkeit den beiden zu. Nanny Mouse wirkte lebhaft heute und schien nicht wie sonst nur in der Vergangenheit zu leben. Vielleicht, weil Sean sie so geschickt interviewte.

»Ich erinnere mich an die Hochzeit«, sagte sie gerade. »Von der Seite der Braut waren keine Verwandten anwesend. Die Bänke in der Kirche waren alle leer. Ich durfte mitkommen. Ich war damals nur Dienstmädchen, aber dann sagte Mr. Walsh, ich könnte Miss Maudes Kammerzofe werden. So habe ich sie genannt, bevor sie geheiratet hat, und ich konnte mich nicht umgewöhnen. Sie war ein hübsches Ding, aber still. Einmal hat sie zu mir gesagt, ich bin auch so eine Maus wie du. Das stimmte. Sie hat kaum den Mund aufgemacht.«

»Und Ethan Walsh liebte sie sehr«, sagte Sean, und aus seinem Mund klang das wie eine Feststellung. Er hoffte, Nanny Mouse dadurch auf ein anderes Thema zu bringen, weil sie offensichtlich die Hochzeiten verwechselte. Ethan und Maude waren durchgebrannt. Sie hatte bestimmt an Leonoras Hochzeit mit Peter gedacht, kurz nach Ethans Tod.

»Er hat es auf seltsame Art und Weise gezeigt!«, erwiderte Nanny Mouse mit fester Stimme. Ihre Bemerkung schien sie anzustrengen. Sie blickte ins Leere und zupfte an ihrem Rock herum. Als sie weitersprach, klang ihre Stimme unsicher, offenbar verwechselte sie Zeiten und Zusammenhänge. Rilla lauschte aufmerksam. *Mr. Peter…* das war ihr Vater, also war sie jetzt wohl in Gedanken bei Leonora. Sean erinnerte sie sanft an Maude und die erste Zeit auf Willow Court.

»Maude? Ja, Sie finden sie wahrscheinlich im Garten. Sie bepflanzt gerade ein Beet. Aber nicht mit gelben Blumen, sie hasst gelbe Blumen. Das überrascht Sie vermutlich, weil die Leute im Allgemeinen gelbe Blumen mögen, nicht wahr?«

Rilla traten Tränen in die Augen. Arme alte Nanny! Gott, ich hoffe, ich werde nicht auch mal so! Jetzt macht sie höfliche Konversation. Ob sie wohl noch weiß, wer Sean ist?

»Leonora war sehr krank, wissen Sie«, sagte Nanny Mouse in vertraulichem Ton und senkte die Stimme. »Sie hat so geschwitzt, und dann hat sie sich eine schreckliche Erkältung geholt, aus der eine Lungenentzündung wurde. Ja, ich glaube, das hat der Arzt gesagt. Tagelang hatte sie hohes Fieber, und ich habe sie mit feuchten Tüchern abgewaschen. Und dann, bei der Beerdigung, wusste ich nicht, bei wem ich bleiben sollte. Es war eine schwere Entscheidung, aber ich habe mich für meine Kleine entschieden, weil sie noch gelebt hat. Die Lebenden kommen vor den Toten! Ach, du meine Güte, mir gefiel der Gedanke gar nicht, dass meine Maude im Sarg lag…« Nanny Mouse rannen Tränen über die Augen, und sie blinzelte.

Sean reichte ihr ein sauberes Taschentuch und murmelte, sie solle sich nicht aufregen. Dann wechselte er das Thema. »Was tat Maude, wenn Ethan malte? Hat sie ihm geholfen? Ihm Ratschläge gegeben? Sie war doch vor ihrer Ehe auch Künstlerin, nicht wahr?«

Nanny Mouse wirkte auf einmal verängstigt. Sie sank in ihrem Lehnstuhl zusammen und erbleichte, schlug die Hände vors Gesicht und fing an zu stammeln.

»Regen Sie sich nicht auf«, besänftigte sie Sean. Beruhigend streichelte er ihr die Hände. »Es ist schon in Ordnung. Wenn Sie nicht wollen, reden wir nicht darüber. Sie können mir von Maude erzählen, was Sie möchten. Sie können es sich aussuchen. Erzählen Sie mir doch noch einmal vom Garten.«

Nanny Mouse blickte Sean an, als wisse sie nicht, wovon er sprach. Sie entzog ihm ihre Hände und setzte sich wieder aufrecht hin. »Er muss sie ständig bei sich haben. Ist das nicht seltsam? Ich finde es seltsam. Warum muss ein Mann seine Frau ständig um sich haben, wenn er arbeitet? Die Köchin hat gesagt, sie hört, dass er mit Gegenständen um sich wirft. Ich halte nichts von Klatsch und Tratsch, wissen Sie. Ohne guten Grund rede ich nie schlecht von jemandem. Aber wenn er dann in dieses lange Schweigen verfällt und nicht mehr mit ihr spricht… nun, ist es denn ein Wunder, dass sie so blass und dünn wird? Sie kümmert sich auch kaum um das Kind. Unnatürlich ist das. Nun ja, ansehen tut sie es schon, sitzt dauernd da mit ihrem Block und kritzelt und kritzelt, und ich weiß genau, was los ist. Ich wage es aber nicht zu sagen. Er hat mich gewarnt. Er hat mich gestern Abend in der Spülküche beiseite genommen und mich so fest am Arm gepackt, dass ich blaue Flecken habe. Sehen Sie…« Sie schob den Ärmel ihres Kleides hoch und zeigte Sean ihren verrunzelten Unterarm, natürlich mit nichts anderem als Altersflecken.

Der Ausbruch hatte Nanny Mouse erschöpft, und ihr sank der Kopf auf die Brust.

»Das ist großartig, vielen Dank«, sagte Sean. »Keine Sorge,

ich lasse Sie jetzt ausruhen. Morgen bringen wir eine Kamera mit, und dann kommen Sie ins Fernsehen.«

Aber selbst das magische Wort *Fernsehen* weckte Nanny Mouse nicht mehr. Sie hatte die Augen geschlossen, und Miss Lardner, die stumm in einer Ecke gesessen und dem Gespräch gelauscht hatte, erhob sich und sagte: »Miss Mussington muss jetzt ruhen. Es ist alles ein wenig viel für sie.«

»Ich verstehe«, erwiderte Sean und fügte hinzu: »Sie brauchen sich nicht zu bemühen, wir finden alleine hinaus.«

Rilla sagte: »Danke für den Tee, Miss Lardner. Es war alles köstlich.« Sie trat zu Nanny Mouse und gab ihr einen Kuss.

»Auf Wiedersehen, Nanny«, sagte sie. Die alte Dame öffnete die Augen und blickte sie verwirrt an. Dann lächelte sie. »Rilla! Wie schön, dich zu sehen, meine Liebe. Du bist ja eine richtige Dame geworden, kein kleines Mädchen mehr.«

»Nein, kein kleines Mädchen mehr. Ich komme dich bald wieder besuchen.«

Nanny Mouse zupfte an Rillas Ärmel. »Sie hätte dem nie zugestimmt, wenn sie nicht solche Angst gehabt hätte. Verstehst du? Sie lebte in Angst. Die ganze Zeit. Angst vor ihm. Ja.«

Vor dem Cottage atmete Sean tief auf, als habe er länger die Luft angehalten. »Nun …«, sagte er. »Wen hat sie wohl gemeint, was meinen Sie? Maude oder Leonora?«

»Maude. Das kann nicht anders sein. Leonora hat vor niemandem Angst. Und außerdem ist mein Vater sehr jung gestorben, sie war die meiste Zeit ihres Lebens Witwe. Nanny Mouse hat einen äußerst brutalen Mann beschrieben.«

»Sie liegen sicher richtig. Ethan Walsh wird immer mehr zu einer Art häuslichem Tyrannen.« Sean schüttelte den Kopf. »Durch seine Kunstwerke erfährt man natürlich nicht viel vom Charakter eines Menschen.«

Sie gingen auf das Haus zu, und Rilla dachte an andere Dinge als an das Werk Ethan Walshs und die Beziehung zu seiner Frau. Sie wünschte sich, die Roteichenallee würde niemals enden. Krampfhaft überlegte sie, was sie sagen sollte. Wenn wir weiter schweigen, sind wir gleich am Haus.

»Ich möchte …«, begann Sean genau in dem Moment, als sie sagte, »Ich glaube …«. Sie lachten, und Rilla sagte: »Fangen Sie an.«

»Gut. Ich möchte mich bei Ihnen bedanken, weil Sie heute früh zu den Dreharbeiten gekommen sind. Mir ist zu spät aufgefallen, dass die Bilder im Wohnzimmer wahrscheinlich nicht Ihre Favoriten sind. Es sind ja fast nur Seeansichten. Es tut mir Leid.«

»Nein, überhaupt nicht. Ich kann sie durchaus anschauen.« Rilla starrte auf ihre Schuhspitzen und lauschte auf das Knirschen des Kieses unter ihren Schritten. Dann blickte sie Sean an. »Nur den Anblick des echten Sees ertrage ich nicht.«

»Und doch …« Sean blieb stehen und ergriff ihre Hand. Rillas Herz schlug auf einmal sehr schnell.

»Ich werde heute beim Abendessen nicht dabei sein«, sagte er. »Ich habe meinen Leuten versprochen, mit ihnen im Pub zu essen. Ich wünschte, ich könnte hier sein.«

»Nein, das ist schon in Ordnung. Das verstehe ich.« Rilla lächelte. »Es ist ja doch wieder nur Familienzirkus. Sie verpassen nicht viel. Die meiste Zeit werden wir vermutlich sowieso über die Arrangements für das Fest oder über Efes Plan reden.« Verlegen spürte sie, dass sie trotz ihrer Worte ihre Enttäuschung nicht leugnen konnte.

Sean sagte: »Aber hinterher müssen Sie doch bestimmt eine Zigarette rauchen, oder? Wie gestern Abend.« Rilla spürte, wie sich der Druck seiner Hand verstärkte.

»Oh ja, das tue ich immer. Heute Abend rauche ich vielleicht im Pavillon. Wissen Sie, wo das ist?«

»Ja.« Er grinste sie an. »Ich werde da sein. Gegen Mitternacht? Können Sie so lange warten, oder ist das zu spät?«

Rilla nickte nur, weil sie ihrer Stimme nicht traute. Wie sollte sie die nächsten sechs Stunden überstehen? Wo war Beth denn bloß? Sie würde verstehen, wie aufregend dieser Antrag war. Ja, dachte Rilla, das war das richtige, altmodische Wort dafür: Es war ein Antrag. Sie gingen Richtung Haus, aber er ließ ihre Hand nicht mehr los. Erst an der Vordertreppe löste er sich von ihr.

»Hörst du mir zu, Mum? Und Dad auch, aber hauptsächlich du, Mum.«

Gwen blickte von dem Notizbuch auf, das vor ihr auf dem Küchentisch lag, und nickte Chloë abwesend zu. James saß neben ihr und las die Zeitung. Wo nahm er bloß die Zeit her, in Ruhe zu lesen, wo es doch so viel zu tun gab? Sie war zu sehr mit ihrer Liste beschäftigt (sie überprüfte gerade die Anzahl der Parkplätze und wen sie noch alles informieren musste), um auf die Kleidung ihrer Tochter zu achten, aber sie sah irgendetwas Schwarzes mit Metall. Manchmal wünschte sie, Chloë würde sich so kleiden wie Beth. Es war ungerecht, dass Rillas Kind selbst in Jeans und T-Shirt elegant aussah, während ihre Tochter gut als Vogelscheuche in einem Weizenfeld stehen könnte. Augenblicklich schämte sie sich für ihre Gedanken und lächelte Chloë mühsam zu.

»Ich gehe gerade meine Listen durch«, sagte sie. »Es sind so viele. Vermutlich ist erst nach der Party alles erledigt, aber das ist zu spät, um die Katastrophen zu vermeiden.«

»Es wird keine geben, Mum, mach dir keine Sorgen.« Chloë reckte die Arme über den Kopf. Philip war mit ihr zusammen in die Küche gekommen und lehnte jetzt an der Wand. James legte die Zeitung zur Seite.

»Was ist los, Süße? Ich merke dir doch an, dass du etwas auf dem Herzen hast. Geht es um Geld?«

»Mit Geld hat es nichts zu tun, Dad. Ich wollte nur wissen, wie ihr die Geschenke präsentieren möchtet.«

Gwen fuhr sich durch die Haare und seufzte. »Um ehrlich zu sein, ist mir das erst letzte Woche eingefallen. Wir geben ihr unsere Geschenke nach dem Abendessen am Samstag, und die der Gäste kann jemand auf dem Esstisch aufbauen. Dann kann Leonora sie nach dem Fest öffnen, wenn wir wieder unter uns sind. Warum?«

»Weil«, sagte Chloë und beugte sich vor, um ihre Worte zu unterstreichen, »ich eine brillante Idee gehabt habe. Heute sind schon ein paar Pakete eingetroffen, und morgen kommen bestimmt noch mehr, und wenn die Gäste auch noch welche mitbringen, dann sind es zu viele für den Esstisch, meinst du nicht?«

»Ich weiß nicht. Daran habe ich noch gar nicht gedacht.« Gwen runzelte die Stirn.

»Was hältst du denn davon?«, fuhr Chloë fort. »Philip und ich schneiden ein paar Weidenäste, bauen daraus einen Baum in der Halle auf und legen die Geschenke darunter, wie an Weihnachten unter den Weihnachtsbaum. Ich werde ihn echt spektakulär dekorieren, das verspreche ich. Wir können die Geschenke, die Leonora schon ausgepackt hat, ganz dicht an den Stamm legen und die anderen kreisförmig darum herum. Das wird toll. Bitte, Mum, bitte, erlaubst du es?«

Gwen überlegte einen Moment. »Ich habe nichts dagegen«, sagte sie schließlich. Chloë sprang auf und umarmte ihre Mutter. »Fantastisch! Du wirst es nicht bereuen, ich verspreche es dir«, rief sie. Dann packte sie Philip an der Hand und rannte mit ihm aus der Küche hinaus, wobei sie fast mit Rilla und Sean zusammenstießen, die gerade hereinkamen.

»Chloë hatte aber gute Laune«, meinte Rilla. »Sie sah aus, als ob ihr etwas unter den Fingernägeln brannte.«

»Sie hatte eine ihrer brillanten Ideen«, erwiderte James. »Aber dieses Mal kann sie damit wohl keinen Schaden anrichten.« Rilla lachte. Chloës Ideen hatten schon legendäre Katastrophen ausgelöst. Einmal hatte sie einen Brunnen mitten im Wintergarten gebaut, und der ganze Raum musste neu gefliest werden.

»Setzen Sie sich doch, Sean«, sagte Gwen. »Möchten Sie eine Tasse Tee?«

»Nein danke, Gwen«, antwortete Sean. »Wir haben gerade Tee getrunken.«

»Was hat Chloë denn vor?«, fragte Rilla, und James erzählte es ihr.

»Das klingt großartig!«, sagte Rilla. »Es wird toll aussehen, Gwen.«

»Wahrscheinlich. Es freut mich, dass sie sich etwas Besonderes für das Fest ausgedacht hat. Natürlich auf die letzte Minute, aber das ist typisch für junge Leute, nicht wahr? Mir wäre es lieber gewesen, sie hätte mich ein paar Wochen früher gefragt, statt uns ihre kreativen Ideen im letzten Moment zu präsentieren. Dieses Mädchen folgt einfach seinen eigenen Gesetzen.«

»Aber sie ist wirklich begabt. Es wird wundervoll aussehen, Gwen, das weißt du auch.« Rilla stand auf und trat neben ihre Schwester an die Spüle. »Du bist einfach nur müde, das ist alles. Nie hörst du auf zu arbeiten, das ist dein Problem. Komm, setz dich zu uns, und wir plaudern ein bisschen. Wir waren gerade zum Tee bei Nanny Mouse.«

Gwen warf Rilla einen Blick zu, den diese nicht deuten konnte. Verzieht sie aus Neid so die Mundwinkel?, dachte sie. Oder ärgert es sie, dass ich mit Sean zusammen bin? Arme Gwen! Sie hält sich für die Bienenkönigin auf Willow Court, für die Hauptperson, die sich um alles kümmert, einschließlich der Dreharbeiten. Deshalb rümpft sie auch die Nase, wenn jemand anders, wie Chloë eben, einen wichtigen Beitrag leistet. Rilla verspürte Mitleid und Zorn zugleich. Sie sagte: »Nanny Mouse hat angedeutet, dass Ethan Walsh seine Frau geschlagen hat.«

»Sie ist verwirrt«, erwiderte Gwen. »Sie kann sich ja noch nicht mal mehr erinnern, was sie zum Frühstück gegessen hat, also sollte man auf solche Äußerungen nicht allzu viel geben. Vielleicht hat sie irgendwas im Fernsehen gesehen.« Sie wandte sich an James. »Ich brauche ein langes, heißes Bad nach diesem Tag, glaube ich. Ich gehe nach oben.«

»Das klingt nach einer Aufforderung«, sagte James zu Sean und Rilla, während er seiner Frau aus der Küche folgte. »Ich bringe ihr einen schönen, kalten Pimms. Was würden wir in solchen Zeiten nur ohne Alkohol machen?« Er winkte ihnen zu und schloss die Tür hinter sich.

Es war noch früh, aber James hatte sich bereits zum Abendessen umgezogen und lag ausgestreckt auf dem Bett. Gwen saß am Schminktisch, trank den letzten Schluck ihres Drinks und puderte sich dabei die Nase. Sie sagte: »Ich kann mir gar nicht vorstellen, wie Rilla die Geduld aufbringt, sich jeden Tag so zu schminken. Es würde mich wahnsinnig machen.«

»Du brauchst keinen Puder und kein Make-up, Liebling. Du bist auch ohne Hilfsmittel schön.«

Gwen drehte sich um und warf ihm einen Blick zu. »Willst du etwas von mir? Was sollen die Schmeicheleien?«

James lachte. »Kann ein Mann seiner Frau nicht einmal ein Kompliment machen? Du siehst heute Abend besonders bezaubernd aus.«

»Danke«, erwiderte Gwen und griff nach ihrer Haarbürste. Bevor Schweigen zwischen ihnen entstehen konnte, redete sie weiter. Zu langes Schweigen tat nicht gut, weil sie dann immer an die Zeit denken musste, als sie James nicht vertrauen konnte. Das war nun alles schon lange her, und er hatte ihr damals geschworen, dass er sie liebte, leidenschaftlich über alles liebte, und er würde nie mehr … und so weiter. Sie hatte ihm unmissverständlich zu verstehen gegeben, dass er bei einem weiteren Seitensprung Willow Court nie wieder betreten dürfe, und damit war das Thema beendet gewesen. Keiner von ihnen hatte es seitdem mehr angeschnitten, aber James war sich im Klaren darüber, dass sie ihn beobachtete und sein Kommen und Gehen genau registrierte. Jetzt sagte sie: »Ich glaube, Rilla hat sich in Sean verguckt. Sie wirkt ganz zufrieden, findest du nicht auch?«

»Er scheint ein anständiger Kerl zu sein«, entgegnete James. »Und schließlich sind sie ja beide erwachsen. Ich kann nichts Falsches daran finden.«

»Da hast du sicher Recht«, sagte Gwen. »Hoffentlich tut er ihr nicht weh.«

»Ach, um Gottes willen, warum sollte er? Du machst dir zu viele Gedanken, Liebling.«

»Ja, wahrscheinlich«, sagte Gwen. »Ich kann nicht anders. Aber es wird schon in Ordnung sein.«

Das war der beste Teil des Tages im Sommer: die Stunden vor der Dämmerung, wenn die Sonne schon tief stand, aber noch nicht untergegangen war. Beth ging zum See hinunter und fragte sich, warum das milde Licht, die Wärme und die Schmetterlinge, die über den Mohnblumen im Wilden Garten tanzten, nicht wie sonst ihre Stimmung hoben. Der Tag war einfach nicht so gelaufen, wie sie ihn sich in London erträumt hatte.

Dort war es ihr leicht gefallen, darüber zu fantasieren, wie sie und Efe zusammen durch das hohe Gras spazierten. Jetzt ging sie alleine hindurch. In ihren Träumen vom Wochenende hatte sie auch nicht berücksichtigt, dass alles voller Menschen war, die ständig hin und her liefen. Das Filmteam hatte in ihren Vorstellungen ebenfalls gefehlt. Überall im Haus tauchten die Männer unvermutet auf, wenn man es am wenigsten erwartete. Und den Rest der Familie hatte sie sowieso ausgeblendet: Fiona, so selbstzufrieden in ihrer Schwangerschaft; Douggie, der überall herumrannte; Leonora, die plötzlich auftauchte; Mum, die sich den halben Morgen in ihrem Schlafzimmer aufgehalten hatte und dann mit Sean Everard verschwunden war; Alex, den sie die meiste Zeit gar nicht sah, und Efe, dem all ihre Aufmerksamkeit galt, keineswegs in sonniger Ferienstimmung, sondern verdrossen und niedergeschlagen.

Vor gestern Abend hatte sie von dem Reuben-Stronsky-Plan nichts gewusst, und im Moment wünschte sie sich glühend, der amerikanische Millionär und sein Vorhaben könnten bis nach dem Fest zurückgestellt werden. Efe war ja gar nicht er selber. Nein, das stimmte so nicht. Wenn er nicht gerade mit einem Gesicht wie eine Gewitterwolke herumlief, dann benahm er sich geschäftsmäßig charmant – gar nicht wie der Freund aus Kindertagen. Beth gestand es sich nur ungern ein, aber der Mann, den sie in den letzten vierundzwanzig Stunden erlebt hatte, gefiel ihr ganz und gar nicht.

Beim Mittagessen war er sichtlich gereizt mit Fiona umgesprungen, wegen der lächerlichen Kleinigkeit, dass sie ihm nicht die richtige kalte Platte gereicht hatte, und Beth wäre ihr am liebsten zu Hilfe gekommen. Wenn er mit mir so geredet hätte, hätte ich ihm seinen blöden Schinken an den Kopf geworfen. Fiona jedoch war nur errötet, hatte mit kleiner Stimme *Ja, Efe* gesagt und getan, was er wollte. Sie befolgte ja seine Anweisungen immer so getreu wie möglich.

Beth war auch aufgefallen, dass Efe seine Frau beim Essen

kaum eines Blickes würdigte (Warum hatte sie das noch nie bemerkt? Vielleicht sah sie die beiden zu selten zusammen?). Und er redete kein Wort mit ihr, obwohl er ansonsten seinen Charme freigiebig an alle anderen am Tisch versprühte. Wenn er es nicht wäre, dann hielte ich ihn für niederträchtig, aber bei ihm mache ich Zugeständnisse. Sie hatte ihm über den Tisch hinweg einen Blick zugeworfen, und er hatte ihr zugelächelt, als seien sie Komplizen. Ein verschwörerisches Lächeln, und da sie keine Geheimnisse miteinander teilten, konnte sie nur schließen, dass er Fiona ärgern wollte, die blass wurde und auf ihren Teller starrte. Beth schämte sich plötzlich. Sie schob ihren Stuhl zurück und entschuldigte sich.

Als sie zum Zelt blickte, sah sie ihn, ins Gespräch vertieft, mit seinem Vater dastehen. James beaufsichtigte die Außenarrangements, aber offensichtlich hatte sein Sohn ihn von seinen Pflichten weggeholt. Selbst aus dieser Entfernung konnte Beth erkennen, dass James Efe nur zu gerne entkommen wäre, um sich wieder der einfacheren Aufgabe zu widmen, das Zelt zu überprüfen. Einen Moment lang blieb sie stehen, in der Hoffnung, Efe würde sie bemerken und sie zum See begleiten. Aber er sah gar nicht in ihre Richtung.

Sie lief den Abhang hinunter. Als sie den Wilden Garten erreicht hatte, konnte man sie vom Zelt aus nicht mehr sehen, und sie konnte ihren Zorn und ihre Frustration an dem hohen Gras auslassen, das sie fast gewalttätig niedertrampelte, bis sie ganz außer Atem war.

»Pass auf, wo du hintrittst!«, sagte jemand zu ihren Füßen, und Beth zuckte zusammen.

»Alex! Was um alles in der Welt machst du da unten?«

Er lag mit der Kamera vor der Nase auf dem Boden und antwortete ihr nicht, weil er erst ein paar Mal abdrückte. Seufzend setzte sich Beth neben ihn. »Fotografierst du den Boden? Oder ein paar besonders schöne Grashalme?«

»In gewisser Weise, ja«, erwiderte Alex und rollte sich auf den Rücken. »Ich habe ein paar gute Aufnahmen vom See gemacht, eingerahmt von Gras und Blumen.«

»Klingt sehr künstlerisch«, meinte Beth und zog eine blaue Blume mit Wurzeln aus der Erde.

»An mir brauchst du es nicht auszulassen«, sagte Alex.

»Was auslassen?«

»Das weißt du ganz genau. Du bist nicht zufrieden damit, wie das Wochenende läuft, und das merkt man dir an. Ich weiß nicht, was du dir vorgestellt hast.«

»Ich habe mir gar nichts vorgestellt«, erwiderte Beth. Sie fragte sich, wie viel Alex wohl wusste. Er redete nicht viel, aber er nahm seine Umgebung aufmerksam wahr, und obwohl sie ihm nie erzählt hatte, was sie für Efe empfand, war sie manchmal sicher, dass er die Wahrheit erraten hatte. Für den Bruchteil einer Sekunde überlegte sie, ob sie ihm alles erzählen sollte, aber dann ließ sie es doch und wechselte das Thema.

»Ich liebe den See«, sagte sie. »Sieht er in diesem Licht nicht prachtvoll aus? Du solltest ein paar Bilder davon machen. Komm, wir gehen hin. Die Schwäne sind auf dieser Seite, glaube ich.«

Alex blieb liegen und starrte in den Himmel. »Ich habe schon einen ganzen Film hier verschossen«, sagte er. »Leonora erwartet es sicher so, aber ...« Seine Worte blieben in der Luft hängen. Beth lief ein Schauer über den Rücken. Sie versuchte schon ihr ganzes Leben lang, den Nachmittag zu vergessen, an dem Mark umgekommen war, aber er stand ihr immer noch deutlich vor Augen. Vor allem nachts kehrte er in ihren Träumen zurück. Es war ein stürmischer Tag gewesen, und der Wind wehte scharf und eisig über den See. Sie sah es vor sich, als sei es gestern passiert: Efe, der Markies Leiche aus dem Wasser holte und ihn ans Ufer brachte. Dort stand Alex und weinte leise, während Efe versuchte, ihren kleinen Bruder wiederzubeleben. Nie würde sie das kalte Entsetzen vergessen, als ihr klar wurde, dass Markie tot war. Schreiend und heulend war sie zum Haus gerannt.

»Es ist lange her, Alex«, sagte sie sanft und schüttelte den Kopf, um die Erinnerung zu vertreiben. »Meine Mutter ist seitdem nicht wieder in die Nähe des Sees gekommen, wusstest du das?«

»Das kann man ihr nicht vorwerfen«, murmelte Alex. »Beth …«

»Ja?«

»Kann ich dir etwas sagen? Niemand weiß, dass ich es weiß. Ich bin nicht sicher, ob ich es überhaupt sagen soll, aber …« Seine Stimme erstarb.

Beth nickte. Wenn Alex in Beichtstimmung war, durfte man ihn nicht erschrecken. Ein lautes Geräusch, und er war weg.

»An jenem Tag, an dem Markie starb, haben wir Trapper gespielt. Das haben wir oft getan. Weißt du noch?«

Beth schloss die Augen. Sie sah sich selber, wie sie zum See hinunterrannte und dann den Uferpfad entlang. Die Jungen waren bereits im Wasser. Das durften sie eigentlich nicht. Markie saß unter einer Weide.

»Du warst auf der anderen Seite«, fuhr Alex fort. »Efe schrie Markie an.«

Halt den Mund, Markie! Ich muss meine Falle holen. Beth erschauerte. Sie schloss die Augen und hörte Efes Stimme, der Markie zu sich rief.

»He, ihr zwei!« Plötzlich stand Chloë vor ihnen, die Arme voller Weidenzweige. Warum versteckt ihr euch im Gras? Ich wäre beinahe auf euch getreten.«

Beth hätte Chloë erwürgen können. Warum musste sie gerade jetzt auftauchen? Alex hatte sich aufgesetzt und packte seine Kameraausrüstung zusammen. Er runzelte die Stirn. Beth legte ihm die Hand auf die Schulter. »Geh nicht weg, Alex«, sagte sie. Zu Chloë gewandt, fuhr sie fort: »Das könnten wir dich auch fragen. Was tust du hier?«

»Ich mache einen Baum. Wie einen Weihnachtsbaum, aber aus Weidenzweigen. Dann schmücke ich ihn und lege Leonoras Geschenke darunter. Gute Idee, was?«

»Super!«, erwiderte Beth und versuchte, Enthusiasmus zu zeigen. »Das wird bestimmt toll!«

»Kommt ihr auch ins Haus?«, fragte Chloë und wandte sich zum Gehen.

»Gleich«, erwiderte Beth. »Wir kommen nach.«

Als Chloë außer Hörweite war, wandte sich Beth an Alex. »Es tut mir Leid, Alex«, sagte sie. »Erzähl weiter.«

»Ach egal, es war eigentlich nichts«, sagte er und stand auf. Beth erhob sich ebenfalls. »Vergiss es einfach, okay?«

»Nein, nicht okay! Das kannst du nicht machen, Alex, das ist grausam. Ich hasse es, wenn Leute nur Andeutungen machen.«

»Es war sowieso nicht wichtig«, erwiderte er. »Ich wollte dich nur ein bisschen veralbern. Es tut mir Leid ...«

Beth sah ihn forschend an und war sich sicher: Er hatte ihr etwas Wichtiges erzählen wollen. Aber noch wichtiger war ihm offenbar, so zu tun, als sei alles nur Spaß gewesen. Er schwitzte fast vor Angst und Sorge. »Na gut«, meinte sie, »lassen wir das und gehen zum Haus.«

»Ich komme nach, Beth«, sagte er. »Ich muss noch ein paar Aufnahmen machen, bevor das Licht ganz weg ist.«

Sie merkte ihm die Erleichterung deutlich an. Seine Schultern sackten herunter, seine ganze Körperhaltung veränderte sich. Sie blickte ihm nach, als er durch das Gras davonging: groß, dünn, das blaue Jeanshemd lose über der Hose. Die letzten Sonnenstrahlen lagen wie eine Art Heiligenschein um seinen Kopf. Armer Alex! Er hatte seine Gedanken noch nie gut zum Ausdruck bringen können. Wenn er noch neben ihr gesessen hätte, hätte sie ihn umarmt. Und am liebsten hätte sie ihn auch verprügelt, weil er so verletzlich und unmöglich zugleich war. Er wusste etwas über den Tag, an dem Markie ertrunken war, und sie würde warten, bis er sie einweihte. Eines Tages würde er es erzählen, denn schlimme Geheimnisse konnte er nicht ertragen.

In Alex' Kopf überschlugen sich die Gedanken. Oh Gott oh Gott, verdammt und zugenäht, oh Gott, warum habe ich das überhaupt gesagt? Immer wieder, wie ein endloses Band, ging ihm dieser Satz durch den Kopf. Er rannte, um ihn zu verdrängen, um ihn ungesagt zu machen. Was war bloß in ihn gefahren? Ich muss wahnsinnig sein, dachte er. Wozu soll es gut sein, die alten Geschichten aufzurühren?

Schließlich fand er sich vor Nanny Mouses Cottage wieder. Ich will nicht hier sein, dachte er. Ich will weg von Willow Court und jeder einzelnen Person. Er trat durch das Tor und marschierte die Straße zum Dorf entlang, ohne wie sonst auf seine Umgebung zu achten. Er sah immer nur Beths Gesicht vor sich. Er hätte nie von diesem Tag anfangen sollen. Jetzt war es ganz normal, dass sie wissen wollte, was er hatte sagen wollen.

Alex' innerer Tumult ließ ein wenig nach, während er die Straße entlanglief. Vielleicht würde Beth ja nicht mehr davon reden. Ihr musste doch aufgefallen sein, wie bedrückt er war, kurz bevor Chloë auftauchte. Gott sei Dank war sie gekommen! Er hatte keine Ahnung, was er getan hätte, wenn sie nicht gestört hätte. Er konnte Beth unmöglich die Wahrheit sagen.

Alex wusste nicht, ob Efe jemals mit jemandem über das gesprochen hatte, was mit Markie passiert war. Nur eins war offensichtlich: Sein Bruder war überzeugt davon, dass Alex nichts gesehen hatte. Er wusste das, weil er vom ersten Moment an gelogen hatte. Alex war zwar damals erst sechs Jahre alt gewesen, aber er hatte instinktiv so reagiert.

Das war nicht meine Schuld, Alex, oder?

Er hätte nicht hierher kommen sollen. Er hätte nicht schreien dürfen.

Ich habe gar nichts gemerkt. Ich war da drüben. Was ist denn los, Efe? Was ist mit Markie?

Nichts. Halt den Mund. Ich muss nachdenken. Wo ist Beth?

Sie holt Mummy.

Damals hatte Alex seinen Bruder zum letzten Mal weinen sehen. Er hatte auf dem Boden neben Markie gehockt, den Kopf des kleinen Jungen im Schoß, und geweint wie ein Mädchen. So geweint, wie Alex es noch nie erlebt hatte. Efes Gesicht war rot gewesen, überströmt von Tränen, fassungslos.

Alex schloss die Augen, um nicht mehr an diesen Anblick zu denken. Sein großer Bruder, sein Held, die Person, die er am meisten auf der ganzen Welt liebte, der mutigste Junge, stärker und furchtloser als jeder andere, kauerte als schniefendes Häufchen Elend auf dem Boden. Er hatte damals nicht gewusst, was er tun sollte, und er schämte sich noch heute dafür, dass er ihm nicht hatte helfen können. Ich wünschte, ich hätte ihn irgendwie trösten können. Wir haben einander zwar nie umarmt, aber damals hätte ich es bestimmt machen können. Wenn ich es getan hätte, wenn ich ihm gesagt hätte, was ich gesehen habe, ihn aber trotzdem umarmt und Mitgefühl gezeigt hätte, dann wäre vielleicht alles anders gekommen. Vielleicht wäre Efe ein anderer Mensch geworden. Möglicherweise war ja Efe so geworden, wie er war, weil er die Ereignisse jenes Tages verdrängt hatte: Jemand, der betrog und selbst den Menschen, die er liebte, seine Zuneigung nicht zeigen konnte.

Alex überlegte sich, was er tun sollte. Wenn Beth ihn noch einmal fragte, würde er etwas erfinden. Irgendetwas, solange es nur nicht die Wahrheit war. Aber es bestand ja auch die Möglichkeit, dass Beth ihn nicht mehr fragte. Wenn es um etwas ging, das ein schlechtes Licht auf ihren geliebten Efe warf, dann wollte sie es wahrscheinlich sowieso nicht wissen.

Abrupt blieb er neben einer alten Ulme stehen. Das ist es, dachte er. Ich habe angefangen, Beth von Markies Tod zu erzählen, weil ich wollte, dass sie schlecht von Efe denkt. Ich wollte, dass sie ihn weniger liebt. Alex lehnte die Stirn gegen den Stamm und schloss die Augen. Sie liebt Efe zu sehr, sagte er sich. Das ist die Wahrheit. Eigentlich habe ich es immer gewusst, ich wollte es mir nur nicht eingestehen.

Er drehte sich um und ging wieder nach Willow Court zurück. Warum er sich solche Gedanken um Beth machte, verstand er eigentlich nicht. Vielleicht lag es ja daran, wie unselig ihre Liebe zu Efe war. Er konnte Beth so sehr verletzen, dass Alex sich zu fragen begann, ob er sie nicht warnen sollte. Oder sollte er lieber, wie immer, den Mund halten? Was er auch tat, es wäre womöglich das Falsche. Oh, verdammt noch mal, dachte er, das wird nicht einfach.

Als Beth nach oben ging, um sich umzuziehen, warf sie einen Blick in den Wintergarten und wurde belohnt mit Efes Anblick, der etwas auf Gwens Laptop schrieb. Zögernd blieb sie stehen und überlegte, ob sie hineingehen und ihn ansprechen sollte.

Aber dann entschied sie sich dagegen. Er hasste es, unterbrochen zu werden. Als sie noch Kinder waren, hatte er sie mehr als einmal angeschrien, wenn sie hineinplatzte, wie er es immer nannte, während er über etwas nachdachte. Und außerdem, dachte sie, während sie auf ihr Zimmer ging, will ich eigentlich nicht, dass er mich so sieht. Ihre Haare waren zerzaust, ihr T-Shirt fühlte sich nach dem heißen Tag schmutzig an, und sie war überhaupt nicht geschminkt.

Ich bin völlig durcheinander, dachte sie. Alex' Erinnerung an Mark hatte Emotionen in ihr freigesetzt, die sie normalerweise sorgfältig verdrängte. In manchen Nächten träumte sie davon, aber meistens gelang es ihr, schönere Erinnerungen darüber zu legen. Es war alles schon so lange her, sagte sie sich. Sie hatte gelernt, bestimmte Dinge nicht zu erwähnen, um Rilla nicht zu verletzen, und so hatte sie auch selber nicht gewagt, daran zu denken.

Aus dem Badezimmer drangen Plantschgeräusche. Douggie wurde gerade gebadet und kreischte laut. Normalerweise hätte Beth den Vergleich nicht gezogen, aber heute Abend dachte sie daran, wie Rilla Mark und ihr beim Baden immer das Lied vom hässlichen Entlein vorgesungen hatte, und wie sie sich dabei um die gelbe Plastikente gestritten hatten. Beth spürte Tränen aufsteigen. Wie albern, dachte sie. Wir hätten doch bestimmt zwei Enten haben können. Vielleicht war ich ja auch schon zu groß für Wasserspielzeug.

Als sie näher kam, hörte sie noch ein anderes Geräusch aus dem Badezimmer. Jemand weinte. Das ist Fiona, dachte sie. Sie versuchte, leise zu sein, aber die Badezimmertür stand offen, und Beth hörte deutlich ihr unterdrücktes Schluchzen und Schniefen. Für den Bruchteil einer Sekunde überlegte sie, ob sie rasch vorbeigehen und so tun sollte, als habe sie nichts gehört, aber dann trat sie aus einem Impuls heraus doch ein.

Fiona saß auf dem Hocker neben der Wanne und betupfte sich Augen und Nase. Douggie ließ ein kleines rotes Spielzeugboot mit einem blauen Schornstein und einem lustigen Gesicht auf dem Bug durch imaginäre Wellen fahren. Ihre Haut war blass und fleckig, und ihre rot geränderten Augen standen voller Tränen.

»Fiona... Entschuldigung. Ich habe ein Geräusch gehört und wollte nachschauen...« Beths Stimme erstarb. Sie hustete und sagte fester: »Soll ich Douggie abtrocknen?«

Fiona nickte. »Würdest du das tun? Ich fühle mich so schrecklich. Ich wasche mir jetzt besser das Gesicht, glaube ich. Hier ist sein Handtuch. Vielen Dank, Beth. Ich weiß nicht, was mit mir los ist. Es liegt wahrscheinlich an der Schwangerschaft, obwohl es beim ersten Mal anders war.«

»Na komm, Liebling«, sagte Beth zu Douggie. »Es wird Zeit, dass du den Schlafanzug anziehst.«

Der kleine Junge sah sie an, als wolle er widersprechen, änderte aber dann seine Meinung.

»Beth trocken«, sagte er fröhlich und stellte sich hin. »Will Beth.«

Sie hob ihn aus der Wanne, und als er tropfend auf der Badematte stand, wickelte sie ihn in ein Handtuch und zog ihn an sich. »Ja«, sagte sie. »Ich trockne dich ab. Und dann gehen wir den Schlafanzug anziehen.« Sie blickte über den zappelnden kleinen Körper zu Fiona, die jetzt ruhiger war und sie mühsam anlächelte.

»Danke, Beth«, sagte sie. »Achte gar nicht auf mich. Es wird mir alles ein bisschen zu viel. Komm, wir gehen in mein Zimmer.«

Fiona hielt ihr die Tür auf. »Es ist leider alles unordentlich«, sagte sie. »Ich hatte keine Lust aufzuräumen, Efe wird bestimmt böse...«

»Wenn ich Douggie in seinen Schlafanzug gesteckt habe«, erwiderte Beth, »helfe ich dir rasch.«

Um Fiona an einer Antwort zu hindern, plapperte sie mit Douggie. Er erinnerte sie so an Efe und Markie. Beth kam es vor, als habe jemand ihre Gefühle mit einem Holzlöffel umgerührt und alles Verdrängte an die Oberfläche gebracht. Sie hatte sich nie gestattet, dieses Kind von ganzem Herzen zu lieben, da sie den physischen Beweis von Efes und Fionas Beziehung nicht anerkennen wollte, doch jetzt vergrub sie ihre Nase in der duftenden Haut an seinem Hals und wünschte sich, diese Nähe würde nie vergehen.

Sie wusste einfach nicht mehr, was sie denken sollte. Es fiel ihr schwer, kein Mitleid mit Fiona zu empfinden, aber sie konnte es immer noch nicht ertragen, sie sich mit Efe dort, in dem Doppelbett, vorzustellen. Je mehr sie versuchte, diese Bilder zu verdrängen, desto machtvoller kamen sie zurück. Denk an etwas anderes, befahl sie sich. Red mit Fiona.

»Möchtest du darüber sprechen … was passiert ist?« Beth zog Douggie die Schlafanzughose an. Ich sage nicht das Richtige, dachte sie. Ich wünschte, ich wüsste, wie das geht, aber ich bin hoffnungslos in solchen Dingen.

»Ich weiß eigentlich nicht, was ich dazu sagen soll, vor allem dir gegenüber«, antwortete Fiona. »Ich meine … du und Efe, ihr seid euch so nah. Manchmal, wenn ihr euch unterhaltet, bin ich richtig eifersüchtig.«

Beth warf ihr einen so erstaunten Blick zu, dass Fiona lächeln musste. »Wusstest du das nicht? Es tut mir Leid. Es ist ja auch nicht deine Schuld, ich benehme mich nur so dumm, wenn es um Efe geht. Er möchte mich wahrscheinlich gerne anders haben, aber ich kann einfach nicht.«

»Nein, er will dich nicht anders«, sagte Beth. »Er betet dich an. Das weiß ich.«

»Hat er das gesagt?«, fragte Fiona, und Beth hörte die Verzweiflung in ihrer Stimme. Ohne zu zögern, log sie.

»O ja«, sagte sie und fügte hinzu: »Ich habe gesehen, wie er dich anschaut.« Ich bin eine blöde Kuh, dachte sie. Oft schaut Efe sie an, als wäre sie eine komplette Idiotin. Aber Fiona heiterten ihre Worte sichtlich auf.

»Ich versuche ja auch, zu tun, was er möchte. Ich versuche es die ganze Zeit.«

»Vielleicht solltest du das gar nicht«, erwiderte Beth, nahm Douggie auf den Schoß und knuddelte ihn. »Vielleicht solltest du viel mehr du selbst sein.«

Fiona riss die Augen auf. »Das traue ich mich nicht«, sagte sie.

»Er wird immer so wütend, wenn jemand anderer Meinung ist als er. Sieh mal.«

Sie schob ihren Ärmel hoch bis zum Ellbogen und streckte Beth ihren Arm entgegen. Auf der weißen Haut waren deutlich dunkle Fingerabdrücke zu sehen. Efes Finger auf der Haut seiner Frau. Efe, der seine Wut an seiner Frau ausließ. Ein Efe, von dem sie nichts wissen wollte. Dieser Beweis seiner Brutalität entsetzte sie, er widerte sie an, erstaunlicherweise überraschte er sie aber nicht wirklich. Hätte sie nicht fassungsloser sein müssen?

Sie schluckte und sagte zu Fiona: »Du solltest mit jemandem darüber sprechen. Du darfst nicht zulassen, dass er das tut.«

»Er hat die Nerven verloren. Er hat sich sofort danach bei mir entschuldigt. Es tat ihm schrecklich Leid. Ich zeige es dir nur, weil du meinst, ich soll ihm die Stirn bieten. Es ist eben einfacher für mich, ihm zuzustimmen.«

Beth strich Douggie über den Kopf. »Hat er dir schon einmal wehgetan? Du kannst es mir ruhig sagen, Fiona. Ich verspreche dir, es niemandem zu erzählen.«

Fiona nickte. »Ein oder zwei Mal. Es ist meine Schuld. Und es tut ihm immer Leid. Es heißt ja nicht, dass er mich nicht liebt. Jedenfalls sagt er das immer. Das heißt es nicht.«

»Nein, natürlich nicht«, erwiderte Beth. Übelkeit stieg in ihr auf. Was sollte sie sagen? Das darfst du dir nie, niemals gefallen lassen? Du musst ihn verlassen? Sie wollte plötzlich allein sein, um nachdenken zu können. Ich muss genau so blöd wie Fiona sein, dachte sie, wenn ich nicht anders über Efe denken kann, obwohl ich weiß, dass er zu so etwas fähig ist.

»Ich muss mich jetzt zum Abendessen umziehen, Fiona«, sagte sie. »Kommst du zurecht?«

»Ja natürlich, Beth. Danke, dass du mir mit Douggie geholfen hast. Im Moment wird mir alles zu viel, weißt du.«

»Das verstehe ich gut«, sagte Beth. Sie trat zu Fiona und küsste sie auf die Wange. »Pass auf dich auf.«

Während sie sprach, blickte sie zum Schminktisch. Dort stand eine Fotografie in einem Lederrahmen, die Fiona offensichtlich mitgebracht hatte. Sie zeigte sie alle drei als Familie. Douggie saß auf den Schultern seines Vaters und hielt sich an seinen Haaren fest. Fiona blickte zu ihnen auf. Der Wind hatte ihre Haare zerzaust, und sie strahlte. Offenbar gingen sie an einem Strand entlang, um sie herum sah man nur blauen Himmel.

Die Nachmittagssonne spielte golden auf dem himbeerroten Teppich. In Leonoras Schlafzimmer war es still, bis auf Berties leises Schnurren. Der Kater war ihr nach oben gefolgt und hatte sich neben ihr zusammengerollt, eine Pfote Besitz ergreifend auf ihrem Oberschenkel. Leonora lag mit geschlossenen Augen im Bett und machte Inventur. So nannte sie es immer, wenn sie sich vor dem Abendessen noch ein Weilchen hinlegte. Sie tat das nicht vor Erschöpfung, sondern eher wie ein Tycoon, der die Ereignisse des Tages in seinem Imperium noch einmal Revue passieren lässt. Natürlich war Willow Court kein unüberschaubares Unternehmen, aber sie kam sich doch meistens wie ein Jongleur vor, der dafür sorgen musste, dass keiner der bunten Bälle zu Boden fiel.

Ihr Erfolg als Jongleur, dachte sie oft, lag darin, dass sie Dinge, die sie nichts angingen, nicht wahrnahm. So hatte sie zum Beispiel jemanden weinen gehört, als sie sich niederlegte. Sie kannte die Geräusche des Hauses, und da zur gleichen Zeit das Geplapper eines Kindes aus dem Badezimmer drang, wusste sie sofort, dass Fiona weinte. Nun ja, das war nicht anders zu erwarten. Sie war schwanger, und Leonora erinnerte sich noch gut daran, wie weinerlich sie gewesen war, als sie Rilla erwartete. Ihre erste Schwangerschaft war von Anfang an die reine Seligkeit gewesen, aber das war vermutlich eher ungewöhnlich. Und Fiona musste ja auch noch mit Efe zurechtkommen, und dazu brauchte es sicher eine Frau mit mehr Intelligenz, als Fiona bisher an den Tag gelegt hatte. Wahrscheinlich benahm er sich zur Zeit wegen ihrer Unnachgiebigkeit hinsichtlich der Bilder wie ein angeschossener Bär. Er würde ihre Haltung sicher als »stur« bezeichnen, aber das sah Efe ähnlich. Er konnte es nicht ertragen, seinen Willen nicht zu bekommen, darin glich er seinem Namensvetter, Leonoras Vater. Man musste Verstand haben, um mit solchen Männern fertig zu werden. Ich kann es eben und Fiona nicht, dachte Leonora, aber Efes Ehe geht mich auch nichts an. Sie wandte ihre Gedanken anderen Dingen zu.

Im Geiste ging sie durch, was alles vor der Party am Sonntag erledigt werden musste, und was bereits getan worden war. Das Zelt stand. Es sah prächtig aus mit den Scheinwerfern, wie ein Zirkuszelt, nur kleiner. Sie hatten jetzt begonnen, es zu dekorieren, und sie hatte voller Vergnügen eine ganze Armee junger Leute beobachtet, die die Leitern hinauf- und hinunterkletterten. Morgen kämen die Tische und Stühle, Blumen und blassgrüne Tischdecken, passend zur Zeltleinwand. Wenn man fünfundsiebzig wurde, sollte man wohl nicht mehr so aufgeregt vor einem Fest sein, aber Leonora freute sich trotzdem.

Vermutlich, weil meine Geburtstagspartys als Kind nicht der Rede wert waren, dachte sie. Ethan und Maude hielten nicht viel davon. Als sie noch sehr klein war, war die Atmosphäre bei diesen Gelegenheiten immer sehr gezwungen, weil Daddy auf keinen Fall gestört werden durfte. Nanny Mouse und die anderen Dienstboten kümmerten sich um das Fest, und das nahm Leonora heute noch übel. Ihre Mutter hätte doch wenigstens mal im Kinderzimmer erscheinen können, schließlich war es die Pflicht einer Mutter, am Geburtstag ihrer Tochter teilzunehmen.

Nach Maudes Tod gab es überhaupt keine Geburtstagspartys mehr, und deshalb hatte Leonora bei Gwen und Rilla immer dafür gesorgt, dass ihre Geburtstage zu unvergesslichen Ereignissen wurden. Für Efe, Alex und Chloë galt das Gleiche; sie hatten es gut bei ihr gehabt.

Jonglieren… es gab noch andere Dinge zu bedenken. Rilla schien sich immer besser mit Sean Everard zu verstehen. Vielleicht ging sie zu schnell in diese Beziehung hinein. Sollte sie sich in ihrem Alter nicht ein wenig würdevoller benehmen? Leonora beschloss, mit ihr darüber zu sprechen. Es hatte sie überrascht, dass ihre jüngere Tochter sie dieses Mal nicht so irritierte wie sonst. Möglicherweise lag das daran, dass Rilla Sean beeindrucken wollte. Sie wirkte viel ruhiger und damenhafter, und hatte bis jetzt noch nicht allzu viel von ihrer Bohème-Seite, wie Leonora es immer nannte, gezeigt. Ich muss dankbar für die kleinen

Freuden sein, dachte sie. Vielleicht bemüht sie sich ja auch ganz besonders, mir zu gefallen.

Chloë plante etwas, da war Leonora sicher. Auch Alex war die meiste Zeit nicht zu sehen, aber daran war nichts ungewöhnlich. Gwen und James waren mit den Vorbereitungen für das Fest beschäftigt, und Efe, nun ja, sie hatte ihm selber das Wochenende verdorben. Daran konnte sie nichts ändern. Sie hätte allerdings nicht erwähnen sollen, was sie in der Vergangenheit für ihn getan hatte. Das war ein Fehler gewesen und sah ihr gar nicht ähnlich. Sie hatte damals versprochen, das Thema ruhen zu lassen, und es war falsch von ihr gewesen, es anzuschneiden. Aber damals war sie auch überzeugt gewesen, das Richtige zu tun, und dessen war sie sich mittlerweile nicht mehr so sicher.

Während sie auf dem Bett lag und den Tag überdachte, fragte sie sich, warum ihr Efes Plan so missfiel. Wäre es nicht vernünftig, die Gelegenheit zu ergreifen, Ethan Walsh bekannter zu machen? Er hätte es verdient, das wusste sie, aber es gab das Testament und die Wünsche ihres Vaters und ihr Versprechen, dass die Bilder Willow Court niemals verlassen würden. Anderen fiel es ja oft leicht, Versprechen nicht zu halten, dachte Leonora, aber ich bin anders. Ich halte mein Wort, sagte sie sich, dann jedoch fiel ihr das Gespräch mit Efe ein, und sie errötete. Nun ja, meistens halte ich meine Versprechen, in neunundneunzig Prozent, korrigierte sie sich. Und doch gab es irgendwo in ihrem Kopf eine kleine Stimme, die es bedauerte, dass sie nie bei der Eröffnung eines prächtigen neuen Museums für Ethan Walsh fotografiert werden würde.

Bertie legte sich bequemer zurecht und leckte sich die Pfoten. Leonora streichelte ihm über den Kopf und dachte an die Gäste, die am Sonntag auf Willow Court eintreffen würden. Einer von ihnen war der Sohn von Jeremy Bland, dem Mann, der ihr nach Ethans Tod mit den Gemälden sehr geholfen hatte. Der Einzige, der nicht da sein wird, dachte sie traurig, ist mein geliebter Peter. Wut über diese Ungerechtigkeit überkam sie, und sie schloss die Augen. Peter … sie versuchte, nicht zu oft an ihn zu denken, aber jetzt gestattete sie es sich.

Juni 1948 – März 1954

Am Tag nach ihrer Hochzeit erwachte Leonora früh. Es war bereits hell, die Vögel sangen, und sie war ein anderer Mensch. Sie wandte sich zu Peter, der neben ihr lag, und fragte sich, wie es sein konnte, einem anderen menschlichen Wesen so nahe zu sein und es trotzdem geheimnisvoll zu finden. Wenn Peter wach war, mit ihr redete oder sie küsste, dann konnte sie sagen, sie kannte ihn, aber dieser schlafende Mann, dessen weiße Schulter direkt neben ihr lag, dessen rotbraune Haare ihm in die Stirn fielen und ihn viel jünger aussehen ließen, war fremd und wundervoll zugleich. Sie hätte gern die Hand ausgestreckt und ihm übers Gesicht gestreichelt. Er sollte aufwachen und sie wieder in die Arme nehmen.

Lächelnd dachte sie daran, wie Nanny Mouse bei dem Versuch, ihr zu erklären, was zwischen Mann und Frau geschieht, völlig versagt hatte. Leonora war die erste unter ihren Freundinnen, die heiratete. Sie hatte mit ihnen oft über Sex gesprochen, aber niemand redete so offen darüber, wie sie es sich gewünscht hätte. Keine von uns, dachte sie, hatte eine klare Vorstellung von dem, was uns erwartet, das war das Problem. Wir waren alle so unerfahren. Wie wichtig der Geschlechtsakt ist und wie beglückend er sein kann, wussten sie nur aus Filmen und Büchern. Detaillierte Informationen jedoch, *praktische* Anweisungen, waren viel schwerer zu finden.

Nanny Mouse mochte ja in ihrer Jugend ein paar amouröse Abenteuer gehabt haben, aber Leonora merkte schnell, dass ihr Wissen äußerst verschwommen war.

»Ich muss diese Angelegenheit wohl erwähnen«, hatte sie ein paar Tage vor der Hochzeit gesagt. »Ich wünschte, deine arme Mutter lebte noch und könnte mit dir über deine Pflichten als

Ehefrau sprechen.« Sie beugte sich über ihre Stopfarbeit und mied Leonoras Blick.

»Ich liebe Peter, Nanny«, versuchte Leonora ihr zu helfen. Vorsichtig wies sie darauf hin, dass dieses Gespräch unnötig sei, aber Nanny fuhr hartnäckig fort: »Männer haben gewisse Bedürfnisse, Liebes. Es ist die Pflicht der Frau, sich ihnen zu unterwerfen, und ich glaube, zunächst kann der Akt recht schmerzhaft sein. Es heißt allerdings, dass man sich daran gewöhnt.«

Leonora unterdrückte ein Kichern. »Ist schon gut, Nanny«, erwiderte sie. »Ich weiß alles darüber. Ehrlich.«

Das stimmte überhaupt nicht, aber Nanny Mouse entspannte sich sichtlich und lächelte Leonora sogar an.

»Gut, Liebes. Ich wollte nur sichergehen, dass du keine Angst hast.«

»Nein, vor Peter könnte ich nie Angst haben. Ich liebe ihn.«

»Ich glaube, wir sind uns alle einig, dass Liebe wichtig ist«, sagte Nanny Mouse.

Zumindest, überlegte Leonora, während sie neben ihrem schlafenden Mann lag, hat mich der Anblick eines nackten Männerkörpers nicht schockiert. Es hatte Vorteile, mit Bildbänden über hellenische und Renaissance-Skulpturen aufzuwachsen: Man wusste, wie Männer aussahen. Sie schloss die Augen und dachte daran, wie Peter nackt vor ihr gestanden hatte. Sie hatte nicht die Zeit gehabt, überrascht zu sein, und sie war dankbar dafür.

Alles war so schnell und zugleich so langsam geschehen, dass sie tatsächlich erwartete, die Welt müsse aufhören, sich zu drehen. Vielleicht war sie ja besonders begabt für die Liebe, denn sie hatte keinen Schmerz gespürt. Oder andere empfanden die Flut der Gefühle, die ihren gesamten Körper überschwemmt hatte, als schmerzhaft. Ich nicht, dachte Leonora.

Stundenlang, so kam es ihr vor, hatte Peter sie geküsst, sie berührt und ihr Worte ins Ohr geflüstert, die sie dahinschmelzen ließen. Sie hatte nicht gewusst, dass sich zwei Körper so nahe sein konnten. Ein Fleisch… das waren sie geworden, und Leonora sehnte sich danach, es immer wieder zu erleben.

Peter war immer noch nicht wach. Seine Augenlider schimmerten blassblau. Sie konnte die Adern auf seiner Stirn erkennen. Am liebsten hätte sie die Hand ausgestreckt und ihn berührt, ihn an sich gezogen, aber sie schloss die Augen. Wenn ich noch einmal einschlafe, dachte sie, wird er mich mit einem Kuss wecken. Ich werde da liegen wie Dornröschen.

Im Halbschlaf hörte sie noch einmal die Worte der gestrigen Zeremonie, die sich mit der Predigt auf der Beerdigung mischten. *Wer gibt diese Frau… sie zu lieben und zu ehren… Asche zu Asche… in der Hoffnung auf Wiederauferstehung…*

Wenn ich einmal alt bin, dachte Leonora, kann ich es als Anekdote erzählen. Wie mein Vater vor meiner Hochzeit starb. Er war jetzt bereits seit drei Wochen tot, doch immer noch erwartete Leonora, ihn zu sehen, wenn sie morgens aufwachte. Dann traf es sie jedesmal wie ein Schlag, dass er Willow Court verlassen hatte.

Nanny Mouse sagte, er habe einen schönen Tod gehabt, zur Unzeit zwar, aber schmerzlos. Er starb am Nachmittag vor Leonoras Hochzeitstag. Mrs. Darting, die Köchin und Haushälterin, die ihm um vier Uhr den Tee gebracht hatte, fand ihn zusammengesunken in seinem Lieblingssessel. Sie hatte gerade Brandy-Snaps gebacken, die ihr Vater besonders gerne mochte. Seine Zeitung war auf den Teppich gefallen. Der Arzt sagte, er habe vermutlich einen Herzanfall gehabt, und wiederholte immer wieder: »Er hat überhaupt nicht gewusst, was mit ihm geschah. Es ist blitzschnell gegangen.«

Leonora wusste, dass er sie damit trösten wollte, aber sie fühlte sich um den Abschied von ihrem Vater betrogen. Sie hatte geweint und geweint und sich zugleich dafür geschämt, dass sich ein Teil Wut in ihre Trauer mischte, weil Ethan Walsh ihr die Hochzeit verdorben hatte. Die Kirche war bestellt, Berge von Erdbeeren lagen in der Küche für das Hochzeitsmahl bereit, und jetzt musste alles umorganisiert werden. Man musste die Gäste darauf vorbereiten, dass Willow Court ein Trauerhaus war, und sie würde das schwarze Kostüm und einen Hut tragen müssen, statt des Kleides in ihrem Schrank: weißer Satin im New-Look, mit weitem Rock, knöchellang, und einem engen, perlenbestickten Mieder.

»Mach dir nichts draus, Liebling«, sagte Peter. »Wir heiraten einfach erst in ein paar Wochen. Dann wirst du immer noch schön aussehen. Ich warte gerne auf dich.«

Und jetzt lag sie hier, genau drei Wochen später, und war verheiratet. Die Hochzeitsfeier war zwar stiller gewesen als geplant, weil sie ja schließlich noch in Trauer war, aber sie hatte das Kleid getragen, und alle ihre Freunde waren dabei gewesen.

Mit Peters Hilfe hatte sie gleich nach der Beerdigung ihres Vaters begonnen, einiges auf Willow Court zu verändern. Mr. Edmunds, der Anwalt der Familie, hatte ihr die finanzielle Situation erläutert. Als Ethan noch lebte, hatte sie sich um Geld nie gekümmert, aber jetzt half ihr Peter dabei, Angelegenheiten wie Investitionen und Einkommen, die sie früher immer als langweilig abgetan hatte, zu verstehen. Überrascht stellte sie fest, dass sie reich war, obwohl Peter sagte: »Du musst doch gewusst haben, dass du den ganzen Besitz deiner Eltern erbst!«

Natürlich hatte sie es gewusst, aber erst jetzt, als sie das Geld dazu verwenden konnte, Willow Court zu verschönern, bedeutete es ihr etwas. Sie hatten noch keine Zeit gehabt, wirklich zu renovieren oder neue Möbel anzuschaffen, aber sie redeten unablässig über das Haus. Sie würden die schäbigen alten Vorhänge durch neue ersetzen, die Zimmer in blassen Pastellfarben streichen, das Kinderzimmer neu tapezieren, in manchen Zimmern Parkett legen lassen und Orientteppiche kaufen und ein paar der schwarzweißen Fliesen in der Halle, die mit den Jahren Risse bekommen hatten, austauschen… Sie hatten ehrgeizige Pläne für das Haus, und wenn sie daran dachte, verflog Leonoras Traurigkeit, die ihr neues Glück noch überschattete, vollends.

Zum ersten Mal seit der Zeit, als das Haus als Genesungsheim für verwundete Soldaten genutzt worden war, wurde wieder Musik gespielt. Peter stellte sofort ein Grammophon ins Wohnzimmer. Glenn Miller, Duke Ellington, Lester Young, Billie Holiday und den wundervollen Louis Armstrong mochten sie am liebsten. Die Namen auf den Plattenhüllen waren zunächst noch ungewohnt, aber die Melodien setzten sich rasch in Leonoras Kopf und in ihrem Herzen fest. *String of Pearls. Mood Indigo. The Man I love* und *I can't give you anything but love*, das Lied, das Peter ihr immer vorsang, wobei er Louis Armstrongs Stimme so schlecht imitierte, dass sie lachen musste.

Auch der Garten wurde verändert. In den Tagen nach Ethans Tod stellte Leonora fest, dass es sie tröstete, mit Pflanzen und Erde zu arbeiten. Und weil sie den Garten immer mit ihrer Mutter assoziierte, hörte sie beim Gärtnern auch nicht die Stimme ihres Vaters. Vor einiger Zeit hatte sie beschlossen, den Stillen Garten wieder herzurichten. Sie würde sich um die vernachlässigten Spalierbäume kümmern und hatte vor, einige der uninteressanteren Pflanzen aus den Beeten herauszuholen und durch Azaleen, japanische Quitten und rosafarbene und weiße Pfingstrosen zu ersetzen.

Wenn Peter in der Arbeit oder in der Stadt war, um sich um die finanziellen und rechtlichen Angelegenheiten zu kümmern, saß Leonora manchmal mit Nanny Mouse, die Ethan länger gekannt hatte als sie, auf der Bank unter der Magnolie. Sie sagte: »Es ist komisch, Nanny. Daddy war nicht gerade ein gesprächiger Mensch, und doch ist mir, als hörte ich ständig seine Stimme.«

»Nun, Liebes, er war eine ganze Weile nicht richtig bei sich, nicht wahr? Er war nicht mehr der Mann, der er einmal gewesen ist.«

Das stimmte. Seit dem Kriegsende war Ethan Walsh noch schweigsamer, noch launischer und eigenbrötlerischer geworden, und in den letzten Monaten vor seinem Tod grübelte er nur noch stumm vor sich hin. Im Winter saß er wie versteinert am Kamin, und im Sommer machte er lange Spaziergänge um den See.

»Ich weiß«, antwortete Leonora. »Aber er fehlt mir, weil er immer, mein ganzes Leben lang, da gewesen ist und …« Sie wusste nicht, wie sie es formulieren sollte. Er ist mein Vater, wollte sie sagen. Mein einziger Verwandter, und jetzt ist er fort, und es gibt nur noch mich und sonst keinen mehr.

»Du wirst nicht lange allein sein, Liebes«, sagte Nanny Mouse beruhigend. »Du hast einen Mann, und bald wirst du eigene Kinder haben. Eine richtige Familie.«

»Wach auf, Geliebte«, sagte eine Stimme in Leonoras Ohr. »Wach auf, Mrs. Simmonds.«

»Ich bin schon seit einer Ewigkeit wach«, flüsterte Leonora. »Ich habe über alles mögliche nachgedacht und darauf gewartet, dass du endlich aufwachst.«

»Worüber hast du nachgedacht? Erzähl es mir.«

Er begann, sie zu küssen, und sie hätte am liebsten gesagt: *Ich kann mich nicht erinnern. Ich kann mich an gar nichts erinnern. Du bist das Einzige, was zählt*, aber die Worte entglitten ihr und wirbelten durch ihren Kopf, und dann gab es überhaupt keine nennenswerten Gedanken mehr.

Gwendolen Elizabeth Simmonds kam am 7. Februar 1952 im Schlafzimmer ihrer Eltern auf Willow Court zur Welt. Am Tag vor ihrer Geburt war König George VI. gestorben, und in allen Zeitungen sah man das Bild der neuen Königin, der früheren Prinzessin Elizabeth, zusammen mit ihrer Mutter und Großmutter, alle schwarz gekleidet und tief verschleiert, bei der Beerdigung des Königs. Leonora hatte nur sechs Stunden lang Wehen gehabt, und obwohl es schrecklich wehgetan hatte, erklärte die Hebamme ihr, es sei eine leichte Geburt gewesen. Und wirklich waren gleich nach der Entbindung alle Schmerzen verflogen und vergessen in der Freude darüber, dass Peter und sie eine Tochter hatten.

Das ganze Land war in Trauer, nur Leonora und Peter fühlten sich, mit leisen Schuldgefühlen, glücklicher denn je. Indem sie ihr Baby mit dem zweiten Namen nach der neuen Königin benannten, zeigten sie, wie Leid ihnen der Tod des Königs tat, der so jung gestorben war.

Ihren ersten Namen bekam Gwendolen von Peters verstorbener Großmutter. Leonora hatte zunächst überlegt, das Kind nach ihrer Mutter zu nennen, aber dann fanden sie beide, dass Maude zu altmodisch und viktorianisch klang.

Gegen Ende der Schwangerschaft hatte Leonora sich Sorgen

gemacht, dass sie das Kind vielleicht nicht genug lieben könnte. Sie und Peter waren so eng miteinander verbunden, dass sie fürchtete, jeder, der in ihr Leben träte, müsse zwangsläufig zu kurz kommen.

Sie waren jetzt seit drei Jahren zusammen, und Leonora konnte aufrichtig sagen, dass sie Peter noch mehr liebte als am Tag ihrer Hochzeit. Und sie begehrten einander wie eh und je. Kaum war sie verheiratet, entdeckte Leonora, dass die Zurückhaltung (gepaart mit Ignoranz, die ihre Freundinnen davon abgehalten hatte, freimütig über Sex zu reden) mit der Ehe völlig verschwand.

Mittlerweile redeten sie alle gerne über ihr persönliches Leben. Bunny, die einen Monat nach Leonora geheiratet und schon im Jahr darauf ihr erstes Kind bekommen hatte, gestand Leonora, dass sie sich oft in Gedanken mit ganz anderen Dingen beschäftigte, während sie, wie sie es ausdrückte, »dabei war«.

»Oder vielmehr«, hatte sie erst letzte Woche gesagt, »während Nigel dabei ist. Um ehrlich zu sein, bin ich meistens gar nicht *da*. Weißt du, was ich meine? Mein armer Liebling müht sich redlich ab, und ich bin meilenweit entfernt und denke über irgendein häusliches Problem nach, ob ich zum Beispiel Brathähnchen auftischen soll, wenn am Mittwoch der Colonel und seine Frau zum Essen kommen. Ich sehe mich dabei immer wie von außen. Stell dir das mal vor! Es ist so eine lächerliche Angelegenheit. Findest du nicht auch?« Fröhlich lächelnd nahm sie sich ein weiteres Stück Kuchen.

Wenn Bunny oder sonst eine ihrer Freundinnen so etwas sagten, schwieg Leonora meistens. Da sie alle so redeten, fragte sie sich manchmal, ob es ihnen wohl peinlich war, ihre wahren Gefühle zu gestehen. Sie äußerte sich nie dazu. Sie erwiderte Bunnys Lächeln und sorgte dafür, dass das Gespräch sich anderen Themen zuwandte.

Es gab keine Worte für das, was sie für Peter empfand; sie konnte niemandem die Verwandlung erklären, der sie beide unterlagen, wenn sie allein waren. Dann wurden aus normalen, ganz gewöhnlichen Menschen, die bei der Versicherung arbeiteten oder Haus und Besitz verwalteten, die Renovierung des Kinderzimmers beaufsichtigten oder mit ihren Freunden zu Abend aßen, haltlose Geschöpfe, die sich stundenlang küssten, bissen und einander berührten, ohne jemals genug voneinander zu bekommen. Ihr Bett war ein anderes Universum, in dem die alltäglichen Regeln nicht galten und selbst die Sprache nicht wiederzuerkennen war; ihre Wörter und Sätze lösten sich auf in ein privates, intimes Geflüster, das nur sie verstanden.

Und jetzt lag hier dieses winzige Geschöpf mit den rosigen Fingerchen und den fest geschlossenen Augen, und als Leonora es betrachtete, stellte sie fest, dass sie für dieses Baby eine Liebe empfand, die sie noch nie zuvor verspürt hatte, die aber wunderbarerweise nicht weniger stark war als ihre Liebe zu Peter. Auch er war von seiner Tochter bezaubert, saß neben ihrem Bettchen und brachte kaum ein Wort hervor.

»Sie ist das schönste Baby auf der ganzen Welt«, sagte er und musste unwillkürlich grinsen. »Ich wette, das sagt jeder Vater, aber bei uns stimmt es. Sie sieht aus wie du.«

»Sie sieht wie ein Baby aus«, erwiderte Leonora. Sie spürte förmlich, wie die Liebe in jede ihrer Poren floss, wenn sie ihre Tochter anschaute. Sie blickte von Peter zu Gwendolen und dachte, wenn ich jetzt, in diesem Moment, aufhören würde zu atmen, würde ich vollkommen glücklich sterben.

»Ich bin so glücklich, mein kostbarer Liebling«, sagte Peter. »Ich liebe euch beide so sehr.«

Leonora traten die Tränen in die Augen. »Es tut mir Leid«, sagte sie. »Ich liebe euch beide auch, und ich will gar nicht weinen. Ich bin auch so glücklich. Nanny Mouse sagt, frisch gebackene Mütter weinen die ganze Zeit.«

Peter beugte sich über das Baby und küsste Leonora auf den Mund. »Ihr seid meine Liebsten. Ich könnte dich gar nicht mehr lieben, und jetzt wird Gwendolen das meistgeliebte Baby auf der Welt.«

Leonora fand keine Worte, um ihre Gefühle auszudrücken. Sie schloss die Augen und lehnte sich in die Kissen zurück.

Aus Gwendolen Elizabeth wurde bald Gwen. Sie war ein völlig unproblematisches Baby. Sie schlief gerne, hörte nie auf zu lächeln, und es schien ihr nichts auszumachen, dass Nanny Mouse sich um sie kümmerte, wenn ihre Mutter anderweitig beschäftigt war. Sie brabbelte mit ihrem Vater, wenn er sie auf den Arm nahm, und alle waren sich einig, dass sie das ausgeglichenste Kind war, das sie je gesehen hatten. Bunnys und Nigels kleiner Sohn Richard war viel anstrengender, und Leonora fürchtete sich fast davor, wenn Bunny zum Tee kam und ihren Sohn zum »Spielen« mitbrachte, wie sie es nannte. Richard spielte nämlich nie, und Gwen war sowieso noch zu klein dazu.

Die Arbeiten auf Willow Court nahmen kein Ende, und weder Leonora noch Peter wurden jemals müde, ihr Heim zu verschönern. Eines Tages im Mai, kurz vor der Krönung, sagte Peter: »Wir sollten jetzt die Bilder alle aus dem Atelier herunterholen, Liebling, und sie aufhängen.«

Zuerst wusste Leonora nicht so recht, was sie empfinden würde, wenn sie die Bilder ihres Vaters wieder überall im Haus sähe, aber nachdem sie eine Zeit lang darüber nachgedacht hatte, wusste sie, dass es ihr gefiele, sie wieder um sich zu haben.

»Ich habe eine Weile gebraucht, um es zu merken«, sagte sie beim Abendessen zu Peter, »aber Willow Court war eigentlich nicht vollständig ohne sie. Außerdem verdienen sie es, gesehen zu werden.«

Peter ergriff sein Glas und trank einen Schluck Wein.

»Eigentlich finde ich es schade, dass wir nicht wenigstens ein paar verkaufen können«, sagte er. »Da war doch dieser Mann, weißt du noch? Der kurz nach Ethans Tod zu uns gekommen ist? Er sagte, sie seien sehr wertvoll, und soweit ich mich erinnere, hätte er uns viel Geld bezahlt für das Porträt von dir in dem lila Kleid.«

»Ich darf nicht, Peter. Du weißt, dass Daddys Testament in dieser Hinsicht ganz eindeutig ist. Die Gemälde müssen auf Willow Court bleiben.«

Peter wusste sehr wohl, warum sie die Bilder nicht verkaufen konnte. Er verstand die komplizierten juristischen Klauseln, nach denen ihre Kinder keinen Anspruch auf den Besitz hatten, wenn die Gemälde verkauft wurden, viel besser als sie, ... es war alles ziemlich verworren, aber sie hatte es aufgegeben, das Testament verstehen zu wollen, weil sie sowieso nicht die Absicht hatte, die Bilder ihres Vaters zu veräußern. Sie waren ein Teil von ihm, der beste Teil, und als sie jetzt wieder hingen, merkte sie, wie sehr sie sie liebte.

»Ich möchte mich gerne so an Daddy erinnern, wie er war, als er sie gemalt hat. Und außerdem habe ich ihm mein Wort gegeben.«

Sie dachte an ihren Vater, während Peter ihr Kaffee einschenkte. In seinen letzten Lebensjahren war er nicht mehr er selber gewesen. Es bekam ihm nicht, Witwer zu sein. Er hatte nie wieder etwas gemalt, und Leonora konnte ihn durch nichts dazu bewegen. Wenn sie mit ihm darüber sprechen wollte, wartete sie immer einen geeigneten Zeitpunkt ab, und dennoch wurde er oft schrecklich wütend, mit dem Ergebnis, dass er sich mit einer Flasche Brandy auf sein Zimmer zurückzog und alle auf Zehenspitzen durchs Haus liefen und beteten, er möge nicht herauskommen und seinen Zorn an ihnen auslassen.

Am besten war es immer, wenn die Sonne schien. Wenn sie im Stillen Garten spazieren gingen und sich auf die Bank unter der Magnolie setzten, dann wagte Leonora manchmal zu fragen: »Wäre das nicht ein Bild wert, Daddy? Ist es nicht wunderschön?«

»Sentimentaler Unsinn, Blumen«, lautete seine Antwort. »Das ist nicht mein Ding. Nicht mehr.«

»Aber die Bilder von den Wasserlilien, Daddy! Und das mit den Rosen auf dem Tisch... du malst Blumen so wundervoll. Und alle lieben deine Bilder. Wir könnten viel Geld verdienen, wenn wir sie verkaufen würden.«

Das war ein Fehler. Über Verkaufen zu reden, war immer ein Fehler. Ihr Vater runzelte die Stirn, sagte aber nur: »Nur über meine Leiche. Die Bilder bleiben hier auf Willow Court.« Er blickte Leonora eindringlich an. »Versprich mir eins, Leonora«, sagte er. »Versprich mir, dass sie nie verkauft werden. Auch nicht, wenn ich tot bin. Versprich es.«

Und ich versprach es, dachte Leonora. Ich musste ja. Daddy hat immer seinen Willen bekommen und das galt auch noch vier Jahre nach seinem Tod. Sie sagte zu Peter: »Ich habe die Karte des Mannes behalten … aus der Galerie. Irgendwo habe ich sie hingesteckt. Ich werde ihn anrufen und ihn um Rat bitten. Sein Name ist Jeremy Bland. Ich werde ihn hierher bitten, damit er sie sich anschaut und uns sagt, was er von den Bildern hält. Ob wir Geld damit machen könnten? Wir könnten ja die Öffentlichkeit zulassen, damit die Leute sie hier anschauen können. Wenn sie wirklich so gut sind, will sie doch bestimmt jeder sehen, oder nicht?«

»Möchtest du wirklich, dass jeder Tom, Dick und Harry hier durchs Haus trampelt? Denk doch bloß mal an die Arbeit! Den Schmutz, den sie von draußen hereinbringen. Ich weiß nicht, ob das so eine gute Idee ist, Liebling. Wirklich nicht.«

»Unsinn, Peter! Wir würden berühmt werden. Das gefiele dir doch auch, oder nicht? Wir müssen ja das Haus nicht jeden Tag öffnen. Wir können es uns doch aussuchen, wann wir Besucher zulassen. Bunnys Vetter kennt jemanden, der für den Tatler arbeitet. Ich rufe ihn an, er ist mir sicher gerne behilflich. Stell dir nur vor, Fotos von uns in einem Magazin! Oder vielleicht sogar ein Artikel! Und ich nehme Kontakt mit dem Women's Institute auf und biete ihnen Willow Court für ihr jährliches Gartenfest an. Vielleicht lassen sie mich ja einen Vortrag über die Bilder halten …«

»Na gut«, meinte Peter, »wenn es dir so viel bedeutet, dann habe ich nichts dagegen einzuwenden.«

»Du bist ein Schatz.« Leonora lächelte ihn an. »Mir war bislang nicht klar, wie sehr mir die Bilder gefehlt haben. Daddy würde sich doch freuen, oder nicht? Ihm hätte die Vorstellung, dass die Leute sein Werk bewundern, sicher gefallen. Wenn wir alles aufgehängt haben, rufe ich Mr. Bland an.«

Nach mehreren Stunden Knochenarbeit hatten sie es geschafft, die Bilder ins Esszimmer zu tragen. Tyler kam mit seinen zwei jungen Gehilfen aus dem Garten, um beim Tragen zu helfen.

Gwens Laufställchen stand in der Halle, und sie verfolgte alles neugierig. Peter war im Büro, aber Nanny Mouse half ihr. Jetzt lehnten alle Bilder an der Wand.

»Nur so lange, bis wir wissen, wo sie hinkommen«, sagte Leonora. »Ich habe schon versucht, mich zu erinnern, wo sie früher hingen. Nanny, das weißt du doch bestimmt noch. Oben im Flur waren doch überall welche, nicht?«

Leonora erschauerte auf einmal. Für den Bruchteil einer Sekunde durchzuckte sie die Erinnerung an etwas – es war nur ein Traum, aber trotzdem… . Wann war das gewesen? Sie selbst, und wie sie die Treppe zur Halle hinunterlief, und die Bilder, die riesengroß, viel größer als in Wirklichkeit, über ihr aufragten. Ein Porträt von jemandem, den sie nicht erkennen konnte, weil ein Hut das Gesicht beschattete. Ein Landschaftsgemälde, auf dem man die Auffahrt sah, so wie sie damals ausgesehen hatte, mit den glühenden Blättern der Roteichen. An diese beiden Bilder konnte sie sich deutlich erinnern, aber da war auch noch etwas anderes, das sie nicht sehen konnte, das aber trotzdem Unbehagen in ihr auslöste. Leonora schüttelte den Kopf, um die Gedanken zu vertreiben, und sagte zu Nanny Mouse: »Ich bin bestimmt schon tausendmal an den Gemälden vorbeigegangen. Es ist, wie wenn man alte Freunde wiedersieht. Hier ist die blaue Teekanne… ich liebe dieses Bild! Gemeinsam erinnern wir uns doch sicher daran, wo sie ursprünglich gehangen haben, oder?«

»Ich traue nach dieser langen Zeit meiner Erinnerung nicht mehr«, erwiderte Nanny Mouse. »Ich glaube, du solltest sie einfach dort aufhängen, wo es dir am besten gefällt.«

»Es ist eine äußerst interessante Sammlung, Mrs. Simmonds«, sagte Mr. Bland und warf über ihre Schulter einen Blick auf das Gemälde hinter ihr, das den Garten darstellte, so wie man ihn durch das Fenster sah, neben dem das Bild hing. »Und ich finde es bewundernswert, wie geschickt Sie manche Bilder gehängt haben, sodass der Betrachter gleichzeitig das Original sehen kann.«

Leonora lächelte. »Es passt natürlich nur zu einer bestimmten Jahreszeit, aber ich fand es so ganz amüsant.«

»In der Tat …« Mr. Bland, der sie nicht gebeten hatte, sie beim Vornamen zu nennen, war nicht viel älter als sie, aber seine formelle Kleidung und seine vollendete Höflichkeit hielten sie auf Distanz. Er war heute zu Besuch auf Willow Court, um sich einige biografische Informationen für eine Broschüre zu holen, die seine Galerie produzieren wollte. Zunächst hatte Leonora nicht verstanden, warum ein Unternehmen, das ihren Vater weder ausstellte noch seine Bilder verkaufte, unbedingt eine solche Broschüre erstellen wollte, und sie hatte Mr. Bland danach gefragt.

»Das hat etwas mit dem Ruhm zu tun, der auf uns abstrahlt«, hatte er geantwortet. »Wir werden darin natürlich auch unsere Galerie bewerben. Außerdem weiß man nie, was die Zukunft bringt, nicht wahr? Vielleicht ändert sich ja etwas in Bezug auf diese Gemälde.«

»Das ist höchst unwahrscheinlich«, sagte Leonora. »Der letzte Wille meines Vaters ist in dieser Hinsicht unmissverständlich.«

Sie traten in das kleine Wohnzimmer, wo Mr. Bland ein Notizbuch hervorzog und begann, ihr Fragen zu stellen, während sie ihm Tee aus der blauen Teekanne einschenkte. Er hatte ihr gestanden, dass ihm dieses Bild am besten gefiel.

»Ihr Vater stammte aus der Generation, die kurz vor dem Ersten Weltkrieg und danach gearbeitet hat«, sagte er, und Leonora nickte.

»Er ist vor vier Jahren gestorben, glaube ich?«

Leonora lächelte. »Ja, und er hatte, wie man so sagt, einen leichten Tod, obwohl Tod ja niemals leicht ist. Vor allem nicht für diejenigen, die zurückbleiben. Und …«

»Ich darf Ihnen mein Beileid aussprechen«, sagte Mr. Bland diskret.

Leonora sah ihn an. »Danke. Der Tod meines Vaters war nicht nur traurig, er kam ungelegen. Es geschah am Vorabend meiner Hochzeit.«

»Das ist äußerst betrüblich.« Mr. Bland balancierte sein Notizbuch auf den Knien und nahm einen Bissen von den Hörnchen, die Mrs. Darting gebacken hatte. »Aber ich glaube, es gibt kein Bild von ihm, das später als 1935 datiert ist. Demnach hat er in den letzten dreizehn Jahren seines Lebens nicht mehr gemalt … ist das korrekt?«

»Ja, es stimmt leider«, erwiderte Leonora. »1935 starb meine Mutter, und er … nun, er war nie wieder derselbe.«

»Nichtsdestotrotz hat er ein beachtliches Gesamtwerk hinterlassen. Wir haben vierundfünfzig Ölgemälde, einige Dutzend Zeichnungen und Aquarelle. Sehr viel mehr, als manch anderer Künstler im Laufe seines Lebens schafft. Und ich bin sicher, dass es die Leute faszinieren wird, hierher zu kommen und sich die Bilder anzusehen. Eine zusätzliche Attraktion …« Er lächelte Leonora an. »… werden natürlich Sie selber sein, *in situ* sozusagen. Die Besucher werden sich freuen, das Originalmodell der Kinderporträts kennen zu lernen.«

Leonora lächelte. »Ich dachte eigentlich, dass ich mich auch darauf freuen würde«, gestand sie. »Aber jetzt bin ich doch ein bisschen nervös. Ob ich wohl immer das Richtige sagen werde? Vielleicht könnte das ein anderer besser als ich. Jemand, der mehr davon versteht als ich?«

»Vermutlich«, stimmte Mr. Bland zu. »Aber, wenn ich so sagen darf, Sie sind Willow Courts größter Trumpf. Ihre Anwesenheit würde es definitiv zu etwas Besonderem machen.«

Leonora erwiderte: »Hoffentlich kommen nicht zu viele auf einmal. Ich glaube, mit Menschenmengen kann ich nicht so gut umgehen. Ich muss auch an meinen Mann und meine Tochter denken. Dies ist ja auch ihr Haus.«

»Natürlich. Wir müssen eben dafür sorgen, dass keine Menschenmengen kommen und Sie und Ihre Familie belästigen, gnädige Frau«, sagte Mr. Bland. Für jemanden, der so gesetzt redete wie er, dachte Leonora, sah er ziemlich aufgeregt aus. »Wir werden die Zahl der Besucher beschränken. Das macht das Ganze … exklusiver. Sie müssen sich vorher bei uns in der Galerie telefonisch anmelden und einen Termin für die Tage, an denen Willow Court offen ist, vereinbaren. Und meiner Meinung nach sollten es nicht zu viele Tage sein. Ein wenig Seltenheitswert kann nicht schaden.«

»Ich bin ganz Ihrer Meinung«, erwiderte Leonora erleichtert, weil sie nun nicht jeden Tag Scharen von Besuchern die Kunstwerke von Ethan Walsh erklären musste. »Ich glaube, ich werde es genießen.«

Mr. Bland erhob sich. »Es wird mir ein Vergnügen sein, für Sie die Einzelheiten auszuarbeiten, Mrs. Simmonds.«

»Oh, Leonora, bitte«, sagte sie. »Schließlich werden wir eng zusammenarbeiten.«

»Ich fühle mich geehrt«, erwiderte Mr. Bland. »Und Sie müssen mich Jeremy nennen.«

Später lachten sie und Nanny Mouse darüber, wie ihm die Röte aus dem steifen Kragen gekrochen war.

»Ich werde eine richtige Geschäftsfrau, Nanny!«, sagte Leonora. »Ist das nicht aufregend?«

»Äußerst aufregend, Liebling«, erwiderte Nanny, die eifrig damit beschäftigt war, das Oberteil eines hübschen Kleides für Gwen zu smoken. »Willow Court wird im Mittelpunkt der Aufmerksamkeit stehen.«

Leonora und Mr. Bland… Jeremy… hatten den Donnerstag als Tag der offenen Tür für Willow Court gewählt. Das galt für das ganze Jahr, und im Sommer würden sie zusätzlich noch dienstags öffnen. Ab und zu konnten sie auch noch übers Wochenende Besucher zulassen, aber das überließ Jeremy ganz ihrer freien Entscheidung.

»Er denkt, unser Leben sei voller Vergnügungen und Müßiggang, Nanny«, sagte sie. »Jedes Wochenende Gäste oder Einladungen auf Partys und so was. Und dabei sind wir so häuslich. Er weiß eben nicht, dass wir am liebsten unter uns sind.« Nanny Mouse erwiderte nichts, dachte aber insgeheim, dass dieser Mr. Bland ein kluger Mann war, der Leonora fast besser kannte als sie sich selbst. Sicher waren sie und Peter einander sehr zugetan, aber sie gaben doch zahlreiche Einladungen und besuchten Freunde und Bekannte. Ein Leben voller Vergnügungen war ihrer Meinung nach genau der richtige Ausdruck dafür.

»Sieh mal! Sieh mal, Gwen, mein Liebling!« Leonora wies auf den winzigen Bildschirm, auf dem sie ein körniges, graues Bild der Kutsche (die ja in Wirklichkeit golden war) ausmachen konnten, in der die neue Königin von Westminster Abbey in den Palast zurückfuhr. Das Bild war sehr unscharf, als ginge über London gerade ein Schneesturm nieder, aber trotzdem drängelten sich alle im Wohnzimmer, um kein Detail der Krönungszeremonie zu verpassen.

»Schade, dass es so regnet!«, sagte Bunny. Richard saß auf ihrem Schoß, und Leonora hielt Gwen auf dem Arm, damit die Kleine zumindest im Augenblick vor den Attacken des Jungen sicher war.

»Könin!«, rief Gwen, und alle lachten.

»Sie spricht schon so gut für ihr Alter!«, sagte Bunny leicht verdrossen. Richard sprach noch nicht besonders viel, und Leonora dachte insgeheim, dass er all seine Fähigkeiten dazu einsetzte, den Haushalt anderer Leute in Gefahr zu bringen.

»Ja, das ist die neue Königin, meine Süße«, flüsterte Leonora ihrer Tochter ins Ohr. Bunny studierte aufmerksam den Bildschirm. »Kannst du ihre Krone sehen?«

Gwen nickte ernst.

»Das war ein ereignisreicher Tag«, sagte Peter, der extra früher nach Hause gekommen war, um die Zeremonie am Bildschirm zu verfolgen. Auch Nigel war da, und der Anlass entwickelte sich zu einer Art Party. Schließlich wurde ja nicht jeden Tag ein Monarch gekrönt. Als jedoch endlich das Teegeschirr abgeräumt worden war, fuhren Bunny, Nigel und Richard nach Hause, und kurz darauf ging Nanny mit Gwen nach oben, um sie zu baden.

»Ich weiß, was du jetzt sagen wirst«, neckte Leonora Peter.

»Nein, weißt du nicht.«

»Doch. Du wirst sagen, *Endlich Frieden*. Oder irgendwas in der Art.«

»Gut geraten, aber es stimmt nicht ganz. Eigentlich wollte ich sagen, *Endlich allein!*«

»Aber wir sind doch oft allein.«

»Nicht oft genug für mich.« Er setzte sich neben Leonora aufs Sofa und legte den Arm um sie.

»Oh, Liebling. Wir sind ein altes Ehepaar und bestimmt viel zu alt, um uns auf dem Sofa herumzudrücken. Dafür gibt es ein anderes Möbelstück, weißt du.«

Sie meinte kein Wort von dem, was sie sagte. Sie wären für eine Weile ungestört, das wussten beide, und die festliche Atmosphäre hatte sie angesteckt. Außerdem hatten sie reichlich Champagner getrunken – *Schließlich ist ja nicht jeden Tag Krönung!* –, und Leonora drehte sich ein bisschen der Kopf.

Plötzlich geschah alles sehr schnell. Ihr Rock und ihr spitzengesäumter Unterrock rutschten hoch, ihr Höschen landete irgendwo auf dem Teppich, und Peter liebte sie und küsste sie auf die Haare. Die köstliche Angst, dass jemand sie überraschen könnte, trieb sie an, und es fiel ihnen leicht, schnell zu sein, weil sie nicht aufhören konnten. Nie bekamen sie genug, und sie unterdrückten ihr Stöhnen, und dann hörte man nur noch Keuchen, als seien sie eine weite Strecke gelaufen.

Danach ordneten sie schweigend ihre Kleider und lehnten sich in die Polster.

»Zeit, nach oben zu gehen und Gwen einen Gutenachtkuss zu geben«, sagte Peter schließlich.

»Geh du zuerst«, murmelte Leonora mit geschlossenen Augen. »Ich komme gleich.«

Sie hätte mit ihm gehen können, aber sie wollte noch nicht. Sie wollte auf dem Sofa sitzen und den Moment auskosten. Daran denken, wie die Liebe zu ihm sie erfüllte. Wie schwer ihre Gliedmaßen waren. Dass sie am liebsten nie mehr aufgestanden wäre.

»Liebling? Liebling, kannst du mich hören?« Leonora sprach überdeutlich ins Telefon. Es war eine Erfindung, die sie nicht verstand und irgendwie als Zauberei empfand. Peter saß in seinem Büro in Marlborough. Sie war fünfzehn Meilen von ihm entfernt auf Willow Court, und doch hörten sie einander so deutlich, als stünden sie im gleichen Zimmer.

»Ich kann dich hören, Leonora«, erwiderte Peter. Er klang amüsiert, aber Leonora war klar, dass er wahrscheinlich weiterarbeiten wollte, und es ihr nur nicht sagte, um sie nicht vor den

Kopf zu stoßen. Na egal, dachte sie. Wenn ich ihm die Neuigkeiten erzähle, vergisst er sowieso alles.

»Ich wollte es dir sofort erzählen. Eigentlich wollte ich warten, bis du zu Hause bist, aber Dr. Benyon war gerade hier, und ich möchte es gerne Nanny Mouse sagen, aber das kann ich nicht, bevor du es nicht weißt, und deshalb dachte ich, ich rufe dich einfach an ... Es tut mir Leid, wenn ich dich störe, Liebster.«

»Ich glaube, ich weiß es.« Peters Stimme klang auf einmal anders. Er weiß es wirklich, dachte Leonora. Er muss es einfach wissen. Er kann ja hören, wie glücklich ich bin.

»Ja, vermutlich. Wir bekommen wieder ein Baby. Oh, Peter, ich wünschte, du wärst hier.«

»Liebling! Oh, Liebling, das sind wundervolle Neuigkeiten. Ganz wundervoll ... oh Gott, ich kann nicht mehr hier bleiben. Ich komme nach Hause. Gib mir noch eine Stunde. Ich muss noch rasch ein Problem klären, und dann komme ich, so schnell ich kann. Oh, Leonora, mein Schatz. Ich bin gleich bei dir. Darf ich es hier erzählen? Sie werden entzückt sein. Sie wollen bestimmt mit mir auf dich anstoßen, Liebling. Aber es dauert nicht lange.«

»Versprochen?«

»Versprochen. Kuss, Kuss.«

»Kuss, Kuss.« Leonora lächelte, als sie den Hörer auflegte. Wenn uns jemand hören könnte, dachte sie, er würde denken, wir hätten den Verstand verloren. Sie blickte sich um und überlegte, was sie machen sollte, bis Peter nach Hause kam. Nanny Mouse hatte Gwen zu ihrem Mittagsschlaf hingelegt. Der Septembernachmittag war warm und sonnig. Ich gehe spazieren, dachte sie. Ich gehe um den See, und wenn ich wieder zurückkomme, ist Peter vielleicht schon da.

Die Bäume wissen, dass der Herbst nahe ist, dachte Leonora, obwohl es noch so warm wie im Sommer ist. Die Roteichen färbten sich bereits purpurn. Die späten Rosen waren schön dieses Jahr, und die Hortensien blühten üppig.

Langsam spazierte sie um den See, lächelte über die Schwäne und konzentrierte sich mit aller Kraft auf das neue Leben in ihr.

Sie legte die Hand auf ihren noch flachen Bauch und fragte sich, ob sie wohl einen Jungen oder ein Mädchen erwartete. Sie hatte jedoch noch nie verstanden, warum das den Leuten immer so wichtig war. Es reichte doch, wenn das Kind gesund war. Sie war die Einzige von ihren Freundinnen, die es genoss, schwanger zu sein. Grace hatte sechs Monate »über der Toilette gehangen«, wie sie es formulierte, und selbst Bunny hatte Kaffee und alle möglichen anderen Dinge nicht vertragen. Beide hatten unglaublich zugenommen, als Leonora jedoch Gwen erwartete, hatte man erst im sechsten Monat gesehen, dass sie überhaupt schwanger war.

Wie spät war es? Leonora schaute auf ihre Armbanduhr und begann, rascher zu gehen. Sie träumte jetzt schon seit über einer Stunde vor sich hin. Selbst wenn Peter noch nicht zu Hause ist, dachte sie, dann ist Gwen mittlerweile sicher aufgewacht und verlangt nach mir. Sie ging durch den Wilden Garten und über den Rasen auf die Terrasse zu. Vor dem Haus standen zwei Polizeiwagen, und Leonora, die in Gedanken mit viel wichtigeren Dingen beschäftigt war, betrachtete sie geistesabwesend. Was mochten sie wohl auf Willow Court wollen? Als sie in die Halle trat, standen dort zwei männliche Polizisten und eine Frau. Irgendwie wirkten sie unnatürlich, wie auf einem Tableau. Nanny Mouse rannte tränenüberströmt auf Leonora zu und schloss sie in die Arme. »Oh, Leonora, Leonora, mein Liebling. Du musst jetzt tapfer sein, mein Liebes. Oh, es ist so furchtbar, mein armer Liebling. Reg dich nicht auf.«

Eiseskälte stieg in Leonora auf. Sie stieß Nanny Mouse grob weg und wollte fragen, was passiert sei, aber sie bekam keinen Ton heraus. Sie schmeckte etwas Bitteres und konnte nur wimmernde Laute von sich geben.

»Mrs. Simmonds«, sagte die Polizistin. »Kommen Sie, setzen Sie sich, Mrs. Simmonds.« Sie ergriff Leonora am Ellbogen und führte sie zu einem Stuhl. Wir haben gar keine Stühle in der Halle, dachte Leonora. Sie haben ihn extra hierher geholt. Sie wollte sich nicht setzen. Wie konnte die Frau es wagen, ihr das vorzuschlagen.

»Ich weiß nicht, warum Sie hier sind, aber wenn Sie noch

einen Moment warten können ... Mein Mann muss jeden Moment kommen, und er wird Ihnen sicher gern alle Ihre Fragen beantworten.«

Nanny Mouse stieß einen Schrei aus, schlug sich aber gleich die Hand vor den Mund. Der älteste der Polizisten – er hatte graue Haare und sah aus wie ein strenger Onkel – trat zu ihr und bedeutete ihr sanft, sich zu setzen.

»Wir müssen Ihnen leider eine schlimme Nachricht überbringen, Mrs. Simmonds. Eine sehr schlimme Nachricht.«

Die Trauer hüllte Leonora ein wie dichter Nebel, und noch Tage nach diesem entsetzlichen Nachmittag, als sie mit vorgetäuschter Ruhe den Worten des Polizisten gelauscht hatte (*viel zu schnell gefahren ... ein Baum ... sofort tot*) und dann in Ohnmacht gefallen war, hatte sie im Bett gelegen und geweint, bis auch der letzte Tropfen Flüssigkeit aus ihren Augen geflossen war. Als keine Tränen mehr kamen, stand sie auf. Alles um sie herum erfüllte sie mit einer unermesslichen Wut. Stundenlang war sie starren Blickes immer wieder um den See gelaufen. Sie packte seine geliebten Platten in eine Kiste und stellte sie ins Atelier. Sie nahm die Liebesbriefe, die sie vor Jahren im Puppenhaus versteckt hatte, legte sie mit den anderen zusammen in eine Blechdose und schob sie ganz hinten in die unterste Schublade ihrer Kommode. Vielleicht würde sie sie verbrennen. Sie konnte noch nicht einmal Peters Schrift ansehen, ohne wieder in Tränen auszubrechen. Gwens Anblick tat ihr weh, weil alles an dem Kind ihr Peter ins Gedächtnis rief. Sie sah ihm zwar nicht ähnlich, aber ihre pure Existenz war das Ergebnis ihrer Liebe, ihrer Leidenschaft, und sie konnte es nicht ertragen, daran zu denken, dass er sie nie wieder umarmen sollte.

Sie schlief fast nicht mehr. Die meisten Nächte lag sie in ihrem Bett (*ihrem Bett!*), dachte an die Vergangenheit und sehnte sich nach Peters Berührungen. Ihr Körper schmerzte, als habe jemand mit einem Messer zugestochen. Sie starrte an die Decke, rief Peters Namen, in Gedanken oder vielleicht auch laut, und lehnte jeden Zuspruch ab.

Nanny Mouse tat ihr Bestes. Sie streichelte und beruhigte Leonora und wischte ihr die Stirn mit einem feuchten Tuch ab, wenn ihr Gesicht vom vielen Weinen wieder fleckig und verquollen war. Und sie sorgte dafür, dass sich Leonora wenigstens so weit zusammenriss, dass sie an der Beerdigung teilnehmen konnte.

»Leonora, Liebes, morgen früh ist Peters Beerdigung. Ich habe dein schwarzes Kostüm herausgelegt und den Hut mit dem Schleier. Du musst dich jetzt ein wenig besser in den Griff bekommen.«

»Wie kannst du es wagen, Nanny? Mich in den Griff bekommen … wie kannst du so etwas nur sagen? Weißt du denn nicht … weißt du denn wirklich nicht, was ich verloren habe? Alles. Mein Leben, mein Glück, alles.«

»Unsinn«, erwiderte Nanny Mouse. »Ich will überhören, was du gerade gesagt hast, Leonora, weil du nicht bei dir bist. Aber ich möchte dich darauf hinweisen, dass du auch Mutter bist. Gwen braucht dich, jetzt sogar umso mehr, weil sie keinen Vater mehr hat, das arme kleine Ding.«

Leonora starrte Nanny Mouse fassungslos an. Am liebsten hätte sie diese dumme Frau, die ihr sagte, sie solle sich zusammenreißen, wo sie doch wusste, dass sie nie, nie wieder der Welt entgegentreten konnte, angeschrien. Ich muss nicht weiterleben, dachte sie. Ich kann sterben. Ich kann Tabletten mit Whisky herunterspülen und nie wieder aufwachen. Sie schloss die Augen und überlegte, aber Nanny Mouse redete einfach weiter. Sie sagte: »Ich weiß, dass du so etwas Dummes nie tun würdest. Du weißt schließlich besser als irgendjemand sonst, was es für ein Mädchen bedeutet, ohne Mutter aufzuwachsen. Denk doch an die kleine Gwen und wie sehr sie dich liebt. Und denk daran, was Peter sagen würde, wenn du seine Tochter im Stich ließest.«

Das Possessivpronomen brachte sie zur Besinnung. Gwen war in der Tat Peters Tochter. Leonora öffnete die Augen, schniefte und sagte: »Danke, Nanny. Ich werde jetzt ein Bad nehmen. Ja, ich nehme an der Beerdigung teil. Ich werde dir keine Schande machen. Und Peter auch nicht.«

Seinen Namen laut auszusprechen, war eine unsägliche Qual, aber sie biss die Zähne zusammen und fuhr fort: »Ich wünschte, ich hätte es ihm nicht gesagt. Ich wünschte, ich hätte gewartet. Oh Gott, jetzt ist es zu spät, aber er hat den Unfall gehabt, weil ich ihm gesagt habe …«

»Was hast du ihm gesagt, Liebes?« Nanny Mouse schaute sie verwirrt an, und Leonora musste unwillkürlich lächeln.

»Du hast es nicht erraten. Ich dachte, du wüsstest es. Ich bin wieder schwanger. Ich werde nächsten März ein Baby bekommen. Ich habe Peter angerufen, um es ihm zu sagen, und deshalb ist er so schnell gefahren. Deswegen ist er gestorben … oh, Nanny, was soll ich nur ohne ihn machen? Wie soll ich es überleben?«

»Du wirst eines Tages darüber hinwegkommen. Im Moment darfst du weder an die Zukunft noch an die Vergangenheit denken. Noch nicht. Dafür ist immer noch Zeit. Lass uns jetzt erst einmal die Beerdigung überstehen.«

Die kleine Kirche auf dem Hügel über dem See war voller Menschen. Alle ihre Freunde, alle seine Kollegen aus dem Büro und aus seiner Zeit bei der Armee waren da. Leonora hatte Gwen in der Obhut von Libby gelassen, einem jungen Mädchen aus dem Dorf, das als Aushilfe kam, wenn es, wie Nanny es ausdrückte, »drunter und drüber ging«. Nanny Mouse stand in ihrem besten schwarzen Kleid mit einem schwarzen Filzhut neben Leonora, bereit, sie aufzufangen, sollte sie ohnmächtig werden. Schließlich war sie im dritten Monat schwanger.

Leonora hatte vor der Trauerfeier einen kräftigen Schluck aus der Whiskykaraffe genommen, um sich ein wenig Mut anzutrinken. Wenn Nanny Mouse das herausfindet, wird sie bestimmt böse, dachte sie. Es tut dir in deinem Zustand nicht gut, wird sie sagen. Was ich eigentlich denke, kann ich weder ihr noch sonst jemanden anvertrauen. Ich will dieses Kind nicht. Wegen dieses Kindes ist Peter gestorben. Ich will es nicht. Ich wünschte, es würde auch sterben. Ich wünschte, es würde einfach nicht auf die Welt kommen. Aber vielleicht habe ich ja auch eine Fehlgeburt.

Das passiert vielen Frauen, warum nicht auch mir? Ich werde hier in der Kirche darum beten … o Gott, nein, was denke ich da bloß? Mein armes kleines Baby! Oh, Peter, hör mir nicht zu! Ich bin nicht bei mir. Ich bin wahnsinnig vor Trauer und sage und denke Dinge, die niemand jemals denken sollte. Aber ich wünsche mir so sehr, ich hätte gewartet … dann wärest du langsam nach Hause gefahren. Du würdest noch leben und ich auch.

Sie hörte die Worte der Predigt kaum. Sie folgte dem Sarg zu dem Platz unter den Eiben, wo die Grube schon ausgehoben war. Peter lag in dem Sarg. Sie biss sich auf die Lippen, bis Blut kam. Der schwarze Schleier an ihrem Hut verbarg ihr Gesicht ein wenig, aber sie wusste, dass alle sie ansahen, dass alle sahen, wie tapfer sie war. Ich bin nicht tapfer, hätte sie am liebsten geschrien. Ich will auch sterben. Gwen, dachte sie. Denk an Gwen. Denk an ihre kleinen Hände, ihre Stimme, denk daran, wie sehr Peter sie geliebt hat, und wie enttäuscht er wäre, wenn du sie verlassen würdest. Sie schloss die Augen. Lass es endlich vorbei sein, dachte sie, während die Worte des Pfarrers vom Wind weggetragen wurden … *Asche zu Asche … Staub zu Staub.* O Peter, mein Liebster. Wohin bist du gegangen?

An einem stürmischen Tag im März 1954 brachte Leonora ihre zweite Tochter zur Welt. Die Wehen zogen sich lang und schmerzhaft hin, und als es endlich vorbei war und das Baby in ihren Armen lag, war sie völlig erschöpft. Sie blickte auf die roten Härchen und das zerknitterte Gesicht und begann zu weinen, bittere Tränen der Trauer.

»Was für ein süßes Baby«, sagte die Hebamme. »Wissen Sie schon, wie sie heißen soll?«

»Eigentlich nicht«, erwiderte Leonora. »Aber mir fällt schon noch ein Name ein.«

Nanny Mouse brachte Gwen, damit sie ihre Schwester kennen lernte.

»Babba!«, sagte Gwen und streichelte vorsichtig über den zarten roten Flaum.

Leonora schloss die Augen und wünschte sich, sie nie wieder

öffnen zu müssen. Peter war jetzt seit sieben Monaten tot, und alle nahmen an, sie sei darüber hinweggekommen. Sie tat ihre Pflicht, kümmerte sich um Gwen, las ihr vor und hatte ihr sogar ein eigenes kleines Fleckchen im Garten gegeben, wo sie graben konnte. Ihr zweites Kind erwartete sie mit einer Mischung aus Wut und Widerwillen, der sie keinen Ausdruck verleihen durfte.

Jetzt betrachtete sie das Baby und überlegte, wie es heißen sollte. Der Arzt, den sie aufgesucht hatte, um mit ihrer Trauer fertig zu werden, war ein freundlicher Mann namens Cyril Rotherspoon gewesen, mit einer Praxis in Swindon. Sie hatte ihn nur zwei Mal aufgesucht, weil sie schnell festgestellt hatte, dass sie ihren Kummer alleine überwinden musste, aber jetzt fiel er ihr ein. Warum nicht, dachte sie. Ich will ihr ja eigentlich sowieso keinen Namen geben, dann kann ich sie genauso gut so nennen. Das ist zumindest ungewöhnlich. *Cyrilla.* Das klingt wie die Heldin in einem Liebesroman. Das Baby suchte nach ihrer Brust, und seufzend legte Leonora es an. Sie konnte nichts dagegen tun, sie weinte schon wieder. Ihr Kummer würde nie enden.

Sean starrte auf die Liste und versuchte, sich zu konzentrieren. Vor Beginn der Dreharbeiten war er lange Zeit durch die Zimmer von Willow Court gegangen, um zu entscheiden, welche der Gemälde unbedingt aufgenommen werden mussten. Ethan Walsh hatte zwar in den letzten Jahren seines Lebens nicht mehr gemalt, aber an den Wänden hingen mindestens fünfzig Ölbilder, ganz zu schweigen von den Zeichnungen, Skizzen und unvollendeten Werken in seinem Atelier. Sean kannte die Werke mittlerweile gut, und bereits bevor er nach Willow Court gekommen war, hatte er sie alle im Geiste Revue passieren lassen, um zu planen, wie er sie in den Film integrieren wollte.

Je mehr er über ihn erfuhr, desto weniger gefiel ihm Ethan Walsh. Der Hinweis auf seine Gewalttätigkeit heute war auch interessant gewesen. Ich muss mit Leonora darüber sprechen, dachte er, und legte die Aufstellung von Walshs Werken wieder zurück in die Mappe. Auf Nanny Mouse alleine kann ich mich nicht verlassen, sie ist die meiste Zeit so verwirrt. Er rief sich ein paar seiner Lieblingsbilder ins Gedächtnis. Der Kontrast zwischen der Qualität des Werkes und dem, was er über den Charakter des Künstlers erfahren hatte, erstaunte ihn. Die leuchtenden, lichterfüllten Farben, die Eleganz und die leise Traurigkeit, die auch die fröhlichsten Bilder zu durchdringen schienen, passten nicht zu dem harten, maskulinen Charakter, der sich ihm hier enthüllte. Nun, Kunst war oft überraschend, und es gab viele Künstler, die sich nicht immer gut benommen hatten.

Sean war sich der Tatsache bewusst, dass er sich besonders anstrengen musste, seine Aufmerksamkeit der Arbeit zuzuwenden. Rilla, dachte er, und bei dem bloßen Gedanken an ihren Namen empfand er eine aufgeregte Freude wie schon lange nicht mehr. So habe ich mich seit Jahren schon nicht mehr gefühlt, dachte er, und lächelnd gestand er sich ein, dass er seine Verabredung mit dem Filmteam heute Abend am liebsten absagen würde.

Er stand auf und begann, sich auszuziehen, um vor dem Abendessen noch zu duschen. Ich will immerzu mit ihr zusammen sein, sagte er sich. Was sie wohl gerade macht? Ob ich heute Abend früher wegkomme? Er dachte an den Pavillon, und wie er wohl im Dunkeln aussehen mochte. Er stellte sich vor, wie Rilla dort auf ihn wartete, auf einem der Korbstühle sitzend, mit aufgelösten Haaren. Ob sie ihre Haare wirklich offen tragen würde? Er wollte sie so gerne berühren. Würde er all das sagen können, was er ihr sagen wollte? Vielleicht hatten ja seine gescheiterte Ehe, die Scheidung und all die unbefriedigenden Beziehungen der letzten Jahre einen ungeschickten Tölpel aus ihm gemacht, der nicht mehr in der Lage war, vom Flirtstadium in die nächste Phase überzugehen? Er blickte aus dem Fenster. Die Sonne stand tief über den Bäumen hinter dem See. Na komm schon, Dunkelheit, dachte er, und wünschte sich, er könnte die Zeit beschleunigen. Rilla.

Seit den ersten Tagen ihrer Ehe hatte Leonora sich immer zum Abendessen umgezogen. Es war zur Gewohnheit geworden, obwohl mittlerweile kaum noch jemand darauf bestand, aber niemand, der zu Besuch auf Willow Court war, beschwerte sich darüber. Selbst die Enkelkinder akzeptierten, dass sie sich vor dem Abendessen waschen und angemessener anziehen mussten.

Sie gestand sich durchaus ein, dass sie dieses Ritual zum Teil auch deshalb genoss, weil sie sonst ihr ganzes Leben lang, je nach Jahreszeit, ausschließlich Rock oder Hose mit Bluse oder Pullover getragen hätte. Und ich bin eitel, dachte sie, trotz meines Alters. Ob das wohl normal ist? Jeden Abend wählte sie sorgfältig unter ihren zahlreichen Kleidern und überlegte, welchen Schmuck sie dazu tragen sollte.

Sie setzte sich in ihrem dunkelblauen seidenen Morgenmantel an ihren Schminktisch. An der Wand links von ihr hing eine gerahmte Fotografie, die sie auf ihrem ersten offiziellen Ball zeigte, und wann immer Leonora sich besonders alt oder müde fühlte, betrachtete sie sie. Auf dem Foto wirkte das Kleid weiß, aber sie wusste ganz genau, dass es eisblau gewesen war. Sie trug die Perlenkette, die sie noch heute oft anlegte. Ihr Vater hatte sie ihr zum achtzehnten Geburtstag geschenkt. Über die Schuhe musste sie lächeln. Sie wären heute noch modern. Auch die Tiara war wunderschön, aber inzwischen trug man so etwas nicht mehr, was sie bedauerte. Sie war sehr stolz auf ihre gewesen. Sie hatte Maude gehört und lag jetzt in der Stadt in einem Bankschließfach. Sie wandte ihre Gedanken wieder dem Problem zu, was sie heute Abend anziehen sollte. Vielleicht das beige Leinenkleid mit der Jadekette. Was sie im Spiegel sah, missfiel ihr nicht. Sie lächelte, als sie daran dachte, wie überrascht ihre Töchter wären, wenn sie wüssten, wie oft sie noch an Sex dachte. So alt bin ich schließlich auch noch nicht, dass ich mich nicht mehr daran erinnern kann, wie es geht. Hugh Kenworthy fiel ihr plötzlich ein. Aus dem Nachmittag, den sie mit ihm verbracht hatte, hätte leicht mehr werden können… nun, das war lange vorbei. Wenn sie an diese Zeit dachte, stieg immer noch ein leises Schuldgefühl in ihr auf, und energisch verdrängte sie jeden Gedanken an ihn.

Warum ist er mir wohl gerade jetzt eingefallen, fragte sie sich. Sie trug Rouge auf ihre Wangenknochen auf, immer bemüht, es nicht zu übertreiben. Gut, das war in Ordnung. Gerade so viel, dass sie gesund aussah. Vielleicht weil Rilla sich wieder verliebt hatte. Ihre Gefühle für Sean standen ihr förmlich ins Gesicht geschrieben. Mit Hugh war es genauso gewesen. Komisch, dass Kinder nie merkten, wie durchschaubar sie für eine Mutter waren. Leonora ergriff ihre silberne Haarbürste. Ob Eltern für ihren Nachwuchs auch so leicht zu durchschauen waren? Der Gedanke brachte sie zum Erröten, weil sie an Hugh gedacht hatte, und heftiger als nötig begann sie, ihre Haare zu bürsten.

Leonora überlegte, ob sie es sich einbildete, oder ob die Unterhaltung sich heute wirklich mühsam dahinschleppte. Anscheinend hüteten alle ihre Zunge, als hätten sie Angst vor dem, was herauskäme, wenn sie offen sprächen. Fiona ließ Efe nicht aus den Augen. Ein oder zwei Mal lächelte er ihr zu, und es war rührend und traurig zugleich anzusehen, wie sie aufstrahlte. Das ganze Essen über war Efe untypisch schweigsam gewesen und hatte nur geredet, wenn er direkt angesprochen wurde.

Beth hatte sich am meisten um ihn bemüht. Allerdings wagte sie es nicht, sein Angebot vom Vorabend zur Sprache zu bringen. Das hätte unweigerlich einen Streit hervorgerufen, und Leonora lehnte Streitigkeiten während des Abendessens kategorisch ab. Ihrer Meinung nach gehörte so etwas zur Privatsphäre und durfte nur unter den Beteiligten ausgemacht werden.

Beth versuchte, Efe aufzuheitern, hatte jedoch nicht allzu viel Erfolg.

Leonora wandte sich an ihre älteste Tochter. »Du wirkst ein wenig besorgt, Gwen, Liebes. Stimmt etwas nicht?« Sie nahm einen Bissen Apfelkuchen. Sie hatten wirklich Glück, dass Mary so hervorragend backen konnte. Der Kuchen war köstlich, und sie konnte Rilla kaum zum Vorwurf machen, wie reichlich sie davon nahm.

»Nein, Mummy, ich gehe nur gerade im Geiste meine Liste durch. Ich muss morgen an so vieles denken. Es tut mir Leid. Habe ich etwas Wichtiges überhört?«

»Nein, keineswegs. Ich glaube, wir haben heute Abend alle genug von Gesprächen.« Alle sahen sie auf einmal an, und Leonora lächelte, um ihnen zu zeigen, dass sie nicht böse war. Sie sagte:

»Rilla, du bist doch heute mit Sean bei Nanny Mouse gewesen. Wie geht es ihr?«

»Recht gut«, erwiderte Rilla und tupfte sich den Mund mit einer Serviette ab. »Die meiste Zeit schien sie zu wissen, wer wir waren. Aber …« Sie schwieg. »Eine Sache war sehr interessant. Sie wollte uns anscheinend mitteilen, dass Ethan Walsh grausam zu Maude war. Einen Moment lang hat sie sogar Sean für Ethan gehalten und ist regelrecht vor ihm zurückgewichen, als ob er sie schlagen wolle. Sie sah völlig verängstigt aus, die arme alte Nanny.«

»Ich glaube nicht, dass man Nanny Mouse alles glauben sollte, selbst wenn sie klar wirkt. Ich kann mich an so etwas jedenfalls nicht erinnern«, sagte Leonora rasch, aber ihr Herz schlug auf einmal schneller, und ihr Mund wurde trocken. Sie trank einen Schluck Wasser.

Rillas Bemerkungen hatten das Gespräch wieder in Gang gebracht, und mehr hatte sie auch nicht beabsichtigt. Chloë, Philip, Beth und sogar Efe redeten jetzt alle auf einmal; anscheinend hatte jeder von ihnen etwas zu gewalttätigen Männern zu sagen. Leonora hörte nicht richtig hin und schnappte nur Fetzen der Unterhaltung auf. *Sie ändern sich nie … ich weiß gar nicht, warum Frauen sich nicht zur Wehr setzen … kann ich nicht … das heißt nicht, dass sie einen nicht lieben … seltsame Art, das zu zeigen … würde mir nicht im Traum einfallen … ich würde sofort zurückschlagen … Masochismus … sollten eingesperrt werden … verlieren die Nerven, und hinterher tut es ihnen Leid … nicht gut genug … keine Entschuldigung … Liebe … Liebe … alles Bastarde.*

Sie blickte in die Dunkelheit hinter Rillas Stuhl, die am anderen Ende des Tisches saß. Das Licht im Zimmer war gedämpft, weil Leonora zu grelles Licht nicht vertrug und lieber eine warme Atmosphäre durch Kerzenschein schuf. Sie hatte sich noch nie zuvor als alt empfunden, aber in der letzten Zeit passierten öfter Dinge, die ihr das Alter bewusst machten.

Man brauchte sich nur anzuschauen, was gerade am anderen Ende des Tisches passierte. Rilla – sie wusste, dass es Rilla war, obwohl sie sie nicht richtig erkennen konnte – löste sich förmlich auf. Ihre pfauenblaue, schimmernde Bluse verschwamm, und auf einmal war sie verschwunden, und jemand anderer saß auf ihrem Stuhl. Leonora blinzelte. Maude, dachte sie. Sie öffnete den Mund, um »Mummy« zu sagen, doch rechtzeitig wurde ihr klar, dass sie die einzige Person im Raum war, die dieses Gespenst sah.

»Geht es dir gut, Leonora?«, fragte James besorgt und beugte sich zu ihr.

»Ja, ja, selbstverständlich. Keine Sorge. Ich habe mich gerade nur ein wenig schwach gefühlt. Wahrscheinlich habe ich zu viel Apfelkuchen gegessen.«

»Lass uns für den Kaffee ins Wohnzimmer gehen, Mutter«, sagte Gwen. »Die anderen können ja nachkommen. Ich erzähle dir, welche Blumen ich für das Zelt vorgesehen habe.«

Leonora schob ihren Stuhl zurück und stand auf. »Ja, eine Tasse Kaffee käme mir jetzt gerade recht. Danke, Liebling.« Sie hakte Gwen unter, und als sie in die Halle gingen, sagte Leonora: »Ich habe das Esszimmer eigentlich nie leiden können. Es ist so kalt.«

»Das war es früher«, stimmte Gwen zu. »Als Rilla und ich klein waren. Aber du hast es schön eingerichtet, und jetzt ist es gar nicht mehr kalt.«

Im Wohnzimmer setzte sich Leonora in ihren Lieblingssessel, und Gwen ging in die Küche, um Kaffee zu holen. Ich hatte fast vergessen, dachte Leonora, warum ich das Zimmer hasse. Und jetzt ist es mir wieder eingefallen, weil ich Maude dort in ihrem fliederfarbenen Kleid mit dem Spitzenkragen gesehen habe. Manchmal durfte ich zur Belohnung dort hinkommen, aber ich konnte es nicht ertragen und konnte ihnen auch nicht sagen, warum. Vielleicht wusste ich es ja selbst nicht, aber ich hatte dort immer das Gefühl, dass Mummy gleich in tausend Stücke zerbrechen würde. Und dass Daddy schreien oder sehr böse werden könnte. Mit mir oder mit ihr.

Leonora schloss die Augen. Kein Wunder, dass ich das Esszimmer nicht leiden kann. Es herrschte immer eine so eisige

Stille, voller Bitterkeit und Wut und noch einem anderen Gefühl, das ich nie benennen konnte.

Sie setzte sich auf, weil sie auf einmal glaubte, ein Seufzen und unterdrücktes Schluchzen zu hören. Dort drüben am Sofa. Es war fast dunkel im Zimmer.

»Fiona? Bist du das?«, flüsterte Leonora. Fiona hatte vor dem Abendessen schon geweint, das war sicher. Niemand antwortete auf ihre Frage, es raschelte nur, und sie roch Maiglöckchenduft.

»So, Mutter!« Gwen stellte das Tablett ab und schaltete die Lampe ein. Leonora schaute sich um. Das elektrische Licht hatte alle Gespenster vertrieben. Sie sagte: »Kannst du etwas riechen? Maiglöckchen?«

»Nein, leider nicht. Ich mag dieses Parfüm auch nicht besonders«, erwiderte Gwen nüchtern. »Fiona vielleicht? Sie nimmt manchmal ein bisschen zu viel, mir war allerdings noch nicht aufgefallen, dass es Maiglöckchen ist.«

Leonora schüttelte den Kopf. »Es spielt keine Rolle, Liebling. Ich habe es mir wahrscheinlich nur eingebildet.«

Gwen war gerade damit beschäftigt, die Tassen auf Unterteller zu stellen, und antwortete nicht. Konnte man sich einen Duft einbilden?, fragte sich Leonora. Konnte ein Parfüm mehr als sechzig Jahre in der Luft hängen?

Ich werde albern und schrullig auf meine alten Tage, dachte sie. Eine Tasse Kaffee bringt mich sicher wieder zu Verstand.

»Entkoffeinierten, bitte«, sagte sie zu Gwen und schloss die Augen. Es kam ihr vor, als versuche jemand, eine Tür zu öffnen, die von der anderen Seite fest zugehalten wurde. Unsinn, sagte sie sich. Konzentrier dich auf morgen. Und auf den nächsten Tag.

Samstag,
24. August
2002

Ich bin das verkehrte Aschenputtel, dachte Rilla und kicherte. Ich gehe nach Mitternacht aus, statt nach Hause zu kommen. Es ist schon Samstag, und ich habe zu viel Wein getrunken. Ich bin ziemlich unsicher auf den Beinen, aber vielleicht liegt das auch nur an diesen Schuhen. Sie zog sie aus und stellte sie säuberlich neben den Weg. Wenn ich wieder hineingehe, kann ich sie ja mitnehmen, dachte sie. Im Moment brauche ich sie jedenfalls nicht. Die Nacht war drückend heiß, und der Mond, der immer wieder hinter Wolken verschwand, erhellte sie mit seinem Licht auf bedrohliche Weise. Sie konnte alles im Garten klar erkennen. Auch eine der Katzen war draußen und schlich um eine Hausecke.

Sie ging über den Rasen auf das Gewächshaus zu. Wie lange mochte es schon her sein, dass sie mit bloßen Füßen über das kühle Gras gegangen war? Dass sie das Laufen ohne Schuhe als etwas Bemerkenswertes empfand, lag wohl an ihrem Alter.

Als junges Mädchen war sie bei jeder Gelegenheit barfuß gelaufen. Genau diesen Weg hier war sie entlanggegangen, wenn Hugh damals über Nacht blieb und sie keine Gelegenheit hatten, zusammenzukommen, weil Leonora sie mit Argusaugen beobachtete. Rilla lächelte. Es war wirklich ein Wunder, wie es ihnen immer gelungen war, sie zu überlisten und sich doch zu treffen. Eines ihrer Lieblingsverstecke war der Pavillon gewesen.

Seltsam, warum musste sie gerade jetzt an Hugh denken? Bis sie Sean kennen gelernt hatte, hatte sie keine Freude an der Erinnerung gehabt, weil sie Leonora ihr Verhalten so übel nahm. Jetzt jedoch, dachte Rilla, ist es, als sei ein Migräneanfall vorüber. Überrascht hatte sie festgestellt, dass sie sogar mit Leonora sprechen konnte, ohne wütend auf sie zu werden, und auch an

Hugh konnte sie denken, ohne von Zorn und Bedauern überwältigt zu werden. Rilla lächelte, wenn sie daran dachte, wie wenig nötig gewesen war, um Hugh, den sie immer für die große Liebe ihres Lebens gehalten hatte, in die ferne Vergangenheit zu verbannen.

Sie trat in den Pavillon. Er war wunderschön und der Teil von Willow Court, den Rilla vorbehaltlos liebte, weil sie nur gute Erinnerungen damit verband. Als Kind hatte sie ihn nie wahrgenommen, weil sie nichts damit anfangen konnte. Weil die Wände aus Glas waren, konnte man nicht einmal Versteck darin spielen, und es gab auch nichts Interessantes darin, nur ein paar Korbstühle mit weißen Kissen und eine weiß gestrichene Holzbank an der Wand. Es war ein schmiedeeisernes Achteck mit Glasscheiben und zu klein, um etwas anderes darin zu tun, als zu lesen oder nachzudenken. Mehr als zwei Personen passten nicht hinein.

Genau dafür war er auch gebaut worden. Ethan Walsh hatte ihn für seine Frau zu ihrem zweiten Hochzeitstag entworfen, hatte Leonora erzählt. Sie hatte auch gesagt, dass ihre Mutter sich immer nur zu einem Zweck darin aufgehalten hatte: Stundenlang hatte sie hier gesessen und vor sich hin gestarrt. Je mehr Rilla über ihre Großmutter mütterlicherseits erfuhr, um so seltsamer kam sie ihr vor.

Hugh und ich hatten anderes hier zu tun, dachte sie. Sie trat ein in der Gewissheit, dass man sie jetzt hier genauso wenig sah wie damals. Sie setzte sich mit dem Rücken zum See. Der Mond verschwand hinter einer dicken Wolke, aber Rilla wollte auf keinen Fall riskieren, das Wasser silbrig aufblitzen zu sehen. Sie schloss die Augen. Wo blieb bloß Sean?

Während des Abendessens hatte sie sich keine Sekunde lang Sorgen gemacht. Sie wusste, dass er kommen würde, und hatte ungeduldig darauf gewartet, endlich vom Tisch aufstehen und hierher gehen zu können. Aber wo war er jetzt? Vielleicht hatte er ja seine Meinung geändert. Rilla erschauerte und schob den Gedanken energisch beiseite. In dem kleinen Glashaus umgab sie eine derart tiefe Stille, dass sie ihren eigenen Atem vernahm.

Er wird bestimmt kommen, sagte sie sich. Er muss einfach. Ich gehe jedenfalls nicht zurück zum Haus. Noch nicht. Sie schloss die Augen, lehnte sich in dem Korbsessel zurück und zwang sich, an etwas anderes zu denken. Hugh. Sie waren hergekommen, nachdem sie nackt im See geschwommen waren. Es war ungefähr drei Uhr morgens, auch damals war die Nacht heiß gewesen, und kein Lüftchen hatte sich geregt. Er hatte sie hierher getragen, und abgesehen von dem T-Shirt, das sie um sich gewickelt hatte, war sie nackt gewesen. Im Pavillon hatte er ihr sofort das Hemd von den Brüsten gerissen und angefangen, sie überall zu küssen. Sie waren in einen der Sessel gesunken und hatten vor Verlangen nacheinander alles um sich herum vergessen. Leonora und der gesamte Haushalt hätten vor den Glasscheiben stehen können, und sie hätten es nicht gemerkt.

Rilla lächelte. Gott, wenn man jung war, war einem alles egal. Das Feuer im Blut brannte alles nieder. Hugh. Sie konnte ihn fast schmecken, selbst nach all diesen Jahren noch.

Juli/August 1971

Ich hasse sie. Ich hasse sie aus ganzem Herzen. Ich wünschte, ich müsste nicht in diesem grässlichen Haus leben, mit all den schrecklichen Menschen, die von nichts eine Ahnung haben. Sie wissen weder etwas von mir noch von der wahren Welt da draußen, außerhalb dieses lächerlichen Hauses mit seinen endlosen Rasenflächen und Blumen und dem blöden See, den jeder so toll findet und der in Wahrheit so langweilig ist, weil man nur darum herumlaufen kann und sonst nichts. Ich hasse es. Ich hasse alles. Sie verstehen nichts, weder Mummy noch Nanny Mouse, noch Gwen, weil sie dauernd in der blöden Schweiz ist und lernt, wie man Servietten faltet und ähnlich nutzlose Dinge, und weil sie nur manchmal am Wochenende nach Hause kommt, mit James im Schlepptau, und weil sie zwei Jahre älter ist und tun und lassen kann, was sie will.

Rillas Gedanken drehten sich im Kreis, und Tränen verschleierten ihren Blick. Wütend marschierte sie die Allee hinauf, auf das Tor und die Freiheit zu. Alles würde gut, wenn sie erst einmal aus Willow Court weg war. Es war fünf Uhr nachmittags, und es sah nach Regen aus. Sie hatte noch nicht einmal eine Jacke dabei. Aber mir ist es egal, wenn ich klatschnass werde, dachte sie. Ihr ist das auch gleichgültig. Sie denkt immer, wenn sie sich über meine Kleidung und mein Verhalten aufregt, dann zeigt das ihre Liebe, aber das ist nicht so. Sie kümmert sich ja doch nur darum, was die Leute denken. Fast hätte Rilla gelacht, obwohl sie so wütend war. Was für Leute? Wo waren sie denn?

»Du wirst in diesem Aufzug nicht das Haus verlassen«, hatte ihre Mutter gesagt, als sie gehen wollte.

»In welchem Aufzug?« hatte Rilla gefragt. »Ich weiß nicht, was du meinst?«

»Aber natürlich weißt du das, Liebling. Sei nicht albern.« Leonora (so nannte Rilla sie immer, wenn sie böse auf sie war), konnte einem den Eindruck vermitteln, man sei völlig begriffsstutzig und müsste ihr sogar noch dankbar sein, wenn sie einen überhaupt wahrnahm.

»Nein, ich weiß es nicht«, widersprach Rilla, obwohl sie sich natürlich ziemlich gut vorstellen konnte, warum ihre Mutter rot sah.

»Nun, dann werde ich es dir erklären.« Leonora musterte Rilla von oben bis unten. »Dein Rock ist zu kurz. Deine Bluse ist zu eng. Du hast viel zu viel Lidschatten aufgelegt, und hochhackige Schuhe sind für einen Ausflug ins Dorf absolut ungeeignet. Bitte, geh auf dein Zimmer und zieh etwas Passenderes an. Du siehst lächerlich aus.«

»Es geht dich nichts an, wie ich aussehe«, erwiderte Rilla und trat zur Tür. Leider war sie zu schwer, als dass man sie dramatisch hinter sich zuschlagen konnte, aber sie tat dennoch ihr Bestes, um ihre Wut zu demonstrieren. Wenn sie nach Hause kam, wäre ihre Mutter schweigsam und distanziert, aber das kümmerte sie nicht.

Kaum draußen, setzte ein Tumult in ihrem Kopf ein. Jetzt am Tor hatte er jedoch nachgelassen, und sie konnte wieder normaler denken.

Auf der Straße zum Dorf verlangsamte sie ihre Schritte, denn sie musste sich eingestehen, dass ihre Schuhe sie umbrachten. Mir egal, sagte sie sich. Sie sind wunderschön. Und Hugh gefallen sie ganz bestimmt. Ihr Herz begann, heftig zu pochen. Ich will jetzt nicht mehr an Mummy oder die anderen denken. Ich treffe ihn. Hugh. Ich treffe Hugh.

Rilla war verliebt. Sie hatte sich um Punkt elf Uhr an einem Dienstag vor einer Woche verliebt. Sie erinnerte sich deshalb so genau daran, weil die Kirchenglocken geläutet hatten, als sie im Laden zum ersten Mal mit ihm sprach. Er hatte hinter ihr in der Schlange gestanden, und als sie sich umdrehte und ihn sah, tat ihr Herz einen Satz. Kurz darauf war sie mit ihm zusammengestoßen und über seine Füße gestolpert. Er hatte sie am Arm packen müssen, damit sie nicht hinfiel. Für ein oder zwei Sekunden hatte er sie gehalten.

»Entschuldigung!«, sagte er mit einer Stimme wie ein Radiosprecher.

»Ist schon okay«, erwiderte sie. »Es war meine Schuld. Ich habe nicht aufgepasst.«

Er streckte die Hand aus. »Hallo. Ich bin Hugh Kenworthy. Ich bin gerade da drüben in das Cottage gezogen, um ein bisschen Ruhe und Frieden zu haben.«

»Ich bin Rilla Simmonds«, sagte sie. »Ich wohne auf Willow Court.«

»Da haben Sie aber Glück«, erwiderte er. »All diese wundervollen Gemälde. Ich war vor ein paar Jahren mal da. Walsh war ein faszinierender Künstler.« Er lächelte. »Aber damals habe ich Sie nicht gesehen. Daran würde ich mich erinnern.«

Rilla verzog das Gesicht. »Da war ich bestimmt gerade in der Schule. Ich gehe nach Greenbanks, das ist ein schickes Gefängnis außerhalb von Bristol. Ich bin Externe, das heißt, ich komme jedes Wochenende nach Hause. Ethan Walsh war mein Großvater.«

Hugh riss die Augen auf.

»Das ist ja toll! Ich freue mich, Sie kennen zu lernen, Rilla … was für ein ungewöhnlicher Name!«

»Die Abkürzung von Cyrilla«, erwiderte sie. Was tat sie da? Sie hatte das noch nie jemandem erzählt, wenn er nicht danach gefragt hatte. Sie ertappte sich bei dem Wunsch, ewig dort stehen bleiben und sich unterhalten zu können. Die anderen in der Schlange wurden ungeduldig. Er ergriff ihren Arm, zog sie aus dem Laden, und ehe sie wusste, wie ihr geschah, gingen sie bereits auf sein Cottage zu.

Er war nicht wie die Männer, die sie sonst kennen lernte, sondern eher wie jemand von der Titelseite eines Magazins. Sie kaufte sich manchmal solche Zeitschriften, um diese seltsamen Wesen betrachten zu können, deren Leben sich in Mode- und Schuhgeschäften, Kinos, Theatern, Restaurants und Discos abspielte, und sich vorzustellen, sie gehöre dazu.

Er hatte lange Haare, die ihm fast bis auf die Schultern fielen. Gelbbraun wie eine Löwenmähne, und das Blassblau seiner Augen wirkte fast silbern. Er hatte lange Finger und trug Jeans und ein Jeanshemd. Seine Füße steckten in ledernen Cowboystiefeln, und um den Hals trug er einen seidigen Schal aus Tausenden Streifen in unterschiedlichen Farben. Rilla hatte keine Ahnung, wie alt er sein mochte, aber eins war sicher: Er war kein Junge mehr.

Über Jungen wusste sie alles. In der Schule hatte sie sogar den Ruf einer Expertin für das Thema. Sie hatte schon mehr Jungen geküsst als die meisten Mädchen ihrer Klasse, und mehr als einmal war sie sogar fast bis zum Äußersten gegangen … so nannten sie und ihre Freundinnen es …, allerdings war immer etwas dazwischengekommen. Als sie jetzt neben Hugh herging, war sie froh, dass sie gewartet hatte. Seine Haut würde sich rauer anfühlen. Seine Hände sahen fast wettergegerbt aus. Und sein Körper war bestimmt hart und fest. Rilla atmete langsam aus und wieder ein, um sich unter Kontrolle zu bekommen.

»Da sind wir«, sagte er und schloss die Tür seines Cottage am Ende der Dorfstraße auf. »Praktisch, was? Zum Einkaufen, meine ich. Direkt am Zentrum des Ortes. Kommen Sie doch einen Moment herein, und trinken Sie eine Tasse Kaffee. Oder werden Sie zu Hause erwartet? Vielleicht sollten Sie ja besser Ihre Mum oder so anrufen.«

»Nein, ist schon okay«, sagte sie. Kurz stieg Zorn in ihr auf, doch dann durchflutete sie Dankbarkeit für seine Einladung. »Ich bin siebzehn. Alt genug, um alleine unterwegs zu sein.«

Sie flirtete mit ihm. Darin war Rilla gut. Sie wusste genau, was sie mit ihren Augen und ihrem Kopf machen musste, damit die Jungen dachten … na ja, dass sie interessiert sei. Er wies lächelnd auf ein Sofa.

»Gut. Dann setz dich, und ich sehe mal zu, ob ich zwei Becher finde, die nicht schmutzig sind.«

Rilla hatte noch nie ein Wohnzimmer gesehen, das so unordentlich und bezaubernd zugleich war. Es war unglaublich voll mit allen möglichen Sachen, überall verstreut: Bücherstapel auf dem Fußboden, Kleiderhaufen auf den Sesseln, auf dem Tisch Schallplatten neben einem offenen Glas Erdbeermarmelade und in der Spüle schwankende Berge Geschirr. Auf dem Kaminsims standen Einladungen, Ansichtskarten, eine Uhr und eine Vase, in der Straußenfedern zustaubten. Statt der üblichen Holzscheite lagen im Kamin Steine in allen möglichen Größen und Farben. Wozu braucht er sie wohl? fragte sich Rilla. An einer Wand hing ein großer Spiegel in einem vergoldeten Rahmen, den dicke Putten und Rosengirlanden zierten.

»Der gefällt mir!« sagte sie spontan.

»Er hat meiner Großmutter gehört«, erwiderte Hugh. »Nimmst du Zucker in den Kaffee?«

»Ja, bitte. Zwei Stücke.«

Er rührte ihren Kaffee um und reichte ihn ihr. Dann setzte er sich auf einen Sessel gegenüber. Rilla trank einen Schluck und sagte: »Mir gefällt es hier. Es ist ein bisschen ungewöhnlich.«

»Unordentlich, meinst du? Es tut mir Leid, aber ich wusste ja nicht, dass ich Besuch kriege. Sonst hätte ich mich mehr angestrengt, ehrlich.«

»Das ist schon okay«, erwiderte Rilla. »Mir gefällt es.«

Und das stimmte. Es hätte keinen größerem Kontrast zu Willow Court geben können, und genau das gefiel ihr daran. Sie hätte jeden gemocht, der hier gewohnt hätte, aber es war natürlich Hughs Haus, und das machte es ganz besonders.

»Sind Sie Schauspieler?« fragte sie, doch er schüttelte den Kopf.

»Nein, ich bin Töpfer. Ich habe einen Brennofen im Schuppen draußen im Garten. Ich habe ursprünglich in einer Werbeagentur in London gearbeitet, aber es ist mir zu viel geworden. Also habe ich auf Teilzeit reduziert, und dieses Cottage hier ist mein Schlupfloch. Ein Ort, an den ich mich zurückziehen und zu mir kommen kann. Und ich versuche, meine Krüge und Töpfe an den Mann zu bringen.«

»Ich würde schrecklich gerne in London leben«, sagte Rilla. »Ich glaube, es gefiele mir. Nach den Ferien muss ich allerdings wieder zur Schule. Aber nächstes Jahr bin ich fertig, und dann gehe ich auf die Schauspielschule. Meine Mutter wollte es erst nicht erlauben, aber jetzt hat sie nachgegeben. Gwen… das ist meine Schwester… ist auf der Haushaltsschule in der Schweiz, also kann Mummy es mir nicht wirklich abschlagen, oder? Ich kann es kaum abwarten, dahin zu kommen. Hier ist alles so tot. Man kann nichts machen und mit niemandem reden…«

Hugh machte ein trauriges Gesicht, und Rilla lachte. »Ich meine natürlich, bevor ich Sie kennen gelernt habe.«

»Ich will hoffen, dass du mit mir reden kannst«, sagte er. »Sonst wäre ich genauso einsam wie du, und das fände ich gar nicht gut. Willst du mich ab und zu besuchen kommen?«

»Ja«, erwiderte Rilla. »Natürlich. Schrecklich gerne.« Sie stellte ihren Becher auf den winzigen freien Fleck zwischen einer Topfpflanze und drei oder vier Notizbüchern, die den meisten Platz auf dem Beistelltisch neben dem Sofa einnahmen. Sie hatte noch nicht einmal ausgetrunken. Dann stand sie auf.

»Ich muss jetzt nach Hause«, sagte sie. »Meine Mutter wird sich fragen, wo ich bleibe. Tut mir Leid, dass ich den Kaffee nicht ausgetrunken habe. Er ist hervorragend, wirklich.«

»Gern geschehen«, erwiderte Hugh. »Komm bald wieder.«

Er stand auf der Schwelle und winkte ihr nach, als sie zum Tor ging. Mrs. Pritchard, die neben dem Pub wohnte und mit ihrer Mutter Bridge spielte, ging gerade auf der anderen Straßenseite vorbei. Sie kann meinetwegen starren, so lange sie will, dachte Rilla. Schließlich ist nichts dabei, wenn ich mit allein lebenden Männern Kaffee trinke. Mir doch egal, wenn Mrs. P. das Mummy erzählt. Mir ist alles egal. Beinahe wäre sie wieder zurückgelaufen, hätte an seine Tür gehämmert und geschrien, lass mich herein! Ich will bei dir bleiben. Nur bei dir.

So hatte es angefangen und alles völlig verändert. Sie war plötzlich ein vollkommen anderer Mensch und ging wie benommen durchs Leben, und jede Minute, die sie getrennt verbrachten, sehnte sie sich mit allen Fasern ihres Körpers nach Hugh.

Sie hatte sich angewöhnt, ihn nachmittags zu besuchen, sofern er nicht in London war. Ihrer Mutter sagte sie, sie besuche eine Freundin aus der Grundschule… ein paar von ihnen wohnten immer noch in der Nähe des Dorfes. Bei ihrem dritten Besuch gingen sie nach oben in sein überraschend ordentliches Schlafzimmer mit hübscher blassrosa Bettwäsche und einem Muster aus Efeu und weißen Blumen auf den Vorhängen. Rilla ließ sich bereitwillig entjungfern, und es tat weitaus weniger weh, als sie erwartet hatte.

»So wie mit dir habe ich noch mit keinem geredet«, sagte Rilla und drehte sich zu Hugh, der neben ihr im Bett lag. »Ich wusste gar nicht, dass das möglich ist. Ich liebe dich. Und ich liebe es, hier am Nachmittag zu liegen.« Sie schloss die Augen. Der Rauch von Hughs selbst gedrehter Zigarette roch wundervoll. Er ließ sie manchmal daran ziehen, dann drehte sich ihr der Kopf, und sie fühlte sich so leicht, als ob ihr Körper sich auflöste. Sie kicherte. Was wohl Mummy oder Gwen sagen würden, wenn sie wüssten, dass sie Hasch rauchte? Ob sie das wohl noch schockierender fänden als die Tatsache, dass sie mit einem Mann schlief? Oder weniger? Für Leonora stellte die Kombination von beidem bestimmt den Gipfel der Verruchtheit dar. Unwillkürlich lächelte Rilla über diese Heuchelei. Sie trinkt gerne Gin Tonic, oder? Sie ist praktisch süchtig danach, also hat sie kein Recht, mir vorzuschreiben, was ich tun soll. Nein. Überhaupt kein Recht. Sie öffnete die Augen und sah, dass er sie lächelnd betrachtete.

»Ich glaube«, sagte Rilla, »ich bin in die falsche Familie geboren. Weißt du, was ich meine?«

Er fuhr mit dem Finger von ihrem Haaransatz über ihre Nase bis zum Mund. Als er ihre Lippen berührte, küsste sie seinen Finger und leckte darüber.

»Kleine Kinder denken immer, sie seien in der falschen Familie«, erwiderte er. »Sie glauben, sie seien aus einem Schloss oder so entführt worden. Meinst du das?«

»Nein, das nicht. Ich finde nur, alle in meiner Familie sind so… Ich weiß nicht, wie ich es nennen soll… steif? Förmlich? Meine Mum ist immer korrekt gekleidet. Ich habe sie noch nie im Morgenmantel gesehen. Sie zieht sich an, kaum dass sie aufgestanden ist. Sie sitzt nie mit uns bei einer Tasse Tee in der

Küche, um zu schwatzen. Und meine Schwester ist beinahe genauso schlimm.«

»Sie ist älter als du, oder?«

»Ja. Wenn ihr Kurs in der Schweiz beendet ist, kommt sie wieder nach London zurück und lernt noch mehr Kochen und so ein Zeug. Ich finde es schrecklich langweilig. Und sie hat einen richtigen Verlobten und so. Wenn sie zusammen sind, benehmen sie sich wie ein altes Ehepaar. Sie suchen jetzt schon die Aussteuer aus. Du weißt schon, Besteck und so.« Das fanden sie beide ungeheuer komisch, und lachend wälzten sie sich im Bett.

»Ich habe keine Ahnung, worüber sie sich die ganze Zeit unterhalten«, fuhr Rilla fort, als sie wieder sprechen konnte. Sie schliefen miteinander, das wusste sie, aber Gwen weigerte sich, darüber zu reden. Sie hielt solche Themen für absolut privat und persönlich. Vielleicht hat sie ja Recht, dachte Rilla. Ich hätte es auch nicht gerne, wenn sie von mir wüsste. Sie fuhr fort: »Er ist Ausländer. Na ja, nicht richtig, seine Vorfahren kommen aus Spanien. Er heißt James Rivera und ist eigentlich ganz nett. Sieht gut aus und so. Ich verstehe gar nicht, was er an Gwen findet.«

»Wenn sie so ähnlich ist wie du, dann ist das kein Wunder«, erwiderte Hugh.

Rilla schüttelte den Kopf. »Sie ist die Brave in der Familie. Sie tut immer nur, was Mummy sagt, und sie ist sehr still und überhaupt nicht wie ich. Ich bin ständig unterwegs. Du hast ja keine Ahnung, wie schlimm es in der Schule ist, wenn die Lehrer dauernd sagen: *Oh, du bist überhaupt nicht wie Gwen… warum kannst du dich nicht ein bisschen mehr wie Gwen benehmen…* ich kann es nicht mehr hören. Sie ist so ein Typ, weißt du, zuverlässig, nett und lieb zu Tieren und so. Und sie versteht sich mit Mummy viel besser als ich. Ich weiß eigentlich gar nicht, warum, aber ich merke, dass sich Mummy manchmal über mich ärgert. Sie versucht es zwar zu verbergen, aber man sieht es ihr einfach an.«

»Ich kann mir gar nicht vorstellen, dass jemand dich nicht anbetet«, erwiderte Hugh.

»Oh, ich glaube schon, dass sie mich liebt«, sagte Rilla. »Aber sie regt sich trotzdem ständig über mich auf. Genau wie ich dir gesagt habe: Ich bin einfach nicht in der richtigen Familie. Vielleicht bin ich ja ein Wechselbalg. Die Feen sind gekommen, haben ihr echtes Baby gestohlen und mich stattdessen in die Wiege gelegt. Wechselbälger sind doch oft rothaarig, oder?«

Hugh drückte seinen Joint aus und legte sich in die Kissen zurück. Kurz darauf schnarchte er leise. Das tat er jedesmal, überlegte Rilla. Männer schliefen nach dem Sex immer ein. Das hatte sie in Büchern gelesen. Ich bin gut darin, sagte sie sich. Ich bin gut im Bett. Der Gedanke machte sie glücklich. Zusammen mit Hugh wurde sie zu einer anderen Person, und das lag nicht nur am Sex, den sie allerdings großartig fand. Mit ihm zu schlafen gefiel ihr besser als alles andere. Immer wenn Hugh sie berührte, durchfuhr es sie wie ein Stromschlag. Selbst wenn sie nicht bei ihm war, brachte allein der Gedanke an ihn und das, was sie miteinander trieben, sie zum Erröten, und ihr wurde richtig heiß. Ein oder zwei Mal war ihr das am Frühstückstisch passiert, und Leonora hatte prompt gefragt, ob alles in Ordnung sei. Wenn sie schlief, träumte sie von ihm und wachte schwitzend auf. In einer Nacht sehnte sie sich so verzweifelt nach ihm, dass sie kaum atmen konnte. Schließlich stand sie auf und begann sich anzuziehen, weil sie fest entschlossen war, aus dem Haus zu schleichen, zu ihm zu rennen und sich neben ihm ins Bett zu legen ... aber überwältigt von Verlangen und Sehnsucht, sank sie schließlich wieder auf ihr eigenes Bett, da sie es nicht wagte, beim Frühstück nicht zu Hause zu sein.

An den Tagen, an denen er nach London fuhr, wurde sie fast verrückt vor Sehnsucht. Er war zwei oder drei Tage in der Woche und gelegentlich übers Wochenende im Cottage. Bald wären die Ferien vorüber, und dann konnte sie ihn fast gar nicht mehr sehen. Wie sollte sie sich auf ihre Noten konzentrieren, wenn er nur ein paar Meilen weit entfernt wohnte? Vielleicht sollte sie jetzt schon von der Schule abgehen? Einfach nicht mehr zurückkehren? Sie wollte unbedingt zur Schauspielschule, aber sosehr sie auch bettelte, Leonora hielt nichts von einer Schauspielkarriere und bestand darauf, dass ihre Tochter wenigstens den Schulabschluss machte.

An den Tagen ohne Hugh vermisste sie auch ihre Schwester. Sie konnte mit niemandem reden und lief stundenlang durch den Garten oder um den See herum, manchmal rezitierte sie dabei vor den Schwänen Shakespeare. Aber sie hörten ihr nicht zu. Niemand hörte ihr so zu wie Hugh.

Rilla hatte noch nie zuvor mit jemandem solche Gespräche wie mit Hugh geführt. Sie redeten über alles, über Bücher, Musik und seine Arbeit. Er brachte ihr Dinge bei, fragte sie nach ihrer Meinung, und sie stimmten häufig überein. Er hielt sie für klug. Sie liebte es, ihm beim Töpfern zuzuschauen. Wenn er den Ton auf der surrenden Scheibe in wundervolle Formen brachte, dann überkam sie jedes Mal der unbändige Drang, ihn zu berühren. Er hielt sie zurück.

»Ich weiß, was du denkst, Rilla«, sagte er, während er den Tonklumpen bearbeitete. »Hab nur Geduld. Es wird schon.«

Und wenn er sie dort in dem kleinen Schuppen hinter dem Cottage küsste, mit Händen, noch grau und staubig vom Ton, durch ihre Haare und über ihren Rücken fuhr, dann wurde ihr schwindlig, weil sie ihn so sehr begehrte.

Rilla stand auf und trat ans Fenster. Sofort zog sie sich hinter den Vorhang zurück, weil die neugierige Mrs. Pritchard schon wieder da stand. Als käme sie absichtlich am Cottage vorbei, wenn Rilla da war. Ob sie mir wohl nachspioniert?, dachte sie. Weiß sie etwas? Nein, das kann sie ja nicht. Wenn ich ihr jemals begegne, fällt mir schon eine Ausrede ein. Dann sage ich ihr, ich wollte für Gwen eine Vase zum Geburtstag kaufen. Blöde alte Frau. Sie sah doch tatsächlich zu Hughs Schlafzimmerfenster hinauf! Die hatte vielleicht Nerven! Es war doch nichts Falsches an dem, was sie taten. Manche mochten ja denken, Hugh sei zu alt für sie, aber sie liebten einander doch so sehr! Ihre Körper waren wie füreinander geschaffen, und wenn sie sich liebten, wurden sie eins. Zehn Jahre waren eigentlich auch kein so großer Altersunterschied. Und Mummy konnte gar nichts dagegen haben, schließlich war ihr Vater auch zehn Jahre älter als ihre Mutter gewesen. Warum nahm sie Hugh eigentlich nicht mit nach Willow Court und stellte ihn Leonora vor? Sie wusste nicht genau warum, aber Hugh war ihr Geheimnis, und das machte ihre Beziehung zu etwas Besonderem. Sie wollte ihn für sich haben. Natürlich, wenn er sie erst einmal bitten würde, sie zu heiraten, dann müsste sie ihn der ganzen Familie vorstellen, aber bis dahin gehörte er nur ihr und sonst niemandem. Sie schlüpfte wieder ins Bett und küsste Hugh auf den Oberarm. Seine Haut war golden und glatt. Er öffnete die Augen und lächelte.

»Weißt du was?«, murmelte er.

»Was?«

»Du bist ein sehr gieriges kleines Mädchen.«

»Du hast ja keine Ahnung, wie gierig ich bin.«

»Dann zeig es mir«, sagte er und nahm sie in die Arme.

An dem Tag, als das Sommerfest in der Kirche stattfand, hörte Hugh auf, Rillas Geheimnis zu sein. Sie hatte versucht, darum herumzukommen, aber letztendlich musste sie doch hingehen, weil ihre Mutter sonst misstrauisch geworden wäre. Vielleicht kommt er ja gar nicht, dachte sie, während sie von einem Stand zum nächsten bummelte. Vielleicht findet er es ja genauso blöd wie ich und bleibt einfach weg.

Sie ging hinter Leonora und begrüßte lächelnd jeden, den sie im Pfarrgarten trafen. Mummy kennt alle Leute aus dem Ort, dachte sie. Sie *muss* einfach stehen bleiben, mit ihnen plaudern und ihr langweiliges Geschwätz ertragen. Wen interessiert schon die Größe von Bills Kürbissen oder wie wundervoll der Stand vom Weißen Elefanten dieses Jahr wieder ist?

Und natürlich stand Mrs. Pritchard hinter der Kuchentheke, Rillas Lieblingsstand. Sie blieb länger davor stehen, als sie vielleicht sollte, und wollte gerade Mrs. Pritchard das Geld für ein köstlich aussehendes Baiser reichen, als alles auf einmal geschah, so als habe jemand Regie geführt. Ihre Mutter trat von links neben sie, Hugh von rechts, und Mrs. Pritchard brauchte bloß zu sagen: »Oh, Leonora, Liebes, was für ein erstaunlicher Zufall! Hier ist er! Der junge Mann, von dem ich dir erzählt habe. Du weißt schon, der in das Cottage der Albertons gezogen ist ... du kennst ja Mr. Kenworthy, Rilla, nicht wahr?«

Es folgte eine ungeschickte Vorstellung, bei der Leonora sagte, wie sehr sie sich freue, ihn kennen zu lernen, und Hugh sagte das Gleiche und murmelte, er habe Rilla schon immer bitten wollen, ihn nach Willow Court mitzunehmen, weil er ein solcher Bewunderer von Ethan Walsh sei, etc. etc. Rilla drehte sich der Kopf. Dann verschwand Hugh in die eine Richtung und Leonora und Rilla in die andere, und sie hatte noch nicht einmal ihr Baiser gekauft.

Leonora sagte kein Wort über Hugh, bis sie zu Hause ankamen. Das war typisch für sie. Rilla wusste nicht, was sie tun sollte. Ob es wohl besser wäre, eine Bemerkung zu machen? Oder sollte sie einfach den Mund halten und Leonora etwas zum Nachdenken geben? Sie beschloss, bis zum Abendessen abzuwarten. Und tatsächlich, sie hatte kaum ihren ersten Bissen kalten Lachssalat geschluckt, als Leonora sagte:

»Er sieht recht gut aus, dieser junge Mann, der das Cottage der Albertons gemietet hat. Wie hieß er noch mal? Ich habe seinen Namen vergessen.«

»Hugh Kenworthy«, erwiderte Rilla. Insgeheim dachte sie, *Lügnerin! Du wolltest nur hören, wie ich seinen Namen sage!* Nonchalant aß sie weiter und gratulierte sich selbst zu ihrer schauspielerischen Leistung. Leonora fuhr fort: »Kennst du ihn gut? Du hast ihn nie erwähnt.«

»Nein«, erwiderte Rilla, »ich kenne ihn nicht besonders gut. Er ist Töpfer. Ich habe mit ihm in seinem Laden über die Bilder geplaudert und ein paar Mal Kaffee mit ihm getrunken, mehr nicht.«

Leonora erwiderte nichts, sondern blickte ihre Tochter nur prüfend an. Sie zählt zwei und zwei zusammen, dachte Rilla. Schließlich war ich ganze Nachmittage aus dem Haus. Ob sie es wohl errät? Ich darf nicht nervös wirken. Ich muss das Thema wechseln.

»Du solltest ihn mal einladen«, sagte Leonora. »Warum nicht zum Mittagessen nächsten Sonntag? Gwen und James kommen wahrscheinlich auch, dann könntet ihr Tennis spielen oder so.«

»Gut«, erwiderte Rilla. »Das mache ich. Das ist eine gute Idee.

Ich weiß allerdings nicht, ob er Tennis spielt. Aber ich werde ihn fragen.«

Der Rest der Mahlzeit verlief ohne Zwischenfälle; sobald sie fertig war, ging Rilla auf ihr Zimmer. Jeffrey, eine der neuen Katzen, die ihren geliebten Cinders ersetzt hatte, schlief auf dem samtbezogenen Sessel. Er war hübsch getigert, während sein Gefährte und Bruder George rabenschwarz war. George hielt sich lieber draußen auf und kam fast nie nach oben in die Schlafräume. Rilla trat ans Fenster und blickte zum See, der im Schein der untergehenden Sonne schimmerte. Sie stellte sich vor, wie sie mit Hugh am Ufer entlangspazierte. Er hatte den Arm um ihre Taille gelegt, und ihr Kopf ruhte an seiner Schulter. Sie schloss die Augen und dachte an seine Lippen. Abrupt wandte sie sich vom Fenster ab und warf sich bäuchlings aufs Bett. Sie wünschte ihn so glühend neben sich, dass sie ihn fast spüren konnte.

»Es war niederträchtig! Du warst gemein! Ich habe noch keinen Tag in meinem Leben mehr gehasst. Warum musstest du …« Rilla schrie Hugh an. Kurz durchzuckte sie der Gedanke, dass dies ihr erster Streit war, aber das spielte keine Rolle. Sie war so wütend, selbst ihre Liebe konnte sie nicht aufhalten.

»Hör auf, Rilla!« Hugh tat sein Bestes, um sie zu beruhigen, aber das machte alles nur noch schlimmer. »Du machst aus einer Mücke einen Elefanten. Worüber regst du dich eigentlich so auf?«

»Das weißt du nicht? Du willst mir ernsthaft erzählen, du wüsstest es nicht?« Sie standen immer noch im Wohnraum des Cottage. Normalerweise fingen sie an, sich zu küssen, kaum dass sie das Haus betreten hatte, und waren schon halb oben, bis das erste Wort zwischen ihnen fiel, aber dieses Mal nicht.

»Ich begreife es nicht. Ich weiß nicht, was ich denken soll. Ich kann nicht fassen, dass du es nicht gemerkt hast.«

»Was genau habe ich nicht gemerkt?«, fragte Hugh. Er klang gelangweilt. Wie konnte er es wagen, gelangweilt zu klingen? Rilla sagte: »Willst du etwa behaupten, du hättest nicht gemerkt, wie sehr du mich verletzt hast, als du so um meine Mutter und meine Schwester herumgetanzt bist? Du hast mich ja den ganzen Tag noch nicht einmal richtig angeschaut. Wir hätten Fremde sein können, Leute, die einander nichts bedeuten. Ich konnte es kaum ertragen. Wie du die ganze Zeit mit Mummy geredet hast, als sei sie die faszinierendste Person auf der Welt und ich ein Nichts! Du bist ja sogar für Stunden mit ihr verschwunden. Was habt ihr gemacht? Wie, glaubst du, habe ich mich gefühlt? Von der Minute, in der du angekommen bist, bis zum Weggehen hast du kein einziges Wort mit mir geredet. Du warst einen ganzen Tag lang da, und ich durfte dich nicht einmal berühren …« Rilla versagte die Stimme, sie brach in Tränen aus.

»Komm her«, sagte Hugh und schloss sie in die Arme. »Du bist ein dummes Ding, Rilla, mein Liebling. Sollte denn wirklich jeder wissen, was ich für dich empfinde? Wolltest du das wirklich? Meinst du nicht, dass deine Mutter vielleicht ein bisschen … wie soll ich sagen? … aufgebracht wäre, wenn sie entdeckt, was ihr kleines Mädchen gemacht hat, als sie mal nicht hingeschaut hat? Deine Mutter hat mich freundlicherweise mit in Ethan Walshs Atelier genommen, weil ich Interesse an dem Mann bekundet habe. Das ist alles.«

»Mir wäre es egal, wenn die Leute von uns wüssten!«, erwiderte Rilla. »Ich würde es laut herausposaunen, wenn ich könnte. Nur zu gerne! Ich würde es Mrs. Pritchard erzählen. Allen. Ich schäme mich nicht dafür, kein bisschen.«

»Ich weiß, ich weiß«, murmelte er, küsste sie auf die Lippen, den Hals und streichelte ihre Brüste, um sie von ihrem Zorn abzulenken. Sie konnte nicht mehr klar denken. »Ich weiß doch, dass du dich nicht schämst. Aber es ist besser, keine schlafenden Hunde zu wecken, findest du nicht auch? Ist es denn nicht gut so, wie es ist?«

Rilla schwieg. Sie spürte, wie ihr Zorn verrauchte. Na gut, dachte sie. Er hat nur so getan, als ob er sie mag. Er liebt mich. Ich spüre es ja, er liebt mich wirklich, und ich liebe ihn auch so sehr.

»Rilla, Liebes«, sagte Leonora, »wir sollten uns einmal unterhalten.«

Rilla war so überrascht, weil ihre Mutter wirklich mit ihr sprechen wollte, dass sie an der Tür stehen blieb. Ob wohl jemand einen Unfall gehabt hatte? Sie wollte zwar gerade zu Hugh gehen, aber wenn es ein Notfall war …

»Natürlich, Mummy, ist etwas passiert?«

»Nein, nicht so, wie du meinst. Aber komm doch für ein paar Minuten mit mir in den Pavillon.«

Rilla war ein wenig mulmig, als sie sich hinsetzte. Was wollte Leonora von ihr? Es konnte doch nichts mit Hugh zu tun haben? Oder doch? Nein, bestimmt nicht. Diesen Sommer hatte sich doch gezeigt, wie gut Hugh nach Willow Court passte.

Seit seinem ersten Besuch war er häufig zu Gast gewesen. Zum Teil freute sich Rilla darüber, weil sie nun, genau wie Gwen, einen Freund hatte, auch wenn er nicht offiziell als ihr Verlobter galt. Der Nachteil seiner häufigen Besuche auf Willow Court war, dass sie weniger allein sein konnten. Sie hatten weniger Zeit für Sex, wenn sie auch einmal nachts nach dem Schwimmen in den Pavillon gegangen und dort bis zum Morgengrauen geblieben waren. Manchmal fragte sich Rilla, ob es wohl normal war, dass sie so viel Sex brauchte. Es gab niemanden, den sie danach fragen konnte, außer Hugh, der sie immer auslachte und irgendetwas Albernes antwortete wie, *Für meine Begriffe kannst du gar nicht wild genug darauf sein.* Auf jeden Fall sagte er ihr auch nicht, ob es normal war. Sie fragte ihn auch nie nach den anderen Frauen, die er vor ihr gekannt hatte, weil sie nichts davon wissen wollte. Über Heirat sprach er nicht. Eigentlich hatte er ihr noch nicht einmal gesagt, dass er sie liebte, was ihr manchmal Sorgen bereitete, obwohl sie wusste, dass die meisten Männer diese Worte einfach nicht herausbrachten. Aus Zeitschriften wusste Rilla, dass man nicht unbedingt die Sprache aufs Heiraten bringen sollte, deshalb sagte sie auch nie etwas. Aber im Geiste hatte sie ihr gemeinsames Haus schon vollkommen eingerichtet.

»Es geht leider um Hugh«, sagte Leonora.

»Was ist los? Hatte er einen Unfall?«

»Nein, nein, Liebling. Das nicht. Setz dich doch bitte wieder.« Rilla war aufgesprungen. Sie setzte sich wieder und starrte ihre Mutter an.

»Was ist mit Hugh?«, fragte sie.

»Ich muss dich etwas fragen, Rilla, was ich normalerweise nicht fragen würde, aber denk bitte nicht, ich mische mich ein. Ich muss es unter diesen Umständen einfach wissen. Hast du mit ihm geschlafen?«

Rilla errötete, obwohl sie wusste, dass sie sich damit verriet. Ich schäme mich dafür nicht, sagte sie sich. Es gibt nichts, dessen ich mich zu schämen bräuchte. Sie erwiderte Leonoras Blick und sagte tapfer: »Ja, ja, das habe ich.« Leonora seufzte.

»Ach, mein Liebes«, sagte sie, »das habe ich mir gedacht. Du wirst es nicht verstehen können, Liebling, aber es ist vorbei.«

»Was ist vorbei? Ich verstehe dich nicht. Warum soll es denn vorbei sein? Ich war gerade auf dem Weg zu ihm… Wieso?«

»Er wird nicht da sein. Er ist nach London zurückgegangen. Er kommt nicht wieder her.«

Hinter Rillas Augen begann es zu pochen. *Verlier nicht die Beherrschung. Bleib ruhig…*, sagte sie sich immer wieder. Als sie wieder sprechen konnte, kamen die Worte nur krächzend heraus, weil sie kaum die Tränen zurückhalten konnte. »Mummy, wenn du mir so verletzende Dinge sagst, wirst du sie erklären müssen. Du kannst nicht einfach da sitzen und behaupten, er käme nicht wieder zurück. Er würde mich nie verlassen. Er liebt mich. Ich weiß es. Wir lieben einander.«

Leonora schüttelte den Kopf.

»Er hat dich ausgenutzt, Rilla. Es fällt mir nicht leicht, das zu sagen, aber er ist… er ist nicht aufrichtig. Er ist nicht der, der er zu sein vorgibt. Wirklich. Was hat er dir gesagt, wie alt er sei?«

»Ich weiß, wie alt er ist. Er ist siebenundzwanzig. Und dagegen kannst du nichts haben, weil Daddy genauso viel älter war als du.«

»Hugh ist vierunddreißig. Er sieht jünger aus, das stimmt, aber er ist tatsächlich schon so alt.«

»Das stimmt nicht. Woher willst du das wissen? Hat er es dir gesagt? Woher willst du denn wissen, dass er dich nicht anlügt und behauptet, älter zu sein? Aber es ist sowieso egal. Ich liebe ihn.«

»Er hat eine Bemerkung gemacht darüber, dass er sich an ein Straßenfest bei Kriegsende erinnert … du hast wahrscheinlich gar nicht darauf geachtet, aber ich. Und mir wurde schlagartig klar, dass er dann mindestens schon zweiunddreißig sein muss. Also habe ich ein paar Nachforschungen angestellt, über Freunde in London. Er ist vierunddreißig, Rilla, aber das ist nicht alles. Bist du bereit, es zu hören?«

»Was zu hören? Mir ist gleichgültig, was du ausgegraben hast. Ist er Sklavenhändler? Drogendealer? Ich liebe ihn trotzdem. Wenn ihr alle so schrecklich zu uns seid, laufen wir einfach weg und gehen irgendwohin, wo uns niemand findet.«

»So etwas Dramatisches ist es leider nicht. Nur die ziemlich banale Tatsache, dass er verheiratet ist. Er hat zwei Kinder, und eins von ihnen – ein Mädchen – ist nur drei Jahre jünger als du.«

Rilla fühlte sich, als hätte sie ein Fels zermalmt. Sie bekam keine Luft mehr. Sie öffnete den Mund, aber es kam nichts heraus. Schließlich stieß sie hervor:

»Ist … sind sie … vielleicht leben sie ja getrennt. So muss es sein. Deshalb ist er auch in das Cottage gezogen. Um von ihr wegzukommen … er denkt bestimmt an Scheidung. Ich rede mit ihm. Ich frage ihn, was los ist. Er wird mir die Wahrheit sagen. Das muss er einfach. Vor mir braucht er nichts zu verbergen … er liebt mich.«

»Möglich. Vielleicht liebt er dich wirklich, Rilla, aber das ändert nichts daran, dass er dir nichts gesagt hat. Warum sollte er auch? Er hatte ja eine wundervolle Zeit mit dir … warum sollte er sich die verderben? Aber mit mir hat er geredet, als ich ihn gebeten habe, mir die Wahrheit zu sagen.«

»Was hat er gesagt? Wiederhol mir jedes einzelne Wort, das er gesagt hat. Bitte, Mummy, erzähl mir alles. Wann hast du mit ihm gesprochen? Und wo?«

»Hier. Vorgestern, als er zum Mittagessen da war. In der Zeit, als du mit Gwen und James im Stillen Garten warst.«

Das stimmte. Sie war ungefähr eine Stunde lang nicht mit Hugh zusammen gewesen. Gwen und James meinten, er tränke vielleicht noch einen Kaffee mit Leonora, und sie hatten eine Bemerkung darüber gemacht, wie gut er sich mit ihr verstand. Rilla schloss die Augen. Während sie im Gras gelegen und die Blätter der Magnolie betrachtet hatte, hatte er Leonora all diese grässlichen Dinge erzählt… es war unerträglich. Ihr ganzer Körper schmerzte, als habe sie jemand verprügelt. Es wird nie vorübergehen, dachte sie. Es wird ewig schmerzen. Es wird nie aufhören. Sie atmete tief durch und sah ihre Mutter an.

»Bitte, erzähl mir alles«, sagte sie. »Jedes Wort.«

»Er gestand mir, er sei älter… genau, wie ich es vermutet hatte. Er gab zu, dass es dumm von ihm war, sich mit einem jungen Mädchen einzulassen, aber er könne nichts dagegen machen. Er sagte, er sei… empfänglich. Empfänglich für die Reize junger Mädchen. Er schien zu wissen, dass er darauf nicht stolz zu sein brauchte. Er schlug häufig die Augen nieder, als er mit mir geredet hat, Rilla. Ich habe ihn nach seiner Frau gefragt. Sie weiß anscheinend nichts, jedenfalls keine Einzelheiten, von dem, was er so macht, wenn er nicht bei ihr ist. Sie führen eine dieser offenen Ehen. Er ist ein liebevoller Vater. Sein Cottage hier… nun, das war eben seine Töpferei. Jedenfalls hat er das seiner Frau erzählt. Er flehte mich an, dir nichts von ihr zu sagen. Und zwar nicht, weil du seine Geliebte warst, sondern einfach nur, weil du so viel jünger als seine… *seine üblichen Geliebten* bist. In dieser Hinsicht zumindest ist er aufrichtig. Ich sagte ihm, er müsse aus dem Cottage ausziehen, und er willigte sofort ein. Ich glaube, er ist gestern gefahren. Er versprach mir, nie wieder Kontakt mit dir aufzunehmen, und auch du darfst ihn nie mehr wiedersehen, Rilla. Es ist wirklich das Beste. Er hat mir noch versichert, dass du auf keinen Fall schwanger würdest, weil er eine Vasektomie hat durchführen lassen. Dafür müssen wir zutiefst dankbar sein.«

Rilla sagte kein einziges Wort. Sie stand auf und verließ den Pavillon, ohne zu wissen, wohin sie ging. Blind und taub stolperte sie davon. Eine eiserne Faust zerquetschte ihr das Herz, und bald wäre nichts mehr davon übrig. Im Haus taumelte sie die Treppe hinauf und ging ins Kinderzimmer.

Sie setzte sich vor das Puppenhaus und sah in die Zimmer, in denen immer noch die kleinen Puppen Lucinda und Lucas wohnten, obwohl sie schon seit Jahren nicht mehr mit ihnen spielte. Ihr Leben war wunderschön. Sie lebten in Paradise Mansions, und niemand tat ihnen weh oder brach ihnen das Herz. Ich werde ihn nie mehr wieder sehen, dachte sie. Immer wieder kreisten ihre Gedanken um die Worte ihrer Mutter. *Verheiratet. Vierunddreißig. Andere Geliebte, andere Geliebte, andere Geliebte.* Bastard. Er war ein verdammter Bastard, und sie sollte ihn eigentlich hassen. Und warum liebte sie ihn trotzdem noch mit jeder Faser ihres Herzens? Ich werde ihr das nie verzeihen, dachte sie, und ergriff Königin Margarita. Es ist alles ihre Schuld. Sie hätte ihn nicht fragen dürfen. Es ging sie doch gar nichts an. Er hätte letztendlich seine Frau für mich verlassen. Ich weiß es einfach. Die Tränen liefen ihr über die Wangen, aber Rilla kümmerte sich nicht darum. Sie hat sich in mein Leben eingemischt und es für immer zerstört. Zerstört, zerstört, zerstört.

Rilla? Rilla, schläfst du?«

Sean. Seans Stimme. Rilla sprang auf und fuhr sich durch die Haare. »Nein. Nein, ehrlich nicht«, sagte sie. »Ich habe nur mit geschlossenen Augen nachgedacht. Ich wollte gerade das Warten aufgeben. Ist es schon sehr spät?«

»Erst ein Uhr«, erwiderte Sean. »Ich kann dir gar nicht sagen, wie Leid es mir tut. Ich habe auf heißen Kohlen gesessen. Eine Runde nach der anderen, und ich habe ständig nach einer Ausrede gesucht, um wegzukönnen. Aber ich wollte sie nicht merken lassen, wie unruhig ich war, schließlich müssen wir morgen zusammen arbeiten.« Er lachte. »Na ja, eigentlich heute.«

»Es spielt keine Rolle«, sagte Rilla. »Ich bin kein bisschen müde. Du?«

Sean schüttelte den Kopf. »Überhaupt nicht. Und ich habe uns Wein mitgebracht.« Er hielt eine Flasche hoch. »Ich hatte sogar noch die Geistesgegenwart, sie zu entkorken, bevor ich gekommen bin, aber die Gläser habe ich vergessen. Macht das was?«

»Nein, natürlich nicht. Wir trinken einfach aus der Flasche.«

Sean setzte sich auf die Bank und lehnte sich an die Glaswand. Sie schwiegen beide. Soll ich als Erste etwas sagen?, dachte Rilla. Was denn? Sie suchte noch krampfhaft nach einem Thema, als Sean sagte: »Ich habe alle möglichen Sätze einstudiert, die ich zu dir sagen wollte, und jetzt, wo ich hier bin, kriege ich keinen heraus.«

»Ich auch nicht«, erwiderte Rilla erleichtert. Sie setzte sich neben ihn und ergriff die Flasche. »Darf ich?«

»Klar.«

Sie nahm einen Schluck von dem eiskalten, trockenen Weißwein. Noch nie hatte etwas besser geschmeckt. Sie reichte Sean die Flasche, und er stellte sie auf den Boden neben sich.

»Worüber hast du nachgedacht?«, fragte er. »Du brauchst es aber nicht zu erzählen, wenn du nicht willst, falls es privat ist.«

»Es ist überhaupt nicht privat. Ich habe an einen Mann gedacht, den ich früher kannte. Mein erster Liebhaber. Sein Name war Hugh.«

»Was ist aus ihm geworden?«

»O Gott, es war so langweilig und banal. Wie in einem schlechten Roman, um ehrlich zu sein. Ich habe mich in ihn verliebt, aber dann stellte sich heraus, dass er verheiratet war. Ziemlich abgedroschen, oder? Mutter hat es herausgefunden und ihn zum Teufel gejagt.«

»Und das hast du ihr wahrscheinlich nie verziehen.«

Rilla lachte. »Wie hast du das denn erraten? Ist es so offensichtlich? Nein, natürlich hat sie das Richtige getan, aber damals habe ich das nicht so empfunden. Manchmal denke ich, sie sieht immer noch das ungezogene, kleine Mädchen von damals in mir. Die meiste Zeit fühle ich mich von ihr nicht ernst genommen. Aber das ist auch langweiliges Zeug. Es tut mir Leid. Lass uns über etwas anderes reden.«

»Nichts, was mit dir zu tun hat, ist langweilig, Rilla«, sagte Sean. Vorsichtig streichelte er über ihr Handgelenk, und sie erschauerte vor Lust. »Aber du bist traurig. Das liegt auf der Hand. Und ich weiß warum, weil du es mir erzählt hast. Ich habe den ganzen Tag darüber nachgedacht, wie du gelitten haben musst, als dein Sohn gestorben ist. Ich wollte dich so vieles fragen, hatte aber Angst, ich dürfte es nicht.«

»Du kannst mich alles fragen, das macht mir nichts aus.«

»Wo war Jon Frederick, als es passiert ist?«

Rilla sah zu Boden. »Er war auch da. Nicht in dem Moment, aber er kam sofort hierher. Er tat sein Bestes, aber er litt natürlich auch darunter, und offen gesagt glaube ich nicht, dass zwei so tödlich getroffene Menschen jemals wieder zur Normalität finden können. Wir konnten es jedenfalls nicht. Und er war wütend auf mich.«

»Das ist unverzeihlich!«, sagte Sean. »Es war ja schließlich nicht deine Schuld, sondern ein Unfall. Ein äußerst tragischer Unfall. Hat er dir die Schuld gegeben? Wie konnte er nur!«

Rilla schwieg eine Weile. Ihre Trauer schnürte ihr die Kehle zu. Tränen traten in ihre Augen und liefen über ihre Wangen, als sie schließlich sagte: »Ich glaube, er hatte das Recht, wütend auf mich zu sein. Ich glaube es wirklich. Es *war* meine Schuld. Ganz allein meine Schuld. Ich hätte da sein sollen, war es aber nicht. Ich habe mein Kind in der Obhut anderer gelassen, und das hätte ich nicht tun sollen. Ich hätte auf ihn aufpassen sollen, ihn keine Sekunde lang aus den Augen lassen dürfen.«

Sean legte Rilla den Arm um die Schulter, und sie vergrub ihr Gesicht an seiner Halsbeuge und weinte, als könne sie nie wieder aufhören. Als ihr Schluchzen nach einer Ewigkeit schließlich verebbte, hob sie den Kopf und blickte ihn lächelnd an.

»Oh, Sean, ich wollte heute Nacht nicht so sein! Sieh uns bloß an! Ich trübsinnig, verquollen und mit roten Augen und du vollkommen durchgeweicht. Ich habe dein Hemd ruiniert. Es tut mir so Leid. Oh Gott, ich fange gleich wieder an zu heulen.«

Sean zog ein Taschentuch aus der Tasche und reichte es ihr wortlos. Sie trocknete ihr Gesicht.

»Nein, das reicht nicht«, sagte er sanft. »Du musst schon richtig schnauben.«

»Diese Unterhaltung wird immer prachtvoller«, meinte sie, putzte sich aber gehorsam die Nase. »Ja, jetzt ist es ein bisschen besser.«

»Trink noch einen Schluck Wein, und dann fangen wir von vorne an«, sagte Sean. »Jetzt bin ich an der Reihe. Ich werde dir von meiner gescheiterten Ehe erzählen. Meine Ex-Frau hat immer gesagt, ich sei ein völliger Versager, der es nie zu was bringt, und sie hat Recht behalten. Ich habe so gelitten, als sie mit all meinen berühmteren Kollegen geschlafen hat. Und ich war immer der Letzte, der davon erfuhr. Was langweilige und klischeebeladene Geschichten angeht, schlage ich dich wahrscheinlich um Längen.«

»Wie konnte sie nur?« Rilla war empört. »Du bist doch ein bekannter Regisseur. Was solltest du denn ihrer Meinung nach sein?«

»Ich weiß nicht. Sichtbar, schick. Ich sollte Preise bekommen. Und das bin ich eben nicht. Ich bin nur sehr wählerisch bei meinen Themen, und ich muss mich dafür begeistern können, so wie bei Ethan. Ich habe seine Bilder immer geliebt, weißt du. Seit ich ein Teenager war. Ich habe mich auf den ersten Blick in sie verliebt.«

Wieder schwiegen sie. Dann sagte Sean: »Für eine solche Unterhaltung gibt es nie ein richtiges Drehbuch, was? Du weißt, was jetzt kommt, Rilla. Du weißt, was ich sagen möchte, ich bin mir nur nicht sicher, ob ich es richtig ausdrücken kann. Es wird wahrscheinlich hölzern klingen.«

»Bitte sag es, Sean. Sag es. Ich werde auch nicht lachen, und ich denke bestimmt nicht, dass es das Falsche ist oder dass du es falsch sagst. Versprochen.«

»Ich wollte sagen: Ich habe mich auf den ersten Blick in die Bilder verliebt, und genau das Gleiche ist mir mit dir passiert. So, jetzt ist es heraus. Außer auf einer Valentinskarte sollte man solche Gefühle wirklich nicht äußern, findest du nicht auch?«

»Nein, das finde ich nicht«, erwiderte Rilla lächelnd. »Mir ist es nämlich genauso gegangen. Ich bin mir wie ein Kind vorgekommen. Albern und kichernd habe ich alle deine Handlungen beobachtet. Hatte diese Geste, jener Blick etwas zu bedeuten? Hast du mich jetzt wirklich angeschaut, oder habe ich mir das nur eingebildet? Und dann habe ich gedacht: Jetzt warte mal, du bist viel zu schnell, das ist unwürdig für eine Frau in deinem Alter. Du hast ihn doch vorgestern erst kennen gelernt. Solche Sachen.«

»Ich finde«, sagte Sean und umfasste Rillas Gesicht mit beiden Händen, »wir sind nicht annähernd schnell genug. Wir haben Zeit vergeudet, und das sollten wir jetzt mal lassen.«

Er neigte den Kopf. Sie schloss die Augen, und dann war sein Mund auf ihrem, und sie öffnete sich ihm, und etwas Goldenes und Warmes... Sonnenschein, Honig, o Gott, ich verliere den Verstand, dachte sie... floss durch ihre Adern und ließ sie erzittern vor Lust. Ein Glücksgefühl durchströmte sie.

Viel später gingen sie Hand in Hand schweigend zum Haus. Ich hätte es zugelassen, dachte Rilla. Ich hätte es zugelassen, dass er wie ein liebestoller Teenager bei der ersten Verabredung mit mir schläft. Aber er hat sich wie ein Gentleman benommen und gesagt, dass er für unser erstes Mal eine schönere Umgebung im Sinn hat. Sie lächelte, als sie daran dachte, wie beleidigt er wirkte, als sie ihm vorwarf, er verhalte sich wie jemand im mittleren Alter. *Ich bin im mittleren Alter,* hatte er gesagt. *Und du auch. Aber mit meinen Gefühlen hat das nichts zu tun.*

Sie hatten fast die ganze Nacht geredet. Als sie über den taunassen Rasen gingen, wurde es schon beinahe hell, und am Himmel zeigten sich die ersten blassrosa Streifen. Das ist bestimmt der schönste Morgen, den es je gegeben hat, dachte Rilla. Und der Tag, der vor ihr lag, würde voller wunderbarer Überraschungen sein. Sie blieb stehen, ergriff ihre Schuhe und sagte:

»Ich habe gerade einen Entschluss gefasst. Ich werde meiner Mutter eine Erdbeertorte zum Geburtstag backen.« Sie begann zu kichern. »Gwen bekommt einen Anfall. Bridget kommt natürlich morgen. Sie ist vom Partyservice. Aber das ist mir egal.

Ich mache es einfach. Und zwar jetzt, bevor ich schlafen gehe. Ich bezweifle sowieso, dass ich jemals wieder schlafen kann. Ist dir das eigentlich klar, Sean? Du hast mich für immer und ewig um den Schlaf gebracht. In Zukunft werde ich nachts nur noch auf meinem Bett liegen und mich nach dir sehnen. Was hast du nur mit mir gemacht?«

»Nichts«, erwiderte Sean, und sie küssten sich, als wollten sie nie wieder aufhören. »Nichts im Vergleich zu dem, was ich noch mit dir machen werde.«

Rilla schloss die Augen, schmiegte sich an ihn und stellte sich alles vor. Alles, was sie sein, tun und sagen würden. Alles.

In der Küche war es kühl und still. Fünf Uhr morgens ist die perfekte Zeit zum Backen, dachte Rilla. Sie wusste, dass sie sowieso nicht schlafen könnte, wenn sie jetzt ins Bett ginge, deshalb war es das Vernünftigste, den Kuchen sofort zu backen. Ganz gleich, ob sie glücklich oder deprimiert war, Kochen beruhigte sie immer und gab ihr etwas, worauf sie sich freuen konnte, und wenn es nur ein paar gelungene Kekse waren.

Heute früh kam sie sich vor, als schwebe sie zehn Zentimeter über dem Boden. Leise öffnete sie Schränke und Schubladen, um niemanden aufzuwecken. Mary würde in einer Stunde aufstehen, um das Frühstück vorzubereiten, aber bis dahin war der Tortenboden fertig. Später am Tag würde sie dann Sahne und Erdbeeren darauf verteilen und ihn am Abend Leonora überreichen. Ich rede mit Mary, wenn sie kommt, und schlage ihr vor, ihn nach dem Abendessen zu servieren, dachte sie.

In Willow Court gab es alle Zutaten, die sie brauchte. Zucker, Puderzucker, Mehl, Butter, alles war vorhanden. Rilla band sich Marys Schürze um, die hinter der Küchentür hing. Gott sei Dank, dachte sie, ist es eine richtige Schürze und nicht so ein winziger Fetzen, der kaum die Kleidung bedeckt.

Sie vermischte die Zutaten, knetete den Teig, rollte ihn aus und schob das Blech in den Backofen. Sie versuchte, nicht an die Ereignisse der Nacht zu denken, aber ihre Gedanken kehrten immer wieder zu Sean zurück. Mit ihm zusammen erschien ihr alles möglich, aber kaum war sie eine halbe Stunde von ihm getrennt, kehrten die Zweifel zurück. Vielleicht übte ja nur Willow Court diesen Zauber aus, dachte sie, und vielleicht wäre ja im Alltag, in London, alles vorbei, und die ganze Geschichte (sie traute sich nicht, sie *Liebe* zu nennen) würde sich ohne die Umgebung hier auflösen.

Rilla trat aus der Hintertür und blickte auf den Küchengarten, der frisch und grün in der Dämmerung vor ihr lag. Sie setzte sich auf eine Bank und nahm eine Zigarette aus der Schachtel. Der Tortenboden begann, köstlich zu duften. Ich warte nur noch, bis er fertig ist, dachte sie, und dann gehe ich ins Bett. Heute war zu viel für alle zu tun, und sie musste mithelfen. Außerdem war jede Stunde, die sie schlafend verbrachte, eine Stunde ohne Sean.

Was würde er wohl tun, dachte sie, wenn ich einfach in sein Zimmer käme und mich zu ihm ins Bett legte? Genau in diesem Moment klingelte die Zeitschaltuhr am Herd, und sie konnte den Gedanken nicht mehr verfolgen. Der Tortenboden war fertig. Sie ging in die Küche und zog das Blech heraus. Perfekt. Lächelnd stellte sie ihn zum Abkühlen in die Speisekammer und ging nach oben.

Sie war gerade auf dem oberen Treppenabsatz angekommen, als ein Geräusch, das sie nicht identifizieren konnte, sie zusammenzucken ließ. Sie blickte den Korridor entlang und sah, dass die Tür zum Kinderzimmer offen stand. Irgendetwas stimmte nicht. Um diese Uhrzeit sollte sich dort eigentlich noch niemand aufhalten. Mit klopfendem Herzen schlich sie auf Zehenspitzen näher an die Tür heran. Sei kein Feigling, sagte sie sich. Das kann kein Einbrecher sein. Vielleicht ist es…

»Douggie, Liebling!« Der kleine Junge stand vor dem Puppenhaus. Er hatte das weiße Laken weggenommen und hielt so etwas wie ein Band in der Hand. Es fiel zu Boden, als er sie erblickte. »Du darfst jetzt nicht hier sein, mein Süßer. Es ist noch Schlafenszeit. Komm, ich bringe dich wieder ins Bett.«

Sie trat zu ihm und hob ihn hoch. Einen Augenblick lang dachte sie, sie würde ohnmächtig werden. Wie süß er roch! Genau so hatte Markie immer gerochen. Douggie drehte sich halb weg, und Rilla fiel ein, wie ihr Sohn das auch immer getan hatte, wenn er nicht auf den Arm genommen werden wollte. Tränen schossen in ihre Augen, blinzelnd drängte sie sie zurück.

»Komm, Douggie. Wir gehen jetzt wieder in dein Zimmer.«

»Will Mama!« Douggie begann zu weinen.

»Wir suchen sie, ja? Ich bringe dich hin. Wein nicht, Liebling. Schscht! Alle schlafen noch.«

Fiona war jedoch bereits aufgestanden und suchte nach ihrem Sohn. Sie kam ihnen im Nachthemd entgegengelaufen. Ohne Make-up und ohne ihre schicken Kleider wirkte sie jung und zerbrechlich und sehr blass.

»Oh, Rilla, es tut mir so Leid. Hat er dich geweckt? Komm, Douggie. Komm zu mir.«

Rilla drückte der Mutter das Kind in den Arm. »Es ist alles in Ordnung«, sagte sie, während sie neben den beiden den Flur entlangging. Sie wollte erwähnen, dass sie noch gar nicht im Bett gewesen sei, unterließ es aber dann, weil ihr der Zeitpunkt für solche Geständnisse unpassend erschien. »Es ist nichts passiert.«

Als die beiden in ihrem Zimmer waren, ging sie noch einmal ins Kinderzimmer. Wie lange mochte Douggie schon hier drin gewesen sein? Hatte er etwas kaputtgemacht? Das konnten sie heute überhaupt nicht brauchen. Leonora wäre außer sich. Vielleicht könnte man es ja vor ihr geheim halten, aber normalerweise erfuhr sie immer alles, was auf Willow Court vor sich ging.

Rilla sah sofort, was Douggie gemacht hatte. »Oh, nein …«, flüsterte sie. »Oh, Gott …«

Er hatte ein Stück Papier vom Dach abgerissen. Leonora hatte Rilla und Gwen so oft erzählt, Maude hätte es so bemalt, dass es genauso wie ein echtes Dach aussah, und jetzt fehlte ein ganzer, ungefähr fünf Zentimeter breiter Streifen. Ohne zu zögern, bückte Rilla sich und steckte den Papierstreifen, der zusammengerollt auf dem Fußboden lag, in die Hosentasche. Dann legte sie das Laken wieder über das Haus, um den Schaden zu verstecken. Als sie aus dem Zimmer trat und die Tür hinter sich schloss, war sie außer Atem. Ich kann jetzt nicht darüber nachdenken, dachte sie. Ich muss jetzt schlafen. Von dunklen Vorahnungen erfüllt, ging sie in ihr Schlafzimmer. Was würde Leonora sagen? Ob das Dach wohl repariert werden konnte? Vielleicht konnte man den Papierstreifen ja wieder ankleben? Ich denke morgen darüber nach und überlege mir etwas.

Rilla setzte sich auf die Bettkante und nahm ihre Brieftasche zur Hand. Es ist jetzt nicht die richtige Zeit, dachte sie. Ich bin glücklich. Es war mein bester Tag, und ich sollte es auf sich beruhen lassen, aber ich kann einfach nicht. Es war ein Fehler gewesen, Douggie auf den Arm zu nehmen. Rilla spürte immer noch den warmen, zappelnden Körper in den Armen. Er hatte ihr die Hände auf die Haare gelegt, genauso wie Markie es immer getan hatte. Jahre vergehen, dachte sie, und es gelingt dir, kleinen Kindern aus dem Weg zu gehen, und dann geschieht so etwas, und du bist sofort wieder in der Vergangenheit und merkst, wie sehr er dir fehlt.

Sie öffnete ihre Brieftasche, die inneren Fächer. Da war es. Sie griff danach, zögerte aber noch. Sollte sie es sich anschauen? Wann hatte sie das zum letzten Mal getan? Sie erinnerte sich nicht. Bevor sie sich jedoch anders entscheiden konnte, hatte sie das kleine Foto schon herausgenommen und auf die Decke neben sich gelegt. Ihr lächelndes, dunkelhaariges Kind. Ihr wunderschöner Sohn. Er saß auf Beths Schoß und zog eine alberne Grimasse. Der Tag fiel ihr ein, als sie in Paddington Station, auf dem Weg nach Willow Court, das Foto geschossen hatten. Mark hatte aus irgendeinem Grund schlechte Laune gehabt. Beth hatte vorgeschlagen, sie sollten sich fotografieren lassen, um ihn abzulenken, und Rilla war dankbar für den Vorschlag gewesen, weil er sofort wieder fröhlich wurde.

Die Tränen liefen ihr über die Wangen, und sie steckte das kleine Bild rasch wieder weg. Was war sie doch für eine Närrin, sich diese wundervolle Nacht zu verderben! Sie richtete ihre Gedanken auf Sean. Ich will von ihm träumen, dachte sie, nicht von Mark. Heute nicht.

Rilla schloss die Augen. Ihre letzten Gedanken galten dem Papierstreifen, den Douggie vom Dach des Puppenhauses abgerissen hatte. Sie dachte daran, wie er zusammengerollt in ihrer Hosentasche lag, und leise Furcht überkam sie. Sie war jedoch zu erschöpft, um sich zu fragen, woher ihre Ängste rührten. Dann schlief sie ein.

»Du bist früh auf«, sagte Beth.

»Du auch«, erwiderte Efe. »Douggie hat mich geweckt. Dieses verdammte Kind weiß nicht, was ausschlafen heißt.« Er schenkte sich eine weitere Tasse Kaffee ein. Schwarz ohne Zucker. Macho-Kaffee, sagte Beth immer dazu. Er hob die Tasse und lächelte sie an. »Willst du auch einen?«

»Ja, bitte«, erwiderte Beth und zog sich einen Stuhl heran. Sie setzte sich Efe gegenüber und beschloss, nicht zu erwähnen, dass sein Sohn auch sie geweckt hatte. »Wo sind die anderen?«

»Mum ist mit Dad irgendwo draußen. Sie warten auf die Leute, die die Tische und Stühle bringen. In einer Stunde wird es hier von Lieferanten nur so wimmeln. Wo Alex und Rilla sind, weiß ich nicht. Chloë wird wahrscheinlich vor Mittag nicht auftauchen, aber sie ist mit ihrem Baum schon weit gekommen. Hast du ihn gesehen?«

Beth nickte. Sie schnitt sich zwei Scheiben Brot ab und steckte sie in den Toaster. Dann setzte sie sich wieder und griff nach der Butter und der Marmelade. Sie hatte die Unmenge von Weidenzweigen in der Halle gesehen, und obwohl sie sicher war, dass ihre Kusine etwas Erstaunliches gestalten würde, fragte sie sich, ob Leonora nichts dagegen hatte. Die Frau, an die Beth sich aus ihrer Kindheit erinnerte, hätte Chloës Aktion nie toleriert, aber das Alter hatte sie sanfter gestimmt.

Der Toast sprang heraus, und sie griff nach den Scheiben. Efe las den Finanzteil der Zeitung, was ihr ein bisschen Zeit gab. Er trug Baumwollhosen und ein türkisfarbenes Leinenhemd, und die Art, wie ihm die Haare in die Stirn fielen, machte Beth ein wenig atemlos. Mühsam verdrängte sie diese unproduktiven Gedanken. Die Gelegenheit hatte sich unerwartet ergeben, und sie war entschlossen, diese Chance für ein Gespräch unter vier Augen mit Efe zu nutzen. Sie waren seit einer Ewigkeit nicht mehr allein gewesen. Sie hätte zwar lieber ein Thema angeschnitten, das Efe in gute Laune versetzte, aber sie hatte einfach zu viele Fragen. Sie war sich allerdings nicht sicher, ob sie auch auf alle die Antwort wissen wollte. Okay, sagte sie sich. Fang an.

»Wer ist Melanie?«, fragte sie.

»Was? Was meinst du? Ich kenne keine Melanie.«

»Doch. Ich habe gehört, wie du gestern mit ihr telefoniert hast.«

»Du hast gelauscht!« Typisch für Efe, dachte Beth. Direkt jemand anderem die Schuld geben.

»Nein«, erwiderte sie. Hoffentlich klang sie nicht wie eine Zwölfjährige. Wenn man sich mit jemandem unterhielt, mit dem man aufgewachsen war, verfiel man rasch wieder in kindliche Gewohnheiten. »Du hast dich ja nicht versteckt. Jeder hätte es hören können.«

»Du meinst Fiona, oder?«

»Genau. Wenn sie nun an meiner Stelle gewesen wäre?«

»Dann hätte ich so getan, als sei nichts. Sie glaubt mir immer. Ich kann sie von allem überzeugen.«

Beth sagte: »Du hättest also so getan, als ob. Also steckt doch etwas dahinter.«

Efe hob die Arme, als wollte er sich ergeben. »Erwischt!«

»Okay. Wer ist sie?«

Er nahm ihre Hand und blickte ihr in die Augen. »Das kann ich dir nicht sagen, Bethie, mein Liebling. Zuerst musst du mir schwören, es keiner Menschenseele zu erzählen.«

Soll ich mich darauf einlassen?, fragte sich Beth. Soll ich ihm nicht besser sagen, scher dich zum Teufel? Ich brauche doch keine Details. Er hat zugegeben, dass er Fiona nicht treu ist. Das sollte mir eigentlich reichen, aber ich möchte alles erfahren. Widerstreitende Gefühle durchfluteten sie. Einerseits wollte sie alles über Melanie wissen, andererseits zuckte sie jedoch davor zurück. Am liebsten hätte sie Efe angeschrien, wie gemein er zu seiner Frau war. Er sollte sagen, *Melanie bedeutet mir nichts. Ich will dich und sonst niemanden, weder Fiona noch irgendeine andere. Nur dich.* Plötzlich sah sie seine wahre Natur: egoistisch und grausam. Er betrog seine Frau und lächelte darüber. Gleichzeitig wollte sie für immer mit ihm allein sein. Und doch wäre sie am liebsten davongerannt und hätte ihn nie wieder gesehen. Sie sagte: »Okay, erzähl. Ich werde nichts sagen.«

»Es ist Melanie Havering. Du kennst sie, nicht wahr?«

»Aus dem Antiquitätenladen? Aber …«

»Ich weiß, ich weiß. Du brauchst es nicht auszusprechen. Sie ist alt!«

»Das wollte ich gar nicht sagen. Sie ist mit Gwen befreundet.«

»Ach ja? Nun, auch Gwens Freundinnen dürfen sexy sein. Und so alt ist Melanie nun auch wieder nicht. Erst fünfundvierzig.«

»Na, dann geht es ja«, erwiderte Beth. »Dann ist ja alles in Ordnung. Gott, Efe, was denkst du dir eigentlich? Die Freundin deiner Mutter! Das ist so peinlich! Und wenn sie nun hierher kommt, um Gwen und James zu besuchen? Und hat sie nicht auch einen Mann?«

Efe lächelte. Er strahlte förmlich, als täte es ihm gut, diese Affäre endlich eingestehen zu können. Er sagte: »Sie ist geschieden. Und wenn sie zu Besuch kommt, während ich hier bin, dann ist das umso aufregender. Manchmal ein bisschen riskant …«

»Ich will nichts davon hören, vielen Dank. Das ist ja widerlich.«

»Aber nein, es ist toll. Oh, werd endlich erwachsen, Beth! Du weißt doch, wie es zugeht. Mein Dad war früher auch häufiger auf Abwegen. Das kümmert doch keinen.«

»Ich glaube nicht, dass Gwen ekstatisch vor Freude darüber war«, erwiderte Beth.

»Sie ist aber bei ihm geblieben.« Efe nahm sich die zweite Scheibe von Beths Toasts und bestrich sie mit Butter. »Wenn es so schlimm gewesen wäre, hätte sie ihn verlassen.«

Beth beschloss, das Thema zu wechseln. Es hatte offensichtlich keinen Zweck, Efe die Gründe aufzuzählen, warum Gwen nicht genau hingesehen hatte. Zum Beispiel weil sie drei Kinder hatten. Oder weil sie ihn trotzdem liebte. Auf jeden Fall hatte er sich mittlerweile geändert. Männer benahmen sich manchmal wie Idioten, und ihr Ärger auf Efe wuchs.

Wenn das Gespräch anders verlaufen wäre, hätte sie vielleicht den Mut aufgebracht, Efe zu fragen, warum er seine Frau misshandelte. Bei Fiona im Bad war sie außer sich vor Wut über ihn gewesen, auch darüber, dass er so gar nicht ihrem Bild entsprach. Aber jetzt, als er ihr lächelnd am Tisch gegenübersaß, konnte sie sich kaum vorstellen, dass er gewalttätig geworden war. Er sah so aus wie immer. Dennoch sollte sie eigentlich etwas sagen. In diesem Moment jedoch hörte sie Stimmen vor der Küchentür. Chloë und Philip kamen herein, also musste sie es auf ein anderes Mal verschieben.

»Hi«, sagte Chloë und ließ sich auf den Stuhl neben Beth sinken. Sie war weiß wie ein Gespenst. »So sieht es also morgens hier aus. Bin ich froh, dass ich nicht so viele auf einmal zu sehen brauche. Gib mir mal den Saft, Efe.«

Sie fuhr sich mit den Händen durch die Haare, die stachelig vom Kopf abstanden. Sie trug eine ausgebeulte Jeans und ein T-Shirt, das mit bunten Farbflecken bespritzt und an verschiedenen Stellen zerrissen war.

Efe sagte: »Bist du überhaupt schon richtig wach, Chloë? Kannst du mal eine Minute zuhören?«

Das kann er doch nicht machen, dachte Beth. Er kann doch jetzt nicht über Reuben Stronskys Angebot reden. Chloë schläft doch noch halb, und Philip hat sich schon in den Sportteil vertieft.

»Es geht um die Bilder von Ethan Walsh. Findest du nicht auch, dass mehr Leute sie sehen sollten? Meinst du nicht, dass Leonora Stronskys Angebot annehmen sollte?«

»Ach, ich bin mir nicht sicher«, erwiderte Chloë und goss Milch über ihr Müsli. »Ein Museum in den Staaten wäre cool, aber Willow Court gehört irgendwie … na ja, zum Bild dazu. Und das ginge dann verloren.«

»Spielt das eine Rolle?«

»Für Leonora schon.«

»Aber wenn du wählen müsstest. Gott, Chloë, ich will doch nur jemanden auf meiner Seite. Sag mir doch, dass ich nicht spinne.«

»Nein, okay. Es ist schon eine gute Idee. Ich hätte nichts dagegen, ab und zu mal über den Atlantik zu jetten.«

»Brillant!«, sagte Efe. »Danke, wirklich. Das sind jetzt du, ich, Fiona und Dad, glaube ich. Mum ist dagegen, aber sie lässt sich am Ende bestimmt noch umstimmen. Was ist mit dir, Beth? Was denkst du?«

Beth wäre nur zu gerne auf Efes Seite gewesen. Es würde ihn bestimmt freuen. Aber was würde Leonora tun, wenn die Bilder aus dem Haus geholt würden? Was würde aus Willow Court werden? Es würde nie mehr das Haus sein, das es einmal war, ein Fixpunkt in ihrem Leben, solange sie denken konnte.

»Ich möchte nichts auf Willow Court verändern. Tut mir Leid, Efe. Ich möchte, dass die Bilder bleiben, wo sie sind.«

Efe verzog finster das Gesicht und warf ihr einen so unverhüllt feindseligen Blick zu, dass sie innerlich erbleichte.

»Na gut«, sagte er, schob seinen Stuhl zurück und stand auf. »Ich gehe mal nach draußen und sehe zu, ob ich bei den Stühlen helfen kann. Bis später.«

Wortlos verließ er die Küche. Beth fühlte sich sofort schuldig, als hätte sie etwas falsch gemacht.

»Mach nicht so ein Gesicht, Beth«, sagte Chloë. »Davon geht die Welt nicht unter. Mein Bruder liebt es, wenn ihm alle aus der Hand fressen. Du darfst durchaus anderer Meinung sein als er.«

»Ich hasse es aber, wenn er sauer ist. Du nicht auch, Chloë?«

»Er kann wirklich unangenehm werden«, erwiderte Chloë. »Lass dich nicht von ihm herumschubsen, Beth. Das tut er gern. Fiona hat er völlig unter der Knute, aber sie ist ja auch blöd.«

Beth war schon dabei, Chloë von ihrem Gespräch mit Fiona zu erzählen, besann sich jedoch eines Besseren. Wenn seine Schwester nichts von dieser Seite an ihm wusste, dann sollte sie es ihr besser auch nicht erzählen.

»Chloë, da bist du ja, Liebling.« Gwen trat ins Zimmer. Sie sah aus wie eine Werbung für die ideale Mutter, dachte Beth. Rilla tauchte in London zum Frühstück meistens in ihrem uralten Seidenkimono und mit zerzausten Haaren auf, und Beth wunderte sich immer wieder darüber, wie unterschiedlich Leonoras Töchter doch waren. Gwen trug eine schwarze Baumwollhose und eine blassrosa Bluse, dazu Ohrringe. Ihre Haare waren ordentlich gekämmt, und sie hatte Puder und Lippenstift aufgelegt.

»Ich hoffe«, sagte Gwen, setzte sich ihrer Tochter gegenüber und nahm sich eine Scheibe Toast, »dass du und Philip heute Morgen das Durcheinander in der Halle beseitigt.«

Beth hielt den Atem an und wartete darauf, dass Chloë explodierte, aber sie warf ihrer Mutter nur einen finsteren Blick zu und erklärte: »Das ist mein Baum. Weißt du noch? Wir haben gestern darüber gesprochen. Deshalb bin ich auch so verdammt früh aufgestanden.«

»Chloë!« Gwen schürzte missbilligend die Lippen.

»Entschuldigung, Entschuldigung«, erwiderte Chloë lässig. Sie schob ihren Stuhl zurück. »Ich bin weg.«

Sie stampfte zur Tür, drehte sich aber dort noch einmal um, um hinter dem Rücken ihrer Mutter das Victory-Zeichen zu machen.

»Meine Mutter nervt!«, sagte Chloë. Sie stand auf der Trittleiter, in der einen Hand zwei Weidenzweige, die sie mit dünnem Draht zusammenband. Es sah aus wie ein Besen. »Du hast wirklich Glück, dass du mit dieser Bande nicht blutsverwandt bist. Sie haben alle einen Schaden, außer mir natürlich. Gib mir noch ein Stück Draht, Philip.«

Beth lachte. Der ergebene, stille Philip stand neben der Leiter und reichte Chloë, was sie brauchte. »Mit Rilla ist alles in Ordnung«, erwiderte Beth loyal. »Mit ihr bin ich immer gut ausgekommen. Und über Alex kannst du dich auch nicht beklagen.«

»Du bist nicht normal. Du kommst mit jedem gut zurecht. Aber Rilla ist wirklich okay. Ich wette, du weißt nicht, wann sie gestern Nacht nach Hause gekommen ist.«

»Ich glaube, sie war gar nicht weg.«

»Doch. Sie war irgendwo draußen und ist erst um fünf Uhr morgens zurückgekommen. Ich habe gesehen, wie sie und Sean Everard Hand in Hand über den Rasen gelaufen sind. Sie sahen vollkommen erledigt aus. Aber glücklich. Ja, absolut glücklich.«

»Warum schaust du überhaupt morgens um fünf aus dem Fenster?« fragte Beth.

»Ich musste aufs Klo. Wahrscheinlich hat Douggie mich geweckt. Er schreit früh morgens immer. Ist dir das auch schon aufgefallen? Ich habe nur kurz einen Blick aus dem Fenster geworfen und sie gesehen. Schnelle Arbeit. Aber Sean ist nett, oder? Was hieltest du denn davon, wenn er dein neuer Stiefvater würde?«

»Ach komm, Chloë, jetzt gehst du aber ein bisschen weit. Sie sind doch nur zusammen zum Haus gegangen, mehr nicht.«

Chloë kicherte. »Du hast sie ja nicht gesehen. Ich sage dir, da geht was ab. Du solltest Rilla mal fragen.«

»Das mache ich auch. Sobald sie aufgestanden ist, frage ich sie.«

»Sie steht bestimmt noch lange nicht auf.« Chloë zupfte den Zweig, an dem sie gerade arbeitete, zurecht. »Sie ist ja erst vor ein paar Stunden ins Bett gegangen. Wahrscheinlich sehen wir sie vor dem Mittagessen nicht. Wie sieht das aus?«

»Toll«, erwiderte Beth. Aber ihre Aufmerksamkeit galt nicht dem Baum, so schön er auch war. »Ich gehe mal nach draußen und gucke nach, was im Zelt los ist, Chloë. Mir dreht sich der Kopf von all dem Beziehungskram. Bis später.«

Die Tische und Stühle waren abgeladen worden, und mehrere Männer trugen sie ins Zelt.

»Hallo, Beth«, rief James, der die Arbeit fröhlich beaufsichtigte. Er sah aus wie ein Armeeoffizier mit seinen Khakihosen und einem leicht militärisch wirkenden Hemd. »Diese Leute hier sind ziemlich effizient, was?«

Alex stand neben dem Transporter und fotografierte alles. Als er Beth sah, kam er rasch auf sie zu.

»Hi, Alex«, begrüßte sie ihn lächelnd. James war im Zelt verschwunden, um sich zu vergewissern, dass die Stühle auch richtig aufgestellt wurden. »Dein Dad hat viel Spaß, was?«

»Er hält sich für General Montgomery. Du wirst sehen, gleich salutiert er noch. Hast du gut geschlafen?«

Beth nickte. »Du bist früh aufgestanden, oder?«

»Ich wollte dieses Licht nicht verpassen. Aber jetzt bin ich fertig. Sollen wir spazieren gehen?«

»Okay.« Sie gingen auf die Auffahrt zu. »Wohin denn? Müssen wir so schnell gehen? Ich möchte dich etwas fragen.«

»Tut mir Leid.« Alex verlangsamte sofort seine Schritte. »Sollen wir nicht mal bei Nanny Mouse vorbeischauen? Ich war noch gar nicht da.«

»Ich auch nicht. Das ist eine gute Idee. Ich will sie immer besuchen, aber alleine habe ich nie Lust dazu. Ich bin mir nicht sicher, ob sie überhaupt weiß, wer ich bin, und mir fällt nie etwas ein, was ich sagen könnte.«

»Ich finde sie ganz erholsam. Es spielt ja keine Rolle, was du sagst, weil sie es sowieso gleich wieder vergisst.«

Die Sonne schien durch die Blätter der Bäume und warf Schatten über Alex' Gesicht. Einen Moment lang überlegte Beth, ob sie ihn noch einmal nach jenem Tag am See fragen sollte, dem Tag, an dem Markie ertrunken war, aber dann ließ sie es lieber. Er hatte nicht gerne darüber sprechen wollen. Sie hatte ihm deutlich anmerken können, wie sehr er bedauerte, das Thema angeschnitten zu haben. Aber vielleicht weiß er das von Efe und Fiona ja, dachte sie.

»Alex, darf ich dich etwas fragen?« sagte sie. »Du brauchst es mir aber nicht zu sagen, wenn du nicht willst.«

»Ja, frag ruhig. Was denn?«

»Ich habe Fiona gestern weinend im Badezimmer gefunden. Sie hat mir ihre Arme gezeigt, sie waren voller blauer Flecken, und sie hat mir erzählt, dass Efe manchmal die Nerven durchgehen. Wusstest du das?«

»Ich habe die blauen Flecken auch gesehen.« Alex schwieg einen Moment, dann fuhr er fort: »Er ist dazu fähig, Beth. Er ist zwar mein Bruder, und irgendwie finde ich es unloyal, so über ihn zu reden, aber manchmal verliert er die Beherrschung.«

Beth seufzte. »Ja, das weiß ich. Ich habe ihn auch schon so erlebt, aber ich hätte nie gedacht...« Sie brach ab. »Was können wir denn tun, Alex? Müssten wir nicht etwas sagen? Vielleicht sollten wir mit deinen Eltern darüber reden. Oder mit Leonora. Was meinst du?«

»Ich könnte ja mal mit ihm reden«, erwiderte Alex. »Aber ich bezweifle, dass er überhaupt auf mich hört. Wahrscheinlich wird er es abstreiten. Fiona muss damit fertig werden. Sprich du doch mal mit ihr.«

»Ich kenne sie doch kaum und ...«

»Ich weiß. Und du hältst auch nicht besonders viel von ihr.«

Beth blickte Alex prüfend an. »Dir entgeht wirklich nicht viel, was? Ich habe versucht, mir das nicht anmerken zu lassen. Ist es so offensichtlich? Aber jetzt tut sie mir eigentlich Leid.« Sie blieb stehen und lehnte sich gegen einen Baum.

»Ich weiß überhaupt nicht mehr, was ich denken soll. Es kommt mir vor, als habe sich seit gestern alles geändert. Was ist hier los, Alex? Warum ist Efe so anders als sonst?«

»Er ist überhaupt nicht anders«, erwiderte Alex sanft. »Wir sind nur zum ersten Mal seit einer Ewigkeit alle hier zusammen, und deshalb bekommst du auch seine andere Seite zu sehen. Die Seite, die er nicht zeigt, wenn du zum Beispiel in London bei ihm zum Essen bist. Er hat schon immer Wert darauf gelegt, seinen Willen zu bekommen, und es ist ihm immer schon gelungen, die Leute um den Finger zu wickeln, wenn er etwas haben wollte. Dich wickelt er doch seit Jahren um den Finger, oder nicht?«

»Alex... das klingt, als seist du eifersüchtig!« Beth begann zu lachen, hörte aber sofort auf, als sie Alex' Gesichtsausdruck sah.

»Natürlich bin ich nicht eifersüchtig«, sagte er. »Aber mir fallen gewisse Dinge eben auf. Wie du ihn ansiehst, zum Beispiel. Es überrascht mich, dass es sonst noch keiner gemerkt hat.«

»Die meiste Zeit macht er mich wütend. Und du bist genauso schlimm. Schließlich haben wir ihn beide als Kinder geradezu angebetet, oder nicht?«

Alex nickte, wechselte aber das Thema.

»Als wir das letzte Mal bei Nanny Mouse waren«, sagte er, als sei von Beths Gefühlen nie die Rede gewesen, »hat sie mich zuerst für Efe gehalten. Und dann kam sie noch einmal durcheinander und nannte mich Peter. Ich hoffe, dass sie uns heute erkennt.«

»Ach, das ist schon in Ordnung. Sie ist immer mal wieder klar und bekommt mit, was passiert, und dann ist sie wieder in der Vergangenheit.«

Alex lächelte sie an, und Beth merkte überrascht, wie gut ihr seine Nähe tat. Er war immer der Gleiche. Immer zuverlässig. Er hatte sich nicht so geändert wie Efe. Seit Jahren drehten sich alle ihre Träume um Efe, und erst in den letzten paar Stunden fing sie an, zu realisieren, dass sie ihn idealisiert hatte und er eigentlich ganz anders war. Jemand, der gewalttätig sein konnte, der sich nichts dabei dachte, seiner Frau untreu zu sein. Ich liebe ihn immer noch, dachte Beth, aber zugleich streifte sie der leise Hauch eines Zweifels. Er löste sich zwar direkt wieder auf, hinterließ aber dennoch eine fast unmerkliche Spur, und sie ahnte, dass sie nie wieder so stark für ihn empfinden würde.

Alex. Beth betrachtete ihn, während er schweigend neben ihr herging, und sah ihn zum ersten Mal in ihrem Leben als Mann. Als jemanden, den sie berühren, küssen, vielleicht sogar lieben konnte. Überrascht stellte sie fest, wie wenig sie diese Vorstellung schockierte, sondern im Gegenteil fast wie ein kleiner Stromschlag durch sie hindurchzuckte. Das ist doch lächerlich, dachte sie. Das ist Alex. Ich spinne doch, dass ich anfange, so an ihn zu denken. Ich spinne total.

»Wir sind da, Beth«, sagte Alex.

»Tut mir Leid, Alex, ich war in Gedanken woanders.«

Alex klopfte an die Haustür von Lodge Cottage, und Miss Lardner öffnete ihnen, als hätte sie direkt hinter der Tür gestanden.

»Ich habe Sie die Auffahrt entlangkommen sehen«, sagte sie. »Wie nett, uns zu besuchen! Sie kommen gerade rechtzeitig zum zweiten Frühstück.«

Alex und Beth lächelten einander zu. Beth wusste, dass sie das Gleiche dachten: Hier war wahrscheinlich der einzige Ort auf der Welt, an dem noch ein zweites Frühstück eingenommen wurde. Sie sagte: »Das ist ganz reizend von Ihnen, Miss Lardner. Wir frühstücken gern ein zweites Mal, nicht wahr, Alex?«

»Ich könnte mir nichts Schöneres vorstellen«, erwiderte Alex.

Er klang, als wolle er gleich losprusten. Er folgte Beth in das kleine Wohnzimmer, wo Nanny Mouse ein Nickerchen in ihrem Lieblingssessel hielt.

Wenn Alex in einem von Nanny Mouses Sesseln saß, kam er sich immer vor wie Alice, die den Zaubertrank getrunken hatte und zu groß für das Haus des weißen Kaninchens geworden war. Er erinnerte sich an jedes Detail der Illustration in dem Buch, das er, seit er sieben war, liebte: Die Arme und Beine der armen Alice drückten gegen die Wände, und sie musste den Kopf schief halten. Er zog die Füße so nah wie möglich an seinen Sessel.

Die Tassen und Untertassen in Lodge Cottage waren vermutlich nicht kleiner als jedes andere Geschirr, aber durch den Goldrand und das Rosenmuster wirkten sie so zerbrechlich, dass er sich schon ungeschickt vorkam, wenn er sie nur betrachtete. Hastig trank er seinen Kaffee aus (löslicher und viel zu dünn) und stellte seine Tasse auf das winzige Tablett, das Miss Lardner neben ihm aufgebaut hatte.

Beth machte ihre Sache wunderbar und unterhielt sich angeregt mit der alten Dame. Es stimmte schon, dass Alex Nanny Mouse gern besuchte, aber manchmal fühlte er sich unbehaglich in ihrer Gesellschaft. Oder vielleicht war unbehaglich nicht das richtige Wort. Angespannt eher, falls ihr etwas passierte, und er musste sich darum kümmern. Aber das war im Grunde auch Unsinn. Miss Lardner war ja immer da. Aber Nanny Mouse war mittlerweile so alt, dass sie ganz durchsichtig wirkte, und außerdem zitterte sie ständig ein wenig, was ihn ganz nervös machte. Er richtete seine Aufmerksamkeit auf die gerahmten Fotografien auf dem Kamin.

Die meisten kannte er, weil es Abzüge der Fotos aus den Familienalben waren, die Leonora und Gwen gehörten. Alle Babybilder waren vertreten: Leonora selbst bei ihrer Taufe, in Kaskaden von Spitze gehüllt; Rilla als Täufling im gleichen Kleid, auf Leonoras Arm; Gwen und Rilla in gesmokten Kleidern, wie sie sich verlegen an den Rock ihrer Mutter drückten. Kein besonders professionelles Foto, da Leonora nur von der Taille abwärts zu sehen war. Ihre Hand lag auf Rillas Kopf. Es überraschte Alex immer wieder, dass die alten Fotos trotz ihrer Unvollkommenheit oft viel rührender waren als seine Bilder, obwohl er sich so um das richtige Licht und die beste Komposition bemühte. Aber vielleicht verklärte er ja auch nur die Vergangenheit, eben weil sie schon lange vorbei war und nur eine schwache Spur hinterlassen hatte.

Ob Beth eigentlich gemerkt hatte, was er ihr gestanden hatte? Er schaute sie nachdenklich an, während sie mit Nanny Mouse plauderte und lachte. Falls sie es begriffen hat, hat sie sich jedenfalls nichts anmerken lassen, dachte er. Vielleicht wusste sie ja noch nicht genau, was sie empfand. Ich bin ein Idiot, dachte Alex. Ich weiß nicht, wie man so etwas macht. Hätte er es einfach sagen sollen? *Ich liebe dich*, einfach so? Er hatte diese Worte noch niemals laut ausgesprochen. Die Frauen, mit denen er zusammen gewesen war, hatten seine Signale schon richtig verstanden, ohne dass er es sagen musste. Schuldbewusst überlegte er, dass diese Affären, die immer nur ein paar Monate gedauert hatten, wahrscheinlich zufriedenstellender verlaufen wären, wenn er seine Gefühle ausgedrückt hätte. Aber warum hätte er lügen sollen? Die Erkenntnis durchfuhr ihn, dass er wahrscheinlich in seinem ganzen Leben deshalb nie eine Frau richtig geliebt hatte, weil er immer an Beth gedacht hatte, ohne sich dessen bewusst zu sein.

Ich habe es mit etwas ganz anderem verwechselt, dachte er. Ich habe es immer für eine Mischung aus Freundschaft und Bewunderung gehalten. Und ich habe bis heute gebraucht, um zu erkennen, dass ich sie liebe und dass mich nichts davon abbringen wird. Nichts außer der Tatsache, dass sie nur an Efe denkt. Alex seufzte. Nanny Mouse hatte etwas zu ihm gesagt, und er bemühte sich um Konzentration. Man musste aufpassen, wenn man sich mit jemandem unterhielt, der ständig abschweifte.

»Sie war sehr krank, weißt du«, erklärte Nanny Mouse. »Sie hätte nie so hinauslaufen dürfen. Das durfte sie nicht.«

»Nein?«, erwiderte Alex, und Beth kam ihm lächelnd zu Hilfe. »Wer war krank, Nanny? Meinst du Leonora?«

»Ja, natürlich. Sie hat sich eine schreckliche Erkältung geholt, aus der dann eine Lungenentzündung wurde. Ich habe sie die ganze Zeit über gepflegt. Oh, sie war glühend heiß, wegen des Fiebers! Sie hat ihren Geburtstag verpasst, und wir konnten ihr die Geschenke erst später geben. Auch ein kleiner Junge ist ertrunken. Wusstet ihr das?«

Beth nickte. Alex sah ihr an, dass sie überlegte, ob es sich wohl lohnte, ihre Verwandtschaft mit Mark zu erwähnen. Sie wechselte jedoch das Thema.

»Was für hübsche Blumen, Nanny! Du magst Rosen am liebsten, nicht wahr?«

»Wenn man sie lange genug stehen lässt, werden wunderschöne getrocknete Rosen daraus. Wusstest du das? Ich habe das früher immer gemacht. Ich habe eine Blütenmischung gemacht, die besser roch als die, die man heute kaufen kann. Sie nehmen viel zu viel Chemie dafür und gar keine echten getrockneten Blumen.«

Alex zog die Augenbrauen hoch. Das Leben war definitiv zu kurz, um über Blütenmischungen zu sprechen, chemisch oder nicht. Beth zwinkerte ihm zu und sagte: »Wir müssen jetzt gehen, Nanny. Es ist bald Mittag. Wir kommen dich wieder besuchen.« Sie erhob sich und küsste die alte Dame, die plötzlich ihre Hände umklammerte.

»Sie trug ihr bestes Kleid«, sagte sie, den Tränen nahe, mit bebender Stimme. »Aus lilafarbener Spitze. Sie sah wunderschön aus. Aber es war natürlich ruiniert. Nass und zerfetzt und völlig verdorben. Ich habe es Tyler gegeben, damit er es mit dem Gartenabfall verbrennt. Der gnädige Herr war nicht in der Lage, etwas zu tun.«

»Auf Wiedersehen, Nanny«, sagte Alex und führte Beth zur Tür. »Danke für das zweite Frühstück.«

Als Alex und Beth aus Lodge Cottage traten, hielt neben ihnen mit quietschenden Bremsen ein Wagen. Es war Efes Audi. Fiona und Douggie saßen auch darin, und obwohl Alex wusste, dass sie nur für Gwen Besorgungen im Ort gemacht hatten, sahen sie aus, als hätten sie einen vergnüglichen Ausflug hinter sich. Douggie winkte ihnen aus seinem Kindersitz zu. Fiona wirkte hübscher und entspannter als in den letzten Tagen. Sie kurbelte die Scheibe auf der Beifahrerseite hinunter, und Efe beugte sich vor.

»He, ihr zwei, noch ein bisschen früh für die Pflichtbesuche, oder?«

»Es war kein Pflichtbesuch. Wir hatten zweites Frühstück«, erwiderte Beth lächelnd. »Kennst du das noch? Als Kinder haben wir es auch immer bekommen.«

»Kekse und Kakao mit Milch«, sagte Efe. »Soll ich euch zum Haus mitnehmen?«

»Ja gerne, danke«, erwiderte Beth und wandte sich an Alex. »Kommst du auch mit, Alex?«

Alex schüttelte den Kopf. »Nein, ist schon okay. Ich gehe jetzt auch mal in den Ort, glaube ich.« Eigentlich brauchte er nicht dorthin, aber um nichts in der Welt wäre er jetzt in den Wagen gestiegen. Ein Schatten fiel über den Tag, und als er zusah, wie Beth ins Auto stieg, wurde ihm klar, wie gerne er noch einmal allein mit ihr geredet hätte. Wann er sie das nächste Mal allein antreffen würde, wusste der Himmel. Auf Willow Court war so viel los, dass das fast unmöglich schien. Mist. Was musste der blöde Efe auch gerade im falschen Moment vorbeikommen und ihm alles wegschnappen. Es war immer dasselbe. Unser ganzes Leben lang, dachte Alex, war Efe derjenige, der sich vorgedrängelt hat, aber vielleicht liegt es ja auch an mir. Ich lasse mich einfach immer zur Seite schieben. Es ist nicht Efes Schuld. Ich sage ja nichts, wenn ich sollte. Ich melde mich nicht freiwillig. Ich hatte niemals den Mut, einfach den Arm um Beth zu legen und zu sagen, nein, tut mir Leid, Efe, Beth kommt jetzt mit mir. Was sie dann wohl gemacht hätte? Na ja, wahrscheinlich wäre sie trotzdem mit ihnen gefahren. Alex blieb am Tor stehen und überlegte, ob er überhaupt genug Energie hatte, um bis ins Dorf zu laufen. Vielleicht bildete er es sich ja nur ein, aber Beth schien erleichtert gewesen zu sein, als sie in Efes Auto stieg. Erleichtert darüber, von mir wegzukommen, dachte Alex. Er sah deutlich vor sich, wie sie sich neben Douggie gesetzt und ihm einen Kuss gegeben hatte. Eifersucht stieg in ihm auf, als er die Straße entlangging. Sie hatte noch nicht einmal gewunken, als sie abfuhren, ganz zu schweigen davon, dass sie sich nicht von ihm verabschiedet hatte. Du hast keine Chance, Alex, sagte er sich.

Oh Gott, dachte Beth, als sie auf Efes Hinterkopf starrte. Einen wilden Moment lang fragte sie sich, was wohl geschähe, wenn sie ihm jetzt über die Haare streichelte, aber sie verbannte den Gedanken sofort wieder. Sie hielt ihre Hände fest im Schoß und ließ sich von Douggie immer wieder mit seinem Stoffkaninchen schlagen.

Ich hätte Alex nicht allein lassen sollen, dachte sie. Ich wäre besser mit ihm gegangen, dann hätte er mir sagen können, was er auf dem Herzen hat. Ich hätte mehr Mut haben sollen. Sie wusste, dass sie deshalb so bereitwillig ins Auto gestiegen war, weil sie das Geständnis nicht hören wollte, das Alex ihr gemacht hätte. Ich bin grausam, dachte sie. Es war bestimmt schon mühsam genug für ihn gewesen, das herauszubringen, was er gesagt hatte, und jetzt musste er wieder von vorne anfangen. Fast hätte sie Efe gebeten, anzuhalten, aber da waren sie schon vor dem Haus angelangt.

Ich bin immer noch nicht ganz von Efe geheilt, dachte sie kläglich, während sie mit halbem Ohr Fiona lauschte, die ihr erzählte, dass sie Douggie im Dorf unbedingt Fish Fingers hatten kaufen müssen, ohne die er anscheinend nicht überleben konnte.

»Er ist fast panisch geworden«, erklärte Fiona.

»Das kann ich mir vorstellen«, entgegnete Beth.

Efe hatte sich anscheinend mit Fiona versöhnt. Als Beth ins Auto stieg, streichelte er ihr gerade den Oberschenkel, und jetzt gingen sie eng umschlungen die Vordertreppe hinauf und überließen es ihr, sich um Douggie zu kümmern. Ihrem Lächeln nach zu urteilen, hatten sie sich vor nicht allzu langer Zeit geliebt. Wann um alles in der Welt hatten sie bloß dazu die Zeit gefunden? Er musste direkt nach ihrem Gespräch über Melanie Havering zu seiner Frau gegangen sein. Es hat ihn offenbar geil gemacht, mit mir darüber zu reden, dachte Beth. Und wo war

Douggie gewesen? Vielleicht hatte Gwen ja mit ihm im Garten gespielt. Beth hatte plötzlich ein Bild von Fiona und Efe vor Augen, wie sie einander in die Arme fielen und sich hemmungslos und leidenschaftlich liebten. Sie hatte das Gefühl, sie habe einen Schlag über den Kopf bekommen, und als sie ihnen ins Haus folgte, war sie außer Atem, und alles tat weh. Sie blickte die Auffahrt hinunter, in der Hoffnung, Alex sei ihnen vielleicht gefolgt, aber er war nirgends zu entdecken. Ihre Enttäuschung überraschte sie.

»Komm, Douggie«, sagte sie, so fröhlich sie konnte, »wir machen uns mal auf die Suche nach Rilla.«

Rilla lag im Bett und wünschte sich glühend, sie hätte in der letzten Nacht nicht so viel getrunken. Ich werde zu alt dafür, dachte sie. Als sie ihrer Mutter das erste Mal gesagt hatte, sie wolle Schauspielerin werden, hatte Leonora spöttisch erwidert: »Nun, Liebes, Theaterarbeit ist bestimmt das Richtige für dich. Du bist ja eher eine Eule als eine Lerche.«

So konnte man es auch sehen. Sie war morgens einfach nicht in Form. Niemand wusste, dass sie seit Marks Tod jeden Morgen mit Herzschmerzen aufwachte. Im Allgemeinen ließen die Schmerzen nach, bis sie aufstand, aber heute war es anders. Allerdings wog das Gewicht auf ihrem Herzen leichter, und das verdankte sie Sean. Sie war nicht so betrunken gewesen letzte Nacht, dass sie nicht mehr wusste, was geschehen war. Sämtliche köstlichen Einzelheiten fielen ihr jetzt ein, und sie räkelte sich unter der Decke und fragte sich, warum sie eigentlich nicht vollkommen glücklich war. Ich habe doch von so etwas geträumt, sagte sie sich, mich danach gesehnt, was ist denn jetzt los?

Ein Traum. Sie hatte einen Traum gehabt, und Teile davon stiegen wieder in ihr auf. Mist, dachte sie. Ich kann noch nicht einmal ein paar Stunden lang richtig glücklich sein, ohne dass irgendein schrecklicher Alptraum kommt und alles verdirbt. Worum ging es? Mark kam irgendwie darin vor, wie immer. Er lief mit ausgestreckten Händen aus dem Pavillon, und hinter ihm war ein Spiegel. Na ja, Träume waren eben unlogisch, dachte

Rilla, also sollte sie diesen besser vergessen, zumal an einem Tag, der so glücklich zu werden versprach.

Sie musste noch einiges erledigen. Sie musste zu Mary gehen und mit ihr über die Erdbeertorte sprechen. Sie musste sich sorgfältig zurechtmachen, um schön für Sean zu sein. Sie musste fragen, ob Gwen für die letzten Vorbereitungen noch Hilfe brauchte. Sie musste Ivan anrufen. Er dachte mittlerweile wahrscheinlich, sie habe sich in Luft aufgelöst. Und sie sollte ganz bestimmt nicht im Bett liegen bleiben und weinen, was sie gerade tat. Die unerwünschten Tränen rannen ihr über die Wangen und sammelten sich in ihrer Halsgrube. Es ist meine Schuld, dachte sie jämmerlich. Deshalb kann ich niemals im Leben glücklich sein, egal, wie viel Gutes passiert. Ganz gleich, wie gut alles läuft, es läuft immer auf dasselbe hinaus: Marks Tod war meine Schuld. Ich hätte ihn niemals allein lassen dürfen, und das werde ich mir nie verzeihen.

März 1982

Rilla klemmte sich den Hörer unters Kinn, hielt ihr Feuerzeug so weit weg wie möglich und zündete sich die Zigarette an, die sie bereits zwischen den Lippen balancierte.

»Rilla? Rilla, Liebling, zündest du dir schon wieder eine Zigarette an?«

Meine Mutter sollte kopfüber von einem Balken hängen, dachte Rilla. Die gemeine Fledermaus ist nichts gegen sie. Lächelnd sagte sie: »Eine Zigarette? Aber natürlich nicht. Da war wahrscheinlich nur was in der Leitung.«

War das überzeugend genug? Rilla war Schauspielerin, und unter normalen Umständen hätte sie geschworen, ihre Mutter jederzeit anlügen zu können, schließlich tat sie das seit Jahren schon. In der letzten Zeit jedoch hatte Leonora einen besonderen Scharfsinn für die Gefühlslage ihrer Tochter entwickelt. Rillas Ehe war zerbrochen. Sie und Jon hatten sich schon vor ein paar Wochen geeinigt, aber jetzt war es an die Öffentlichkeit gedrungen, und obwohl sie beide fest entschlossen waren, eine »zivilisierte Scheidung« durchzuführen, schien die ganze Welt an grausigen Details interessiert zu sein, da Jon nun mal ein Pop-Star war.

Natürlich gab es gar nicht so viele Einzelheiten, wie der *Sun* und dem *Mirror* lieb gewesen wären, aber Leonora musste natürlich als Erste herausfinden, dass die Trennung der Fredericks auf die Titelseiten gelangt war.

»Hör dir das an, Rilla!« sagte sie. »Es stammt von der Titelseite der *Sun*. Ich dachte, ich sollte dich warnen. Ich wusste ja, dass du noch nicht aufgestanden bist.«

Wie war es ihrer Mutter bloß gelungen, schon so früh am Morgen auf Willow Court eine Ausgabe der *Sun* zu bekommen, dachte Rilla. Wahrscheinlich hatte sie einer der Gärtner ins Haus gebracht. Oder ob sie sie beim Dorfladen bestellt hatte?

Sie sagte: »Okay, lies vor. Ich höre zu.« Sie zog den Seidenkimono aus Hongkong enger um sich (ein himmlisches Türkis, bestickt mit roten und goldenen Drachen … ein Geschenk von Jon aus den Tagen, als er ihr noch Geschenke machte) und lauschte ihrer Mutter.

»›*Keiner, der auch nur etwas über Jon Frederick und seine Frau, die verführerische Rilla Frederick, Star aus* Geschöpfe der Nacht *und heutzutage nur noch selten auf dem Bildschirm zu bewundern …*‹ Stimmt das, Liebling?«

»Ja, Mutter, leider«, erwiderte Rilla. »Lies weiter.«

»Wo war ich denn? Ach ja. Gut. ›… *weiß, braucht an den ausschweifenden Lebensstil erinnert werden, den das Paar pflegte, seit sie vor fünf Jahren den Bund fürs Leben schlossen. Aber alle guten Dinge finden schließlich ein schlechtes Ende, und so erfuhren wir, dass sich die beiden scheiden lassen. Jon, der kurz vor seiner Europatournee ›Feel the Heat‹ steht, hat erklärt: ›Wir sind immer noch die besten Freunde, können aber unsere Ehe nicht mehr aufrechterhalten. Ich muss frei sein, um meine künstlerischen Ziele zu verfolgen, und Rilla hat ihre eigenen Eisen im Feuer.*

Jon und Rilla haben einen gemeinsamen Sohn, Mark, vier Jahre alt, und Jon hat deutlich gemacht, dass sie das gemeinsame Sorgerecht anstreben. Er fügt hinzu: ›Und nicht nur das. Beth, meine Tochter aus erster Ehe (mit der verstorbenen Carol Edmonds), betrachtet Rilla als ihre Mutter und möchte gern bei ihr bleiben. Ich finde das in Ordnung, weil Rilla eine perfekte Mutter ist, und ich … na ja, ich bin eben ein wenig unbeständiger. Vogelfrei und ungebunden, das ist mein Stil. Und Kinder brauchen Sicherheit.

Unser Showbiz-Reporter berichtet, dass Jons vogelfreier Status heftig von dem attraktiven Starlet Chansonne Dubois …‹ Was ist das denn für ein Name? Wie albern! ›… *bedroht ist, die bei seinem letzten Konzert die Menge zum Toben brachte, indem sie oben ohne sang: ›Tell me how to do it to you, Baby.*‹« Was hältst du davon, Rilla?«

»Ich finde es eigentlich ziemlich gut. Es ist auf jeden Fall korrekt, was man beileibe nicht von allen Zeitungsartikeln sagen kann.«

Leonora seufzte, und Rilla warf rasch ein:

»Du brauchst nicht zu seufzen, Mutter. Mir geht es gut. Ich habe Mark und Beth, und wir leben hier in meinem schönen Haus. Ich komme schon durch.«

»Daran habe ich keinen Zweifel, Liebling, aber ich mache mir doch Sorgen um dich. Warum kommst du denn nicht für eine Weile nach Willow Court?«

»Ich denke darüber nach, Mutter, ehrlich. Es ist nett von dir, uns einzuladen. Aber es ist mitten in der Woche. Wie sollen wir das mit der Schule regeln? Und außerdem hast du doch bestimmt alle Hände voll zu tun mit Chloë.«

Leonora lachte. »Ja, das Kind hält einen ganz schön auf Trab. Man kann sie nicht übersehen. Aber wegen Beths Schule würde ich mir keine Gedanken machen. Sie ist so ein intelligentes Kind. Und ein paar Kinder mehr fallen gar nicht auf. Nanny Mouse wird sich freuen.«

»Es wird spät, Mutter. Markie wacht gleich auf, und ich muss Frühstück für Beth machen und sie in die Schule bringen. Ich rufe dich heute Abend an und sage dir, wie ich mich entschieden habe. Danke für deinen Anruf. Tschüs.«

»Auf Wiedersehen, Liebling. Küss Beth und dein süßes Baby von mir.«

»Mache ich ... Tschüs.«

Sie legte den Hörer auf und erhob sich. Beth stand in der Tür. Sie war schon für die Schule angezogen. Für ihre acht Jahre war sie äußerst eigenständig, wenn auch schüchtern. Sie hatte ihre langen, dunklen Haare zu einem Zopf geflochten (zwar nicht so gut, wie ich es gemacht hätte, dachte Rilla, aber wenn man bedenkt, wie klein sie ist, ist es hervorragend) und lächelte Rilla zu. Das Lächeln hatte sie von Jon. Es war das Attraktivste an ihm, und er hatte es direkt an seine Tochter weitergegeben. Auch Mark hatte es geerbt, obwohl er eher ihr ähnlich sah. Die Liebe zu ihrem Sohn überwältigte Rilla immer wieder und erfüllte sie mit einer Freude, wie sie sie noch nie zuvor empfunden hatte.

Niemand sagte einem das vorher. Es gab Tausende von Büchern und Gedichten über die Liebe, aber in kaum einem ging es darum, was man für sein eigenes Fleisch und Blut empfindet. Beinahe vom Augenblick der Zeugung an war sich Rilla einer Person bewusst, mit der sie immer verbunden sein würde. Sie stellte ihn sich nie als wachsenden Fötus vor. Ihr Kind war jemand, den sie vom ersten Augenblick an liebte und den sie sich die gesamte Schwangerschaft über als ganzen Menschen vorstellte. Sie visualisierte ihn so deutlich, dass sie ihn wiedererkannte, als er zur Welt kam. Als der Arzt ihr Mark zum ersten Mal in die Arme legte, erkannte sie, wie unvollständig und inadäquat jede andere Liebe war und immer sein würde. Dieser Junge, dieses Geschöpf mit den großen Augen und dem rosa Mund wie eine kleine Blume, war genau die Person, die sie erwartet hatte.

»Oh, Jon«, flüsterte sie. »Sieh ihn dir an. Sieh nur.«

Beth war schon Rillas Kind gewesen, bevor Mark zur Welt kam, und seine Geburt hatte nichts daran geändert. Sie liebte Beth so, wie sie auch eine eigene Tochter geliebt hätte und betrachtete sich schon lange nicht mehr als Stiefmutter. Beth war ihr Kind. Nach der Geburt ihres Sohnes jedoch begriff sie, was ihre Mutter und zahllose Freundinnen immer gesagt hatten. Die Gefühle für jedes Kind sind unterschiedlich, weil jedes Kind unterschiedlich ist, gleich bleibt nur die Intensität der Liebe. Sie vergötterte Beth, und seltsamerweise wurde dieses Gefühl stärker, als Mark auf der Welt war. Es entzückte sie immer wieder, dass sie (ihr Körper, ihr Herz) zu so viel unterschiedlicher Liebe fähig war.

»Hallo, Hühnchen!«, sagte Rilla. »Ich wollte dich gerade holen kommen. Wie lange stehst du schon hier? Leonora hat mir wieder das Ohr abgekaut.«

»Hat sie gesagt, wir sollen nach Willow Court kommen? Bitte, bitte, sag ja, Rilla! Ich fahre so gerne dorthin.«

»Das weiß ich«, erwiderte sie. »Ja, wir fahren wahrscheinlich. Morgen. Es schadet dir vermutlich nicht, wenn du ein paar Tage nicht zur Schule gehst.« Rilla ging nach oben, um Mark anzuziehen, den sie schon im Badezimmer herumlaufen hörte. Beth folgte ihr, außer sich vor Freude.

»Ich kann mit Efe und Alex spielen. Wir bauen eine Hütte. Hast du unsere Hütte schon gesehen? Sie steht in dem Gebüsch am See, direkt am Ufer. Efe hat gesagt, er will versuchen, uns für den Sommer ein Boot zu besorgen, und dann können wir aufs Wasser gehen.«

Rilla hörte gar nicht richtig zu. Sie dachte an die Passage des Artikels, den Leonora ihr vorgelesen hatte, in dem die Rede davon gewesen war, dass man sie nicht mehr so oft auf dem Bildschirm sah. Das stimmte. Sie hatte versucht, sich einzureden, es sei noch alles genau wie früher, aber das war es nicht. Sie bekam immer weniger Rollen angeboten. Erst nach Ostern hatte sie wieder etwas zu tun, und das war nur die Synchronisation einer Zahnpastawerbung. Sie versuchte, nicht daran zu denken, wie lange sie schon nicht mehr in einem richtigen Film oder einem Fernsehstück mitgespielt hatte, aber es gelang ihr nicht, weil sie es zu genau wusste. Seit *Gründe des Herzens* vor sechs Monaten, wo sie auch nur eine winzige Rolle als beste Freundin der Hauptdarstellerin gehabt hatte, war nichts mehr gewesen. Ich kümmere mich demnächst mal wieder mehr darum, sagte sie sich. Und ich werde ein ernstes Wort mit Dennis reden. Er ist ja süß, aber als Agent zahlt er sich für mich nicht aus. Ich sollte meine Karriere besser selber in die Hand nehmen und sie nicht anderen Leuten überlassen. Ich werde auch wieder zu Filmpremieren und Erstaufführungen gehen, statt nur mehr hier mit den Kindern zu sitzen, mit Beth nach der Schule Kekse zu backen oder Markie auf der Schaukel anzuschieben.

Was Rilla niemandem eingestand war die Tatsache, dass eine »zivilisierte Scheidung« keineswegs so einfach war, wie es schien. Sie hatte ihren Mann geliebt, und sie hatten eine gute Zeit miteinander gehabt, und deshalb belastete es sie, niedergeschlagen und wütend auf Jon zu sein, und sie konnte sich selbst nicht mehr leiden. Wenn sie in den Spiegel sah, sah sie nur Hässlichkeit und die ersten Anzeichen von Alter und Unglück. Nachdem er ihr mitgeteilt hatte, er wolle sich scheiden lassen, hatte sie vom ständigen Weinen permanent rote Augen gehabt, mit tiefen Schatten darunter, die an schlechten Tagen fast blau aussahen. Sie kleisterte sich das Gesicht mit Make-up zu, aber ihr war bewusst, dass sie nur eine Maske trug, damit niemand merkte, wie schlecht sie wirklich zurechtkam.

Ich bin gut im Verkleiden, dachte sie. *Ist Rilla nicht großartig? So tapfer! So fröhlich!* Das hatten die Leute auf den Partys gesagt, die sie besuchte, obwohl sie eine Qual bedeuteten, weil fast nur Paare kamen. Die allein stehenden Männer bei diesen Anlässen fand sie allesamt unattraktiv, wohl wissend, wie voreingenommen sie urteilte.

Niemand weiß, dachte sie, dass ich mich nur noch mit Tabletten über Wasser halte. Mit Beruhigungsmitteln, die sie zwar nicht wirklich ruhig machten, aber zumindest den Schmerz betäubten und es ihr ermöglichten, den Alltag zu bewältigen. Sie musste ja auch an die Kinder denken. Wenn man sich um jemanden kümmern musste, konnte man nicht einfach zusammenbrechen. Wie nannte Mick Jagger sie noch gleich? *Mutters kleine Helfer.* Und genau das waren sie. Sie glätteten die rauen Kanten ihres Lebens, und den meisten fiel es gar nicht auf. Für Beth allerdings galt das nicht. Sie war aufmerksamer als die anderen und beobachtete Rilla besorgt, stets im Zweifel, ob es ihr gut ging. Sie saß auf dem Sessel in Marks Zimmer, während Rilla sich durch die sechs Lieder kämpfte, die sie ihm jeden Abend vor dem Einschlafen vorsang, und passte auf. Und wenn Mark eingeschlafen war und sie mit Rilla am Abendbrottisch saß, fragte Beth oft:

»Wir schaffen das schon, Rilla, oder? Jetzt, wo Dad weg ist.«

Rilla versuchte, ihr optimistisch zu antworten: »Na klar, meine Süße. Außerdem ist dein Dad nicht wirklich weg. Er kommt uns bald besuchen. Du weißt doch, er wird immer dein Dad bleiben. Dich liebt er am meisten auf der ganzen Welt.«

Normalerweise ergriff Beth dann ihr Besteck und sagte nichts mehr, man konnte ihr jedoch ansehen, was sie dachte: *Warum ruft Daddy mich dann nicht an? Er mag diese Frau mit dem ko-*

mischen Namen lieber als mich. Dauernd fährt er in alle möglichen Länder, und nie nimmt er mich mit. Er liebt mich eben nicht wirklich.

Sie standen vor dem Badezimmer, und Rilla versuchte, sich auf die Aufgaben, die vor ihr lagen, zu konzentrieren. Mark anziehen. Gut. Beth zur Schule fahren. Okay.

»Komm, Süßer«, sagte sie zu ihrem Sohn, der gerade vier gelbe Plastikenten in der Wanne schwimmen ließ. »Kannst du den Stöpsel schon alleine herausziehen? So ist es gut, aber jetzt musst du noch die Enten aufs Regal stellen, dir die Zähne putzen, und dann ziehen wir dich an. Wenn wir uns nicht beeilen, kommt Beth zu spät zur Schule.«

Bevor Mark protestieren konnte, hatte sie schon einen nassen Waschlappen in der Hand und begann, ihm das Gesicht zu waschen.

»Nein!«, schrie er und fügte weniger nachdrücklich hinzu: »Ich will die Enten. Ich will mich jetzt nicht anziehen.«

»Wir fahren nach Willow Court, Markie«, sagte Beth von der Tür her. Rilla lächelte ihr über Marks Kopf zu. Sie verstand es immer, ihn abzulenken. Mark erwiderte grinsend: »Willow Court! Sofort? Heute? Kann ich mit Jeffrey und George spielen? Lass uns heute fahren.«

Mark versuchte auf Willow Court immer mit erstaunlicher Ausdauer, die Katzen zum Spielen zu verführen. Manchmal gelang es ihm sogar; dann rannte Jeffrey für ein paar Minuten einem Gummiball hinterher, bevor er sich wieder zum Schlafen zurückzog. George war geschickter darin, im Garten den Kindern aus dem Weg zu gehen, aber wenn er sich nicht gut genug versteckte, sah Mark seinen schwarzen Schwanz schon von weitem.

»Morgen, wenn du brav bist«, sagte Rilla, »und still hältst, wenn ich dich anziehe. Wenn Beth in der Schule ist, packen wir zusammen, und dann können wir morgen früh gleich losfahren.«

»Ist Efe auch da? Und Alex?« Die Augen ihres Sohnes leuchteten, und Rilla gab ihm einen Kuss auf die Nasenspitze.

»Natürlich. Und das Baby. Erinnerst du dich noch an Chloë? Efes und Alex' kleine Schwester?«

»Babys können nicht spielen«, erwiderte Mark mit einem verächtlichen Achselzucken, das Rilla an Jon erinnerte. »Ist Nanny Mouse da?«

»Aber ja. Nanny Mouse freut sich schon darauf, dich zu sehen. Das sagt sie immer, wenn ich mit ihr telefoniere. Sie sagt, wann kommt mich denn endlich mein kleiner Markie besuchen? Und nach dir fragt sie auch immer, Beth.«

Rilla schob Mark die Socken über die Füße, damit er sie selber hochziehen konnte, und während er damit beschäftigt war, fragte Beth:

»Sagst du das nur so, Rilla? Damit ich mich nicht ärgere? Das mit Nanny Mouse, meine ich. Fragt sie wirklich nach mir?«

Rilla legte Beth die Hände auf die Schultern.

»Selbstverständlich fragt sie nach dir! Wofür hältst du mich, Beth? Du solltest endlich mal in deinen Kopf bekommen, dass sie auf Willow Court alle ganz verrückt nach dir sind. Alle. Leonora, Gwen, James… sie lieben dich über alles, und sie freuen sich schrecklich, dich wiederzusehen.«

»Was ist mit Efe?«, fragte Beth.

Rilla grinste. »Du magst ihn am liebsten, nicht wahr?«, erwiderte sie. »Er ist der wahre Grund, warum du so gern nach Willow Court fährst, was?«

»Er denkt sich gute Spiele aus«, sagte Beth, und bemühte sich, erwachsen und lässig zu klingen. »Ich bin gern mit ihm zusammen, das ist alles.«

Beth wird rot, stellte Rilla amüsiert fest. Die Zeit auf dem Land wird uns allen gut tun. Wir können unsere Probleme vergessen und ein bisschen Spaß haben. Und uns von Nanny Mouse verwöhnen lassen.

Die Erwachsenen saßen im Wohnzimmer und tranken Tee, während Efe, Alex und Beth draußen spielten. Mark lief hinterher und versuchte, sich ihnen anzuschließen. Chloë schlief in der Babywippe zu Gwens Füßen.

»Siehst du, Gwen«, sagte James. »Meine kleine Prinzessin ist so brav.« Er lächelte Rilla zu. »Gwen erzählt mir ständig, Chloë sei ein schwieriges Baby, viel schwieriger als die Jungen. Aber ich finde sie vollkommen unproblematisch.«

»Das mag ja für dich gelten, Liebling«, erwiderte Gwen. »Aber du musst dich auch nicht die ganze Zeit um sie kümmern.«

»Du doch auch nicht«, sagte James. »Ohne Nanny Mouse wärst du aufgeschmissen. Gib es zu!«

»Ich weiß, ich weiß«, erwiderte Gwen. »Du hast Recht, aber ich kümmere mich trotzdem mehr um Chloë als jeder andere *abgesehen* von Nanny Mouse. Es gibt immer genug zu tun für uns beide, das kann ich dir versichern. Und natürlich müssen wir ja auch ein Auge auf Efe, Alex, Mark und Beth haben.«

Verdammt, dachte Rilla. Verdammt und zugenäht. Will Gwen mir etwa noch aufhalsen, dass ich mich um die Kinder kümmere? Ich wollte mich hier ein bisschen ausruhen, und das Letzte, was ich brauchen kann, ist ein Haufen Kinder. Sie wusste, wie egoistisch dieser Gedanke war, aber sie konnte nichts daran ändern. Die meiste Zeit tat sie sich einfach nur Leid. Sie spürte ihren Jammer fast körperlich, und er deckte alle glücklichen Ereignisse wie eine graue Decke zu. Aber wenigstens waren die Kinder, die im Moment auf dem Rasen herumrannten, zufrieden. Efe spielte mal wieder den Anführer. Er war groß für sein Alter und sah mit seinen acht Jahren bereits sehr gut aus. Rilla zog jedoch Alex' sanftes, schmales Gesicht vor. Er war zwei Jahre jünger als Efe, ein stilles Kind mit lockigen Haaren, die ihm in die hohe Stirn fielen, und grauen Augen, die alles wahrzunehmen und zu begreifen schienen. Mark jagte hinter den großen Jungen her und schrie vor Lachen, Beth jedoch hatte sich auf die Terrasse zurückgezogen: Ernst und hübsch saß sie da, mit ihrer besten blauen Haarschleife zu Efes Ehren, der sie vermutlich nicht einmal bemerken würde. Falls sie ihm doch auffiel, würde er ihr bestimmt nicht sagen, wie hübsch sie aussah. Ich bin eine blöde Närrin, dachte Rilla. Kein achtjähriger Junge würde auch nur im Traum darauf kommen, einem Mädchen ein Kompliment zu machen ... die Tabletten machen mich dumm.

Jemand schrie. Rilla fuhr aus dem Schlaf hoch und wusste einen Moment lang nicht, was los war. Sie richtete sich auf und versuchte, einen klaren Kopf zu bekommen. Das war das Problem mit Schlaftabletten. Man schlief zwar sofort ein, sobald man ins Bett ging, aber beim Aufwachen konnte man kaum atmen, wie beim Auftauchen aus einem tiefen Teich. Und war man erst einmal wach, konnte man nicht wieder einschlafen und musste rauchen oder zum Kühlschrank laufen und nachschauen, ob es darin irgendetwas gab, was einen wenigstens für kurze Zeit aufheiterte.

Jetzt hörte sie einen Säugling schreien. Zuerst dachte Rilla: Es ist Mark. Ich muss aufstehen und ihn füttern. Windeln wechseln. Aber dann fiel ihr ein, dass es natürlich Chloë war, die da schrie. Rilla sank wieder in die Kissen. Nanny Mouse würde sich schon darum kümmern. Sie brauchte nicht aufzustehen.

Nanny Mouse kam mit allen Babys gut zurecht. Sie hatte ein Talent dafür, sie auf wundersame Weise immer wieder zu beruhigen. Manche Leute hatten ein Händchen für Tiere; ihre Hunde waren erstaunlich gut erzogen und gelehrig. Nanny Mouse übte diesen Zauber auf Kinder aus. Sie war die beste Kinderbändigerin auf der Welt.

Nach Marks Geburt kam sie nach London, um Rilla bei den Anfangsschwierigkeiten zu helfen, und Rilla war ihr unendlich dankbar dafür. Und auch, mit einem Anflug von Schuldbewusstsein, erleichtert, weil Leonora nicht entging, dass sie selbst nicht halb so nützlich wäre.

Sie war lediglich ins Krankenhaus gekommen, hatte Geschenke mitgebracht und die richtigen großmütterlichen Laute von sich gegeben, und dann war sie wieder nach Willow Court zurückgefahren, und Nanny Mouse war zwei Wochen bei Rilla geblieben und hatte ihr alles über Füttern, Baden und Wickeln beigebracht. Nanny Mouse glaubte, Babys fühlten sich am wohlsten, wenn sie wie ägyptische Mumien eingewickelt waren, und weil Mark nie etwas dagegen einzuwenden hatte und von Anfang an durchschlief, wickelte Rilla ihn jede Nacht in eine Flanellwindel ein.

In Chloë jedoch schien Nanny auf einen ebenbürtigen Gegner

gestoßen zu sein. Sie wollte sich absolut nicht wickeln lassen und strampelte sich immer wieder frei. Beim kleinsten Anlass begann sie zu schreien. Sie hat eben ihren eigenen Kopf, meinte James, und eigentlich müsse man das Kind bewundern.

Rilla starrte in die Dunkelheit. Das Schreien hatte jetzt aufgehört, aber sie war hellwach. Sie stand auf und schlüpfte in ihren Morgenmantel. Sie wollte nachschauen, ob Nanny Mouse wach war.

Sie öffnete die Tür und blickte den Flur entlang. Unter der Tür des Kinderzimmers drang ein Lichtschein hervor. Wahrscheinlich bekam Chloë gerade die Flasche. Nanny Mouse hätte bestimmt nichts dagegen, wenn sie ein wenig mit ihr plauderte. Im Gegenteil, sie würde sich sicher freuen.

Rilla schlich auf Zehenspitzen über den Teppich und öffnete die Tür zum Kinderzimmer. Nanny Mouse saß mit Chloë im Arm im Sessel am Fenster. Sie trug ihren braunen Morgenmantel. Ob es wohl derselbe war, den sie schon gehabt hatte, als Rilla und Gwen noch Kinder waren? Höchstwahrscheinlich. Nanny Mouses Kleider hielten ewig; vielleicht hatte sie auch nur einen Vorrat an identischen Kleidungsstücken.

»Rilla, Liebes, komm herein!«, flüsterte sie lächelnd. »Ich brauche nicht mehr lange mit der Kleinen, und dann mache ich uns eine heiße Milch.«

»Wunderbar!«, erwiderte Rilla, setzte sich auf den Tisch im Kinderzimmer und versuchte, nicht an ein alkoholisches Getränk zu denken… einen guten Schluck Whisky vielleicht. Nanny Mouse hielt heiße Milch für ein Lebenselixier, und ihrer Meinung nach gab es kein Problem, das man damit nicht lösen konnte. Ihre mittlerweile weißen Haare hingen zu einem Zopf geflochten über ihren Rücken. Sie muss schon ziemlich alt sein, dachte Rilla. Älter als Mutter sogar, und doch verändert sie sich nie. Sie hatte noch nicht einmal richtige Falten. Ihre Haut wirkte ein wenig dünner, und sie sah noch mehr als früher wie eine Maus aus, aber im Grunde genommen war sie immer noch dieselbe. Das war das Beste an ihr. Vielleicht war ja doch etwas dran an heißer Milch.

»Wie geht es dir, Liebes?«, fragte Nanny Mouse. »Du brauchst bei mir nicht so tapfer zu tun, das weißt du doch. Kommst du zurecht?«

»Ja, ich komme zurecht«, erwiderte Rilla. »Aber manchmal fühle ich mich doch sehr einsam. Das Haus ist zwar nicht groß, aber trotzdem komme ich mir mit Beth und Markie verloren darin vor. Als ob wir auf etwas warten.«

»Daran wirst du dich gewöhnen, keine Sorge. Im Anfang ist es immer schwierig. Aber nach einer Weile«, sie lächelte Rilla wissend an, »wird es dir ganz normal vorkommen, allein zu sein, und du wirst erleichtert sein, dass du auf die Bedürfnisse eines Mannes keine Rücksicht nehmen brauchst. Du kannst dir selber etwas Gutes tun, und das ist doch immer ganz nett, oder?«

Da hatte sie Recht, dachte Rilla. Der Teil war schon nett. Nicht nett war jedoch, dass man sein Leben mit niemandem teilen konnte, dass man mit niemandem über alles, was einem durch den Kopf ging, reden konnte. Niemand war da, mit dem man morgens aufwachte, und niemand, mit dem sie sich darüber freuen konnte, wie gut sich die Kinder entwickelten. Auch der Sex hatte Spaß gemacht und war eine Zeit lang kein Problem gewesen. Jetzt musste sie sich wieder Gedanken darüber machen, ob sie sich überhaupt auf jemanden einlassen wollte, wie sie mit dem Betreffenden harmonierte, und ob man es den Kindern zumuten konnte, am Morgen einen Fremden im Schlafzimmer anzutreffen. Als Rilla heiratete, hatte sie diese Probleme hinter sich geglaubt, doch die Trennung hatte sie eines Besseren belehrt. Zu Nanny Mouse sagte sie nur:

»Ja, das stimmt eigentlich. Und es geht mir auch gut. Ich bin nur manchmal ein bisschen weinerlich, aber das legt sich wieder.«

»Das ist meine tapfere Rilla«, erwiderte Nanny Mouse. Sie stand auf und legte Chloë wieder in ihr Bettchen. »Komm, wir gehen hinunter und tun uns etwas Gutes. Vielleicht sollte ich uns heute Abend eine heiße Schokolade machen.«

Plötzlich fühlte Rilla sich lächerlich glücklich. Sie folgte Nanny Mouse nach unten in die Küche. Nach einem Becher heißer Schokolade sähe alles viel besser aus. Es würde schon wieder werden. Sie würde wieder arbeiten. Irgendwo musste es doch eine Rolle für sie geben. Sie musste nur richtig danach suchen, und dazu war sie fest entschlossen. Sie würde es schon schaffen. Und bevor sie wieder ins Bett ging, würde sie noch einmal nach Markie und Beth schauen, die im Zimmer nebenan schliefen. Ihre Kinder. Ihr Grund, glücklich zu sein.

Als Rilla am nächsten Morgen aus dem Fenster blickte, war die hoffnungsvolle Stimmung der letzten Nacht verraucht. Die Sonne schien viel heller, als es diesem Frühlingstag überhaupt zustand, und an den Bäumen zeigte sich das erste frische Grün. Überall auf dem Rasen wuchsen Narzissen und Osterglocken, und Rilla fragte sich wie jedes Jahr, warum diese Blumen eigentlich so beliebt waren. Osterglocken sind doch langweilig, dachte sie. Gelb und langweilig. Die Kamelien trugen dicke Knospen und würden bald in Weiß, Rosa und tiefem Dunkelrot aufblühen. Sie liebte diese Blumen. Es war ein strahlender Tag, aber sie hätte sich am liebsten aufs Bett gelegt und geweint. Seufzend ging sie ins Badezimmer und schraubte ihr Valiumfläschchen auf. Nach dem Frühstück geht es mir bestimmt besser, sagte sie sich und vermied dabei, in den Spiegel zu sehen.

»Was ist los? Nanny Mouse … was ist passiert?« Rilla stand unten an der Treppe. Die Standuhr in der Halle hatte gerade neun geschlagen. Nanny Mouse trug ihr Reisekostüm und den dunkelblauen Filzhut, hielt einen kleinen Lederkoffer in der einen und ihre Handtasche in der anderen Hand. Sie sah aus, als wolle sie jeden Moment in Tränen ausbrechen; sie so aufgeregt zu sehen, war äußerst ungewöhnlich. Leonora hatte den Arm um sie gelegt und tröstete sie. Gwen und James standen an der Tür. James sagte: »Komm jetzt, Nanny, sonst verpasst du den Zug. Ich habe den Wagen schon angelassen …«

»Aber ich habe mich doch noch nicht von den Kindern verabschiedet«, weinte Nanny Mouse. »Und auch von Rilla nicht. Ich habe gar nicht erklärt …«

»Ich bin hier, Nanny«, sagte Rilla. »Ich sage den Kindern Bescheid. Fahr nur, damit du deinen Zug noch bekommst. Mutter wird uns schon alles erklären.«

»Es tut mir so Leid, Liebes, wirklich«, sagte Nanny Mouse und ließ sich von James zur Tür führen. »Ich werde nur ein paar Tage wegbleiben. Vielleicht kann ich ja morgen schon wieder zurückkommen, wenn ich jemanden finde, der bei Gladys bleibt... auf Wiedersehen! Auf Wiedersehen... danke, James, mein Lieber. Ich komme sofort.«

Als das Auto endlich abgefahren war, sagte Leonora: »Nun, da kann man nichts machen. Die arme Nanny Mouse!« Sie ging ins Esszimmer. Die Kinder waren schon auf und spielten im Garten. Trotz des Notfalls, der sie veranlasst hatte, ihre Koffer zu packen und Willow Court zu verlassen, hatte Nanny Mouse sie noch gewaschen, angezogen und ihnen zu essen gegeben, bevor sie aus dem Haus ging. Rilla nahm sich ein Müsli und etwas Obst und setzte sich neben Gwen.

»Warum habt ihr alle noch nicht gefrühstückt?«, fragte sie. »Ich dachte, ich hätte als Einzige das Frühstück verpasst, weil es schon so spät ist.«

»Hier ist es drunter und drüber gegangen«, erklärte Leonora. »Heute früh bekam Nanny Mouse einen Anruf, dass ihre Kusine Gladys, ihre einzige noch lebende Verwandte, gefallen ist und sich den Knöchel gebrochen hat. Sie kann sich nicht alleine helfen, und deshalb ist Nanny Mouse für ein paar Tage hingefahren, um sich um eine Pflegerin zu kümmern und so.«

»Die Ärmste!« Gwen zerschnitt ihren Toast in zwei saubere Dreiecke und bestrich eins mit Butter und Marmelade. »Sie hasst es, die Kinder allein zu lassen. Ich glaube, sie traut uns allen nicht zu, uns richtig um sie zu kümmern.«

»Es wird schon gut gehen«, erwiderte Leonora. »Schließlich können wir uns die Arbeit teilen.«

Rilla sagte nichts. Mist, Mist, Mist, dachte sie. Das hat mir gerade noch gefehlt. Jetzt müssen wir die ganze Zeit darauf achten, dass die Kinder gebadet werden, zu essen bekommen und unterhalten werden. Mist. Aber sie drängte ihre Tränen zurück. Sie sollte endlich aufhören, sich so kindisch zu benehmen, das war ja jämmerlich. Natürlich musste Nanny Mouse sich um ihre Kusine kümmern. Und sie gehörte doch gar nicht zu den Müttern, die ihre Kinder ständig jemand anderem aufs Auge drückten. So bin ich doch gar nicht, dachte sie. Ich spiele doch gerne mit ihnen, lese ihnen vor, liebe es, mit ihnen zusammen zu sein. Nur gerade jetzt wollte ich mich ein bisschen ausruhen. Ein wenig Zeit für mich haben. Mist. Bevor sie heruntergekommen war, hatte sie sich vorgenommen, an diesem Morgen keinen Toast zu essen, aber was sollte es, zum Teufel. Sie nahm sich eine Scheibe und schmierte dick Butter darauf. Wenn Leonora auch nur ein einziges Wort sagt, dachte Rilla, dann werfe ich ihr die Butterdose ins Gesicht.

Am Samstagmorgen war Rilla entschlossen, von Willow Court zu flüchten und den Tag zu schwänzen. Sie legte einen dunkleren Lippenstift als sonst auf und kleidete sich so geschäftsmäßig wie möglich: eine schwarze Wollhose, eine weiße Seidenbluse und ein moosgrünes Samtjackett, das sie allerdings nicht zuknöpfen konnte, weil es über der Brust spannte. Aber das machte nichts, sie würde sich sowieso ein Kostüm kaufen, das die neue Rilla widerspiegelte, die Rilla, die nicht um Erlaubnis fragte, wenn sie einmal in den Ort fahren wollte, sondern ihre Absicht einfach beim Frühstück kundtat.

Ihre Zimmertür ging auf, und Mark lief herein.

»Was machst du, Ma? Du bist hübsch!«

Rilla nahm ihn auf den Arm und vergrub ihr Gesicht in seiner Halsbeuge. Sie schnupperte an seiner warmen Haut und ließ ihre Wimpern über seine Wange kitzeln, was er liebte. *Schmetterlingsküsse* nannten sie es.

»Nicht so hübsch wie du!«, sagte Rilla.

»Ich bin doch nicht hübsch!«, erwiderte Mark empört. Rilla lachte. Mit vier Jahren war er doch eigentlich noch zu klein für einen Macho!

»Na gut, dann eben nicht hübsch, aber mein bester, liebster Wunderjunge.«

Damit war Mark einverstanden. Er strahlte Rilla an und zog sie am Ärmel. »Komm frühstücken. Es ist Frühstückszeit. Komm mit!«

»Ich fahre nach dem Frühstück weg, Markie«, sagte Rilla und folgte ihrem Sohn aus dem Zimmer. Sie wartete auf Einwände, aber er sagte nur:

»Efe und Alex haben eine Hütte. Ich habe sie geseht.«

»Ich habe sie *gesehen*, Markie.«

»Nein, du hast sie noch gar nicht geseht! Nur ich.«

Rilla gab auf. Sie brauchte Mark jetzt nicht zu korrigieren. Es war schon okay. Alles würde wunderbar funktionieren. Er würde sie gar nicht vermissen, und sie war froh, mal ein bisschen von Willow Court wegzukommen. Insgeheim gestand sie sich ein, dass sie auch neugierig war zu erfahren, was wohl aus Hughs Cottage geworden war.

Sie konnte an diese Zeit jetzt ohne Wehmut zurückdenken, und wenn sie sich etwas anschaute, das sie an eine andere grässliche Zeit in ihrem Leben erinnerte, dann waren ihre Scheidung und ihre aussichtslose berufliche Situation vielleicht besser zu verkraften. Dinge vergehen. Jeder Schmerz lässt einmal nach. Und das Cottage sollte ihr beweisen, dass man alles vergessen konnte. Bei ihren Besuchen in den letzten Jahren hatte sie es vermieden, ins Dorf zu gehen. Wenn es nicht zu umgehen war, dann hatte sie zumindest die Umgebung des Ladens gemieden. Nun, darüber war sie jetzt hinaus, und sie freute sich darauf, den Ort ihrer ersten Liebesaffäre wiederzusehen. Und sie würde auch versuchen, nicht darüber nachzudenken, warum ihr diese Liebe immer noch am besten und am realsten erschien. Wie eine Art Schauspieltechnik, dachte sie. Sie würde so tun, als habe sie alles im Griff, und dann würde es tatsächlich so werden.

Beim Frühstück äußerte sie laut und deutlich, was sie vorhatte, damit keiner ihr irgendwelche Kinderpflichten aufbürden konnte.

»Ich gehe heute früh in den Ort. Bis zum Mittagessen bin ich wieder zurück«, sagte sie. Sie blickte dabei Leonora an und tat so, als bemerke sie nicht, dass Gwen die Lippen zusammenpresste. »Ihr kommt doch sicher mal eine Zeit lang ohne mich aus, nicht wahr?« Sie lächelte fröhlich in die Runde und log: »Ich habe gesehen, es gibt einen neuen Antiquitätenladen ... wie heißt er noch mal?«

»*Die Schatztruhe*«, erwiderte Leonora.

»Genau. Ich muss ein Geburtstagsgeschenk für einen guten Freund kaufen, der ganz wild auf solche Sachen ist. Es macht dir doch nichts aus, Gwen, oder?«

»Nein, natürlich nicht. Amüsier dich.«

Rilla lächelte. Gwen hätte gar nichts anderes erwidern können, ohne kleinlich zu wirken. Es funktionierte hervorragend, einfach einen *fait accompli* zu schaffen, das merkte Rilla jetzt. Sie sollte es öfter tun. Da sie nicht riskieren wollte, dass etwas Unvorhergesehenes dazwischen kam, sprang sie auf und eilte zur Tür.

»Bis später dann«, rief sie fröhlich. »Tschüs, Markie, Liebling, tschüs, Beth. Seid artig und benehmt euch bei Gwen und Leonora ... vielen Dank, Mutter.«

Das Cottage war eine Enttäuschung. Als Rilla es betrachtete, fühlte sie sich fast ein wenig betrogen, weil so gar nichts mehr an die Vergangenheit erinnerte. In dem winzigen Vorgarten stand eine Wippe, auf der zwei lärmende Kleinkinder spielten. An den Schlafzimmerfenstern hingen Postman-Pat-Vorhänge, und alles hatte sich so verändert, dass sie nicht die leiseste Spur von Herzschmerz verspürte. Sie ging zum Antiquitätenladen und trat in einen kleinen, dunklen Raum.

»Kann ich Ihnen helfen?«, fragte eine ziemlich knochige Frau, die hinter einem Berg von altem Geschirr auf einem Tisch stand. Die Ladenkasse vor ihr hätte aus einem Roman von Dickens stammen können.

»Nein, danke, ich wollte nur ein bisschen stöbern«, erwiderte Rilla. Sie blickte sich in dem vollgepackten Laden um. Etwas fiel ihr ins Auge. Ein Lichtstrahl wurde von einem Spiegel reflektiert, der halb hinter einem Schaukelpferd ohne Mähne verborgen war. Als sie näher trat, merkte sie, dass ihr Herz heftig klopfte. Konnte das sein? War er es? Die Ecke des Rahmens sah genauso aus wie ... sie zog ihn heraus und lehnte ihn an den Tisch. Es war tatsächlich Hughs Spiegel, der im Cottage gehangen und angeblich seiner Großmutter gehört hatte. Wie kam er hierher? Warum hatte er ihn nicht mitgenommen, als er ausgezogen war? Bestimmt war die Geschichte von seiner Großmutter auch nur eine seiner Lügen gewesen. Und jetzt stand er hier. Ob es so eine Art Omen war, dass sie ihn wiedergefunden hatte? Sie betrachtete sich darin und sah ihr Gesicht jünger, glücklicher und sanfter.

»Wie viel kostet der Spiegel?«, fragte sie.

»Hundert Pfund«, erwiderte die knochige Frau.

»Ich nehme ihn«, sagte Rilla. »Ich kann ihn allerdings erst später abholen und bezahlen. Ich habe leider mein Scheckheft nicht dabei. Ich wohne auf Willow Court.«

»Ich weiß«, erwiderte die Frau. »Sie sind Rilla Frederick. Ich habe von Ihrer Scheidung gelesen. Es tut mir so Leid ... Ich fand *Geschöpfe der Nacht* wunderbar.«

»Das ist sehr freundlich von Ihnen. Danke!« Rilla lächelte. Das ist doch schon eine Ewigkeit her, dachte sie. Aber alle erinnern sich nur an diesen Film. Sie trat an die Kasse. Als sie aus dem Fenster blickte, sah sie ... nein, das konnte nicht sein. Aber ja, das war Mrs. Pritchard, die immer noch überall herumschnüffelte. Sie war nicht viel älter als Leonora, aber es schockierte Rilla trotzdem, sie zu sehen. Rilla machte einen Schritt auf das Fenster zu, blieb mit dem Fuß an etwas hängen, und im Bruchteil einer Sekunde rutschte ihr der Spiegel aus der Hand und fiel zu Boden. Sie schrie auf: »Oh, o mein Gott! Oh, er ist zerbrochen. Der Spiegel ist zerbrochen. Es tut mir so Leid. Ich bezahle Ihnen natürlich den Schaden. Ich weiß gar nicht, wie das geschehen konnte.« Sie brach in Tränen aus. »Wie entsetzlich! Wie konnte ich nur so unaufmerksam sein. Bitte, verzeihen Sie mir.«

»Es ist schon gut, meine Liebe«, sagte die Frau tröstend. »Sie können das Glas ersetzen lassen. Der Rahmen ist ja noch heil. Und er ist wunderschön, nicht wahr?«

»Ja, ja, natürlich.« Rilla schniefte und putzte sich die Nase. »Ja, natürlich werde ich das Glas ersetzen lassen ... dann ist er wieder so gut wie neu, nicht wahr?«

»Ja, sicher«, erwiderte die Frau. Rilla jedoch sah die vergoldeten Putten und Girlanden nicht mehr, sie blickte nur auf das zerbrochene Glas, und dunkle Vorahnungen erfüllten sie. *Pech. Für immer Pech*. Das Spiegelglas war zu einem Spinnwebmuster zerborsten, und sie sah ihr Gesicht in den mit Silberpapier unterlegten Splittern; in dem dämmerigen Licht wirkte ihre Haut fast grün, und ihre rötlichen Haare hatten sich aufgelöst. Es kam Rilla so vor, als habe jemand unvermutet schwarze Tinte in klares Wasser gespritzt.

Als Rilla die Roteichenallee entlangkam, nahm sie drei Dinge fast gleichzeitig wahr und wusste sofort, dass etwas unaussprechlich Schreckliches auf sie zukam. Sie spürte es, sie konnte es fast sehen: eine schwarze Welle, die auf sie zurollte. Beth kam wie ein Geschoss auf sie zugerannt und schrie und schrie. Leonora kniete da und presste jemanden an die Brust … wer war das? Rilla konnte es nicht genau erkennen, sie hörte nur Beths Schreie. Jemand war verletzt. Beth war verletzt. Wer hatte ihr etwas getan? Wo? Als Drittes sah sie zwei Autos: einen Polizeiwagen und den schwarzen Daimler von Doktor Benyon. Der Arzt kam häufig zum Bridgespielen nach Willow Court, aber samstags um die Mittagszeit spielt man nicht Bridge.

»Rilla! Oh, Rilla, bitte, bitte … Ich kann nicht … Ich …«

»Was ist los, Hühnchen?« Beth schlang die Arme um ihre Taille und heulte wie ein verwundetes Tier. »Bist du verletzt, Beth? Hat dir jemand wehgetan? Sag mir, was passiert ist!«

»Markie …«, stammelte Beth. »Markie.«

Rilla brauchte nur den Namen zu hören und wusste alles. So schnell sie konnte, rannte sie aufs Haus zu. Alle standen auf der Vordertreppe. Ihre Mutter … warum machte sie so ein Gesicht? Warum sah sie so schmerzerfüllt aus? Gwen hielt Alex im Arm, der den Kopf in ihrem Rock verbarg, und James trug die kleine Chloë.

»Oh, mein Liebling, mein geliebtes Kind, oh Rilla«, sagte Leonora und umarmte ihre Tochter. »Es hat einen Unfall gegeben. Einen schrecklichen, schrecklichen Unfall. Markie …«

»Er ist tot, nicht wahr?«, sagte Rilla. Ihre Stimme schien nicht mehr zu ihr zu gehören. Sie hörte sich selbst schreien, »Markie, Markie, o mein Gott, mein Baby. Ich kann nicht... Markie, o Gott...« Immer wieder und wieder schrie sie es. Sie sank zu Boden und wühlte mit bloßen Händen in den Kieseln. Und sie schrie immer weiter: »Nein, o Gott, nein... nicht dies. Bitte nicht. Bitte. Oh, Mummy, Mummy, ich kann es nicht ertragen.«

Aber sie hörte nur ihren eigenen Schmerz. Dann wurde es dunkel um sie, und sie spürte, wie jemand sie hochzog und ins Haus brachte. Sie riss sich los, die liebevollen Hände der anderen brannten ihr auf der Haut.

»Wo ist er? Wo ist Mark? Ich will ihn sehen, Mummy. Mummy, bring mich zu meinem Baby. Bitte, bring mich zu ihm. Bitte. Komm, wir beeilen uns.«

»Ja, mein Liebling«, erwiderte Leonora mit tränenerstickter Stimme. Ihre Augen waren rot gerändert. Sie hatte offensichtlich lange geweint.

Eine Stimme in Rillas Kopf sagte, *Wenn ich schnell dorthin komme, ist es vielleicht noch nicht zu spät. Vielleicht kann ich ihn dann noch retten. Ihn beatmen. Vielleicht irren sie sich ja, und er ist nur bewusstlos und schlägt wieder seine Augen auf, lächelt...*

Sie rannte nach oben, und Gwen und Leonora liefen hinter ihr her. *Wo ist er?*, wollte sie fragen, aber sie brachte keinen Ton heraus. *Wohin habt ihr ihn gebracht?* Sie lehnte sich an den Türrahmen, und Hände hielten sie fest und brachten sie zu einem der leeren Zimmer.

Mark lag auf dem Bett. Er war bleich. Seine Haare waren nass. Jemand hatte ihn ausgezogen und seinen Körper mit einem Laken bedeckt. Er sah aus, als ob er schliefe. Der Schmerz drohte Rilla zu zerbrechen, wie ein Blitz, dessen brutale Macht ihren Körper in zwei Hälften teilte. Sie beugte sich herunter, um ihren Jungen, ihr Baby, zu küssen. Seine Haut war kalt. Sie flüsterte ihm sinnlose Laute ins Ohr und küsste ihn, echte Küsse und Schmetterlingsküsse, bei denen er sonst vor Vergnügen immer gelacht hatte.

»Komm jetzt, Rilla«, sagte Gwen und umarmte ihre Schwester weinend. »Komm und leg dich ein wenig hin, komm.«

»Was ist passiert, Gwen? Sag mir, was passiert ist.«

»Es war ein Unfall. Mark ist weggelaufen und in den See gefallen. Er ist ertrunken. Oh, Rilla, Liebling, Rilla …« Gwen weinte, als könne sie nie wieder aufhören. Wie erstarrt ging Rilla über den Flur in ihr Zimmer. Es war zu spät. Sie konnte ihn nicht wieder lebendig machen. Er war tot, und es war ihre Schuld. *Ich war nicht da*, dachte sie. *Als mein Baby starb, war ich woanders, weit weg. Ich war nicht hier.*

Sie legte sich auf ihr Bett, und plötzlich war Dr. Benyon da und beugte sich über sie.

»Nimm diese Tabletten, meine Liebe. Sie werden dich ein bisschen ruhiger machen und den Schmerz ein wenig lindern.«

Rilla schluckte die Tabletten und dachte, was für ein Narr Dr. Benyon doch war. Nichts konnte den Schmerz lindern. Nichts und niemals, niemals, niemals. Er würde immer stärker werden und sich in ihr anhäufen, bis sie uralt war.

»Danke«, sagte sie ruhig, weil das alle von ihr erwarteten. Eine so gute Schauspielerin wie sie konnte sich doch bestimmt ruhig verhalten? Selbst für ihre eigenen Ohren klang sie fast normal. In ihrem Mund saß ein bitterer Geschmack, und tief unter dem Schmerz lag eine Wut, die ihr Angst machte. Wo waren ihre Mutter und ihre Schwester gewesen, als ihr Kind ins Wasser fiel? Wie hatten sie einen so kleinen Jungen nur aus den Augen lassen können? Aber sofort zischte die Stimme in ihrem Kopf wieder: *Und wo warst du? Du warst die Mutter. Du hast ihn allein gelassen. Du hast nicht nachgedacht. Du hättest da sein müssen. Nicht Gwen oder Leonora. Du, seine Mutter.* Rilla schloss die Augen. Wenn nur das Zittern endlich nachließe und sie nicht alles so verschwommen sähe, dann ginge es ihr wieder besser.

In jener Nacht wachte Rilla auf. Jemand hatte ihr zusätzlich zu Dr. Benyons Tabletten ein starkes Beruhigungsmittel gegeben, und vielleicht hatte sie ja ein wenig geschlafen. Der Mond schien durch die Vorhänge und erfüllte das Zimmer mit seinem bläulichen Licht. Plötzlich merkte sie, dass jemand am Fußende ihres Bettes stand. Sie setzte sich auf und sah Efe, der sie anstarrte.

»Efe? Bist du das? Ist etwas passiert?«

»Rilla?« Es war tatsächlich Efe. Warum schlief er nicht? Er kam zu ihr, schlang die Arme um ihren Hals und weinte: »Oh, Rilla, es tut mir so Leid. Es tut mir so Leid, Rilla, wirklich. Ich hätte ihm glauben sollen. Ich hätte es wenigstens versuchen müssen, ehe es zu spät war. Es tut mir so Leid.«

»Ja, Efe, ich weiß. Ich weiß. Wein nicht, Liebling.« Sie spürte seine Tränen auf ihrem Gesicht. Er ließ sie los und rannte aus dem Zimmer. Rilla sank wieder zurück in die Dunkelheit.

Am nächsten Morgen war die Qual so groß, dass sie nicht mehr wusste, ob sie Efe nur geträumt hatte oder nicht.

Rilla setzte sich an den Schminktisch und überlegte, wo sie anfangen sollte. Es ging auf Mittag zu, und wenn sie nicht langsam weiterkam, würde gleich Leonora an ihre Tür klopfen und wissen wollen, was mit ihr los war. Sie missbilligte zutiefst, wenn Rilla zu spät zu den Mahlzeiten erschien, weil sie es nicht nur unhöflich fand, sondern auch als einen schleichenden moralischen Abstieg wertete. Gwen war noch nie in ihrem Leben zu spät zum Essen gekommen, und überdies aß sie nur bescheidene Portionen. Rilla lächelte. Mäßigung war noch nie ihre Sache gewesen.

Unerwarteterweise fühlte sie sich ein wenig besser. Vielleicht hatten ja Gwen und ihre Freundinnen damals Recht gehabt, als sie sie nach Marks Tod inständig baten, zu einem Therapeuten zu gehen. Aber ich wollte nichts davon wissen, dachte sie, während sie Feuchtigkeitscreme über ihren Hals verteilte. Ich wollte nur arbeiten, essen und alles vergessen. Und so habe ich es immer tiefer begraben, aber das hat den Schmerz nur vergrößert. Sie prüfte im Spiegel, ob man ihr das viele Weinen ansah.

»Na ja, so schlimm ist es nicht, Alte«, sagte sie zu ihrem Spiegelbild, das sie gewitzt anlächelte.

»Du brauchst gar nicht so verschmitzt zu gucken«, meinte sie. »Ich weiß genau, was in dir vorgeht.«

Jetzt wurde es aber langsam albern. Werd endlich erwachsen,

sagte sie sich streng. Du bist im mittleren Alter. Du musst abnehmen. Deine Haare wären grau, wenn du sie nicht färben würdest. Es gibt absolut keinen Grund, dich so glücklich zu fühlen. *Oh doch*, sagte eine andere Stimme in ihrem Kopf. *Aber gewiss gibt es einen Grund.*

Eilig zog sie sich an. Ganz abgesehen davon, dass jeden Moment Leonora vor der Tür stehen konnte, hatte sie auf einmal Mordshunger. Sie ergriff die Hose, die sie gestern getragen hatte, und hängte sie in den Schrank. Da war etwas in der Hosentasche. Hatte sie etwas übersehen? Sie zog den gerollten Papierstreifen hervor. Ach du je, wie konnte ich das nur vergessen?, fragte sie sich und setzte sich aufs Bett. Das Puppenhaus. Douggie hatte den Streifen vom Dach abgezogen. Oh Gott, was würde Leonora sagen? Sollte sie es ihr gleich mitteilen oder bis nach dem Mittagessen warten?

Plötzlich wusste Rilla genau, was sie tun musste. Ich werde zu Gwen gehen, dachte sie. Sie weiß bestimmt, wie wir es Mutter beibringen. O bitte, bitte, lass niemanden ins Kinderzimmer gehen, bis ich es Gwen erzählt habe. Rasch zog sie eine schwarze Hose an und steckte das Papierstück in die Tasche. Dann streifte sie sich ein T-Shirt über und machte sich auf die Suche nach ihrer Schwester.

Gwen blickte auf die Uhr und stellte erstaunt fest, dass es erst Viertel vor zwölf war. Sie hatte heute Morgen so viel erledigt wie sonst an zwei Tagen. So kam es ihr jedenfalls vor. Ihr schwirrte der Kopf. Immerzu kam noch etwas Neues dazu. Sie hatte zum Beispiel noch nicht herausgefunden, woher die drei Tortenböden kamen, die auf einmal in der Speisekammer lagen. Ob wirklich jemand gebacken hatte, während alle anderen schliefen? Wer und warum?

Gwen verdrängte die Frage und setzte sie auf die mentale Liste, die sie permanent mit sich schleppte. Bridget, deren kleiner Partyservice das Fest belieferte, wäre nicht begeistert, wenn aus dem Nichts Tortenböden auftauchten und ihre Speisenfolge durcheinander brachten. Das Menü für das Geburtstagsessen war sorgfältig geplant; sie kannte es auswendig: *mit Tomaten und Mozzarella gefüllte Basilikumbeignets und Knoblauchsauce; Crêpes mit geräuchertem Lachs, Gurke, Crème fraiche und Schnittlauch; Persisches Omelett (für Vegetarier, die keinen Fisch aßen) mit Lauch, Walnüssen, Rosinen, Wasserkresse und frischen Kräutern; dunkle Schokoladenmoussetorte mit Himbeeren und Erdbeeren, mariniert in Holunderblütenlikör mit Schlagsahne; Kaffee und Geburtstagskuchen.* Der bloße Gedanke daran machte sie hungrig. Vor allem das Dessert würde spektakulär sein. Bridget war berühmt für diesen Kuchen, und Leonora liebte Schokolade.

Der heutige Tag hatte viel versprechend angefangen. Sie hatte mit der Reinigungsfirma vereinbart, dass sie heute Nachmittag noch einmal kämen, um alles auf Hochglanz zu bringen. Die Zeltleute waren so effizient und gut organisiert, dass man sie nicht ständig überwachen musste. Was allerdings James nicht davon abhielt, ihnen dauernd im Weg zu stehen und so zu tun, als sei die Anordnung der neun Tische allein seine Idee gewesen: ein zentraler Tisch in der Mitte mit neun Plätzen für die Familienmitglieder und darum herum Tische für acht Personen. Jeder Tisch trug eine andere Blumendekoration, und die Gäste bekamen jeder eine entsprechende Blüte, damit sie ihren Tisch leichter fanden. Das war Janes Idee gewesen. Die hübsche junge Floristin, die die Blumenarrangements für das Zelt gemacht hatte, hatte versprochen, bis morgen alles fertig zu haben. Abgesehen von den Tischblumen hatten sie Körbe voller Freesien, Rosen, Farne, Orchideen und kleiner Lilien aufgehängt – es würde himmlisch aussehen. Gwen musste nur dafür sorgen, dass die Blumen im Haus und im Garten dagegen nicht abfielen.

Die Begonien sahen wundervoll aus. Gefüllte Blüten in allen Farbtönen zwischen Pink und Orange wucherten üppig in den Steinkübeln auf der Terrasse. Zum ersten Mal seit Tagen war Gwen richtig glücklich. Der Stille Garten sah ebenfalls prachtvoll aus, die späten Rosen waren dieses Jahr recht ansehnlich und die Hortensien sogar außergewöhnlich, mit riesigen Blütenköpfen. Auch die Dahlien strahlten schöner als je zuvor, die Lilien blühten prächtig, und es gab viel Türkischen Mohn, der sich als Kontrast in den Vasen gut machen würde. Jetzt musste nur noch das Wetter halten, dann würde alles, was sie seit Wochen organisiert hatte, wie geplant ablaufen, und sie könnten sich voller Freude an den Tag erinnern.

Efes Vorschlag bezüglich der Sammlung hatte die Stimmung ein wenig getrübt, aber Mutter ist ja Gott sei Dank vernünftig und schmollt deswegen nicht, dachte Gwen. Nach der Party war noch Zeit genug, darüber zu reden, was geschehen sollte. Sie machte sich eine mentale Notiz, später am Nachmittag die Rahmen noch einmal abzustauben. Obwohl bereits jedes Gemälde gesäubert worden war, hatte Chloës Baumdekoration sicher eine Menge Staub aufgewirbelt. Man konnte nicht vorsichtig genug sein.

Heute Abend mussten sie die Geschenke unter den Baum legen. Schon morgens hatte der Postbote noch mehr Pakete von Gästen gebracht, die nicht zum Fest kommen konnten. Vielleicht konnten Alex und Beth ja die Pakete auspacken, die Leonora noch nicht geöffnet hatte, dachte Gwen. Sie schienen nicht so viel Arbeit zu haben. Gwen hatte sie vorhin gesehen, als sie zum Lodge Cottage gingen. Sie fand es zwar nett von ihnen, Nanny Mouse zu besuchen, aber sie sollten sich langsam auch einmal an den allgemeinen Arbeiten beteiligen. Und was war mit Rilla? Ihre Schwester irritierte sie. War sie überhaupt schon aufgestanden? Typisch für sie, dachte Gwen, mir überhaupt keine Hilfe anzubieten. Sie sieht doch, wie beschäftigt ich bin.

Genau in diesem Moment kam Rilla auf sie zu. Das war ungewöhnlich. Rilla war noch nie in ihrem ganzen Leben gelaufen. Gwen lief ein Schauer über den Rücken.

»Was ist los, Rilla?«, fragte sie. Auf einmal war ihr klar, dass Rilla die Tortenböden gebacken hatte. Es sah ihr ähnlich, sich so verrückte Dinge in den Kopf zu setzen. »Sind die Tortenböden von dir?«

»Ja. Darüber wollte ich auch noch mit dir sprechen, aber es ist etwas anderes passiert, worum wir uns kümmern müssen.«

»O Gott, bloß nicht! Ist irgendwas mit Mutter? Efe hat ihr bestimmt mehr Sorgen gemacht, als sie zugibt.«

»Nein, mit Mutter hat es nichts zu tun. Oder, na ja, in gewisser Weise doch, aber mach dir keine Sorgen. Es ist niemand krank. Können wir irgendwo hingehen, wo uns niemand stört? Ich muss dir etwas zeigen.«

Gwen ging mit ihr in den Wintergarten. Der Raum war leer, und sie setzte sich an den Tisch.

»Was ist los? Du klingst so geheimnisvoll, Rilla.«

»Hier. Das ist ein Stück Tapete vom Dach des Puppenhauses.«

Gwen sah zu, als Rilla den langen Papierstreifen auf dem Tisch glatt strich. Kaum ließ sie ihn los, rollte er sich wieder auf.

»Wo hast du ihn her? Wie kommt es …«

»Douggie war im Kinderzimmer. Ich habe ihn heute früh dort gefunden.«

»Was hast du denn so früh am Morgen da gemacht? Das sieht dir überhaupt nicht ähnlich.«

»Das spielt jetzt keine Rolle, Gwen. Ich erzähle es dir später. Ich war noch gar nicht im Bett gewesen.«

»Dann hast du also heute früh die Tortenböden gebacken, obwohl ich nicht weiß, wozu eigentlich. Wir haben so viel zu essen, dass es uns zu den Ohren herauskommt. Warum um alles in der Welt willst du unbedingt noch eine Torte backen? Und dann auch noch so große Böden!«

Rilla seufzte und setzte sich in den Sessel gegenüber. »Das ist jetzt unwichtig, Gwen, ehrlich. Das hier ist ernst, begreifst du das denn nicht? Wenn Mutter herausfindet, dass das Puppenhaus kaputt ist, gerät sie außer sich, und du weißt, was das heißt. Und die Tortenböden sind für einen Erdbeerkuchen. Ich wollte ihn heute Abend zum Dessert machen. Ich hatte einfach Lust dazu.«

Gwen, an die Launen ihrer Schwester gewöhnt, verdrehte die Augen. Dann sagte sie: »Hast du gesehen? Auf der Rückseite steht etwas. Die Schrift ist ziemlich verblasst, aber man kann trotzdem noch Teile davon lesen. Sieh mal.«

Rilla betrachtete den Papierstreifen. »Du hast Recht«, erwiderte sie, »aber mich interessiert jetzt vor allem: Was wollen wir Mutter sagen? Sollen wir einfach versuchen, es wieder anzukleben, damit sie es nicht merkt?«

»Nein, natürlich nicht. Kannst du dich nicht mehr erinnern, wie du damals den Teller zerbrochen und die Scherben einfach weggeworfen hast, in der Hoffnung, sie merkt es nicht?«

Rilla lachte. »Ja! Blöd von mir, eine Scherbe zu vergessen, was? Gott, das war vielleicht eine Strafpredigt! Ich werde nie vergessen, wie sie sagte: ›*Der Teller ist mir egal, aber ich finde es unverzeihlich, von der eigenen Tochter getäuscht worden zu sein!*‹«

Gwen musste unwillkürlich lächeln, weil Rilla ihre Mutter so gut nachahmte.

»Ich finde, wir sollten bis nach dem Mittagessen warten«, sagte sie. »Bis dahin hat es noch Zeit, und wir können wenigstens in Ruhe essen.«

»Gut, aber ich möchte, dass du dabei bist, wenn ich es ihr sage, Gwennie. Allein stehe ich das nicht durch. Ich wüsste nicht, wie ich es sagen soll.«

»In Ordnung. Wir werden sie schon irgendwo allein erwischen. Sie geht ja heute Nachmittag sowieso nach oben, um sich auszuruhen und für die Dreharbeiten umzuziehen. Sean geht heute mit ihr zu Nanny Mouse.«

Rilla antwortete nicht. Sie studierte aufmerksam den Papierstreifen. »Was ist los?«, fragte Gwen. »Kannst du etwas erkennen?«

»Es stehen ziemlich seltsame Dinge darauf. So wie es abgerissen ist, sieht es so aus, als ob da noch mehr …«

»Natürlich steht noch mehr drauf. Es sieht aus wie ein Fetzen von einem Brief. Kannst du was erkennen?«

Rilla nickte. »Ja. Da steht *berührte nicht* und dann *um mich geweint* und *Trost*. Und hier steht *schimmern und leuchten* und *ins Auge springen* und *zerbrechlich*. Was ist das denn hier? Kannst du das lesen?«

Stirnrunzelnd versuchte Gwen, die verblasste Tinte zu entziffern. »*Farbe lügt nie*«, sagte sie. »So sieht es jedenfalls aus. Der Himmel weiß, was das bedeuten soll. Wer hat das geschrieben?«

»Keine Ahnung«, erwiderte Rilla. »Aber es ist mysteriös, was? Das Dach des Puppenhauses ist ziemlich groß. Wenn da noch mehr steht …« Sie beendete den Satz nicht, stattdessen fuhr sie fort: »Wir müssen unbedingt herauskriegen, was sonst noch in dem Brief steht. Ich sterbe vor Neugier. Der kleine Streifen hier nützt uns gar nichts, er macht alles nur noch geheimnisvoller.« Sie rollte den Papierstreifen wieder zusammen und steckte ihn in die Hosentasche. »Vielleicht sollten wir das übrige Papier auch abziehen, um den Rest in Erfahrung zu bringen.«

»Das müssen wir aber erst mit Mutter besprechen«, widersprach Gwen. »Sie würde es uns niemals verzeihen, wenn wir es ohne ihr Wissen täten.«

»Und wenn sie den Streifen einfach wieder aufkleben will? Vielleicht ist ihr ja der Zustand des Puppenhauses wichtiger als ein paar verblasste Worte auf einem Stück Papier. Wenn wir es abziehen, bevor sie es gesehen hat, dann wissen wenigstens wir, was darauf steht.«

»Nein.« Gwen schüttelte den Kopf. »Das können wir nicht machen. Wir müssen es ihr überlassen, aber da sie sowieso immer alles wissen will, wird sie wahrscheinlich dem Verlangen nicht widerstehen können, auch das Übrige zu lesen.«

»Ja, das stimmt natürlich«, lenkte Rilla ein. »Kommst du jetzt mit zum Essen?«

»Ja, das könnte ich eigentlich tun«, erwiderte Gwen. »Das Ganze hat mich ziemlich abgelenkt. Es ist schon komisch, bei dir geht nie etwas glatt, findest du nicht auch? Kaum hast du ein Problem bewältigt, stellen sich schon wieder drei neue.«

»Dagegen hilft Essen«, sagte Rilla. »Komm, wir gehen.«

»Ich habe eigentlich keinen Appetit mehr«, erwiderte Gwen. »Ich habe Angst davor, es ihr zu sagen, weißt du.«

»Ich auch«, sagte Rilla, »aber es wirkt sich nicht auf meinen Appetit aus. Ich verhungere!« Sie zog Gwen aus dem Sessel und hakte sich bei ihr unter, während sie den Flur entlang zum Esszimmer gingen. »Gemeinsam sind wir stark!«

Gwen lächelte. Das hatten sie als Mädchen auch immer gesagt. Es war tröstlich, dass Rilla es nicht vergessen hatte.

Im Kinderzimmer war es still, und Rilla schloss einen Moment lang die Augen. Wann würde Leonora endlich etwas sagen? Es war ihr unglaublich schwer gefallen, ihrer Mutter von der Beschädigung des Puppenhauses zu berichten. Während des Mittagessens hatte sie ständig darüber nachgedacht und sich die besten Formulierungen überlegt. Sie hatte kaum bemerkt, was sie aß, und auch die anderen am Tisch nur schemenhaft wahrgenommen. Die Gespräche zwischen Beth und Chloë, Fiona und Douggie, Efe und James trieben wie Rauch an ihr vorbei. Auch Gwen war in Gedanken ganz woanders. Sie ist genauso nervös wie ich, hatte Rilla gedacht. Wenn sie nicht aufpasste, würde Leonora noch etwas merken, deshalb hatte Rilla ihr absichtlich eine Frage gestellt, um sie zu warnen. Und glücklicherweise hatte sie die Warnung begriffen und Leonora gleich in ein lebhaftes Gespräch verwickelt.

Oh, mein Gott, dachte Rilla, sie kann sich einfach nicht verstellen. Ein paar Mal sah es so aus, als wolle ihre Mutter sie fragen, warum sich ihre Töchter so seltsam benahmen, aber schließlich war das Mittagessen vorüber, und alle verließen das Esszimmer. Rilla trat zu Leonora und hakte sich bei ihr unter.

»Mutter, würdest du bitte einen Moment mit Gwen und mir ins Kinderzimmer kommen? Es dauert nur eine Minute«, bat sie.

»Jetzt?« Leonora sah sie verständnislos an. »Ich muss mich eigentlich ausruhen. Sean holt mich um drei für die Dreharbeiten im Lodge Cottage ab. Hat es nicht noch ein wenig Zeit, Liebes?«

»Nein, Mutter«, warf Gwen ein. »Es ist wirklich wichtig. Es gibt etwas, das du unbedingt sehen musst.«

»Im Kinderzimmer?« Sie standen mittlerweile direkt davor.

»Ja. Lass uns hineingehen, Mutter, und dann wird Rilla …« Gwen brach ab und öffnete die Tür. Die drei Frauen traten ein. Rilla ging sofort zum Puppenhaus und nahm die Hülle ab. Mit einem Schritt hatte Leonora das Zimmer durchquert und fuhr mit den Händen übers Dach.

»Wer hat das getan?«

»Ich wollte es dir eigentlich sagen, bevor du es siehst, Mutter. Es war Douggie. Er ist heute früh hier drin gewesen. Ich habe den Papierstreifen, den er abgezogen hat … sieh mal!«

Leonora nahm das Stück Papier entgegen, ohne es anzusehen.

Ihr Blick war auf den Schaden gerichtet. Sie atmete heftig und Rilla befürchtete schon, sie könnte zusammenbrechen.

»Du solltest dich vielleicht besser hinsetzen, Mutter«, sagte sie.

Leonora ignorierte sie und starrte weiter auf das Puppenhaus. Auf der rechten Seite des Daches, wo Douggie das Papier abgerissen hatte, war eine schlangenförmige weiße Stelle. Als Leonora schließlich sprach, klang ihre Stimme gekünstelt fröhlich, als bemühte sie sich, nicht in Tränen auszubrechen. »Es hätte schlimmer kommen können«, sagte sie. »Vielleicht können wir es ja wieder reparieren… den Streifen einfach wieder festkleben, wenn er nicht kaputt ist.«

»Jemand hat etwas hinten draufgeschrieben«, sagte Rilla. Leonora setzte sich auf einen Sessel und bat: »Lass mich mal sehen, bitte.« Sie rollte den Papierfetzen auf und betrachtete die Rückseite. Rilla, die ihre Mutter beobachtete, konnte förmlich mitansehen, wie sie schrumpfte und kleiner wurde. Ihre Lippen bebten, und Tränen traten in ihre Augen.

»Mummy.« Leonoras Stimme jagte Rilla einen Schauer über den Rücken. »Die Schrift meiner Mummy…«

»Geht es dir gut?« Gwen kniete sich neben ihre Mutter. »Atme tief durch.«

Leonora blinzelte, und Rilla sah, dass sie sich nur mit größter Mühe zusammenriss.

»Es ist gleich vorbei«, erwiderte sie mit tränenerstickter Stimme. »Gleich ist es wieder in Ordnung.«

Sie wischte sich mit dem Handrücken über die Augen, wie ein Kind, und das schockierte Rilla mehr als alles andere. Die Leonora, die sie ihr Leben lang kannte, hätte sich immer nur mit einem Stofftaschentuch die Tränen abgewischt. Selbst Papiertaschentücher kamen nur im äußersten Notfall in Frage. Und Rilla hätte wetten können, dass ein Taschentuch in ihrer Tasche steckte. Und warum redete sie die ganze Zeit von ihrer Mutter? Natürlich war es ein schrecklicher Schock gewesen, das Puppenhaus in diesem Zustand zu sehen, aber das war doch wirklich eine Überreaktion.

Leonora hielt sich den Papierstreifen vor die Augen.

»Soll ich dir deine Lesebrille holen, Mutter?«, fragte Gwen.

»Nein«, erwiderte Leonora. »Ich kann genug erkennen.« Jetzt klang sie wieder normaler. Seufzend rang sie um Fassung. Schließlich griff sie in ihre Hosentasche, zog ein Taschentuch heraus und trocknete sich die Augen. Sie sagte: »Meine Mutter hat das hier geschrieben. Kann eine von euch lesen, was hier steht? Die Schrift ist so verblasst.«

»Ich glaube, ich kann es lesen«, sagte Gwen.

»Lies es mir vor«, bat Leonora und schloss die Augen.

»Gut, wenn du unbedingt möchtest, Mutter.« Gwen war sehr ernst, und Rilla zuckte kurz durch den Kopf, was denn nun wäre, wenn es sich herausstellte, dass es sich nur um einen Einkaufszettel von Leonoras Mutter handelte. Gwen begann zu lesen.

»Es macht aber nicht viel Sinn, Mutter, weil immer nur wenige Worte in jeder Zeile sind. Also, da steht: *ins Atelier gegangen/mir egal/nicht so wic-* ob das wichtig heißen soll? *Stundenlang/unter einem anderen Nam-/dieses Licht/alle Möglichkeiten/-les ist schrecklich/wenn ein Bild ferti-/unter meinen Händen weinten un-/ Kunstakademie besuch-/nicht in Frage gestellt/Farbe lügt nicht./zart, Maude, zerbr-/-st verrückt, verrü-/* Dann steht da der Buchstabe *m*, und es geht weiter mit: *Ausweg. Den neh-/* das könnte nehmen heißen, *nicht mutig genug/ weil ich weiß/-samer Mann/die Leute mit sei-/Tagelang in/-eine Augen ständig/* Dann kommt ein *d* und *ich ein Teil von ih-/* Die nächsten Buchstaben sind *wächl*, könnte das *Schwächling* heißen? *Gegangen bin/-berraschung zu Leonora/schon bald, und ich/Farben in der Form ei-* ... Das war es. Leider macht es nicht allzuviel Sinn.«

Rilla blickte zu ihrer Mutter, die steif und aufrecht in ihrem Sessel saß. Tränen liefen ihr über die Wangen.

»Mutter?«, sagte sie besorgt. »Mutter, bitte! Sei nicht traurig. Was ist los? Sag es uns. Wir sind doch bei dir. Bitte, hör auf zu weinen, Mutter.«

»Entschuldigung, Liebling«, erwiderte Leonora und rang um Fassung. »Es ist schon so viele Jahre her, seit ich die Schrift meiner Mutter gesehen habe. Und es kommen so viele Erinnerungen wieder zurück. Aber ihr solltet euch keine Sorgen machen. Mir geht es wirklich gut. Allerdings möchte ich den Rest jetzt auch sehen.«

»Den Rest?«

Leonora hatte ihr Taschentuch fest geknüllt und entfaltete es, um sich wieder die Augen abzutupfen. Dann holte sie tief Luft und sagte eine Weile gar nichts. Schließlich fuhr sie fort: »Gwen hat ja nur einen Teil vorgelesen. Meine Mutter hat das wahrscheinlich vor ihrem Tod geschrieben, denn das Puppenhaus war ein Geschenk zu meinem Geburtstag ... und ...« Ihre Stimme versagte. Rilla wusste alles über die schreckliche Zeit damals, wenn auch Leonora nur selten davon sprach.

»Sollen wir es abziehen?«, fragte Gwen. »Ohne es zu beschädigen natürlich. Und wenn es nicht geht?«

»Nichts ist unmöglich. Hast du nicht erwähnt, dass Chloës junger Mann Gemälderestaurator ist? Er wird wissen, wie man es am besten macht.«

Gwen blickte sie erleichtert an. »Philip. Natürlich. Wie klug von dir, Mutter! Ich gehe ihn gleich holen. Er kann uns sicher helfen.« Rasch lief sie aus dem Zimmer, und Rilla hörte, wie sie auf der Treppe schon nach Chloë rief.

Leonora stand auf und trat zur Tür. »Suchst du bitte Sean, Rilla? Sag ihm, ich treffe mich mit ihm um vier, wenn er die Dreharbeiten so lange aufschieben kann.« Bevor Rilla antworten konnte, hatte sie bereits das Zimmer verlassen.

Rilla breitete das Laken wieder über das Puppenhaus. Die Sonne schien durch das Fenster, und in der Luft tanzte golden der Staub. Eine leise Vorahnung dessen, was unter dem weißen Laken verborgen sein mochte, ließ sie erschauern.

Leonora registrierte nicht sofort, dass der Laut aus ihrem Mund kam. Er klang nicht menschlich, eher wie ein verwundetes Tier. Und schon gar nicht wie ich, dachte sie. Sie war den Flur entlang in ihr Zimmer gegangen und hatte sich aufs Bett gelegt. *Oh, Mummy, Mummy*, weinte sie wie ein Kind, wie ein schwaches, kleines Kind. Sie konnte das Schluchzen nicht unterdrücken und zitterte am ganzen Leib. Angestrengt bemühte sie sich, ruhig zu atmen und an gewöhnliche Dinge zu denken.

Rilla und Gwen würden dafür sorgen, dass die Filmarbeiten später anfingen. Chloës junger Mann, Philip, würde dafür sorgen, dass man alles, was ihre Mutter geschrieben hatte, lesen konnte. Wenn ich weiß, was sie geschrieben hat, wird es mir besser gehen, dachte sie. Etwas Dunkles und Schweres lastete auf ihr. Sie hatte dieses Gewicht ihr ganzes Leben lang mit sich geschleppt, das wurde ihr jetzt klar, und sie hatte immer geglaubt, der Schmerz sei ganz normal, wenn man in jungen Jahren ein Elternteil verliert und lernen muss, damit zu leben. Jetzt begann sie, sich zu fragen, ob nicht etwas ganz anderes dahinter steckte. Sie öffnete die Augen. Da ist etwas, dachte sie. Etwas, das die Worte meiner Mutter mir vielleicht sagen können. Wenn ich es wüsste, dann würde sich dieser dunkle Knoten in meinem Herzen lösen. Ach, ich sollte an etwas anderes denken. Das Fest… Leonora versuchte, ihre Gedanken auf den kommenden Tag zu richten, aber stattdessen kam ihr ein anderer Tag, der schon lange vergangen war, in den Sinn. Es schien, als sei sie lange begraben gewesen, als habe sie Jahrzehnte geschlafen und werde jetzt endlich wach.

August 1935

Leonora trat zögernd ins Wohnzimmer. Es war der prächtigste Raum im Haus, und für gewöhnlich ging sie nur hinein, wenn Mummy oder Daddy sie dazu aufforderten. An den Wänden hingen Daddys Bilder, und auf dem polierten Fußboden lagen Teppiche mit komplizierten Mustern. Als sie noch sehr klein war, hatte sie sich immer darauf gesetzt und war mit den Fingern die bunten Linien entlanggefahren.

Mummy blickte sich nicht um, als sie eintrat, obwohl sie bestimmt ihre Schritte gehört hatte. Sie stand am Fenster und sah in den Garten; man konnte ihrem Rücken ansehen, dass sie traurig war. Obwohl Nanny Mouse häufig sagte, geteiltes Leid sei halbes Leid, wusste Leonora nicht recht, wie sie die Stille durchbrechen sollte, die ihre Mutter die meiste Zeit umgab. Mummy redete nur sehr wenig, und Leonora war sich immer unsicher, was sie zu ihr sagen sollte. Sie fand es zwar ziemlich babyhaft für jemanden, der schon acht wurde, nicht zu wissen, wie sie mit ihrer eigenen Mutter reden sollte, aber es ging eben nicht. Als ich noch ganz, ganz klein war, dachte sie, hat Mummy mehr mit mir geredet, aber vielleicht erinnere ich mich auch nicht richtig.

Dabei liebte sie ihre Mutter mit einer Leidenschaft, die sie niemandem gegenüber ausdrücken konnte. Manchmal, wenn es nachts ganz dunkel im Kinderzimmer war, flüsterte sie es ihrem Teddybär, Mr. Worthing, zu. Er kannte alle ihre Geheimnisse, und er wusste auch, dass Leonora sich manchmal fragte, ob sie wirklich die Tochter von Maude Walsh war. Vielleicht war sie ja bei der Geburt vertauscht worden. Das passierte manchmal in Geschichten, und genau betrachtet war Leonora ziemlich sicher, dass es im wirklichen Leben nicht vorkam, aber sie hätte es doch geglaubt, wenn sie nicht ihrem Vater so ähnlich gesehen hätte.

Wenn sie in den Spiegel schaute, sah sie es ganz deutlich: das gleiche dunkle Haar, die gleichen blauen Augen und genau die gleichen Ohren... das war ulkig. Leonora empfand es als Zauberei, dass Ohren ganz genau gleich aussehen konnten. Ihrer Mutter jedoch sah sie kein bisschen ähnlich.

»Du bist das Kind deines Vaters, das kann man nicht leugnen«, sagte Nanny Mouse immer.

»Das weiß ich«, erwiderte Leonora ungeduldig. »Aber bin ich auch das Kind meiner Mutter?«

»Dummes Gänschen! Selbstverständlich! Ich war ja bei ihr, als du auf die Welt kamst! Nur weil du nicht so aussiehst wie sie, darfst du noch lange nicht denken, du seist nicht ihr Kind!«

Maude... das ist der Name meiner Mutter, dachte Leonora, und blickte auf die kleine Gestalt am Fenster. Er passt zu ihr. Es ist ein sanfter Name. Sie hat sich noch nicht einmal umgedreht, um zu sehen, wer ins Zimmer gekommen ist. Wenn ich nicht nach ihr Ausschau hielte, könnte man sie glatt übersehen, weil sie so still und klein ist. Ihre Kleidung ist schlicht, und ihre Haare haben fast die gleiche Farbe wie die Vorhänge: eine Art goldbraun. Aber sie ist hübsch, dachte Leonora. Ich glaube es jedenfalls. Sie sieht aus wie eine Katze, mit ihrem spitzen Kinn und den grünen Augen und den bebenden Lippen. Sie spricht so leise, dass man sich vorbeugen muss, um sie zu verstehen. Ganz anders als Daddy. Daddy ist groß und redet mit lauter Stimme, und alle sagen, er sähe gut aus, aber ich kann das nicht sagen, weil ich genauso aussehe wie er. Leonora trat über den Teppich auf ihre Mutter zu.

»Mummy! Tyler macht ein Feuer im Garten. Darf ich hinausgehen und ihm zuschauen?«

Maude lächelte. »Ja, Liebes. Ich habe selber gerade an das Feuer gedacht. Ich kann Tyler von hier aus sehen.«

Leonora stellte sich neben ihre Mutter. Dort stand der Gärtner und errichtete einen Holzstoß. Neben ihm stand eine Schubkarre voller Papier: kleinere Briefbögen und größere Blätter mit Zeichnungen darauf. Das waren Daddys Skizzen. Daddy sagte ständig, das Papier nähme überhand und müsse verbrannt werden. Leonora war daran gewöhnt; sie liebte die Feuer im Garten. Sie liebte die tanzenden Flammen und die Hitze und den Anblick des sich kräuselnden Papiers, das zu grauer Asche zerfiel. Manchmal gab es sogar einen Funkenregen, wie ein winziges Feuerwerk.

Leonora wollte ihre Mutter etwas fragen, aber sie musste erst nachdenken, bevor sie die Frage stellte, damit sie sich nicht aufregte. Mummy regte sich über vieles auf. Nanny Mouse sagte immer, sie sei sensibel, und dass sie stärker empfand als andere Menschen. Sie war deshalb auch öfter krank und blieb in ihrem Zimmer. Manchmal sah Leonora sie tagelang nicht, weil sie auch, wenn sie nicht krank war, Daddy im Atelier Gesellschaft leistete, und dorthin durfte Leonora nicht.

»Warum darf ich das eigentlich nicht?«, fragte sie Nanny Mouse. »Warum darf Mummy dort hinaufgehen und ich nicht? Ich würde ihn doch gar nicht stören. Ich wäre ganz leise.«

Nanny Mouse schüttelte den Kopf. »Es geht nicht darum, dass du Lärm machen könntest. Dein Vater ist am liebsten allein, wenn er malt, abgesehen von deiner Mutter, die so eine Art Muse für ihn ist.«

»Was ist das denn? Was ist eine Muse?«

»Eine Muse ist jemand, der Künstler inspiriert. Wie ein Schutzengel, der über einem Maler oder einem Dichter wacht und ihre Werke besser macht.«

»Das könnte ich auch!«, erwiderte Leonora. »Ich könnte doch auch eine Muse sein, oder nicht?«

»Ja, das glaube ich schon, Liebes, aber dein Daddy hat sich deine Mummy ausgesucht, und daran kannst du nichts ändern.«

Leonora holte tief Luft.

»Du magst keine Feuer, Mummy, nicht wahr?«, fragte sie.

»Nein … nein. Sie sind so …«

»Wie?«

»So endgültig. Wenn etwas erst einmal verbrannt ist, dann bekommt man es nie wieder zurück.«

»Aber wenn man sich vorher vergewissert hat, dass man die Sachen, die man verbrennt, nicht mehr haben will, dann ist es doch egal, wenn man sie nicht mehr zurückbekommt, oder nicht?«

Maude lächelte ihre Tochter an und streichelte ihr über die Haare.

»Ich weiß aber nie, ob ich etwas behalten will oder nicht. Ich ändere ständig meine Meinung. Man kann *denken*, man wolle etwas nicht mehr, und dann wacht man mitten in der Nacht auf und möchte es am liebsten wiederhaben. Ganz verzweifelt.«

Mummys Stimme bebt, dachte Leonora und warf ihrer Mutter einen Blick zu. Sie hatte Tränen in den Augen, und für einen Augenblick empfand Leonora so etwas wie Ungeduld. Die Mutter ihrer Freundin Bunny war voller Energie, lief mit ihrem Hosenrock durchs Dorf, grüßte alle mit ihrer fröhlichen Stimme und lächelte die ganze Zeit. Wenn sie doch auch nur so eine Mutter hätte!

Der Gedanke brachte Leonora zum Erröten, und sie sagte: »Kann ich jetzt Tyler beim Feuer zuschauen? Nanny Mouse hat gesagt, ich müsse dich oder Daddy fragen.«

Erst in diesem Moment fragte sie sich, warum Nanny sie überhaupt zu ihren Eltern geschickt hatte, um sich die Erlaubnis zu holen. Normalerweise war *sie* diejenige, die Leonora sagte, was sie zu tun und zu lassen hatte.

»Ja, Liebling, natürlich«, erwiderte Maude.

»Du kannst ja auch mitkommen und es dir mit mir zusammen anschauen.«

»Das ist sehr lieb von dir, meine Süße, aber ich denke, ich muss mich jetzt ein wenig hinlegen. Ich habe Kopfschmerzen heute Nachmittag, wahrscheinlich liegt ein Gewitter in der Luft. Lauf nur. Ich gehe nach oben und ruhe mich ein wenig aus.«

Draußen spürte Leonora die drückende Luft. Es war schwül, und alles sah aus, als hielte es den Atem an. Als sie den Küchengarten erreichte, hatte Tyler den Holzstoß gerade angezündet. Alles, was zum Verbrennen hingestellt worden war, hatte er bereits hineingeworfen, und die Flammen züngelten golden um das Papier.

»Hallo, Missie.« Tyler musste ein bisschen schreien. Es überraschte Leonora immer ein wenig, wie laut so ein Feuer prasselte.

»Das ist ein schönes Feuer!«, rief sie. »Größer denn je!«

»Mr. Ethan hat gesagt, es hätte sich monatelang Müll angesammelt, aber mir kam es gar nicht wie Müll vor. Manche Sachen sahen richtig hübsch aus.«

Ein Blatt Papier flog aus dem Feuer hinaus in die Luft. Leonora folgte ihm mit den Augen. Es hatte eine komische Form: kein ganzes Blatt, sondern wie von etwas abgerissen. Eine Ecke von etwas, ein weißes Dreieck, das den Flammen entkommen war, und jetzt über den Gemüsegarten segelte. Leonora lief ihm hinterher in den Stillen Garten, wo ein Apfelbaum wie ein Fächer gegen die Ziegelmauer wuchs.

Neben dem Rittersporn flatterte es zu Boden, und sie hob es auf. Es waren Bleistiftzeichen darauf, aber Leonora konnte sie nicht genau erkennen. Ein paar der Zeichen waren Wörter. »Licht«, las sie, »Fenster« und »ora«. Vielleicht war das ein Teil eines Wortes, aber der Rest war abgerissen. Sie kannte die spitze Schrift ihres Vaters von Briefen, die sie zur Post gebracht hatte, sehr gut, aber diese Wörter waren eindeutig in der schrägen, winzigen Schrift ihrer Mutter geschrieben. Warum hatte sie an den Rand von Daddys Blättern geschrieben? Daddy hasste es, wenn man an seine Sachen ging. Er würde doch bestimmt nicht zulassen, dass Mummy Wörter auf etwas schrieb, was ihm gehörte? Aber vielleicht durfte sie es ja, weil sie eine Muse war. Trotzdem fand Leonora das Ganze äußerst mysteriös. Sie steckte das Stück Papier in die Tasche ihres Baumwollkleides. Später würde sie es herausholen und zu der Sammlung geheimer Dinge in eine Blechdose legen, mit einem Kätzchen darauf, das aussah wie Mr. Nibs, als er klein war. Instinktiv erkannte sie, dass sie den Papierfetzen besser nicht erwähnte, obwohl sie nicht genau hätte sagen können, warum.

Sie ging am Feuer vorbei zurück ins Haus. Es war mittlerweile heruntergebrannt; nur noch graue Asche war geblieben. Als Leonora zum Haus blickte, sah sie, dass Mummy immer noch am Fenster stand. Sie hatte sich nicht bewegt. Ihr Gesicht sah wegen der wabernden Hitze unbestimmt und verschwommen aus. Sie wirkte traurig: klein, traurig und blass.

Leonora konnte gut lesen, aber sie liebte die Abende, an denen ihr Vater sich an ihr Bett setzte, um ihr vorzulesen. Er nahm das zur Hand, was sie gerade las, und fing an der Stelle an, an der sie gerade war. Heute Abend war er wegen des Gewitters gekommen, das wusste Leonora. Eigentlich hatte sie nicht wirklich Angst vor dem Donner und den zuckenden Blitzen, die alles in weißes Licht tauchten, auch der Regen, der gegen die Scheiben prasselte, machte ihr nicht wirklich etwas aus, das Unwetter machte sie nur ein wenig nervös, und es tröstete sie, wenn Daddy an ihrem Bett saß, ihr mit seiner kräftigen Stimme vorlas und ihr zeigte, dass ihm das alles gar nichts ausmachte.

Sie lehnte sich in die Kissen, Mr. Worthing im Arm, und hörte zu, während Daddy aus »Betty und ihre Schwestern«, ihrem Lieblingsbuch, vorlas. Sie waren gerade an der Stelle, als Beth schrecklich krank war – diese Passage gefiel Leonora am besten. Daddy beugte sich ein wenig vor, doch plötzlich hörte er auf zu lesen und legte das Buch auf die Bettdecke.

»Was ist das denn, Leonora? Woher hast du das?«

Der Papierfetzen! Über dem Gewitter hatte sie ihn ganz vergessen. Die Wolken hatten sich dunkel zusammengezogen und gerade, als sie ins Kinderzimmer getreten war, hatte der erste Donnerschlag das Haus erbeben lassen, und sie hatte das Stück Papier (das sie aus der Tasche genommen hatte und schon in die Blechdose stecken wollte) auf ihren Nachttisch gelegt und völlig vergessen. Und jetzt lag es da, und Daddy hatte es gesehen. Er wirkte sehr ärgerlich, aber warum sollte er sich darüber aufregen? Sie sagte: »Es ist heute Nachmittag aus dem Feuer geflogen, und ich habe es aufgehoben. Darf ich es behalten, Daddy? Es sieht nicht so wichtig aus.«

Insgeheim wunderte sie sich ein wenig über sich selbst, dass sie es unbedingt haben wollte, aber darauf wusste sie auch keine Antwort. Ethan Walsh erhob sich mit dem Papierfetzen in der Hand. Er wirkte größer denn je, weil sie im Bett lag, und da die Lampe genau hinter ihm von der Decke hing, war sein Gesicht fast schwarz. Sie konnte seine Züge nicht richtig erkennen. Er erwiderte: »Nein, leider kannst du es nicht behalten, Leonora. Es war falsch von dir, etwas zu nehmen, was dir nicht gehört. Ich muss jetzt gehen, es tut mir Leid, Liebes. Gute Nacht.«

Er verließ das Zimmer, noch bevor sie etwas zu ihrer Verteidigung sagen konnte. Sie fand sein Verhalten so ungerecht, dass ihr die Tränen in die Augen traten. Sie hatte doch nichts Falsches getan. Diese Papiere wollte doch niemand mehr, sonst wären sie doch nicht verbrannt worden. Sie waren doch nur Müll, und Müll gehörte niemandem. Zwei Tränen liefen Leonora über die Wangen, und sie wischte sie wütend weg. Sie weinte fast nie. Normalerweise rühmte sie sich, viel erwachsener und tapferer zu sein als ihre Freundinnen, aber jetzt konnte sie nicht anders. Daddy war manchmal so herrisch. Immer mussten alle Leute tun, was er wollte. Auch Mummy musste *immer* tun, was er wollte. Sie schenkte zum Beispiel den Londonmännern nicht gerne Tee ein, aber Daddy zwang sie dazu. Er sagte, es mache einen schlechten Eindruck, wenn sie es nicht täte, und Leonora hatte schon einmal gesehen, wie sie dann steif in einem der kleineren Sessel im Wohnzimmer saß und zu Boden blickte. Londonmänner nannte Leonora die Herren, die von Zeit zu Zeit nach Willow Court kamen, um Daddy zu überreden, seine Bilder auszustellen, weil er so ein großer Künstler war, aber er lehnte es immer ab. Einmal hatte er es ihr erklärt.

»Wenn die Leute etwas nicht haben können, gefällt es ihnen besser«, sagte er eines Tages zu ihr, als sie um den See spazierten. Mummy fühlte sich nicht wohl, und sie musste den ganzen Nachmittag drinnen bleiben. Leonora liebte den See und ging mit Nanny oder Daddy oft dorthin, um die Schwäne zu besuchen und die Weiden anzuschauen, die am Ufer wuchsen und ihre Zweige ins Wasser hängen ließen. Wenn man ganz darum herumging, brauchte man fast eine Stunde.

»Alle reden gerne über Gemälde, die sie nicht sehen können«, erklärte Daddy. »Sie denken darüber nach und fragen sich, ob sie wohl wirklich so gut sind, wie alle sagen. Gelegentlich verkaufe ich ein Bild, damit die Kunstwelt weiß, was sie versäumt, aber die meisten Bilder sollen hier bleiben. Und wenn ich einmal tot bin, Leonora, dann gehören sie dir, und du wirst sie ausstellen, und alle werden in Scharen nach Willow Court strömen, weil sie sie so lange nicht sehen durften, verstehst du?«

Eigentlich verstand sie es nicht, aber sie erwiderte nur: »Ich denke schon. Aber ich glaube auch, dass sie jetzt schon alle gerne nach Willow Court kämen und sie sich ansähen, oder?«

»Ganz sicher«, sagte ihr Vater. »Aber das würde meine Muse stören.« Er meinte wahrscheinlich Mummy damit, und das war etwas ganz Besonderes, weil er für gewöhnlich nicht darüber nachdachte, was ihr gefiel.

Leonora lag im Bett und überlegte, ob sie warten solle, bis Nanny Mouse zu Bett ging. Sie hatte immer im Kinderzimmer geschlafen, als Leonora noch klein war, aber vor zwei Jahren war sie in das kleine Zimmer nebenan gezogen. Es machte ihr nichts aus, aufgeweckt zu werden, wenn Leonora einen Alptraum hatte oder nicht einschlafen konnte. Sie schloss die Augen und drückte Mr. Worthing fest an sich.

Auf einmal war sie wieder hellwach, und einen Moment lang wusste sie nicht, ob sie geschlafen hatte oder nicht. Sie stand auf und öffnete leise ihre Tür. Aus Nanny Mouses Zimmer kam kein Licht. Es war bestimmt schon schrecklich spät, also musste sie doch geschlafen haben. Im Haus war es still, aber Daddy arbeitete noch, denn aus dem Atelier drang ein schwacher Lichtschein. Er hatte offenbar die Tür nicht fest geschlossen, was höchst ungewöhnlich war. Diese Tür war nämlich wie in dem Märchen von Blaubart immer so fest verschlossen, dass man nur etwas Schreckliches dahinter vermuten konnte. Sie fand diesen Gedanken selber dumm, aber sie konnte nichts dagegen machen. Daddy wurde immer so wütend, wenn er sie auf dem Treppenabsatz darunter antraf, als ob er etwas Grässliches hinter der Tür versteckte, das niemand sehen durfte, und dabei war doch das genaue Gegenteil der Fall. Seine Bilder waren dort, und sie waren doch dazu geschaffen, gesehen zu werden, weil sie so schön waren.

Auf Zehenspitzen schlich Leonora zur Standuhr in der Halle. Es war fast zwei Uhr. So spät in der Nacht war sie noch nie auf gewesen. Sie hatte eigentlich keine Angst vor der Dunkelheit, aber es wirkte alles so anders, und die Möbel sahen aus, als wollten sie sich bewegen. Selbst die Bilder an den Wänden, Daddys Bilder, hatten sich verändert. In der Nacht gab es keine Farben, stellte sie fest, und so war jeder Rahmen voller Schatten und weißer Flächen und Formen, die sich zu bewegen und zu verändern schienen, als sie an ihnen vorbeiging. Sie traute sich gar nicht, hinzuschauen, sondern floh rasch wieder in die Sicherheit ihres Kinderzimmers. Sollte sie Nanny Mouse aufwecken?

Sie hörte ein Geräusch und machte die Tür wieder auf. Etwas Schweres war zu Boden gefallen, so hatte es jedenfalls geklungen. Sie spähte in den Flur und hörte weitere Geräusche von oben. Was machte Daddy da? Bewegungslos lauschte sie und erstarrte vor Entsetzen, als sie die Stimmen erkannte. Daddy brüllte. Er versuchte zwar, trotzdem leise zu sein, aber Leonora verstand doch einzelne Satzfetzen und fragte sich, auf wen er so wütend war. *Verdammt sorglos… wir sind doch übereingekommen… du kannst das jetzt nicht machen. Ich werde es nicht zulassen… Hör auf damit. Hör auf zu schniefen, du weißt doch, dass ich das nicht ausstehen kann… dulde es endlich, Maude… wenn ich dir wehgetan habe, natürlich, aber… geh mir aus den Augen… morgen.*

War es möglich, dass er Mummy so anschrie? Sie hatte ihren Namen gehört. Vielleicht redete er ja auch mit jemand anderem, aber mit wem? Wer konnte mitten in der Nacht da oben sein? Leonora hörte Schritte auf der Treppe und zog sich hinter die angelehnte Tür zurück. Jemand kam die Treppe herunter, und sie könnte jetzt gleich sehen, wer es war. Sollte sie einfach die Augen zumachen? Vielleicht war es ja ein Monster. Zu spät. Jetzt sah sie es ganz deutlich. Dort kam Mummy, im Nachthemd. Sie schluchzte heftig. Leonora wusste, dass sie eigentlich die Tür schließen sollte, weil sie ihre Mutter nicht so sehen durfte, aber sie konnte sich nicht rühren, und sie sah alles. In dem Bruchteil der Sekunde, als Mummy an ihrer Tür vorbeiging, erkannte sie deutlich, dass ein Schnitt unter ihrem Auge blutete. Zwei dünne Blutspuren, die in der Dunkelheit schwarz wirkten, rannen über ihre weiße Wange. Sie war bestimmt gefallen, und deshalb weinte sie auch. Jetzt war sie in ihrem Schlafzimmer.

Leonora wartete noch ein paar Minuten, weil sie dachte, Daddy käme hinter ihr her, aber er kam nicht. Vielleicht hatte sie ja einen Alptraum, und wenn sie sich fest kniff, würde sie in ihrem Bett aufwachen. Sie schrie fast auf vor Schmerzen, so heftig kniff sie sich in den Arm. Nein, sie träumte nicht.

Auf Zehenspitzen schlich sie zu Nanny Mouses Tür und öffnete sie. Nanny Mouse schlief immer auf dem Rücken, mit auf der Brust gefalteten Händen. Leonora zögerte. Vielleicht sollte sie ja besser warten bis morgen früh, aber heute Nacht passierten zu viele schreckliche Dinge. Sie trat an das Bett und berührte Nanny Mouse am Arm.

»Nanny Mouse? Ich bin es... wach auf, Nanny. Ich habe Angst. Bitte wach auf!«

Sofort schlug Nanny Mouse die Augen auf.

»Was ist los, Liebes? Was ist passiert? Hattest du einen bösen Traum?«

Sie schlug die Decke zurück und stand auf. Ihre Haare, die normalerweise zu einem ordentlichen Knoten festgesteckt waren, hingen in einem langen Zopf über ihren Rücken. Sie trug ein blaues Nachthemd mit gestickten Blumen am Hals. Beruhigend legte sie Leonora den Arm um die Schultern.

»Ich bringe dich wieder ins Bett, und dann mache ich dir etwas Warmes zu trinken. Dann kannst du mir alles über deinen Traum erzählen, und er wird nicht mehr halb so schrecklich sein.«

Sie warf ihren Morgenmantel über, schlüpfte in ihre Pantoffeln und nahm Leonora an der Hand. Während sie ins Kinderzimmer gingen, redete Nanny Mouse leise und beruhigend auf Leonora ein und schaltete ihr Nachtlicht an.

»Ich bin sofort wieder zurück«, sagte sie. »Mit einer schönen, warmen Milch und einem Keks. Wir erzählen niemandem, dass wir hier nachts Feste feiern, das bleibt unser Geheimnis.«

Während Leonora auf Nanny Mouse wartete, fragte sie sich erneut, ob sie alles nur geträumt hatte. Vielleicht hatte sie sich das blutverschmierte Gesicht und das Schluchzen ihrer Mutter doch nur eingebildet. Sie döste ein, wachte aber wieder auf, als Nanny Mouse zurückkam.

»So, Leonora, ich setze mich jetzt hier hin, und du trinkst deine Milch und erzählst mir von deinem Alptraum.«

Leonora kam sich ein wenig albern vor, weil jetzt alles so friedlich und gemütlich war, und fast hatte sie Mühe, sich an das Entsetzen von vorhin zu erinnern. Sie sagte: »Ich habe etwas krachen gehört. Weil ich dachte, es käme von oben, bin ich in den Flur gegangen und habe gelauscht. Und dann habe ich Mummy gesehen. Sie hat geweint. Nein, eigentlich nicht geweint, sondern geschluchzt und gewimmert, und sie ist an mir vorbeigelaufen und hatte Blut auf dem Gesicht. Auf ihrer Wange. Ich hatte solche Angst, dass ich nicht wieder ins Bett gehen konnte, deshalb habe ich dich aufgeweckt.«

»Armes kleines Tierchen!« Nanny Mouse nahm Leonora den Becher aus der Hand und stellte ihn auf den Nachttisch. »Mach dir keine Gedanken über das, was die Erwachsenen tun, mein Liebes. Das geht nur sie etwas an, und es braucht uns nicht zu kümmern, was zwischen einem Mann und seiner Frau passiert. Am besten vergisst du alles ganz schnell wieder. Ich sage immer, was du nicht weißt, kann dir nichts anhaben. Wir dürfen uns da nicht einmischen, Leonora. Es kommt schon alles wieder in Ordnung, du wirst sehen. Morgen früh denkst du nicht mehr daran, dann war es einfach nur ein schlimmer Traum. Und du bist ja auch ganz müde, mein Kind. Ich bleibe hier sitzen, bis du eingeschlafen bist. Und vergiss nicht, was ich gesagt habe: Höchstwahrscheinlich hast du gar nichts gesehen, und du weißt auch nichts, und was du nicht weißt, kann dir nichts anhaben.«

Leonora schlief ein, und beim Einschlafen hörte sie immer wieder Nanny Mouses Worte, *was du nicht weißt, kann dir nichts anhaben. Was du nicht weißt, kann dir nichts anhaben.* Und dann war alles still.

Auf einmal war sie wieder hellwach; es war Morgen, und Nanny Mouse zog die Vorhänge auf.

»Wach auf, du Schlafmütze. Es ist ein schöner Tag, vom Gewitter ist nichts mehr zu sehen. Steh auf, es ist schon fast Frühstückszeit. Ich habe dir heute deinen gelben Rock herausgelegt, weil du später Bunny besuchen gehst.«

Leonora setzte sich auf und rieb sich die Augen.

»Ich bin doch gestern Nacht schnell wieder eingeschlafen, nachdem du mir was zu trinken gebracht hast, oder?«

»Ich habe dir nichts zu trinken gebracht, Liebes. Das hast du bestimmt nur geträumt.«

Leonora runzelte die Stirn. »Nein, Nanny, das weiß ich doch! Ich habe Mummy gesehen, erinnerst du dich nicht mehr? Sie hatte Blut im Gesicht. Ich habe dich geweckt, und du hast mir was zu trinken gebracht. Und dann bin ich wieder eingeschlafen.«

Nanny Mouse setzte sich auf die Bettkante und ergriff Leonoras Hand.

»Leonora, du weißt doch, dass du eine lebhafte Fantasie hast, und dadurch kommen auch die Träume. Ich habe die ganze Nacht fest geschlafen. Was soll das mit deiner Mummy? An deiner Stelle würde ich ihr nichts davon erzählen – das gefiele ihr sicher nicht, wenn sie mit Blut im Gesicht in deinen Alpträumen vorkäme. Und jetzt spring aus dem Bett und putz dir die Zähne, Liebes. Es ist schon spät.«

Nanny Mouse ging rasch aus dem Zimmer. Leonora blickte ihr erstaunt nach. Es war kein Traum, dachte sie, ich habe sie wirklich gesehen. Und ich habe sie doch auch gehört. Ich habe mich doch sogar gekniffen, um mich zu vergewissern, dass ich nicht geträumt habe. Aber es muss wohl doch so gewesen sein, sonst würde Nanny Mouse das ja nicht sagen. Oder?

Nachdenklich zog Leonora sich an. Sie konnte sich an jede Einzelheit und jedes Wort, das Nanny Mouse gesagt hatte, erinnern. *Was du nicht weißt, das kann dir nichts anhaben*, hatte sie zu ihr gesagt. Aber Träume waren komisch, manchmal ganz real, und man glaubte, man sei wach, und dabei war man es doch nicht. Na egal, dachte sie. Wenn ich zum Frühstück komme, sehe ich ja, ob Mummy an der Wange verletzt ist oder nicht. Dann weiß ich es.

Sie rannte fast ins Esszimmer, und als der Platz ihrer Mutter leer war, traten ihr Tränen der Enttäuschung in die Augen. Sie drängte sie zurück, bevor ihr Vater von seiner Zeitung aufblickte und sie bemerkte. Daddy konnte es nicht leiden, wenn jemand weinte. Er wurde immer ganz steif und kalt, wenn er sie beim Weinen erwischte, und sie hatte gelernt, sich zu beherrschen. Viele Mädchen aus ihrer Klasse weinten beim geringsten Anlass, nur Leonora nicht. Sie wartete darauf, dass ihr Vater hochsah, dann sagte sie: »Guten Morgen, Daddy«, setzte sich an ihren Platz und nahm ihre Serviette aus dem Silberring.

»Ah, Leonora! Guten Morgen«, erwiderte Daddy, senkte jedoch seine Zeitung nur für eine Sekunde und hielt sie sich gleich wieder wie einen Schutzschild vors Gesicht.

»Wo ist Mummy?«, fragte Leonora und goss sich Milch über die Cornflakes. »Schläft sie noch?«

Nach dieser Frage herrschte ein so langes Schweigen, dass Leonora schon dachte, ihr Vater hätte sie nicht gehört. Sie überlegte, ob sie sie wiederholen sollte, beschloss aber zu warten. Vielleicht las er ja gerade etwas Wichtiges. Den Löffel halb zum Mund geführt, blickte sie auf die schwarzen Buchstaben. Raschelnd senkte ihr Vater die Zeitung wieder und blickte sie an.

»Iss jetzt, Leonora, dann können wir weiterreden.«

Das krachende Geräusch der Cornflakes in ihrem Mund kam ihr sehr laut vor. Als sie fertig war, legte sie den Löffel beiseite und schaute ihren Vater über den Tisch weg an. Er war sehr blass heute Morgen und hatte dunkle Schatten unter den Augen. Er sagte: »Leider geht es deiner Mutter nicht gut. Sie muss die nächsten Tage das Bett hüten, und du darfst sie nicht stören.«

»Kann ich sie nicht besuchen? Bitte. Nur für eine Sekunde. Ich werde auch ganz leise sein, das verspreche ich. Ich will sie nur sehen, bitte.«

Ihr Vater schob seinen Stuhl zurück und erhob sich. Seine Stimme klang unglaublich kalt und wütend, sodass Leonora Angst bekam. »Du hast wohl nicht verstanden, was ich dir gesagt habe, Leonora. Deiner Mutter geht es nicht gut. Und das heißt, dass sie nicht wünscht, gestört zu werden. Von niemandem. Wenn du sie in Ruhe gesund werden lässt, siehst du sie bald wieder. Aber du darfst sie nicht besuchen. Ist das klar, Kind?«

»Ja, Daddy«, sagte Leonora. »Es tut mir Leid.«

Es tut mir nicht Leid, dachte sie, während sie ihre Cornflakes weiteraß. Ich sage das nur, weil Daddy es hören will. Dann wird auch seine Stimme weniger eisig, und manchmal ist er sogar richtig fröhlich. Heute jedoch wirkte das Zauberwort nicht, und er marschierte so wütend aus dem Zimmer, dass sogar Mr. Nibs, der auf dem Fensterbrett schlief, erstaunt den Kopf hob. In Leonoras Gedanken drehte sich alles, ihre Augen brannten, als hätte sie geweint. Jetzt konnte sie die Wange ihrer Mutter nicht sehen, bis sie wieder gesund war, und jedes Mal, wenn sie an die Ereignisse der Nacht dachte, verschwammen sie ein wenig mehr.

Sie nahm eine Scheibe Toast aus dem Gestell und knabberte daran, ohne sie mit Butter und Marmelade zu bestreichen. Den Nachmittag würde sie bei Bunny verbringen, und bald war ihr Geburtstag, und es gab eine Party mit einem besonderen Geburtstagskuchen. Sie setzte sich neben Mr. Nibs, der kurz seine grünen Augen öffnete und dann, den Kopf auf den Pfoten, weiterschlief. Mummy ging es nicht gut. Sie war oft krank, wurde aber immer wieder gesund. Vielleicht habe ich wirklich alles geträumt, dachte Leonora. Die Erinnerung an ihre weinende Mutter verblasste bereits. *Und was du nicht weißt, das kann dir nichts anhaben,* hatte Nanny Mouse im Traum gesagt. Was bedeutete das? Und warum gingen ihr die Worte nicht aus dem Kopf? Sie waren nicht verblasst. Sie waren so laut wie eh und je, und sie hörte sie ständig.

Nur noch anderthalb Wochen bis zu ihrem Geburtstag. Leonora wartete bereits sehnsüchtig darauf. Die Zeit verstrich so langsam; jeder Tag schien länger als der vorherige zu dauern. Weil das Wetter so schön war, machte sie lange Spaziergänge mit Nanny Mouse, besuchte alle ihre Freundinnen, und sie kamen auch nach Willow Court, aber immer noch musste sie so lange warten. Mummy war seit drei Tagen in ihrem Zimmer und heute, dachte Leonora, stünde sie bestimmt wieder auf. Der Arzt war nicht da gewesen, und Daddy war in London, um mit wichtigen Galeristen zu sprechen. Er war heute früh mit dem Auto weggefahren und hatte ein verpacktes Bild mitgenommen. Er käme erst morgen wieder zurück, deshalb konnte sie jetzt zu Mummy gehen und nachschauen, ob sie sich besser fühlte, ohne Angst haben zu müssen, dass er sie erwischte. Das ist bestimmt in Ordnung, dachte Leonora. Ich springe nur rasch hinein und sage hallo. Nanny Mouse war in der Küche beschäftigt und schwatzte mit Mrs. Page, der Köchin. Leonora hoffte inständig, dass sie über den Geburtstagskuchen redeten, wann sie ihn backen wollten und wie er aussehen sollte.

Sie ging zu Mummys Zimmer, vorbei an den geschlossenen Türen der anderen Zimmer auf dieser Seite des Flurs. Auf der anderen Seite des Hauses gab es noch mehr Türen. Leonora dachte nie darüber nach, was dahinter war, aber Bunny hatte sie einmal danach gefragt.

»Nichts«, antwortete Leonora. »Die Zimmer sind leer. Wenn Gäste kommen, schlafen sie dort, aber wir haben nicht oft Besuch.«

»Darf ich mal hineinschauen?« Bunny hatte bereits die Hand auf einen Türknauf gelegt und drehte daran. Leonora wollte sie zurückhalten, ihr fiel aber nichts ein, was sie sagen konnte. Sie folgte ihrer Freundin in das Zimmer, in dem Möbel unter weißen Überwürfen standen.

»Warum ist alles zugedeckt?«, fragte Bunny.

»Nanny Mouse sagt immer, das sind ›Staubhüllen‹«, erklärte Leonora. »Also dienen sie wahrscheinlich dazu, den Staub abzuhalten.«

Die Mädchen gingen aus dem Zimmer und machten die Tür wieder hinter sich zu. Bunny bat nie wieder darum, noch einmal in einen verschlossenen Raum blicken zu dürfen, aber Leonora dachte seitdem häufig darüber nach und gelobte sich insgeheim, dass sie viele Leute nach Willow Court einladen würde, wenn sie erwachsen war. Sie würde die Staubhüllen abnehmen und überall Blumenvasen hinstellen.

Mummy war gar nicht in ihrem Zimmer. Leonora wusste, dass sie es gleich wieder hätte verlassen müssen, aber sie trat ans Fenster und sah ihre Mutter unten im Garten im Pavillon, einem ihrer Lieblingsplätze. Auch Leonora liebte ihn, weil alles aus Glas war, sogar das Dach, und wenn es regnete, konnte man dort sitzen und zuschauen, wie Abermillionen von Wassertropfen an den Scheiben entlangrannen, ohne selbst nass zu werden. Leonora rannte aus dem Zimmer, die Treppe hinunter. Nanny Mouse kam gerade aus der Küche.

»Wohin willst du, Liebes«, fragte sie.

»Zum Pavillon, zu Mummy«, rief Leonora ihr zu und konnte gerade noch hören, wie Nanny Mouse rief, sie solle Mummy nicht stören, wenn sie allein sein wolle. Sie achtete gar nicht darauf, sondern lief über den Rasen zu dem kleinen Gebäude aus Glas und Schmiedeeisen, dessen hübsches Dach in einer Spitze auslief. Maude blickte auf, als sie näher kam, und streckte lächelnd die Hände aus.

»Hallo, Liebling. Kommst du zu mir?«

»Ja, Mummy! Ich hatte solche Sehnsucht nach dir. Geht es dir wieder besser?«

Maude beantwortete die Frage nicht, sondern sagte nur:

»Komm, setz dich zu mir und erzähl mir, was du so machst. Es ist so heiß, nicht wahr?«

Leonora achtete darauf, rechts von ihrer Mutter zu sitzen. Das war die Seite, die geblutet hatte. Sie begann, von den jungen Schwänen unten am See zu erzählen, dass sie Krocket mit Bunny und ihren Brüdern gespielt hatte, und musterte dabei die ganze Zeit Maudes Gesicht. Und obwohl sie stark geschminkt war, sah sie es schließlich. Mummy hatte offenbar versucht, sie zu verstecken, aber an der Wange hatte sie eine kleine Schwellung mit einer dünnen, langen Narbe in der Mitte. Das bedeutete, dass Nanny Mouse tatsächlich gelogen hatte. Warum Nanny das getan hatte, darüber würde sie später nachdenken.

»Du hast dich an der Wange verletzt, Mummy«, sagte Leonora.

»Oh, das war ungeschickt von mir«, erwiderte Maude. »Ich habe mich an der Staffelei deines Vaters gestoßen, oben im Atelier. Kannst du dir das vorstellen?«

»War es in der Nacht? Mitten in der Nacht? Ich habe Geräusche gehört und bin davon aufgewacht.«

»Nein, nein.« Maude schüttelte den Kopf. »Am Morgen. Ich erinnere mich noch genau. Es ist am Mittwochmorgen passiert.«

Leonora blickte durch die Glasscheiben in den blauen Himmel. Insgeheim rechnete sie nach. Heute war Freitag. Montagnacht war das Gewitter gewesen, und sie hatte ihren Traum gehabt (Aber es war kein Traum gewesen. Die Narbe auf ihrer Wange war ja da.) Am Mittwoch hatte Mummy immer noch in ihrem Zimmer gelegen. Konnte sie da zu Daddy hinaufgegangen und an seine Staffelei gestoßen sein? Vielleicht. Aber vielleicht erzählte sie ihr ja auch nicht die Wahrheit. Leonora war verwirrt, eine unbestimmte Furcht stieg in ihr hoch. Sollte sie fragen? Mummy von ihrem Traum erzählen? Sollte sie sagen, was sie gesehen hatte? Sie wollte gerade den Mund öffnen, als Maude sagte: »Ich bin im Moment mit einer Überraschung für deinen Geburtstag beschäftigt. Hoffentlich wird sie noch rechtzeitig fertig.«

»Erzähl mir davon, Mummy! Bitte, erzähl mir davon!«

»Das kann ich doch nicht, Leonora!« Mummy lächelte. »Dann wäre es doch keine Überraschung mehr.«

Sie klang beinahe glücklich, fast so wie andere Leute. Leonora wusste nicht, woher es kam, aber in der Stimme ihrer Mutter schwangen immer Traurigkeit und Seufzer mit, ganz gleich, was sie gerade sagte. Sie blickte auf und sah die Tränen in Maudes Augen.

»Du bist traurig, Mummy!«, brach es aus ihr heraus. Sie schlang die Arme um sie und vergrub ihren Kopf im Schoß ihrer Mutter. »Sei nicht traurig. Bitte, sei nicht traurig«, sagte sie mit erstickter Stimme. »Sei glücklich, bitte.« Sie klammerte sich an ihre Mutter, bis Maude sich sanft von ihr löste. Sie gab Leonora einen Kuss.

»Oh, mein geliebtes Kind«, sagte sie. »Du musst mir verzeihen. Es tut mir so Leid. Bitte sag, dass du mir verzeihst, Leonora. Bitte, sag es.«

Kalte Angst stieg in Leonora auf. Was meinte sie damit? Was sollte sie ihr verzeihen? Hatte Mummy etwas Schlimmes getan? Offenbar, denn warum sollte sie ihr sonst vergeben? Hatte es etwas damit zu tun, dass sie in der Nacht geweint hatte? Sollte sie sie doch danach fragen? Oder meinte Mummy mit verzeihen, dass sie nicht mehr davon sprechen sollte? Sie schaute in das tränenüberströmte Gesicht und wäre am liebsten zu Nanny Mouse gelaufen, weg von Mummy, die sie nicht verstand, und deren Tränen sie nervös und verlegen machten. Sie sagte: »Ich verzeihe dir, Mummy. Bitte, hör auf zu weinen. Sei bitte glücklich.«

»Ja, das werde ich, Liebling.« Maude hatte Leonora losgelassen und betupfte die Augen mit einem weißen Spitzentaschentuch, das nach Maiglöckchen duftete. »Es geht schon wieder, Liebling. Du kannst jetzt spielen gehen. Ich bin wieder völlig in Ordnung, ganz bestimmt.«

»Wirklich?«

»Ja. Ich gehe jetzt im Stillen Garten ein wenig spazieren. Ich möchte mir meine Pflanzen und Blumen anschauen. Der Garten macht viel Arbeit, aber ich liebe ihn so sehr. Riechst du auch schon den Herbst in der Luft? So geht es mir immer im August, selbst wenn die Sonne noch brennt. Ich weiß, dass der Herbst naht. Lauf jetzt, Leonora.«

Schuldbewusst lief Leonora aufs Haus zu. Durfte sie sich überhaupt so freuen, von ihrer Mutter wegzukommen? So erleichtert darüber sein? Irgendetwas stimmt mit mir nicht, dachte sie. Ich bin eine schlechte Tochter. Vielleicht ist Mummy ja deshalb traurig. Wenn ich sie mehr lieben würde, wäre sie bestimmt glücklicher. Das war so ein schrecklicher Gedanke, dass sie fast wieder zurückgelaufen wäre, um sich in die Arme ihrer Mutter zu stürzen und ihr zu schwören, dass sie sie am meisten auf der ganzen Welt liebte, aber sie hielt inne und drehte sich zunächst einmal um, um zu sehen, ob Maude tatsächlich aufgehört hatte zu weinen. Sie saß noch genau da, wo Leonora sie verlassen hatte, drehte ihr Taschentuch zwischen den Fingern und blickte zu Boden. Durch die Glasscheiben konnte man es ganz deutlich erkennen.

Gerade als Leonora zu ihrer Mutter zurücklaufen wollte, kam Nanny Mouse über den Rasen auf sie zu.

»Komm jetzt, Liebes«, sagte sie. »Es gibt gleich Mittagessen.«

»Ja, Nanny«, erwiderte Leonora. Ich sage Mummy später, wie sehr ich sie liebe, dachte sie. Später ist immer noch Zeit dazu. Erleichtert und glücklich folgte sie Nanny ins Haus.

»Ich hatte so einen komischen Traum letzte Nacht, Nanny«, sagte Leonora, als sie sich am nächsten Morgen anzog. »Ich lag in meinem Bett und schlief nicht richtig. Meine Augen waren halb offen, glaube ich, weil ich Dinge sehen konnte, nur nicht so klar. Auf jeden Fall habe ich eine Person in einem langen weißen Nachthemd ins Spielzimmer gehen sehen. Sie stand am Puppenhaus, da drüben, und ich konnte riechen, dass sie Tapetenkleister auf das Dach gestrichen hat. Dann ist sie wieder weggegangen, und ich kann mich an nichts weiter erinnern.«

Nanny Mouse flocht weiter Leonoras Haare. Sie band ein blaues Band um das Ende des einen Zopfes und machte eine hübsche Schleife. Sie konnte sehr gut Schleifen binden, sie hingen nie herunter, und beide Schlingen waren immer gleich groß. Sie sagte: »Das war kein Traum, Liebes. Deine Mummy ist letzte Nacht gekommen und hat an dem Puppenhaus gearbeitet. Das gehört zu deinem Geburtstagsgeschenk. Sie hat mir gesagt, es soll eine Überraschung für dich sein, aber vermutlich hat sie ihre Meinung geändert.«

»Darf ich es mir anschauen? Bitte, Nanny! Lass mich hingehen!«

»Sitz still, damit ich deine Zöpfe zu Ende flechten kann, Leonora. Dann darfst du hingehen.«

Leonora blickte zum Puppenhaus. Soweit sie sehen konnte, hatte sich nichts geändert. Sie dachte an ihren Traum. Die Gestalt, die sie gesehen hatte, hatte Kleister aufs Dach gestrichen. Als Nanny Mouse beide Zöpfe zu ihrer Zufriedenheit geflochten hatte, rannte sie sofort hin.

»Oh, es ist das Dach, Nanny! Sieh doch nur!«

Wo vorher nur einfaches rotes Papier gewesen war, bedeckten jetzt blass-graue und gelbliche Ziegel das Dach, allerdings keinen echten, sondern gemalte. Mummy musste eine Ewigkeit gebraucht haben, sie herzustellen. Sie hatte zwei große Blätter Papier damit in Wasserfarbe bemalt. Leonora betrachtete sie aufmerksam. Jeder einzelne Ziegel sah anders aus, sie unterschieden sich alle voneinander.

»Jetzt ist es ein richtiges Dach, nicht wahr, Nanny? Sie muss Stunden daran gearbeitet haben.«

»Es ist wunderschön«, erwiderte Nanny Mouse. »Du musst dich bei ihr bedanken.«

»Ja, das tue ich«, sagte Leonora. Sie durfte sich natürlich nichts anmerken lassen, und sie wusste auch, dass Mummy unendlich viel Mühe auf sich genommen hatte, aber sie war doch ein wenig enttäuscht. Das war nicht eigentlich eine Geburtstagsüberraschung. Eine neue Puppe für das Haus oder neue Kleider für die Puppen, das wäre aufregender gewesen. Mit einem Dach jedoch konnte man nicht spielen. Sie konnte es nur ansehen, und da sie dem alten Dach schon kaum Aufmerksamkeit geschenkt hatte, wusste sie nicht, wie Mummy auf die Idee gekommen war, ihr ein neues zu malen.

Sie bekam schlechte Laune, als sie zum Frühstück hinunterging, und sie versuchte, sich mit der Idee aufzuheitern, das Dach sei vielleicht nur ein Teil der Überraschung gewesen. Ja, genau, so musste es sein. Es kam noch etwas anderes, etwas viel, viel Besseres. Schließlich hatte sie ja noch gar nicht Geburtstag. Unten im Esszimmer war sie bereits fest davon überzeugt, dass das Papierdach nicht das eigentliche Geschenk darstellte. Aber wenn Mummy da ist, dachte sie, bedanke ich mich bei ihr und gebe ihr einen Kuss.

Mummy und Daddy saßen am Frühstückstisch, als sie eintrat, aber an der Art, wie sie dasaßen, ohne zu lächeln oder zu reden, merkte sie sofort, dass etwas nicht stimmte. Sie blickten noch nicht einmal auf, als sie mit Nanny Mouse ins Zimmer kam. Das tiefe Schweigen ließ jedes andere Geräusch, wie das Klappern der Löffel oder Tassen, unnatürlich laut klingen.

Leonora blickte von ihrer Mutter zu ihrem Vater. Er hatte die Lippen aufeinander gepresst, als wolle er schreien. Mummy hielt den Blick auf ihren Teller gesenkt, hatte aber ihren Toast noch nicht angerührt. Ein Stück Butter und ein Klecks Marmelade lagen auf ihrem Teller, aber sie griff nicht zu ihrem Messer.

»Nanny«, sagte Daddy, wobei er Nanny Mouses Blick mied, »ich wäre Ihnen sehr dankbar, wenn Sie Leonora heute draußen beschäftigen könnten. Es ist ein schöner Morgen. Mrs. Walsh und ich haben etwas zu besprechen und möchten nicht gestört werden.«

»Selbstverständlich, Sir«, erwiderte Nanny Mouse. »Wir gehen ins Dorf und auf den Feldern hinter der Kirche spazieren. Vielleicht machen wir ja auch ein Picknick, Leonora. Möchtest du das?«

Leonora nickte. Sie traute sich nicht, etwas zu sagen. Wie konnte Daddy nur so gemein sein? Sie störte ihre Eltern nie, wenn sie beschäftigt waren. Sie ging auch nie ins Atelier, weil sie das nicht durfte. Sie war doch kein Baby mehr, das man zu einem Picknick schicken musste, wenn sich die Erwachsenen ungestört unterhalten wollten. Schließlich war sie beinahe schon acht. Sie biss in ihren Toast und funkelte ihren Vater finster an, aber er blickte aus dem Fenster und bemerkte ihre Wut nicht. Ich sage etwas zu Mummy, dachte Leonora. Ich bedanke mich bei ihr für das neue Dach auf dem Puppenhaus. Sie holte tief Luft und sagte: »Mummy, ich finde das neue Papierdach für das Puppenhaus wunderschön. Danke, dass du es mir gemacht hast.«

Zu ihrem Erstaunen füllten sich die Augen ihrer Mutter mit Tränen. Sie erbleichte als würde sie ohnmächtig. Sie biss sich auf die Lippe und schaute ihre Tochter entsetzt an. Sie zitterte auch. Leonora wünschte sich auf einmal glühend, sie hätte das Papierdach niemals erwähnt. Bevor sie etwas erwidern konnte, sagte Daddy mit dieser Stimme, eisig und sanft zugleich:

»Maude, meine Liebe, was für ein Papier ist das? Hast du es mir gezeigt?«

»Nein, mein Lieber«, antwortete ihre Mutter. »Ich habe Papier für das Dach des Puppenhauses bemalt. Es ist unwichtig, wirklich.«

»Ich würde sagen, du verschwendest deine Zeit. Du hättest ja auch alte Tapetenrollen nehmen können, oder nicht?«

»Ja, aber das sollte eine besondere Überraschung zu Leonoras

Geburtstag sein. Mir hat es Spaß gemacht, die Dachziegel zu malen.«

»Sie sind wunderschön, Daddy, wirklich«, schrie Leonora, in der Hoffnung, damit einen Teil der Missbilligung ihres Vaters auf sich ziehen zu können. »Ich liebe sie. Das Puppenhaus sieht jetzt viel schöner aus. Danke, Mummy!«

Sie stand auf und rannte um den Tisch zum Stuhl ihrer Mutter. Sie schlang ihr die Arme um den Hals und schmiegte sich an sie. Mummys Körper, dachte sie, ist steif und zitterig zugleich.

»Nanny, bitte bringen Sie Leonora jetzt weg.« Daddy erhob sich. »Diese Szene hat lange genug gedauert.«

Er ging aus dem Zimmer, und Leonora hörte seine Schritte auf dem Marmorboden der Halle. Dann stieg er die Treppe hinauf.

»Ich liebe dich, Mummy!«, schrie Leonora. Sie wusste nicht, was vor sich ging und warum alles heute früh so schrecklich war.

»Und ich liebe dich, mein Kleines«, sagte Maude und brach in Tränen aus.

»Geh auf dein Zimmer, Leonora«, sagte Nanny Mouse. »Warte dort auf mich. Deiner Mummy geht es gleich wieder besser. Ich kümmere mich um sie. Mach dir keine Sorgen, Liebes.«

Langsam ging Leonora ins Kinderzimmer. Sie hätte vor Wut und Angst am liebsten geschrien und geweint. Dumme, dumme Nanny Mouse, dachte sie und trat mit dem Fuß gegen jede Stufe der Treppe. Wie kann sie mir sagen, ich solle mir keine Sorgen machen? Meine Mummy ist traurig, und ich weiß nicht warum. Sie sagen es mir ja nicht. Sie knallte die Tür zum Kinderzimmer hinter sich zu und warf sich aufs Bett, um auf Nanny Mouse zu warten. Warum will Daddy unbedingt, dass ich nicht im Haus bleibe?, fragte sie sich. Was will er denn machen?

Leonora kam von draußen herein und stand in der Halle. Nanny Mouse war auf der Auffahrt stehen geblieben, um mit Mrs. Page zu reden, die ins Dorf ging. Daddy und Mummy stritten sich. Sie konnte laute, wütende Stimmen hören und blieb stehen, um zu lauschen, obwohl sie das nicht durfte. Mummy schrie. Für gewöhnlich redete sie leise; sie so laut schreien zu hören, jagte Leonora Angst ein. Mummy und Daddy wollten sicher nicht, dass sie zuhörte, deshalb drückte sie sich eng an die Wand, lief aber nicht weg. Sie wollte auf einmal, zum ersten Mal in ihrem Leben, wissen, was ihre Mutter so traurig machte, und deshalb blieb sie mit aufgerissenen Augen zitternd stehen. Sie konnte fast jedes Wort verstehen. Ihre Eltern waren im Wohnzimmer.

»Nie mehr. Ich weigere mich. Und wenn du noch ein einziges Mal die Hand gegen mich erhebst, dann werde ich es allen erzählen, ich schwöre es dir. Was werden deine vornehmen Freunde in London dann wohl von dem wundervollen Ethan Walsh denken? Ob sie immer noch kommen, um deinen Gin zu trinken und deine Bilder zu bewundern …« Maude brach in ein Lachen aus, bei dem Leonora das Blut in den Adern gefror: schrill und schrecklich, eigentlich kein Lachen, sondern ein Laut, der sie zusammenzucken ließ. »… nun, ich habe genug. Der Wurm erhebt sich, und genau das bin ich, ein Wurm. Lange genug habe ich im Dunkeln gelebt, und jetzt wird sich alles ändern. Ich warne dich, Ethan. Ich bin es leid, dass du alles an mir auslässt. Ich bin es leid.«

Die Stimme ihrer Mutter sank zu einem Flüstern herab, und Leonora verstand ihre nächsten Sätze nicht mehr. Sie hörte auch die Stimme ihres Vaters, nicht jedoch, was er sagte. Ob er Mummy wohl jetzt beruhigte? Gerade begann Leonora, sich ein wenig normaler zu fühlen, als ihr Vater sagte: »Ich will nie wieder davon hören, verstehst du mich? Sollte ich jemals herausfinden, dass du es jemandem erzählt hast … wem auch immer … dann wird es dir sehr Leid tun. Sehr Leid. Und denk dran, ich kann auch sprechen. Dr. Mannering kann in zwanzig Minuten hier sein, und ich werde ihm sagen, dass meine arme, liebe Frau wahnsinnig geworden ist. Deine ›zarte‹ Gesundheit ist kein Geheimnis. Innerhalb von einer Stunde würdest du in die Nervenheilanstalt eingeliefert. Und ich werde nicht zögern. Verstehst du mich? Zögern liegt nicht in meiner Natur. Sind wir uns einig?«

Tränen traten Leonora in die Augen, und so leise sie konnte, schlich sie auf Zehenspitzen zu dem Vorhang vor dem Fenster in der Halle, um sich dort zu verstecken, bevor ihre Eltern aus dem Wohnzimmer kamen. Zu spät! Daddy stürmte bereits über die Marmorfliesen auf sie zu. Sie schloss die Augen in Erwartung von etwas Schrecklichem. Sie hatte nicht alles verstanden, aber eins wusste sie: Daddy brachte Mummy zum Weinen, weil er sie schlug, und wenn sie nicht genau das tat, was er verlangte, dann würde er den Arzt holen und sie für verrückt erklären. Das war grausam und schrecklich. Daddy, der manchmal so nett und lustig und freundlich sein konnte, konnte sich doch unmöglich benehmen wie ein Ungeheuer aus dem Märchen? Bestimmt nicht.

»Komm sofort her, Leonora«, sagte er. Sie trat zu ihm, und er packte sie an den Armen. »Was tust du hier? Wie lange bist du schon in der Halle?«

»Ich bin gerade erst gekommen. Wir waren im Dorf, und dann haben wir so einen schönen Spaziergang gemacht …« Sie redete immer weiter, weil sie ahnte, wie wütend er würde, wenn er herausfand, was sie gehört hatte. Ohne Unterlass redete sie, und nach und nach lockerte sich sein Griff.

»Geh ins Kinderzimmer, Leonora. Ich habe zu arbeiten.«

Er lief die Treppe hinauf, zwei Stufen auf einmal. Dann schlug er die Ateliertür hinter sich zu. Leonora stieß die Luft aus, die sie die ganze Zeit über angehalten hatte. Jetzt, wo er weg war, wollte sie zu Mummy laufen und sich vergewissern, dass es ihr gut ging, aber genau in diesem Augenblick kam Nanny Mouse in die Halle und sagte: »Was ist los, Kind? Du siehst aus, als hättest du ein Gespenst gesehen.«

»Mummy und Daddy haben sich gestritten. Es war grauenhaft. Er hat schreckliche Sachen gesagt. Er sagte …«

Nanny Mouse unterbrach sie. »Schweig jetzt, Liebes. Weißt du nicht mehr, was ich dir gesagt habe? Was du nicht weißt, kann dir nichts anhaben. Die Streitereien der Erwachsenen gehen dich nichts an.«

»Wann hast du mir das gesagt? Wann hast du gesagt, was ich nicht weiß, kann mir nichts anhaben?«

Nanny Mouse ging mit ihr die Treppe hinauf und antwortete:

»Nun, in der Nacht, als du mich geweckt hast wegen der Geschichte mit dem Blut im Gesicht deiner Mutter …«

»Aber du hast doch gesagt, es sei ein Traum gewesen! Das hast du gesagt!«

Nanny Mouse seufzte. Sie nahm ihren Hut ab und drehte ihn in den Händen. Errötend schaute sie auf den Teppich.

»Ja, und es tut mir auch Leid, Liebes. Das habe ich gesagt, und es war sehr ungezogen von mir, aber ich wollte nicht, dass du Angst hast. Ich hätte es nicht tun dürfen, ich weiß, aber manchmal ist es schwierig, das Richtige zu tun. Es gibt so viele Geheimnisse in diesem Haus. Es ist sehr schwierig. Bleib jetzt bis zum Schlafengehen in deinem Zimmer. Ich bringe dir dein Abendessen hinauf. Geh ihnen einfach aus dem Weg, dann kommt schon wieder alles in Ordnung, du wirst sehen.«

Nanny Mouse ging wieder nach unten. Leonora lauschte noch eine Weile, aber alles blieb still. Lange stand sie am Fenster, ohne sich zu rühren. Ja, dachte sie. Das stimmt. Das Haus ist voller Geheimnisse, aber was ich nicht weiß, kann mir nichts anhaben. Es ist noch zu früh, ins Bett zu gehen. Ich weiß ein paar Dinge, aber ich muss tun, als wüsste ich nichts. Ich muss so tun, als sei mein Daddy ein guter Daddy, der meine Mummy liebt und nicht jemand, der sie anschreit, sie zum Weinen bringt, macht, dass ihre Wange blutet und ihr sagt, sie sei verrückt. Ich muss so tun, als sei das, was ich gesehen habe, nur ein Traum, aber ich weiß, dass es nicht stimmt. Ich möchte weit weg sein, weit weg von Willow Court, wo all diese Geheimnisse wohnen, die ich nicht wissen will. Der See. Ich gehe zum See.

Leonora blickte aus dem Fenster. Die Schatten der Bäume lagen schwarz auf dem Rasen, und die letzten Strahlen der Sonne überzogen die Rosen mit einem goldenen Schimmer. *Was ich nicht weiß, das kann mir nichts anhaben.* Immer und immer wieder sagte sie die Worte, wie eine Zauberformel, die ihr Sicherheit gab. *Was ich nicht weiß, das kann mir nichts anhaben.*

Gwens Tee war kalt geworden, aber sie hatte nicht die Energie, aufzustehen und neuen zu kochen. Rilla schlug Sahne für die Erdbeertorten. Mary kam erst in zwei Stunden wieder in die Küche und hatte auf Rillas Vorschlag, sich um das Dessert für diesen Abend kümmern zu wollen, besser reagiert, als Gwen erwartet hatte. Eigentlich hatte sie vorgehabt, frischen Obstsalat mit Sahne zu servieren, aber als Rilla sagte: »Dann brauchen Sie nicht das ganze Obst vorzubereiten«, war Mary sofort einverstanden gewesen.

Gwen hatte die Erdbeeren geputzt und sie sauberer geschnitten, als Rilla das je gekonnt hätte. In Gwens Augen war sie eher eine geniale als eine umsichtige Köchin, und sie probierte ständig von dem, was sie kochte, aber dennoch verbrachten die beiden einen entspannten Nachmittag in der Küche. Die Sonne schien durch das Fenster, und die Hintertür stand offen, sodass sie Douggie und Fiona im Küchengarten hören konnten. Gwen hoffte inständig, dass sie eine Weile draußen blieben und sie nicht störten. Sie genoss das Zusammensein mit Rilla in der Küche, weil es sie an ihre Kindheit erinnerte, als es für Rilla und sie eine besondere Belohnung war, beim Kuchenbacken helfen zu dürfen.

Sie sagte: »Chloës Baum ist schöner geworden, als ich erwartet habe. Ich habe mir ein bisschen Sorgen gemacht, er könnte in der Halle scheußlich modern und fehl am Platz wirken, aber er sieht hübsch aus, nicht wahr?«

Rilla nickte geistesabwesend. Sie hörte ihr nicht richtig zu, da sie gerade die Sahne auf den Tortenböden verstrich und die Erdbeerstücke in konzentrischen Kreisen darauf anordnete. Schließlich war sie fertig und bewunderte ihr Werk. »Mmm. Hübsch.«

»Du bist in Gedanken woanders. Wie machst du das nur?«

»Was?«

»Ich weiß nicht. So entspannt sein. Du denkst ja nicht einmal daran, was Philip und Chloë oben im Kinderzimmer entdecken könnten.«

»Das stimmt nicht. Darüber habe ich schon nachgedacht, aber

dann habe ich beschlossen, dass es vielleicht gar nichts Besonderes ist. Vielleicht nur ein Einkaufszettel oder so«, erwiderte Rilla.

»Das sah mir überhaupt nicht nach einem Einkaufszettel aus. Du scheinst dir überhaupt keine Sorgen zu machen.«

»Ich habe aufgehört, mir Sorgen zu machen, weil ich nicht genau weiß, worüber eigentlich. Dein Problem ist, Gwen, dass du immer auf die Schwierigkeiten lossteuerst, statt abzuwarten, bis sie wirklich auftreten.« Sie aß die übrig gebliebenen Erdbeerstückchen.

»Na ja, einer von uns muss ja schließlich auf alles vorbereitet sein«, erwiderte Gwen. »Und du scheinst zur Zeit ohnehin in deinem privaten Wolkenkuckucksheim zu leben.«

Rilla lächelte rätselhaft. »Ich vergesse lieber alles, bis wir wirklich damit fertig werden müssen. Sonst verderben wir uns am Ende noch das Fest, oder?«

Gwen runzelte die Stirn. »Ich gebe es auf. Du gibst ja noch nicht mal zu, dass eine Katastrophe eintreten könnte.«

Rilla blickte ihre Schwester an. »Meine Vorstellung von einer Katastrophe weicht ein wenig von deiner ab. Eine Party absagen zu müssen, gehört definitiv nicht dazu.«

»Oh Gott, Rilla, es tut mir Leid!« Gwen sah ehrlich betreten aus. »Ich weiß nicht mehr, was ich sage. Natürlich habe ich es nicht so gemeint. Glaub nicht, ich …«

»Ist schon okay, Gwen. Fang jetzt bloß nicht an zu weinen, bitte. Das hätte uns gerade noch gefehlt.«

»Es tut mir Leid. Wirklich. Ich weiß, es ist nichts im Gegensatz zu deinen Gefühlen, aber wir haben Marks Tod auch nicht vergessen. Über so etwas kommt man nicht hinweg. Und ich fühle mich auch schuldig, weil ich nicht genug mit dir darüber geredet habe. Du hast damals zwar gesagt, du wolltest nicht darüber sprechen, aber ich hätte darauf bestehen sollen. Ich konnte es kaum fassen, als du mich und Mutter von jeglicher Schuld freigesprochen hast. Schließlich hattest du Mark in unserer Obhut gelassen. Wenn ich an deiner Stelle gewesen wäre, hätte ich nie wieder mit dir geredet.«

»Ich dachte wirklich nicht, es sei deine Schuld, Gwen. Und das denke ich immer noch nicht. Keiner von euch war schuld, sondern ganz allein ich. Ich hätte ihn nie allein lassen dürfen. Und warum sollte ich nie wieder mit euch reden? Du, Mutter und Beth wart doch alles, was ich hatte. Ohne euch hätte ich nicht weiterleben können.«

Gwen schwieg und dachte an die Beerdigung. Ein grauer Märztag, mit schneidend kaltem Wind. Sie und Leonora stützten Rilla, als der kleine weiße Sarg in die Erde gesenkt wurde. Rilla war blass und benommen von Tabletten. Sie zitterte am ganzen Leib. Die Bäume zeigten gerade das erste Grün, und doch schien es Gwen, als könne nie wieder Frühling werden. Sie wischte eine Träne weg, während Rilla die Kuchenplatten in die Speisekammer stellte.

»Hast du eigentlich gemerkt, wie toll Chloës Baum geworden ist?«, fragte Rilla, als sie wieder in die Küche kam. »Sie ist echt begabt.«

»Das habe ich vorhin erst zu dir gesagt.« Gwen lachte. »Genau das habe ich gesagt, als du die Erdbeeren auf dem Kuchen verteilt hast, aber du hast mir nicht zugehört. Ich dachte, der Baum würde eine Katastrophe, aber ich habe mich geirrt.«

»Du solltest es ihr sagen. Es wird sie freuen, wenn du ihn schön findest.«

»Meinst du? Ich finde es so schwer, mit ihr zu reden, Rilla. Du hast ja keine Ahnung, wie neidisch ich manchmal darauf bin, wenn Beth und du wie Freundinnen seid. Chloë hasst mich.«

»Was für ein Unsinn! Das solltest du nicht denken, Gwen, ehrlich. Sie ist eben noch jung. Tu einfach so, als sei sie nicht deine Tochter, sondern ein Gast.«

»Meinst du wirklich? Vielleicht ist es einen Versuch wert. Sie ist aber auch so stachelig, nicht nur ihre Frisur. Mich irritiert so vieles an ihr… die Art, wie sie sich anzieht, zum Beispiel. Du weißt ja gar nicht, was für ein Glück du hast. Beth ist so elegant, aber Chloë ist einfach nur von der Rolle.«

»Das bin ich auch oft, Gwen. Es gibt vieles im Leben, was wichtiger ist. Und wenn du an solchen Kleinigkeiten hängst, wirst du nie glücklich werden. Niemals. Und jetzt komm, genug davon. Wir machen uns auf die Suche nach James und sehen mal, wie weit sie mit dem Zelt sind. Das wird die beste Party, die wir je hatten, ganz egal, was wir da oben im Kinderzimmer finden.«

Gwen trat nach Rilla durch die Hintertür. Ich wünschte, dachte sie, ich könnte ihren Optimismus teilen. Es gab jedoch noch viel zu viele Unbekannte, als dass sie sich hätte wohl fühlen können.

»Es ist noch gar nicht so lange her«, sagte Leonora zu Sean, der am Steuer saß, »da hätte ich die Vorstellung, im Auto zu Lodge Cottage zu fahren, unmöglich gefunden. Als Mädchen bin ich die Auffahrt herauf- und heruntergelaufen, ohne mir etwas dabei zu denken. Erst die letzten zwei Jahren haben mich faul gemacht.«

»Ich bin schon faul zur Welt gekommen«, erwiderte Sean, »und ich denke mir nichts dabei, selbst die kürzesten Strecken im Auto zurückzulegen. Das Team ist schon da, also können wir gleich anfangen.«

»Miss Lardner bietet uns bestimmt eine Tasse Tee an«, sagte Leonora. Sie hoffte, ihre Stimme klang normal. Sie fühlte sich, als fände in ihr ein Erdbeben statt, und es überraschte sie, dass Sean es nicht bemerkte. Sie war verwirrt und unsicher. Etwas, von dem sie nicht genau wusste, was es war, lauerte am Rand ihrer Erinnerung und wartete darauf, aufgedeckt zu werden. Sie hatte sich für die Dreharbeiten besonders sorgfältig gekleidet, ein Seidenkleid in dunklem Himbeerrot, das ihrem Teint schmeichelte, und sie hatte ihre Perlohrstecker und die passende Kette angelegt. Es wurde immer schwieriger, Gefühlsausbrüche zu überschminken, und sie hoffte, ihre Augen verrieten nicht, dass sie eben noch geweint hatte.

»Geht es Ihnen gut, Leonora?«, fragte Sean. »Ist irgendetwas passiert?«

»Nein … nein, nichts. Danke für die Nachfrage. Ich bin nur ein bisschen müde, das ist alles.«

Einen Moment lang erwog sie, Sean alles zu erzählen. Er war ein guter Zuhörer. Aber da erreichten sie schon Lodge Cottage. Der Tontechniker stand vor der offenen Haustür. Er winkte ihnen zu, und der Moment war vorbei. Auch gut, sagte sich Leonora, als sie aus dem Wagen stieg.

»Wir sind mit allem fertig, Sean«, sagte der Mann. Sie gingen ins Haus. Miss Lardner servierte den Tee im Vorderzimmer, auf einem Tisch, den sie so auf Hochglanz poliert hatte, dass der Mann für das Licht darum gebeten hatte, man möge eine Tischdecke darüber legen.

»Nanny Mouse, wie reizend Sie aussehen!«, sagte Sean. Er trat zu der alten Dame, als sei sie seine eigene Großmutter, und küsste sie auf die Wange. Nanny Mouse lächelte; Leonora hatte den Eindruck, sie errötete sogar ein wenig. Sie sah so gut aus wie schon lange nicht mehr, und als sie alle begrüßte und sie bat, sich zu setzen, schien sie völlig klar.

»Leonora«, sagte Sean, »wenn Sie sich bitte hierher setzen würden… ja dort, ans Fenster. Und wenn es Ihnen nichts ausmacht, Tee einzuschenken, können wir uns ganz normal unterhalten. Ich komme natürlich nicht ins Bild, aber wir werden den Film noch bearbeiten, wie Sie wissen. Ich stelle Ihnen eine Frage, und dann sehen wir weiter. Können wir anfangen?«

Leonora nickte. Sie ergriff die Teekanne mit dem Rosenmuster und sagte: »Für Sie ohne Zucker, Sean, ist das richtig?«

»Ja, danke. Nanny Mouse, sollen wir jetzt anfangen? Erinnern Sie sich, ob Ethan Walsh jemals ins Kinderzimmer kam, als Leonora noch klein war?«

Nanny Mouse schwieg eine Weile, und Leonora überlegte schon, ob sie die Frage für sie noch einmal wiederholen sollte, aber plötzlich sprudelte sie los, wie eine entkorkte Flasche. »Der gnädige Herr liebte das Kinderzimmer. Das hat er mir jedenfalls immer gesagt. Hier ist alles so nüchtern, Nanny Mouse, sagte er immer und lachte herzlich. Und er las Miss Leonora vor dem Schlafengehen gerne vor. *Betty und ihre Schwestern* war ihr Lieblingsbuch, daran erinnere ich mich noch gut. Natürlich konnte sie auch selber schon lesen, aber das ist nicht das Gleiche, nicht wahr? Nicht das Gleiche, wie wenn einem der Vater vorliest.«

»Wie hielt es ihre Mutter?« fragte Sean. »Was war mit Maude?«

»O nein, sie las ihr niemals vor. Sie war nicht so eine Mutter.

Miss Maude war immer sehr, sehr schüchtern. Ihr fehlte eine Hautschicht, sagte ich immer. Sie war dünnhäutig. Sie war nicht sehr kräftig, wissen Sie, und sie holte sich leicht blaue Flecken. Ich weiß das, obwohl sie immer dachte, ich merke es nicht. Ich sah alles. Das war auch meine Aufgabe. Ich musste an Miss Leonora denken, und der gnädige Herr wollte nicht, dass sie davon erfuhr.«

»Was?«, fragte Leonora, der das Herz bis zum Hals schlug. »Was sollte ich nach Daddys Meinung nicht wissen?«

»Oh, er wollte, dass du gar nichts erfährst, Liebes«, erwiderte Nanny Mouse so heiter, als redeten sie über eine Einkaufsliste. Sie zählte die einzelnen Dinge an ihren Fingern ab. »Nichts von den blauen Flecken. Nichts davon, wie Miss Maude gestorben ist, aber daran kannst du dich sowieso nicht mehr erinnern, oder? Der gnädige Herr hat mir gesagt, daran könntest du dich unmöglich erinnern. Er hat es mir versichert, und da du nie ein Wort gesagt hast, hat er vermutlich Recht gehabt, wenn ich es auch immer seltsam fand, dass du es vollkommen vergessen hast. Aber eigentlich ist es ja eine Gnade, denn wer möchte sich schon an so etwas erinnern?«

Die Luft in dem kleinen Zimmer wurde auf einmal schwer und dunkel. Leonora atmete tief. Was sagte Nanny Mouse da? Sie schloss die Augen und sah, deutlich wie auf einer Fotografie, den See vor sich. Etwas trieb unter den Weiden, auf der Wasseroberfläche breitete sich etwas Dunkles aus. Leonora öffnete die Augen und sagte mit einer Stimme, die in ihren eigenen Ohren wie die eines Kindes klang: »Mummy ist im See ertrunken, nicht wahr, Nanny? Sie war im Wasser.«

»Leonora hat sie gefunden«, erwiderte Nanny Mouse verschwörerisch, als redete sie mit einer Fremden. Sie war jetzt nicht mehr so klar und erkannte Leonora nicht mehr. »Armes kleines Schätzchen. Sie war zum See gelaufen, weil im Haus alles drunter und drüber ging. Eine schreckliche Atmosphäre für ein Kind, aber sie haben sich nie darum gekümmert. Stritten sich vor ihren Augen und schlimmer. Viel schlimmer. Ich halte nichts davon, wenn Kinder alles mitbekommen. Das habe ich noch nie getan.

Wenn ich es verhindern kann, sehen meine Kinder solche Dinge nicht. Ich sagte zu ihr, was du nicht weißt, das kann dir nichts anhaben, und ich glaube daran.«

Leonora war sich der Kamera noch vage bewusst, dennoch stiegen die Tränen unaufhaltsam in ihre Augen. Sean sagte etwas, fragte sie etwas. Mühsam wandte sie ihm ihre Aufmerksamkeit zu.

»Leonora, ich habe die Kamera abgestellt. Sind Sie in Ordnung?«

Sie nickte abwesend, wollte sagen: »Ganz wie Sie wollen«, fand aber nicht die richtigen Worte. Ihr war, als hätte sie plötzlich die Sprache verloren, und eine Sekunde lang fragte sie sich, ob sie vielleicht einen Schlaganfall gehabt hatte. Ich werde morgen fünfundsiebzig. Ich bin alt. Vielleicht ist das ein Schlaganfall oder eine Art Herzinfarkt. Sie zwang sich, langsam ein- und auszuatmen und bis zehn zu zählen. So. Jetzt ging es wieder besser.

»Danke, ja, es geht mir wieder gut«, sagte sie schließlich. Sie führte ihre Tasse zum Mund und trank einen Schluck Earl Grey, der mittlerweile lauwarm war, aber immer noch tröstlich. »Filmen Sie bitte weiter.«

»Erzählen Sie mir über den Alltag im Haus«, forderte Sean Nanny Mouse auf. »Gab es eine bestimmte Tageszeit, zu der Ethan Walsh am liebsten malte?«

Leonora hörte kaum zu, als Nanny antwortete. Sie war in Gedanken am See, und es war heiß, und ihre Mutter trieb im Wasser, mit bleichem Gesicht und weit aufgerissenen Augen. Ich habe sie gefunden, dachte sie. Ich habe sie gefunden, und sie war nass und tot, und ich bin zum Haus gerannt, damit sie jemand rettet. Aber sie konnten es nicht, und dann bin ich in Ohnmacht gefallen, und ich war auch nass, und mir war kalt, und dann lag ich im Bett und hatte nur noch Fieber und schlimme Träume und Schmerzen in der Brust, und als ich aufwachte, haben sie mir Lügen erzählt. Sie haben mir erzählt, meine Mutter sei sehr krank gewesen und sei an ihrer Krankheit gestorben, und ich habe ihnen geglaubt. Nanny hat es mir erzählt und Daddy auch, und ich habe ihnen geglaubt, weil ich es wollte.

Weil ich auf keinen Fall wissen wollte, dass ich meine eigene Mutter im Wasser gefunden und versucht habe, sie herauszuziehen. Das wollte ich nicht wissen, also vergaß ich es. Tat so, als hätte ich es nie gewusst. Tat so, als sei sie ordentlich in ihrem Bett gestorben und ich hätte sie nie im See treiben sehen, mit den Weidenblättern zwischen den Fingern. Aber jetzt erinnere ich mich wieder.

»Es tut mir so Leid, Sean«, sagte Leonora und stellte ihr Glas auf den Teller neben sich. »Aber ich glaube, ich habe mich jetzt erholt.«

Sie saßen im Wintergarten, wo die Blätter der Pflanzen und die Äste der kleinen Bäume ein dunkelgrünes Dach über ihren Köpfen bildeten. Sean hatte etwas zu trinken für Leonora geholt. Sie saßen sich in zwei Korbsesseln gegenüber. Eine der Katzen – es musste Gus sein – lag neben einem der riesigen Porzellankübel und schlief. Sean sah, dass Leonoras Hände noch zitterten, und obwohl sie sehr um Fassung rang, hatte sie offenbar immer noch mit dem zu kämpfen, was Nanny Mouse erzählt hatte. Er sagte: »Ich finde Sie sehr tapfer. Sie brauchen sich nicht zu entschuldigen. Diese Enthüllung würde jeden in die Knie zwingen.«

»Ich habe immer versucht, mich von Ereignissen nicht überwältigen zu lassen.« Leonora versuchte zu lächeln, es gelang ihr jedoch nicht ganz. »Was auch immer geschehen ist: der Tod meines Vaters, der Tod meines Mannes, andere Dinge. Ich hatte immer das Gefühl, wenn ich einen klaren Kopf behielte, käme schon alles in Ordnung.«

»Sie erwähnen den Tod Ihrer Mutter nicht«, entgegnete Sean. »Für ein so kleines Kind war das von allen die traumatischste Erfahrung.«

Tränen traten Leonora in die Augen. »Nein, das stimmt gar nicht. Deshalb fühle ich mich ja jetzt so schrecklich. Ich war meiner Mutter nicht sehr nahe. Um ehrlich zu sein, überhaupt nicht. Ich habe sie natürlich sehr geliebt, aber ich hatte nie das Gefühl, ihr wirklich nah zu kommen. Nanny Mouse war in viel stärkerem Maße meine Mutter, und über Jahre habe ich mich an jene

Zeit vor allem deswegen erinnert, weil ich meinen Geburtstag verpasst habe. Die Tatsache, dass meine Mutter nicht mehr da war, als ich wieder zu mir kam, war traurig und betrübte mich natürlich, aber nicht so, dass ich es wirklich verstehen konnte. Und nach einer Weile ist es mir anscheinend wieder gut gegangen. Aber ist das nicht komisch? In den letzten Monaten habe ich – ich weiß nicht, wie ich es ausdrücken soll – eine Art von Dunkelheit in meinem Kopf empfunden, und gedacht, wenn ich sie nur durchdringen könnte, dann würde ich alles verstehen, was ich vorher nie verstanden habe.«

»Wie zum Beispiel die Tatsache, dass Sie unter so einer Tragödie nur wenig gelitten haben?«, fragte Sean.

»Genau. Ja, das stimmt genau. Als hätte ich mein ganzes Leben lang etwas unterdrückt. Es zugedeckt. Und jetzt hat sich eine Tür zu einem dunklen Raum in meinem Herzen geöffnet. Mir ist, als ginge ich mit einer Kerze in der Hand in diese Schwärze hinein und finge an, Einzelheiten zu erkennen.«

Nachdem sie Lodge Cottage verlassen hatten, hatte Leonora Sean zunächst einmal gebeten, in Richtung Stadt zu fahren (»Irgendwohin bitte. Ich möchte im Augenblick niemandem begegnen. Gleich geht es mir bestimmt wieder besser.«). Sie saß im Auto und schluchzte wie ein Kind, das Taschentuch fest an die Augen gedrückt. Einige Minuten lang war ihr Weinen das einzige Geräusch im Wagen. Sean hatte nicht darauf geachtet, wohin er fuhr, sondern schenkte, obwohl er den Blick fest auf die Straße gerichtet hielt, seine ganze Aufmerksamkeit der alten Frau neben ihm und ihrer Qual. Schließlich versiegten ihre Tränen, und sie wandte sich zu ihm und sagte: »Wir können jetzt zurückfahren, Sean. Bis wir zu Hause sind, sehe ich wohl wieder relativ normal aus.«

Als sie vor der Haustür hielten, meinte sie: »Eigentlich bin ich froh, dass Sie mich so gesehen haben und keines meiner Kinder oder Enkelkinder. Ist es nicht schlimm, das zu sagen?«

»Nein, überhaupt nicht«, erwiderte er aufrichtig. »Das verstehe ich sehr gut. Manchmal ist es einfacher, sich einem Fremden anzuvertrauen.«

»Ich sehe Sie eigentlich nicht so.« Sie lächelte ihn an, auf einmal wieder die Alte: charmant und kokett. Paradoxerweise hatte Sean erst, als er sie weinen sah, begriffen, wie tapfer sie war und wie sehr er ihren Mut bewunderte.

»Was sehen Sie jetzt?«, fragte er sanft. »Im Schein der Kerze, mit der Sie an den dunklen Ort gegangen sind?«

»Das Schlimmste von allem ist die Erkenntnis über meinen Vater. Ich habe mir immer ein falsches Bild von ihm gemacht. Eine kindliche Illusion. Er war ein Tyrann, Sean. Ich habe in den letzten Tagen viel über ihn nachgedacht, und ich begreife jetzt, dass meine Liebe zu ihm – und ich habe ihn sehr geliebt – mich blind gemacht hat für seine Gefühllosigkeit und Grausamkeit. Damals, als ich klein war, wurden Kinder von den Erwachsenen so fern wie möglich gehalten, aber mein Vater hat mich regelrecht getäuscht. So kommt es mir jedenfalls heute vor. Und doch weine ich genauso um ihn wie um meine arme Mutter. Mehr sogar noch. Was ihn angeht, habe ich wohl mehr verloren. Ist das nicht schrecklich? Ich habe Schuldgefühle deswegen, und ich fühle mich auch schuldig wegen meines eigenen Verhaltens. Ich hoffe, ich war nicht unfreundlich zu anderen, aber ich glaube, ich habe Zeit meines Lebens alle möglichen Dinge verdrängt, um mich und meine Familie zu schützen. Ich dachte immer, es sei das Beste, aber das stimmt nicht. Man muss die Wahrheit annehmen, auch wenn sie manchmal schmerzt und schwer zu verstehen ist. Ich hoffe, ich kann Sie bitten, mit niemandem über das Vorgefallene zu sprechen.«

»Ich werde nichts sagen. Aber wissen Sie jetzt alles wieder, Leonora? Ist die Erinnerung zurück?«

»Ich glaube schon. Ich erinnere mich daran, dass ich zum See gelaufen bin, und ich sehe die dunkle Gestalt im Wasser ganz deutlich. Was folgt, ist verschwommen. Ich weiß noch, dass ich das Gesicht meiner Mutter erkannt habe, aber danach ist alles unscharf. Habe ich an ihrem Rock gezogen und dabei ihr Gesicht gesehen? Oder bin ich sofort zum Haus gelaufen und habe nach Vater und Nanny Mouse gerufen? Ich weiß es nicht mehr genau, aber das spielt auch keine Rolle. Nanny wird mir solche Details auch nicht mehr erzählen können. Und eigentlich will ich es auch gar nicht wissen, Sean. Ich kann es mir vorstellen, seit der kleine Mark ertrunken ist. Auch ihn habe ich gefunden, und daran braucht mich niemand zu erinnern.«

Sie legte wieder die Hand über die Augen, und Sean sagte in das Schweigen hinein:

»Rilla fühlt sich dafür verantwortlich, weil sie nicht hier war, als Mark ertrunken ist.«

»Wirklich? O nein. Ich hatte ja keine Ahnung. Wie schrecklich. Das ist *so* furchtbar. Immer noch? O Gott!« Leonoras Stimme bebte. Sie war blass, und Sean sah tiefe Schatten unter ihren Augen. »Ich wusste, dass sie das am Anfang dachte, aber nach all dieser Zeit? Oh, wie grauenhaft, wie unverzeihlich von mir! Und ich hatte keine Ahnung. Bin ich dumm? Sie brauchen mir nicht zu antworten, Sean, ich weiß es. Es ist egoistisch und dumm von mir, den Schmerz meiner Tochter nicht zu sehen, vielleicht wegen meines eigenen nicht. Sie können sich nicht vorstellen, was das für eine schreckliche Zeit war. Es gibt nichts Schlimmeres als den Tod eines Kindes. Ich gab mir die Schuld, und ich dachte, auch Rilla machte mir Vorwürfe, weil sie schließlich das Kind in meiner Obhut gelassen hatte. In meiner und der ihrer Schwester. Man sollte doch meinen, dass eine Großmutter und eine Tante verantwortungsbewusst genug sind, auf ein kleines Kind aufzupassen. Ich habe mir das nie verziehen, aber Rilla hat von Anfang an gesagt, dass sie uns nichts vorwirft. Mir war einfach nicht klar, dass sie stattdessen sich die Schuld gab. Dumm, dumm. Blind und dumm.«

»Möglicherweise wollte Rilla ihren Schmerz vor Ihnen verbergen.«

Leonora nickte. »Ja. Ja, wir verbergen viel voreinander.« Seufzend ließ sie den Kopf sinken. »Ich muss etwas dagegen unternehmen, wenn es nicht schon zu spät ist. Ich hätte offener mit Rilla reden sollen. Ich habe sie immer nur kritisiert, weil wir in vielem nicht übereinstimmen, aber wirklich miteinander geredet haben wir nicht. Ihre Lebensweise ist mir fremd, aber ich sollte nicht zulassen, dass das zwischen uns steht. Ich werde mit ihr sprechen. Ich weiß zwar nicht, ob ich die richtigen Worte finde, aber ich werde es versuchen.« Sie lehnte sich zurück und schloss die Augen, um sich zu sammeln. Ihr Verstand kämpfte gegen die Reaktionen ihres Körpers an: Die Muskeln um ihren Mund zuckten, und von Zeit zu Zeit durchlief sie ein Zittern, als sei die Erinnerung wieder aufgestiegen.

»Rilla? Rilla, wach auf!« Beth berührte sie an der Schulter, die unter der Decke hervorragte. Rilla öffnete ein Auge und stöhnte leise.

»Gott, Beth, muss ich wirklich? Ich habe so schön geschlafen. Was ist los?«, fragte sie schläfrig. Beth grinste.

»Du bist doch erst vor dem Mittagessen aufgestanden, Rilla. Ehrlich! Das kommt davon, wenn man die Kerze an beiden Ende abbrennt. Offenbar bist du immer noch müde, und wir wissen ja auch alle, warum.«

Rilla schwang die Beine aus dem Bett und fuhr sich mit den Fingern durch die Haare.

»Spotte du nur«, schmunzelte sie. »Ich kann dir versichern, dass es eine Nacht ohne Schlaf wert war.«

»Erspar mir die Details, bitte!«, erwiderte Beth. »Und wasch dir das Gesicht. Leonora lässt fragen, ob du in den Wintergarten kommst.«

Sie sah zu, wie sich Rilla rasch das Gesicht zurechtmachte, in ihre Kleider schlüpfte und sich die Haare bürstete.

»Habe ich noch Zeit, mich zu schminken?«

»Nein. Du siehst gut aus.«

»Ich sehe aus wie ein fettes Gespenst«, erwiderte Rilla. »Warum will sie mich überhaupt sehen? Hast du eine Ahnung?«

Beth schüttelte den Kopf. »Nein, keinen Schimmer. Sie hat nur gesagt, sie wolle sich mit dir, Efe und mir unterhalten.«

»Na gut, dann bringen wir es hinter uns.«

Sie gingen die Treppe hinunter zum Wintergarten, dessen Tür offen stand.

Rilla trat ein, und Beth folgte ihr. Sonnenstrahlen fielen durch das Blattwerk der Pflanzen, die sich bis zur Decke emporrankten. Gus lag in einer schattigen Ecke, und auch Efe war schon da und saß auf dem Sofa. Beth zögerte. Leonora sagte: »Komm bitte herein, Beth, und schließ die Tür hinter dir. Du kannst dich hier ans Fenster setzen. Rilla, setzt du dich bitte in den anderen Korbsessel?«

Beth setzte sich gehorsam auf den harten Stuhl, den Leonora ihr zugewiesen hatte. Das ist bizarr, dachte sie. Warum will sie wohl mit uns reden? Und warum muss die Tür zu sein? Sie warf Efe einen Blick zu. Er starrte auf seine Schuhe. Er hatte nicht aufgeblickt, als sie hereingekommen waren, aber jetzt merkte er, dass Beth ihn ansah und hob kurz den Kopf. Er lächelte nicht. Na, dann eben nicht, dachte sie. Wenn du weiter so steif und unfreundlich sein willst, meinetwegen. Leonora ergriff das Wort.

»Ihr fragt euch sicher alle, warum ich euch hergebeten habe. Es wirkt sehr verschwörerisch, aber das lag nicht in meiner Absicht. Es ist nur, dass das ganze Haus im Moment auf dem Kopf steht mit den Leuten von der Reinigungsfirma und dem Filmteam, und ich wollte einfach nur in Ruhe mit euch reden.«

Rilla fragte wie auf Stichwort: »Ist etwas passiert?«

»Ja«, erwiderte Leonora langsam, »in gewisser Weise schon. Aber ich werde es in Ordnung bringen.« Sie lächelte, fast triumphierend. »Ich habe schon seit einiger Zeit das Gefühl, euch beiden, dir, Rilla, und dir, Efe, eine Erklärung zu schulden.«

Rilla wirkte besorgt, und Beth wusste, dass sie sich jetzt am liebsten eine Zigarette angezündet hätte. Leonora drehte ihre Ringe, und ihre Hände zitterten leicht.

Sie sagte: »Als kleines Mädchen hat Nanny immer einen bestimmten Satz zu mir gesagt, mit dem ich groß geworden bin. *Was du nicht weißt, das kann dir nichts anhaben.* Es war … wie nennt ihr das heutzutage? … ein Mantra. Ich glaubte daran. Mittlerweile aber habe ich erkannt, dass das, was man nicht weiß, einem sehr viel mehr anhaben kann als alles andere.«

Efe wirkte gelangweilt. Sie konnte förmlich hören, wie er dachte: Und wo ist die Pointe? Er versuchte, sich nicht anmerken zu lassen, dass er lieber etwas anderes getan hätte, als hier mit drei Frauen zu sitzen und sich alte Geschichten anzuhören.

Leonora spürte sein Unbehagen. Sie sah ihn direkt an und sagte: »Efe, mein Liebling, ich wollte dich hier dabeihaben, weil wir beide, du und ich, viele Jahre lang etwas verborgen gehalten haben. Es ist jetzt an der Zeit, darüber zu sprechen, Efe. Findest du nicht auch?«

Efe wurde plötzlich blass und ballte die Fäuste.

»Das glaube ich nicht«, erwiderte er heftig. »Willst du mir im Ernst erzählen, dass du mich deswegen hierher bestellt hast? Nach all dieser Zeit soll ich es Rilla erzählen?«

»Was willst du mir erzählen?«, fragte Rilla. »Was, Efe?«

»Ich will dir überhaupt nichts erzählen. Gar nichts.«

»Wenn du es nicht tust«, warf Leonora ein, »dann tue ich es eben. Ich möchte, dass du von Marks Tod erfährst, Rilla. Ich möchte, dass Efe dir erzählt, was an jenem Tag geschehen ist.«

»Ich weiß, was geschehen ist. Du hast es mir doch selber berichtet, Mutter. Ich glaube nicht, dass wir …« Rillas Stimme bebte. Beth fragte sich, wie lange es wohl noch dauern mochte, bevor sie in Tränen ausbrach oder aus dem Zimmer rannte.

»Ich glaube, es muss sein, mein Liebes. Ich habe genug von Geheimnissen und Ausflüchten. Ich weiß, das ist alles meine Schuld, aber ich will jetzt versuchen, es in Ordnung zu bringen. Weil ich dich beschützen wollte, Efe, habe ich meine eigene Tochter verletzt, und das werde ich mir nie verzeihen. Ich tat es, weil du noch so klein warst, Efe. Ich dachte: Er ist noch ein Kind, und es könnte sein ganzes Leben ruinieren. Aber jetzt sieh, was dabei herausgekommen ist. Sieh dir Rilla an, Efe. Siehst du nicht, wie sehr sie gelitten hat? Wie sie sich immer noch die Schuld gibt?«

Beth schlug das Herz bis zum Hals. Rilla saß da wie erstarrt, aufrecht, die Lippen zusammengepresst. Leonora fuhr fort: »Und es geht nicht nur um Rilla, Efe, sondern auch um dich. Ich glaube, es hat dich verändert, mit dieser Last auf deinem Gewissen zu leben. Ich hätte dich von Anfang an ermuntern sollen, die Wahrheit zu sagen, statt dir zu helfen, sie zu begraben.«

Efe verbarg den Kopf in den Händen. Als er ihn hob, hatte sich sein Gesichtsausdruck völlig verändert. Er wirkte seltsam jünger. Verletzlicher. Anders.

»Ich habe es versucht«, sagte Efe, und seine Stimme klang überhaupt nicht mehr selbstbewusst. »Ich habe es in jener Nacht versucht. Ich ging in Rillas Zimmer und wollte es ihr sagen, aber sie war … nun, sie war nicht richtig bei sich. Der Arzt hatte ihr etwas gegeben …, sie schlief und schlief doch nicht, und ich wusste nicht, was ich tun sollte. Deshalb kam ich ja zu dir, Leonora, und du sagtest, es käme alles wieder in Ordnung. Ich habe dir geglaubt, dass niemand davon zu erfahren braucht; es sei ein furchtbarer Unfall gewesen und nicht meine Schuld.«

Efe schlug wieder die Hände vors Gesicht. Rilla hustete und durchbrach das Schweigen.

»Sag mir, was passiert ist, Efe. Ich gebe dir an gar nichts die Schuld, das verspreche ich«, sagte sie leise und sanft.

»Wir haben am See gespielt.« Efe blickte nicht auf, sondern hielt den Kopf gesenkt, und Beth musste sich vorbeugen, um ihn verstehen zu können. »Alex, Beth und ich. Wir haben Trapper gespielt. Ich wollte Markie nicht dabeihaben, aber er kam trotzdem, und ich dachte, es sei ja auch egal. Für ein kleines Kind war er ganz in Ordnung. Wir hatten nichts dagegen, ihn mitzuschleppen, er war unproblematisch.«

Efe blickte auf, und Beth sah, dass er weinte. Seine Wangen waren nass. Er sagte: »Rilla, ich hätte ihn retten können. Das wollte ich dir in jener Nacht sagen. Ich hätte es gekonnt, aber ich habe nicht auf ihn geachtet, als er immer wieder meinen Namen rief. Ich dachte, er wolle bloß stören. Alex war gerade dabei, die versteckte Falle zu finden, und das wollte ich verhindern. Für mich war es das Allerwichtigste auf der Welt, dass meine Falle, die es noch nicht einmal wirklich gab, nicht gefunden wurde.«

Er vergrub wieder das Gesicht in den Händen und begann, leise zu weinen. »Es war noch nicht einmal eine echte Falle. Das Spiel interessierte mich mehr als ein kleiner Junge, der etwas rief, dem ich keine Beachtung schenkte. Ich habe mich noch nicht einmal gefragt, was er überhaupt im Wasser machte. Alex war im Wasser und ich auch, also habe ich mir nichts dabei gedacht. Der See war nicht sehr tief, aber trotzdem muss er den Grund unter den Füßen verloren haben. Alex war hinten bei den Weiden, und Beth war sogar noch weiter weg. Sie war die Frau des Trappers und kochte das Abendessen.« Er lachte freudlos. »Beth musste immer die Mädchensachen machen, aber ihr machte das nichts aus, nicht wahr, Beth? Du hast immer getan, was ich dir gesagt habe?«

Beth nickte. Sie traute sich nicht zu sprechen. Jener Tag, der Tag, den sie seit Jahren verdrängte, stand ihr auf einmal klar vor Augen, und sie erinnerte sich ganz genau, was sie damals empfunden hatte.

»Ich habe die Schreie gehört«, flüsterte sie. »Ich wusste nicht, wer da rief, und als ich zu Efe und Alex kam, lag Markie am Ufer des Sees und war völlig durchnässt. Efe schickte mich Hilfe holen. Ich konnte kaum etwas sehen, weil ich so weinte. Ich hatte gesehen, dass Markie tot war. Ich habe nie gefragt, was passiert ist. Ich glaube, ich wollte es nicht wissen.«

»Ich drehte mich um und sah ihn«, fuhr Efe fort. »Ich sah, wie er die Arme schwenkte, und ich ging nicht hin, um ihm zu helfen, und dann hörte ich ihn nicht mehr, und Alex schrie, und erst dann wollte ich zu Markie. Aber da war es schon zu spät. Ich habe ihm nicht geholfen. Ich habe ihn umgebracht. Und dann hast du mir gesagt, Leonora, es sei ein Unfall gewesen, und ich hätte ihn nicht umgebracht, und ich sollte nie mehr davon sprechen. Das habe ich auch nicht getan, Rilla. Es tut mir Leid. Das ist eine jämmerliche Entschuldigung, und ich weiß nicht, ob du jemals wieder etwas mit mir zu tun haben willst, aber es tut mir Leid. Ich hätte nicht auf dich hören sollen, Leonora. Als ich ein Kind war, gab es dafür vielleicht noch einen Grund, aber später nicht mehr. Ich wusste, dass du dir selber die Schuld gegeben hast, Rilla, und ich habe trotzdem nie gewagt, etwas zu sagen. Ich wünschte, ich könnte die Zeit zurückdrehen und alles anders machen. Ich weiß nicht, was ich sonst sagen soll.«

Efe erhob sich und kniete sich neben Rillas Stuhl. »Wirst du jemals wieder mit mir reden?«, fragte er. »Rilla. Sag etwas.«

»Oh, Efe«, erwiderte Rilla. »Was soll ich sagen?« Sie schlang die Arme um ihn und zog ihn an sich. Sein Kopf lag an ihrer

Schulter. »Ich mache mir immer noch Vorwürfe. Das werde ich immer tun, weil es meine Aufgabe war, mich um Markie zu kümmern, und nicht deine oder die von Mutter, Gwen oder sonst jemandem. Aber ich bin froh, wenn es dir jetzt wieder besser geht, Efe, weil du darüber gesprochen hast. Wir hätten gleich alle darüber reden und einander trösten sollen, aber das haben wir nicht getan, und dann wächst das Schweigen über die Jahre und nimmt unendliche Dimensionen an. Es ist eben einfacher, weiterzumachen, wenn man nichts sagt. Es war tapfer von dir, es jetzt auszusprechen, Efe, und natürlich verzeihe ich dir. Du warst doch noch ein Kind. Ich hätte dir nie einen Vorwurf gemacht.«

Efe hockte sich hin und suchte nach einem Taschentuch. Er sagte: »Ich gehe mir jetzt besser das Gesicht waschen. Ich möchte nicht, dass mich jemand so sieht. Leonora, entschuldigst du mich bitte?«

»Ja, Efe. Wir sehen uns beim Abendessen.« Sie wandte sich zu Rilla, als er aus dem Zimmer ging. »Rilla, ich muss mich bei dir entschuldigen, Liebling. Du hast gesagt, du verzeihst Efe, aber ich möchte wissen, ob du mir auch verzeihen kannst. Ich hätte es dir sagen sollen, das sehe ich jetzt ein. Ich dachte, zum Besten aller zu handeln, aber ich sehe nun, dass ich Efe auf deine Kosten geschützt habe. Ich dachte, du kämest mit der Tragödie besser zurecht als er. Es tut mir so Leid, Rilla, so schrecklich Leid.«

Beth erkannte, dass Leonora ihre Tochter am liebsten in die Arme genommen hätte, es aber nicht wagte. Sie rang die Hände, und man sah ihr die innere Zerrissenheit deutlich an. O Gott, bitte, dachte sie, bitte, lass Rilla es tun. Lass Rilla sie umarmen. Bitte.

»Das ist unnötig, Mutter«, sagte Rilla und schlang die Arme um ihre Mutter. Leonora gab ein ersticktes Stöhnen von sich, und Beth schlug die Hände vors Gesicht. Gott sei Dank, dachte sie. Jetzt wird alles leichter.

»Beth, Liebes«, sagte Leonora, die sich wieder in der Gewalt hatte, »sorg bitte dafür, dass sich deine Mutter vor dem Abendessen noch ein wenig ausruht. Deshalb wollte ich dich dabeihaben, damit du dich um sie kümmern kannst. Ich gehe jetzt auf mein Zimmer.«

Sie verließ den Wintergarten und ging langsam zur Treppe.

»Bist du in Ordnung, Rilla? Möchtest du etwas zu trinken oder sonst etwas?«

»Ich weiß nicht. Ich weiß nicht, was ich will. Oh Beth, es ist so schwer, Dinge zu vergessen, nicht wahr? Ich war immer ganz gut darin, die schlimmen Ereignisse in meinem Leben zu verdrängen, aber jetzt hat Leonora sie alle wieder an die Oberfläche gebracht. Ob ich das aushalte?«

»Natürlich, Rilla.« Beth kniete sich neben sie und ergriff ihre Hände. »Du bist so tapfer, das habe ich immer schon so empfunden. Du hilfst mir immer, wenn ich mich mies fühle… Ich möchte nicht, dass es dir jetzt schlecht geht und ich dir nicht helfen kann. Bitte, sag etwas. Bitte, lächle. Oh, Rilla, ich hasse es, wenn du traurig bist.«

»Ich bin nicht traurig, Liebes. Ehrlich nicht. Nur ein bisschen erschüttert. Und die Hitze macht es auch nicht besser.« Rilla lächelte, als ob sie etwas Neues ausprobierte. Zunächst war es noch ein wenig wackelig, aber es wurde rasch stärker, und schließlich grinste sie breit und normal.

»Kannst du dich an so einen heißen Sommer erinnern?«, sagte Rilla. »Ich habe das Gefühl, ich zerschmelze. Ich werde jetzt ein langes, kühles Bad nehmen. Das war übrigens das erste Mal, dass Leonora mich deine Mutter genannt hat. Das hat sie noch nie getan.« Sie sah auf einmal viel glücklicher aus, stellte Beth erleichtert fest. »Es geht mir jetzt wieder gut. Bring mir bitte einen steifen Gin Tonic ins Badezimmer.«

Beth machte sich auf den Weg in die Küche.

Philip stand neben dem Puppenhaus, das er vorsichtig von der Wand abgerückt hatte. Unter dem Fenster lag ein Badetuch, auf dem er die Papierstreifen vom Dach ausbreiten wollte.

»Gut«, sagte er zu Chloë. »Wir müssen es so nass machen, dass wir es abziehen können, ohne die Schrift auf der Rückseite zu beschädigen. Ein bisschen heikel, aber wir schaffen das schon. Ich mache das mit dem Wasser.«

Er fuhr mit einem feuchten Schwamm über das Dach. Es war

Beths Idee gewesen, die Schwämme aus Rillas Make-up-Koffer zu nehmen. Sie hatte immer ein paar zusätzliche dabei, falls einer kaputt ging. Chloë hatte ein Messer aus der Küche geholt und fuhr mit der langen, scharfen Klinge unter das feuchte Papier.

Sie sagte: »Sieh mal, es löst sich schon, glaube ich.«

»Okay, wenn du meinst. Pass auf.« Philip sah ihr besorgt zu.

»Natürlich passe ich auf. Das brauchst du mir nicht zu sagen.« Sie verzog das Gesicht. »Ich weiß auch, wie das geht.«

Chloë schob das Messer noch ein Stückchen weiter. »Es löst sich wunderbar, siehst du«, sagte sie und hob eine Ecke an. Sie zog einen langen Streifen ab.

»Hervorragend«, meinte Philip. »Jetzt versuch es mal mit einem Stück hier auf dieser Seite. Das ist übrigens wirklich schön bemalt. Ethan Walshs Werk, oder?«

»Er hat das Haus gemacht, aber seine Frau hat das Papier bemalt, glaube ich. Meine Uroma, Leonoras Mutter.«

»Dann war sie auch eine Künstlerin.«

»Ich glaube nicht. Nicht wirklich jedenfalls.« Chloë hantierte wieder mit ihrem Messer. »Sie ist zwar auf die Kunstakademie gegangen, hat aber nach ihrer Heirat nichts mehr gemalt.«

»Eine Schande«, erwiderte Philip. »Es ist wirklich schön. Wenn es richtig austrocknen kann, könnte ich es wieder auf das Dach kleben; dann wäre das Haus wieder so gut wie neu.«

»Du bist wirklich ein Schatz«, sagte Chloë. »Aber wenn nun Leonora behalten möchte, was auf dem Rücken steht?«

»Sie könnte es doch kopieren.«

»Ich weiß nicht«, erwiderte Chloë geistesabwesend. Es war ihr gelungen, den zweiten Streifen abzulösen, und sie hatte ihn mit der bemalten Seite nach unten auf das Handtuch gelegt. Jetzt hockte sie davor und studierte die Schrift.

»Die Schrift ist schwer zu lesen«, sagte sie, »aber ich glaube …«

Das einzige Geräusch im Kinderzimmer war Philips Schwamm, der sanft über das Papier glitt. Chloë lag jetzt auf dem Boden vor dem Handtuch, damit sie besser lesen konnte.

»Du bist so still«, sagte Philip. »Ist irgendwas?«

»O mein Gott! Ich fasse es nicht«, sagte Chloë leise. »Philip, komm mal her. Wenn das wirklich so ist, ist es unglaublich. Es kann nicht sein, aber ich glaube, ich habe richtig gelesen. Komm mal her.«

Philip trat zu ihr und hockte sich neben sie. Nach ein oder zwei Minuten fuhr er sich mit der Hand durch die Haare und verzog das Gesicht.

»Oh, verdammt!« sagte er und schüttelte den Kopf. »Verdammt, Chloë. Wir sagen es besser Leonora.«

»Ich gehe zu ihr, Philip. Sie war unten bei Nanny Mouse, aber sie müsste mittlerweile wieder zurück sein. Ich gehe sie suchen. In der Zwischenzeit sagst du zu niemandem ein Wort, verstanden? Zu niemandem!«

»Okay.« Philip nickte. »Ich werde nichts sagen.«

Chloë setzte sich auf den Boden neben dem Puppenhaus und las noch einmal, was auf der Rückseite der Dachziegel stand.

Leonora und Alex saßen dicht nebeneinander auf der Bank im Pavillon und betrachteten die Bilder in dem Fotoalbum, das aufgeschlagen auf Alex' Schoß lag. Als sie sich mit Sean im Wintergarten unterhalten hatte, war Leonora aufgefallen, dass es auf Willow Court nirgendwo eine Fotografie von Maude gab. Sie musste eine Weile nachdenken, bis ihr das alte Album in der untersten Schublade ihrer Kommode einfiel. Gerade als sie nach oben ging, um es zu holen, war Alex ins Haus gekommen, und sie hatte ihn gebeten, es herunterzuholen, um »meine alten Beine zu schonen«, wie sie sagte.

Alex fragte gerade: »Geht es dir wirklich gut, Leonora? Du siehst ein wenig müde aus. Solltest du dich vor dem Abendessen nicht noch ein wenig hinlegen?«

Leonora schüttelte den Kopf. »Nein, Liebling, es geht mir gut, wirklich. Ich bin überhaupt nicht müde... aber wenn einem der Enkel das schon empfiehlt, dann wird man wirklich alt. Nein, mir war einfach danach, Bilder meiner Mutter zu suchen, und ich dachte, das interessiert dich auch. Andere Leute begreifen es kaum, aber ich kannte sie fast gar nicht, weißt du. Deshalb habe ich dich auch gebeten, dieses Album zu holen. Ich möchte mir

Fotografien von ihr anschauen. Es muss welche geben, obwohl ich mich eigentlich nicht daran erinnern kann.«

»Ich schaue mir immer gern Fotos von früher an«, sagte Alex. »Nur manche alten Aufnahmen würde ich lieber nicht sehen.«

Leonora fragte sich, ob Alex auf Mark anspielte. Ihr fiel plötzlich ein, dass der arme Efe genauso alt gewesen war, als Mark ertrank, wie sie, als Maude starb. Sie sagte zu Alex: »Meine Mutter war vermutlich das kamerascheuste Geschöpf, das jemals existiert hat. Jetzt haben wir schon das ganze Album durchgeblättert, und was haben wir gefunden? Nicht sehr viel, was?«

»Zwei ganz gute Aufnahmen von ihr im Stillen Garten«, erwiderte Alex. »Und die eine am Klavier.«

Leonora betrachtete die Seite, die Alex ihr hinhielt. Dort in der Ferne stand Mutter, aber man konnte nicht erkennen, wie sie aussah. Die winzige Gestalt einer dünnen Frau, ganz hinten auf dem Gartenpfad. Im Vordergrund war ein Beet mit weißen Blumen. Sträucher an der Gartenmauer am Rand des Bildes. Und viel Himmel mit Wolken. Das war der erste Schnappschuss. Der zweite zeigte Maude neben einem Spalierbaum in voller Blüte. Sie hatte offensichtlich die Aufmerksamkeit auf den blühenden Baum lenken wollen, der sich wie ein Fächer an der Mauer ausbreitete, und hatte ihr Gesicht von der Kamera abgewandt. Beide Fotos waren natürlich schwarzweiß und sehr klein.

»Das am Klavier ist besser. Und auch größer. Das ist bestimmt von einem Fotografen aufgenommen worden«, sagte Alex. »Wer mag wohl die Bilder im Garten gemacht haben? Ethan Walsh vermutlich.«

Leonora schüttelte entschieden den Kopf. Sie konnte sich ihre Eltern beim besten Willen nicht dabei vorstellen, wie sie fröhlich Schnappschüsse im Garten machten.

»Das war wahrscheinlich Nanny Mouse«, sagte sie zu Alex. »Oder Tyler, der Gärtner. Lass mich mal das am Klavier sehen.«

Alex reichte ihr das Album, und sie schlug vorsichtig die Seite auf. Dann holte sie tief Luft.

»Alles in Ordnung, Leonora?«, fragte er.

»Man kann ihr Gesicht trotzdem nicht richtig erkennen, nicht wahr? Sie ist hübsch, oder? Auf eine verblasste, stille Art. Sie erinnert mich irgendwie an ein Vögelchen oder ein Reh.«

»Ja, sie ist sehr hübsch. Aber soweit ich es beurteilen kann, seht ihr euch überhaupt nicht ähnlich, Leonora. Allerdings ist das Foto nicht besonders scharf. Du kommst nach Ethan, oder?«

»Ja, vermutlich.« Leonora lächelte. »Ich sehe aus wie er, und Gwen auch ein bisschen. Efe sieht ihm richtig ähnlich. Du allerdings nicht, Alex. Vielleicht siehst du am meisten wie meine Mutter aus. Du hast die gleiche lange, schmale Nase, sieh mal.«

»Das kann ich nicht erkennen«, meinte Alex. In diesem Moment wurde die Tür zum Pavillon aufgerissen und Chloë stürmte herein, mit einem Blatt Papier in der Hand.

»Es tut mir Leid, Leonora, wenn ich dich stören muss, aber ich muss unbedingt mit dir sprechen, wenn es geht.«

»Natürlich, Liebling. Alex und ich haben uns nur ein altes Album angeschaut. Komm, setz dich her.«

»Könnte ich unter vier Augen mit dir reden, Leonora? Tut mir Leid, Alex.«

Alex blickte sie verwirrt an. »Kein Problem«, erwiderte er. Er klappte das Album zu und stand auf. »Ich nehme es mit ins Haus zurück, ja?«

»Das wäre sehr nett von dir«, sagte Leonora. »Es dauert bestimmt nicht lange, dann kommen wir auch.«

»Ciao, Alex«, sagte Chloë und schloss die Tür des Pavillons hinter ihm. Dann setzte sie sich wieder neben ihre Großmutter. »Entschuldigung, dass ich Alex einfach so weggeschickt habe, aber du wirst gleich verstehen, warum. Ich habe den Brief, den wir auf dem Papier vom Dach des Puppenhauses gefunden haben, abgeschrieben. Hier ist er. Ich dachte, es ist besser, wenn wir damit allein sind. Du wirst sehen, warum.«

Leonora drückte Chloës Hand. »Du bist ein liebes Kind. Ich bin so froh, dass du ihn entziffert hast.«

»Und Philip. Er war es hauptsächlich, der das Papier abgezogen hat, ohne es zu beschädigen. Er ist brillant.«

»Was steht darauf? Ich möchte gerne wissen, was sie geschrieben hat.« Seufzend streckte Leonora die Hand nach dem Blatt aus.

»Hier«, sagte Chloë und reichte es ihrer Großmutter. Dann stützte sie einen Arm auf die Rückenlehne der Bank, so dass sie ihn jederzeit um Leonoras Schultern legen konnte. Sie würde mit Sicherheit Trost brauchen, und Chloë wollte bereit sein. Sie hielt den Atem an, als Leonora das Papier entfaltete und zu lesen begann.

Beth hatte den größten Teil des Nachmittags mit Leonoras Geschenken zugebracht. Als Gwen sie gebeten hatte, sich um die Pakete zu kümmern, die mit der Post gekommen waren, hatte sie gleich eingewilligt. Die Beschäftigung würde ihr gut tun. Abgesehen von den Geschenken der Familie wollten sie alle unter Chloës Baum legen. Beth hatte auch dafür gesorgt, dass Leonora nach der Party zum richtigen Zeitpunkt in die Halle kommen würde, um all die Päckchen auszupacken, die sie noch nicht gesehen hatte, und sie hatte überall vermerkt, wer was geschickt hatte, damit ohne Mühe Dankesbriefe geschrieben werden konnten. Die letzten Tage, dachte sie, hatten sich nicht als die idyllische Zeit herausgestellt, von der sie in den Wochen vor Leonoras Fest geträumt hatte. Aber Erwartungen wurden eben nur selten erfüllt, das sollte sie mittlerweile gelernt haben. Trotzdem war die Kluft zwischen ihren Vorstellungen, mit Efe durch den Garten zu spazieren oder intime Gespräche mit ihm auf der Terrasse zu führen, und dem, was hier wirklich geschah, so groß, dass sie fast lachen musste.

Sie hatte nicht vermeiden können, mitzuhelfen. Gwen hatte es vorgeschlagen und angekündigt, ihr später noch Alex dazuzuschicken. Beth hatte nichts dagegen. Das Haus wimmelte von jungen Frauen mit Staubtüchern und Putzeimern, die alles auf Hochglanz brachten. Alle rannten wie wild durcheinander, und Beth genoss es, wenigstens ihren Gedanken freien Lauf lassen zu können, während sie die Geschenke sortierte.

Sie hatte keine Ahnung gehabt, wie viele Freunde und Bekannte Leonora hatte. Zu dem Fest morgen kamen fast siebzig Personen, und dazu waren noch alle diese Pakete von Leuten gekommen, die aus irgendeinem Grund nicht teilnehmen konnten. Auf den Karten standen Sätze wie *Liebe Leonora, wir wünschen dir noch viele weitere glückliche Jahre* oder *Mit großer Zuneigung*. Einige der Geschenke waren von beachtlichem Wert. Es gab antike Konfektschalen, luxuriöse Seifen und Puder, handgemachte Schokolade und teure Blütenpotpourris. Jemand hatte sogar pelzgefütterte Hausschuhe geschickt, und obwohl Leonora sicher protestieren und erklären würde, das sei etwas für Achtzigjährige, würde sie sie doch jeden Abend tragen. Jemand anderer hatte ein spezielles, auf ein Kissen montiertes Tablett geschickt, das man sich auf die Knie legen konnte, wenn man fernsah, aber wer immer ihr das geschenkt haben mochte, konnte Leonora nicht allzu gut kennen. Sie hatte noch nie in ihrem Leben vor dem Fernseher gegessen, und nur weil sie fünfundsiebzig war, würde sie nicht im Traum daran denken, solche laschen Verhaltensweisen einzuführen. Lächelnd stand Beth auf und trug das erste Tablett voller Geschenke in die Halle.

Chloës Baum sah aus wie aus einem Märchen. Douggie und Fiona standen gerade verzaubert davor. Als sie näher trat, ging die Haustür auf, und Gwen kam aus dem Garten herein. Sie trug einen Arm voll Blumen für die Vasen, die in der Spülküche bereit standen.

»Wenn du den Mund weiter so offen stehen lässt, Douggie, mein Liebling, dann sausen dir noch Fliegen hinein«, sagte sie.

Der kleine Junge achtete jedoch nicht auf sie, und Fiona lachte. »Das darfst du ihm nicht übel nehmen«, erwiderte sie. »Das ist der schönste Baum, den ich je gesehen habe.«

»Ja, er ist wirklich hübsch, nicht?«, sagte Gwen. »Es freut mich so, dass Chloë das eingefallen ist. Er wird bestimmt ein Gesprächsthema.«

Beth bemerkte erst jetzt, dass der Stamm des Geburtstagsbaums der alte Hutstand war, den Leonora vor Jahren schon in den Schuppen geräumt hatte, weil heutzutage, wie sie sagte, niemand mehr Hüte trug. Efe hatte ihn, als sie klein waren, immer zu allen möglichen Spielen genutzt: als Barriere, als Kanone oder einmal sogar als Baum. Er hatte sie einmal daran festgebunden, als es regnete und sie nicht im Garten spielen konnten.

Sie betrachtete Chloës Werk eingehend. Sie hatte Schleifen aus Aluminium zwischen die Blätter gehängt, und dazwischen dünne Goldbänder, die wie kleine Quasten herunterbaumelten. Es sah wirklich aus wie einem Traum entsprungen. Der Metallschmuck funkelte und glitzerte und gab leise, klingelnde Geräusche von sich. Leonora würde überwältigt sein, und die Gäste würden ihn auch wunderschön finden. Sean zeigte ihn sicher in seinem Film.

»Ich mache jetzt die Blumen für das Haus fertig«, sagte Gwen. Beth stellte gerade das Tablett voller Geschenke auf den Boden. »Ich sehe, ihr seid mit den Präsenten beschäftigt.«

»Was sollen wir mit unseren machen, Gwen? Sollen wir sie auch unter den Baum legen?«

»Nein, ich denke nicht. Mutter macht sie heute Abend sicher gleich auf. Außerdem sieht es ganz so aus, als hättest du auch ohne die Familiengeschenke genug unter dem Baum.«

»Okay«, erwiderte Beth. Als sie begann, die Sachen vom Tablett zu nehmen, bemerkte sie Douggies sehnsüchtiges Starren. »Möchtest du mir gerne helfen, Douggie? Willst du mir die Geschenke reichen?«

Douggie nickte ernst, und Fiona sagte: »Das macht bestimmt Spaß, was, Douggie? Du musst nur besonders vorsichtig sein. Warte, ich helfe dir, sie Beth zu reichen, und sie legt sie dann an die richtige Stelle.«

»Es wird toll aussehen«, meinte Gwen. »Ich mache jetzt besser mit meinen Blumensträußen weiter.«

Beth fragte sich, wo Efe steckte. Ob Leonoras Enthüllungen ihm etwas ausmachten? Vielleicht wusste ja Fiona, wo er sich aufhielt. »Wo sind denn die anderen?«, fragte sie. »Hast du eine Ahnung?«

»Vorsichtig, Douggie«, sagte Fiona in der albernen Kinderstimme, in der sie oft mit ihrem Sohn redete. »Gib sie Beth und lass sie sie hinlegen. Es wäre furchtbar, wenn etwas kaputtginge. So ist es gut.« An Beth gewandt, fuhr sie fort: »Ich habe keine Ahnung, wohin sie alle verschwunden sind. Alex ist in den Garten gegangen. Chloë und Philip waren oben im Kinderzimmer, aber wo sie jetzt sind, weiß ich nicht. Und Rilla ist in ihrem Zimmer, glaube ich.«

Beth erwiderte nichts und wandte ihre Aufmerksamkeit wieder den vielen Päckchen und Schachteln zu, die sie so sorgfältig platzierte wie in der Weihnachtszeit in einem Schaufenster. »Es sind eine Menge, was?«, sagte sie gerade, als eine Stimme hinter ihnen ertönte. »Hallo, meine Damen!« Efe trat auf sie zu, hob Douggie hoch und gab ihm einen Kuss. »Was macht ihr hier? Kann ich mich beteiligen?«

»Natürlich, Liebling«, erwiderte Fiona. »Wir würden uns sehr freuen, nicht wahr, Beth?«

Beth nickte. Wenn man bedachte, in welchem Zustand er sich im Wintergarten befunden hatte, sah Efe erstaunlich lässig aus. Sie staunte über seine Fähigkeit, seine wahren Gefühle zu verbergen. Das hatte ihn doch nicht alles kalt gelassen? Er trug ein khakifarbenes T-Shirt und eine Khakihose mit mehr Taschen als nötig.

»Ich habe Dad im Zelt geholfen. Es sieht toll aus. Wirklich großartig. Hast du es schon gesehen, Beth?«

»Nein, noch nicht. Douggie, gib mir bitte die Flasche. Sie muss hier auf den Stapel.«

Gehorsam reichte Douggie ihr die Flasche, und Beth legte sie zu den anderen Dingen, bevor ein Unglück geschehen konnte.

»Na, du bist ja ungefähr so nützlich wie eine Schokoladenteekanne, Liebste«, sagte Efe und blickte seine Frau an. Er lächelte dabei, und Beth wurde plötzlich furchtbar wütend auf ihn. Er mochte ja Probleme haben, aber das war keine Entschuldigung dafür, unfreundlich zu sein. Und dabei war er clever. Wenn Fiona jetzt widerspräche, würde er einfach behaupten, es sei ein Witz gewesen. Sein leichter Tonfall erlaubte es ihm, sie zu beleidigen, ohne dass sie sich wehren konnte. Beth überlegte gerade, ob sie etwas sagen sollte, als Efe schon weitersprach. Dieses Mal wandte er sich an Beth.

»Meine Frau ist ein bisschen dumm, Beth. Ich habe eine Idiotin geheiratet.«

Fiona traten Tränen in die Augen. Beth wollte gerade etwas erwidern, als auf einmal Alex in der Tür stand. Er sagte: »Entschuldige dich, Efe. Du hast deine Frau beleidigt, und wenn du nicht mein Bruder wärst, würde ich dich jetzt ohrfeigen. Aber das tue ich vielleicht sowieso. Nimm es sofort zurück.«

Efe lächelte. »Oh, gut. Bist du so eine Art guter Ritter geworden, Alex? Ein bisschen spät, um vom Schwächling Nummer eins zu Bruce Willis zu mutieren, was? Du hast doch sonst dein ganzes Leben lang den Mund gehalten. Findest du, das hier geht dich etwas an?«

»Es geht mich etwas an. Du denkst, du kannst dir alles leisten. Das ist dein Problem.«

»Ach, verpiss dich, Alex. Du bist langweilig, weißt du das?«

Fiona sagte: »Douggie, komm jetzt. Wir gehen das Kätzchen suchen.« Sie nahm ihren Sohn auf den Arm und verließ eilig das Zimmer. Beth folgte ihr. Sie hätte gerne gesehen, wie Alex reagierte, aber es musste sich jemand um Fiona kümmern. Als sie aus der Halle kam, war jedoch von Fiona schon nichts mehr zu sehen, deshalb blieb Beth im Flur stehen, von wo aus sie die beiden Männer beobachten konnte, ohne selbst gesehen zu werden.

»Du bist ein arroganter Bastard«, schrie Alex, und bevor Beth wusste, was geschah, hatte er seinem Bruder mit der Faust mitten ins Gesicht geschlagen. Efe war so überrascht, dass er rückwärts gegen das Treppengeländer taumelte, aber er fing sich sofort wieder und versetzte Alex einen Schwinger, der diesen am Mund traf. Efe war bleich vor Wut. »Scheiße, Mann, was ist denn in dich gefahren?«, schrie er. »Suchst du Streit?«

»Entschuldige dich. Geh zu Fiona und sag, dass es dir Leid tut.«

Efe verzog das Gesicht. »Was ich zu meiner Frau sage, geht dich nichts an.«

»Tut es doch. Sag, dass du dich entschuldigst, oder ich schlage noch mal zu. Dieses Mal fester.«

»Oh, ich habe Angst«, erwiderte Efe spöttisch. »Okay, okay, ich entschuldige mich. Okay? Wenn ich sie sehe.«

Er trat zur Treppe und lief hinauf. Als er oben war, kam Beth aus ihrem Versteck zu Alex, der am Türrahmen lehnte und seine Lippe betastete, die bereits anschwoll.

»Du hast doch nicht etwa zugesehen, oder?«, sagte er zu Beth.

»Hätte schlimmer kommen können. Einer von uns hätte in den Geschenken landen und alles aus Glas oder Porzellan hätte zu Bruch gehen können. Sieh es mal positiv.«

»Zeig mir deine Lippe, Alex«, sagte Beth nur.

»Es ist nichts.«

»Doch. Du wirst eine dicke Lippe bekommen.«

»Das war es mir wert.« Alex grinste plötzlich. »Ich habe mich seit Jahren schon nicht mehr mit Efe geprügelt. Ich weiß gar nicht mehr, wann zuletzt. Als Kind habe ich es immer vermieden. Ich hatte wahrscheinlich Angst, zu unterliegen.«

»Das war nicht der einzige Grund«, widersprach Beth. »Meistens warst du mit allem einverstanden, was Efe gesagt hat.«

»Vermutlich. Du übrigens auch. Na los, gib es schon zu.«

»Ich gebe es zu. Komm jetzt in die Küche, dann verarzte ich dich.«

»Muss das sein?«, fragte Alex, setzte sich aber bereitwillig an den Küchentisch.

»Ja. Du hast da eine Platzwunde. Es blutet zwar nicht schlimm, aber immerhin. Ich tupfe die Lippe besser mal ab«, sagte Beth. »Ich habe das zwar noch nie gemacht, aber ich weiß, dass man gegen den Schock Tee mit Zucker trinken muss.«

»Ich hasse Tee mit Zucker. Gib mir lieber eine Cola, da ist auch jede Menge Zucker drin. Im Kühlschrank.«

»Die Zeiten haben sich geändert«, sagte Beth. »Früher hätte es das bei Leonora nicht gegeben.«

»Dad hat sie bearbeitet, glaube ich. Wenn es heiß ist, trinkt sie ganz gerne mal eine Cola mit Rum.«

»Wunder gibt es immer wieder.« Beth stellte das Glas auf den Tisch und machte sich auf die Suche nach einem frischen Küchenhandtuch. Sie befeuchtete eine Ecke mit kaltem Wasser und trat zu Alex.

»Okay, beweg dich nicht«, sagte sie. Alex wandte ihr sein Gesicht zu. Er hatte die Augen geschlossen und sah auf einmal schrecklich verletzlich aus. Weil er ein wenig jünger war als sie, hatte sie immer geglaubt, sich um ihn kümmern zu müssen, doch jetzt sah sie ihn zum ersten Mal als gleichwertig. Als Mann. Sie konnte seine Haare und seine Haut riechen. Die geplatzte Lippe war bereits ziemlich dick, und der Unterkiefer verfärbte sich an einer Stelle bläulich. In ihrem Magen flatterte es. So nervös war sie in Alex' Gegenwart noch nie gewesen. Was war nur los mit ihr? Alles in ihr wirbelte durcheinander. Sie hatte doch immer Efe geliebt, oder nicht? Warum hatte es dann diese Wirkung, so dicht bei Alex zu stehen? Ihr wurde heiß und kalt zugleich, sie schloss die Augen, weil sie einen Augenblick lang fürchtete, ohnmächtig zu werden. Und sie erkannte, dass das, was sie empfand, *echt* war. Es hatte nichts mit Fantasie, Einbildung oder Träumen zu tun. Das Verlangen überwältigte sie, Alex zu küssen, die Arme um ihn zu schlingen, aber noch zögerte sie.

»Beth?«, flüsterte er.

»Mmm«, sagte sie. Sie traute sich nicht, seinen Namen auszusprechen, aus Angst, ihre Stimme könnte sie verraten. Alles, was sie jemals empfunden hatte, alles, woran sie so lange geglaubt hatte, all ihre Emotionen und Wünsche waren wie die durchsichtigen, bunten Steinchen in einem Kaleidoskop, und Alex so dicht bei sich zu spüren, ordnete sie auf einmal zu neuen Mustern, die sie nicht kannte. Sie wusste nicht mehr, wer und wo sie war. Nichts auf der Welt zählte mehr, nur noch sein Mund, der plötzlich auf ihrem lag. Sie öffnete die Lippen und schloss die Augen. Das Blut rauschte heiß durch ihre Adern.

»Alex«, murmelte sie. »Oh, Alex …«

»Sag nichts«, flüsterte Alex. »Küss mich noch einmal.«

Er stand auf und schlang die Arme um sie. Beth spürte, wie sich alles veränderte. Nichts wäre jemals wieder so wie vorher. Der Mann, der sie küsste, war nicht der, den sie seit jeher kannte.

»Alex«, sagte sie. »Was ist passiert? Was ist mit uns passiert?«

»Es liegt an mir«, erwiderte Alex. »Mit mir ist etwas passiert. Ich war dumm und langsam und habe es mir nie eingestanden.«

»Was? Was hast du dir nie eingestanden?«

»Dass ich dich liebe. Ich glaube, das habe ich schon immer getan, aber da war Efe, und ich konnte ja sehen, was du für ihn empfindest, und ich wollte … ich konnte nicht … oh, Beth, du weißt, was ich sagen will. Ich dachte, du könntest nie so empfinden wie ich.«

»Das ging mir genauso.« Beth lächelte. »Aber nur, weil Efe mich verwirrt hat. Ich habe nichts richtig gesehen oder gefühlt.«

Alex strich ihr die Haare aus der Stirn. »Und du hattest Recht, ich *war* eifersüchtig. Du hast es gemerkt, weißt du noch? Auf dem Weg zu Nanny Mouse. Wenn ich an euch beide, an dich und Efe, dachte, dann hatte ich Mordgedanken, Selbstmordgedanken und empfand nur noch Selbstmitleid. Ich war eben eifersüchtig.«

»Das brauchst du jetzt nicht mehr zu sein, Alex. Ich verspreche es dir.« Sie stellte sich auf die Zehenspitzen, um ihn zu küssen. Dann löste sie sich von ihm, völlig außer Atem von der Stärke des Gefühls, das sie überwältigte.

»Alex«, sagte sie, »wir können das hier nicht machen. Es kann jeden Moment jemand kommen.«

Er ließ sich wieder auf den Küchenstuhl sinken und grinste sie an. Genau in diesem Moment ging die Tür auf, und Rilla trat ein.

»Was ist los, ihr Schätze?«, fragte sie und setzte sich neben Alex. »Ich habe Efe eben gesehen. Er sah aus wie eine Gewitterwolke. Habt ihr zwei euch geprügelt? Weswegen? Na los, Alex, mein Süßer, erzähl es mir schon. Was ist mit deiner Lippe passiert?«

»Es war nichts, Rilla, ehrlich«, erwiderte Alex lahm.

»Quatsch, natürlich war was.« Lächelnd wandte sie sich an Beth. »Könntest du mir bitte eine Cola geben, Beth? Danke, Liebes. Und zu einem Keks würde ich auch nicht nein sagen, wenn du mir bitte diese Dose von der Anrichte reichen würdest. Bis zum Abendessen halte ich es nicht mehr aus.«

Beth holte Rilla etwas zu trinken und stellte die Keksdose vor sie.

»Ich lasse euch beide jetzt ein bisschen allein«, sagte sie. »Ich brauche ein wenig frische Luft.«

Als sie in den Küchengarten trat, war ihr klar, dass Alex alles darum gegeben hätte, sie zu begleiten, nur um Rillas Befragung zu entkommen, aber sie wollte allein sein.

Sie musste nachdenken. Sie musste über Efe nachdenken, weil sich alles geändert hatte. Selbst das stärkste ihrer Gefühle, die körperliche Anziehung, die sie oft atemlos gemacht hatte, war gewichen. Ihr war, als sei sie durch Alex' Kuss aufgewacht.

Sie fragte sich, ob es sich um eine Ersatzhandlung handelte, ob sie mit dem Zweitbesten vorlieb nahm, weil sie endlich akzeptiert hatte, dass sie Efe nie bekäme. Aber dem war nicht so, das spürte sie genau. Dieses neue Gefühl hatte nichts mit Efe und dem, was sie für ihn empfunden hatte, zu tun.

O Gott, wie viel Zeit sie verschwendet hatte. Ich hätte mir die ganze Qual ersparen können, dachte Beth. So viel Unglück. Wenn ich auch nur einen Funken Verstand gehabt hätte, hätte ich es mir ersparen können, Efe zu lieben. Ich habe Alex nie wahrgenommen, weil ich so fehlgeleitet war. Sie setzte sich auf die Bank am Schuppen, wo man sie vom Haus aus nicht sehen konnte, und hielt ihr Gesicht in die Nachmittagssonne.

Dezember 1998

Beth saß still vor dem riesigen, dreigeteilten Spiegel im Gästezimmer des Hauses der McVies und ließ sich von Jules, Fionas Friseur, das Haar richten. Die andere Brautjungfer, Fionas Kusine Rowan, wartete darauf, an die Reihe zu kommen. Sie trug einen seidenen Morgenmantel, der sicherlich mehr als ein Monatsgehalt gekostet hatte. Dezember war eine unmögliche Zeit für eine Hochzeit. Heute Nachmittag, knapp eine Woche vor Weihnachten, heiratete Efe Fiona McVie. Heute Abend fuhr das glückliche Paar in die Flitterwochen, Skilaufen. Beth durfte gar nicht daran denken. Jules sagte: »Sie werden perfekt aussehen, Beth, vertrauen Sie mir ... Aber Sie müssen auch ein wenig dazu beitragen, wissen Sie. Lächeln Sie, meine Liebe, lächeln Sie. Ihr Gesichtsausdruck passt ja sonst besser zu einer Beerdigung!«

Gehorsam verzog Beth die Mundwinkel, in der Hoffnung, Jules tatsächlich täuschen zu können. Noch nie war ihr weniger nach Lächeln zu Mute gewesen. Er hatte ihr stärkeres Make-up aufgetragen, als sie es jemals auflegte. Der Lippenstift war viel zu rosa. Sie hatte Fiona gefragt, warum sie unbedingt von einer Visagistin geschminkt werden musste (so bezeichnete Fiona ein junges Mädchen namens Mirabelle). Sie waren schließlich alle alt genug, sich selber zu schminken. Fiona hatte ihr geduldig erklärt, das sei »für die Fotografen«. Das Make-up musste dramatischer sein als sonst, damit sie im Hochzeitsalbum nicht alle wie Wasserleichen aussahen.

»Aber Alex macht doch die Fotos«, wandte Beth ein. »Bei ihm sehen die Leute nie grässlich aus, das weißt du doch. Er ist brillant.«

»Oh, ich weiß«, hatte Fiona geantwortet. »Natürlich ist er

großartig, aber es ist doch nie verkehrt, der Natur ein bisschen nachzuhelfen, oder?«

Beth gab auf. Schließlich war es Fionas Hochzeit, und sie mussten sich nach ihr richten.

Wie auch bei der Wahl des Hochzeitstags. Im Dezember war es eigentlich zu kalt für die albernen Brautjungfernkleider, die Fiona ausgesucht hatte. Als Jules ihre Haare im Nacken zu einem komplizierten Gebilde geschlungen hatte, dachte sie an das Kleid, das sie gleich anziehen musste: blassrosa Seide mit Spitze um den tiefen Ausschnitt, was ihr eigentlich nicht stand. Die Farbe konnte sie auch nicht tragen, aber es machte sowieso keinen Unterschied. Es hätte ohnehin jeder nur Augen für die Braut. Fiona hatte die letzten sechs Monate hart für diesen Tag gearbeitet.

Sie hatte beschlossen, in London zu heiraten statt auf Willow Court. Das war in Ordnung, dachte Beth, wenn man bedachte, dass ihre Eltern diesem Tag seit Fionas Geburt entgegengefiebert hatten. Und außerdem lag es näher am Flughafen, und die meisten Freunde des Paares lebten in London ... es machte alles Sinn, und selbst Leonora, die nur zu gerne diesen großen Tag unter ihrem Dach gefeiert hätte, sah das ein. Fiona hatte für die besten Ausstatter, die schicksten Caterer und Leute wie Jules und Mirabelle gesorgt, um nichts dem Zufall zu überlassen. Es sollte unbedingt *die* Hochzeit der Wintersaison werden.

Jules steckte zwei Schmuckstücke in Beths Haarknoten.

»Absolut göttlich, ehrlich! Diese Schneekristalle. Einfach himmlisch! Sie bilden einen so funkelnden Kontrast zu Ihren dunklen Haaren ... Sie sehen großartig aus. Einfach großartig!« Er betonte das »o« von großartig mindestens drei Sekunden lang. Beth sagte: »Sehr hübsch, vielen Dank«, und stand auf. Jetzt war Rowan an der Reihe, und sie konnte nur noch warten, bis ihr jemand das scheußliche Kleid überstreifte und das Schauspiel begann. Die weißen Limousinen würden in einer halben Stunde eintreffen. Sie setzte sich auf die Chaiselongue und lehnte sich gegen den blauen Samt, stets bemüht, ihre Frisur nicht damit in Berührung kommen zu lassen. Sie durfte Jules' Werk nicht zerstören.

Finster verzog sie das Gesicht. Efe heiratete. Ihr Verhältnis würde sich völlig verändern. Jetzt galt seine ganze Loyalität Fiona. So war es nicht immer gewesen. Es hatte eine Zeit gegeben, als er ihr näher gewesen war als sonst jemandem.

Alle waren irgendwo beschäftigt, und Beth war glücklich, weil sie das tat, was sie mehr als alles andere liebte, nämlich sich um Chloë zu kümmern. Die Osterferien hatten gerade begonnen, Efe war aus der Schule nach Hause gekommen, und Rilla hatte Beth für eine Woche nach Willow Court geschickt. Seit Marks Tod kam sie selber kaum noch hierher, aber sie wusste, wie gerne Beth sich hier aufhielt. Zuerst, kurz nach Markies Tod, hatte auch Beth nicht mehr nach Willow Court fahren wollen, aber mit der Zeit bekam sie Sehnsucht nach ihren Vettern, und Rilla, der das sofort auffiel, überredete sie, hinzufahren, wann immer sie konnte. Sie sagte:

»Nur weil ich Schwierigkeiten damit habe, brauchst du ja nicht auch wegzubleiben. Ich weiß doch, wie gerne du dort bist, und sie freuen sich alle so darauf, dich wieder zu sehen.«

Chloë war fünf und ein kleiner Teufel. Sie hatte ihren eigenen Willen und verfügte über einen großen Wortschatz.

»Wo hört sie bloß solche Ausdrücke?«, jammerte Gwen immer, wenn ihr kleines Mädchen, das wie ein Engel aussah, die schlimmen Wörter von sich gab, die sie im Fernsehen oder von den Erwachsenen aufgeschnappt hatte.

»Von uns, Mum«, erklärte Efe ihr. »Von uns allen.«

Chloë liebte Beth abgöttisch und hing an ihr wie eine Klette. Sie packte Beth an der Hand und zog sie überallhin: zum Küchengarten, um nachzuschauen, ob die ersten Karotten bereits kamen; zum Kletterbaum, einer riesigen Esche an der Mauer des Stillen Gartens, und in ihr Zimmer, in dem ein ständiges Chaos aus Spielzeug, Büchern, Stiften und Kleidern herrschte, trotz der vereinten Anstrengungen von Nanny Mouse, Gwen und zahlreichen Kindermädchen. Sie spielten zusammen mit Sissy, der weißen Langhaarkatze, die sich manchmal sogar im Puppenwagen spazieren fahren ließ. Einmal band Chloë ihr sogar ein Häubchen um, was Nanny Mouse ihr jedoch gleich energisch verbot. Tom, Sissys schwarzweißer Bruder, ließ sich solche Aufmerksamkeiten nie gefallen. Er hatte ein besonderes Talent dafür, auszubüxen und sich zu verstecken, bevor ihn jemand fangen konnte.

An diesem Tag hatte Beth beschlossen, dass Chloë eine Belohnung verdiente. Sie hatte Leonora um Erlaubnis gebeten, mit dem Puppenhaus im Kinderzimmer zu spielen.

»Ich passe auf, das verspreche ich«, sagte sie. »Chloë fasst nichts an, ohne mich vorher zu fragen, und wir werden ganz vorsichtig mit den Puppen umgehen. Nicht wahr, Chloë?«

Chloë nickte ernst. Leonora dachte einen Moment lang nach und sagte dann: »Na gut, Beth, Liebes, aber du hast die Verantwortung. Pass bitte auf. Ich weiß, dass ich dir vertrauen kann.«

»O ja, das kannst du! Wir werden ganz brav sein. Komm, Chloë!«

Die Mädchen eilten ins Kinderzimmer. Es regnete heftig. Dicke Tropfen prasselten gegen die Scheiben, und es war nicht sehr hell. Beth kniete sich neben das Puppenhaus und seufzte vor Freude. Das war das schönste Spielzeug auf der Welt, und obwohl sie schon zwölf Jahre war und eigentlich nur Chloë eine Freude machen wollte, fühlte sie sich auf einmal wieder in ihre Kinderzeit zurückversetzt. Sie spielte mit den Puppen, als seien es lebende Wesen.

»Darf ich mitspielen?« Efe hatte die Tür so leise geöffnet, dass die Mädchen nichts gehört hatten.

»Mit uns?« Efe behauptete immer, er sei zu alt und außerdem ein Junge, der kein Interesse am Puppenhaus hatte, aber als sie noch kleiner waren, hatte er häufig mitgespielt. Er übernahm die Rollen der männlichen Puppen.

»Ja, warum nicht?« Er setzte sich im Schneidersitz neben Beth. Sie konnte ihn riechen. Er roch nach Gras, Seife und seiner Haut, und errötend dachte sie an die Zeiten, als sie noch zusammen gebadet hatten. Er hatte schlechte Laune. Das merkte man ihm immer sofort an. Sein Gesicht war dann starr, und er redete nicht richtig. Wenn man ihm eine Frage stellte, murmelte er nur etwas, und seine Augen wirkten traurig und wütend. Beth fragte: »Was ist los, Efe?« Sie erwartete eigentlich keine Antwort, aber ihre Frage hatte doch den gewünschten Effekt.

»Nichts. Nichts Besonderes jedenfalls. Ich bin es leid, das ist alles. Jetzt muss ich vierzehn Tage lang das Gemecker ertragen, ich hasse es. Mum nörgelt dauernd an Dad herum, und er sagt dann gar nichts mehr, geht einfach und bleibt eine Ewigkeit weg, und wenn er dann wiederkommt, fängt sie von vorne an. Du hast Glück, dass deine Eltern geschieden sind, das kann ich dir sagen. Es ist nervtötend.«

Beth, die viel darum gegeben hätte, mit beiden Elternteilen auf Willow Court zu leben, erwiderte nur:

»Komm, dann spiel mit uns. Chloë, sieh mal, Efe spielt mit.«

»Efe!« Chloë warf sich auf ihren Bruder und fing an, ihn zu kitzeln. »Efe kann der Daddy sein. Ich bin das Baby. Ich kann schreien, hör mal…«

»Nein, Chloë, sei bitte kein schreiendes Baby. Du kannst ein schlafendes Baby sein«, warf Beth ein, aber es war schon zu spät. Chloë genoss ihre neue Rolle und lag schreiend und jammernd in Efes Armen.

»Hör auf!«, befahl Efe, und sie verstummte sofort. Es erstaunte Beth immer wieder, wie er andere dazubrachte, genau das zutun, was er wollte. »Wir spielen brave Kinder, Chloë, und wenn du auch nur noch einen Mucks vor dir gibst, werfe ich dich aus dem Fenster.«

Chloë fasste die Drohung als Witz auf, was sie ja auch sein sollte, und fing an zu lachen. Sie trat zum Fenster und blickte hinunter, um nachzusehen, wie tief sie fallen würde…

»Ich will nie ein Vater werden«, sagte Efe zu Beth. »Das ist mir zu schwierig. Mein Dad ist nie da. Dein Dad ist mit einer anderen abgehauen… sie sind alle Scheiße. Das will ich nicht.«

»Aber wenn du dich in jemanden verliebst, willst du ihn auch heiraten«, entgegnete Beth.

»Nein, das werde ich nie tun. Mädchen sind blöd. Du nicht, Beth, aber die meisten schon. Sie können nicht richtig spielen. Sie kichern die ganze Zeit nur.«

Beth strahlte vor Freude über Efes Kompliment. Er sagte nicht oft nette Sachen zu ihr, aber wenn er es tat, merkte sie es sich ganz genau, um später, wenn sie allein war, in Ruhe darüber nachzudenken.

»Wenn du erst mal erwachsen bist, änderst du bestimmt deine Meinung«, sagte sie.

»Nie. Ich heirate keine außer dir.«

Er schaute sie an. Irgendwie wirkte er anders heute. Traurig. Traurig und älter. Fast sah er sie an wie ein Erwachsener. Ein Schauer lief ihr über den Rücken. Er legte ihr die Hand auf den Arm.

»Du würdest mich doch heiraten, Beth, oder?«

Einen Moment lang zerschmolz etwas in ihrem Bauch, ihr wurde fast schlecht. Sie öffnete den Mund, um etwas zu erwidern, aber es kam kein Laut heraus. Efe fuhr fort:

»Du bist das einzige Mädchen, das ich jemals gemocht habe, also sollte ich vermutlich dich heiraten. Du bist zwar meine Kusine, aber nicht richtig verwandt mit mir, jedenfalls nicht blutsverwandt.«

Beth schüttelte den Kopf. Efe stand plötzlich auf.

»Ich weiß«, sagte er, »lass uns Blutsbrüderschaft schließen… na ja, Blutsbruder und -schwester. Blutsverwandte.«

»Wenn wir Blutsverwandte werden… dann kannst du mich nicht heiraten.«

»Doch«, erklärte Efe bestimmt. »Wir sind ja nicht wirklich Blutsverwandte. Es ist ja nur so eine Art Versprechen, dass wir immer treu zueinander halten. Ich muss dich retten, wenn du in Gefahr bist. So etwas.«

»Kann ich dich auch retten?«

»Ich brauche nicht gerettet zu werden, keine Sorge«, erwiderte Efe. Er blickte sich nach etwas um, womit sie sich in den Finger stechen konnten. Beth sagte: »Lady M. hat eine Hutnadel.«

»Das ist mir noch nie aufgefallen. Sie ist so winzig. Woher wusstest du das?«

»Deine Mum hat sie mir gegeben, weil ich wollte, dass Lady M. einen Hut aufsetzt. Leonora hat ihn extra für sie gemacht.«

Weder Efe noch Beth erwähnten Rilla. Sie gingen wie selbstverständlich davon aus, dass sie nicht mehr nach Willow Court kommen wollte … Seit Marks Tod war sie nur noch ein oder zwei Mal hier gewesen, und dann auch nur für ein, zwei Tage. Selbst nach vier Jahren konnte sie den Namen ihres Sohnes nicht aussprechen, ohne dass ihr die Tränen in die Augen schossen, also versuchte Beth, ihn nicht zu erwähnen. Aber sie dachte jeden Tag an ihn, und er fehlte ihr. Auch jetzt überlegte sie, ob sie mit Efe über die Ereignisse jenes Tages sprechen sollte, weil sie fast jede Nacht davon träumte, aber es war zu spät. Er hatte bereits die Hutnadel aus dem Puppenhut gezogen und hielt sie so, dass der winzige Glassplitter, der an der Spitze als angeblicher Diamant festgeklebt war, im Licht funkelte.

»Hier, gib mir deinen Daumen!«

»Tut es weh?« Beth wich ein wenig zurück.

»Natürlich nicht. Kein bisschen. In der Schule machen wir so was dauernd. Du brauchst keine Angst zu haben.«

Beth schloss die Augen und streckte den Arm aus. Efe ergriff ihre Hand, dann spürte sie einen kleinen Stich, der weniger wehtat als eine Spritze.

»Okay, du kannst die Augen wieder aufmachen. Alles vorbei. Sieh doch.«

Genau in diesem Moment trat Chloë zu ihnen und sah, was ihr Bruder machte.

»Ich auch!«, sagte sie. »Ich will auch mitspielen.«

»Nein, Chloë. Das ist ein Spiel für große Kinder«, erwiderte Efe.

»Ich will aber!« Ihre Unterlippe begann zu zittern. Efe stieß sich die Nadel in den Daumen.

»Siehst du, Chloë? Blut. Das ist kein schönes Spiel. Es tut weh.«

»Tut es weh, Beth?«, fragte das kleine Mädchen. Beth nickte, weil Efe es so wollte, aber eigentlich schmerzte es überhaupt nicht. Oder sie nahm den Schmerz nicht wahr. Efe drückte seinen blutenden Daumen an ihren, und ihr Blut vermischte sich. Sie dachte, vielleicht könne sie sogar fühlen, wie Efes Blut in ihren Körper floss. Er hielt ihre Hand und blickte sie mit einem Ausdruck an, den sie nicht deuten konnte. Sein Gesicht war sehr ernst. Er saß dicht bei ihr, und sie konnte seinen Atem auf ihren Haaren spüren.

»Freunde auf ewig, Beth?«

»Für immer und ewig Freunde.«

Sie waren jetzt bei der Stelle angekommen, an der der Pfarrer sagte, »Wenn jemand einen Einspruch hat…«, und einen Moment lang fragte sich Beth, was wohl passieren würde, wenn sie aufspränge und etwas gegen die Heirat einzuwenden hätte. Eines ihrer Lieblingsbücher war *Jane Eyre,* und sie liebte die Szene, in der Janes Heirat mit Mr. Rochester unterbrochen wird. Was würden Leonora, Gwen, Rilla, Mr. und Mrs. McVie wohl sagen, wenn sie zum Altar liefe, sich Efe vor die Füße warf und schrie, nein, du darfst Fiona nicht heiraten? Er gehörte ihr. Sie waren doch schließlich Blutsbrüder. Bedeutete das denn gar nichts? Seufzend wandte sie ihre Aufmerksamkeit der Braut zu. Fiona sah wunderschön aus. Beth hätte gerne etwas anderes gedacht, aber sie war zu aufrichtig, um abzustreiten, dass sich die ganze Mühe, die Fiona in diese Hochzeit gesteckt hatte, gelohnt hatte. Das Kleid, schwerer cremefarbener Satin, schmiegte sich an Fionas bemerkenswerte Figur, und die glitzernden Schneekristalle, die sich bei jeder Drehung schmerzhaft in Beths Kopfhaut bohrten, bedeckten als schimmerndes Muster ihre Schleppe. Sie trug einen Brautstrauß aus weißen und blassrosa Rosen, und auch die Kirche war mit Rosen geschmückt, eine ansehnliche Leistung angesichts der Jahreszeit. Wahrscheinlich waren sie eingeflogen worden. Was für eine Verschwendung! Um Geld jedoch brauchten sich Efe und Fiona keine Gedanken zu machen. Er hatte einen gut bezahlten Job in einem Marketingunternehmen und gehörte zu den Erben des Walsh-Vermögens. Und die McVies waren ohnehin reich.

Die Familie war, elegant gekleidet, geschlossen angetreten. Leonora hatte dafür gesorgt, dass auf Efes Seite alle der Trauungszeremonie beiwohnten. Sie sah großartig aus. Sie war zwar schon über siebzig, stand aber aufrecht und schlank in einem pfauenblauen Kostüm mit passendem Hut da. Gwen trug hellgelb... ein Kleid mit Jackett... mit einem dunkelbraun-gelben Hut. Rilla hatte beschlossen, alle Register zu ziehen. Ihr Mantel aus burgunderfarbenem Brokat schleifte über den Boden und funkelte und schimmerte im Licht. Auf dem Kopf trug sie eine Art Silberturban, der sie ein wenig wie einer der drei Könige aus dem Morgenland im Krippenspiel aussehen ließ, aber Beth hatte es nicht übers Herz gebracht, ihr das zu sagen. Chloë war in Blau und sah zur Abwechslung ganz normal aus. Fiona hatte nicht riskieren wollen, sie als Brautjungfer zu nehmen, und Beth konnte das verstehen. Ihre jüngste Kusine brachte es fertig und tauchte mit knallroten Haaren oder einem ausgefallenen Kleidungsstück wie einem mit Nieten besetzten Hundehalsband auf.

Die Männer, denen nicht so viele Möglichkeiten zur Verfügung standen, sich herauszuputzen, sahen alle gut aus, dachte Beth, bis auf den armen Alex, der Krawatten hasste und seit seiner Schulzeit keinen Anzug mehr getragen hatte. Er schien sich nicht besonders wohl zu fühlen, und Beth lächelte ihm zu. Das Grinsen auf seinem Gesicht veränderte ihn völlig. Komisch, wie es ihn veränderte, wenn er sich ein wenig entspannte. Eigentlich sah er richtig hübsch aus, wenn man ihn genauer betrachtete. Flüchtig fragte sich Beth, ob er wohl jemals neidisch auf seinen gut aussehenden Bruder war. Dachten Männer über solche Dinge nach? Ich muss ihn mal fragen, dachte sie. Alex redete zwar nicht viel, aber wenn man etwas von ihm wissen wollte, schenkte er einem seine volle Aufmerksamkeit und tat nie eine Frage als dumm ab.

»Sie dürfen jetzt die Braut küssen«, sagte der Pfarrer, und Beth sah, wie sich Efe vorbeugte und den Schleier über Fionas Gesicht hob. Er küsste sie natürlich mitten auf den Mund, für Efe gab es, selbst in der Kirche, keine Halbheiten, und Beth schloss die Augen. Sie hatte diesen Kuss wirklich nicht sehen wollen, aber Efe war zu schnell gewesen, und jetzt hatte sich ihr das Bild für alle Ewigkeit eingebrannt. Efes Lippen auf Fionas. Für immer. Efe und Fiona im Bett. *Denk nicht daran. Denk an etwas anderes, aber nicht daran*, sagte sie sich streng, aber da war sie in Gedanken schon bei dem Tag, als sie zum ersten Mal gemerkt hatte, wie ernst es Efe mit Fiona war.

Efe hatte beschlossen, eine Dinnerparty zu geben.

»Ich möchte, dass alles perfekt ist«, sagte er. »Es macht dir doch nichts aus, mir zu helfen, Beth, oder?«

»Überhaupt nicht«, erwiderte Beth, überlegte, wie viele Vasen es gab und wie die Blumen, die Efe überall in der Wohnung arrangiert haben wollte, hineinpassten. Sie hatte Fiona McVie schon ein paar Mal getroffen und dachte nicht häufig an sie. Sie war nett und sehr hübsch, aber sie konnte sich nur schwer vorstellen, dass Efe wahnsinnig in so jemanden verliebt war. Es fiel ihr schwer, Fiona zu beschreiben. Sie war nicht dumm, keineswegs, aber sie war so völlig naiv und so hingerissen von Efe, dass man jeden Moment erwartete, ihr bliebe der Mund vor Bewunderung und Anbetung offen stehen.

Beth steckte eine weitere Tulpe in einen kleinen Wald von Grünzeug, der in dieser Zusammenstellung nie in der Natur, sondern ausschließlich im Blumenladen vorkam, und fragte sich, was Efe wohl an ihr finden mochte. Sie war reich. Sie betete ihn an. Sie würde sich ihm unterordnen. Aber sang sein Herz, wenn er sie anschaute? Vielleicht. Efe hatte seine Gefühle noch nie deutlich gezeigt, und er ging jetzt schon seit ein paar Monaten mit Fiona aus, beinahe ein Rekord für ihn. Ich bin unfair, dachte sie. Aber er ist eben mein Cousin … praktisch mein Bruder …, und er verdient jemand Außergewöhnlichen. Eine tolle, ungewöhnliche Frau.

»Sie sind da, Beth. Bist du fertig?«

»Ja, Efe. Es sieht alles großartig aus. Geh und mach die Tür auf.«

Sie stand im Wohnzimmer und begrüßte die Gäste. Die perfekte Gastgeberin, dachte sie. Fiona und die anderen, deren Namen Beth kurz wahrnahm, um sie gleich wieder zu vergessen, setzten sich, und Efe reichte jedem etwas zu trinken. Schließlich gingen sie zum Tisch, das Essen wurde aufgetragen, und alle sagten, es sei köstlich, aber für Beth hätte es genausogut Pappe sein können. Sie saß Fiona gegenüber, neben Efe, und die Unterhaltung ging völlig an ihr vorbei. Sie lauschte nur auf die Stimmen: Fionas hohen, näselnden Singsang, Efe, der untypisch sanft klang. Die Stimmen der anderen bildeten lediglich die Kulisse.

Etwas war mit ihr passiert. Eine Art Erdbeben. Ihre Gefühle hatten sich auf einmal völlig verschoben. Sie fing einen Blick auf, den Efe und Fiona wechselten, und eine Welle des Schmerzes überflutete sie. Efe schickte Fiona einen stummen Kuss hinüber, und genau in diesen Sekunden fühlte Beth, dass sie ihn begehrte. Verwandte, Blutsbrüder, das war alles Unsinn. Sie wollte ihn so, wie man einen Mann begehrt. Sie wollte nachts neben ihm liegen und morgens neben ihm aufwachen. Sie wollte von ihm geküsst werden. Berührt werden. Der Gedanke an ihn und Fiona war so entsetzlich, dass ihr plötzlich schlecht wurde. Hastig schob sie ihren Stuhl zurück, um sich in der Toilette einzuschließen und zu weinen.

»Alles okay, Beth?« Efe warf ihr einen fragenden Blick zu. Nichts war okay, aber das konnte sie ihm schließlich nicht sagen.

»Ja … mir ist nur ein wenig heiß. Ich dachte, ich gehe gerade mal …«

»Nein, warte bitte noch eine Minute. Ich muss etwas verkünden. Füllt bitte eure Gläser. Na los! Ich werde einen Toast aussprechen!«

Lächelnd ließ sich Beth Champagner einschenken. Wie typisch für Efe! Er wollte jetzt und auf der Stelle einen Toast aussprechen, und sie durfte noch nicht einmal zur Toilette gehen. Aber es war in Ordnung, sie fühlte sich schon wieder besser. Was mochte er wohl zu feiern haben? Vielleicht war er befördert worden. Er stand auf und strahlte alle am Tisch an.

»So, meine Lieben: Ich erhebe mein Glas auf Fiona, die heute eingewilligt hat, meine Frau zu werden. Wir werden an Weihnachten heiraten. Ich bin der glücklichste Mann auf der Welt! Auf Fiona!«

Seine Worte hallten im Zimmer wider. Alle umringten die künftige Braut, und Efe trat zu ihr, um sie zu umarmen. Beth hatte gerade noch Zeit für den Gedanken, dass sie nie wieder glücklich sein würde, dann wurde es dunkel um sie, und sie fiel zum ersten Mal in ihrem Leben in Ohnmacht.

Alle waren jetzt in festlicher Stimmung, es wurde gelacht, getrunken, gescherzt. Hochzeiten waren immer das Gleiche. Beth kam sich vor wie eine Schauspielerin, die eine strapaziöse Aufführung hinter sich gebracht, dafür aber nicht annähernd genug Lob eingeheimst hatte. Sie lehnte sich an die Wand und schloss die Augen. Die anderen Gäste plauderten, tanzten, standen in kleinen Grüppchen herum. Sie hatte keine Lust, sich ihnen anzuschließen.

»Trink noch was, Beth«, sagte Alex, der gerade zu ihr getreten war. Er hielt zwei Gläser in der Hand. »Du siehst so aus, als ob du einen Schluck Alkohol gebrauchen könntest.«

»Ich weiß. Ich sehe Grauen erregend aus, nicht wahr? Ich kann nichts dafür. Diese blöde Hochzeit dauert schon viel zu lange, findest du nicht auch?«

Sie hörte, dass sie schon reichlich angetrunken klang. Sie hatte gehofft, damit den Schmerz zu betäuben, aber es hatte nicht funktioniert. Der Alkohol machte sie nur weinerlich. Jetzt war auch noch Alex nett zu ihr, und sie würde bestimmt in Tränen ausbrechen, wenn sie nicht sofort das Thema wechselte.

»Hast du schon alle fotografiert?«, fragte sie.

»Nein, noch nicht. Ich habe die üblichen Albumaufnahmen gemacht ... du weißt schon: Braut, Bräutigam, Verwandte, dieses Zeug. Jetzt muss ich noch die Gäste fotografieren. Ich wandere einfach mal ein bisschen herum und sehe, was ich finde.«

»Mach bloß kein Bild von mir. Ich sehe aus wie eine Leiche.«

Alex schüttelte den Kopf. »Das stimmt nicht, Beth, wirklich nicht. Ich finde, du siehst großartig aus.«

Sie stellte sich auf die Zehenspitzen und küsste ihn auf die Nase.

»Du bist sehr nett zu mir, Alex. Aber du musst jetzt nicht hier bleiben. Geh nur und such dir lustigere Gesellschaft. Fotografier deine Mum. Sie posiert doch gerne für die Kamera.«

Rilla amüsierte sich offenbar, wie Beth erfreut feststellte. Sie flirtete mit dem Vater der Braut. Die Brautmutter war nirgendwo zu sehen. Ach doch, da war sie ja. Sie unterhielt sich in einer dunkleren Ecke des Saales mit Leonora. Das Haus der McVies war angeblich zu klein für das Fest gewesen, deshalb befanden sie sich im Ballsaal eines Hotels, in dem eine Übernachtung mit Frühstück eine dreistellige Summe kostete. An einem Ende des Saales standen kleine Tische und vergoldete Stühle, am anderen spielte eine Kapelle Tanzmusik. Hochzeitsgäste saßen herum, tanzten, gingen von Gruppe zu Gruppe, und Beth, die alles von ihrem Platz am Fenster aus, halb hinter einem Samtvorhang verborgen, beobachtete, hasste die ganze Gesellschaft und wünschte sich glühend, es sei endlich vorbei.

Die Braut war nach oben gegangen, um sich für die Reise umzuziehen. Bald würden Efe und Fiona aufbrechen und ihre erste gemeinsame Nacht in einem verschneiten Chalet irgendwo in den Bergen verbringen. Beth blickte aus dem Fenster in das Londoner Dämmerlicht. Jemand berührte sie an der Schulter, und sie fuhr erschreckt herum. Es war Efe. Errötend blickte sie ihn an. Er stützte sich mit dem Arm an der Wand über ihrem Kopf ab – neben ihnen blitzte Alex' Kamera auf.

»Schöne Hochzeit, Efe. Und falls ich es nicht schon gesagt habe: Ich hoffe, ihr beide werdet sehr glücklich.«

»Das werden wir bestimmt, aber was ist mit dir?«

»Wie meinst du das?« Beth schnürte es die Kehle zu.

»Geht es dir gut? Bist du glücklich, Beth?«

Sie lachte. »Solche Fragen stellst du doch sonst nicht, Efe. Was ist denn in dich gefahren?«

»Ich weiß nicht. Ich dachte nur … nun, ich fand, du siehst ein bisschen traurig aus.«

»Nein, es ist alles in Ordnung. Mir geht es gut. Du wirst mir fehlen.«

»Ich komme ja in zwei Wochen zurück. Und dann musst du unbedingt zu uns zum Abendessen kommen. Fiona hat das Esszimmer in meiner Wohnung erstaunlich verwandelt. Es wird dir gefallen!«

»Das meine ich nicht, Efe. Ich meine nicht, dass du mir in den nächsten zwei Wochen fehlen wirst. Unsere Beziehung wird mir fehlen. Blutsbrüder, weißt du noch?«

»Natürlich! Daran ändert sich doch nichts, Beth. Du weißt doch ganz genau, wie viel du mir bedeutest. Ich sage es vielleicht nicht so oft, ich kann das auch nicht gut, aber ich könnte dich nicht mehr lieben, wenn du meine Schwester wärst. Weißt du das denn nicht?«

Beth nickte stumm. Was, wenn sie ihm die Wahrheit erzählte? Dann würde sich auf einmal sein ganzes sorgfältig arrangiertes und frisch geplantes Leben verändern. Sie gelobte sich insgeheim, nie jemandem zu sagen, was sie empfand. Sie würde ihn, sein Leben, sein Glück, beschützen.

»Gehst du immer noch mit diesem ... wie hieß er noch mal? ... Robert? Richard?«, fragte Efe.

»Robin.«

»Ach ja. Alberner Name für einen Mann, fand ich immer.«

»Robin ist sehr nett. Aber ich gehe nicht mehr mit ihm. Zur Zeit treffe ich mich mit niemandem.«

»Warum versteckst du dich dann hinter einem Vorhang, statt dir da draußen einen Partner zu suchen?«

»Ich habe im Moment keine Lust, mir einen Partner zu suchen, Efe, wirklich nicht.«

»Warum? Liegt es an diesem Robin? Hat er dich verletzt? Falls ja, dann kriegt er es mit mir zu tun ...«

»Gib nicht so an, Efe! Du hörst dich an wie mein Dad. Ich kann alleine auf mich aufpassen. Außerdem war er wirklich nett. Ich habe Schluss gemacht.«

»Ich muss jetzt los, Bethie«, sagte Efe. »Fiona kommt gleich herunter, und ich habe weder Leonora noch Mum oder Dad auf Wiedersehen gesagt. Gib mir einen Abschiedskuss.«

Beth schloss die Augen und stand stocksteif da, als Efe sich zu ihr herunterbeugte, um sie zu küssen. Einen seligen Moment lang waren sich ihre Körper so nah, dass sie seine Wärme durch die Kleider spüren konnte. Sein Atem glitt über ihr Gesicht, und seine Lippen öffneten sich kurz; beinahe war es ein richtiger Kuss. Wenn sie jetzt den Mund öffnete, ihre Zunge seine berühren würde, wenn sie ihm die Arme um den Nacken schlingen und sich an ihn schmiegen würde … Sie sollte sich jetzt besser wieder von ihm lösen, bevor sie die Beherrschung verließ, bevor sie sich in seinem Geruch und seinem Geschmack verlor. Dann war der Kuss vorbei, und er ging weg und winkte ihr über die Schulter noch einmal lässig zu. Das war es, dachte sie. Mehr werde ich nie bekommen. Niemals. Sie presste das Gesicht an die Fensterscheibe und ließ den Tränen, die sie seit Stunden zurückgehalten hatte, freien Lauf, bis die Straße vor ihren Augen verschwamm und zu dichtem Nebel mit einzelnen, glitzernden Lichtpünktchen wurde.

Fiona legte Douggie zusammen mit dem rosa Plüschhasen Brarey, seinem Lieblingsknuddeltier, in sein Bettchen. Sie hatte keine Träne vergossen, während sie ihm ein Lied vorsang, um ihn zu beruhigen. Er steckte sich den Daumen in den Mund, und die Augen fielen ihm zu. Armer kleiner Kerl, dachte sie. Er ist erschöpft, und das werde ich heute Nacht büßen. Wenn er jetzt schläft, will er heute Abend bestimmt nicht ins Bett. Aber es war ihr gleichgültig. Alles war ihr egal, außer Efe und wie sie ihn wieder in gute Laune versetzen konnte.

Was war bloß unten in der Halle in ihn gefahren? Warum war er so gemein zu ihr gewesen? Sie fand es immer schwieriger, ihn zu verstehen, und noch schwieriger war es, sich nach einem Streit wieder mit ihm zu versöhnen. In den ersten Monaten ihrer Ehe hatte sie sich nur an ihn schmiegen müssen, und sofort wandte er sich ihr zu, stöhnte auf und ließ sich mit ihr auf das Bett oder auf den Fußboden sinken. Ein oder zwei Mal hatten sie es sogar im Stehen an der Spüle in der Küche gemacht.

Sie hatten heute Morgen miteinander geschlafen, während Gwen sich um Douggie gekümmert hatte. Er hatte sie aufs Bett gedrückt, ihr den Rock hoch geschoben und den Slip ausgezogen, und dann war er hastig und keuchend in sie eingedrungen. Fionas Körper summte immer noch vor Lust, obwohl Efe kein einziges Wort gesprochen hatte. Das letzte Mal hatten sie vor drei Wochen miteinander geschlafen. Doch sie hatte keine Ahnung, ob das normal war für ein Paar nach fast vier Jahren Ehe.

In all der Zeit war sie nicht dahinter gekommen, wie sie Efe aus seinen düsteren Stimmungen reißen konnte, wenn es keine Möglichkeit gab, miteinander Sex zu haben. Sie wusste nicht, ob er sich mehr ärgerte, wenn sie ihm widersprach oder wenn sie sich entschuldigte. Sie fand einfach nie die richtigen Worte. Vielleicht habe ich ja wirklich nur ein hübsches Gesicht, dachte sie, und bin ziemlich dumm.

Efe trat ins Zimmer, doch Fiona wagte nicht, ihn zu fragen, wo er gewesen war. Er ging ans Fenster, und sie stand unschlüssig herum, bis sie sich schließlich an den Schminktisch setzte. Vor dem Spiegel tat sie so, als kämmte sie sich die Haare, behielt ihn aber dabei im Auge. Sie wollte gerade erwähnen, wie müde Douggie gewesen sei, als Efe das Wort ergriff. Er sah sie nicht an, sondern starrte weiter aus dem Fenster.

»Alex ist ein verdammter Blödmann«, sagte er. »Der hat vielleicht Nerven, sich in meine Ehe einzumischen.«

Fiona war Alex für sein untypisches Macho-Verhalten sehr dankbar gewesen. Die unfreundlichen Worte ihres Mannes schmerzten immer noch, aber es hatte keinen Sinn, Efe zu widersprechen, wenn er in dieser Stimmung war, also stimmte sie ihm zu.

»Ja«, erwiderte sie schuldbewusst. »Aber er hat es sicher nicht böse gemeint.«

Efe schwieg eine Weile. Dann sagte er: »Es tut mir Leid, Fi. Ich weiß nicht, was in mich gefahren ist. Ich hätte nicht so gemein sein dürfen. Das liegt nur an der Ungewissheit wegen der Bilder, weißt du. Wenn Leonora erstmal zu einem Entschluss gekommen ist, bin ich wieder der Alte.«

»Ist schon okay«, entgegnete Fiona, erstaunt, dass er sich überhaupt entschuldigte. Meistens brachte er das Wort »Entschuldigung« nicht über die Lippen. »Du hast ja nur einen Scherz gemacht.«

»Ja, natürlich«, sagte Efe, doch Fiona wusste genau, dass er log, aber es machte ihr nichts aus, weil sie ihm ansah, wie sich seine Laune besserte. »Ich gehe jetzt runter. Kann was zu trinken gebrauchen, nach allem, was passiert ist. Bis später.«

Er schickte ihr einen Luftkuss, als er aus dem Zimmer ging. Tränen traten Fiona in die Augen. Nie bezieht er mich ein, dachte sie voller Selbstmitleid. Sie konnte ihm seine Wutausbrüche, seine schlechte Laune, seine Gewalttätigkeiten und Grobheiten, wenn er wütend war, verzeihen, solange er sie nur wirklich liebte und immer bei sich haben wollte. Aber meistens ist es ihm egal, dachte sie, ob ich da bin oder nicht. Und das tut so weh. Ich könnte auf einem anderen Planeten sein, er würde es nicht einmal merken. Die Tränen liefen ihr über die Wangen, und sie wischte sie rasch weg. Ich nehme jetzt ein schönes, kühles Bad, dachte sie, und dann ziehe ich mich zum Abendessen um. Ich stecke mir die Haare hoch, lege mir einen feuchten Lappen auf die Augen und ruhe mich in der Wanne ein bisschen aus.

Auf dem Weg ins Badezimmer fiel ihr auf, dass Efe sein Handy auf dem Tisch neben seinem Bett liegen gelassen hatte. Es sah ihm gar nicht ähnlich, es zu vergessen, vor allem heute nicht, weil er einen wichtigen Anruf von Reuben Stronsky erwartete. Sie hatte sich schon gefragt, ob es so klug war, den armen Mann extra aus Amerika hierher kommen zu lassen, wo es doch nicht aussah, als gäbe Leonora wegen der Bilder nach, aber Efe hatte ihr versichert, dass Mr. Stronsky mit seinem Charme selbst Leonora bezaubern würde. Fiona bezweifelte das, aber darüber würde sie mit Efe ganz bestimmt nicht streiten.

Sie nahm das Telefon in die Hand, das Mailboxsignal blinkte regelmäßig. Zögernd betrachtete sie das kleine silberne Gerät. Man hatte ihr als Kind schon beigebracht, niemals die Briefe anderer Leute zu lesen, und sie hielt auch nichts davon, Gespräche zu belauschen, aber hier lagen die Dinge ein wenig anders. Es konnte ja eine dringende Nachricht von Mr. Stronsky sein, von der Efe sofort erfahren musste. Sie hatte sich zum Baden bereits ausgezogen und keine Lust, nur mit ihrem Kimono bekleidet durchs Haus zu laufen, um nach ihm zu suchen, aber wenn der

Anruf wirklich wichtig war, konnte sie sich immer noch anziehen und zu ihm gehen.

Fiona setzte sich aufs Bett, drückte den winzigen silbernen Knopf und beschloss, den Anruf abzuhören. Ich suche ihn nur, wenn es wirklich dringend ist. Doch der Anruf war aus Efes Büro gekommen, offensichtlich ging es um eine Angelegenheit, die bis Montag warten konnte. Bevor sie ausschalten konnte, wurde ein weiterer, alter Anruf wiedergegeben. Jetzt hätte sie ausschalten können, aber es war eine Frauenstimme, und schon nach den ersten Worten musste sie einfach weiterhören.

Sie saß da wie erstarrt. Wenn ich mich bewege, dachte sie, zerspringe ich in tausend Stücke. Sie zitterte am ganzen Leib. Ihr Mund war trocken. Trotz der Hitze fror sie plötzlich. Das war ein Irrtum. Es konnte gar nicht anders sein. Etwas Böses hatte sich Zutritt zu ihrem Kopf verschafft. Vielleicht wurde sie ja verrückt und bildete sich alles nur ein. Oder vielleicht war es eine Art Handyvirus, so wie bei Computern, der alles zerstörte. Es ist nicht wahr, sagte Fiona sich. Es kann nicht sein. Das passiert nicht mir.

Sie zwang sich zu atmen. Einatmen, ausatmen. Sie musste diese grässliche Nachricht noch einmal hören. Kurz blitzte ein hoffnungsvoller Gedanke in ihr auf. Vielleicht hatte jemand die falsche Nummer erwischt. Hatte die Person eigentlich Efes Namen erwähnt? Sie musste es einfach wissen. Wieder drückte sie auf den Knopf, und wieder drang die Stimme an ihr Ohr.

»*Efe, mein Liebling.*« Das waren die Worte, die sie so gefürchtet hatte. Die schlimmsten Worte. Sie hätte alles dafür gegeben, sie nicht hören zu müssen. »*Efe, mein Liebling. Ich bin es. Kannst du erraten, was ich gerade tue? Ich wünschte, du tätest es, mein Süßer, genau wie letztes Mal, aber vielleicht dauert es ja nicht mehr so lange. Ich kann das Warten kaum noch ertragen. Ich begehre dich so sehr. Morgen. Haben wir eine Chance, nachmittags irgendwo allein zu sein? Sonst kompromittiere ich mich am Ende noch … o Gott, Efe, ich sehne mich so nach dir. Ich brauche dich. Kannst du hören, wie sehr ich dich brauche?*«

Fiona lauschte auf das Stöhnen, das folgte. Mein Gott, wie widerwärtig und abscheulich! Sie schleuderte das Gerät von sich, und es fiel zu Boden. Es ist mir egal! Es ist mir egal, wenn es kaputt ist! Ich kriege keine Luft mehr. O Jesus, o Gott. Sie schloss die Augen und sank zurück aufs Bett. Sie konnte noch nicht einmal weinen, so sehr schmerzte es. Dann stand sie wieder auf. Ihr Körper brannte, als habe ihr jemand die Haut abgezogen. Durch ihren Kopf schwirrten Ekel erregende Bilder: Efe, der diese Person – wer mochte das sein? – streichelte und berührte, bis sie keuchte und stöhnte wie eben am Telefon. Fiona schlug sich die Hand vor den Mund, überzeugt davon, sich auf der Stelle übergeben zu müssen. Kalter Schweiß stand ihr auf der Stirn.

Benommen trat sie ans Fenster. Sie hatte keine Ahnung, wann er den Anruf empfangen hatte, aber er hatte ihn auf jeden Fall nicht gelöscht. Er hatte ihn behalten, und dafür gab es nur einen Grund: Es törnte ihn an, ihn sich immer wieder anzuhören. Einen Moment lang war sie so wütend, dass sie Efe kaltblütig mit der Nagelfeile erstochen hätte, wenn er in ihrer Nähe gewesen wäre.

Fiona sah den Wagen ihres Mannes, oben an der Auffahrt. Die Schlüssel lagen auf dem Nachttisch. Ich brauche ja nicht hier zu bleiben, dachte sie plötzlich. Ich will ihn nicht mehr sehen, und wenn ich das nicht will, brauche ich es auch nicht. Ich kann ja fahren. Ich kann packen und fahren. Ihre Gedanken überschlugen sich. Sie sind alle irgendwo beschäftigt, reden und bereiten alles für das Fest vor. Ich will sowieso nicht zu diesem blöden Fest gehen. Scheißfest.

Sie holte den größeren der beiden Koffer aus dem Schrank und begann, ihre Kleider hineinzuwerfen. Sie würde ihm keine Nachricht hinterlassen. Was sollte sie auch schreiben? Einen Moment lang überlegte sie, ob sie wohl etwas auf die Mailbox von Efes Handy sprechen sollte. Ach was! Wenn er mit ihr sprechen wollte, sollte er sich bei ihr melden. Sie wollte nie wieder mit ihm reden, jedenfalls jetzt nicht. Eines Tages würde sie es sicher tun müssen. Aber nicht jetzt. Gut, dass Douggie gerade schlief. Sie würde ihn erst wecken, wenn sie fertig war. Was Efe wohl sagen würde, wenn er entdeckte, dass sie das Auto genommen hatte? Er wäre außer sich vor Wut. Er würde mit dem Zug nach Hause fahren müssen. Geschah ihm recht! Aber sie wäre nicht da. Sie würde zu ihren Eltern fahren, bevor sie nach Willow Court aufbrachen. Mummy würde sich darüber ärgern, das Fest zu verpassen. Sie hatte sich darauf gefreut. Leonora wäre ärgerlich, weil zwei Personen, die bereits zugesagt hatten, nicht kämen. Das würde die ganze Tischordnung durcheinander bringen. Ach was, scheiß auf die Tischordnung. Am Montagmorgen würde ihr Vater für sie einen Termin bei seinem Anwalt machen. Daddy würde ihr helfen.

Fiona weinte erneut, als sie daran dachte, dass Efe sie wahrscheinlich nicht besonders vermissen würde. Douggie würde ihm natürlich fehlen, und was würde aus dem neuen Baby werden? Der Gedanke an sie – Fiona war sicher, ein Mädchen zu erwarten – brachte das Fass zum Überlaufen, und sie schlug die Hände vors Gesicht und schluchzte bitterlich.

Ein paar Minuten später, nachdem sie so viele Tränen geweint hatte, wie sie es nie für möglich gehalten hätte, richtete Fiona sich auf. Sie hob das Handy vom Boden auf und löschte die Nachricht. Jetzt wüsste Efe, dass sie sie gehört hatte. Aber vor allem konnte er sie nicht mehr anhören.

»Ich bin nicht sicher, ob ich es richtig verstehe«, sagte Alex. Er saß in Efes Zimmer auf Douggies Bett. Efe starrte aus dem Fenster und sagte kaum etwas. Für Alex' Geschmack war viel zu viel los. Ihm war noch immer schwindlig von dem, was zwischen ihm und Beth in der Küche vorgegangen war. Er konnte es immer noch nicht glauben und dachte ständig darüber nach. Wie ein Halbwüchsiger konnte er sich auf nichts anderes als sie, Beth, konzentrieren. Schon ihren Namen in Gedanken auszusprechen, erfüllte ihn mit Freude. Als sie in den Garten gegangen war, hatte er sich sofort Sorgen gemacht. Sie war nur nett zu ihm gewesen. Sie liebte Efe und hatte ihn nur geküsst, weil sie wütend auf seinen großen Bruder war. Jetzt käme sie bestimmt allmählich zu Verstand und merkte, dass sie den Kuss gar nicht so gemeint hatte. Aber nein, sie hatte es doch so gemeint. Er hatte es ja gespürt. Er schüttelte den Kopf, um die Erinnerung zu vertreiben, die ihn nicht klar denken ließ.

Jetzt wird nicht mehr geträumt, sagte er sich. Er sah seinen Bruder an, der in einem schrecklichen Zustand war. Wäre es nicht so unwahrscheinlich gewesen, hätte Alex schwören können, dass Efe weinte. Vielleicht hatte er unten im Zelt geholfen und etwas ins Auge bekommen. Alex war gerade auf dem Weg ins Badezimmer gewesen, um vor dem Abendessen zu duschen, als Efe seine Zimmertür aufgerissen und ihn hineingezerrt hatte. Die Tür war so plötzlich aufgegangen, als habe er dahinter gelauert.

Alex hatte die Schuhe ausgezogen. Er hockte mit angezogenen Beinen auf dem Bett und lehnte sich an die Wand. Efe setzte sich neben ihn und vergrub den Kopf in seinen Händen. Alex war klar, dass er ihn trösten müsste, aber er hatte immer noch nicht ganz begriffen, worum es ging.

»Es ist ganz einfach«, sagte Efe. »Fiona ist abgehauen. Sie hat Douggie mitgenommen. Sie geht nicht an ihr Handy. Ich könnte wetten, sie ist auf dem Weg zu ihren Eltern. Was soll ich bloß machen, verdammt noch mal? Sie weiß doch, dass sie durch ihr Verhalten Leonoras Party ruiniert. Das ist wie Sabotage. Was ist bloß in sie gefahren?«

»Bist du sicher, dass du dich entschuldigt hast?«

»Natürlich, verdammt noch mal. Das habe ich doch gesagt.«

Alex schwieg. Efe entschuldigte sich oft ziemlich halbherzig, und man konnte nie sicher sein, ob er es auch wirklich so meinte.

»Ja, natürlich hast du es mir gesagt«, erwiderte er und versuchte, nicht allzu ungeduldig zu klingen, »aber der Punkt ist doch, ob es bei Fiona angekommen ist.«

Efe nickte. »Sie war völlig normal, als ich aus dem Zimmer ging. Ich schwöre es dir. Wir haben uns wieder vertragen. Wir hatten seit einer Ewigkeit keinen echten Streit mehr.«

Das war jetzt nicht der richtige Zeitpunkt, Efe an die Verhaltensweisen zu erinnern, mit denen er jede andere Frau längst vertrieben hätte, dachte Alex. Er sagte: »Ich weiß nicht, was ich sagen soll, Efe.«

Efe ließ sich aufs Bett sinken. Als Kinder hatte er das auch immer getan, und Alex dachte, sie könnten ebensogut Zehn- und Achtjährige sein, die sich aus irgendwelchen Schwierigkeiten, in die Efe sie gebracht hatte, wieder herausmanövrieren mussten. Früher hatten sie immer genau so dagesessen: Alex an die Wand gelehnt, Efe auf der Bettkante. Seltsam, dass sich bestimmte Muster nie änderten.

»Aber ich weiß es«, sagte Efe. Er legte den Arm über die Augen, ein deutliches Zeichen für Schuldbewusstsein. Auch das hatte er als Junge immer getan. »Sie hat eine Nachricht auf meiner Mailbox abgehört. Vielleicht hat sie gedacht, sie sei dringend. Und dann hat sie einfach weitergehört und eine frühere mitbekommen, die ich nicht gelöscht hatte. So muss es gewesen sein, weil diese Nachricht nämlich jetzt weg ist, genau wie Fiona. Da brauche ich doch nur eins und eins zusammenzuzählen.«

Alex stöhnte auf. »Der Anruf kam von einer Frau, was?«

»Genau. Und zwar die Sorte, die nicht für Fionas Ohren bestimmt war.«

Alex schwieg. Er konnte sich denken, warum Efe den kompromittierenden Text nicht gelöscht hatte. Er sagte: »Und was willst du jetzt tun? Willst du sie wiederhaben? Du könntest sie überreden, zurückzukommen.«

»Ich weiß nicht, was ich will. Ehrlich nicht. Aber dass Fiona weg ist, wird nicht gerade zur Feststimmung beitragen, oder?«

Alex dachte an das bevorstehende Abendessen.

»Du solltest es noch keinem sagen. Auf jeden Fall heute Abend noch nicht. Bis morgen ist alles in vollem Gange, dann macht es nicht mehr so viel aus.« Er blickte Efe an.

»Hast du eben gesagt, du wolltest dir die Nachricht noch mal anhören?« Ein Gedanke durchzuckte Alex.

»Ja. Warum?«

»Nur so«, erwiderte Alex. Die Entdeckung, dass seine Frau ihn verlassen hatte, konnte Efe nicht besonders erschüttert haben, wenn er sich direkt danach noch einmal die Obszönitäten seiner Geliebten anhören wollte. Er ärgerte sich wahrscheinlich bloß, weil er es nicht vorausgesehen und keinen Einfluss darauf gehabt hatte.

»Na gut.« Efe setzte sich auf und erhob sich. Er fuhr sich mit den Händen durch die Haare und sagte: »Genau. Ich werde erklären, sie fühle sich nicht gut. Kopfschmerzen oder so. Müde. Und du gibst keinen Laut von dir, okay?«

Alex nickte. Keinen Laut von sich zu geben war seine zweite Natur.

Rilla saß vor dem Spiegel des Schminktisches, doch sie nahm nichts wahr. Das Bad hatte ein wenig geholfen, aber sie sah immer noch den See vor sich und ihr Kind, das nach Efe rief. Er hätte sich umdrehen können, er hätte hinter sich schauen können, statt sich immer tiefer in sein Spiel hineinziehen zu lassen. Seufzend dachte sie: Armer Efe! Wie schrecklich für ein Kind, das alles sein Leben lang mit sich herumzutragen. Dieses Wissen erklärte manche Verhaltensweisen ihres Neffen. Er hatte versucht, seine Schuld zu überwinden, indem er egoistisch geworden war und sich, ohne einen Gedanken an andere zu verschwenden, immer nur um das kümmerte, was er wollte. Seine Wutausbrüche und seine Ungeduld mit Schwächeren hatte die Verdrängung noch verschlimmert. Sie fragte sich, ob er sich nach dem Geständnis, das Leonora ihm abgerungen hatte, schlechter fühlte. Aber das war wohl nicht der Fall. Vielleicht machte es das Leben für ihn sogar einfacher. Leonora hatte es jedoch ihretwegen getan, damit sie, Rilla, sich besser fühlte. Ihr stieg ein Kloß in den Hals. Ach, hör auf, dachte sie, fang nicht schon wieder an zu weinen. Sie braucht dir nicht Leid zu tun. Ihr geht es jetzt bestimmt auch besser. Das war nach Geständnissen immer so. Allerdings war ihre Mutter in den letzten Tagen viel weniger spöttisch gewesen als normalerweise. Konnte es sein, dass Leonora im Alter milder wurde? Rilla versuchte, sich an kritische oder schnippische Bemerkungen und an vorwurfsvolle Blicke zu erinnern, aber es fiel ihr kaum etwas ein. Es liegt auch an mir, dachte sie. Die Liebe lenkt mich ab.

Ihr Handy spielte seine alberne Melodie, und Rilla stöhnte. Ich muss unbedingt den Klingelton ändern, dachte sie. Das macht mich wahnsinnig. Ihr Herz sank, als sie nach dem Gerät griff.

Das konnte nur Ivan sein. Sie hatte es bis jetzt nicht geschafft, ihn anzurufen. Das war Seans Schuld. Seit sie ihn kannte, hatte sie nicht mehr an den armen Ivan gedacht. Sie musste ihm unbedingt von Sean erzählen, schließlich hatte sie ihn nur aus Feigheit nicht angerufen. Sie würde mit ihm Schluss machen müssen, wie es die jungen Leute immer nannten, und so unelegant die Wendung klang, sie hatte doch ihre Berechtigung. Sie würde ihn jetzt noch hinhalten und für nächste Woche ein Treffen mit ihm vereinbaren. Ergeben drückte sie die Empfangstaste und hielt das Handy ans Ohr.

»Liebling, Ivan! Wie schön, von dir zu hören... ja, es tut mir so Leid. Du kannst dir nicht vorstellen, was hier los ist. Ein Militärmanöver ist nichts im Vergleich zu den Strategien, die hier aufgefahren werden. Erzähl mir, was du so machst.«

Sie lauschte mit halbem Ohr, während Ivan von einer Party berichtete. In Gedanken beschäftigte sie sich bereits mit der Kleiderfrage für das Abendessen. Als er schließlich sagte, wie sehr er sie vermisste und wie sehr er sich danach sehnte, sie wieder in den Armen halten zu können, holte sie tief Luft.

»Ivan, ich kann jetzt nicht darüber reden, aber wir sollten uns Anfang nächster Woche sehen. Geht das? Ich muss etwas mit dir besprechen.«

»Ich glaube, ich höre da ein gewisses Zögern, Rilla, Liebling. Gibt es etwas, das du mir verschweigst?«

»Nein, Ivan, natürlich nicht.« Rilla erkannte selbst, wie falsch ihre aufgesetzte Fröhlichkeit klang.

»Du klingst glücklich, bist aber nicht wirklich glücklich«, sagte Ivan. Mist, dachte Rilla. So viel dazu. Was jetzt? Sie überlegte gerade, ob sie ihm auf der Stelle die Wahrheit sagen sollte, als er sie unterbrach.

»Du triffst Vorbereitungen, dich von mir zu trennen. Habe ich Recht? Hast du vielleicht jemand anderen kennen gelernt?«

In dem Schweigen suchte Rilla fieberhaft nach passenden Worten.

»Du kannst mir nicht antworten, weil es die Wahrheit ist«, triumphierte Ivan.

»Nun, ja, es gibt jemanden, aber ich wollte nicht …«

»Ich weiß, ich weiß. Du wolltest es richtig machen. Es mir ins Gesicht sagen. Das ist sehr lieb von dir, aber ich entlasse dich aus dieser Verpflichtung. Du bist frei wie ein Vogel, Rilla, ich halte dich nicht fest.«

Seine Stimme bebte vor Gefühl. Rilla musste unwillkürlich lächeln. Er war immer so hochdramatisch! Sie erwiderte: »Das ist sehr lieb von dir, Ivan. Ich verdiene es nicht. Ich wollte dich nicht verletzen, aber ich habe mich verliebt. Klingt das nicht lächerlich?«

»Nein«, sagte Ivan. »Ich habe mich auf den ersten Blick in dich verliebt. Wer ist der Glückliche?«

Rilla konnte sich des Eindrucks nicht erwehren, dass seine große Liebe nicht besonders tief ging. Er machte eigentlich keinen leidenden Eindruck.

»Es ist der Regisseur des Fernsehfilms, der über Ethan Walsh gedreht wird. Sein Name ist Sean Everard. Ich muss jetzt los, Ivan, du kannst dir das Hin und Her hier nicht vorstellen. Wenn ich wieder in London bin, unterhalten wir uns noch mal eingehender, okay? Sobald wie möglich essen wir zusammen zu Mittag.«

Ivan sagte noch ein paar Sätze, und Rilla kam es wirklich so vor, als sei er nicht so besonders traurig. Das war gut. Es machte ihr das Leben wesentlich leichter.

»Auf Wiedersehen, Ivan«, sagte sie schließlich. »Ich bin nächste Woche wieder da. Pass gut auf dich auf.«

Rilla legte das Handy auf den Nachttisch; ihr war plötzlich schwindlig vor Glück. Alles würde gut werden. Die Sache mit Ivan war erledigt. Er hatte deutlich zum Ausdruck gebracht, dass er sich schnell erholen würde. Er war verständnisvoller gewesen, als sie jemals zu hoffen gewagt hatte. Na, du bist ja die reinste Femme fatale, sagte sie sich, und trat an den Kleiderschrank, um sich für den Abend umzuziehen. Die schwarze Satinhose, und vielleicht konnte sie es im schmeichelnden Licht des Esszimmers sogar wagen, das rosafarbene Seidentop anzuziehen. Es war immer noch schwül und der Schal dazu möglicherweise zu heiß, aber er war so schön, dass Rilla ihn unbedingt tragen wollte. Sie konnte ihn über die Rückenlehne des Stuhls legen, wenn er ihr zu viel wurde.

Mitten in diesen angenehmen Gedanken überraschte sie ein leises Klopfen an der Tür. Wer mag das wohl sein, wunderte sie sich. Hoffentlich niemand, der sie zu irgendeiner Arbeit auffordern wollte. Auf ihr »Herein« trat Leonora ein und sagte mit leiser Stimme: »Es tut mir Leid, Liebling, wenn ich dich störe.«

»Mutter!« Rilla wusste nicht, was sie von diesem Besuch halten sollte. Wahrscheinlich wollte ihre Mutter sich nur davon überzeugen, dass sie Efes Enthüllungen gut überstanden hatte. Sie sagte: »Setz dich doch, Mutter. Ist alles in Ordnung? Du siehst erschöpft aus.«

Das stimmte. Im Wintergarten, im Schatten einer großen Pflanze, hatte Leonora wie immer ausgesehen: beherrscht, aufrecht und sehr jung für ihr Alter. Hier jedoch sah man im Schein der Abendsonne die tiefen Schatten unter den Augen und wie dünn ihre Haut geworden war. Die Adern auf ihren Händen, voller Altersflecken, standen deutlich hervor… Ganz plötzlich wurde Rilla bewusst, dass ihre Mutter eine alte Frau war. So hatte sie sie noch nie gesehen. Ich bin eine Närrin, dachte sie. Sie ist meine Mutter, und deshalb habe ich sie nie genau angeschaut. Sie darf sich nicht verändern, und deshalb habe ich es nicht gesehen. Sie muss immer so bleiben wie in meiner Kindheit, aber natürlich ist sie auch älter geworden. Das ist doch ganz normal.

»Es geht mir gut, Liebling«, erwiderte Leonora. Ihre Stimme klang wie immer, kraftvoll und strahlend. Rilla lächelte reumütig. Noch gehörte ihre Mutter nicht zum alten Eisen.

»Ich wollte dir noch etwas sagen«, fuhr Leonora fort. »Aber zuerst muss ich dir eine Frage stellen. Darf ich?«

»Natürlich, nur zu.«

»Denkst du jemals noch an Hugh Kenworthy?« Leonora schaute aus dem Fenster, damit Rilla sich von ihrer Überraschung erholen konnte. Was war das denn für eine Frage? Dass Mutter sich überhaupt noch an seinen Namen erinnerte! Rilla hätte wetten können, dass sie die Angelegenheit schon längst vergessen hatte. Und wie sollte sie darauf antworten? Schließlich sagte sie: »Ja, natürlich. Ab und zu.«

Ich will nicht daran denken, sagte sie sich, wie sehr ich dich für das, was du getan hast, gehasst habe. Und ich werde ganz bestimmt nicht sagen, dass ich dir das nie verzeihe. Aber ich werde auch nicht behaupten, dass es mir egal ist, seit ich Sean kennen gelernt habe. Ich werde gar nichts sagen.

»Ich habe lange gezögert, bevor ich zu dir gekommen bin, Rilla, aber letztendlich fand ich doch, es sei besser, wenn du alles erfährst.«

»Über Hugh?«

»Weswegen ich ihn weggeschickt habe.«

»Ich kann mich noch sehr genau daran erinnern, Mutter. Er war verheiratet. Er hat gelogen. Er passte nicht zu mir. Ich weiß das alles. Ich war damals noch sehr jung, aber mittlerweile verstehe ich dich. Wahrscheinlich hätte ich genauso gehandelt, wenn Beth an meiner Stelle gewesen wäre.«

»Es gab noch etwas anderes, etwas, das ich dir damals nicht erzählt habe«, erwiderte Leonora. »Es hätte dich zu sehr verletzt, und außerdem habe ich mich geschämt.«

Sie errötet ja, dachte Rilla. Wie erstaunlich. Was mag dahinter stecken?

»Hugh hat mir Avancen gemacht«, sagte Leonora. »Eines Nachmittags im Atelier, als ich ihm alles gezeigt habe. Ich saß auf der Chaiselongue, und wir haben uns unterhalten. Er war ein blendender Unterhalter, und ich war viel freundlicher zu ihm, als ich hätte sein dürfen. Er war äußerst charmant und sah sehr gut aus, oder?«

Rilla nickte. Was sollte sie darauf erwidern? Hastig fuhr Leonora mit ihrer Beichte fort, als müsse sie sie unbedingt zu Ende bringen.

»Er saß neben mir. Auf einmal merkte ich, dass er seinen Arm um mich gelegt hatte. Ich hatte mich ihm zugewandt, und plötzlich küsste und berührte er mich, und es dauerte mehrere Minuten, bevor ich zu Verstand kam und ihn wegstieß und ihm sagte, er solle gehen.« Leonora blickte auf ihre Hände. Ihre Stimme wurde so leise, dass Rilla Mühe hatte, sie zu verstehen. »Das Schlimmste war, Rilla, dass ich ihn begehrt habe. Meine Liebe zu deinem Vater war etwas Besonderes, das weißt du. Ich habe niemals wieder einen anderen Mann geliebt, und ich hätte auf keinen Fall mehr geheiratet, und doch begehrte ich Hugh. Das gestehe ich.«

Sie schüttelte den Kopf. »Das ist nicht gerade das, was ein Kind von seiner Mutter hören möchte, nicht wahr? Es tut mir Leid, dass ich dir das erzählen muss, aber ich fand, du solltest es wissen, damit all die Wut, die du gegen mich empfunden hast, wenigstens ein bisschen… wie soll ich sagen?… gerechtfertigt war. Ja, genau. Ich war eifersüchtig auf dich, Rilla, auf das, was ihr beide, du und Hugh, miteinander hattet. Das ist ganz schrecklich für eine Mutter. Es tut mir sehr, sehr Leid, Liebling. Kannst du mir verzeihen?«

Rilla ging durch den Kopf, dass ihre Mutter zum ersten Mal ihr gegenüber sexuelle Gefühle eingestanden hatte. Rilla hatte ihre Mutter stets als quasi geschlechtsloses Wesen betrachtet. Allein die Vorstellung, dass sie mit jemandem ins Bett gehen könnte, bereitete ihr Unbehagen. Sie erinnerte sich noch lebhaft daran, wie blendend ihre Mutter ausgesehen hatte, als sie selber siebzehn war. Während meiner Beziehung zu Hugh war Leonora jünger als ich jetzt, dachte sie. Wie wenig man doch seine eigenen Eltern kannte. Sie erwiderte: »Mutter, da gibt es nichts zu verzeihen. Hugh sah sehr gut aus und war ungemein charmant. Nur ein Holzklotz wäre gegen ihn immun gewesen. Du warst schließlich eine schöne Frau, noch dazu jünger als ich jetzt.«

Leonora lächelte. »Danke, Rilla, mein Liebes. Ich kann die Dinge nicht mehr ungeschehen machen, aber ich bedaure es zutiefst, dich so verletzt zu haben. Und ich bedaure auch, nicht schon früher mit dir geredet zu haben. Wirklich, es tut mir sehr, sehr Leid.« Sie seufzte. »Ich habe nie richtig mit dir geredet, glaube ich. Ich habe einfach nicht darüber nachgedacht, und ich schäme mich zwar, es zuzugeben, aber ich glaube, der Tod deines Vaters, während ich mit dir schwanger war, hat alles beeinflusst. Das ist wirklich beschämend. Ich werde jetzt noch rot, wenn ich denke, wie ungerecht ich oft zu dir war, selbst heute noch manchmal, aber ich war irgendwie … wie soll ich es formulieren … ich war in meiner Trauer gefangen. Halb wahnsinnig vor Kummer. Und dir habe ich die Schuld gegeben, meine arme Kleine. Die Schuld für seinen Tod, obwohl du nun wirklich nichts dafür konntest.«

Tränen standen in Leonoras Augen. »Ich habe so etwas noch nie gesagt, aber ich habe Peter zu sehr geliebt, und das hat mich dein ganzes Leben lang dir gegenüber ungerecht gemacht. Aber du weißt trotzdem, dass ich dich liebe, Rilla, nicht wahr?«

»Ja, Mutter, natürlich weiß ich das.« Sie sah Leonora die Erleichterung an: Ihre Schultern hatten sich gestrafft, sie hielt den Kopf höher, und ihre Augen strahlten wieder.

»Das macht mich froh. Du bist sehr lieb, mein Schatz. Es ist eine solche Erlösung, weil du in der letzten Zeit so auf meinem Gewissen gelastet hast. Und du weißt ja, wie schwer es mir fällt, mich für etwas zu entschuldigen.«

Sie lächelte über ihre eigene Bemerkung. Rilla erwiderte es. »Aber«, fuhr sie fort, »es tut mir wirklich Leid. Aufrichtig Leid, mein Liebling. Das vor allem wollte ich dir sagen. Ich hoffe, du kannst mir verzeihen.«

Rilla biss sich auf die Lippe, um nicht in Tränen auszubrechen. Ihre Mutter hatte ihr eine Wunde gezeigt, und sie wollte sie am liebsten trösten wie ein Kind, aber gleichzeitig auch von ihr getröstet werden. Mit bebender Stimme sagte sie:

»Natürlich, Mutter. Es gibt nichts zu verzeihen. Es muss schrecklich für dich gewesen sein, den Mann zu verlieren, den du so sehr geliebt hast. Ich wage kaum, es mir vorzustellen. Du brauchst dich nicht mehr schlecht zu fühlen. Versprich mir das, ja?«

»Du bist so lieb, Kind, und ich bin dir so dankbar. Es passt nicht so gut zu mir, wenn man sich um mich kümmern muss, nicht wahr? Aber nun geht es mir besser. Ich werde mich jetzt umziehen. Nur eins möchte ich noch sagen. Du hältst mich doch nicht für einen Quälgeist, der sich in alles einmischt, oder?«

Rilla lachte. Sie war froh, dass ihre Mutter wie immer klang.

»Red schon, Mutter«, sagte sie. »Was habe ich denn wieder falsch gemacht?«

»Nichts, überhaupt nichts, Rilla. Ich habe nur gemerkt, dass du und Sean euch… nun ja, ein wenig näher gekommen seid. Meinst du nicht, das geht alles etwas zu schnell? Du kennst ihn doch kaum.«

Das ist wohl kaum der richtige Zeitpunkt, dachte Rilla, ihr zu sagen, sie soll sich um ihre eigenen Angelegenheiten kümmern. So sanft sie konnte, erwiderte sie:

»Mutter, hast du mir nicht selbst erzählt, du hättest bei Daddy schon nach ein paar Sekunden gewusst, wie sehr du ihn liebst? Und damals warst du beinahe noch ein Kind. Ich bin fast fünfzig. Ich weiß, was ich empfinde, und natürlich, da stimme ich mit dir überein: Es ist in der Tat schnell gegangen, und zuerst habe ich mir deswegen auch Sorgen gemacht, aber jetzt, da ich mich entschieden habe, spielt das keine Rolle mehr. Ich will keine Zeit verschwenden. Ich hoffe, du nimmst es mir nicht übel, wenn ich so freimütig mit dir spreche.«

Leonora lachte. »Du hast ganz Recht. Natürlich weißt du selbst am besten, was richtig für dich ist, und außerdem geht es mich gar nichts an. Ich will ja nur nicht, Liebling, dass du verletzt wirst.«

»Das passiert bestimmt nicht«, erwiderte Rilla. »Aber du könntest es auch nicht verhindern.«

»Ich weiß. Das weiß ich, Rilla, ich habe nur heute Dinge über meine Mutter erfahren, die mich nachdenklich gemacht haben.« Sie lächelte. »Ich weiß, ich spreche in Rätseln, aber ich werde euch beim Abendessen alles erzählen. Im Moment möchte ich nur sagen: Ich mache mir Sorgen um dich, und ich bin nicht immer die beste Mutter gewesen.«

Leonora trat zum Schminktisch. Rilla saß immer noch auf dem Hocker davor, und bevor sie etwas erwidern konnte, spürte sie die Hände ihrer Mutter auf ihren Schultern, dann drückte sie ihr einen Kuss auf den Scheitel. So hat sie mich nicht mehr geküsst, seit ich fünf war, dachte Rilla. »Ich bin eine dumme, alte Frau«, murmelte Leonora. »Gott schütze dich, Liebling.«

Rilla drängte die Tränen zurück. »Dich auch, Mummy«, brachte sie hervor. Als Leonora gegangen war, bemerkte Rilla: Ich habe sie »Mummy« genannt. Das habe ich seit Jahren nicht mehr getan. Ob sie es wohl gemerkt hatte? Rilla sah in den Spiegel und überlegte, wie sie sich am besten schminken sollte. Sie lächelte. Diese ganzen Gefühlswallungen schadeten dem Teint.

Sean ließ den kühlen Wasserstrahl der Dusche auf sich prasseln und fragte sich, wie es Leonora wohl ging. Der Besuch bei Nanny Mouse war außergewöhnlich gewesen. Er hatte zwar alles, was gesagt worden war, aufgezeichnet, aber er zweifelte daran, ob er es auch verwenden sollte. Er hätte gerne Rillas Meinung gehört, aber versprochen war versprochen, und Leonora hatte ganz deutlich gemacht, dass er heute Nachmittag nicht darüber reden sollte. Er richtete seine Gedanken auf das, was er aus dem Fenster gesehen hatte, als er nach oben gekommen war.

Ein Auto war die Auffahrt hinuntergefahren, eine Frau am Steuer, er hatte blonde Haare aufblitzen sehen. Es waren weder Rilla noch Gwen oder Chloë oder Leonora gewesen, aber eines war ganz offensichtlich: Sie fuhr viel zu schnell. Wer mochte es gewesen sein, fragte er sich, und dann fiel es ihm ein. Fiona war blond, und obwohl er sie bisher kaum registriert hatte, hatte er doch bemerkt, dass sie in den letzten Tagen fast immer elend ausgesehen hatte. Wahrscheinlich hatte sie einen Streit mit Efe gehabt und war wütend davongefahren. Hoffentlich beruhigte sie sich ein wenig, bevor sie die Hauptstraße erreichte. An diesem Punkt seiner Überlegungen musste er an Rilla denken. Bald gab es Abendessen, dann wäre sie auch da. Heute Abend würde er dafür sorgen, dass sie nebeneinander saßen. Und vielleicht würde ja heute Abend geklärt, was eigentlich vor sich ging.

Summend trat er aus der Dusche und nahm ein frisches Hemd aus seinem Koffer. Der Anblick seines Geburtstagsgeschenks für Leonora brachte ihn zum Lächeln. Die Familienmitglieder überreichten ihr heute Abend nach dem Essen ihre Geschenke, und sie hatten ihm freundlicherweise gestattet, sich ihnen anzuschließen. Er schenkte ihr einen kleinen weißen Fernseher mit

Videorekorder, auf dem sie seinen Film sehen konnte, wenn er fertig war. Er freute sich jetzt schon auf ihr Gesicht, wenn sie den Karton öffnete, der noch in der Ecke stand und mit dem rosa Band ein wenig albern aussah. Sean sah keinen Sinn darin, Geschenke einzupacken, aber ein brauner Pappkarton entsprach natürlich nicht dem festlichen Anlass.

Sean blickte sich am Tisch um. Er war am Abend vorher nicht da gewesen, aber er merkte deutlich, wie sehr sich die Atmosphäre von seinem ersten Essen auf Willow Court unterschied. Im ganzen Haus lag eine Spannung in der Luft, wie man sie normalerweise nur vor Weihnachten empfindet. Insgeheim wurden Geschenke eingepackt, man brachte seine Kleidung in Ordnung, und aus der Küche drangen köstliche Düfte. Während des Aperitifs auf der Terrasse hatten ein paar Familienmitglieder miteinander geflüstert, ab und zu verschwand jemand und tauchte kurz darauf verlegen lächelnd wieder auf. Efe wirkte abwesend, seine Augen waren rot gerändert. Bei jedem anderen hätte Sean geschworen, er habe geweint, aber in diesem Fall handelte es sich wahrscheinlich um eine Allergie oder so etwas.

Das Wetter war in den letzten Tagen ungewöhnlich schön gewesen, als hätte Leonora zu ihrem Geburtstag den perfekten englischen Sommer geordert. Manchmal kam es Sean vor, als sei Willow Court von der normalen Welt abgetrennt, als gehörten das Haus und seine Bewohner zu einem wunderschönen Bild unter einer gigantischen Glaskuppel. Er lächelte still vor sich hin. Er hatte wohl zu viel von dem ausgezeichneten Chardonnay getrunken, das war sein Problem. Das und dass er verliebt war.

Gegenüber dem letzten Mal hatte die Tischordnung gewechselt. Er saß neben Rilla, die wunderschön aussah und so köstlich roch, dass er sich zusammenreißen musste, sie nicht auf den Hals zu küssen. Fiona ginge es nicht gut, hatte Efe mitgeteilt. Sie wolle früh zu Bett gehen, um für den morgigen Tag gerüstet zu sein. Sie bedauere es sehr, behauptete er, nicht dabei sein zu können, wenn Leonora ihre Geschenke aufmachte. Gwen sah, trotz ihrer hübschen eisblauen Seidenbluse, sorgenvoll aus, als ginge sie im Geiste immer wieder ihre Listen durch. Aber James, der offenbar dem Wein bereits ordentlich zugesprochen hatte, plauderte gut gelaunt mit ihr, und sie entspannte sich ein wenig. Beth aß nicht richtig. Sie schob Marys Lachs in Blätterteig lustlos auf ihrem Teller hin und her, und Sean fragte sich, was sie wohl bedrückte. Sie schaute ständig über den Tisch zu Efe, aber nicht mehr so kuhäugig und anbetend, wie es ihm beim ersten Mal aufgefallen war. Neben ihr saß Alex. Auch hier hatte sich etwas verändert. Alex trug ein sauberes weißes Hemd und eine dunkle Leinenhose. Chloë und Philip aßen mit großem Appetit. Vermutlich sollte ihre Kleidung dem festlichen Anlass entsprechen, aber die offensichtlich wertlose Tiara aus Perlen und nachgemachten Diamanten, die in ihren gegelten blonden Haaren steckte, wirkte eher komisch zu der beigefarbenen Spitzenbluse und dem schwarzen Taftrock.

Leonora hatte sich heute Abend für Schwarz entschieden. Sie sah blass und zerbrechlich aus. Die Perlen ihrer Halskette schimmerten auf den Chiffonvolants am Kragen ihrer Bluse. Sie war stiller als sonst, obwohl er ein paar Mal versucht hatte, sie ins Gespräch zu ziehen. Von dem Avocadococktail hatte sie nur wenig gegessen und vom Lachs so gut wie gar nichts. Sean fragte sich, ob sie wohl wegen morgen so nervös war, aber im Grunde bezweifelte er das. Es musste eine andere Ursache haben. Er wollte sie gerade so taktvoll wie möglich fragen, als sie leicht mit der Gabel gegen ihr Weinglas schlug. Am Tisch wurde es still.

»Ich danke euch«, sagte sie. »Ich muss euch jetzt etwas sagen, das schwierig, zugleich aber äußerst wichtig ist, und ich dachte, der beste Zeitpunkt dazu sei vor dem Dessert. Es wird eine Qual für mich werden, also hoffe ich, dass ihr mich ausreden lasst und keine Fragen stellt, bevor ich nicht fertig bin.«

Alle Gesichter wandten sich Leonora zu. Sie öffnete ihre Handtasche und nahm ein Blatt Papier heraus, das sie sorgfältig entfaltete. Dann setzte sie umständlich ihre Lesebrille auf.

»Das«, sagte sie und tippte mit dem Finger auf das Blatt vor ihr, »ist der Abschiedsbrief meiner Mutter, den sie geschrieben hat, bevor sie Selbstmord beging.«

Einen Moment lang dachte Leonora, sie würde ohnmächtig werden. Die Gesichter vor ihr verschwammen zu weißen Kreisen gegen die dunklen Wände des Esszimmers. Nur Chloës alberner Haarschmuck glitzerte. Er erinnerte Leonora an die Tiara, die Rilla und Gwen immer zum Verkleiden nahmen, als sie klein waren. Sie fühlte förmlich, wie sich das Schweigen ausdehnte, und wusste, sie musste jetzt weitersprechen. Es hatte sie unendliche Kraft gekostet, den Inhalt des Briefes, den Chloë für sie abgetippt hatte, bis jetzt für sich zu behalten.

Zuerst hatte sie einen Schock gehabt. Sie hatte neben Chloë im Pavillon gesessen und derart geweint und geschluchzt, dass das arme Kind gar nicht wusste, was es tun sollte. Leonora hatte sich von ihr trösten und beruhigen lassen, aber sie hatte ihrer Enkelin nicht erklären können, dass sie eher aus rasender Wut als aus Kummer weinte. Ethan, ihr Vater … wenn er in diesem Moment vor ihr gestanden hätte, hätte sie ihn mit bloßen Händen erwürgt. *Wie konnte er nur?*, dachte sie immer und immer wieder. Wie konnte er seine Frau der einzigen Sache berauben, die ihr etwas bedeutete? Wie konnte er seine einzige Tochter so täuschen und sich von einem unschuldigen Kind weiter lieben lassen, obwohl er etwas so unaussprechlich Entsetzliches getan hatte? Leonora bebte vor Zorn. Nach einer Weile versiegten ihre Tränen, und sie sagte Chloë, es ginge ihr wieder gut. Chloë hatte sie so liebevoll über den Rasen geführt, dass sie sich wirklich wie eine alte Dame vorgekommen war.

Sie hatte Chloë einen Kuss gegeben und war sofort auf ihr Zimmer gegangen, wo sie eine Viertelstunde einfach nur wie erstarrt saß. Erst nach und nach ergab das, was sie gelesen hatte, einen Sinn. Ihr ganzes Leben war durchgeschüttelt und völlig neu geordnet worden. Schließlich riss sie sich zusammen, und als sie mit Rilla geredet hatte, war es ihr sogar gelungen, so zu sein wie immer. Ich bin eben daran gewöhnt, sagte sie sich. Ich bin daran gewöhnt, mich tapfer in die Dinge zu fügen. So bin ich erzogen worden.

Jetzt blickte sie ihre Familie an. Alle starrten sie schweigend an. Sollte sie den Hintergrund erklären, bevor sie den Brief vorlas? Oder erst hinterher? Nein, sie würde jetzt erst einmal vorlesen und ihre Mutter für sich selber sprechen lassen. Sie hüstelte und begann zu lesen, darum bemüht, weder an ihre Mutter noch an ihre Zuhörer zu denken. Sie konzentrierte sich nur auf die Worte.

»›*Bin ins Atelier gegangen, wo deine Stimme nicht hineindringt, und habe den ganzen Tag gemalt. Trost. Tröstung in diesen Tagen. Ist mir egal, wenn die Bilder unter einem anderen Namen gezeigt werden. Egal. Das ist doch alles unwichtig. Wichtig war nur das Malen. Was unter meinen Händen entstand, das war wichtig. Das Licht fiel durch das Fenster auf eine Teekanne, und stundenlang spielte nichts anderes eine Rolle, als dieses Licht richtig wiederzugeben. Nicht ganz genau so, wie es in Wirklichkeit aussah, sondern sein Wesen: Objekt (oder Subjekt) mussten sein, was sie waren, gleichzeitig aber auch alle Möglichkeiten, Träume und Erinnerungen beinhalten. Das alles ist schrecklich schwer zu erklären, aber wenn ein Bild fertig war, wollte ich immer, dass es für den Betrachter eine Quelle des Lichts ist. Ich wollte, dass alles leuchtet und glänzt und ins Auge springt. Ich wollte wunderschöne Dinge machen und wusste auch wie, und unter meinen Händen weinten und zerbrachen sie nicht.*

Ich, Maude, war die bessere Malerin. Ethan sah das. Schon als wir beide noch die Kunstakademie besuchten, wurden meine Bilder mehr gelobt als seine. Und er merkte auch, dass damit ein Vermögen und Ansehen geschaffen werden konnte. Klug. Er ist ganz besonders klug. Wusste nicht, wie ich ihn aufhalten sollte. Habe jahrelang seine Worte nicht in Frage gestellt. Er sagte, es spiele keine Rolle, wessen Name auf der Leinwand stünde. Er sagt, das Werk zählt. Farbe lügt nicht. Du solltest zufrieden sein, dass du solche Dinge schaffen kannst, sagte er, und nicht auch noch nach Ruhm und Ehre streben. Er sagte, du bist zart, Maude, zerbrechlich. Du wirst unter all der Aufmerksamkeit zerbrechen. Er schwor, er würde die Leute von meiner Tür fern halten, und es gelang ihm auch, und jetzt tut mir alles unendlich Leid. Habe versucht, es ihm zu sagen, aber es ist zu spät; er hört mir gar nicht mehr zu. Sieht mich kaum an. Jetzt dauert die Täuschung schon viel zu lange, sagt er. Wenn du jetzt etwas sagst (das droht er die ganze Zeit), dann erkläre ich ihnen, du seist verrückt, verrückt, verrückt, und zeige ihnen meine Signatur. Ich sage ihnen, du seist verblendet, flüstert er mir ins Ohr. Sie würden ihm glauben. Er ist sehr glaubwürdig. Niemand zweifelt an ihm.

Es gibt einen Ausweg. Den nehme ich. Bald. Ich bin nicht tapferer als sonst, nur so müde, so überdrüssig all der Schmerzen. Nichts gefällt mir mehr. Möchte ihn bestrafen und verletzen, bin aber nicht mutig genug, um auszusprechen, was er mir angetan hat, weil ich weiß, dass er mich dann vernichten wird. Er ist ein grausamer Mann, auch wenn er die Leute mit seinem Lächeln und seinem klugen Gerede bezaubert. Ich kann gar nicht mehr zählen, wie oft er mich geschlagen hat. Ich musste mich tagelang in meinem Zimmer aufhalten, damit niemand meine blauen Flecken und meine Augen, die rot waren vom Weinen, sah. Jetzt sind meine Augen ständig rot, aber das wird bald ein Ende haben. Niemals mehr wird es Bilder von mir geben, und das wird ihn mehr treffen als alles andere. Das bringt vielleicht sogar ihn zum Weinen: nicht dass er mich verloren hat, sondern dass er die Bilder verloren hat, die er beinahe schon als seine eigenen angesehen hat. Er hat mich so aufgesogen, dass ich ein Teil von ihm geworden bin. Meine Schuld. Meine Schwäche und meine Feigheit. Bin so ein Feigling. Das kann ich mir nicht verzeihen: dass ich mich tagelang in meinem Zimmer eingeschlossen habe, als mein geliebtes Kind noch so klein war. Nichts gesagt habe. Nicht einfach weggegangen bin. Aber wie? Wie sollte ich denn mein Kind und meinen Garten und das Haus, das ich liebe, verlassen? Bin ein Feigling, ein jämmerlicher Schwächling, und hasse mich mehr als alles andere. Kann nicht in den Spiegel sehen, ohne Abscheu und Entsetzen zu empfinden. Werde dem ein Ende machen. Aber ich habe eine Überraschung zu Leonoras Geburtstag vorbereitet… er ist schon bald, und ich werde versuchen zu warten, bis er vorüber ist, bevor ich für immer aufhöre zu malen. Eines weiß er nicht. Niemand weiß es. Habe meine eigenen Ge-

mälde signiert. Auf jedem habe ich irgendwo Linien oder Farben in der Form eines Löwen versteckt. Ein ganz winziger Löwe, für Leonora, die mutig ist und keine Angst vor ihrem Vater hat. Sie ist schön, und ich wünsche mir nur, dass sie sich immer zum Licht wendet und sich nie abwendet, um in der Dunkelheit zu weinen, wie ich, wie ich. Geliebtes Kind, verzeih mir. Verzeih mir. Habe dich geliebt vom ersten Augenblick an und denke jede Minute jeden Tag an dich. Deine Mutter, Maude Walsh‹«

Leonora blickte auf. Die vertrauten Gesichter rund um die Tafel hatten sich zu Mienen wie aus einem Alptraum gewandelt. Beth keuchte mit weit aufgerissenen Augen. Gwen hatte sich die Hand vor den Mund geschlagen, und Rilla weinte. Alex verbarg sein Gesicht in den Händen, nur Chloë und Philip saßen aufrecht da. James griff nach der Weinflasche. Im Esszimmer war es dunkel geworden, während sie vorgelesen hatte. Leonora brach das Schweigen.

»Es ist leider ein ziemlich langer Brief, aber ich dachte, ich sollte ihn euch allen vorlesen, damit ihr es verstehen könnt. Sie hat ihn auf die Rückseite des Papiers geschrieben, das sie mit Dachziegeln für das Puppenhaus bemalt hat. Philip und Chloë haben es so vorsichtig abgelöst, dass nicht ein Wort verloren gegangen ist, und dann für mich diese Abschrift getippt. Die Schrift auf dem Original ist sehr blass und schlecht zu entziffern. Ich danke euch beiden.«

Immer noch sagte niemand etwas. Sie fuhr fort: »Ich hoffe, es war nicht allzu schwierig, dem etwas abgehackten Stil meiner Mutter zu folgen. Was in diesem Brief natürlich nicht steht, ist, dass ich sie gefunden habe. Ich fand sie tot im See treibend, kurz vor meinem achten Geburtstag. Durch den Schock wurde ich krank, und als es mir wieder besser ging, beschlossen sie – vermutlich beschloss es mein Vater, und Nanny Mouse befolgte seine Anweisungen –, mir die Wahrheit zu verschweigen. Wahrscheinlich dachten sie, es würde mich zu sehr aufregen, an so etwas Schreckliches erinnert zu werden.«

Gwen und Rilla schrien unisono auf: »Oh, Mutter, Mutter,

wie ... wie ...« und sprangen von ihren Stühlen auf. Leonora hob die Hand, um sie aufzuhalten. Gwen war kreidebleich, Rilla liefen Tränen über das Gesicht. Zögernd beugte sich Sean zu ihr und legte ihr tröstend die Hand auf den Arm.

»Es tut mir Leid«, sagte Rilla zu ihm und tupfte sich die Wangen mit der Serviette ab. »Es ist nur ein solcher Schock. Es ist so grauenhaft, ich kann es kaum glauben.«

Sean flüsterte ihr etwas zu und legte den Arm um ihre Schultern.

»Ich wünschte, ich hätte euch das ersparen können«, sagte Leonora, »zumindest bis nach der Party, aber mir ist leichter zu Mute, wenn alle die Wahrheit wissen. Ich finde es selber immer noch unglaublich, aber es stimmt. Maude Walsh, meine Mutter, hat die Bilder gemalt, die überall hier im Haus hängen. Er – mein Vater – hat ihr Werk als seines ausgegeben. Es ist so ungeheuerlich. Ungeheuerlich!«

»Aber ich verstehe nicht, *wie* er es gemacht hat«, warf Efe ein. »Er hat doch selber mal gemalt, oder nicht? Ich meine, er war doch Maler. Wann hat er denn beschlossen, diesen Betrug zu begehen? Und wie kam es, dass er zu Maudes Lebzeiten nicht erwischt wurde?«

Leonora erwiderte: »Auf diese Fragen werden wir wohl kaum jemals eine Antwort bekommen. Die Einzige, die es uns erzählen könnte, ist Nanny Mouse, und sie wird immer verwirrter. Aber ich nehme an, dass er schon kurz nach seiner Heirat merkte, dass Maudes Bilder besser waren als seine eigenen, und das konnte er nicht ertragen. Vielleicht hat ja ein Kunsthändler ihr viel Geld für eins ihrer Gemälde geboten, und dadurch ist er auf die Idee gekommen. Ich weiß es nicht. Auf jeden Fall hat er ihre Kunst für sich in Anspruch genommen, und als sie tot war, sorgte er dafür, dass auch ihr Werk lebendig begraben blieb. Das allein ist sicherlich der Grund dafür, warum er nie wollte, dass die Bilder Willow Court verlassen.«

»Und vergiss nicht, Leonora«, sagte James, »dass es draußen schon ein paar Bilder von ihm gab, denn er hat ja schon Bilder verkauft, bevor er deine Mutter geheiratet hat. Wenn jemand angefangen hätte, die frühen und die späteren Walshs miteinander zu vergleichen, wäre sein Plan womöglich zunichte gewesen. Selbst so ist er ein Risiko eingegangen.«

»Er hätte ja behaupten können, er habe seinen Stil geändert«, warf Chloë ein. »Das tun Künstler ständig.«

»Das stimmt«, sagte Efe. »Was für ein Schwindel.«

»Das klingt so, als würdest du ihn auch noch bewundern, Efe«, sagte Beth ärgerlich. »Es ist die grausamste Geschichte, die ich je gehört habe. Schlimmer noch als körperliche Grausamkeit.«

Leonora bemerkte, wie Efe errötete, als Beth ihn finster anfunkelte. Hatten die beiden sich gestritten? Aber sie hatte jetzt weder die Zeit noch die Energie, sich darüber Gedanken zu machen. Sie hatte genug andere Sorgen als die Streitigkeiten ihrer Enkelkinder. Sie nahm ihre Lesebrille ab und beugte sich vor. »Natürlich ist es eine schreckliche Geschichte, das kann niemand abstreiten, aber noch schlimmer ist die Art, wie ich es herausgefunden habe, denn jetzt muss ich erkennen, dass ich mein ganzes Leben mit einer Lüge gelebt habe. Und das Verhalten meines Vaters finde ich absolut unverzeihlich. Entsetzlich. Schrecklich. Er hat nicht nur meine Mutter zerstört, sondern ihr auch das Beste geraubt, was sie besaß, und es sich zu Eigen gemacht. Das ist das Schlimmste von allem …«

Leonora brach ab. Ihre Unterlippe bebte, Tränen standen in ihren Augen. Entschlossen atmete sie tief ein, bevor sie weitersprach. »Das ist sehr schwer für mich. Das Schlimmste für mich ist, dass ich ihm geholfen habe. Ich habe immer dafür gesorgt, dass die Bilder genau so präsentiert wurden, wie er es wollte, und habe sie nach seinem Willen vor den Augen der Welt geschützt. Und ich habe ihn geliebt. Ich habe die Erinnerung an ihn hochgehalten, aber das kann ich jetzt nicht mehr. Die Person, die ich geliebt habe, gab es nicht. Sein eigentliches Wesen hat er vor mir und aller Welt verborgen. Er hat sich das Talent meiner Mutter angeeignet und die Ehre entgegengenommen, die ihr gebührt hätte. Und er hat ihr meine Liebe genommen. Ich habe sie nicht beachtet, nicht als sie tot war und auch nicht, als sie noch lebte.

Ethan Walsh hat alle Aufmerksamkeit immer nur auf sich gezogen.«

Der Laut, der aus ihrem Mund drang, klang fast wie Lachen. Es überraschte sie selber, da sie eigentlich einen Schrei erwartet hatte. »Es war schon immer ein bisschen exzentrisch, die Bilder nicht aus dem Haus geben zu wollen, nicht wahr? Das ganze Gerede darüber, dass die Leute sie nicht richtig zu schätzen wüssten und dass sie ein wesentlicher Bestandteil des Hauses seien ... alles nur Lügen, grässliche Lügen, denen ich Glauben schenkte. Ich half ihm und unterstützte ihn in seinem Betrug und seiner Gemeinheit meiner Mutter gegenüber, sodass er sie selbst nach ihrem Tod noch weiter verletzen konnte. Es tut mir Leid, wenn ich jetzt weine, aber ich kann nichts dagegen tun.«

Gwen und Rilla traten zu Leonora.

»Du brauchst nicht zu sagen, dass es dir Leid tut«, murmelte Gwen und legte den Arm um ihre Mutter.

»Wein, so viel du willst«, fügte Rilla hinzu.

»Es geht schon wieder, meine Lieben, wirklich. Setzt euch wieder. Ich weine hauptsächlich aus Wut. Ich bekomme ... ich habe Mordgelüste, wenn ich an ihn denke. Er wollte die Bilder nicht nur in Willow Court halten, damit es niemand herausfindet, sondern er wollte auch sicherstellen, dass meine Mutter nie als Künstlerin anerkannt wird. Er wollte einfach nicht zulassen, dass ihr die Anerkennung zuteil wird, die ihr zusteht. Das ist mir jetzt völlig klar. Und er ließ mich versprechen, dass ich seine Anweisungen ausführe, so wie er sie in seinem Testament verfügt hatte, und ich versprach es ihm. Jetzt sehe ich, dass er mir dieses Versprechen unter falschen Voraussetzungen entlockt hat, weil ich die Wahrheit nicht kannte. Wie ihr wisst, habe ich auch in meinem Testament Anweisungen hinterlassen, aber ich werde sie am Montagmorgen sofort ändern.«

Sie trank einen Schluck Wein. Ich muss mich zusammennehmen, dachte sie, und trocknete ihre Tränen mit einem spitzengesäumten Taschentuch.

»Ich habe als Kind immer ein Gebet gesprochen, in dem es heißt: *Sollte ich sterben, bevor ich erwache.* Ich habe zwar nicht die Absicht, zu sterben und mein Geburtstagsfest zu verpassen, aber für den Fall, dass es doch geschehen sollte …«, sie lächelte, »… möchte ich gern vor euch und vor Zeugen sagen, dass ich vorhabe, die Geschichte von Maude Walshs Gemälden der ganzen Welt zu erzählen, und Efe, mein Lieber …«

»Ja, Leonora?«

»Ruf bitte Mr. Stronsky an und sage ihm, nichts würde mir mehr Freude machen als eine Galerie, in der die Werke meiner Mutter ausgestellt werden.«

Diese Worte brachen endlich den Bann, und alle applaudierten. Sean sagte: »Ich werde meinen Film erweitern müssen, Leonora. Wir brauchen allerdings nur die beiden Interviews mit Ihnen zu ändern, und natürlich muss ich auch den Kommentar am Anfang neu schreiben, aber das wird mir eine Freude sein. Es ist so eine dramatische Geschichte. Vielleicht können wir uns nächste Woche zusammensetzen?«

»Sie sind mir jederzeit herzlich willkommen, Sean«, erwiderte Leonora. »An den Film habe ich gar nicht mehr gedacht, tut mir Leid.«

»Ich sollte euch vielleicht auch vorwarnen, dass ich es morgen allen Gästen auf meiner Party erzähle. Ich möchte, dass alle die Wahrheit erfahren. Ich will keinen weiteren Betrug mehr.«

»Sie wird berühmt werden, Leonora.« Chloë war völlig begeistert. »Viel berühmter als Ethan Walsh jemals war, weil sie nicht nur eine eigene Galerie bekommen wird, sondern auch diese Geschichte dazugehört. Wie sie erst so viele Jahre nach ihrem Tod entdeckt wurde. Wie ihr Mann ihre Kunst gestohlen hat. Die Feministinnen werden sie zu einer Heiligen erklären. Scharen von Frauen werden nach Willow Court pilgern, um sich anzuschauen, wo sie gelebt hat.«

Leonora erschauerte. »Das würde mir aber bestimmt nicht gefallen, Liebling.«

Efe sagte: »Ich muss sofort ein paar Leute informieren. Glaubst du, wir sollten es der Presse mitteilen? Sie könnten morgen alle kommen.«

»Efe, benimm dich bitte«, erwiderte Leonora scharf. »Es mag

deiner Aufmerksamkeit entgangen sein, aber morgen ist das Fest zu meinem fünfundsiebzigsten Geburtstag, und ich möchte ihn gerne mit meiner Familie und meinen Freunden feiern. Die Geschichte meiner Mutter kennt seit 1935 niemand. Ich werde es zwar meinen Gästen erzählen, aber die Welt kann noch warten, glaube ich. Für Mutters Ruf in der Zukunft spielen ein paar Tage mehr oder weniger keine Rolle. Ich bin sicher, du teilst meine Meinung.«

Efe hatte so viel Anstand zu erröten. »Entschuldigung, Leonora. Natürlich will ich dir dein Fest nicht verderben, ich dachte ja nur … ach, ich weiß nicht. Du und dein Geburtstag, ihr gehört ja zu der Geschichte dazu. Schließlich hast du sie aufgedeckt, und es ist alles sehr dramatisch. Das interessiert die Öffentlichkeit natürlich, der Selbstmord und so.«

»Die Öffentlichkeit kann bis nächste Woche warten«, erwiderte Leonora in einem Tonfall, der keinen Widerspruch duldete. Ihr fiel auf, dass Rilla zur Tür blickte, und sie fragte: »Was ist los, Rilla? Worauf wartest du?«

»Es ist eine Überraschung«, sagte Rilla. »Bist du bereit, nach dem Dessert zu läuten?«

»Rilla, mein Liebling, man kann sich immer darauf verlassen, dass du das Gespräch wieder irdischen Dingen zuwendest. Aber du hast ganz Recht. Wir müssen die Mahlzeit beenden, sonst sitzen wir noch mitten in der Nacht hier.«

Sean beugte sich zu Rilla und flüsterte ihr ins Ohr: »Aber wir nicht, Rilla, bitte. Wir gehen spazieren, ja? Im Dunkeln. Allein. Ja?«

Rilla nickte und legte unter dem Tisch die Hand auf sein Knie. Er ergriff sie und strich zärtlich über ihre Handfläche. »Ja, das machen wir«, erwiderte sie.

Mary trat ins Zimmer und stellte die Erdbeertorte vor Leonora.

»Was ist das, Mary? Wir wollten doch heute Abend Obstsalat essen?«

»Rilla hatte andere Vorstellungen«, erwiderte Mary lächelnd.

»Ich habe sie gebacken, Mutter«, sagte Rilla. »Gestern Nacht, als alle schliefen. Es ist eine Überraschung für dich.«

»Sie sieht wundervoll aus«, meinte Leonora. »Danke, Liebling. Ich hoffe, ich kann sie richtig schneiden. Sie ist viel zu schön, um sie kaputtzumachen.«

»Nein, ist sie nicht«, warf James ein. »Sie sieht viel zu gut aus, um auf der Tortenplatte zu bleiben, würde ich sagen.« Grinsend hielt er ihr seinen Teller hin. »Na los, nimm das Messer, Leonora! Ich kann es nicht mehr erwarten!«

Alex wünschte, er hätte seine Kamera mit zum Essen genommen. Die Gesichter am Tisch, als Leonora den Brief vorlas, wären es wert gewesen, festgehalten zu werden. Gwen und Rilla mit Tränen in den Augen; Efe, der zunächst so aussah, als habe ihn jemand k.o. geschlagen, dann aber rasch begriff, wie er die Situation zu seinem Vorteil, vor allem finanziell, nutzen konnte. Während sie den Kuchen verzehrten, konnte er kaum stillsitzen. Es war typisch für Rilla, etwas so unglaublich Köstliches zu zaubern, das zu einem Brei aus Sahne und Früchten zerfiel, sobald man das Messer ansetzte. Alex hätte sie am liebsten fotografiert, wie sie, mit glänzenden Lippen, erwartungsvoll ihrem Stück entgegenblickte. Sean sah dabei aus, als wäre ihm lieber, sie würde einen Bissen von ihm nehmen, und Leonora hatte die Stirn gerunzelt über so viel Gier.

Alex saß alleine auf der Terrasse in der Dunkelheit und wartete auf Beth. Sie hatte Leonora geholfen, die ausgepackten Geschenke in ihr Zimmer zu tragen, aber sie hatte versprochen, schnell zurück zu sein. Sie war den Abend über so still gewesen. Er hatte den Platz neben ihr ergattert, und einmal hatte er sie auch gefragt, was los sei, aber sie hatte nur den Kopf geschüttelt und geflüstert, »Ich erzähle es dir später.«

»Alex?« Ihre Stimme durchbrach seine Gedanken. Er stand auf und erwiderte: »Ich bin hier, Beth. In der Nische.«

Sie trat zu ihm und setzte sich neben ihn. »Ich bin völlig erschöpft«, sagte sie. »Heute ist zu viel passiert, ich kann es noch gar nicht richtig fassen.«

»Es ist sogar noch mehr passiert. Hast du schon mit Efe geredet?«

Beth schnaubte. »Hör mir von Efe auf, Alex. Man konnte ja förmlich sehen, wie die Dollarzeichen in seinen Augen aufblinkten, als er Maudes Brief hörte. Als Chloë sagte, sie würde eine Heilige für die Feministinnen werden, ist er wie ein Gummiball auf und ab gehopst. Ich bin froh, dass Leonora ihm verboten hat, morgen die Presse einzuladen. Er ist so gierig und egoistisch.«

»Hast du das nicht immer schon gewusst?«

Beth dachte einen Moment lang nach. »Doch, vermutlich schon. Mir hat es wahrscheinlich nur nie etwas ausgemacht, weil ich nie gemerkt habe, wie es sich auf die Menschen um ihn herum auswirkt. Aber sieh dir nur die arme Fiona an. Sie ist nicht unbedingt mein Liebling, aber sie verdient es nicht, geschlagen und tyrannisiert zu werden. Das verdient niemand.«

»Sie hat ihn verlassen!«, sagte Alex.

»Was? Fiona hat Efe verlassen? Das würde sie gar nicht wagen. Sie hat zu viel Angst vor dem, was er ihr antun würde, wenn er sie jemals fände.«

»Vielleicht sucht er dieses Mal gar nicht nach ihr. Den Eindruck habe ich jedenfalls. Verrat mich nicht, Beth, ich darf es eigentlich niemandem erzählen. Efe will nicht, dass das Fest ruiniert wird.«

»Dann muss ja etwas Dramatisches passiert sein. Na los, Alex, erzähl's mir. Ich werde kein Wort sagen. Was hat er denn getan, dass sie freiwillig die Party verpasst?«

»Sie hat zufällig eine Nachricht auf seiner Mailbox abgehört.«

Beth schwieg einen Moment. Dann sagte sie: »Von einer Frau vermutlich. Vielleicht von Melanie.«

»Noch schlimmer. Wie ich es verstanden habe, handelte es sich um Telefonsex.«

Wieder schwieg Beth. »Auf Efe stürzt ja im Moment eine Menge ein. Er tut mir richtig Leid.«

»Auf mich wirkt er, als sei er ganz in Ordnung«, erwiderte Alex eifersüchtig.

»Leonora hat heute Nachmittag mit Efe und Rilla im Wintergarten geredet... erzähl niemandem etwas davon, Alex, bitte! Sie hat Efe dazugebracht, von dem Tag zu erzählen, an dem Mark gestorben ist. Wolltest du mir das gestern sagen? Dass Efe ihn nicht gerettet hat, weil er zu sehr in sein Spiel vertieft war?«

Alex nickte. »Ich hätte was sagen sollen, aber Efe hat mir wahrscheinlich erzählt, es sei ein Unfall gewesen. Leonora hat das Gleiche gesagt und gemeint, wir sollten nicht mehr darüber reden. Also habe ich es auch nicht getan. Aber es ist mir nicht gut dabei gegangen, Beth, und manchmal habe ich mich gefragt, ob ich nicht etwas hätte tun können. Ich hätte ja Efe auffordern können, sich mal umzudrehen oder so.«

»Du warst ja kaum älter als Markie, Alex. Und Efe kann man sowieso nicht vorschreiben, was er tun soll. Du hast dir nichts vorzuwerfen. Es *war* ein Unfall. Vielleicht hätte er verhindert werden können, aber er ist eben geschehen. Ich glaube, wir sollten diesen Tag langsam vergessen.«

Alex lauschte auf die Geräusche der Nacht. Der köstliche Duft des Abends hüllte ihn ein, und er schloss die Augen. Jetzt musste er die Gelegenheit wahrnehmen. Er spürte, wenn er jetzt nichts sagte, würde Beth gleich aufstehen und ins Bett gehen. Es war schon spät, sie war müde und musste über einiges nachdenken. Er sagte: »Beth?«

»Mmm?«

Alex blickte sie an. Auch sie hatte die Augen geschlossen. Sie hatte mit keinem Wort erwähnt, was am Nachmittag in der Küche vorgefallen war. Ob sie es wohl bedauerte? Hatte er sich ihre Reaktion auf seinen Kuss am Ende nur eingebildet? Sollte er darüber reden? Ihre Seidenbluse schimmerte perlweiß. Was sollte er nur sagen? *Ich liebe dich* kam nicht in Frage. Nicht so unvermutet, so aus heiterem Himmel. Er konnte sie auch nicht fragen, was er wirklich wissen wollte: *Was ist mit Efe? Liebst du ihn immer noch? Bin ich sozusagen der Zweitbeste?* Vielleicht sollte er gar nichts sagen und sie nur küssen. Er beugte sich vor und hauchte ihr einen Schmetterlingskuss auf die Lippen.

»Ich weiß nicht, was ich sagen soll«, murmelte er.

Beth öffnete die Augen. »Du denkst an heute Nachmittag, nicht wahr? Ob ich es ernst gemeint habe. Ja, das habe ich. Ich habe keine Ahnung, warum ich so lange gebraucht habe, es zu merken …«

Bevor er wusste, wie ihm geschah, hatte sie die Arme um ihn geschlungen, und ihre Lippen drückten sich auf seine. Alex schloss die Augen und erwiderte ihren Kuss. Überrascht und atemlos lösten sie sich schließlich wieder voneinander.

»Solltest du jetzt gemerkt haben, dass du …«, sagte Alex.

»Du redest zu viel«, erwiderte Beth. »Komm her und küss mich noch einmal.«

»Langsam erinnert mich das Ganze an eine sehr freie Inszenierung von *Ein Sommernachtstraum*«, sagte Rilla. »Paare wandern in einem geheimnisvollen Wald durch die Dunkelheit.«

Sie gingen gerade durch den Wilden Garten auf den See zu. Es war ihnen beiden klar, aber keiner erwähnte es.

»Ich weiß nicht, was du meinst«, erwiderte Sean. »Gwen und James, Fiona und Efe, Chloë und Philip liegen wahrscheinlich schon im Bett, die Glücklichen. Außerdem sehe ich keinen Wald. Abgesehen von diesem …«

»Du bist nicht auf dem Laufenden, Sean. Ich weiß etwas, was du nicht weißt, aber ich darf es dir nicht sagen.«

»Na los, mach schon. Ich schweige wie ein Grab.«

»Die Tür zu Efes und Fionas Schlafzimmer stand offen, als ich nach oben gegangen bin. Ich wollte nur rasch mal nach ihr schauen, ob es ihr besser ging, und rate mal, was ich entdeckt habe.«

»Ich bin nicht gut im Raten. Erzähl's mir.«

»Sie ist weg. Fiona ist weg. Offensichtlich hat sie ihn verlassen.«

»Das erstaunt mich. Ich hätte nicht gedacht, dass sie den Mut dazu besitzt. Sie wird wahrscheinlich zurückkommen.«

Rilla seufzte. »Das würde sie vermutlich, aber ich bin mir nicht sicher, ob er es will. Efe ist ein seltsamer Junge. Natürlich ist er kein Junge mehr, aber so sehe ich ihn eben. Ich habe dir doch von heute Nachmittag erzählt. Als ich ihn so weinen sah, hat er mir schrecklich Leid getan. Er musste all die Jahre mit dieser Erinnerung leben. Das muss schrecklich für ihn gewesen sein.«

Sean schwieg. Er brachte es nicht übers Herz, Rilla ihre Illusionen bezüglich der Sensibilität ihres Neffen zu nehmen. Er hätte jedoch schwören können, dass Efe nur selten schlaflose Nächte zubrachte.

Sie gingen weiter in Richtung See. Als sie aus dem Wilden Garten heraustraten, blieb Rilla stehen.

»Ach, wir gehen zum See?«

»Wenn du kannst«, erwiderte Sean. »Ich will dich nicht zwingen, aber ich dachte, wenn wir zusammen dorthin gehen, können wir ein paar der schlimmen Erinnerungen austreiben.«

Rilla nickte. Sean hielt sie an der Hand, er spürte, wie sie sich verkrampfte. Sie sagte: »Ist schon in Ordnung. Wenn ich mit dir dort bin, fürchte ich mich nicht so.«

»Okay«, erwiderte Sean sanft. »Hier sind wir.«

Der See glitzerte im Mondschein. Die Weidenäste zeichneten sich schwarz gegen den Himmel ab, und die Stille wurde nur vom leisen Plätschern des Wassers durchbrochen.

»Genau hier muss es gewesen sein«, flüsterte Rilla. »Es tut mir Leid, ich sollte nicht weinen... Es tut mir so Leid.«

Sean zog ein Taschentuch hervor und wischte Rilla die Tränen ab. »Hier«, sagte er. »Nimm es. Wein, so viel du willst.«

»Nein, nein, es geht schon. Wirklich. Hier an der Stelle, wo es tatsächlich passiert ist, geht es besser. Vielleicht hätte ich vor langer Zeit schon hierher kommen sollen, aber ich habe mich nicht getraut. Aber mit dir ist es einfacher.«

Schatten glitten über die Wasseroberfläche. Rilla sagte: »Ist das nicht seltsam? Ganz gleich, wie schwarz etwas ist, es gibt immer noch etwas Dunkleres, das Schatten darauf wirft. Wenn ich genau hinsehe, kann ich Bewegungen im Wasser erkennen, und ich bekomme den Gedanken nicht aus dem Kopf, wie meine Mutter als kleines Mädchen die Leiche ihrer Mutter gefunden hat und schreiend zum Haus gelaufen ist. Das liegt wahrscheinlich daran, dass wir alle das Porträt von ihr in diesem Alter kennen. Wir wissen nicht nur, wie sie aussah, sondern auch, was für ein Kind sie war. Durch das Bild kann ich mir jede einzelne Minute vorstellen: Leonora läuft in den Garten, zum See hinunter, und dann findet sie die Leiche. Und es vermischt sich alles mit Mark und dem, was mit ihm geschehen ist. Lass uns ans andere Ufer gehen. Vielleicht fühle ich mich da wohler.«

»Und von dort hast du auch einen fantastischen Blick auf das Haus.«

Schweigend gingen sie um den See herum. Das Haus lag wie ein dunkler Schatten auf der Anhöhe. In zwei Fenstern brannte noch Licht: bei Chloë und Philip und überraschenderweise auch bei Leonora.

»In der Nacht sieht man nicht viel«, meinte Sean. »Bei Tag ist es besser, dann sieht der Garten prachtvoll aus.«

»Du bist ein Schuft«, lachte Rilla. »Versprichst mir einen tollen Ausblick, und dann bekomme ich nur ein paar Lichter vor dunklem Hintergrund.«

»Ich habe dich ja auch nicht hergebracht, um dir die Aussicht zu zeigen.«

»Das weiß ich«, erwiderte Rilla. »Und ich kann dir auch versichern, dass sie mir egal ist.«

»Gut«, sagte Sean. Er zog sie an sich, und sie schloss die Augen, als seine Arme sie umschlangen.

Leonora saß mit geschlossenen Augen im Lehnsessel in ihrem Zimmer. Sie war entschlossen, früh zu Bett zu gehen. Es war noch nicht einmal elf, aber vor Mitternacht würde sie im Bett liegen, das war wichtig. Sie wollte an ihrem Geburtstag ausgeruht sein.

Die Geschenke ihrer Familie lagen überall im Zimmer verstreut. Die kleineren auf dem Bett, genau so, wie sie ihre Geschenke als Kind immer arrangiert hatte, damit Maude und Ethan sie sich anschauen und so tun konnten, als seien sie eine glückliche Familie.

Beim Abendessen wäre sie beinahe zusammengebrochen und hätte wieder geweint. Leonora war eigentlich stolz darauf, nicht sentimental zu sein. Sie hatte nie zu denen gehört, die im Kino weinen, und sie glaubte an Selbstbeherrschung, aber während sie heute Abend Maudes Brief vorgelesen hatte, war es ihr schwer gefallen, ruhig zu bleiben.

Ich bin nicht mehr dieselbe Person wie heute früh, dachte sie. Mein Innerstes ist von Grund auf erschüttert worden. Es gab ein paar andere Tage in ihrem Leben, die sie ähnlich verändert hatten. Ihr Hochzeitstag. Die Tage, an denen Gwen und Rilla auf die Welt gekommen waren. Der Tag, an dem Mark gestorben war. Jeder Tod war traurig, aber nach dem sinnlosen Tod eines Kindes war man nicht mehr derselbe.

Sie dachte an den Tod ihrer Mutter und versuchte, sich den Schmerz und die Verzweiflung vorzustellen, die zu einem solchen Schritt geführt hatten. Leonora hatte Selbstmord für die Mutter eines kleinen Kindes immer als äußerst egoistischen Akt betrachtet. Sie hätte es nie tun können. Vielleicht hat sich Maude nicht so sehr als meine Mutter gefühlt. Sogar für sie war womöglich Nanny Mouse mehr meine Mutter als sie selbst. Ob sie dachte, dass ich Nanny Mouse mehr liebte? Bei dem Gedanken kamen ihr wieder die Tränen. Vielleicht habe ich zu ihrem Kummer noch beigetragen, indem ich sie nicht genug geliebt habe. Oh, es tut mir Leid, Mummy. So Leid.

Leonora holte tief Luft und beschloss, all ihre Zeit und Energie dareinzustecken, Maudes Werk und ihre Geschichte bekannt zu machen. Das war das Mindeste, was sie tun konnte. Sie blickte zu dem Gemälde über ihrem Bett. Weiße Schwäne auf dem See, die aussahen, als würden sie sich jeden Moment bewegen. Federn, durch die ein Windhauch zu gehen schien.

Ihr war jetzt nicht danach, die verborgene Signatur, den kleinen Löwen, zu suchen. Sie fand es erstaunlich, dass niemand sie in all den Jahren bemerkt hatte, aber Maude hatte sie mit Sicherheit geschickt verborgen, und es hatte ja niemand davon gewusst. Morgen ... nein, nicht morgen, das würde ein anstrengender Tag werden ... am Montag würde sie Alex bitten, auf den Bildern danach zu suchen. Plötzlich kam ihr der Gedanke, ob Douggie vielleicht auf dem Dach des Puppenhauses einen der kleinen Löwen entdeckt und deshalb den Papierstreifen abgerissen hatte. Das würde erklären, warum ein so stilles und normalerweise nicht zerstörerisch veranlagtes Kind das getan hatte. Nach der Party würde sie sich um alles kümmern.

Sie wandte ihre Aufmerksamkeit den Geschenken zu. Wie glücklich sie doch sein konnte! Chloës kleine Kommode mit den winzigen Schubladen voller Dinge, die ihre Vergangenheit zurückbrachten, war reizend. Da war ein winziges Medaillon mit einem Bild von Mr. Nibs, ihrer ersten Katze. Offenbar hatte sie sich noch aus der Zeit daran erinnert, als sie auf Leonoras Schoß gesessen und mit ihr alte Alben betrachtet hatte. In einer anderen Schublade lagen ein Ehering und eine getrocknete Rosenknospe als Symbol für ihre Heirat, und Babyschühchen für Gwen und Rilla. Eine Ecke von Efes erstem Zeugnis; die Kopie eines Lesezeichens, das Chloë mit zwölf gebastelt hatte; eins von Alex' ersten Fotos: alles Dinge, die nur schöne Erinnerungen mit sich brachten. Kluge, begabte Chloë!

Efe und Fiona hatten ihr eine wunderschöne, in Gold gefasste Kamee mit passenden Ohrringen geschenkt. Sie würden morgen hervorragend zu ihrem Kleid passen. Leonora hoffte, dass es Fiona bis dahin besser ging. Sie ließe sich doch bestimmt nicht die Gelegenheit entgehen, ein schickes Kleid zu tragen. Douggie schlief heute Nacht besonders gut. Sie konnte sich gar nicht erinnern, wann sie ihn zuletzt gesehen hatte, was sie ein wenig verwirrte. Im Allgemeinen kam Efe immer noch einmal mit ihm vorbei, damit er gute Nacht sagte, bevor er zu Bett ging, aber heute war der ganze Tagesablauf durcheinander gebracht worden.

Gwens und James Geschenk steckte in einem Umschlag: ein langes Wochenende im Oktober für zwei Personen in einem sehr guten Hotel in Venedig. Alles war bereits bezahlt. Wen sollte sie mitnehmen? Das konnte sie ja immer noch nach der Party entscheiden, aber wie wunderbar, sich jetzt schon darauf freuen zu können.

Seans weißer Fernseher stand auf dem kleinen Tisch am Fußende ihres Bettes. Sie lächelte. Sie hatte sich so lange gegen einen Fernseher im Schlafzimmer gewehrt, dass es wie eine Niederlage ausgesehen hätte, zuzugeben, wie gerne sie an langen Winterabenden gemütlich vom Bett aus fernsehen würde. Aber jetzt würde sie es eben zugeben. Es wäre bestimmt himmlisch. Sean hatte auch versprochen, ihr ein Video des Films zu schicken. Den könnte sie dann auf dem Videogerät abspielen, wann immer sie Lust hatte. Es war wirklich ein sehr umsichtiges Geschenk.

Beth hatte ihr einen antiken Standspiegel gekauft, den sie neben das Fenster gestellt hatte. Jetzt kann ich den alten Spiegel in der Schranktür endlich herausnehmen lassen, dachte sie lächelnd. Beth hatte er noch nie gefallen. Sie hatte immer naserümpfend gesagt, er sei nicht besser als die Spiegel in einer Umkleidekabine und schrecklich unschmeichelhaft.

»Für mich ist er gut genug«, hatte Leonora erwidert. »Ich bin mittlerweile nicht mehr so an meinem Aussehen interessiert wie früher.«

Auf die dazugehörige Karte hatte Beth geschrieben: *Für eine schöne Frau, die ein schönes Spiegelbild verdient.* Leonora war ganz gerührt.

Sie beugte sich vor zu Rillas Geschenk. Als sie es ausgepackt hatte, hatte sie im ersten Moment gedacht, dass es Rilla ähnlich sah, ihr etwas zu schenken, das sie selbst gern tragen würde. Ihr war sogar die korrekte Bezeichnung schleierhaft. *Morgenmantel* traf es nicht, weil ein Morgenmantel gemütlich, bequem und kuschelig war. *Peignoir* war auch falsch. Am treffendsten beschrieb man dieses prächtige, glänzende Kleidungsstück sicher mit *Robe.* Leonora zog es über, und es schmiegte sich brokatglitzernd um sie: Goldfäden in einem Rosenmuster auf dunkelgoldenem Hintergrund.

Lächelnd blickte sie in den Standspiegel. Ich sehe prachtvoll aus, dachte sie. Wie eine Kaiserin. Es überraschte sie, wie angenehm sich der Mantel trug. Er war mit Samt gefüttert, genau in dem Pinkton, den sie liebte, mit einem Stich ins Graue, wie eine Rose, die zu verblühen begann. Sie schaute wieder in den Spiegel und dachte: Ich finde es wunderbar. Ich finde es wunderbar, wie ich darin aussehe. Am liebsten möchte ich es nie mehr ausziehen. Meine kluge Rilla! Ich muss ihr morgen unbedingt sagen, wie wundervoll ihr Geschenk ist und wie sehr ich mich darüber freue.

Immer noch in der Robe setzte sie sich an die Frisierkommode, um Alex' Geschenk zu betrachten. Das Album, das er mit Bildern von Willow Court und ihrem Geburtstagsfest füllen wollte, war fast noch leer, bis auf einige wenige Fotografien. Eine davon stellte eine genaue Kopie des Gemäldes von der Auffahrt dar, mit dem rötlichen Laub der Eichen und dem Haus am Ende der Allee. Alex hatte es wahrscheinlich letzten Oktober aufgenommen. Auf der nächsten Seite war ein Porträt von ihr, aber sie konnte sich nicht erinnern, von wann. Sie saß im Kinderzimmer neben dem Puppenhaus, eine Hand auf dem Dach und eine im Schoß.

Ich sehe aus, als ob ich mit jemandem spreche, dachte sie. Mit Alex vermutlich. Sie betrachtete das Foto eingehend. Warum hatte sie noch nie eine Aufnahme vom Puppenhaus gemacht? Es sah prächtig aus, perfekt bis ins Detail. Man konnte sogar die Puppen genau erkennen. Das Grün ihrer Bluse passte genau zu den Weiden auf der Tapete. Tränen traten ihr in die Augen. Die Tapete hat Mummy ausgesucht, dachte sie, und klappte das Album wieder zu. Sie musste noch etwas erledigen.

Sie öffnete die Schublade, in der sie ihre Schals aufbewahrte, und holte Rillas bestickte Tasche heraus. Die Puppen, die seit einem halben Jahrhundert darin gelegen hatten, sahen noch genauso aus wie damals, als Leonora mit ihnen gespielt hatte. Sie legte sie nebeneinander auf die Frisierkommode. Das lilafarbene Kleid der Mädchenpuppe war noch nicht verblichen; ihr Gesicht war rosig, das aufgestickte Lächeln wirkte unverändert. Die Puppen für Vater und Mutter erinnerten sie an Ethan und Maude. Puppen taten alles, was man von ihnen wollte. Sie waren die Akteure in den Dramen, die die Kinder schufen. Leonora überlegte, dass sie ihre Kinder und Enkel doch damit hätte spielen lassen sollen. Sie hätte ihnen ein Leben lassen sollen, statt sie wegzuräumen. Aber es war noch nicht zu spät.

Sie trat auf den Flur und ging zum Kinderzimmer. Die Birnen könnten ruhig ein wenig stärker sein, dachte sie, als sie das Licht einschaltete.

Sie nahm die Staubhülle vom Puppenhaus und legte sie weg. Ich sollte es nicht mehr verstecken, dachte sie. Von jetzt an soll es für jeden sichtbar sein. Vielleicht kann Sean es ja noch im Film unterbringen. Sie strich über das Dach. Was, wenn Douggie nicht den Papierstreifen abgerissen hätte? Wenn die Tür zum Kinderzimmer verschlossen gewesen wäre, oder wenn etwas anderes interessanter gewesen wäre? Dann lägen Maudes Kummer und Ethans Geheimnis immer noch im Verborgenen. Sie hätte Efe gesagt, dass die Bilder unter keinen Umständen das Haus verlassen dürften. Die Erinnerung an die Gestalt im See, an die Haarsträhnen ihrer Mutter auf der Wasseroberfläche, alle Erinnerungen an jenen Tag lägen noch tief in ihrem Herzen begraben. Durch ein winziges Ereignis kann sich unser Leben völlig ändern, dachte sie. Wenn diese Mädchenpuppe zu früh vom Garten ins Haus kommt, dann kann sie sehen, wie die Daddypuppe die Mummypuppe ins Gesicht schlägt.

Nein, dachte sie. Ich werde sie trösten. Sie nahm alle Delacourts – hatten Gwen und Rilla sie nicht so genannt? – aus dem Haus und legte sie auf die Fensterbank. Ich werde Gwen erzählen, was ich getan habe, sagte sie sich. Und nach dem Fest können sie und Rilla entscheiden, was aus ihnen werden soll.

Vorsichtig kniete sie sich hin, setzte ihre kostbaren Puppen um den winzigen Tisch im Esszimmer und stellte ein gebratenes Hähnchen vor sie hin. Das wird ein schönes Essen, dachte sie. Alle werden es genießen. Es wird keinen Streit geben. Nie wieder. Sie werden bis an ihr Lebensende glücklich sein. Dann raffte Leonora ihre goldene, rosenbestickte Robe, ging aus dem Kinderzimmer und schloss leise die Tür hinter sich.

Sonntag,
25. August
2002

Leonoras Geburtstag

Selbst mitten in ihrem Alptraum registrierte Leonora genau, dass sie träumte. Ein Mann stand neben ihrem Bett und sang. Es war kein richtiges Lied, und es war auch keine menschliche Stimme, sondern eine Mischung aus dem Krächzen eines Vogels und dem Krachen eines Getriebes. Er hatte das Gesicht abgewandt, und Leonora spürte, dass jetzt der richtige Zeitpunkt war aufzuwachen, weil der Mann sonst den Kopf drehen würde und sein Gesicht unaussprechlich grauenhaft aussah. Sie schlug die Augen auf und sah erleichtert, dass sie sich in ihrem Schlafzimmer befand. Wer war das gewesen? Ethan? Efe? Vielleicht sogar Peter? Wie immer bei dem Gedanken an ihren Mann krampfte sich ihr Herz zusammen. Wie er wohl aussähe, wenn er noch lebte? Er wäre jetzt zweiundachtzig. Weißhaarig. Verrunzelt. Vielleicht wäre er auch nicht mehr ganz klar im Kopf, wie Nanny Mouse. Sie erschauerte. Nein, dieser Gedanke war zu schrecklich.

Sie schlug die Decke zurück und setzte sich auf die Bettdecke. Ihr Herz klopfte heftig. Ein Blick auf ihren Wecker sagte ihr, dass es halb fünf war. Viel zu früh, um aufzustehen, aber Leonora wusste genau, dass sie jetzt nicht mehr einschlafen konnte. Leise trat sie ans Fenster und zog die Vorhänge auf. Als Mädchen, dachte sie, war ich wie der Blitz aus dem Bett und in zwei Schritten am Fenster. Nun ja. Immerhin bin ich schon fünfundsiebzig. Auf einmal schien ihr das sehr lang.

Im Osten rötete sich der Himmel bereits. Bald würde die Sonne aufgehen und der Tag beginnen. Sie ging ins Badezimmer und dachte, ich lege mich einfach wieder ins Bett, bis ich jemanden aufstehen höre.

Im Bett schloss sie die Augen und dachte an ihre Geburtstagsgäste, die von überall her auf dem Weg nach Willow Court waren. Sie hatte immer geglaubt, ein ruhiges Leben zu führen, aber offensichtlich hatte sich die Zeit, die sie in zahlreichen Komitees verbracht hatte, gesellschaftlich doch ausgewirkt. Sicher waren daraus häufig nur formelle Freundschaften entstanden, aber eben doch Freundschaften. Emotionale Probleme gibt es schon genug in der Familie, dachte sie, und kam zu dem Schluss, dass ihr diese Freundschaften eben gerade deshalb so viel bedeuteten, weil Gefühle sie nicht allzu sehr belasteten und sie deshalb so friedlich verliefen. Durch die Gespräche mit diesen Menschen nahm sie an der Welt außerhalb von Willow Court teil, und sie freute sich darauf, sie wiederzusehen.

In gewisser Weise kam sie sich vor wie der Dirigent eines großen Orchesters, der darauf wartet, den Taktstock zu heben, damit alles beginnt: die Gespräche, das Lachen, das Essen, die Begegnungen mit alten Freunden. Alles, was diesen Tag unvergesslich machen sollte, war getan worden. Sie hatte sogar daran gedacht, Sean zu bitten, Nanny Mouse und Miss Lardner mit seinem Auto in Lodge Cottage abzuholen. Er tat das gerne, schien sich sogar über den Auftrag zu freuen. Rilla dachte wahrscheinlich, dass ihre neue *amour* nur etwas zwischen ihr und Sean sei und niemand etwas gemerkt hätte. Leonora lächelte. Sicher war es vielleicht ein wenig impulsiv von Rilla, sich so schnell zu verlieben, aber so weit Leonora sehen konnte, war er ein guter, freundlicher Mann, und er schien Rilla sehr zu mögen. Vielleicht lag ihre Tochter ja richtig, wenn sie sagte, man solle das Glück beim Schopf packen. Peter … Rilla hatte sie zu Recht daran erinnert, dass vor so vielen Jahren ein junger Soldat in die Küche getreten war, in den sie sich verliebt hatte, bevor er überhaupt den Mund aufgemacht hatte. Sie ist kein Kind mehr, dachte Leonora. Sie kann selber auf sich aufpassen.

Gwen hatte den Wecker auf halb sechs gestellt, war aber bereits um fünf hellwach. Sie war aufgeregt und konnte nichts dagegen machen. So leise sie konnte, stand sie auf. James brauchte so früh noch nicht geweckt zu werden, aber er rührte sich trotzdem, als sie die Decke zurückschlug, und fragte verschlafen: »Ist es denn schon Morgen?«

»Für dich noch nicht«, flüsterte sie. »Schlaf weiter. Ich muss nur noch rasch ein paar Dinge erledigen, bevor Bridget kommt.«

»Mmm«, machte James und vergrub seinen Kopf im Kissen.

Gwen schlüpfte in einen Trainingsanzug und ging ins Badezimmer, um sich die Zähne zu putzen. Schon als Kind war sie am liebsten aufgestanden, wenn alle anderen noch schliefen. Sie blickte aus dem Badezimmerfenster und fand, wie immer frühmorgens im Sommer, dass dies die schönste Zeit des Tages sei. Die Sonne war gerade aufgegangen, und der Himmel schimmerte noch leicht rosa. Auf dem Gras glitzerten Tautropfen. Gwen lächelte. Sie würde jetzt hinuntergehen, sich einen Kaffee machen und eine Scheibe Toast essen, bevor es hektisch wurde. Ihrer Erfahrung nach floss bei Gelegenheiten wie diesen der Alkohol schon in Strömen, wenn nur zwei oder drei Leute beieinander standen, und dann war es ganz gut, etwas im Magen zu haben. Sie spürte einen Knoten im Magen und dachte: Ich komme mir vor, als zöge ich in die Schlacht.

Auf Zehenspitzen eilte sie nach unten in die Küche. Wie seltsam, dass Douggie noch schlief, aber vielleicht hatte er eine unruhige Nacht hinter sich. Als sie die Kaffeemaschine anstellte, fiel ihr jedoch ein, dass sie ihn überhaupt nicht gehört hatte. Ich wäre doch bestimmt aufgewacht, überlegte sie. Also hatte er wohl durchgeschlafen. Was für ein braver kleiner Kerl. Sie steckte die Toastscheiben in den Toaster und trat zum Kühlschrank, um die Butter zu holen.

Während sie aß, ging sie im Geiste noch einmal alles durch, was sie überprüfen musste, bevor Bridget kam: die Blumenvasen, den Geschenkbaum (um sich zu vergewissern, dass alle Geschenke darunter lagen) und die Toilette im Erdgeschoss, um nachzuschauen, ob frische Handtücher bereitlagen und das Potpourri in der blauweißen Schale auf dem Regal erneuert worden war. Danach wecke ich Mutter mit einer Tasse Tee und klopfe an Rillas Tür, dachte sie, dann braucht sie sich beim Schönmachen nicht so zu beeilen.

»Hast du Tee für mich gemacht, Liebling?« James trat lächelnd in die Küche. »Das wird wieder ein schöner Tag, Gott sei Dank.«

Er setzte sich ihr gegenüber, und wie immer staunte Gwen darüber, wie frisch ihr Mann frühmorgens aussah, ganz gleich, wie viel er am Abend zuvor getrunken hatte. Es hatte Zeiten gegeben, nach besonders schlimmen Nächten, als die Kinder noch klein waren, da hatte sie am Frühstückstisch kaum die Augen aufbekommen, und es hatte sie damals ziemlich irritiert, wenn James jedesmal »munter wie eine Lerche« war. Jetzt war sie dankbar für seine gute Laune und Energie.

»Iss deinen Toast auf«, sagte er, »und dann schauen wir mal nach, ob Bridget nicht schon da ist. Ich möchte noch mal einen Blick aufs Zelt werfen.«

»Gestern Abend war noch alles in Ordnung«, erwiderte Gwen. »Wir müssen nur noch die Blumen und das Geschirr auf die Tische stellen.« Sie seufzte. »Irgendwie ist alles beinahe zu glatt gegangen. Ich bin richtig nervös und halte die Luft an, falls doch noch etwas schief geht.«

»Unsinn, Liebling, was soll denn schief gehen? Alle werden sich prächtig amüsieren. Ich hoffe nur, dass es deiner Mutter gut geht. Dieser Abschiedsbrief war ein ziemlicher Schock, nicht wahr? Aber sie ist ja hart im Nehmen.«

»James!«, verwies ihn Gwen, aber eigentlich sagte er die Wahrheit. Leonora war tatsächlich hart im Nehmen, wenn auch vielleicht nicht ganz so stark, wie jeder dachte. »Dann komm. Trink deinen Kaffee aus, und lass uns gehen.«

Auf der Fahrt nach Willow Court dachte Reuben Stronsky über den Anruf nach, der ihn kurz vor seinem Aufbruch erreicht hatte. Efe hatte hektisch und angespannt geklungen, als sei ein Notfall eingetreten. »Das Blatt hat sich gewendet«, hatte er gesagt, was bedeutete, dass Leonora Simmonds ihre Meinung geändert hatte, und er die Bilder dort ausstellen durfte, wo er es für richtig hielt. Unwillkürlich musste er lächeln. Als Efe ihm erzählt hatte, wer die Bilder wirklich gemalt hatte, hätte er gerne mehr darüber erfahren, aber Efe hatte es eilig gehabt, das Gespräch zu beenden, und sagte nur noch, er würde dem Personal auf dem Parkplatz Anweisung geben, nach seinem Wagen Ausschau zu halten. Was die Enthüllung anging, so möge er sich noch ein wenig gedulden.

»Ich komme wahrscheinlich früh«, sagte Reuben.

»Dann können Sie ja Leonora kennen lernen und mit ihr eine Tasse Kaffee trinken, bevor der Tumult losgeht.«

»Wenn Sie nichts dagegen haben, Efe, möchte ich mir gerne die Umgebung anschauen und eine Weile in diesem hübschen Park spazieren gehen«, erwiderte Reuben. »Ist das okay?«

Efe versicherte ihm, dass der Park völlig zu seiner Verfügung stünde. Reuben blickte aus dem Fenster. Das war einer dieser Tage, dachte er, dem England seinen Ruf als wunderschönes Land verdankte. In diesem Wetter wirkten die Dörfer in Wiltshire wie gemalt, in manchen Gegenden kam er sich vor wie in einer Filmkulisse. Regen, graue Straßen, Bürgersteige voller Abfall, langweilige Vororte und gesichtslose Häuserzeilen schienen auf einen anderen Planeten zu gehören, und es erstaunte ihn, dass es in einer Region dieser Größe so viele unterschiedliche Landschaften gab.

Er war früh in London aufgebrochen, um dem Berufsverkehr zu entgehen, und genoss die Fahrt in dem weißen BMW, den er gemietet hatte. Neben ihm auf dem Beifahrersitz lag das perfekte Geburtstagsgeschenk. Leonora würde so etwas niemals erwarten, und Reuben war sicher, dass die verschlungenen Wege, auf denen er es gefunden hatte, zu seinem Reiz betrugen. Es war einzigartig und würde sich von allen anderen Geschenken abheben.

Reuben hatte sich ursprünglich nicht auf die Begegnung mit Leonora gefreut. Überredungskünste, Charme, Druck: Er hasste alles, was ihn dazu zwang, anders zu sein, als sonst. Er war ein ruhiger Mann, der das Rampenlicht scheute. »Stark und schweigsam« hatte seine Ex-Frau ihn einmal genannt, aber das war schon lange her, und jetzt, mit siebzig, konnte er Stärke nicht mehr zu seinen herausragenden Eigenschaften zählen. Groß. Er war groß und ruhig. Manche bezeichneten ihn als stur; er nannte es lieber entschlossen. Er war bereit gewesen, seinen Fall bei Leonora mit so viel Nachdruck wie möglich zu vertreten, aber glücklicherweise wäre das jetzt nicht mehr nötig. Jetzt war sein Geschenk eher eine Art Dank als eine Bestechung. Reuben begann zu summen: »*Oh, what a beautiful morning*«. Die Landschaft glitt an ihm vorbei, am Himmel standen weiße Wölkchen. Er sagte sich, ich bin auf dem Weg nach Willow Court, und fühlte sich mit einem Mal optimistischer und jünger denn je.

Alex hatte den Wecker auf sieben Uhr gestellt, um in aller Ruhe vor dem Zelt zuschauen zu können, wenn die Tische gedeckt wurden. Er wollte wieder Aufnahmen von den Vorbereitungen machen.

Bevor er aufstand, dachte er noch einmal an das, was Beth gestern Abend zu ihm gesagt hatte. Sie hatte keinen Zweifel daran gelassen, was sie für ihn empfand. Er war nicht der Ersatz für Efe. Er hatte sich nicht getraut, das Thema anzuschneiden, sie hatte die Sprache darauf gebracht. Sie hatte geredet und geredet, und er hatte zugehört. Sie hatte die ganze Geschichte ihrer Beziehung zu seinem Bruder noch einmal aufgerollt. Er lächelte. Ob sie wohl gemerkt hatte, dass er nur mit halbem Ohr zuhörte? Er hatte einfach nur ihre Nähe genossen.

Die Liebe, die er für sie empfand … ihm war, als hätte jemand in seinem Inneren einen Ballon aufgeblasen. Komisch. Er war bis zum Platzen mit ungewohnten Gefühlen gefüllt. Er wollte lachen und weinen zugleich und herumhüpfen wie ein Idiot. War es ein Wunder, dass sich die meisten Leute so albern benahmen, wenn sie sich verliebten? Er stand auf, wusch sich, zog sich an und trank im Stehen in der Küche eine Tasse Kaffee. Um halb acht ging er nach draußen, nur um festzustellen, dass seine Eltern bereits bei der Arbeit waren. James stahl Bridget die Zeit, indem er mit ihr plauderte, während sie versuchte, das Eindecken der Tische zu überwachen. Gwen stand herum und beobachtete das Kommen und Gehen des Personals. Sie schien nicht sicher zu sein, ob es überhaupt etwas für sie zu tun gab.

»Bleib stehen, Mum«, sagte Alex. »Ich mache ein Foto von dir.«

»Oh nein, nicht wenn ich so aussehe, Alex, bitte!«, protestierte

Gwen. »Warum bist du eigentlich so früh schon auf? Ich wollte euch alle um neun wecken.«

Alex machte ein paar Schnappschüsse, ohne die geringste Notiz von den Einwänden seiner Mutter zu nehmen, sie sei nicht präsentabel. Er sagte: »Ich möchte gerne fotografieren, wie es vorher ausgesehen hat. Wann kommen die Gäste?«

»Gegen Mittag gibt es Drinks auf der Terrasse. Mittagessen dann ab eins. Oh meine Güte, ich hoffe wirklich, es läuft alles glatt.«

»Natürlich tut es das«, erwiderte Alex beruhigend. Er überlegte, ab wann seine Mutter und Leonora eigentlich über Fionas Verschwinden aufgeklärt werden müssten. Wieder hob er die Kamera ans Auge und richtete sie auf eine junge Frau, die gerade ein Tablett ins Zelt trug. Das Sonnenlicht brachte die Gläser zum Funkeln. Das wird bestimmt ein schönes Bild, dachte Alex.

Das ist der beste Teil eines Festes, dachte Rilla, während sie in einem duftenden Schaumbad lag. Am schönsten ist es immer, bevor etwas beginnt. Erwartung. Vorfreude. Sie schloss die Augen und dachte an gestern Abend. Sean war so lieb gewesen. Es war ihr schwer gefallen, sich am See aufzuhalten, aber nach all den Jahren hatte sie endlich den Mut dazu aufgebracht. Ab jetzt würde es leichter werden. Wenn sie sich konzentrierte, konnte sie sich noch den Geschmack seiner Küsse ins Gedächtnis rufen. Ihr Körper wurde so warm und flüssig wie das Wasser, das sie umgab. Sie lächelte. So viel zur Vorfreude! Diese Verzögerung bedeutete, dass sie sich in einem Zustand ständiger sexueller Erregung befand. Jetzt hör auf, an Sean zu denken, befahl sie sich. Heute ist Leonoras Tag!

Sich für ein Fest fertig zu machen, war wie im Theater: eine halbe Stunde vor der Aufführung saß man vor seinem Spiegel, betrachtete sich und wartete darauf, geschminkt zu werden. Hinter einem hing das Kostüm, und bald würde man hineinsteigen und sich in jemand völlig anderen verwandeln. Rilla dachte an ihr Kleid im Schrank und stellte sich vor, wie der Chiffon sie umschmeichelte. Sie hatte lange gezögert, bevor sie es gekauft hatte.

In Theaterkreisen war man abergläubisch in Bezug auf die Farbe Grün, aber Rilla hielt sich für einen Verstandesmenschen, und außerdem war es nicht richtig grün. Es war auch viel Blau darin. Auf den ersten Eindruck hatte das Kleid die gleiche Farbe wie das Meer. Türkis vielleicht. Oder ein blasses Pfauenblau. Auf jeden Fall schwang der Rock um ihre Beine, der Ausschnitt schmeichelte ihrem Busen und ihren Schultern, und Rilla hatte sich auf den ersten Blick in das Kleid verliebt. Sie konnte es kaum erwarten, es anzuziehen.

Aber es war kein Kostüm, keine Verkleidung. Ich will ganz ich selbst sein, dachte sie, als sie aus der Wanne stieg. Im Stillen beglückwünschte sie Leonora zu der Qualität der Handtücher auf Willow Court, als sie sich in ein flauschiges Badetuch wickelte. Ich werde mich jetzt darauf konzentrieren, mich so schön wie möglich zu machen.

Als sie zu ihrem Zimmer zurückging, fiel ihr auf, dass die Tür zum Kinderzimmer offen stand. Oje, dachte sie. Nicht schon wieder Douggie. Zorn auf Fiona stieg in ihr auf. Warum passte sie eigentlich nicht besser auf? Rilla trat in das Zimmer, um nachzusehen, was er jetzt schon wieder angerichtet hatte. Sie wagte nicht, sich Leonoras Reaktion auf eine neue Beschädigung auszumalen.

»Beth! Was tust du hier? Ich dachte, es sei Douggie. Warum hast du dich noch nicht umgezogen?«

»Entschuldigung, Rilla. Ich wollte nur in Ruhe ein bisschen nachdenken.«

Sie kniete auf dem Boden und betrachtete die Puppen. Es sah aus, als wollte sie jeden Moment mit ihnen spielen.

»Stimmt etwas nicht?«, fragte Rilla zögernd. Beth kam ihr eher still als elend vor, aber sie wollte zumindest sichergehen.

»Nein, so kann man es nicht sagen.« Beth seufzte. »Ich kann es dir vermutlich erzählen, obwohl Efe nicht will, dass es jemand erfährt. Fiona ist abgehauen.«

»Ja, das wusste ich. Ich habe einen Blick in ihr Zimmer geworfen und gesehen, dass ihre Sachen nicht mehr da sind. Ich weiß nur nicht, warum das ausgerechnet jetzt sein musste.«

»Sie hat etwas auf Efes Handy abgehört. Nach allem, was ich weiß, eine obszöne Nachricht. Wusstest du, dass Efe sie betrügt?«

»Darüber habe ich noch nie nachgedacht.« Rilla runzelte die Stirn. »Aber jetzt, wo du es sagst, passt es ins Bild. Oh, sieh dir das an, Beth. Mutter muss heute Nacht hier gewesen sein. Das sind die ursprünglichen Puppen. Die ersten, die Maude für sie gemacht hat. Mit denen wir nie spielen durften. Erstaunlich! Warum mag sie das wohl getan haben? Ohne Grund tut sie nichts. Ob ich es wohl wagen kann, sie danach zu fragen?« Sie ergriff die Mädchenpuppe, betrachtete sie eingehend und setzte sie wieder zurück.

Beth hockte sich auf die Fersen. Sie nahm die Vaterpuppe in die Hand und stellte sie ans Fenster des Esszimmers. Rilla überlegte, ob sie die Ethan-Puppe besser nicht anfassen sollte, als Beth sagte: »Ich habe meine Meinung geändert, Rilla. In den letzten Tagen ... ich glaube, wir sind seit unserer Kindheit nicht mehr so lange zusammen gewesen, und ich denke, ich hatte ein falsches Bild von Efe.«

Rilla blickte Beth an. Sie hörte das leise Beben in der Stimme ihrer Tochter und machte sich insgeheim Vorwürfe, weil sie nie etwas bemerkt hatte.

»Oh, Bethy, nein ... du liebst Efe, nicht wahr? Du liebst ihn wirklich. Das wusste ich nicht. Es tut mir so Leid. Ich war immer viel zu sehr mit mir beschäftigt, um es zu registrieren. Mein armer Liebling ...«

»Ich *habe* ihn geliebt, aber das ist vorbei. Ich war eine verdammte Närrin. Selbst als er Fiona geheiratet hat, habe ich nicht aufgehört zu hoffen. Ich habe mir eingebildet, eines Tages käme er und würde sagen: *Eigentlich habe ich immer nur dich geliebt, Beth. Nicht Fiona. Ich habe einen schrecklichen Fehler gemacht.* Aber das hat er natürlich nie gesagt. Und ich war immer so gemein zu Fiona. Ich habe sie gehasst, nur weil sie Efe liebte. Das arme Ding. Vielleicht hat er sie ja früher mal geliebt, aber im Grunde wirkt er jetzt nicht besonders unglücklich, oder? Die Enthüllungen über Maude Walsh beschäftigen ihn mehr als die Tatsache, dass seine Frau ihn verlassen hat.«

»Oh, Beth, es ist so ungerecht! Ich wollte, dass du dich auf diesem Fest großartig vergnügst. Du hast es wirklich verdient.«

Beth stand auf und lächelte ihre Mutter an. »Das habe ich auch vor. Efe verdirbt mir nie mehr etwas. Ich weiß nicht, warum ich ins Kinderzimmer gegangen bin. Ich glaube, ich wollte die Puppen anschauen, um mich daran zu erinnern ... ach, ich weiß nicht, an was ich mich erinnern wollte. Vielleicht daran, dass man das wirkliche Leben nicht so einfach arrangieren kann wie ein Puppenhaus. Ich ziehe mich jetzt um, und später komme ich zu dir und stecke dir die Haare hoch, ja?«

»Oh, Liebling, würdest du das wirklich tun?«

»Natürlich. Sobald ich fertig bin, komme ich rüber.«

Beth wirkte so beschwingt, als sie das Zimmer verließ, dass Rilla sich fragte, ob sie ihr nicht noch etwas verschwiegen hatte. Nachdenklich ging sie zurück und setzte sich an ihren Schminktisch. Während sie Feuchtigkeitscreme auf Gesicht und Hals verteilte, überlegte sie sich, Beth nach Fiona zu fragen, wenn sie sie frisierte. Das hätte ich Fiona nie zugetraut, einfach so abzuhauen, dachte sie. Was sagt wohl Leonora dazu? Und Gwen war bestimmt außer sich, wenn sie erfuhr, dass am Familientisch ein Platz leer bliebe. Fionas Eltern blieben wahrscheinlich auch weg, und das brächte die gesamte ausgeklügelte Tischordnung durcheinander.

Gwen war bestimmt schon seit dem Morgengrauen auf, aber gleich würde es im Haus von aufgeregten Gestalten nur so wimmeln. Rilla besprühte sich freigiebig mit Vivienne Westwoods *Boudoir*. Gerade als sie dachte, wie göttlich es duftete, klopfte jemand an.

»Herein«, rief sie, und Gwen trat im Trainingsanzug ins Zimmer. Sie wirkte gequält. »Was ist los?«, fragte Rilla.

»Ich habe gerade mit Efe gesprochen, Rilla. Weißt du, was passiert ist?«

Instinktiv log Rilla, weil es Gwen vielleicht etwas ausmachte, wenn sie etwas über ihren Sohn wusste, von dem seine Mutter eben erst erfahren hatte.

»Nein, Gwen ... es geht doch nicht um Mutter, oder?«

Gwen schüttelte den Kopf. »Nein. Fiona hat Efe verlassen. Ich kann mir gar nicht vorstellen, warum. Er wollte jedenfalls nichts dazu sagen. Ich weiß nicht, was ich tun soll.«

Sie setzte sich auf die Bettkante und zog ein Taschentuch hervor.

»Gwen… du weinst ja. Wein doch nicht. Es kommt sicher alles wieder in Ordnung. Bestimmt.«

»Und wenn nicht? Wenn sie nie wieder zu ihm zurückkommt?«

Rilla verbiss sich den Kommentar, dass Gwen doch Fiona nie so besonders gemocht hatte, und murmelte etwas Beruhigendes.

»O Gott, Rilla, es ist so schwer zu erklären!«, sagte Gwen. »Es geht gar nicht um Fiona. Noch nicht einmal um Efe. Wenn er seine Ehe mit schmutzigen Affären aufs Spiel setzen will, dann ist das seine Sache. Mir geht es um Douggie. Ich sehe ihn vielleicht nie wieder, Rilla. Ich glaube, das könnte ich nicht ertragen. Nein, das könnte ich nicht.«

Sie weinte wieder. »Es tut mir so Leid, Rilla, ich wollte dich nicht mit meinen Sorgen belasten… ich jammere wie ein altes Klageweib.«

»Sei nicht albern, Gwen… du kannst jederzeit zu mir kommen, aber du solltest jetzt wirklich aufhören zu weinen. Sonst hast du am Ende noch rote Augen, und Mutter wird wissen wollen, warum. Außerdem wirst du Douggie ganz bestimmt wiedersehen. Fiona wird ihn dir sicher nicht vorenthalten.«

»Dazu ist sie sehr wohl in der Lage. Ich werde eine von diesen abwesenden Großmüttern werden. O Gott, Rilla, diese schreckliche McVie wird ihn zu Weihnachten und an seinem Geburtstag bei sich haben, und ich sehe ihn nie mehr.«

»Das weißt du doch gar nicht. Selbst wenn sie sich scheiden lassen sollte, wird Efe das Recht haben, ihn zu sehen, und du kannst sicher sein, dass er Douggie immer hierher bringt, wenn er ihn bei sich hat. Er wird sich auf keinen Fall alleine um seinen Sohn kümmern wollen. Er braucht dich doch.«

Gwen sah schon ein bisschen glücklicher aus. »Ja, vermutlich hast du Recht. Danke. Jetzt geht es mir besser.«

»Und außerdem«, fügte Rilla hinzu, »weißt du ja noch gar nicht, ob sie für immer weg ist. Vielleicht will sie Efe bloß einen Schrecken einjagen.«

»Das stimmt. Das ist auch eine Möglichkeit.« Gwen stand auf. »Ich bin so froh, dass ich mit dir geredet habe. Danke. Jetzt muss ich gehen und mein Gesicht in Ordnung bringen.«

»Nimm das hier«, sagte Rilla und drückte ihrer Schwester eine winzige Tube Abdeckcreme in die Hand. »Tupf dir ein wenig davon um die Augen, bevor du Puder auflegst. Das wirkt Wunder.«

Gwen blickte unsicher auf die Creme. »Ich habe so etwas noch nie benutzt.«

»Bis jetzt musstest du wahrscheinlich auch nichts verstecken«, erwiderte Rilla. »Aber was sein muss, muss sein. Na los, verwöhn dich ein bisschen.«

Als Gwen gegangen war, dachte Rilla, wie überraschend sich alle verhielten. Sie hätte nie vermutet, dass ihre Schwester so an Douggie hing. Die arme Gwen. Eine Weile überlegte sie, wie wohl die Chancen für eine Versöhnung von Fiona und Efe standen, aber dann sagte sie sich, ach was! Warum soll ich mich heute damit belasten? Morgen ist noch genug Zeit, über die Familie zu diskutieren. Jetzt gehe ich auf ein Fest, verdammt noch mal! Entschlossen wandte sie sich der Frage zu, welche Ohrringe sie nehmen sollte. Baumelnde Kristalltropfen oder riesige Barockperlen? Auf solche Probleme wollte sie sich gerne einlassen.

Reuben Stronsky hielt vor den Toren von Willow Court und blickte die Eichenallee entlang, an deren Ende das Haus lag. Was für ein sensationeller Blick, dachte er. Wenn das Anwesen mitten in London statt hier in der Einöde läge, könnte man es wunderbar zu einem anständigen Museum umfunktionieren.

Er fuhr die Auffahrt hoch und parkte neben dem Haus, auf der abgesteckten Parkfläche. Eine diskrete Tafel mit einem Pfeil wies ihm die richtige Richtung. Er dachte daran, wie er vor Jahren mit zahlreichen anderen Besuchern zum ersten Mal in dieses Haus gekommen war. Die Bilder hatten einen bleibenden Eindruck hinterlassen. Er war seitdem von ihnen besessen.

Ein junger Mann trat näher.

»Guten Morgen, Sir. Wir haben Sie bereits erwartet.«

»Danke. Ich bin leider recht früh. Ich werde noch ein wenig spazieren gehen. Dann gibt es Drinks auf der Terrasse, ja?«

»Ja, Sir. Ich glaube, gegen elf.«

»Bis dahin bin ich wieder zurück«, erwiderte Reuben. Der junge Mann verschwand in Richtung Haus. Reuben stieg aus dem Wagen und schloss den Kofferraum auf. Er legte das Päckchen unter eine Decke und schloss wieder ab. Er wollte nicht mit dem Geschenk unter dem Arm zum Haus gehen. Leonora sollte es in einem ungestörten Moment in Empfang nehmen. Wenn das Fest vorbei war, würde er es holen.

Reuben begann, auf den Park zuzugehen, blieb aber noch einmal stehen. Er zog sein Handy aus der Tasche und gab Efes Nummer ein.

»Efe, sind Sie das?«, fragte er kurz darauf. »Hier ist Reuben. Ich bin gerade angekommen.«

»Können Sie sich erinnern, wer heute Geburtstag hat, Miss Mussington?«

»Meiner ist es doch nicht, oder?« Nanny Mouse runzelte die Stirn. Sie hatte gefrühstückt und war bereit für das Fest. Dass es ein Fest gab, wusste sie, aber war es für eins der Kinder? Efe vielleicht? Nein. Das angestrengte Nachdenken ermüdete sie, und sie sagte: »Es ist mir im Moment entfallen, Miss Lardner. Sagen Sie es mir bitte.«

»Heute ist Leonoras Geburtstag. Sie wird fünfundsiebzig.«

»Was für ein Unsinn! Fünfundsiebzig! Sie kann unmöglich einen Tag älter als vierzig sein!«

Nanny Mouse strich über den Stoff ihres Kleides und lächelte. »Dieses Kleid ist sehr hübsch, nicht wahr? Ich werde die Ballkönigin sein. Das habe ich immer zu Leonora gesagt, wenn sie ausging. Ich habe immer gesagt, du wirst die Ballkönigin.«

Sie schloss die Augen. Miss Lardner blickte sie an, wie sie da in ihrem Rollstuhl saß. Sie waren heute besonders früh aufgestanden, um rechtzeitig fertig zu sein. Beide trugen ihre besten Kleider. Sie selbst trug ihr dunkelgrünes Sommerkostüm, mit einem Strohhut, den sie mit ein paar künstlichen Kirschen, die erstaunlich glänzten, aufgeputzt hatte. Miss Mussington trug ihr marineblaues Seidenkleid. Mitten auf ihrem Spitzenkragen prangte eine Brosche mit Perlen und Amethysten. Ihre Haare waren im Nacken sorgfältig zu einem Knoten geschlungen.

»Mr. Everard holt uns mit seinem Auto ab. Haben wir es nicht gut?« Sie freute sich auf das Fest. Und sie war ganz aufgeregt bei dem Gedanken, sich im Fernsehen bewundern zu können. Mr. Everard hatte sie gebeten, den Videorekorder bereitzustellen, weil er ein Video von dem Gespräch mit Miss Mussington gemacht hatte und es ihnen zeigen wollte.

»Sie sind ebenfalls in einigen Einstellungen zu sehen, Miss Lardner«, hatte er zu ihr gesagt. »Sie sehen sehr gut aus.«

»Miss Mussington wird sich freuen«, hatte sie geantwortet. »Wir erwarten Sie dann.«

Efe erwartete, allein beim Frühstück zu sein, aber zu seiner Überraschung saß Leonora am Küchentisch und trank eine Tasse Earl Grey. In ihrem dunkelblauen Morgenmantel wirkte sie sehr hinfällig. Er war es gewöhnt, seine Großmutter korrekt angezogen und zurechtgemacht zu sehen. Sie ist alt, dachte Efe. Richtig alt. Zum ersten Mal fielen ihm die Falten um ihre Augen und die Adern auf ihren Handrücken auf.

»Herzlichen Glückwunsch zum Geburtstag, Leonora!«, sagte er und trat zu ihr, um ihr einen Kuss zu geben.

»Du bist der Erste, der mir gratuliert, Efe. Danke, mein Liebling. Ich wollte rasch noch eine Tasse trinken, bevor ich mich für das Fest ankleide. Ich bin ziemlich aufgeregt.«

Sie lächelte Efe an, und plötzlich wirkte sie gar nicht mehr wie eine alte Frau, sondern eher wie ein Mädchen. Efe zögerte. Ihm war klar, dass er ihr jetzt von Fiona erzählen musste, aber am liebsten hätte er gelogen und gesagt, sie fühle sich nicht wohl und könne nicht teilnehmen. Er wollte gerade den Mund öffnen, als Leonora sagte:

»Irgendetwas stimmt nicht, Efe, oder? Du brauchst gar nicht

den Blick abzuwenden. Und lüg mich bitte nicht an. Ich brauche nicht geschont zu werden. Ich habe immer erkannt, wenn du lügst.«

»Das fiele mir im Traum nicht ein, Leonora. Ja, du hast Recht, es ist tatsächlich etwas. Aber ich wollte es dir erst später erzählen, um nicht die Feststimmung zu trüben.«

»Sag es mir.«

»Fiona hat mich verlassen. Sie hat Douggie mitgenommen und ist gegangen.«

Leonora schwieg einen Moment. Dann sagte sie: »Trifft dich das sehr, Efe? Möchtest du zu ihr fahren? Es macht mir nichts aus, wenn du das willst.«

»Ganz sicher nicht! Ich möchte um keinen Preis dein Fest verpassen. Außerdem ist es an ihr, zurückzukommen. Es ist nicht meine Sache, ihr hinterherzufahren.«

Insgeheim fragte sich Leonora, ob nicht gerade diese Einstellung Fiona dazu bewegt hatte, ihn zu verlassen. Efe hatte seine Frau nie so geliebt wie sie ihn. Sie sagte jedoch nur: »Was ist mit Douggie? Ihn willst du doch bestimmt wiederhaben?«

»Ihn bekomme ich auch, keine Sorge«, erwiderte Efe, aber seine Stimme klang unsicher. Leonora wusste, dass Efe nie in der Lage wäre, sich allein um Douggie zu kümmern. Sie sagte: »Danke, dass du es mir erzählt hast, Efe. Es tut mir Leid, dass Fiona das Fest verpasst. Ich glaube, sie hat sich darauf gefreut.«

»Dann war es noch idiotischer von ihr zu gehen«, erwiderte Efe. »Ich weigere mich, mir heute darüber Gedanken zu machen. Heute ist dein Tag, Leonora. Er wird rundherum schön werden.«

»Nun«, sagte Leonora, »ich gehe jetzt besser und werfe mich in Schale. Morgenröcke nach acht Uhr früh sind Zeichen eines losen Lebenswandels, wie du einmal mit ungefähr sechzehn gesagt hast. Wir sehen uns dann auf der Terrasse zum Aperitif.«

»Gut«, erwiderte Efe. Als Leonora weg war, wandte er seine Aufmerksamkeit dem Handy zu. Oben hörte man weitere Hausbewohner aufstehen. Chloë rannte über den Flur und rief etwas. Er kannte die Geräusche aus seiner Kindheit: Aufregung, Vorfreude auf das kommende Ereignis.

Er nahm sich eine weitere Scheibe Toast. Es würde noch Ewigkeiten dauern, bis sie alle beim Mittagessen säßen, und er hatte vor, bald mit dem Trinken anzufangen. Das war schließlich sein gutes Recht. Die Ehefrau verließ einen schließlich nicht jeden Tag. Fiona fehlte ihm doch, oder? Natürlich, dachte er. Und Douggie auch. Ihn vermisse ich wirklich. Ich bin nur deshalb nicht völlig am Boden zerstört, weil hier so viel los ist. Reuben ist auch schon da. Er spaziert gerade durch den Park. Um elf kommt er auf die Terrasse, und dann stelle ich ihn Leonora vor. Efe plante, den größten Teil des Nachmittags artig auf der Party zu bleiben, doch er sehnte sich auch danach, Melanie endlich wiederzusehen. Sie konnten sich bestimmt irgendwann davonschleichen. Er dachte an ihr letztes Treffen vor drei Wochen. Das war schon viel zu lange her. Sie hatten kaum die Tür zu ihrem Laden abgeschlossen, als sie ihm schon die Kleider vom Leib gerissen hatte. Sie hatte auf ihn gewartet, deshalb war sie unter ihrem Kleid nackt gewesen. Plötzlich überkam ihn Verlangen. Er hatte eigentlich noch einmal versuchen wollen, Fiona anzurufen, um sie zu überreden, zurückzukommen, aber jetzt war nicht der richtige Zeitpunkt. Jetzt würde er sich erst einmal um sein Geld kümmern, dank der Enthüllungen über Maude Walsh. Er überlegte, ob die neue Entwicklung Fiona vielleicht beeinflussen würde, aber letztendlich würde das für sie keine Rolle spielen. Ihre Eltern hatten ihr ja schon immer alles gegeben, was sie haben wollte. Nein, wenn Fiona zurückkäme, dann, weil sie nicht ohne ihn leben konnte. Sie brauchte ihn, das wusste er, und er war ziemlich sicher, dass er sie zurückgewinnen konnte, wenn er nur wollte. Das allerdings musste er sich noch überlegen, aber dazu war auch nach dem Fest noch Zeit genug.

Gwen ging im Geiste alles noch einmal durch. Alle neun Tische im Zelt waren fertig. Jane, die Floristin, hatte zwei Gehilfinnen mitgebracht, die sich gerade um die Blumen kümmerten. Die Motto-Blume am Familientisch, dem für zwölf Personen, waren rosafarbene Rosen. Auf den acht anderen Tischen, mit jeweils acht Plätzen, standen weiße Rosen, Gerbera, Freesien, Iris, Nelken, Lilien, Skabiosen und Ringelblumen. Die Blumen für die Gäste lagen in Körben bereit. Das Essen wurde bereits vorbereitet; ein köstlicher Duft lag in der Luft. Der Champagner stand auf der Terrasse bereit. Alles war fertig.

»Du siehst toll aus«, sagte Chloë, die ihrer Mutter über die Schulter in den Spiegel der Frisierkommode blickte. Gwen trug ein bronzefarbenes Leinenkleid und Saphirohrringe. Dankbar lächelte sie ihre Tochter an, die gute Laune zu haben schien.

»Du auch«, erwiderte sie höflich, obwohl sie eigentlich fand, Chloës Kleid sähe aus wie ein Nachthemd.

»Das ist ein Nachthemd«, erklärte Chloë. »Ich habe es in einem Second-Hand-Laden gefunden. Es ist ein wunderschöner Stoff, was? Ich kann gar nicht glauben, dass jemand so was im Bett anzieht.«

Das Kleid war aus apricotfarbenem Satin. Das Mieder hatte einen Spitzeneinsatz, und Gwen fiel ein, dass Leonora vor langer Zeit auch einmal so ein Kleidungsstück besessen hatte. Sie hoffte, ihre Mutter wäre heute mit anderen Dingen beschäftigt und würde keine Bemerkung darüber machen.

Chloë setzte sich in den Sessel neben dem Fenster. Sie sagte: »Findest du mich eigentlich schrecklich, Mutter? Hättest du lieber so eine brave Tochter wie Beth? Jemand, der nicht so… ach, ich weiß nicht, so grob ist oder so?«

Gwen zögerte. Was sie jetzt antwortete, war entscheidend, weil es vielleicht ihr zukünftiges Verhältnis bestimmte. Und dies war nicht der richtige Zeitpunkt, um Kritik zu üben oder etwas Scharfes zu sagen. Also erwiderte sie: »Du bist genau die Tochter, die ich haben wollte, danke. Ich würde dich um nichts in der Welt eintauschen. Und ich möchte noch etwas sagen.« Gwen zögerte. »Ich bin dir dankbar dafür, wie du Leonora Maudes Nachricht beigebracht hast. Du warst sehr diskret und taktvoll, und ich weiß, dass du ihr sehr geholfen hast. Das war bestimmt kein einfaches Gespräch.«

»Nein.« Chloë stand auf und warf sich aufs Bett, genau so wie sie es als kleines Mädchen immer gemacht hatte. »Leonora wurde furchtbar blass, und dann hat sie geweint. Sie schluchzte und schluchzte, und ich wusste nicht, was ich machen sollte. Es war grässlich. Auf mich hat sie immer so stark gewirkt, du weißt schon … kompetent, und auf einmal war sie nur noch eine kleine, alte Dame.«

»Was hast du getan?«

»Ich habe sie einfach in den Arm genommen. Sie ist so schrecklich dünn, ich konnte fühlen, wie … wie zerbrechlich sie ist.«

»Das hast du großartig gemacht, Chloë. Niemand anderer hätte das so gut gekonnt wie du. Und Leonora hat dich immer sehr geliebt, nicht wahr?«

»Na ja, sie hat sich auf jeden Fall nie so in meine Lebensweise eingemischt wie du, Mum.«

»Ich mische mich nicht ein.« Gwen lächelte. »Ich finde nur manchmal, dass du es ein bisschen … nun ja … übertreibst.«

»Ich kann nichts dafür, Mum. So bin ich eben. Ich bin nicht wie Beth. Ich mag sie schrecklich gern, aber sie ist mir zu vollkommen.«

»Du sollst gar nicht wie sie sein, Chloë, mein Liebling. Ich liebe dich. Das weißt du doch, oder? Vielleicht sage ich es dir nicht oft genug. Und ich bin nicht gerade die toleranteste Mutter. Wahrscheinlich hättest du lieber eine Mutter wie Rilla.«

»Nein«, erwiderte Chloë, »natürlich nicht. Als Tante ist sie allerdings unschlagbar.«

»Außerdem bin ich sehr stolz auf dich«, fügte Gwen hinzu. »Dein Baum in der Halle ist so hübsch. Ich weiß gar nicht mehr, ob ich dir bei all dem Trubel hier schon gesagt habe, wie gut er mir gefällt.«

»Okay, Mum«, meinte Chloë. »Danke. Aber findest du nicht, dass wir langsam wie die Personen in einer Seifenoper klingen? Wir sollten jetzt besser das Thema wechseln.«

Gwen wollte gerade antworten, als es klopfte.

»Hallo, meine Schätzchen!« flötete Rilla. »Wir sind es nur, Beth und ich. Seid ihr fertig? Oh, ihr seht toll aus! Lasst uns hinunter zu Mutter gehen.«

»Gott, Rilla, findest du nicht, du hast ein bisschen viel Parfüm aufgetragen?« Gwen rümpfte die Nase.

»Sei nicht so langweilig, Gwen«, erwiderte Rilla ungerührt. »Ich werde mich heute früh nicht streiten, da kannst du sagen, was du willst. Ich achte gar nicht darauf. Sprüh dir auch etwas auf und dann komm mit!«

»Wow, Beth«, sagte Chloë. »Dein Kleid ist fantastisch. Du siehst toll aus!«

»Du auch«, erwiderte Beth. Gwen fügte hinzu: »Es ist wirklich hübsch. Die Farbe steht dir wundervoll.«

Beth trug ein gerade geschnittenes Kleid aus schwerer roter Seide. Ihr einziger Schmuck waren lange Ohrringe aus einem blassen, durchscheinenden Stein.

»Ist das Marmor?«, fragte Rilla. »Hast du wirklich Marmorohrringe? Sie sehen super aus.«

»Sie sind aus Achat«, erwiderte Beth.

»Ich glaube«, sagte Rilla, »wir sollten jetzt gehen und Leonora zum Geburtstag gratulieren.«

Beth und Chloë gingen nebeneinander die Treppe hinunter, gefolgt von Gwen und Rilla. Gwen sagte: »Es wird doch alles klappen, oder? Das Fest, meine ich.«

»Es wird sensationell werden«, erwiderte Rilla. »Mach dir keine Sorgen.«

»Bin ich das?« Nanny Mouse beugte sich zum Fernseher und streckte die Hand aus, als wolle sie über den Bildschirm streichen. Ihr Mund stand leicht offen, sie machte große Augen. Sie sah aus wie ein Kind, das noch nie ferngesehen hat. Leise murmelnd verfolgte sie den Film, als wolle sie jeden Satz, den ihr Alter Ego auf dem Bildschirm sprach, noch einmal wiederholen.

»Ja, das sind Sie«, erwiderte Sean. »Der Star der Sendung. Sie sind ein Naturtalent und kommen hervorragend rüber. Und Sie sehen gut aus. Nicht so schick wie jetzt, natürlich, aber heute feiern wir ja auch ein Fest. Ihre Brosche ist sehr hübsch.«

»Danke«, sagte Nanny Mouse und neigte kokett den Kopf. Für einen Moment erkannte Sean den Schatten der jungen Frau, die sie gewesen sein musste, aber sofort war sie wieder die alte Dame, deren kleine Hände zitternd in ihrem Schoß lagen.

Schweigend sah sie den Rest des Films an, dann wandte sie sich an Sean.

»Haben Sie mit Maude gesprochen? Sie sollten auch mit ihr reden; sie weiß wirklich über die Bilder Bescheid. Im Fernsehen sähe sie bestimmt wunderbar aus. Sie ist vielleicht nicht übermäßig attraktiv, aber sehr hübsch, wenn man sie näher kennen lernt. Allerdings müssen Sie sich eine Zeit lang mit ihr unterhalten, bevor Sie die Kamera einschalten. Sie ist ziemlich schüchtern; versteckt sich immer. Nun ja, das kann man ihr nicht vorwerfen, aber an Leonoras Geburtstag sollte sie doch dabei sein, meinen Sie nicht auch? Normalerweise bin ich ja da, aber Sie sollten vielleicht versuchen, sie wenigstens dieses eine Mal zu überreden.«

»Ich glaube, wir müssen jetzt aufbrechen, Nanny«, sagte Sean. »Ich helfe rasch Miss Lardner, den Rollstuhl im Wagen zu verstauen. Die Gäste kommen gleich.«

Nanny Mouses Augen leuchteten. »Es gibt doch Kuchen, nicht wahr? Und Luftballons?«

»Ob es Luftballons gibt, weiß ich nicht. Aber Kuchen gibt es ganz bestimmt, das kann ich Ihnen versprechen.«

Das muss sie sein, dachte Reuben. Leonora Simmonds. Aus dieser Entfernung wirkte sie wie Kleopatra in Shakespeares Stück: *Die Bark´, in der sie saß, ein Feuerthron, brannt´ auf dem Strom.* Es war zwar kein Wasser in der Nähe, und der Feuerthron war auch nur ein Metallstuhl, auf dem die Sonne funkelte, aber ihre Haltung hatte etwas Königliches. Sie saß sehr aufrecht. Er konnte nicht genau erkennen, was sie trug, es musste jedoch blaugrau sein.

Um sie herum erkannte er bereits zahlreiche Gäste, die das taten, was man auf Partys immer macht: Sie standen da und redeten, dann gingen sie zum nächsten Grüppchen, standen und redeten wieder, und so weiter, wie in einem Tanz.

Willow Court bildete den perfekten Rahmen dafür. Die Wände leuchteten grau-golden gegen den blauen Himmel und schienen das Sonnenlicht fast widerzuspiegeln. In den Steinkübeln auf der Terrasse blühten Geranien in einer Flut von Pink, Apricot und Scharlachrot. Reuben sah, dass Efe gerade mit Leonora redete. Er hatte seinen Stuhl dicht zu ihr gezogen. Sie hörte ihm einen Moment lang zu und blickte sich dann überrascht um. Das war das Signal, auf das Reuben gewartet hatte. Er und Efe waren übereingekommen, Leonora vorzuwarnen. Es wäre unhöflich gewesen, sie einfach so zu überfallen. Er ging über den Rasen, die Stufen zur Terrasse hinauf. Als er vor ihr stand, blickte sie ihn aus ihren blauvioletten Augen prüfend an. Noch bevor er etwas sagen konnte, lächelte sie und sagte: »Mr. Stronsky? Willkommen auf Willow Court.«

Reuben nahm seinen Panamahut ab und verbeugte sich. »Es ist mir eine Ehre und ein Vergnügen, Sie kennen zu lernen, Ma'am«, sagte er.

»Efe, bring bitte Mr. Stronsky ein Glas Champagner.« Leonora klopfte einladend auf den Stuhl neben sich, als Efe aufstand. »Setzen Sie sich doch und erzählen Sie mir von Ihren Plänen.«

»Es sieht aus wie einstudiert, nicht wahr?« Beth stand mit Chloë, Philip und Alex zusammen und beobachtete die Gäste auf dem Rasen unterhalb der Terrasse. Sie hielt ein Champagnerglas in der Hand und verfolgte mit den Blicken interessiert eine sehr dünne Frau mit überraschend großen Brüsten und einem breiten, roten Mund, die sich in ein viel zu enges weißes Kleid gezwängt hatte.

»Das ist Melanie«, sagte Alex, der bemerkte, wen sie anstarrte. »Sie fällt auf, was? Sieh dir Efe an.«

»Ich habe ja schon von Körpersprache gehört«, meinte Philip, »aber sie übertreibt es ein bisschen, oder? Er wirkt ziemlich betrunken, findet ihr nicht?«

Efe hatte den Arm um Melanie gelegt und machte keine Anstalten, sie loszulassen, um sich mit anderen Gästen zu unterhalten. Beth sah, dass James auf das Paar zutrat. Er flüsterte Efe etwas ins Ohr, worauf Efe sofort seinen Arm wegnahm und ging, allerdings erst, nachdem er Melanie liebevoll in den Hintern gekniffen hatte. Sie lachte kreischend auf.

»Ganz offensichtlich ist Efe am Boden zerstört, weil Fiona nicht da ist«, stellte Alex fest.

»Ganz offensichtlich«, erwiderte Beth und brach in Lachen aus. Der Champagner tat bereits seine Wirkung.

»Da ist diese alte Giftspritze, Mrs. Pritchard«, flüsterte Rilla Gwen zu. »Wie alt mag sie jetzt wohl sein?«

»Du wusstest doch, dass sie kommt, oder? Mutter kennt sie schon seit Jahren. Sie kann kein Fest feiern, ohne sie einzuladen.«

»Nein, vermutlich nicht«, gab Rilla zu. »Ich gehe mal zu ihr und begrüße sie.«

Sie trat auf die alte Dame zu, die sich in einem der Stühle niedergelassen hatte. Rilla fand, sie sah aus wie eine übergroße Walnuss. Sie war reichlich unpassend gekleidet, in ein formloses Tweedkostüm.

»Hallo, Mrs. Pritchard!«, sagte Rilla fröhlich. »Es freut mich, dass Sie so wohl aussehen.«

Mrs. Pritchard drehte den Kopf. Vielleicht sieht sie doch eher wie eine alte Schildkröte aus, dachte Rilla.

»Wie geht es Ihnen?«, fragte die Schildkröte. »Kenne ich Sie?«

»Ich bin Rilla. Cyrilla. Leonoras jüngere Tochter.«

»Ah. Nun, Sie sind ein wenig gealtert, seit ich Sie das letzte Mal gesehen habe. Ich erinnere mich noch sehr gut an Sie. Sie sind, glaube ich, Schauspielerin geworden.«

»Ja, genau«, erwiderte Rilla und suchte krampfhaft nach einer witzigen Antwort. Aber es war die Mühe nicht wert. Mehr hatten sie und Mrs. Pritchard sich einfach nicht zu sagen. Glücklicherweise tauchte jemand anders auf, der sich mit ihr unterhalten wollte, und Rilla ergriff die Flucht. Es hatte ja doch keinen Zweck, die alte Vogelscheuche daran zu erinnern, wie sie ihr und Hugh nachspioniert hatte. Sie hatte das vermutlich längst vergessen. Das sollte ich besser auch, dachte Rilla. Ich gehe jetzt mal zu Sean. Das Filmteam zeichnete die Party mit der Handkamera auf. Sean war von Leonora damit beauftragt worden, sich um Nanny Mouse zu kümmern. Pflichtbewusst schob er ihren Rollstuhl über den Rasen von einer Gruppe zur anderen.

Leonora holte tief Luft. Der Hauptgang war vorüber und alle warteten auf die Schokoladenmoussetorte. Zufriedenes Gemurmel drang von den Tischen zu ihr; das Essen war ein voller Erfolg gewesen. Bridgets Kellnerinnen huschten anmutig zwischen den Tischen hin und her und bewältigten alles hervorragend. Leonora hatte brav alles aufgegessen, was man vor sie hingestellt hatte, aber richtig geschmeckt hatte sie nichts. Es gab viel zu viel zu sehen, und es war viel zu viel los. Und dann musste sie ja auch noch eine Rede halten.

Sie hatte das eigentlich nicht vorgehabt, aber Efe, Gwen und James hatten gemeint, alle erwarteten es von ihr.

»Ich hasse es, in der Öffentlichkeit zu sprechen«, hatte Leonora gemurmelt, als sie zum Aperitif auf der Terrasse standen.

»Diese Leute sind doch Ihre Freunde«, sagte Reuben Stronsky. »Da braucht Ihre Rede doch nicht so ausgefeilt zu sein.«

»Nun, ich wollte eigentlich nur allen für ihr Kommen danken, aber eine richtige Rede … das ist etwas ganz anderes.«

»Ich dachte, du wolltest allen von Maude Walsh erzählen«, hatte Efe eingeworfen.

Und jetzt saß sie hier und musste eine Rede halten. Vorher genoss sie jedoch noch ihre Schokoladentorte. Wie wunderbar von Bridget, sie mit diesen himmlischen Erdbeeren und Himbeeren zu servieren! Ein perfektes Dessert, dachte Leonora, und ließ die Creme im Mund zergehen.

Wie sich herausstellte, kam Fionas Abwesenheit durchaus gelegen, weil dadurch Reuben Stronsky am Familientisch sitzen konnte. Leonora war überrascht von ihm gewesen, denn sie hatte sich einen amerikanischen Millionär immer dick und rotgesichtig vorgestellt. Reuben jedoch war das genaue Gegenteil: dünn, groß und ruhig, mit dichten weißen Haaren. Seine Augen waren dunkel, und er hatte untadelige Manieren. Er hatte ihr sogar ein Geschenk mitgebracht, wirklich mehr als freundlich von ihm.

»Ich gebe es Ihnen allerdings erst später, wenn Sie nichts dagegen haben«, hatte er gesagt und sie damit sofort neugierig gemacht. Warum konnte er es nicht zu den anderen Geschenken unter den Baum legen?

Nanny Mouse amüsierte sich prächtig. Miss Lardner saß neben ihr und sorgte dafür, dass die alte Dame etwas aß, aber die meiste Zeit blickte sie sich staunend wie ein Kind im Zirkus um. Auf der anderen Seite saß Sean neben ihr und unterhielt sie die ganze Zeit. Er war wirklich ein Engel. Vielleicht tat er es ja nur, um Rilla zu beeindrucken, aber Leonora wusste, dass er Nanny wirklich gern mochte.

Miss Lardner hatte ihr Nanny Mouses Geschenk mit entschuldigender Miene überreicht, aber Leonora hatte das handbestickte Lesezeichen gerührt.

»Miss Mussingtons Augen sind nicht mehr so gut«, hatte Miss Lardner erklärt, »aber sie hat darauf bestanden, es für Sie zu machen, Mrs. Simmonds.«

»Ich finde es hinreißend«, hatte Leonora aufrichtig erwidert. »Ich werde mich gleich bei ihr bedanken.«

»Mutter!«, durchbrach Gwen ihre Gedanken. »Sie bringen den Geburtstagskuchen. Sieh doch!«

Alle Gäste reckten die Hälse, um den Kuchen zu bewundern, der in einer Art Ehrenrunde durchs Zelt getragen wurde. Leonora hatte sich entschieden gegen Kerzen ausgesprochen. Sie verspürte wenig Lust, in der Öffentlichkeit Kerzen auszupusten. Die Torte stand auf einem riesigen Tablett, und spontaner Applaus kam auf, als die Gäste erkannten, dass der Guss eine perfekte Reproduktion eines Gemäldes aus der Walsh-Sammlung darstellte: das Porträt von Leonora als kleinem Mädchen, die in ihrem fliederfarbenen Kleid auf der Bettkante saß.

»Wunderbar!«

»Zu schön!«

»Was für eine wundervolle Idee!«

Alle redeten durcheinander, bis James aufstand und um Ruhe bat.

»Ich danke allen. Es tut mir Leid, dass ich eure Gespräche unterbrechen muss, aber es ist Zeit, den Kuchen anzuschneiden, so schön er auch sein mag. Leonora möchte noch ein paar Worte sagen, aber vorher lasst uns alle einer großartigen Frau ein Ständchen bringen. Happy Birthday, Leonora.«

Happy Birthday war noch nie eins von Leonoras Lieblingsliedern gewesen, aber sie lächelte freundlich, während alle Anwesenden versuchten, die vielen Silben ihres Namens in dem Lied unterzubringen. Danach stand sie auf und hob die Hände, um den Applaus zu beenden.

»Ihr seid sehr lieb«, sagte sie. »Es freut mich sehr, dass ihr alle gekommen seid, um mit mir zu feiern. Und ich danke euch für eure wundervollen Geschenke ... sie sind so großzügig und überlegt. Ihr habt mir damit große Freude gemacht.«

Leonora blickte über die Tische. Das sind alles deine Freunde, sagte sie sich. Du brauchst keine Angst zu haben. Sie holte tief Luft und begann: »Ich werde keine lange Rede halten. Ich weiß, wie sehr ihr alle darauf brennt, diesen wunderschönen Kuchen zu verzehren. Er ist eine traumhafte Überraschung. Ich habe wirklich nicht damit gerechnet, und dafür möchte ich meiner Familie danken. Ich hoffe, jemand hat daran gedacht, ihn zu fotografieren, bevor er weg ist ... danke, Alex, mein Liebling, ich wusste, ich kann mich auf dich verlassen. Zunächst einmal möchte ich mich bei Bridget für das perfekte Essen und bei Jane für die prachtvollen Blumen bedanken.«

»Hört, hört«-Rufe wurden laut, und Bridget verbeugte sich kurz.

»Ich möchte auch meiner Tochter Gwendolen und ihrem Mann James sowie dem Rest meiner Familie danken, aber es gibt noch etwas, was ich euch allen erzählen wollte.« Sie zögerte einen Moment, bevor sie fortfuhr: »Ihr kennt alle die Gemälde von meinem Vater, Ethan Walsh. Ihr alle habt mich liebevoll unterstützt, während ich für Willow Court verantwortlich war, und deshalb muss ich euch die Wahrheit erzählen. Es wird bald an die Öffentlichkeit dringen, weil es einen Fernsehfilm über die Bilder geben wird, dessen Regisseur, Sean Everard, heute bei uns ist. Einige von euch haben ihn sicher schon vor dem Essen kennen gelernt.«

Leonora holte tief Luft: »Die Wahrheit ist, dass nicht mein Vater diese Bilder gemalt hat, sondern meine Mutter Maude. Ich kann jetzt nicht ins Detail gehen, aber mein Vater hat die ganze Welt getäuscht. Er hat außerdem meine Mutter dazu getrieben, sich das Leben zu nehmen. Ich habe das durch einen Zufall entdeckt. Einen äußerst glücklichen Zufall. Ich beginne zwar gerade erst, den Schock zu überwinden, aber ich kann euch versichern, dass Maude der Ruhm zuteil werden wird, der ihr gebührt. Dafür wird Reuben Stronsky sorgen, der ebenfalls heute anwesend ist.«

Reuben erhob sich halb, lächelte allen zu und setzte sich wieder.

»Mr. Stronsky wird die Bilder in einer eigens dafür gebauten Galerie jedem zugänglich machen. Ich bin ihm dankbar dafür, dass er mich bei der Arbeit unterstützt, die mich für den Rest meines Lebens in Atem halten wird: Dafür zu sorgen, dass die Werke meiner Mutter ausgestellt werden und ihre Geschichte erzählt wird. Ich danke euch für euer Interesse. Durch euch wird dieses Fest ein ganz besonderes Ereignis. Vielen Dank.«

Alle applaudierten, und Gwen drückte ihrer Mutter ein Messer in die Hand.

»Du musst den Kuchen anschneiden, Mutter«, flüsterte sie. Als Leonora in den Kuchen schnitt, wünschte sie sich etwas, wie sie es als kleines Mädchen immer getan hatte. Bitte, lass alle glücklich sein, dachte sie, schalt sich jedoch gleich als dumm. Alle konnten nun wirklich nicht glücklich sein, also veränderte sie den Wunsch ein wenig: bitte, lass jeden so glücklich sein, wie es ihm möglich ist. So war es besser.

Als Bridget und ihre Gehilfinnen den Kuchen abtransportierten, um ihn in über siebzig Stücke zu zerlegen, wurde wieder gesungen. Dieses Mal war es *For she's a jolly good fellow*, ein wenig besser als *Happy Birthday*, wenn auch nicht viel.

»Was für ein unpassendes Lied«, flüsterte Reuben ihr ins Ohr. »Sie hätten etwas Würdigeres verdient, Mrs. Simmonds. Etwas Großartiges.«

»Bitte, nennen Sie mich Leonora«, sagte Leonora. Reuben Stronsky, fand sie, war ein echter Gentleman.

Beth ging zum Peter-Rabbit-Garten, um sich ein wenig zu erholen. Alex fotografierte die Gäste unten am See und im Pavillon.

Viele waren bereits gegangen, doch es blieben immer noch genug. Das Essen war wirklich perfekt gewesen. Man konnte Gwen förmlich ansehen, wie sie sich entspannte. Das Persische Omelett für die Vegetarier hatte himmlisch geschmeckt, und etwas so Köstliches wie die Beignets mit Mozzarella und Basilikum hatte sie noch nie probiert.

Alle schienen sich großartig zu amüsieren. Melanie, war Beth aufgefallen, trank ziemlich viel und ließ jeden in ihren tiefen Ausschnitt blicken. Irgendwann vor dem Essen hatte Beth gesehen, wie Efes Hand wieder einmal auf ihrem Po lag. Noch nicht einmal in der Öffentlichkeit konnte er seine Hände bei sich behalten.

Sie ging den Pfad zum Schuppen entlang, weil er ihr auf einmal als der geeignetste Ort erschien, dem Treiben kurz zu entfliehen. Gerade als sie die Tür öffnen wollte, hörte sie Geräusche von drinnen. Keine Stimmen, sondern unbestimmte Laute. Sie brauchte nicht länger hinzuhören, weil sie sofort wusste, was dort vor sich ging. Irgendein Pärchen hatte Sex. Es hätte jeder sein können, aber etwas sagte ihr, dass es Melanie und Efe waren. Ich muss nachschauen, dachte sie. Nein, das geht nicht. Ich sollte einfach weggehen. Was kümmert es mich? Es geht mich doch nichts an. Sie zögerte kurz, schaute dann aber doch durch das staubige Fenster.

Viel konnte sie nicht sehen, aber sie erkannte Beine und Melanies schwarze Haare. Und dann stöhnte Melanie:

»Oh, Efe, Efe, ja … jaaa.«

Beth rannte den Weg zurück auf das Haus zu. Arme Fiona, dachte sie. Du bist ihm wirklich scheißegal. Efe interessiert sich nur für seine eigenen Bedürfnisse. Aber ihr selbst tat dieser Gedanke mehr weh. Natürlich liebte sie ihn noch, aber sie begehrte ihn nicht mehr. Es blieben nur noch Sorge, Zuneigung und familiäre Loyalität. Ihre Gefühle für Alex dagegen wuchsen ständig. Wie hatte sie nur so lange so blind sein können?

»Du warst der Star«, sagte Rilla zu Sean. »Wie du dich den ganzen Tag über um Nanny Mouse gekümmert hast. Du bist ein wirklicher Schatz!«

Sie saßen in der Nische auf der Terrasse und rauchten. Obwohl es erst so kurz her war, verband Rilla bereits sentimentale Gefühle mit diesem Ort. Hier haben wir zum ersten Mal richtig miteinander geredet, dachte sie. Hier hat alles angefangen.

»Du kannst heute deine Kippen zwischen die Rosen werfen«, sagte Sean. »Leonora unterhält sich mit Reuben Stronsky. Sie war so beschäftigt, dass ihr das nie im Leben auffallen wird.«

»Oh doch, du kennst meine Mutter nicht. Aber es war ein schönes Fest, nicht wahr? Ich fand die Schokoladenmoussetorte am besten. Ob Bridget mir wohl das Rezept gibt? Und Gwen sieht viel entspannter aus, jetzt, wo alles vorbei ist.«

»Der Film ist noch eine Menge Arbeit«, sagte Sean. »Ich muss nächste Woche noch einmal herkommen ... vielleicht am Mittwoch ... und Leonora noch einmal interviewen.«

»Was ist mit Montag und Dienstag?«, fragte Rilla. »Was machst du da?«

»Nun, Montag ist Feiertag, aber am Dienstag muss ich in den Sender.«

»Natürlich. Und nach der Arbeit? Hast du Lust, am Dienstagabend zu mir zum Abendessen zu kommen?«

»Ich habe gehofft, dass du mich das fragst.«

»Ja, ich frage dich.« Sie küsste ihn.

»Es könnte uns jemand sehen«, murmelte er halbherzig.

»Das ist mir egal«, sagte Rilla. »Küss mich.«

Nach einer Weile sagte sie: »Am Dienstagabend ... das habe ich vergessen: Denk bitte daran, deine Zahnbürste mitzubringen.«

Gwen blickte zum Zelt. Bald würden die Tische weggeräumt. Wie angenehm, dass sämtliche Aufräumarbeiten und das Waschen der Tischtücher und Servietten von jemand anderem erledigt wurden. Bald wären nur noch Familienangehörige auf Willow Court, und Leonora würde die restlichen Geschenke auspacken. Sie konnten früh zu Bett gehen. Sie spazierte durch den Wilden Garten zum See mit dem Gefühl, endlich wieder atmen zu können, nachdem sie viel zu lange die Luft angehalten hatte.

Sie schlüpfte aus ihren Sandalen und ließ sie einfach ins Gras fallen. Falls jemand sie fand, ließe er sie sicher für sie liegen. Der Wilde Garten war kein Ort für hochhackige Schuhe und festliche Kleidung. Gwen hätte lieber eine Hose getragen. Zum ersten Mal seit Tagen bin ich allein, dachte sie. Niemand fragt mich nach meiner Meinung oder erzählt mir irgendwas. Welch ein Segen!

Als sie sich dem See näherte, sah sie jemanden – eine Frau – auf dem alten Baumstumpf sitzen. Auch die Schwäne waren dort. Enttäuscht überlegte Gwen, ob sie wieder zum Haus gehen sollte. Nein, verdammt noch mal, warum denn, dachte sie dann. Auf einmal erkannte sie ihre Schwester.

»Rilla?« sagte sie zögernd. »Alles in Ordnung?«

»Hallo, Gwennie. Ja, natürlich. Warum nicht?«

Gwen wollte antworten, aber Rilla fiel ihr ins Wort. »Ach, du meinst, weil ich hier am See bin?«

Gwen nickte. »Ich bin nur überrascht, dass du ganz allein gekommen bist.«

»Es ist ein Test«, erwiderte Rilla. »Ich war mit Sean hier, und so schlimm war es nicht. Ich konnte sogar relativ ruhig aufs Wasser schauen. Deshalb habe ich gedacht, ich könnte es ja auch mal alleine probieren.«

»Aber …« Gwen fragte sich, wie Sean Rilla dazu bewegt hatte, mit ihm an den See zu gehen, und als ob sie ihre Gedanken gelesen hätte, fuhr Rilla fort: »Eigentlich hat Mutter es bewirkt. Sie … sie hat mir erzählt, was wirklich geschehen ist, als Mark starb. Und dadurch hat sie mir ein wenig meine Schuldgefühle genommen, weil ich damals nicht hier war.«

»Wir haben auch nie mehr darüber geredet«, sagte Gwen. »Ich hätte mich mehr um dich kümmern müssen, ich weiß, aber da waren die Kinder …« Sie biss sich auf die Lippe, weil sie plötzlich an diese schreckliche Zeit denken musste, in der Efe jede Nacht mit Alpträumen aus dem Schlaf aufgeschreckt war, und Alex wochenlang kein Wort gesprochen hatte. Wenn sie die kleine Chloë nicht gehabt hätte, wäre sie verrückt geworden. Damals war sie Leonora dankbar dafür gewesen, dass sie alles geregelt hatte.

»Du hast nichts falsch gemacht, Gwen«, sagte Rilla leise. »Ich habe dir nie den geringsten Vorwurf gemacht, und jetzt, na ja, jetzt ist mir eben alles klarer geworden, und ich bin hier und stehe am See. Ich kann damit umgehen, wie Beth sagen würde.«

Rilla erhob sich und begann zu gehen. Gwen schloss sich ihr an.

»Es war eine Superparty«, sagte Rilla, um das Thema zu wechseln.

»Keine Katastrophen, Gott sei Dank.«

»Ich weiß nicht, ob es dir aufgefallen ist«, fuhr Rilla fort, »aber Beth und Alex stecken ständig zusammen, nicht wahr?«

Gwen lächelte. »Sie sind schon seit ihrer Kindheit gute Freunde.«

»Das habe ich nicht gemeint, Gwen. Ich meine … nun ja, ich kam gestern in die Küche, und da haben sie sich geküsst.«

Gwen blieb stehen und starrte Rilla entgeistert an.

»Bist du sicher?«

»Absolut. Was hältst du denn davon?«

»Ich weiß nicht.« Gwen überlegte einen Moment lang. »Gott, Rilla, vielleicht werden wir am Ende noch Schwägerinnen! Komisch, was?«

»Ich finde«, meinte Rilla, »unsere Kinder haben Glück, dass ihnen böse Überraschungen in punkto Schwiegermütter erspart bleiben.«

Ihr Lachen durchbrach die Stille des späten Nachmittags.

Fast alle waren gefahren. Es war sechs Uhr, und die letzten Gäste spazierten zum Parkplatz.

»Schönes Fest!«

»Vielen Dank, liebe Leonora!«

»Auf Wiedersehen, auf Wiedersehen …«

Gwen und James gingen in die Küche.

»Wo warst du, Liebling?«, fragte James. »Ich habe überall nach dir gesucht.«

»Ich war am See. Ich wollte ein bisschen allein sein, aber Rilla war da.«

»Tatsächlich? Am See? Das kommt ein bisschen unerwartet, was?«

»Ich erzähle es dir später. Jetzt möchte ich erst mal eine Tasse Tee.« Sie sank auf einen Stuhl. »Ich bin völlig kaputt.«

»Es war ein Triumph, mein Liebling«, sagte James. »Du verdienst einen Orden. Alles ist wunderbar gelaufen.«

»Ja, das kann man so sagen«, stimmte Gwen zu. »Und hast du gehört, wie viele Leute zu Chloë gesagt haben, dass ihr Baum das Schönste sei, was sie seit Jahren gesehen hätten?«

»*Du* warst das Schönste, was ich seit Jahren gesehen habe. Du hast blendend ausgesehen.«

»Unsinn, James. Sei nicht albern.«

»Nein, ich meine es ernst. Und ich bin ein glücklicher Mann, dass ich dich habe. Das sage ich dir nicht oft genug, nicht wahr? Aber ich liebe dich, Schatz. Das weißt du doch, oder?«

Tränen traten Gwen in die Augen, und sie blinzelte. Mit so vielen Worten hatte James das schon lange nicht mehr zum Ausdruck gebracht.

»Natürlich weiß ich das«, erwiderte sie leichthin.

»Gut!«, sagte James. »Meinst du, du könntest nach all dem Mittagessen noch einen Keks vertragen?«

»Ich esse nie wieder einen Keks«, antwortete Gwen. In diesem Moment betrat Rilla die Küche.

»Na, ihr beiden«, sagte sie. »Was für eine gute Idee … eine Tasse Tee. Und ein Keks wäre auch nicht schlecht. Oder zwei. Das Mittagessen ist ja schon eine Ewigkeit her, oder?«

Gwen und James lachten.

»Was ist daran so komisch?«

»Eigentlich nichts«, erwiderte Gwen. »Wahrscheinlich ist uns nur der viele Champagner zu Kopf gestiegen.«

Beth ging nach oben, um ihre Jacke zu holen; sie wollte mit Chloë, Philip und Alex in den Pub gehen. Sie hatten einmütig beschlossen, dass sie mal etwas anderes als Willow Court sehen mussten. Auf dem Weg nach unten kam sie an Efe vorbei, der in der Tür seines Zimmers stand.

»Hi, Efe«, rief sie ihm zu, und die Erinnerung an ihn und Melanie im Schuppen stieg in ihr auf. »Ganz allein?«

»Komm ein bisschen herein, Beth«, sagte er. »Unterhalt dich mit mir. Ich fühle mich elend.« Seine verschwommene Aussprache verriet, dass er zu viel getrunken hatte. Sie blickte auf ihre Armbanduhr.

»Hast du keine Zeit?«, fragte er. »Keine Zeit für den armen alten Efe, was?«

»O Gott, Efe«, erwiderte sie. »Wenn du auf Mitleid machst, bin ich weg.«

»Nein, ich werde nicht jammern. Ich verspreche es. Komm einfach rein und red ein bisschen mit mir. Ich bin ganz allein.«

Sie trat in sein Zimmer und setzte sich in den Sessel am Fenster.

»Du könntest dich auch zu mir aufs Bett setzen«, schlug Efe vor.

»Warum sollte ich das tun?«

»Wir sind doch Blutsbrüder, weißt du nicht mehr? Oder Geschwister. Blutsgeschwister klingt nur nicht so gut. Nein. Sie ist weg, Beth. Fiona. Und jetzt gehst du auch noch. Aber du warst immer meine Beste, weißt du. Diejenige, die ich bewundert habe. Diejenige, an der ich alle anderen Frauen gemessen habe …«

Beth lag auf der Zunge zu fragen: *Und warum hast du es mir nie gesagt? Es hätte alles anders sein können. Ich hätte … wir hätten …* Stumm blickte sie Efe an und erkannte plötzlich, dass sie Alex liebte. Und ihn begehrte. Alle Zweifel, die immer noch übrig gewesen waren, selbst als sie ihn geküsst hatte, waren auf einmal verschwunden, wie weggeblasen.

»Ich muss jetzt gehen, Efe«, sagte sie sanft. Ich habe ihn so sehr geliebt, dachte sie. Wie kann sich dieses Gefühl in Luft auflösen? Aber das musste wohl so sein. Jetzt empfand sie für Efe nur noch zärtliches Mitleid, gemischt mit ein wenig Verachtung.

»Ihr haut alle ab. Fiona ist auch gegangen.«

»Du vermisst sie aber nicht gerade, oder?«, sagte Beth. »Diese Melanie scheint dich mächtig aufgemuntert zu haben.«

»Sie ist nur ein guter Fick, Beth. Mit dir kann ich reden. Sonst kann ich mit keinem reden, nicht mit Fiona und nicht mit Melanie. Dich liebe ich wirklich am meisten, Beth. Ja, das tue ich wirklich. Komm her.«

»Nein, Efe«, erwiderte sie so fest sie konnte. Noch vor ein paar Tagen hätte sie alles darum gegeben, Efe sagen zu hören: *Dich liebe ich am meisten, Beth*. Jetzt glaubte sie ihm kein Wort mehr, und was noch schlimmer war, selbst wenn es stimmte, konnte sie nichts mehr damit anfangen. Sie hatte zu deutlich gesehen, wie er die Frauen behandelte, mit denen er zusammen war. Sie sagte: »Du liebst mich nicht am meisten. Ich muss jetzt gehen. Ich gehe mit Alex in den Pub. Bis morgen dann.«

»Blöder Alex! Er hat dich mir vor der Nase weggeschnappt. Bastard! Ich werde morgen mal ein Wörtchen mit ihm reden.«

Er sank aufs Bett und legte den Arm übers Gesicht.

»Verpiss dich, Beth. Verpiss dich zu Alex, wenn du unbedingt willst.«

»Mach's gut, Efe«, sagte sie und ging aus dem Zimmer. Er würde seinen Rausch ausschlafen, und vielleicht wusste er morgen schon nicht mehr, was er alles gesagt hatte. Zu spät, dachte sie. Er hat es viel zu spät gesagt. Und mir ist es gleichgültig. Ich liebe ihn nicht mehr. Sie rannte die Treppe hinunter zu Alex.

Nanny Mouse saß in ihrem Bett, die Hände auf der Bettdecke gefaltet.

»Es war ein schönes Fest, nicht wahr? Mir hat es sehr gefallen«, sagte Miss Lardner. Ihren Strohhut mit den glänzenden Kirschen hatte sie verräumt.

»Ja«, erwiderte Nanny Mouse. »Es war ein sehr schönes Fest. Haben wir ein Geschenk mitgenommen?«

»Selbstverständlich. Hat sich Leonora nicht bei Ihnen bedankt? Sie sagte mir, wie hübsch sie es fände.«

»Irgendjemand hat sich bei mir bedankt. Eine alte Dame. Nicht Leonora. Ich frage mich, warum sie nicht dabei war. Aber wahrscheinlich ist sie in der Schule.«

»Ja, wahrscheinlich, mein Liebe«, sagte Miss Lardner. »Gute Nacht, Miss Mussington.«

»Lassen Sie sich nicht von den Wanzen erwischen«, sagte Nanny Mouse. »Das habe ich immer zu Leonora gesagt: Lass dich nicht von den Wanzen erwischen.«

»Sie müssen sehr müde sein«, sagte Reuben. »Ich halte Sie nicht lange auf, Leonora. Es war ein denkwürdiger Tag.«

»Ich bin ein wenig erschöpft, aber ich glaube nicht, dass ich heute Nacht schlafen kann. Das ist der erste friedliche Moment. Ich bin auch neugierig auf mein Geschenk, das muss ich zugeben. Ich weiß, es ist kindisch.«

Sie saßen auf der Bank unter der Magnolie im Stillen Garten. Die Schatten breiteten sich auf dem Rasen aus. Bald würde es dämmern.

»Ich hätte mir wahrscheinlich viele Probleme erspart«, sagte Reuben, »wenn ich Sie schon vor zwei Jahren kennen gelernt hätte, als ich das erste Mal über die Walsh-Sammlung nachgedacht habe.«

Er lächelte. »Sie waren damals nicht zu Hause, als ich die Bilder gesehen und mich sofort in sie verliebt habe. Es war mitten im Winter, und ich habe den Park nicht einmal eines Blickes gewürdigt. Ich hatte es eilig, wie immer.«

Leonora erwiderte: »Mein Vater hatte so schreckliche Gründe, die Bilder hier zu behalten, dass ich sie jetzt so schnell wie möglich ausstellen lassen möchte.«

Reuben setzte sich aufrecht hin. »Wir wollen jetzt nicht übers Geschäft reden, Leonora. Sie haben Geburtstag. Aber ich denke ernsthaft über eine Art Doppellösung nach. Eine kleine Galerie hier, in der Nähe des Pavillons, vielleicht sogar im gleichen Stil, mit viel Glas und weißen, schmiedeeisernen Streben … und eine weitere in den Staaten. Darüber können wir uns morgen unterhalten.«

»Ich bin Ihnen für alles so dankbar, Reuben.«

»Wofür?«, fragte Reuben. »Ich fühle mich geehrt, dass ich bei Ihrem Fest dabei sein durfte. Es ist so wunderschön hier.«

»Ich liebe diese Abende im Spätsommer«, sagte Leonora. »Der Herbst naht, man kann es förmlich spüren, nicht wahr?«

»Ja, aber es dauert noch eine Weile. Es fällt mir schwer, mir an einem solchen Tag den Winter vorzustellen.«

Er drückte Leonora ein Päckchen in die Hand.

»Ich möchte Ihnen die Geschichte dieses Geschenks erzählen«, sagte er. »Letztes Jahr war ich in Paris und sah mir die Stände am linken Seineufer … die *bouquinistes* … an, die antiquarische Bücher und Karten und so etwas verkaufen.«

Leonora nickte. »Ja, das mache ich auch gerne.«

»Unter einem Haufen von wertlosem Zeug fand ich das, was sich in diesem Päckchen befindet.«

Langsam wickelte Leonora es aus. Darin lag ein kleines, gerahmtes Bild. Pastellkreide, das erkannte sie sofort. Das Porträt einer jungen Frau, die an einem Brückengeländer in Paris lehnte. Hinter ihr war Notre-Dame zu erkennen.

»Sie ist wunderschön«, sagte Leonora. »Und wer sie auch sein mag, sie ist glücklich. Vielleicht verliebt. So sieht es jedenfalls aus. Sie sieht aus wie eine glücklich verliebte Frau.«

»Das stimmt. Aber Sie haben nicht auf die Signatur geachtet.«

»Ohne Brille kann ich sie nicht erkennen. Wer ist der Künstler?«

»Ethan Walsh. Das ist ein echter – einer der wenigen echten – Ethan Walshs. Und die Frau muss Maude sein. Er hat sie wahrscheinlich gemalt, als sie in Paris gelebt haben. Können Sie sich diese verschlungenen Wege vorstellen? Dass gerade ich dieses Bild gefunden habe, ein paar Wochen bevor ich Sie kennen gelernt habe? Ich finde es faszinierend. Geradezu erstaunlich.«

Leonora betrachtete stumm das Gesicht ihrer Mutter: jung, sorglos, voller Liebe für den Mann, der sie zeichnete. Ethan. Damals noch nicht grausam und nicht verbittert wegen Maudes Talent. Noch betrog er niemanden, sondern erzählte aller Welt, wie sehr er die Frau, die er zeichnete, liebte. Das war ihre Mutter, bevor Willow Court zu ihrem Gefängnis wurde. Nichts in ihrem Gesicht ließ ahnen, dass sie sich einmal aus Schmerz und Verzweiflung umbringen würde.

»Danke, Reuben. Ich kann mir nichts vorstellen, was mir größere Freude bereitet hätte. Ich habe nur traurige Erinnerungen an meine Mutter, aber Sie haben mir eine andere Maude geschenkt. Und auch etwas Gutes an meinem Vater, an das ich denken kann. Er muss sie sehr geliebt haben, meinen Sie nicht auch? Jedenfalls als er sie damals gezeichnet hat, auch wenn sich seine Gefühle später geändert haben.«

»Ganz sicher hat er sie geliebt«, erwiderte Reuben. »Sogar sehr. Ich glaube, wir sollten jetzt aufbrechen, Leonora. Es wird spät.«

»Gehen Sie ruhig schon, Reuben. Ich komme gleich nach. Und ich danke Ihnen, mehr als ich in Worte fassen kann.«

Leonora blickte ihm nach. Mit halb geschlossenen Augen betrachtete sie das Beet, in dem die späten Sommerblumen fast verblüht waren. Und eine Erinnerung stieg in ihr auf. Maude, die mit einem Skizzenblock in der Hand auf einem kleinen Hocker saß. Die Blumen, der Faltenwurf ihres Kleides. Ich bin ihr so nah. Es muss in einem Sommer gewesen sein, als ich noch sehr klein war, dachte Leonora. Ich kann mich noch daran erinnern, wie sie roch, nach Sonne und Maiglöckchen, und sie trug einen Hut mit einer breiten Krempe und einem blassen Band in der Farbe von Malven. Ich sehe alles ganz genau vor mir. Sie lächelte. Sie hatte ein Bild ihrer Mutter wiedergefunden, das sie den schlimmen Erinnerungen entgegensetzen konnte. Später fallen mir vielleicht noch weitere Momente ihres Lebens ein, sagte sie sich.

Leonora blieb, mit dem Bild auf dem Schoß, unter der Magnolie sitzen, bis die Sonne hinter der Gartenmauer verschwunden war. Dann stand sie auf und ging zurück zum Haus.